*Kreuzfahrt*

„Der besten Ehefrau von allen gewidmet: Meiner." (*)

(*) Ich hoffe, Herr Ephraim Kishon, den ich als Autor des feinen Humors sehr schätze, erlaubt mir diese literarische Anleihe.

Volker Kalisch

# Kreuzfahrt

Alle Rechte beim Autor
Herstellung: Books on Demand GmbH, Norderstedt
ISBN 3-8330-0141-0

# Inhalt

# Teil 1 Gründerjahre

Karl-Friedrich Hambach kniete sich nieder und legte Saatkartoffeln in die Kuhlen, die er eigens in den weichen Boden gedrückt hatte. Die Erde war sandig, wie geschaffen für den Anbau von Kartoffeln. Sorgfältig beseitigte er Unkraut rings um die Kuhlen herum, damit der Setzling nicht schon im Frühstadium des Wachstums Konkurrenz haben würde. Wie er das von seiner Mutter gelernt hatte, wurden die Saatkartoffeln in der Mitte geteilt, damit man das Saatgut verdoppeln und die Erträge verbessern konnte, denn Geld war zu jenen Zeiten knapp im Hause Hambach und das Sparen fing im Kleinen an. Sorgfältig schüttete er die Kuhle zu und häufte etwas Erde auf den neuen Hoffnungsträger im Boden. Denn angesichts eines Einkommens in Höhe von Reichsmark 36 pro Monat war jede Saatkartoffel im Boden und sei es nur eine halbe, wichtig für die Ernährung der Familie. Vom Plüsch und Pomp der Gründerzeit und den voluminösen Polstermöbeln hatte die Familie noch nicht viel abbekommen. Eigentlich konnte Karl-Friedrich über die sogenannte bessere Gesellschaft, die sich diesem Stil verschrieben hatte, auch nur milde lächeln. „Altdeutscher Stil" hieß das Stichwort und alle, die etwas auf sich hielten (oder sich für etwas hielten, wie seine Frau Marie manchmal boshaft bemerkte), pflanzten sich schwere und verschnörkelte Möbel in ihr Heim, Möbel, die „nach etwas aussehen" sollten. Das Resultat waren dunkle Gardinen, die den „ganzen Puff" wie sich Karl-Friedrich abfällig äußerte, verdüsterten. Bordüren, Schabrackenverzierung an den Gardinen nebst Samtportieren und Seidentapeten verstärkten diesen Eindruck noch, so daß am Ende ein mit Nippes, Kitsch und Plüsch überladener Wohnraum entstand, in dem sich wirklich kein Mensch ernsthaft wohlfühlen konnte.

Nun, zumindest diese Sorgen hatte Karl-Friedrich nicht, denn es fiel ihm ohnehin schon schwer genug, seine Familie durchzubringen, geschweige denn, sich teure Möbel anzuschaffen. Als Kutscher hatte er Anspruch auf ein kleines Salär und ein ebenso kleines Stück Land, welches er für private Zwecke beackern durfte. Damit konnte er mit Mühe und Not seine Frau Marie und seinen Sohn Friedrich (Jahrgang 1889) und sich selber durchbringen. Große Sprünge konnte er sich damit nicht erlauben. Das höchste der Gefühle war ein Kneipenbesuch pro Woche in seiner Stammpinte. Aber selbst den mußte seine Marie mit Seitenhieben begleiten. Er war sich natürlich darüber im klaren, daß sie damit absolut Recht hatte, denn es fehlte wirklich an allem, aber ein kleines bißchen Glück wollte er auch haben. So hieß übrigens auch seine Kneipe, „ein kleines bißchen Glück". Derartige Namen waren in seiner Zeit in Mode gekommen, und man hielt sehr große Stücke auf die Mode, die moderne Zeit, das anklopfende neue Jahrhundert, kein Mensch hatte Angst, denn wie hatte es Bismarck nicht erst letztes Jahr gesagt: „Wir Deutschen fürchten Gott, aber sonst nichts auf der Welt." Da war für ängstliche Naturen kein Platz.

Man schrieb das Jahr 1889 und fühlte sich gewappnet für jegliche Unbill, denn nach dem greisen Kaiser und dem weisen Kaiser hatte nun der Reise–Kaiser das Zepter in die Hand genommen und das war ein echter „Macher". Dieses Wort gab es in jener Zeit zwar noch nicht, aber Wilhelm II. schickte sich an, der Prototyp einer neuen Zeit zu werden. „Ohne Sachkenntnis überall mitquatschen" wie sich Karl-Friedrich im engen Familienkreis oft ausdrückte. Natürlich durfte er so etwas nicht laut sagen, denn auf Majestätsbeleidigung standen in jenen Zeiten empfindliche Strafen, aber der Wahrheit entsprach es schon. Eigentlich war dieses Verhalten, in der Öffentlichkeit bloß nicht die Wahrheit zu sagen, schon der Vorläufer der deutschen

Krankheit, aber dazu kommen wir noch in einem späteren Kapitel.

Während Karl-Friedrich sich mit seinen Kartoffeln erfreute, ärgerte sich Reichskanzler Otto von Bismarck mit den „Hohlköpfen" im Reichstag herum. Nachdem er bereits 1883 das Krankenversicherungsgesetz und ein Jahr später das Unfallversicherungsgesetz durchsetzen konnte, erhielt er nunmehr auch die Zustimmung zum Gesetz zur Alters- und Invaliditätsversicherung. Dieses Paket sollte erhebliche Verbesserungen für die Arbeiter bringen und Karl-Friedrich sagte oft, daß Bismarck damit für die Arbeiter mehr getan hätte als die „verdammten" Sozialdemokraten, die im übrigen auch gegen den Gesetzentwurf votiert hatten. Da der Rentenanspruch aber erst nach dreißigjähriger Beitragszahlung einsetzen sollte und dann auch erst mit Vollendung des 70. Lebensjahres, was ziemlich genau der durchschnittlichen Lebenserwartung im Jahr 1889 entsprach, kritisierten viele Sozialdemokraten dieses Gesetz zu Recht als Volksverdummung. Es gab auch andere Stimmen, die den Odem des Krieges schon wieder spürten und Bismarck vorwarfen, er wolle damit nur den nächsten Krieg finanzieren, bei dem dann genügend potentielle Rentenempfänger sterben würden, so daß genügend Geld in den Rentenkassen übrigbleiben würde. Da sich aber viele Arbeiter mit Politik überhaupt nicht beschäftigten, hatte wohl Marie recht, wenn sie zu Karl-Friedrich sagte, daß Bismarck durch diesen Schachzug der drei Gesetze etwaige SPD-Wähler wieder auf konservativen Kurs gebracht hätte.

Aber ansonsten war Marie die Politik Wurst. Freuen konnte sie sich, wenn in Berlin wieder hoher Besuch da war, wie zum Beispiel Zar Alexander III. , der im Oktober 1889 Wilhelm II. einen Besuch abstattete und es in den Zeitungen entsprechenden Pomp zu bestaunen gab. Da auch Bismarck dabei war, der ja bekanntlich aufgrund seiner Diplomatenmission in Petersburg fließend russisch sprach und demzufolge mit Alexander einige russische Scherzchen austauschen konnte, „ging hier nichts schief durch „Blödquatscherei" vom Kaiser". Karl-Friedrich konnte halt nicht aus seiner Haut. Er hielt Wilhelm II. für einen absoluten Schafskopf, der sich bloß wichtig machen wollte. Aber solange Bismarck „noch am Ruder war", wie er sich auszudrücken pflegte, konnte hier gar nichts anbrennen. „Paßt bloß mal auf", dozierte er manchmal, „wenn der so weitermacht, dann vergeigen wir es uns noch mit den Russen und das ist dann das Ende vom Lied, denn darauf wartet der Franzmann schon seit Jahren. Versailles haben die nicht vergessen, der Franzmann hat ein langes Gedächtnis." Aber abseits der Politik ging das normale Leben natürlich seinen Gang. Menschen starben, wurden betrauert und begraben und neue Kinderchen wurden geboren.

Unter anderem in diesem Jahr am 20.04. in Braunau / Österreich ein kleiner Adolf. Doch das nur der Vollständigkeit halber, denn für Marie und Karl-Friedrich war natürlich der kleine Friedrich wichtiger als irgendein gewisser Adolf Hitler.

Die Geschichte ging inzwischen weiter, Karl-Friedrich wurde auf „seinem" Hof immer wichtiger, denn im Zeitablauf erwarb er das Vertrauen seines Herrn durch gute Arbeit und Loyalität und deswegen ging es den Hambachs gar nicht so schlecht. Oder, wie er es immer auf einen Nenner zu bringen pflegte: „Wes Brot ich eß, des Lied ich sing." Von Wechselgedanken war nicht die Rede, denn wo sollte er auch hingehen? Das war auch so ein Charakterzug der Hambachs, immer noch besser, ein bekanntes Übelchen, als ein unbekanntes Übel. Marie war zwar anderer Ansicht, traute sich das aber nicht so recht zu sagen, denn gute Kutscher waren in jener Zeit gesucht und

Karl-Friedrich war ein hervorragender Kutscher, wollte sich dies aber selber nicht eingestehen. Inzwischen tat sich abseits vom Hof in Friedrichsdorf einiges:

Lilienthal schrieb seine grundlegenden Lehrstücke über die „Fliegekunst" und nebenbei dankte Bismarck ab. Letzteres war natürlich für Karl-Friedrich ein Schlag ins Kontor und wahrscheinlich nicht nur für Karl-Friedrich. Daß Wilhelm II. mit den Briten einen „Helgoland-Sansibar"-Vertrag abschloß, wobei Sansibar gegen Helgoland getauscht wurde, machte den Rücktritt von Bismarck nach Ansicht von Karl-Friedrich auch nicht wett. Doch diese Dinge waren nicht mehr besonders wichtig, seitdem sich die Wirtschaftskrise auch im Deutschen Reich ausbreitete. Die Löhne waren niedrig und wer nicht das Glück eines eigenen Gartens hatte, der war schlecht dran, denn Fleisch war teuer und ohne Gemüse sah es ganz übel aus. Grund für die Wirtschaftskrise war der Preisverfall bei Industrieerzeugnissen. Kein Mensch wußte genau, woran das lag, aber das war in der Wirtschaftspolitik ja oft so. Man hörte zwar etwas von „Überproduktion der Industrieerzeugnisse", aber wer verstand das schon richtig. Marie selber war es Wurscht, aber genau die wurde nun sauteuer und der sonntägliche Braten war nicht mehr zu finanzieren. Zur Freibank, wo minderwertiges Fleisch verkauft wurde, wollte Marie nicht gehen, zwar war dort das Fleisch relativ billig, aber es war oftmals nicht mehr ganz einwandfrei und da waren die Kartoffeln aus dem eigenen Garten, der klammheimlich immer etwas größer gemacht wurde (zum Glück merkte der Gutsherr nichts oder wollte nichts merken), eben Gold wert. Und Marie verschwieg wohlweislich ihre vorherigen Wechselgedanken. Loyalität schien sich doch auszuzahlen.

Karl-Friedrich erlebte mit seiner Frau ein kleines Glück, denn sein Gutsherr war ein verkappter „Sozi", mußte aber aufpassen, nicht enttarnt zu werden. Zum Glück hatte Karl-Friedrich mit seinem großen Mundwerk als Potentialausgleich eine sehr patente Frau, die ihm rechtzeitig sagte, wann er sein Maul aufmachen und wann er es besser zu halten hatte. Es entging Marie nicht, daß die Gutsherrin der jungen Familie ziemlich viel Sachen außer der Reihe zusteckte. Zwar war es auf dem Hof üblich, daß abgelegte Sachen der Gutsherrenfamilie an die Bediensteten abgegeben wurden, aber soviele Dinge, wie Marie derzeit bekam, war schon außergewöhnlich. So ging es den dreien relativ gut, in den Großstadtbezirken im Reich war die Lage nicht so rosig. Arbeiter und Tagelöhner hatten einen durchschnittlichen Wochenverdienst von etwa 10 Mark und davon konnte man keine Familie ernähren und kleiden, geschweige denn eine vernünftige Wohnung anmieten. So konnte man sich nur die allererbärmlichsten Unterkünfte leisten und war gezwungen, richtige Kellerlöcher anzumieten, bei deren Bezug schon klar war, daß man sich um den Preis der billigen Miete die Krankheiten würde einkaufen müssen. Gemeinschaftstoiletten waren normal und daß bei diesen Wohnverhältnissen sich Cholera und Typhus ein Stell-Dich-Ein gaben, war meist auch nur eine Frage der Zeit. So durfte es auch nicht besonders verwundern, wenn bei etwa 40% der Bevölkerung Typhus die Todesursache Nummer Eins war. Die Besitzverhältnisse im Reich waren eindeutig: Einer kleinen Anzahl von Besitzenden stand die große Masse der Armen gegenüber, die es aufgrund der Lebensumstände niemals würde zu Bildung und Eigentum bringen können. Daß sich aus der ungleichen Einkommensverteilung sozialer Sprengstoff entwickeln würde, hatte schon der Weberaufstand in Schlesien gezeigt, aber der Gedanke einer Verantwortung, die sich aus Eigentum heraus ergibt, war noch nicht sehr verbreitet. Wie gesagt, außer bei

12

Gutsherr Stein, der sich bemühte, seine Leute gesund zu erhalten, denn nur wer gesund ist, kann auch ordentlich arbeiten. Stein wollte aber andererseits nicht, daß die Leute größenwahnsinnig werden, denn eine preußische Tradition war bei ihm bei aller Fortschrittlichkeit die Mäßigung: „Wenn man einem, der am Verhungern ist, auf einmal zu viel zu essen gibt, dann wird er sterben." Das war der Standardspruch von Junker Stein. So versorgte er seine Leute nur mit kleineren Zuwendungen in Form von Gemüse und Kleidung, Leute wie Karl-Friedrich aber, die gerne ein neueres Buch lasen, aber sich keins leisten konnten, durften auch in der Bibliothek des Junkers zugreifen. Diskussionen über den Inhalt verbat er sich allerdings, so weit ging dann die Fraternisierung doch nicht. Aber immerhin. Junker Stein war übrigens ein begeisterter Pferdefreund, aber ein kleines bißchen liebäugelte er immer mit dem Automobil, was ja etwas unerhört Neues war. Zwar hatte Carl Benz und dessen Frau mit der legendären Fahrt von Mannheim nach Pforzheim schon einen Quantensprung der Automobilgeschichte hingelegt, aber richtig erfolgreich als Geschäftsmann war Carl Benz nicht. In Mannheim, wo Benz seine Werkstatt hatte, schickten die Eltern ihre Kinder lieber zum Lanz, der bessere Zukunftsperspektiven bot und später den legendären Bulldog baute, den Vorläufer aller Traktoren. Der Benze Carl hingegen galt als verrückt, bei dem konnte die Werkstatt schon mal in die Luft fliegen. Zu so was konnte man doch seine Kinder nicht in die Lehre geben! Junker Stein hielt es auch mehr mit Daimler, stufte ihn zwar als Konstrukteur als Niete ein, aber nach Meinung von Stein hatte Daimler dafür einen der besten Konstrukteure seiner Zeit unter Vertrag: Wilhelm Maybach. Dessen Konstruktion holte im Jahr 1899 auf der internationalen Bergrennstrecke von La Turbie bei Nizza den Sieg und machte den Weg frei für den Siegeszug der Mercedes Modelle (der Name Mercedes stammte übrigens von der Tochter des Generalkonsuls von Nizza, Herrn

Jellinek, der den Vertrieb von Daimler übernommen hatte und dessen Vorschlag, den Daimler nach seiner Tochter Mercedes zu benennen, voll einschlug). Ein Auto konnten sich die Helden unserer Geschichte natürlich noch nicht leisten, nein, auf Schusters Rappen wurde die Welt durchwandert und damit war der Aktionsradius naturgemäß etwas eingeschränkt. Aber das machte weder Karl-Friedrich noch Marie etwas aus und unserem Friedrich, der inzwischen schon zehn Jahre alt war, auch nicht.

Inzwischen näherte sich mit rasenden Schritten der Jahrhundertwechsel und die ganze Welt schien ein kleines bißchen verrückt zu spielen. Daß sich hierbei der bei Karl-Friedrich so beliebte Quasselkaiser besonders hervortat, darf nicht besonders verwundern, denn Deutschland erntete langsam aber sicher die Früchte einer vorausschauenden Politik Bismarckscher Prägung. Für diese Früchte konnte der regierende Kaiser zwar nichts, aber egal, er erntete und plärrte seine Marginalien immer lauter in die Welt hinaus. Recht hatte, wer am lautesten schrie. Und Kaiser Wilhelm II. schrie besonders oft und immer lauter. Sehr beliebt sein Geleitwort zum neuen Jahrhundert: „Mit Volldampf voraus!"

Karl-Friedrich staunte immer wieder, wenn er die Zeitungen von Junker Stein abends lesen durfte, was sich alles auf der Welt tat: Deutsche wurden verabschiedet, um in China für Ruhe und Ordnung zu sorgen, wobei Marie Karl-Friedrich abends fragte, was die Deutschen eigentlich in China zu suchen hätten, aber von Politik verstand sie eben nichts. In Düsseldorf wurde eine Schnellfeuerlafette gebaut, die bis zu 17 Schuß in der Minute abgab (Kommentar von Marie: „Alles für den Frieden") worauf sie ihr Mann anherrschte, sie solle lieber froh sein, daß die Deutschen und nicht die Franzmänner diese Lafette hätten. So ganz allmählich wurde Karl-Friedrich stolz auf die Leistungen der Deutschen und dies war die für Marie einzig bedenkliche Entwicklung zum Jahreswechsel, denn sie spürte instinktiv, daß diese Geisteshaltung sich nicht nur bei ihrem Mann ausbreitete, sondern auch bei fast allen in Friedrichsdorf, ja schlimmer noch, in ganz Deutschland. Der blinde Technikglaube schien ihr nicht unbedingt das Allheilmittel zu sein. Wenn ihr Mann ihr abends aus der Zeitung vorlas, freute sie das natürlich, denn er zog es vor, die Abende mit ihr zu verbringen, statt in die Kneipe zu gehen. Aber was er ihr da vorlies, gefiel ihr überhaupt nicht. Sie sah einfach keinen Sinn darin, daß Lafetten gebaut wurden, die 17 Schuß in der Minute abfeuern konnten. Wozu sollte das gut sein? Doch nur, um Menschen schneller töten zu können. Sie fühlte, daß sich die Welt auf einen neuen Konflikt vorbereitete und daß dieser Konflikt diesmal andere Dimensionen annehmen würde, als mit Kavallerie aufeinanderloszugehen, war angesichts der enormen technischen Entwicklung selbst Marie mit ihrem geringen technischen Verständnis klar. Aber 17 Schuß in der Minute waren im schlimmsten Fall 17 Tote in der Minute. Und sie sollte recht behalten mit ihrer düsteren Vorahnung, denn die Krupps in der ganzen Welt waren nicht untätig und die Produktion der Schwerindustrie erreichte neue Rekordzahlen. Von denen wußte das gemeine Volk damals aber noch nichts, solche Sachen standen selbstverständlich nicht in der Zeitung, aber es war ja schließlich nicht verboten, seinen Grips zu gebrauchen und wenn man las, daß das neue Flottengesetz eine Verdoppelung der deutschen Kriegsflotte auf vier Geschwader vorsah, dann konnte man sich ja ausmalen, daß diese Schiffe nicht mit Zuckerwatte gebaut wurden und nicht für den Kartoffeltransport gedacht waren. So ganz nebenbei starb Nietzsche, den Karl-Friedrich für einen vollendeten Trottel hielt, weil er an nichts glauben wollte.

„Solche Leute sind gefährlich, glaub´ mir das, Marie". „Ach ne, früher haste mir immer jesagt, der Nietzsche is richtig, „Jehst du zum Weib, verjiß de Petsche nich´!" „Na ja, ab und an kann auch ein Trottel mal was Richtiges sagen, aber lenk doch nicht dauernd ab. Wat ich dir sajen wollte, is, dat solche Menschen die Leute nur unnötich Jrillen in die Köppe setzen. Aber hier, kiek mal, Nobelpreis für zwe Deutsche, Röntgen und von Behring." „Kenn ick nich´!"sagte Marie. „Hier steht, daß Röntgen mit seinen Strahlen nur die Knochen von sene Hand sehen konnte." Karl-Friedrich war ganz begeistert. „Wozu soll det denn jut sein?" Karl-Friedrich war verärgert. So ganz genau wußte er das zwar auch nicht, aber wenn es dafür schon so eine hohe Auszeichnung gab, dann mußte das ja was sein. Überhaupt, in letzter Zeit ging ihm seine Frau ganz schön auf die Nerven, nicht nur, daß sie ständig hinterfragte, was er aus den Zeitungen vorlas, nein, neuerdings meinte sie, auch als Frau habe man das Recht auf eine eigene Meinung. Das muß man sich mal vorstellen. Da war ihm die Bedienung aus der neuen Kneipe viel lieber, die hatte ihm erst neulich schöne Augen gemacht (wie er glaubte). An jenem Abend hatte er sich mit Marie mal wieder in die Wolle gekriegt, weil die der Ansicht war, er solle sich beizeiten umschauen, denn die Zeiten der Kutscher und Pferde würden dem Ende entgegengehen und er könnte seine Familie nicht mehr ernähren, wenn es keine Pferde mehr auf den Straßen geben würde. Außerdem hätte eine neue Fabrik aufgemacht und die würden „Maschinenbau" machen, was immer das auch sein sollte, aber interessant klang es auf jeden Fall und der Wochenlohn war auch erheblich höher als der von Junker Stein. Das wollte Karl-Friedrich natürlich nicht hören, denn das hätte ja bedeutet, daß er seinen geliebten Beruf hätte aufgeben müssen. So hatte er sich in die neue Kneipe verdrückt, die einen eher zwielichtigen Ruf genoß. Insbesondere den Ehefrauen von Friedrichsdorf war sie ein Dorn im Auge, denn es ging das Gerücht um, daß in den zwei Hinterzimmern des alten, abgelegenen Gehöftes mitunter auch unzüchtiges Treiben stattfand, insbesondere mit den Stadtoberen, die aus diesem Grund auch keinerlei Veranlassung sahen, diese Pinte zu schließen. Aber auch das „normale" Volk hielt sich hier nur allzugerne auf, denn die mitternächtlichen Veranstaltungen waren schon weit über die Stadtgrenze hinaus bekannt. War ja auch zu entzükkend, was da über die Bühne wackelte, ganz anders als zuhause bei der Ollen, die nur im Dunkeln zeigen wollte, was sie hatte und dann hatte man ja nichts davon. Aber über „sowas" wurde nicht gerne geredet. Ganz anders die Besetzung des Etablissements, hier zeigte man sich herzerfrischend offen, im wahrsten Sinne des Wortes. Natürlich nur für die Wohlhabenderen, versteht sich. Leider hatte sich das bei Karl-Friedrich noch nicht herumgesprochen, der glaubte, er könne mit seinem spröden preußischen Charme bei den Ladies aus dem Rheinland landen. Als er sich mit der bewußten, angeblichen Bedienung in einem Hinterzimmer zum verträumten tet-a-tet treffen wollte und diese zwecks Umsatzanhebung erstmal Schampus bestellen wollte und er dies nicht wollte (weil er es nicht bezahlen konnte), jagte sie ihn ziemlich gnadenlos zum Teufel. Man mag jetzt denken, was man will, aber dieses Ereignis war zukunftsweisend für die ganze Familie: Karl-Friedrich beschloß noch in der gleichen Nacht, sich einen besser bezahlten Beruf zu suchen, um sich nie wieder so zu blamieren. Auf dem Nachhauseweg kam er an dem Platz vorbei, an dem die besseren Herren ihre Fortbewegungsmittel abgestellt hatten und Karl-Friedrich sah zu seinem bassen Erstaunen nur noch einen Landauer stehen, der Rest waren sogenannte Automobile, die wie Pilze aus dem Boden schossen. Sollte Marie doch recht haben und er auf dem Holzweg sein? War das die Zukunft? Er streichelte sanft den Braunen vom Landauer und sprach mit dem Kutscher, einem Mann von siebzig Jahren. „Ja, Jüngelchen, guck´ dir dat

Pferdchen noch an, solange es noch welche jibt." Karl-Friedrich verstand. Die Zukunft würde wohl ganz ohne Pferde nicht auskommen, aber eben nur noch in bestimmten Kreisen Pferde brauchen und zu diesen Kreisen gehörte er nicht. Marie hatte, wie immer recht. Eine schmerzliche Erkenntnis, vor allen Dingen um diese Uhrzeit. Mit ebendieser Erkenntnis kam er früh am Morgen zu Marie, die von ihm wissen wollte, was seinen Sinneswandel hervorgerufen hatte, und es mag sein, daß er noch zu beschwipst war, um zu lügen oder ein ausgekochter Halunke, aber auf jeden Fall sagte er seiner Marie die Wahrheit: Daß er zu dieser „Person" gegangen sei, weil sie, Marie, nicht die Dinge mit ihm machen wollte, die er sich wünschte, aber er sich nie getraut habe, dies zu sagen, aber daß diese Person ihm seine Wünsche eben auch nicht erfüllen wollte, ohne daß er dafür kräftig bezahlte. Und nun wisse er eben, daß er auf dem Holzweg sei, denn ohne Geld ginge eben nichts mehr auf der Welt und als Kutscher könne er dieses Geld nie im Leben verdienen und deswegen würde er nun seinen Beruf wechseln. Marie war eine viel zu kluge Frau, um nicht zu erkennen, daß ihr Mann eben ganz gewaltig über seinen Schatten gesprungen war, denn erstens hatte er ihr die Wahrheit gesagt, das spürte sie mit dem sicheren Instinkt einer erfahrenen Frau und zweitens wußte sie nun, warum ihr Mann unzufrieden war, was er ihr vorher auch noch nie gesagt hatte. Als liebende Frau wußte sie nun auch, was sie zu tun hatte, und Karl-Friedrich wiederum wußte nach dieser Nacht, daß er fast einen verhängnisvollen Fehler begangen hätte. Am nächsten Morgen fuhr er mit dem Zug nach Berlin, um sich einen neuen Arbeitsplatz zu suchen.

18

# Teil 2: Veränderung

Karl-Friedrich schloß seinen Spind ab und sinnierte vor sich hin. Nun war er seit fast fünf Jahren bei der Rumpler Luftfahrzeugbau GmbH angestellt. Nach jener denkwürdigen Nacht hatte er sich in Berlin nach Arbeit umgesehen und hatte eine Anstellung in einer noch jungen Firma gefunden. Es war aber keine Automobilbaufirma, wie er es sich eigentlich gewünscht hatte, sondern das noch junge Unternehmen des österreichischen Konstrukteurs Edmund Rumpler, der die sogenannte „Etrich-Rumpler-Taube" baute, eines der damals bekanntesten Flugzeuge. Karl-Friedrich hatte mit seiner Bewerbung ins Schwarze getroffen, denn Rumpler war nicht nur ein guter Konstrukteur, sondern auch ein hervorragender Geschäftsmann, die Umsätze stimmten und weil Karl-Friedrich quasi ein Mann der ersten Stunde war, stieg er mit der noch jungen erfolgreichen Firma auch auf, obwohl er eigentlich nicht vom Fach war. Inzwischen war einiges passiert, seine Frau Marie hatte sich wieder beruhigt und war stolz auf die Leistungen und den Verdienst ihres Mannes, aber die innige Verbundenheit, die noch bestanden hatte, als es ihnen nicht so gut ging, war mit dem steigenden Verdienst ihres Mannes über Bord gegangen. Karl-Friedrichs Unzufriedenheit stieg mit jedem Tag an, denn er verglich ungerechterweise seine Frau mit den feschen Weibsbildern in der Stadt. Die Jahre waren eben an seiner Marie doch nicht ganz spurlos vorüber gegangen (an ihm natürlich auch nicht, aber Männer reifen eben und Frauen altern). Seine monatlichen Bordellbesuche verschafften ihm nur kurz eine gewisse Atempause, richtig zufrieden war er eigentlich nie bei den Damen der horizontalen Zunft, obwohl die sich alle Mühe gaben.

Sein Sohn Friedrich war inzwischen 24 Jahre alt und haßte seinen Vater, seit er ihn bei einem Bordellbesuch aus dem Zimmer seiner Favoritin hatte herauskommen sehen. Nun ja, der Apfel fiel offenbar nicht weit vom Stamm, nur mit dem Unterschied, daß Friedrich noch nicht verheiratet war, so sehr ihm seine Mutter auch zusetzte. Er hatte nach erfolgreichem Studium (Karl-Friedrich fragte sich manchmal, ob er den Job nur deswegen gewechselt hatte, um seinem Sohn eine Ausbildung zum Ingenieur zu ermöglichen) durch den Einfluß seines Vaters ebenfalls eine Anstellung bei der Flugzeugfabrik bekommen und schickte sich an, ein ausgezeichneter Konstrukteur zu werden. Seinen Wehrdienst hatte Friedrich mehr recht als schlecht hinter sich gebracht, die ganze sinnlose Schleiferei war ihm völlig zuwider, Disziplin im preußischen Sinne wollte er nicht aufbringen. Aus diesem Grund verpflichtete er sich trotz des eindringlichen Wunsches von seinem Vater nicht und wurde demzufolge auch kein Offizier. „Junge, wenn es zum Krieg kommt, geht es dir als Offizier besser, denk doch mal daran." Friedrich war auf diesem Ohr taub. Sicher, er las auch die Zeitungen, aber was die ganzen linken Schreiberlinge so zu Papier brachten, hielt er größtenteils für völligen Blödsinn. Daß Tirpitz, einer der größten Wettrüster im Reich nunmehr Großadmiral wurde, ignorierte Friedrich einfach. Tirpitz hatte mit seinem „Risikogedanken", der forderte, daß die deutsche Kriegsflotte so groß sein müsse, daß die Tommies das Risiko eines Angriffes scheuen würden, entscheidend zu dem wahnsinnigen Wettrüsten der englischen und der deutschen Flotte beigetragen. Zur Finanzierung dieser Flotte war in Deutschland sogar eine Sektsteuer eingeführt worden. Mit jedem Glas Sekt, welches nun konsumiert wurde, wurde die deutsche Kriegsflotte finanziert. Gespräche mit England über eine Begrenzung dieses wahnsinnigen Wettrüstens verliefen im Sande.

Die Marokkokrise spitzte sich zu, das deutsche Reich versuchte, Frankreichs Einfluß in Marokko einzudämmen, schickte deswegen zur Einschüchterung ein Kanonenboot namens Panther nach Agadir und die Presse machte daraus den „Panthersprung nach Agadir". Sowas war zwar nicht dazu angetan, Frieden und Entspannung zu schaffen, aber deswegen gleich Krieg? Quatsch. Man schrieb das Jahr 1913 und der Reichstag verabschiedete das „Gesetz zur Verstärkung der Friedensstärke der Armee", die bis 1915 um weitere 150.000 Mann zunehmen sollte. Die Silvesterfeier 1913/1914 verlief im Hause Hambach weitestgehend normal, selbst Marie war zufrieden, denn Friedrich hatte sich endlich verlobt, mit einer gewissen Paula, scheinbar ein ganz nettes Mädchen. Was ihr Friedrich und auch Paula vorläufig noch verschwiegen hatten, war die vermutliche Schwangerschaft von Paula, denn beim letzten Zusammensein der beiden war ein Malheur passiert. Bei der Silvesterfeier merkte man jedenfalls noch nichts und außer der Tatsache, daß sich Karl-Friedrich mal wieder übelst betrank und in diesem Zustand Paula schwer bedrängte, bevor er von Friedrich eine geknallt bekam, daß es nur so rauchte, also außer diesem völlig normalen Silvesterverlauf ereignete sich nichts Besonderes. Karl-Friedrich wachte am Neujahrstag mit einem Riesenkater auf und fühlte sich nicht besonders. Dieser Zustand hielt auch die ganze darauffolgende Woche noch an und als er dann endlich zum Arzt ging, stellte dieser ziemlich lapidar eine wunderschöne Syphilis fest, bereits im dritten Stadium und Karl-Friedrich wußte nun genau, daß die Kreuzschmerzen, die ihn die ganze Zeit so geplagt hatten, nicht von der Arbeit kamen. Für ihn brach eine Welt zusammen und er bemitleidete zunächst mal sich selbst, um dann festzustellen, daß selbstverständlich nur die Umstände schuld trugen an seinem beklagenswerten Zustand. Marie ertrug auch diesen letzten Akt ihres Mannes mit einer bemerkenswerten Demut, bevor sie ihren

Göttergatten dann am 28.06.1914 zu Grabe trug. Friedrich war trotz seines zeitlebenden Hasses auf seinen Vater völlig mit den Nerven fertig. So schien es jedenfalls. In Wirklichkeit sorgte er sich nur darum, sich eventuell bei dieser „Scheißnutte", die sowohl er als auch sein Vater ganz toll gefunden hatten, angesteckt zu haben. Da er im Gegensatz zu seinem Vater aber immer vorsichtig war, obwohl ihm die Kondome nicht sonderlich behagten, hatte er sich glücklicherweise nicht angesteckt, was ihm der auf die Beerdigung folgende Arztbesuch auch bestätigte.

Allerdings nahm an diesem Sommertag von Karl-Friedrichs Beerdigung kein Mensch Anteil. Es war der Tag, an dem der habsburgische Thronfolger Franz Ferdinand und seine Frau von einem bosnischen Studenten erschossen wurden.

# Teil 3: Der große Krieg (I)

Die weiteren Schritte waren klar: Generalmobilmachung, Säbelrasseln und gegenseitiges Kriegserklären. Letzteres unterließ man dann in späteren Jahren aus Vereinfachungsgründen. Alle Menschen in Deutschland waren offenbar in einen Kriegstaumel geraten und glaubten, man könne kurz mal Frankreich, England und Rußland schlagen und bis Weihnachten wieder zuhause sein. Fataler Irrtum, wie sich alsbald herausstellte, Bismarck hatte nicht umsonst jahrelang vor einem fürchterlichen Zweifrontenkrieg gewarnt. Naja, jedenfalls hatte dieser Krieg zur Folge, daß Friedrich bei der Geburt seines Sohnes Karl nicht dabei war, der im September 1914 zur Welt kam. Die Kriegstage wurden für Friedrich kein Honigschlecken. Wie es ihm sein Vater prophezeit hatte, war in der deutschen Armee das Leben des gemeinen Soldaten schwierig. Hätte Friedrich sein Offizierspatent heimgebracht, wäre ihm wohl so manche Schikane erspart geblieben. So aber ging es nach der Einberufung direkt an die Front, allerdings ohne die Vergünstigungen eines Offizieres. Friedrichs Einheit wurde zunächst nach Metz versetzt und anschließend Richtung französische Grenze in Marsch gesetzt. Der anfängliche Siegestaumel wich aber ziemlich schnell der bedrückenden Realität, die darin bestand, daß man drei Meter Bodengewinn mit vier Toten der Einheit erkaufen mußte. Tags darauf wurde die Frontlinie dann wieder um zweihundert Meter zurückgenommen und Friedrich fragte sich, wofür die vier deutschen Männer gestorben waren. Er behielt diese Gedanken wohlweislich für sich, denn er wollte nicht standrechtlich erschossen werden. Allerdings hatte er mit seiner Einzelbetrachtung recht, die Gesamtbilanz des deutschen Heeres sah Ende 1915 nicht viel besser aus, im Grunde hatte sich nicht viel getan, außer, daß auf allen Seiten unzählige Tote zu beklagen waren und sich viele Leute fragten, was der ganze Unsinn eigentlich sollte. Friedrich hatte das Glück, zusammen mit einem Freund aus „seiner" Fabrik eingezogen worden zu sein, einem gewissen Willi Kaschube. Dieser Kaschube war ein rotzfrecher Hund und niemals auf den Mund gefallen. In der Fabrik Rumplers kam das gut an, denn Rumpler schätzte ein offenes Wort sehr. Aufrichtigkeit war dagegen in der deutschen Armee nicht gefragt und wenn Kaschube mal wieder über die Stränge geschlagen hatte, nahm ihn Friedrich immer zurück und glättete die Wogen, indem er als Vermittler auftrat, damit aus Kaschubes losem Mundwerk kein weiterer Schaden für ihn folgte. Darüber war Kaschube immer sehr dankbar, was Friedrich noch zugute kommen sollte. Einstweilen saßen die beiden im Schützengraben und unterhielten sich. „Und, Friedrich, wielange dauert der Greisenunfug noch?" Kaschube grinste. „Mensch, Willi, ich habe dir schon hundertmal gesagt, du sollst stille schweigen. Die erschießen dir noch wegen deiner losen Reden." „Ach was, Friedrich. Ich habe mir schon lange abgewöhnt, denen da oben zu vertrauen, wenn die wollen, erschießen die mich sowieso, auch ohne Grund, dann schon lieber anständig erschossen, weil ich die Wahrheit gesagt habe. Bei unserer Heeresführung rieselt doch schon der Kalk. Das Durchschnittsalter ist viel zu hoch, da müßten mal ein paar Jüngere ran, die für neue Techniken aufgeschlossen sind."

„Ja, so wie diesen Blödsinn mit dem Chlorgas. Du hast doch den sterbenden Franzosen gesehen, schwarz im Gesicht ist er geworden und dann hat er Blut gehustet und ist gestorben. Was hat er denn eigentlich noch gesagt, bevor er gestorben ist?" Wie schon so oft ärgerte sich Friedrich, daß er nicht beizeiten französisch gelernt hatte, als er noch etwas Zeit hatte. Kaschube mit seinem frechen Maul ging über grammatikalische Finessen einfach hinweg, sein Französisch war zwar schauderhaft, aber immerhin konnte er sich verständigen. „Er hat gesagt, daß er seine Frau liebt und seine Kinder und daß er hofft, sie ihm Himmel wiederzusehen." Kaschube schaute andächtig und faltete die Hände. „Mann. Da geht einem ja das Herz auf. Große Worte eines sterbenden Mannes." Friedrich seufzte. Kaschube grinste mitleidig. „In Wirklichkeit hat er gesagt, daß die verdammten Deutschen der Teufel holen soll, mitsamt ihren verfluchten neuen Waffen." „Willi, hör´ doch mit den Sprüchen auf." Friedrich war ärgerlich. „Wir liegen hier bis zum Hals in der Scheiße und du reißt noch blöde Witze mit mir."

„Sag mal, Friedrich, was meinst du eigentlich, wie man diesen Krieg wird überleben können? Ich versuche lediglich, allem das Beste abzugewinnen. Wenn ich zuviel nachdenke, würde ich verrückt werden, also beschränke ich mich darauf, gescheites Essen zu organisieren und soweit wie möglich meinen Humor zu behalten. Meinst du allen Ernstes, die Toten gehen mir nicht an die Nieren?" Friedrich staunte. Eine lange Rede für Kaschube, doch der war noch nicht fertig. „Seit ein paar Jahren kennen wir uns nun Friedrich, du der studierte feine Pinkel und ich der Arbeitersohn, beide haben wir in der Rumpler Fabrik angefangen und uns gleich gut verstanden. Ich will es im Leben zu etwas bringen. Von klein auf haben bei uns alle Dinge gefehlt, die das Leben lebenswert machen. Ich bin der erste in unserer Familie, der es zu einer festen Anstellung und damit zu regelmäßigen Einkünften gebracht hat. Und wenn ich dich nicht gehabt hätte, wäre ich bei Rumpler längst rausgeflogen, dessen Geduld ist ja schließlich auch nicht unendlich. Meine Freundin und ich haben uns im Frühjahr 1914 ein kleines Häuschen in Oranienburg angeschaut, wo ihre Eltern herkommen. Wenn ich noch drei Jahre spare und ein kleines bißchen Glück habe, können wir uns dieses Häuschen kaufen." Aus Kaschube sprudelte es förmlich heraus, man merkte, daß er diese Rede schon lange auf dem Herzen hatte. „Und jetzt sitze ich hier bei den Franzmännern, die mir überhaupt nichts getan haben und ich ihnen auch nicht und muß mir blödes Geschwätz von unserem Oberleutnant anhören, „der deutsche Erzfeind sitzt in Paris"! So ein Blödsinn. Weißt du, was unsere Zeppeline über Paris angerichtet haben?" Friedrich nickte, militärisch gesehen waren die Zeppelinbombenabwürfe über Paris völliger Unsinn, aber die Panik, die unter den Franzosen ausgelöst worden war, hatte den deutschen Generalstab sehr gefreut. Das Märchen von den deutschen Superwaffen konnte so um ein weiteres Kapitel bereichert werden. Daß die Deutschen das entsetzliche Giftgas einsetzten, hätte Friedrich nie gedacht, aber sie hatten es getan und er und Willi hatten den sterbenden Franzosen gesehen. Drei Tage später kam der Gegenangriff, ebenfalls mit Giftgas, scheinbar waren auch die französischen Techniker nicht tatenlos geblieben. Kaschube ereiferte sich jetzt. „Und wer hat die Suppe auszubaden? Wir alle. Wir haben einen Kaiser, der bei allen Gelegenheiten sein Maul aufreißt, wo man besser schweigen sollte." Friedrich nickte, diese Reden kannte er von seinem Vater. „Ich bin nur ein Arbeiter, aber der Kaiser ist ein vornehmer Mann, der sollte sich besser im Griff haben, aber der ist ja schlimmer als ich. Der hat uns in den Krieg reingerissen. Die Wirtschaft war doch gar nicht auf den Krieg vorbereitet. Was meinst du wohl, warum uns jetzt dauernd die Munition ausgeht? Mein Onkel arbeitet in einer Fabrik für synthetische Stickstoffherstellung für Munition in Berlin, die ist erst jetzt unter staatliche Kontrolle gestellt worden, obwohl schon seit Monaten Krieg ist. Was ist denn das für eine Planung? Wenn Rumpler so arbeiten würde, könnte der seinen Puff dicht machen." Friedrich staunte immer wieder über den Sachverstand seines Freundes, der über die dritte Schulklasse nie hinaus gekommen war. „Meine Oma hat mir geschrieben, daß sie Ende Januar Lebensmittelkarten bekommen hat. Weißt du, was das bedeutet? Die haben nischt mehr zu fressen im Reich!" Friedrich kam ins Grübeln. Rationierung von Lebensmitteln nach nur einem Jahr Krieg war in der Tat kein gutes Zeichen. Er erinnerte sich an die Sprüche seines Vaters, der noch 1910 gesagt hatte, daß das deutsche Reich zu 80% autark sei, was die Ernährung anbelangte. Aber der Kriegsausbruch mußte Konsequenzen haben, der Außenhandel war natürlich zurückgegangen und wenn die ganzen Bauern im Schützengraben lagen, wurden auch keine Felder bestellt, was zur Folge hatte, daß die Ernten ganz oder teilweise ausfielen. Da England auch die Fischkutter in der Nordsee attackierte, gab es natürlich weniger Fisch im Reich, kurzum, die ganze Ernährungssituation war beschissen. „Und jetzt stell dir vor, Friedrich, der Jupp, du erinnerst dich, ist doch vor zwei Jahren bei uns weggegangen und hat bei Junkers angefangen." Friedrich erinnerte sich an Jupp, einen ehrgeizigen jungen Mann. „Der ist jetzt bei unserer Nachbareinheit, den habe ich gestern beim Organisieren von Tabak getroffen, der hat mir erzählt, daß bei Junkers ein Flugzeug zum Jungfernflug gestartet ist, was alles bislang gebaute in den Schatten stellt. Der Rumpler wird sich nach dem Krieg warm anziehen müssen, trotz seiner Rumplertaube." Friedrich hatte davon gehört, sein Vater, der bei Rumpler unter anderem auch die veröffentlichten Patente überwachte, hatte bereits 1909 davon berichtet, daß ein Herr Junkers ein Patent bewilligt bekommen habe, welches ein sogenanntes „Nurflügelflugzeug" beschrieb. Damals konnte sich Friedrich auf dieses Patent keinen rechten Reim machen, aber offensichtlich hatte sich die Idee eines Ganzmetall Eindeckers durchgesetzt.

# „ALARM!"

Friedrich und Willi fluchten. Sie holten ihr Gerötel und folgten den Anweisungen des kommandierenden Leutnants. In der Folgezeit ging es ihnen nicht besonders gut, denn Friedrich und Willi nahmen aktiv am Kampf um Verdun teil. Man schrieb das Jahr 1916 und die Lage war genauso beschissen wie vorher. Aber nicht hoffnungslos. Originalton Kaschube. Friedrich und Willi wurden am 21. Februar 1916 zum rechten Maasufer dirigiert, um von dort aus Verdun anzugreifen, welches als Eckpfeiler des französischen Befestigungssystems galt. Eigentlich wollte der deutsche Generalstabschef von Falkenhayn Verdun nicht in einem überraschenden Angriff nehmen, sondern die französische Wehrkraft langsam ausbluten. Nach anfänglichen deutschen „Erfolgen" stockte der Nachschub und die Franzosen nutzten die Atempause zum Gegenschlag. Das Resultat nach etlichen Wochen Sterben und Entsetzen: Deutsche und Franzosen standen wieder dort, wo sie den Kampf am 21. Februar begonnen hatten. Ach ja, eine Anmerkung noch. Willi und Friedrich waren als Vorhut eingesetzt, um den Trichter 304 zu erkunden. Friedrich ging als Erster und traf auf einen Franzosen, der nicht sofort schoß. Der Franzose rief Friedrich etwas zu und Friedrich verfluchte sich, weil er nicht französisch gelernt hatte. Willi kam dazu, der Franzose schoß immer noch nicht, obwohl er die Waffe im Anschlag hatte. „Der will wissen, wie du heißt", dolmetschte Willi. Friedrich rief zum Franzosen: "Mon nombre est Friedrich Hambach!" Willi grinste, eine gräßliche Aussprache hatte dieser Mensch. Der Franzose anwortete. „Was sagt er?" fragte Friedrich Willi. „Er sagt, daß er Joseph Soler heißt und den ganzen Krieg für „merde" hält." „Sag´ ihm, daß ich genauso denke und daß sich jetzt alle ganz langsam hinter die Schutzmauern zurückziehen sollten." Friedrich atmete auf, Gott sei Dank, ein vernünftiger Franzose, dieser Joseph Soler. Man schrieb den 15. Dezember 1916 und dieses Datum sollte für die Familie Kaschube und für die Familie Hambach richtungweisend werden. Von Joseph Soler werden wir im Jahr 1982 noch einmal hören. Die weitere Entwicklung des ersten Weltkrieges war furchtbar. Menschen wurden zu Material und der bewegungslose Stellungskrieg, der nur noch die Strategie der Abnutzung und der gelegentlichen Durchbrüche erlaubte, wurde zur Regel. Die Truppen konnten sich gegenseitig mit Murmeln bewerfen, so nah lagen sie zum Teil beieinander. Natürlich kam auf diese Idee niemand, stattdessen wurden Materialschlachten initiiert, die strenggenommen überhaupt keinen Sinn ergaben, denn es starben meistens genausoviele Angreifer wie Verteidiger, was letztendlich auf ein Nullsummenspiel hinauslief. Wilhelm II. erkannte, daß Stabschef von Falkenhayn mit seiner menschenverachtenden Theorie des „Ausblutens" keinerlei Erfolge vorweisen konnte und ließ ihn deswegen von General Paul von Hindenburg ablösen. Leider nützte das gar nichts, denn weder hörte das Sterben auf, noch wurden die Menschen dadurch vernünftiger.

Die Vereinigten Staaten von Amerika traten am 6. April 1917 in den Krieg ein und nun konnte man den amerikanischen Traum erleben, der fortan das 20. Jahrhundert beherrschte: Bar jeder Sachkenntnis traten die Amerikaner in einen Kulturraum ein, der sie im Grunde gar nichts anging, den sie aber brauchten, um ihrer kränkelnden Wirtschaft wieder auf die Beine zu helfen. Denn eines war sicher, wie die Erfahrungen der letzten Jahre zeigten: Ohne Kriege größeren Ausmaßes konnten die Amerikaner ihre Wirtschaft nicht am Leben erhalten. Die amerikanische Wirtschaft hatte sich Wachstum als Leitkultur auf die Fahne geschrieben, Wachstum um jeden Preis. Dazu bot sich an, der Welt immer dann zu Hilfe zu kommen, wenn irgendwo auf dem Erdball ein Krieg tobte. Waffenlieferungen, militärische „Berater", Kreditlinien etc. pp., die Amerikaner waren schon sehr erfindungsreich, wie man noch sehen wird. Kaschube mit seiner Bauernschläue erkannte ziemlich rasch, welche gewaltigen Veränderungen der Kriegseintritt der USA mit sich brachte. „Hast du gehört, Friedrich? Die Amis haben den Tommies Geld gepumpt, d.h., die können jetzt ohne Ende Nachschub in den USA ordern, dort laufen die Metallpressen auf Hochtouren, demnächst werden wir bestimmt mit Granaten aus amerikanischer Produktion beglückt. Da werden unsere ganzen Supererfindungen nichts nützen, die werden uns mit Masse erdrücken, nicht mit Klasse. Wir können diesen Mistkrieg nur verlieren." „Hier, lies mal, Willi, meiner Frau haben sie letzte Woche die Lebensmittelkarte geklaut, schlimme Zeiten. Sie schreibt, daß in Wilhelmshaven die kaiserliche Flotte zu einer Schlacht auslaufen sollte und die Soldaten gemeutert haben." Kaschube staunte. „Die sind doch bestimmt alle erschossen worden?" „Nein, angeblich hat die Reichsregierung mit den Aufsässigen verhandelt." „Na, denn ist das der Anfang vom Ende, Friedrich. Wenn die Disziplin im Arsch ist, wird es nicht mehr lange dauern." Kaschube sollte auch hier recht behalten. Im November 1918 wurde die Republik ausgerufen, der Kaiser dankte ab und ging zum Holzhacken in die Niederlande und im Wald von Compiègne, in der Nähe von Paris, unterzeichnete Matthias Erzberger den Friedensvertrag, der das Ende des ersten Weltkrieges bedeutete. Friedrich und Kaschube hatten großes Glück und waren unter den ersten, die wieder in die Heimat zurückkehren durften, richtig glücklich waren sie allerdings nicht, denn das Bild, was sich ihnen dort bot, war teilweise noch trostloser als die Frontlinie. Paula war froh, daß ihr Mann wieder da war, aber auch Friedrich konnte gegen die Hungersnot, die in den Städten herrschte, wenig ausrichten. Steckrüben waren angesagt und Friedrich hingen die recht bald zum Hals heraus. Zum Glück organisierte Kaschube wie ein Weltmeister, denn seine Frau war, genau wie Friedrichs

Paula, schwanger geworden (die wenigen Heimatbesuche zeigten Wirkung) und sollte gut ernährt werden. Es war der 23.02.1919 und Paula und Else, Kaschubes Frau, brachten zwei Jungens auf diese „Scheißwelt", wie Kaschube immer zu sagen pflegte.

Für Kaschube war es der erste Sohn, 1918 hatte Kaschube, noch kurz vor Kriegsende seine Else geheiratet, für Friedrich war es bereits das zweite Kind nach Karl, Paula und er beschlossen, den Sohn Kurt zu nennen. Eine vierköpfige Familie in diesen Tagen durchzubringen, war nicht besonders leicht, zumal Friedrich und Willi ihre Arbeit verloren hatten. „Da nützen auch die schönen Reden von Herrn Ebert, dem neuen Reichspräsidenten nichts", ereiferte sich Kaschube, als sie wieder zum Stempeln marschierten. Es gab lange Schlangen von Arbeitslosen, die Unzufriedenheit unter der Reichsbevölkerung wurde immer größer, radikale Gruppierungen formierten sich auf beiden Seiten des politischen Spektrums und scharten Anhänger um sich. Kaschube und Friedrich hielten sich aus den Straßenschlachten heraus, die allerorten tobten. Kommunisten lieferten sich mit Anhängern der neu gegründeten NSDAP heftige Kämpfe, die Polizei griff meistens nicht ein. Kaschube, der völlig unpolitisch war, machte sich über einen gewissen Adolf Hitler lustig, der in der NSDAP wegen seines Rednertalentes den Posten des Propagandaleiters erhielt. „So eine Pfeife, von nichts eine Ahnung und was der für einen Unsinn redet. Land und Boden zur Ernährung unseres Volkes fordert er, im Osten will er neue Siedlungen für unseren Bevölkerungsüberschuß bauen. Ob der nicht mitgekriegt hat, daß fast zwei Millionen Tote auf den Schlachtfeldern liegengeblieben sind?" „Ich weiß nicht, Willi. Der Mensch ist mir irgendwie unheimlich. Schau dir doch mal an, wie der einen Saal voller Leute in seinen Bann ziehen kann, das ist ja ein richtiger Rattenfänger. Daß wir keinen neuen

Lebensraum brauchen, weiß ja jeder, aber der Gedanke an ein einiges, starkes Reich ist ja bei uns sehr tief verwurzelt. Und wenn er über den Friedensvertrag von Versailles als Schandvertrag redet, hat er ja auch deine Zustimmung. Du hast ja selber erst gestern gesagt, daß deine Enkel an den Reparationen noch werden zurückzahlen müssen." „Ja, sicher, aber Deutschland hat seine Rolle als Großmacht im Krieg verloren. Wir sollten jetzt eben das Beste aus der Sache machen und uns aus allem heraushalten, Aufbau heißt das Gebot der Stunde." „Leicht gesagt, mein Vetter im Rheinland hat mir geschrieben, daß die Tommies alles abtransportiert haben, was nicht niet- und nagelfest war. Wie sollen wir irgendetwas produzieren, wenn wir keine Maschinen, keine Rohstoffe haben? Den Bau von Flugzeugen haben uns die Herren Sieger verboten und deswegen haben wir unsere Arbeit verloren. Was sollen wir denn jetzt bloß machen? Meine Frau liegt mir jeden Tag in den Ohren, ich soll mir Arbeit suchen, aber ich finde einfach keine. Karl ist jetzt schon sechs Jahre und hat nichts zu fressen, Kurt ist zwei und so dünne, daß man Angst haben muß, ob er die nächsten Jahre überlebt."

„Keine Bange, ich habe gestern mit Pachulke gesprochen, der ist Direktor bei der Deutschen Reichsbahn, die suchen noch einen Schrankenwärter, da habe ich an dich gedacht." Friedrich zog die Stirn in Falten. „Schrankenwärter? Da ist sicher nicht viel Geld mit zu verdienen."

„Das nicht, aber zum Schrankenwärterposten gehört eine billige Dienstwohnung und ein Garten, für das Nötigste wäre also gesorgt. Stell dich nicht so an, zweimal am Tag Schranken rauf und runter, was ist schon dabei? Irgendwann kommen schon bessere Zeiten, dann kannst du an Deinem Supermotor weiterbauen." „Ach Willi, da glaube ich bald nicht mehr dran, du bist wahrscheinlich der Einzige, der sich noch daran erinnert." Darauf kannst du einen lassen, dachte Willi bei sich, sagte aber nichts. Friedrich hob hilflos die Schultern: „Und was willst du jetzt machen, Willi?" Willi grinste. „Ich habe einen größeren Posten Zigaretten „erworben", da läßt sich was machen draus, vielleicht baue ich dir eine kleine Maschinenhalle." „Mensch, Willi, red´ keinen Unsinn, laß dich nicht erwischen bei Schiebereien, die Regierung greift hart durch." Friedrich hatte gehört, daß ein LKW mit Zigaretten, bestimmt für die Alliierten, letzte Nacht überfallen wurde, das konnte also nur Kaschube gewesen sein. Kaschube grinste. „Laß mich nur machen, ich muß meiner Frau was bieten, sonst haut mir die Gute ab und du weißt ja selber, wie ich an ihr hänge. Die geht halt gerne aus, die Nachtclubs in Berlin bieten schon einiges." Friedrich hörte zu und staunte mal wieder über seinen Freund Kaschube, das ewige Stehaufmännchen. Schon im Krieg war der nicht unterzukriegen, jetzt schob er wie ein Weltmeister und knüpfte Beziehungen ohne Ende. Er schaute auf die Kleider von Kaschube und war ein wenig neidisch, denn Willi hatte sich erst letzte Woche neu eingekleidet. „Kleider machen Leute" pflegte Willi immer zu sagen. Bestimmt lief auch mit Else mehr im Bett als mit seiner Paula, die sich in letzter Zeit recht zugeknöpft zeigte. Aber das konnte Friedrich ihr auch nicht verdenken, die Sorgen erdrückten sie fast. Ich werde das Angebot von Willi wohl annehmen, dachte sich Friedrich. Schrankenwärter ist eine feste Anstellung mit Pensionsanspruch, zwar mies bezahlt, aber immerhin, für eine gewisse Übergangszeit würde es reichen. „Und heute abend lade ich dich in das „Shimmy Moon" ein, ein entzückendes kleines Lokal", sagte Willi. „Aber dein Miesepetergesicht läßt du gefälligst draußen, klar? Das mögen die Damen nicht." Friedrich behagte die neue Rollenverteilung nicht sonderlich, klar, Willi hatte ihm nun einen neuen Arbeitsplatz besorgt, aber die traditionelle Rangordnung preußischen Zuschnitts war zerstört, hier der Ingenieur, hier der Arbeiter ohne Schulausbildung. Und jetzt stand der Arbeiter besser da als der Ingenieur. Ging das mit rechten Dingen zu? Der Krieg hatte eben alles verändert. Werte galten nichts mehr. Kaschube war ein Verbrecher, ohne Zweifel, aber er war nur durch den Krieg so geworden, vorher war er ein Halunke, aber ein liebenswerter. Nichtsdestotrotz, Kaschube war sein Freund, ohne ihn würde er wahrscheinlich nicht mehr leben, die Situation am Trichter 304 hatte Friedrich nicht vergessen. Er überlegte sich beim Nachhausegehen, welche Ausrede er seiner Paula präsentieren würde, damit er mit Willi in das neumodische Shimmy Moon gehen konnte. Natürlich hatte Friedrich von diesem neuen Tanz schon gehört, und mit seinen 33 Jahren fühlte er sich eigentlich nicht zu alt, um diesen Tanz mal auszuprobieren. Überhaupt, Tänze, da kam ja jede Menge amerikanischer Unsinn auf den deutschen Markt. Nicht nur Shimmy, nein auch Charleston, Fox-Trott, One-Step und Tango. Aber den Damen gefiel es, nicht nur denen, denn durch den Krieg und die Entbehrungen hatte sich jede Menge Lebenslust aufgestaut und alle schienen richtig auf den Abend und die Nacht zu warten, um sich die Lust zu holen, die man solange entbehren mußte. Als er mit Willi des Nachts im Schützengraben der französische Grenze lag, da hatten sich die beiden oft ausgemalt, wie es sein könnte, wenn man wieder zuhause bei den Lieben wäre, man würde mit der Frau lange Spaziergänge machen, man würde mit den Kindern Spiele machen, Mensch-ärger-dich-nicht kam im Krieg groß heraus, man würde...

Und jetzt? Jetzt überlegte er sich Ausreden, damit er mit seinem Kriegsgefährten Nachtclubs besuchen könnte, ohne daß seine Frau was davon merken würde. In letzter Zeit kam ihm immer wieder sein Vater in den Sinn, den er eigentlich zeitlebens abgelehnt hatte. War er wirklich so unterschiedlich zu ihm? Eigentlich, bei näherem Hinsehen, war er selbst doch keinen Deut besser. Er hatte schon in jungen Jahren herumgehurt, weil keine anständige Frau sich mit ihm einlassen wollte. Deswegen hatte er schon früh Bordelle besucht, bevor er dann Paula kennen und letztlich auch schätzen gelernt hatte, denn die war feinfühlig genug, zu erkennen, warum er so geworden war und wußte seine Grillen einzuschätzen und, was er an ihr am meisten schätzte, sie verurteilte niemanden wegen seines Vorlebens. Wenn er es sich richtig überdachte, dann hatte er mit Paula eigentlich den goldenen Griff getan, denn sie verzieh ihm viele seiner Launen, ohne böse zu werden und bemühte sich weidlich, den beiden Söhnen ein ordentliches Leben zu bieten. Friedrich kam nach Hause, erzählte seiner Frau von dem neuen Arbeitsplatz und erlebte zu seiner Freude, daß Paula glücklich war, daß er sich um Brot und Arbeit gekümmert hatte. So war dieser Abend relativ friedlich und Friedrich versuchte, Klein-Karlchen, der nun schon acht Jahre alt war, etwas Schach beizubringen. Friedrich war ein begeisterter Schachspieler und schwärmte für Emanuel Lasker, der bei den Schachweltmeisterschaften in Havanna gute Aussichten hatte, seinen Weltmeistertitel, den er seit 1894 ununterbrochen behauptete, zu verteidigen. Doch Lasker mußte sich mit seinen 53 Jahren einem Jüngeren geschlagen geben, einem gewissen Capablanca. Als es 20 Uhr war, schickte Paula die Kinder ins Bett und Friedrich sagte zu seiner Frau, daß er zu einer Veranstaltung der NSDAP gehen wollte, um zu sehen, was an dieser Partei so besonders sein solle. Sie hatte überhaupt keine Einwände, war sogar sehr glücklich, daß er sich nicht nur eine neue Arbeit besorgt hatte, sondern darüberhinaus seine Kinder nicht vernachlässigte und auch noch politisch interessiert blieb. Er verließ das Haus und traf sich mit Kaschube im Shimmy Moon. Der Türsteher rümpfte zwar die Nase, als er Friedrichs Anzug unter die Lupe nahm, nahm aber sofort Haltung an, als Kaschube im Daimler vorfuhr. „n´Abend, Chef!" Der Türsteher salutierte fast.

„Sag´mal, Willi, was hast du mir eigentlich die letzten Jahre verschwiegen?" wollte Friedrich von seinem Freund wissen. „Wieso „Chef"? Wo hast du das Geld her?"

„Friedrich, alter Freund, du fragst eindeutig zu viel, so wird nie was aus dir werden. Schweige stille und genieße den Abend, die Damen warten schon auf uns." Kaschube trat in den Saal ein und ging leichten Schrittes auf den besten Tisch im Raum zu. Die Kellner nahmen ihm Seidenschal und Mantel ab und brachten ohne große Aufforderung Champagner. „Das ist das Einzige, was ich an Frankreich neben den französischen Frauen im Krieg schätzen gelernt habe", sagte Kaschube zu Kellner. Friedrich staunte, denn im Schützengraben hatte Willi niemals eine Französin kennengelernt und da Willi so wie Friedrich Jahrgang 1889 war, konnte er das auch nicht vor dem Krieg erledigt haben. Irgendwie kam sich Friedrich wie auf einer falschen Vorstellung vor. Was war nur mit Willi geschehen? Zwei Damen kamen an den Tisch von den beiden. Eine setzte sich ungefragt auf den Schoß von Kaschube und umgarnte ihn auf das Heftigste. Die andere setzte sich neben Friedrich und fragte ihn, ob er tanzen wolle. Friedrich erhob sich etwas hölzern, deutete ein Verbeugung an, was die Dame zu leisem Kichern anhielt. „Huch, ein Preuße! So was hatte ich ja schon lange nicht mehr." Beim anschließendem Tango lernte Friedrich, daß man beim Tanzen mehr Erotik spüren konnte als beim eigentlichen Akt und war fasziniert und abgestoßen zugleich von dieser Frau, die ihn vom ersten Moment an als verklemmten kleinen Preußen bezeichnet hatte. „Na, Friedrich", säuselte sie nach der zweiten Flasche Champagner, „wie hättest du es denn gerne heute nacht?" Friedrich kam ins Schwitzen. Ob das so von Willi geplant war? Doch den konnte er nicht fragen, denn Willi war gerade mit seiner Favoritin im Separeé verschwunden. Was tun? „Na, wat is denn nu´?" Die vermeintliche Dame wurde nun langsam ungehalten. „Wenn ich es dir heute nicht besorge, wird der Chef ungehalten, der hat mit klare Instruktionen gegeben, volles Programm, anblasen, umlegen und ab die Post, also, wat is jetzt?" Friedrich verstand und erhob sich: „Bedaure, kein Bedarf." Er deutete eine kurze Verbeugung an und entfernte sich aus diesem zweifelhaften Etablissement. Als er die Ausgangstür öffnete, hörte er die Nutte noch fluchen. „Wußte ich doch, einen alten Preußen mimen und denn keinen mehr hochkriegen, diese alten Kriegssäcke sind doch alle impotent!" Friedrich grinste, er war 33 und wurde als alter Preuße und impotent beschimpft. Ersteres nahm er als Kompliment, letzteres nicht zur Kenntnis und insgeheim dankte er Kaschube, denn nun wußte Friedrich, wo er hingehörte. Friedrich ging zu Fuß nach Hause und wurde dort von Paula empfangen, die ihn nach der NSDAP – Versammlung befragen wollte. Friedrich hatte keine Lust, seine Frau anzulügen und erzählte ihr die Wahrheit. Die Hambach-Chronik wiederholte sich, denn auch Paula erkannte, daß Monsieur Hambach II. soeben über seinen Schatten gesprungen war. Sie nahm es mit einer bewundernswerten Nonchalance auf und führte ihren „untreuen" Gatten ins Schlafzimmer, wo Friedrich dann erfuhr, daß auch seine Frau einen gewissen Nachholbedarf hatte.

# Teil 4: Die goldenen 20er

## 1924

Friedrich Hambach holte seine Tageszeitung aus dem Briefkasten und war unendlich stolz, als er die Schlagzeile in den Friedrichshafener Nachrichten las: „Zeppelin Luftschiff ZR III fliegt nach Amerika". Na, endlich wurde mal etwas gewürdigt, was Deutsche geleistet hatten. Nach jener denkwürdigen Nacht im Shimmy Moon hatten Friedrich und seine Frau Paula beschlossen, sich aus dem unseligen Einflußbereich von Kaschube zu lösen. Paula gab letztendlich den Ausschlag. „Friedrich, sicher, er hat dir das Leben gerettet, aber er wird dich auch in das Verderben führen, er ist ein Schieber, der schlimmste in der ganzen Stadt, er ist ein Verbrecher, er hat LKW´s überfallen und sich strafbar gemacht. Außerdem ist er nicht treu, was er mit seiner Else macht, ist eine Sauerei, ständig diese Touren durch die Nachtclubs, ich habe sowieso den Verdacht, daß er sich einen Nachtclub nach dem anderen aneignet und bestimmt nicht immer mit legalen Mitteln. Du darfst nicht mit ihm gemeinsame Sache machen, du bist Ingenieur und kein hergelaufener Arbeiter, der seine ganze Bedeutung nur von seinem Bargeldbestand und der Anzahl der ihn umgebenden Nutten ableitet." Friedrich hatte sich diese Worte zu Herzen genommen und bei der Zeppelinwerft in Friedrichshafen beworben. Aufgrund seiner Rumplererfahrung wurde er sofort genommen, gute Luftfahrtingenieure waren in Friedrichshafen immer gerne gesehen. Eigentlich war der Bau von Luftschiffen in Deutschland seit 1921 verboten, aber der Chef der Friedrichshafener Luftschiffbau Zeppelin GmbH hatte es durch

38

geschickte Verhandlungen geschafft, für sein Unternehmen dieses Verbot zu umgehen, indem er einen großen Zeppelin anstelle von Reparationszahlungen nach Amerika entsandte. Sehr geschickt, das nötigte Friedrich großen Respekt ab, der in der neuen Firma viel lernte. Es war schon ein großer Unterschied zwischen der Rumplertaube und dem Schlachtschiff der Zeppelinwerke, der riesigen silbernen Zigarre. Was für ein Prestigeerfolg, dachte Friedrich, ein Zeppelin fliegt, eskortiert von amerikanischen Fliegern, in die USA! Dieses Ereignis trug entscheidend zu den Verbesserungen der diplomatischen Beziehungen zwischen den Vereinigten Staaten von Amerika und dem Deutschen Reich bei. Auch sonst hatte das Deutsche Reich politisch einige Erfolge vorzuweisen, denn die beharrliche Politik vom deutschen Außenminister Stresemann, den Friedrich sehr schätzte, sollte zu einer schrittweisen Revision des Versailler Friedensvertrages führen, auch wenn dies die Franzosen mit allen Mitteln verhindern wollten. Aber die per Vertrag verlangten Reparationen waren von Deutschland nicht aufzubringen, das wußten auch die Alliierten genau, nach Ansicht von Friedrich wollten die Franzmänner nur erreichen, daß Deutschland schwach bleiben solle und das möglichst für Jahrzehnte. Daß in diesem Vertrag auch geregelt wurde, wie sich die Luftfahrt im Deutschen Reich zu entwickeln hatte, nämlich gar nicht, schmerzte Friedrich als fanatischem Luftfahrtingenieur sehr. Aber hier in Friedrichshafen fühlte er sich wohl, auch wenn er innerlich einige Zweifel hatte, ob das Zeppelin-Konzept sich würde durchsetzen können. Sicher, die Bequemlichkeit war in den luxuriös gestalteten Kabinen gegeben, aber so ein richtiges Massengeschäft könnte das nicht werden, denn die Reisen nach Amerika waren sehr teuer und für Otto Normalverbraucher nicht zu bezahlen. Friedrich zog es mehr zu den Propellermaschinen hin, ihm schwebte eine Maschine aus Metall vor, die Platz für mindestens 25 Passagiere haben sollte und auf jeden

Fall zweimotorig ausgelegt sein sollte. Aber einstweilen mußte er noch schweigen, denn eine sichere Arbeit in diesen Zeiten zu kündigen, wäre fatal gewesen. Es waren unruhige Zeiten, Kommunisten und Sozialisten lieferten sich hitzige Rededuelle, manchmal sogar mehr. Adolf Hitler gründete die SS und formierte die NSDAP neu. Hindenburg wurde 1925 neuer Reichspräsident und als Folge des Konzentrationsprozesses in der Chemieindustrie, die schon vor dem ersten Weltkrieg eingesetzt hatte, entsteht die Interessengemeinschaft Farben, kurz I.G. Farben.

Friedrich kam abends müde nach Hause und wollte gerade seine Schuhe in den Flur schmeißen, als er Stimmen aus dem Wohnzimmer hörte. „Laß mir meinen Friedrich in Ruhe, der will von dem ganzen Gesocks nichts wissen, der will nur Motoren bauen, das ist sein einziger Wunsch." Friedrich öffnete die Tür, er hatte sich nicht getäuscht, auf dem Sofa hatte sich Willi Kaschube breitgemacht. Willi stand sofort auf, als Friedrich das Zimmer betrat und grinste breit. Wie immer, dachte Friedrich, der Mensch grinst bloß und die Welt liegt ihm zu Füßen. „Friedrich, mein Bester, schön, dich mal wieder zu sehen, wie geht es dir denn so? Ich hatte zufällig hier in der Gegend zu tun und dachte mir, da besuchst du mal deinen alten Freund aus Kriegertagen." Friedrich schauderte. Kriegertagen, Willi hatte wohl eine Meise. Sicher, sie waren jetzt beide 37 Jahre, aber die Show, die Willi hier abzog, hätten zwei Feldmarschälle aus dem dt.-frz.Krieg 1871 auch nicht besser hinbekommen. Friedrich ging auf Willi zu und nahm dessen ausgestreckte Hand. „Schön, dich zu sehen, setz´ dich doch." Friedrich spürte, daß Paula kochte, die auch sofort mit einer gewandten Küchenfloskel „hab´noch was auf dem Herd" den Raum verließ. „Worüber habt ihr gesprochen, bevor ich ins Zimmer hineinkam?" „Ach, dieses und jenes, nichts besonderes." „Erzähl mir doch keinen

Unsinn, Willi, ich habe Paula bis draußen schreien hören." Willi erhob sich. „Darf ich rauchen?" Friedrich nickte. Kaschube zündete sich eine Zigarre an. „Seitdem du aus Friedrichsdorf abgehauen bist, hat sich viel getan. Ich habe viel investiert und bin in Berlin inzwischen der größte Nachtclubbesitzer. Den Berliner Wintergarten habe ich letzten Monat gekauft und wenn du mal eine tolle Revue sehen willst, dann besuch mich mal. So fesche Frauen hast du noch nicht gesehen." Friedrichs Gedanken schweiften ein paar Jahre zurück, er dachte an die „fesche Dame", die es ihm im Auftrag von Kaschube besorgen sollte. Doch er beschloß, davon nicht mehr anzufangen. „Willi, du fährst doch nicht den weiten Weg von Berlin zu mir, um mir zu erzählen, daß jetzt dreihundert statt dreißig Mädchen für dich laufen?" Willi tat beleidigt. „So stufst du mich also ein? Ich bin doch kein kleiner Zuhälter!" Friedrich lachte: „Ne, du bist ein ganz großer!" Nun mußte Kaschube auch lachen. „Na ja , ich schaue schon zu, daß etwas übrig bleibt, aber deswegen bin ich nicht hier, das hast du ja schon erkannt. Ich habe ein anderes Problem, meine Geschäfte laufen zwar sehr gut, aber ich benötige einen bürgerlichen Anstrich für meine Tätigkeit und da habe ich mir gedacht, ich ermögliche dir, deinen Traum zu erfüllen, indem ich eine Motorenfabrik für Flugzeugbau errichte und du mimst dann an meiner Stelle den Generaldirektor. So verdienst du gut und ich erhalte als Fabrikbesitzer endlich die gesellschaftliche Reputation, die mir vorschwebt." Friedrich blieb die Luft weg. Er hatte sich zwar schon gedacht, daß Willi in den vergangenen Jahren gut verdient hatte, aber daß soviel übriggeblieben sein sollte, konnte er sich nicht vorstellen. „Willi, weißt du eigentlich, wovon du da redest? Eine Fabrik für Flugzeugmotoren kostet ein Schweinegeld, ich glaube dir ja, daß du gut betucht bist, aber soviel wirst du nie aufbringen können."

„Friedrich, jetzt hör mir mal gut zu: Wir kennen uns nun schon seit fast zwanzig Jahren. Ich weiß um deinen Traum vom Linienverkehrsflugzeug und du weißt genausogut wie ich, daß du diesen niemals wirst realisieren können, weil dir einfach die Mittel dazu fehlen. Wenn alles ordentlich läuft, wirst du irgendwann einen kleinen Pensionsanspruch erworben haben und wenn du Glück hast, erlebst du das sogar noch. Wenn du Pech hast, wirst du bei Zeppelin & Co. gefeuert, denn diese Idee wird sich nie durchsetzen und du stehst arbeitslos auf der Straße. deine liebe Frau wird dich dann wahrscheinlich zum Teufel jagen und sich von anderen Männern mit dickerem Geldbeutel durchgeigen lassen. Ist dir eigentlich mal aufgefallen, was man aus dieser Frau machen könnte? Stattdessen läuft sie herum wie ein Landei." Die ordinäre Ausdrucksweise von Kaschube war Friedrich schon früher unangenehm aufgefallen. „Aber egal, um deine Frau geht es nicht, es geht um deine Idee, Friedrich, andere sind schon dabei, diese umzusetzen, die Deutsche Lufthansa ist 1926 gegründet worden, die F13 fliegt zwischen Weimar und Dessau und Berlin kommt jetzt noch hinzu, das Passagieraufkommen steigt und durchsetzen wird sich am Ende höchstens eine Fluggesellschaft, nämlich die mit der besten Maschine. Die deutsche Regierung umgeht jetzt schon das Schanddiktat von Versailles, im letzten Haushaltsentwurf konnte ein größerer Posten als Forschungsaufwand gedacht für die militärische Entwicklung von Flugzeugen versteckt werden. Am Bodensee ist die DOX gestartet, ein riesiges Wasserflugzeug mit zwölf 525 PS Motoren und Platz für 158 Passagiere und 11 Besatzungsmitglieder. Wach auf Friedrich, deine Idee wird gestohlen, und du bist nicht dabei." Friedrich war verblüfft über Kaschubes Insiderwissen. Woher wußte Willi das mit den Forschungsgeldern oder war das nur ein Bluff? Daß die Deutsche Lufthansa sich formierte, war bekannt. Auch von der gigantischen DOX hatte Friedrich gehört, aber das waren nicht die Maschinen, die ihm vorschwebten. „Mir ist immer noch nicht klar, warum du das für mich machen willst, Willi. Was steckt dahinter?" Kaschube nickte. „Ewig diese Zweifel, aber ich kann es verstehen. Der Grund ist einfach. Als ich nach dem Krieg mit der Schieberei angefangen habe, hatte ich keinen Pfennig Geld, keine Achtung, keine Ausbildung. Dann habe ich mich hochgearbeitet, oft am Rande der Legalität, manchmal auch ein bißchen darüber. Meine Else ist tot, letztes Jahr gestorben. Das war die einzige, der ich vertraut habe." Kaschube schluckte und verschwieg Friedrich wohlweislich, daß seine Else sich aufgehängt hatte, buchstäblich vor Kummer, denn sie konnte es nicht mehr ertragen, wie oft Kaschube fremdging, er hatte ja auch ein überreichliches Angebot in seinen Nachtclubs und nutzte seine „Chef"- Position weidlich aus. In den Nachkriegsjahren gab es etliche junge Frauen, die für sich und ihre Familien um ihr Überleben kämpften und die deswegen die Tugendmeßlatte nicht besonders hoch hielten, bei einer Arbeitslosenzahl von zuletzt 6 Millionen auch kein Wunder. Überleben hieß das Gebot der Stunde. „Und nun habe ich nur noch dich, Friedrich, jemandem anderen vertraue ich nicht, die wollen alle nur mein Geld. Du kennst mich noch aus der Zeit, in der wir beide kein Geld hatten. Ich brauche einen guten Ingenieur, der mir meine Fabrik leitet, ich rechne mit einem großen Aufschwung der Luftfahrtindustrie und da will ich dabei sein. Das technische Wissen soll von dir kommen, du und dein Motor, ihr habt Zukunft, ich bin davon überzeugt. Geld spielt keine Rolle, ich bin mittlerweile sehr einflußreich, bis in die höchsten Kreise hinein." Auch das stimmte, dank der neuen Kleinbildkameras war es Kaschube möglich gewesen, etliche der sogenannten besseren Leute in horizontalem Treiben mit den Damen seiner Etablissements im richtigen Moment abzulichten. Die Rendite seiner Geschäfte bestehend aus Zuhälterei, Erpressung, Schmuggel, Diebstahl war beneidenswert. Die

Fotoalben seiner Kunden schaute sich an wie das Who´s Who der Berliner High Society. Es gab eigentlich niemanden von Rang und Namen in der Umgebung von Berlin, gegen den Kaschube nicht irgendetwas in der Hand hatte. Kaschube ging sehr geschickt mit seinem Datenmaterial um, um simple Bereicherung im monetären Bereich ging es ihm nicht, wichtiger war der Aufbau eines feinen Netzwerkes, in dessen Mitte er allein stand und gewissermaßen die Fäden in der Hand hielt. Er hatte die Zeichen der Zeit richtig erkannt, die Luftfahrtindustrie, speziell im militärischen Sektor würde zwangsläufig boomen, sobald die Fesseln des Versailler Vertrages abgelegt sein würden, da wollte er seinen Anteil vom Kuchen haben und endlich auch die solange versagte gesellschaftliche Anerkennung. Natürlich hätte er sich irgendeinen armen Hund kaufen können, der ihm die geplante Fabrik leiten würde, aber er wollte jemanden haben, dem er vertrauen konnte, in diesem Punkt hatte er Friedrich nicht einmal angelogen. Das war aber auch der einzige Punkt, wo er nicht gelogen hatte. Friedrich stand auf. „Du mußt mir zubilligen, daß ich für eine solche Entscheidung Bedenkzeit brauche. Außerdem muß ich mit Paula darüber reden. Immerhin müßte ich meinen sicheren Arbeitsplatz für eine noch recht windige Sache aufgeben, man stellt sich nicht einfach so hin und sagt, so nun wollen wir mal Flugzeuge bauen, die Welt hat ja nur auf uns gewartet." Kaschube seufzte. „Immer wieder Zweifel, Mann, so eine Gelegenheit bietet sich dir nie wieder! Ruf´mich an, ich bin unter dieser Nummer in Berlin zu erreichen, aber wart nicht zu lange." Kaschube drückte ihm die Hand und verließ das Haus. Er ließ einen Friedrich zurück, der hin- und hergerissen war. Seine Paula hörte sich alles an, was er von Kaschubes Erzählungen berichtete und kommentierte alles wie folgt: „Mal ganz abgesehen davon, daß er ein geiler Bock ist und seine Griffel nicht bei sich behalten kann, denn mich hat er auch begrapscht, als du nicht da warst: Ich glaube ihm kein Wort.

Sicher werden seine Nachtclubs gut gehen, aber auf ehrliche Weise kann er die Summen, die er zum Bau einer Flugzeugfabrik braucht, nicht zusammenbringen. Mal ganz abgesehen davon, daß er dir deine schönen Ideen klauen wird und später als seine ausgeben, denn du hast ja das Geld nicht gehabt, um ein paar Patente anzumelden." Das saß, diese Befürchtung war Friedrich auch schon durch den Kopf gegangen. Insbesondere die Pläne für seinen Flugzeugmotor hatte sich Kaschube für Friedrichs Geschmack schon in früheren Jahren immer eine Spur zu genau angeschaut. Na egal, der wird nicht gleich ein Patent darauf anmelden, dachte sich Friedrich. „Wo will er denn seine Fabrik bauen? Da braucht er doch Grundstücke, Gebäude, Maschinen, Personal oder sollst du alles allein bauen? Will er ganze Maschinen bauen oder nur die Flugzeugmotoren? Mir scheint, da müßte über vieles gesprochen werden. Außerdem, als sein Angestellter würde ich das nicht machen, wenn überhaupt nur als sein Partner und zwar gleichberechtigter Partner. Er bringt das Geld und du die Ideen." „Also würdest du mitmachen?" Friedrich schaute seine Frau an. „Natürlich, du erzählst ja schon seit Monaten von nichts anderem mehr als Flugzeugmotoren. Wenn ich mir eine Propeller auf meinen Kopf gebunden hätte, wäre dir das wahrscheinlich eher aufgefallen als meine neue Frisur. Heute haben wir übrigens Hochzeitstag." Friedrich lief dunkelrot an. Scheiße, hatte er vergessen. „Wo sind eigentlich Karl und Kurt?" fragte er, um abzulenken. „Die habe ich für heute abend zu meiner Freundin Erika geschickt." Friedrich schluckte. „Habe ich noch was vergessen?" „Nein", sagte Paula, „aber ich wollte heute abend mit dir ausgehen, „Der Kongreß tanzt" und vielleicht wir danach auch noch ein bißchen, wie früher."

# Teil 5: Aufbruch

## 31.12.1932

Die Vorbereitungen für die Silvesternacht liefen auf Hochtouren. Paula hatte bereits am frühen Morgen auf dem Markt eingekauft und auch Friedrich hatte sich heute freigenommen, um sich mal ein bißchen um die Familie zu kümmern, die in den letzten Jahren tatsächlich ein bißchen vernachlässigt worden waren. Karl war inzwischen 18 Jahre alt und hatte schon ziemlich klare Vorstellungen, was die Zukunft bringen sollte. Seine Ausbildung am Realgymnasium hatte er erfolgreich beendet. Friedrich war ganz stolz auf ihn, denn Karl hatte seine Reifeprüfung mit einem „sehr gut" abgeschlossen, und nicht nur das, er hatte auch zwei „moderne" Fremdsprachen gelernt, nämlich Englisch und Französisch. Das würde ihm auf seinem weiteren Lebensweg bestimmt sehr helfen. Karl hatte vor, an der Berliner Universität Physik zu studieren, was seinem Vater nicht so recht paßte, denn er hoffte, daß Karl mehr in die Fußstapfen des Vaters treten würde. Aber vielleicht würde Karl sich das nochmal überlegen. Mit Kurt hatten Paula und er so ihre Probleme. Der Bursche strahlte einerseits eine faszinierende Energie aus, wenn er sich für neue Medien begeisterte. So bastelte er schon mit 10 Jahren stundenlang an den Radioempfängern herum und interessierte sich für das Kino und alles, was mit Tonfilm und Photographie zu tun hatte. Die Leica, die Friedrich ihm letztes Jahr zum Geburtstag geschenkt hatte, gab er quasi nie aus den Händen. Auf der anderen Seite legte Kurt aber auch eine gnadenlose Faulheit an den Tag, wenn es darum ging, mal in der Familie jemandem zur Hand zu gehen oder unliebsame Dinge für die Schule zu tun. Diese Launen machten ihn nicht unbedingt zu einem guten Schüler, so daß er froh sein konnte, wenn er seine mittlere Reife bestehen würde. Friedrich machte sich auch ein bißchen selbst Vorwürfe, daß Kurt nicht so recht gedieh, Karl lernte wie geschmiert, war für alles aufgeschlossen und wurde Kurt natürlich immer als Vorbild dargestellt. „Werde wie Karl", wie oft hatte Kurt das schon gehört. Das motivierte nicht unbedingt. Friedrich hatte aber überhaupt keine Zeit mehr für die Familie, seit er mit Kaschube zusammen eine kleine Fabrik in Frankfurt/Oder aufgebaut hatte. Friedrich hatte sich die Warnungen von Paula zu Herzen genommen und verlangt, daß er und Kaschube gleichberechtigte Partner werden müßten, ansonsten würde das geplante Geschäftsmodell zum Scheitern verurteilt sein. Kaschube hatte dem Ansinnen sofort zugestimmt, ein bißchen zu schnell, wie Friedrich befand und auch seiner Paula berichtete. Doch die meinte nur, daß er mit seiner miesepetrigen Art immer nur das Schlechte sehen würde. Kaschube hatte ein geeignetes Grundstück in Frankfurt/Oder besorgt und das bereits bestehende Gebäude Stück für Stück modernisieren lassen. Hatte eine Stange Geld gekostet, wie Friedrich den Benachrichtigungen der Bank entnehmen konnte und Friedrich wunderte sich insgeheim, woher dieses ganze Geld kam. Doch Kaschube gab hierauf keine Anwort. Friedrich hatte seinen Part auch erfüllt und alte Kumpane aus der Rumpler – Zeit aufgetrieben, die wegen der Wirtschaftskrise, die in Deutschland grassierte (über 6 Millionen Arbeitslose, immer noch),froh waren, wieder einen Job zu haben. Und Kaschube zahlte gut, zu gut, wie Friedrich befand. Aber diesen Einwand wischte Kaschube mit einem Satz vom Tisch: „Ich will, daß unsere Leute sich mit Haut und Haaren unserer Firma verschreiben, es geht nicht, daß die auch nur einen Hauch von Unzufriedenheit spüren lassen, die müssen von unserem Geschäftsmodell überzeugt sein. Das geht nur über ordentliche Bezahlung. Die Reichsregierung mit ihrer Deflationspolitik spinnt ja sowieso, stell´ dir mal vor, die haben letztes Jahr ein Vierpfennigstück prägen lassen, diesen Brüningtaler. So ein Unfug, die stellen sich allen Ernstes hin und beschließen, daß Waren, die vorher 5 Pfennig gekostet haben, nunmehr 4 Pfennig kosten sollen. Die Politik hat beschlossen, daß alles billiger wird! Blödsinn! Teurer wird alles." Friedrich hörte nur noch von ferne zu, diesen Pleitegroschen, eine Legierung aus Kupfer, Zink und Zinn hatte man in Umlauf gebracht, um die Preise zu senken. Eine merkwürdige Vorstellung, die natürlich nicht aufging. Doch es war noch besser geplant: Falls der „Vierer" Erfolg gehabt hätte, war sogar ein 80 Pf – Stück, anstelle des Markstückes geplant. Dummerweise wollte niemand den Vierer haben und dieser grandiose Plan ging nicht auf. Jeder wollte eben genügend Geld als Entlohnung und nicht 20% weniger, die Geschäftsleute jedenfalls weigerten sich beharrlich, den Vierer zu akzeptieren. Als alles nicht fruchtete, ordnete der Reichswehrminister an, daß alle Soldaten, Beamten, Angestellte und Arbeiter bei der wöchentlichen Lohntüte mindestens den Gegenwert von zwei Reichsmark in 4-Pfennigstücken zu bekommen hätten. Die Bezeichnung Pleitedollar oder Brüningtaler wurde durch den Volksmund dann noch ergänzt um die wenig schmeichelhaften Begriffe wie Krisenkitt, Rettungsmedaille und als Krönung kam dann noch Proletendollar dazu. Daraufhin wurde die Prägung eingestellt. Die Preise blieben natürlich hoch.

Kaschubes Geschäftsmodell sah anders aus: Kaschube und Friedrich waren die beiden Geschäftsführer, Kaschube sorgte für Geld, Beziehungen und angemessene Bezahlung der Angestellten und Arbeiter und Friedrich für die Technik. Kaschube und Friedrich hatten sich schon früh entschlossen, als Zulieferbetrieb für die Junkers Flugzeugwerke zu arbeiten, denn es war klar, daß sie für einen eigenen Flugzeugprototyp erst einmal

Erfahrung sammeln mußten, und obwohl Friedrich seine Pläne für den Motor immer wieder herausholte und mit den beiden neu eingestellten Ingenieuren die Entwürfe diskutierte, war ihm klar, daß er seinen Motor noch nicht weit genug entwickelt hatte. Die Erfahrungen, die Friedrich als Zulieferer für die Junkers – Werke sammeln konnte, zeigten ihm, daß er mit seinem Motor auf dem richtigen Weg war. Denn obwohl die Junkers Werke mit der JU 52 einen großen Erfolg feiern konnte, weil diese Maschine bequem, wirtschaftlich und zuverlässig war, fand Friedrich in einem Punkt etwas auszusetzen: Die JU 52 war für seinen Geschmack eindeutig zu langsam und zu laut. An diesem Punkt setzte sein neuer Motor an: Höhere Leistung, schneller, trotzdem leiser. Aber ein Problem an seinem Modell bekam er einfach nicht in den Griff: Aufgrund der hohen Drehzahlen waren die Eigenvibrationen des Motors zu hoch. Ein bißchen merkwürdig kamen Friedrich in letzter Zeit manchmal die Besucher vor, die sich in den FOF –Werken (Frankfurt Oder Flugzeug Werke, die Idee war von Kaschube) die Klinke in die Hand gaben. Anfangs dominierten noch zivil gekleidete Herren mit Monokel und Zylinder, später tauchten immer mehr Uniformierte auf. Seine Frau meinte dazu nur: „Was regst du dich so auf, er kümmert sich um seinen Part, Beziehungen und Aufträge und wenn ihr Aufträge für die Armee bekommt, dann ist das doch nur gut." Die Aufträge waren in der Tat lukrativ, nur sehr zivil waren sie in letzter Zeit nicht mehr. Friedrich und seine beiden Ingenieure wurden beauftragt, Verkleidungen für Flugzeuge zu entwickeln, die besonders leicht sein sollten, aber trotzdem optimalen Schutz vor Durchschüssen bieten sollten. Für Linienflugzeuge kamen solche Anforderungen ja wohl nicht in Betracht. Friedrich sprach Kaschube daraufhin an. Dessen Antwort war: „Ich habe in diese Fabrik bislang vier Millionen Reichsmark investiert, wenn du jetzt wegen der Art der Aufträge Menkenke machst, kriegst du mit mir Ärger. Ich habe mich immer an unsere Abmachung gehalten, du hast deine Fabrik gekriegt, du hast dein Forscherteam gekriegt und du hast ein schönes Gehalt, was dir und deiner Familie in diesen Scheißzeiten ein prima Auskommen beschert hat. Neben den Aufträgen, die wir für die Regierung abwickeln und die unser Fortkommen sichern, hast du genügend Zeit, um deine Träume zu verwirklichen, also maul´ hier nicht herum, nur weil mal ein paar Uniformierte auftauchen." Friedrich kam ein wenig ins Grübeln, die leichtfertige Betrachtungsweise von Kaschube und Paula gefiel ihm nicht. Sein Vater hatte früher immer politisiert und deswegen war aus Friedrich anfangs ein unpolitischer Mensch geworden, weil ihn dies abstieß und seit dem großen Krieg machte er um alles, was Uniformen anhatte, einen großen Bogen. Aber es war selbst ihm nicht entgangen, daß sich im Deutschen Reich ein gewisser Rechtsruck vollzogen hatte, der in weiten Teilen von großer Brutalität begleitet wurde. Das politische Klima hatte sich entscheidend verschärft und die Braunen, wie sie Karl verächtlich nannte, gingen rigoros gegen Andersdenkende vor, meistens obendrein noch mit Unterstützung der Obrigkeit. Die Sozialisten dagegen konnten den starken Arm der Polizei sehr wohl spüren, der Herausgeber der Weltbühne Carl von Ossietzky wurde zu Haft verurteilt, weil einer seiner Journalisten von der Weltbühne einen Artikel geschrieben hatte, in dem er die Verwendung eines größeren Haushaltsposten im Reichsverkehrsministerium zur Entwicklung von militärischen Flugzeugen als heimliche Aufrüstung anprangerte. Die Anwort der Obrigkeit folgte auf dem Fuß: Je anderthalb Jahre Haft für Journalist und Herausgeber. Friedrich vermutete, daß einige Gelder aus diesem abgezweigten Haushaltsposten nunmehr bei den FOF Werken gelandet waren. Ein Schaudern durchlief Friedrich, die ganze Richtung paßte ihm irgendwie nicht, er hatte den Eindruck, daß er sich auf einen Tanz mit Beelzebub eingelassen hatte. Die Novemberwahlen zeigten zwar deutlich, daß die NSDAP bei weitem nicht die Anzahl der Wähler hatte, wie man es bei dem gewaltigen Getöse der „Braunen" hätte vermuten können. Aber trotzdem stieg der Einfluß dieser Leute immer mehr, obwohl das Wählervotum eine ganz andere Sprache sprach. Von wem wurden die bloß unterstützt? Kaschube entgingen die Zweifel von Friedrich nicht, und er kannte ihn gut genug, um zu wissen, daß er lieber vom fahrenden Zug abspringen würde, als sich dem Druck der Straße zu beugen. Man konnte Friedrich alles mögliche nachsagen, aber eines nicht: Daß er nicht konsequent wäre. Für Kaschube war daher völlig klar, daß Friedrich die FOF-Werke sofort verlassen würde, wenn er den neuen Geheimvertrag, den Kaschube gestern mit Vertretern des Schattenkabinetts von Adolf Hitler geschlossen hatte, lesen würde. Dieser Vertrag sah vor, daß die Produktion sich verlagern müßte hin zu militärisch brauchbaren Motoren, die für Langstreckenbomber geeignet sind. Das deutete natürlich auf Krieg hin, das wußte Kaschube auch, aber man mußte ja nicht immer auf der Seite der Verlierer wie 1914-1918 sein. Kaschube jedenfalls war fest entschlossen, dieses Mal den Lorbeerkranz des Siegers zu tragen, deswegen hatte er den Vertrag unterschrieben und war der Partei beigetreten. Nunmehr galt es, Friedrich ins Boot zu ziehen, auf legalem Weg würde das nicht gehen, das wußte Kaschube. Sein übliches Vorgehen in solchen Fällen war bei Friedrich schon einmal gescheitert und nur, weil die blöde Nutte zuviel gequatscht hatte. Schon vor einigen Jahren wollte er den begnadeten Ingenieur und Konstrukteur Friedrich, der selber gar nicht wußte, wie gut er war, auf seine Seite ziehen. Kaschube hatte sich schon damals die ersten Entwürfe von Friedrichs revolutionärem Motor „besorgt" und seine Mittelsmänner hatten gesagt, das sei der beste Flugzeugmotor, den sie jemals auf dem Papier gesehen hätten. Allerdings würden noch einige Details fehlen, die offensichtlich nur in Friedrichs Kopf wären, also müßte er ihn zu einer „Mitarbeit" überreden. Damals war das Separeé schon gerichtet, in dem die Prostituierte Friedrich verführen sollte, die Kameras hinter den doppelten Spiegeln standen bereit und sobald die Lady aus dem Rheinland Hand an Friedrich gelegt haben würde, wäre ihm Friedrich auf ewig ausgeliefert gewesen, denn er, Kaschube hätte ihn gnadenlos erpreßt, militärisch nutzbare Motoren zu entwickeln. Wenn er nicht gespurt hätte, hätte nur ein zarter Wink mit einer Fotografie gereicht, Friedrich zur Raison zu bringen, denn Paula wäre von solchen Aufnahmen bestimmt nicht begeistert gewesen. Kaschube schnaufte durch die Nause: Aber was machte die blöde Nutte in ihrem Suff? Sie quatschte zuviel. Das würde Kaschube nicht nochmal passieren, diesmal würde er die Sache seinem Kapo Schröder übergeben, der erledigte solche Aufträge diskreter. Vielleicht würde sich am Silvesterabend eine geeignete Gelegenheit ergeben, Kaschube wußte, daß Friedrich nach den Familienfestivitäten gerne noch einen Schlummertrunk im „1-2-3" zu sich nahm. Er griff zum Telefonhörer, um sich mit Schröder verbinden zu lassen. Inzwischen hatte Friedrich den Silvesterkarpfen fertig, der einer alten Familientradition folgend in einer feierlichen Zeremonie zubereitet wurde. Dabei mußten sich sämtliche „Weibsstücke" aus der Küche entfernen, denn die Karpfenrezeptur war geheim und die Zubereitung war Männersache. Manchmal hatten die Hambachs ihren Karpfen in den letzten Jahren auch schon am ersten Weihnachtsfeiertag gegessen, das hatte dann aber meist terminliche Gründe, die FOF Werke ließen Friedrich oft auch an Feiertagen nicht in Ruhe. Dieses Jahr verlief das Silvesterfest sehr harmonisch, Paula hatte bestimmt, daß man diesmal unter sich bleiben wolle und die vier Hambachs stießen um Mitternacht auf ein frohes neues 1933 an. Paula war müde und nahm es Friedrich nicht übel, daß er kurz noch einen im 1-2-3 zwitschern gehen wollte. Das hatte er die letzten Monate oft getan, denn meistens kam er spät von der Arbeit. Das 1-2-3 war eigentlich eine ganz normale Pinte, aber der Wirt hatte es verstanden, dieser Kneipe einen Hauch von Exklusivität zu verschaffen, ohne teuer zu werden. Aus diesem Grund war das Haus ständig voll und die Leute fühlten sich dort wohl. Friedrich steuerte seinen Stammplatz am Tresen an, wo er von Eduard, dem Wirt begrüßt wurde. „Prosit Neujahr, Friedrich!" „Auch dir alles Gute, Edi." Friedrich setzte sich und unaufgefordert stand ein kleines Helles vor ihm. Genauso unaufgefordert wie eine große Blondine, die an seinen Hocker herantrat und ihn um Feuer bat. „Tut mir leid, ich rauche nicht." Friedrich drehte sich wieder zu Edi um und wollte weiter mit ihm plaudern. Die Blondine tippte ihm auf die Schultern. „Sind hier alle Männer so abweisend?" Ihre Augen blitzten. Friedrich drehte sich erneut um. „Tut mit leid, ich wollte nicht unhöflich wirken, ich...." Die Blicke der beiden trafen sich, Friedrich geriet ins Stottern, verdammt, zum Flirten war er die letzten hundert Jahre nicht mehr gekommen, diese Lady wollte offenbar ein bißchen Prickeln ins neue Jahr mit hinübernehmen, aber er hatte einfach keine Lust dazu, er wollte doch nur ein Bier trinken. Er entschloß sich zur Offenheit. „Tut mir leid, gnädige Frau, ich habe schon hundert Jahre nicht mehr geflirtet, bin also dementsprechend aus der Übung und außerdem bin ich verheiratet und wollte nur noch ein Bier zu mir nehmen, bevor ich mich hier verabschiede und zu meiner Frau zurückkehre." Das müßte wohl reichen, dachte sich Friedrich und drehte sich erneut zu Edi um, der feixte. Friedrich genoß hier in der Kneipe einen sehr guten Ruf und war bekannt dafür, daß er Frauen nie ansprach, das wurde auch allgemein akzeptiert. Alle wußten, welch gute Ehe er mit Paula führte, die aber Kneipen nicht ausstehen konnte, aber trotzdem nichts dagegen hatte, wenn sich Friedrich öfter mal zu Edi verdrückte. Manchmal kamen fremde Damen in die Kneipe, die ihn noch nicht kannten und die den in der Regel gut gekleideten Friedrich für eine gute, aber einsame Partie hielten und deswegen oft ansprachen, aber sich genauso oft eine Abfuhr holten.

Die Lady heute schien sich aber nicht an diese Usance halten zu wollen. „Das war ja wohl der perfekteste Spruch, den ich die letzten zwanzig Jahre gehört habe." Friedrich drehte sich erneut um, etwas gereizter schon, weil die Kuh einfach keine Ruhe gab. Er mußte aber zugeben, daß die Kuh verdammt gut aussah. „Gnä´ Frau, sie meinen doch sicher zwei Jahre, denn mit 20 dürften Sie dieses Lokal nicht betreten, denn dazu muß man großjährig sein und das können Sie ja bestenfalls seit einigen Monaten sein." Edi verzog den Mund. Friedrich war sicher ein genialer Konstrukteur, aber die Komplimente, die seinem Mund entwichen, wenn es überhaupt mal vorkam, hatten meistens den Charakter von Zweitakter-Vierzylinder-Motoren, umweht von Benzinhauch. Von Erotik jedenfalls keine Spur. Der Dame schien es aber zu gefallen, sie hatte sich offenbar in den Kopf gesetzt, Friedrich in ein Gespräch zu verwickeln und ihn kennenzulernen. „Wo haben Sie denn Flirten gelernt? Bei den FOF – Werken in der Maschinenhalle?" Sie lächelte kokett. Friedrich wirkte verblüfft. Edi runzelte die Stirn. „Woher wissen Sie, daß ich bei den FOF – Werken arbeite?" „Ich habe einen Artikel in der neuen Berliner Illustrierten Zeitung gelesen, da wurden Sie wie Leonardo da Vinci als Ihrer Zeit weit voraus gepriesen." Friedrich nickte, das war nun schon ein paar Monate her, der Besuch von diesen Schmierfinken hatte ihm gleich schon nicht gefallen, aber Kaschube meinte, ein bißchen Publicity könne nichts schaden und außerdem sei die Werbung auch noch umsonst. „Na Sei wissen ja, was diese Schreiberlinge alles so zu Papier bringen, zu 90% gelogen." Friedrich drehte sich wieder mal zu Edi um und Monika von Römisch, die Gesandte von Herrn Schröder, dachte so bei sich, daß es ein Wunder sei, daß dieser Stoffel eine Frau gefunden habe. „Vielen

Dank, Herr Hambach, gestatten Sie, daß ich den ungewöhnlichen Weg gehe und mich vorstelle, da ich Sie schon kenne: Mein Name ist Monika von Römisch, ich bin die Chefredakteurin der Berliner Illustrierten Zeitung." Nun konnte Friedrich dem Gespräch nicht mehr ausweichen, dachte Edi, sehr geschickt eingefädelt hatte diese Person das. Von einer von Römisch hatte er allerdings noch nie etwas gehört. Edi nahm die Bestellung von Friedrich auf, der für Frau von Römisch und sich zwei Mokka an einen separaten Tisch weg vom Tresen bestellte. Man merkte Friedrich an, daß ihm seine letzte Bemerkung peinlich war. „Sie brauchen sich nicht zu entschuldigen, Friedrich, ich darf Sie doch Friedrich nennen?" Kokett folgte der jahrelang eingeübte Augenaufschlag. Friedrich nickte, er war der Faszination dieser Frau schon fast erlegen und Edi, der die Szene vom Tresen beobachtete, konnte ihm das nicht mal verdenken. Die hatte aber auch Rasse. Mal schauen, ob sie auch Klasse hat, dachte sich Edi, denn Friedrich hatte ihn beauftragt, Paula anzurufen, damit sie ihn abholt und aus den Klauen dieser männerverschlingenden Bestie befreit, denn eines war Friedrich klar, diese Person würde er elegant nicht losbringen. Wer weiß, was die dann für negative Schlagzeilen über die FOF-Werke bringen würde. Daß Frau von Römisch weder eine Chefredakteurin der Berliner Illustrierten Zeitung war, noch eine von Römisch und Monika hieß sie auch nicht, all dies wußte Friedrich zu diesem Zeitpunkt noch nicht. Paula nahm den Telefonhörer ab und hörte Edi, den Wirt vom 1-2-3: „Paula, hole bitte Friedrich ab." Sofort war sie hellwach. „Ist ihm was passiert, hat er zuviel getrunken?" Edi lachte ins Telefon: „Keine Spur, der ist noch nicht mal dazu gekommen, sein kleines Helles zu trinken, dafür wird er gerade von einer großen blonden, fleischfressenden Pflanze umgarnt, die vorgibt, Reporterin zu sein. Der Ausschnitt ist für meinen Geschmack für eine seriöse Reporterin allerdings zu weit unten angebracht." Paula schimpfte ins

Telefon: „Kann er ihr nicht einfach ins Gesicht sagen, daß er müde ist und sie sich wegscheren soll?" „Das würde er gerne, er befürchtet aber negative Publicity für die FOF." Paula fluchte leise in sich hinein, immer wieder diese Scheiß-FOF, sicher, sie lebten alle gut mit dem Verdienst, den Friedrich heimbrachte, aber in letzter Zeit hatte sie den Eindruck, als ob ein neuer Krake seine Tentakeln nach Friedrich und seiner Familie ausgestreckt hatte. Nun gut, dieser vermeintlichen Dame würde sie es schon zeigen, sie zog sich ihr kleines Schwarze an und zwängte ihre Füße in die hochhackigen Schuhe. Weiße Bluse, Seidenstrümpfe, dezent geschminkt, Paula legte ihre Stola um und war froh, daß das 1-2-3 nur schräg gegenüber war und sie nicht soweit laufen mußte. Als sie die Tür öffnete, sah sie, wie sich Frau von Römisch weit nach vorne beugte und ihr heruntergefallenes Taschentuch aufheben wollte. Friedrich, Kavalier alter Schule, hatte sich natürlich auch schon gebückt und einen kurzen Blick in den Ausschnitt riskiert, der von Frau von Römisch ebenfalls mit Genugtuung bemerkt wurde. Na, endlich habe ich Dich soweit, dachte sie. In diesem Moment trat Paula an den Tisch und flatterte kokett mit den Wimpern. „Aber Friedrich, hast du mich vergessen, wir wollten doch noch einen Abstecher in den Tanzpalast machen?" „Darf ich vorstellen, Paula, das ist Frau von Römisch....." Die weiteren Worte von Friedrich gingen in der Aufbruchstimmung unter, die nun herrschte. Monika von Römisch, die in Wirklichkeit Eva Müller hieß und im Nachtclub „Herzbube", der Kaschube gehörte, aufgrund ihres vornehmen Auftretens auf die delikateren Fälle angesetzt wurde, schaffte gerade noch einen Abgang, den Edi mit „ausreichend" benoten konnte. Paula und Friedrich gingen nach Hause, beide erleichtert, Paula allerdings etwas nachdenklich geworden. Ihr Friedrich schien etwas empfänglicher für weibliche Reize geworden zu sein, ihr war der Blick, der auf Frau von Römischs freischwebendem Busen ruhte, nicht entgangen. Eva

Müller dagegen tobte wie ein Rohrspatz, als sie im „Herzbube" ankam. „Das gibt es nicht, ich hatte ihn fast soweit, daß er mit mir mitgeht, mit den Augen hatte er mich schon längst ausgezogen, da taucht seine Olle auf, aufgetakelt wie ein Schlachtschiff und säuselt irgend etwas von tanzen gehen. Das war doch eine abgekartete Sache." Kaschube mußte wider Willen lachen, so einfach, wie er sich das vorgestellt hatte, ging es also doch nicht. Er stopfte Eva hundert Reichsmark in den Ausschnitt und sagte: „Jetzt hör mal auf zu schimpfen. Mir fällt schon noch was ein." Eva erzählte ihrem Boß besser nicht, daß sie sich als Redakteurin der Berliner Illustrierten Zeitung ausgegeben hatte, da würde Kaschube nur wieder lospoltern, wer weiß, vielleicht würde er sie sogar wieder mit seinem Gürtel verprügeln wie beim letzten Mal, als sie eine fremde Identität angenommen hatte, um einen Industriellen aus Frankreich ins „Photostudio" zu bekommen, wie Schröder den Puff immer zu nennen pflegte, in dem alle prominenten Opfer in verfänglichen Posen abgelichtet wurden. Am nächsten Morgen saß Friedrich wie immer am Frühstückstisch und laß Zeitung. Paula schmierte ihm die Stullen, auch wie immer. Dennoch merkte er, daß irgendetwas los war mit ihr. „Was gibt es, Schatz?" wollte er von ihr wissen. „Ich weiß nicht, Friedrich, findest du es nicht merkwürdig, daß eine dermaßen aufgetakelte Person sich alleine um Mitternacht ins 1-2-3 in einem Vorort von Frankfurt/Oder begibt und dort ausgerechnet mit dir ein Gespräch anfangen will, dir, der du normalerweise vor Charme nur so sprühst?" Friedrich wollte erst aufbrausen, mußte sich dann aber eingestehen, daß Paula recht hatte. „Ein bißchen ulkig ist das schon, aber ich kann ja mal Kaschube anrufen, ob ihm eine Redakteurin von der Berliner Illustrierten Zeitung bekannt ist, die Monika von Römisch heißt. Der kennt ja Gott und die Welt in Berlin. Vielleicht war das wirklich nur so ein Zufall, wie das diese Monika dargestellt hat, sie wollte offensichtlich Ihren Vetter in Frankfurt besuchen und der mußte ungeplant verreisen." Paula war nicht überzeugt, aber sie sagte erstmal nichts, sondern beschloß, sich bei nächster Gelegenheit eine Berliner Illustrierte Zeitung zu kaufen und wenn keine Redakteurin namens von Römisch auftauchen würde, dann wüßte sie, daß hier was oberfaul wäre. Friedrich hatte diese Episode schon wieder verdrängt. Wie es seine Gewohnheit war, las er Paula die wichtigsten Nachrichten aus der Zeitung vor und meistens kommentierte er sie auch noch. „Diese braune Brut macht sich immer mehr breit, hier steht, daß in Lippe Landtagswahlen sind, Gauleiter Joseph Goebbels rechnet mit erneuten Wahlgewinnen für die NSDAP. Ich weiß nicht, woher er dieses „erneut" nimmt, denn eigentlich haben die Braunen seit einigen Wahlen immer schlechtere Ergebnisse erzielt. Sogar Hindenburg reißt angeblich schon Witze über die Braunen, beim letzten Aufmarsch in Berlin hat er eine marschierende braune Masse von NSDAP – Anhängern gesehen und gefragt, wo man die ganzen Russen gefangengenommen habe." Friedrich gluckste. „Ich sehe es anders, Friedrich, dieser Hitler wird Hindenburg vereinnahmen und den alten Mann völlig verwirren." Paula sollte recht behalten. Am 28.01.1933 trat General von Schleicher als Reichskanzler zurück und Hindenburg ernannte Adolf Hitler zum neuen Reichskanzler des Deutschen Reiches und gab damit dem Drängen seines Sohnes Oskar und dem von Franz von Papen nach. Von Papen, der zum Vizekanzler ernannt wurde, gab sich allen Ernstes der Illusion hin, man könne einen Adolf Hitler eingerahmt zwischen konservativen Parteien zahm halten. Die Nachricht der sogenannten „Machtergreifung" löste bei den meisten Menschen in Deutschland Unbehagen aus, bei vielen Angst, bei einigen Panik, bei wenigen die sofortige Entscheidung zur Flucht. Als am 27. Februar der Reichstag brannte, nutzten die Nationalsozialisten dieses Ereignis sofort aus und ließen in Nacht- und Nebelaktionen innerhalb weniger Tage 10000 Menschen verhaften. Friedrich kommentierte das so: „Wenn ich Listen mit 10000 Leuten brauchen würde, würde mein Lohnbuchhalter drei Wochen zur Erstellung dieser Listen brauchen. Die mußten schon vor dem Reichstagsbrand fertig gewesen sein." Paula nickte. „Ich wundere mich, daß nur wir beide auf diesen Gedanken kommen, scheinbar traut sich niemand, das öffentlich zu sagen. Die Angst geht schon um in Deutschland. Ich bin bloß froh, daß Karl gerade in England ist. Am besten lassen wir ihn dort auch noch eine Weile."

Für Kaschube war die Machtergreifung der NSDAP ein Meilenstein, denn der Vertrag zur Belieferung der Reichswehr mit Flugzeugmotoren war nun bares Geld wert, eigentlich schon eine Lizenz zum Gelddrucken.

Heute abend hatte er vor, sich ein besonderes Vergnügen zu gönnen. Im Hinterzimmer des Herzbuben wollte er sich Frau von Römisch vornehmen, diese dumme Nuß, die wiedermal bei ihren Aktionen eine falsche Identität vorgegeben hatte und durch ihr ungeschicktes Auftreten sogar den naiven Friedrich mißtrauisch gemacht hatte. Na, das würde er ihr austreiben, ein für allemal. Zum Glück hatte Friedrich ihn, Kaschube (ausgerechnet ihn!) gebeten, festzustellen, ob es eine Redakteurin namens von Römisch bei der Berliner Illustrierten Zeitung gab. Kaschube glaubte erst, seinen Ohren nicht zu trauen. Na, Eva würde sich warm anziehen dürfen heute abend, dachte Kaschube bei sich. Die Befürchtungen von Paula sollte sich alsbald als begründet herausstellen, denn die SA und SS inszenierten einen Straßenterror ungeahnten Ausmaßes gegen politische Gegner. Das Repertoire der Einschüchterung reichte von verprügeln auf offener Straße, Demütigungen vor der eigenen Familie, willkürlicher Verhaftung, bis hin zum Verschleppen in SA-Keller, in denen die Opfer gequält, gefoltert und nicht selten zu Tode geprügelt wurden, wenn sie nicht Namen von Gleichgesinnten preisgaben. Natürlich hielten die so Gefolterten die Schmerzen nicht aus, redeten und lieferten so viele weitere Menschen damit dem Terror der neuen braunen Machthaber aus. Die Polizei, die eigentlich gemäß Recht und Gesetz hätte einschreiten müssen, hielt sich zurück, weil der preußische Innenminister Hermann Göring sie angewiesen hatte, Ausschreitungen der SA und SS nicht strafrechtlich zu verfolgen, dagegen aber Aktionen anderer Parteien rücksichtslos zu unterbinden. Die Einbindung der Polizei in den braunen Terrorapparat war damit bereits vollzogen, denn nun machten sich alle Polizisten mitschuldig an dem, was in Deutschland geschah. Zunächst wurden wiedermal Neuwahlen anberaumt, um der NSDAP endlich eine „legitime" Absegnung ihres Machtanspruches durch den Wähler zu verleihen. Der weigerte sich aber hartnäckig, dies zu tun, die NSDAP erreichte zwar 43,9%, aber verfehlte ihr Wahlziel, die absolute Mehrheit. Das war Adolf Hitler aber ziemlich egal, am 23.03.1933 wurde mit 444 gegen 94 Stimmen das sogenannte Reichsermächtigungsgesetz verabschiedet. Allein die Abgeordneten der SPD stimmten gegen das neue Gesetz, ihr Vorsitzender, Otto Wels, hielt eine mutige Rede, die letzte freie Rede im Reichstag, in deren Anschluß er sofort verhaftet und abgeführt wurde. „Faktisch bedeutet das neue Gesetz eine Selbstentmachtung des Parlaments, denn nun kann Hitler auch ohne Parlamentsmehrheit Gesetze erlassen und verabschieden." Friedrich schlug die Zeitung nieder: „Das Pikante dabei ist, daß auch Gesetze erlassen werden können, die gegen die gültige Weimarer Verfassung verstoßen. Das bedeutet Diktatur reinsten Wassers." Paula war entsetzt. „Friedrich, weißt du, was das bedeutet?" Friedrich stiegen sofort wieder die Schreckensbilder von Verdun vor Augen, er wußte nun, daß man zur besseren Unterscheidung wahrscheinlich die Kriege bald würde numerieren müssen. Aus der Sicht des Konstrukteurs wußte er aber auch, daß der Krieg von 1914-1918 trotz aller Schrecken nur ein kurzes Aufflackern der bösen Kräfte war. Wenn das gewaltige technische Potential, was den braunen Machthabern nun zur Verfügung stand, zur Anwendung kam, dann würde ein Flächenbrand an Gewalt in Gang gesetzt werden. Davon sagte er aber Paula zunächst noch nichts, er wollte sie nicht unnötig verängstigen. Das „normale" Leben abseits des Terrors ging zunächst seinen Gang. Friedrich begab sich wie jeden Morgen in die Fabrik, die auf einmal Aufträge in einem Umfang erhielt, der Friedrich erstaunte. Doch es war nicht nur die Vielzahl der Aufträge, die technischen Besonderheiten waren es, die Friedrich beunruhigten, auf einmal wurden Schlagbolzen geordert, gezogene Läufe, ja Drehkränze riesigen Durchmessers und Friedrich war klar, daß hier der Grundstock für eine Panzerproduktion großen Ausmaßes gelegt wurde. Er ging zu Kaschube. „Willi, ich muß mit dir reden." Kaschube schloß die Tür, er hatte sich schon gedacht, daß es nur eine Frage der Zeit war, bis Friedrich auf ihn zukommen würde. Vor einer Woche hatte er Eva Müller „gemaßregelt" und ihr empfohlen, endlich den Auftrag, der ihr erteilt worden war zu erfüllen, ansonsten würde er sie der Wachmannschaft des neuen Konzentrationslagers Oranienburg überlassen. Eva Müller war klar, was das für sie bedeutete. Kaschube hatte sie zur Veranschaulichung dessen, was sie erwartete, wenn sie nicht spuren würde, zu einer kleinen Stipvisite beim Lagerkommandanten Theodor Eicke mitgenommen. Dessen Wachmannschaft war darauf spezialisiert, Leute zu verhören und Namen aus Menschen herauszuprügeln, um anschließend neue Verhaftungen vornehmen zu können. Ab und an erwischten die Schergen auch mal eine Frau und Eva Müller durfte sich persönlich davon überzeugen, wie so etwas über die Bühne lief, denn vor ihren Augen wurde eine etwa dreißigjährige Kommunistin von acht Mann zu Tode vergewaltigt. Kaschube schien das zu gefallen, besonderen Spaß hatte er an der Panik, die sich im Gesicht der

Kommunistin widerspiegelte und Eva Müller hatte diese sadistischen Züge an ihrem Chef nicht zum ersten Mal bemerkt. Sie selbst mußte sich bei der Ermordung der Kommunistin übergeben und rief selbst damit noch Gelächter bei den braunen Schergen hervor. Ihr war schlagartig klar geworden, daß ihr Leben keinen Pfifferling mehr wert war, sollte sie Friedrich Hambach nicht endlich ins Bett bekommen. Kaschube drehte sich zu Friedrich um, die Erinnerung an den Tod der Kommunistin hatte ihm glänzende Einfälle für seinen heutigen Besuch im Herzbuben eingegeben. „Mein lieber Friedrich, du willst mir doch nicht etwa sagen, daß du die anfallende Arbeit nicht mehr bewerkstelligen kannst? Kein Problem, ich habe schon neue Arbeiter eingestellt." „Willi, darum geht es nicht, obwohl ich sagen muß, daß wir Einstellungen früher gemeinsam vorgenommen haben." „Mein lieber Friedrich, wir werden die nächsten Monate in einem Ausmaß wachsen, da werden weder du noch ich Zeit haben, uns mit derartigem Kleinkram zu beschäftigen. Wir müssen uns nunmehr auf die Entwicklung deines neuen Flugzeugmotors konzentrieren." Friedrich beäugte Willi, an dessen Revers das Parteiabzeichen der NSDAP hing, argwöhnisch. „Was hängt denn da für ein Bonbon, Willi? Seit wann bist du Parteimitglied, ausgerechnet du, der du früher immer so unpolitisch warst?" „Friedrich, ich habe mich nunmal entschlossen, als reicher Mann zu sterben und ich werde mein Ziel erreichen. Die letzten Jahre habe ich mich bemüht, Kontakte zu der neuen Regierung zu knüpfen und das ist mir gelungen. Aber wenn ich auch weiterhin Aufträge bekommen will, dann muß ich Parteimitglied sein, sonst gehen uns die Aufträge verloren. Für dich wäre es auch gut, wenn du unserer Sache beitrittst." „Willi, du hast dich in den letzten Jahren sehr zu deinem Nachteil verändert. Nachdem deine Frau gestorben ist, bist du immer öfter Kunde in deinen eigenen Nachtclubs geworden, früher war deine Maxime, daß der Chef nichts mit seinen Hühnern anfangen darf. Inzwischen scheint dir das egal zu sein, ja schlimmer noch, scheinbar hast du inzwischen auch Geschmack daran gefunden, die weiblichen Angestellten der FOF-Werke zu bumsen." Scheiße, dachte Willi, also hat er die Sache mit Vera aus der Buchhaltung mitbekommen. „Das war ein einmaliger Ausrutscher, Friedrich", beeilte sich Kaschube seinen aufgebrachten Freund zu beruhigen. Zum Glück wußte der nichts von seinen Besuchen in Oranienburg. „Das nennt man Unzucht mit Abhängigen, Du wußtest genau, daß der Mann von Vera arbeitslos ist und beide diesen Job brauchen, um über die Runden zu kommen. Du warst früher schon kein Heiliger, Willi, aber inzwischen hast du dich zu einem richtigen Schwein entwickelt." Willi versuchte, ruhig zu bleiben, dieses Gespräch nahm eine für ihn ungünstige Wendung, aber noch brauchte er Friedrich, sobald der Motor allerdings entwickelt war, würde Friedrich mit Eicke Bekanntschaft machen. „Friedrich, ich verstehe dich ja, aber sieh es doch mal so, wir haben uns aus den kleinsten Anfängen hochgearbeitet, jetzt bietet sich uns eine einmalige Chance, unsere Träume zu verwirklichen. Wir haben die Mittel, stehen auf der richtigen Seite und alles läuft wie geschmiert." „Und die Menschen, Willi? Ich habe erst gestern wieder erleben dürfen, wie zwei Juden auf offener Straße von einer angetrunkenen Horde verprügelt wurden, direkt vor den Augen einer Polizeistreife. Als ein junger Mann den beiden Juden zu Hilfe kommen wollte, wurde er von den Polizisten festgenommen." „Friedrich, das kann doch Zufall sein, wenn du dich erinnerst, das liegt noch keine sechs Jahre zurück, da sind auch schon Leute auf offener Straße verprügelt worden und die Polizei hat nicht eingegriffen, wenn so ein Kommunist mal eine auf die Schnauze gekriegt hat." Friedrich war sprachlos. Die braune Brühe lief Willi schon wie geschmiert aus dem Mund. „Daß die Nazis alle Parteien inzwischen verboten haben, daß alle Institutionen im Reich gleichgeschaltet sind, zu deutsch, nichts mehr zu sagen und zu entscheiden haben, daß sogar die Kirchen einen Maulkorn auferlegt bekommen haben und nichts dagegen unternehmen, das läßt dich also völlig kalt?" „Friedrich, wo gehobelt wird, da fallen Späne. Wenn wir das Weltjudentum bekämpfen wollen, dann müssen wir zunächst mal im eigenen Haus aufräumen." „Und zu diesem Zweck hängt die NSDAP Plakate auf, in denen sie genau das bestreitet, was sie in der jüngsten Vergangenheit getan hat, nämlich Juden grausam zu Tode gefoltert, Juden Ohren und Nasen abgeschnitten, jüdische Mädchen vor den Augen der Eltern vergewaltigt. Was sind das bloß für Menschen, hat Euch die kurze Zeitspanne, die ihr die Macht in Händen haltet, dermaßen korrumpiert?" Willi stand aus seinem Ledersessel auf, ging zum Schrank und holte sich eine Zigarre, die er sich genüßlich anzündete. „Du hast anscheinend andere Vorstellungen von der Zukunft als meine Parteigenossen. Von einer kurzen Zeitspanne kann nicht die Rede sein, wir haben uns die Macht mühevoll in entsagungsreichen Jahren erkämpfen müssen und werden sie in tausend Jahren nicht aus der Hand gegeben haben." „Mein Gott, wie schwulstig, als ob du die letzten acht Jahre jemals Entsagungen hast auf dich nehmen müssen. Red´doch keinen Unsinn, Willi, man erkennt dich ja nicht wieder, du redest ja wie das Parteiorgan der NSDAP. Ich halte es hier nicht mehr aus, zuviel Braunes im Raum, der Geruch ist nicht auszuhalten, guten Tag!" Friedrich knallte die Tür zu und lief nach draußen. Dort wurde er von Bernstein empfangen. „Herr Hambach, da draußen wartet eine Frau von Römisch auf Sie, sie sagt, sie sei zwar nicht angemeldet, aber sie ist sich sicher, daß Sie sie trotzdem empfangen würden!" Friedrich schaute durch die Glasscheiben in sein Büro, richtig, da saß die Redakteurin, Monika hieß sie wohl. Das war ein Anblick, so kurze Röcke trauten sich tagsüber nicht viele Frauen, der kurze Pagenkopf, neckisch. Friedrichs Wut auf Willi verrauchte rasch, er öffnete die Tür und begrüßte Frau von Römisch: „Na, wollen Sie wieder ein Interview?" Willi hatte ihm erzählt, daß seine Recherchen ergeben hätten, daß tatsächlich eine von Römisch bei der Berliner Illustrierten Zeitung arbeitete. Daß diese Frau aber schon über 60 Jahre alt war, hatte er Friedrich verschwiegen, der aber auch nicht weiter nachgefragt hatte. Hier hatte Eva Müller bei ihrem Versuch, sich eine neue Identität zuzulegen, eindeutig geschlampt. „Wissen Sie was, heute lade ich Sie mal ein, bevor Sie mich wieder brüskieren." Friedrich lächelte charmant. „Kennen Sie ein gutes Lokal, ich brauche heute mittag mal Luftveränderung." Friedrichs Blick ging zu Kaschubes Büro. Donnerwetter, dachte Eva, das ging ja wie geschmiert. „Ja, in der Innenstadt gibt es ein kleines Lokal, in dem man gut essen kann, der Goldene Hahn" antwortete sie Friedrich, der normalerweise zu Hause aß und sich deswegen in den Lokalitäten nicht so gut auskannte. Die weiteren Schritte verliefen ganz nach Evas Vorstellungen. Friedrich war viel zu aufgewühlt, um mißtrauisch zu werden, warum diese von Römisch schon wieder in den FOF Werken auftauchte. Er brauchte jetzt einfach jemanden, der ihm ruhig zuhörte und das war genau das, was Eva Müller hervorragend konnte, denn dabei lernte sie ihre Opfer am besten kennen, ohne selber von sich allzuviel preisgeben zu müssen. „Das müssen Sie sich mal vorstellen, die haben jetzt schon Bücher verbrannt von mißliebigen Autoren. Was sagen Sie denn als Journalistin dazu?" Frau von Römisch hauchte: „Was meinen Sie, wie schwierig mir meine Arbeit gemacht wird, ich kann keinen Leitartikel mehr schreiben, der nicht kontrolliert wird." Friedrich nippte an seinem Wein. Eigentlich trank er keinen Wein, zumal vormittags nicht, aber auch das hatte Eva recht geschickt inszeniert, Sie wußte, daß Friedrich sonst nur Bier trank und sie wollte ihn möglichst schnell beschwipst haben. Sie erhob ihr Glas, „lassen wir uns darauf anstoßen, daß dieser braune Alptraum bald wieder verschwindet". Geschickt stellte sie ihr Glas wieder ab, ohne auch nur einen Schluck genommen zu haben und goß Friedrich nach. Der merkte langsam, daß ihm warm wurde. Diese von Römisch wurde ihm langsam sympathisch, endlich mal eine Frau, die sich politisch sorgt und auch selber was bewegen will. „Wissen Sie Friedrich, ich glaube, man sollte die ausländische Presse für die Vorgänge in Deutschland sensibilisieren." Friedrich war begeistert, ein Wort gab das andere und nach vier Stunden saßen die beiden immer noch im Goldenen Hahn, bevor dann von Frau von Römisch ein Lokalitätswechsel vorgeschlagen wurde, um den Abend gemütlich ausklingen zu lassen. Friedrich, der schon drei Flaschen Wein intus hatte, merkte nichts mehr und fuhr mit Frau von Römisch in einem Taxi zum Herzbuben. Am Eingang zwinkerte der Türsteher Eva zu und geleitete beide an einen abseits gelegenen Tisch. Eine Flasche Champagner stand schon bereit, die Kapelle spielte dezent und es war nur eine Frage der Zeit, bis die beiden sich ineinanderverschlungen auf der Tanzfläche wiederfanden. Eva war begeistert, wie gut Friedrich tanzen konnte, trotz des erheblichen Alkoholpegels, den er mittlerweile erreicht hatte. Man war sich inzwischen näher gekommen, hatte die Barriere des „Sie" überschritten und Friedrich flirtete mit Monika, daß es eine wahre Pracht war. Als Eva kurz nach draußen ging, wurde sie von Schröder angesprochen: „Jetzt sieh bloß zu, daß ihr beiden endlich zugange kommt, wir warten schon seit drei Stunden im Nebenzimmer!" „Leck´mich am Arsch!" Evas Antwort fiel wenig damenhaft aus. Aber sie tat, was von ihr verlangt wurde, wenn auch widerwillig, denn auch sie war inzwischen der Faszination von Friedrich erlegen, der keinem Böses wollte und eigentlich nur seinen neuen Motor bauen wollte. Keine Ahnung, was er damit meint, dachte Eva, aber ich habe richtig ein schlechtes Gewissen, wenn ich den Burschen jetzt flachlege, denn was ihn dann erwartet, das dürfte nicht so ohne für ihn werden. Im gleichen Moment kam ihr dann aber auch in den Sinn, welches Schicksal sie zu erwarten hätte, wenn die Aktion heute wieder fehlschlagen würde und so bat sie Friedrich noch auf einen Sprung hinauf, wo sich die Separeés befanden, ohne auf großen Widerstand zu stoßen. Schröder entfernte den Objektivdeckel seiner neuen Leica, und schraubte den Drahtauslöser auf die Kamera. Beim letzten Kunden hatte es Eva so wild getrieben, daß Schröder vor lauter Geilheit mitgezittert hatte und die Aufnahmen deswegen verwackelt waren. Das durfte nicht nochmal passieren. Er linste durch das Objektiv und überprüfte den Bildausschnitt, alles o.k., dachte er bei sich.

# Teil 6: Resignation

Friedrich saß in seinem Büro und schaute trübsinnig auf die Konstrukteure, die gerade an neuen Antrieben für Panzerdrehkränze arbeiteten. Er dachte an jene unselige Nacht im Herzbuben im Februar 1933. Als er nach Hause gekommen war (in der Privatkarosse des Herrn Kaschube, nicht einmal das hatte er in seinem Suff bemerkt) erwartete ihn Paula, die aus Sorge nicht hatte schlafen können. Als sie sah, daß er nur betrunken war, schlug das Gefühl der Sorge in Unmut um und sie legte sich kommentarlos schlafen. Das war wahrscheinlich das Beste, denn Friedrich hatte einen absoluten Filmriß und konnte sich an fast nichts mehr erinnern, die k.o.-Tropfen, die ihm Schröder kurz vor dem Gang ins Separeé in den Champagner getan hatte, hatten ihre Schuldigkeit getan. Am Tag danach hatte Friedrich versucht, zur Tagesordnung überzugehen, wurde aber von Kaschube unsanft auf den Boden der Tatsachen zurückgeholt. „Friedrich, ich will mit dir reden, sei so gut und finde dich in zehn Minuten in meinem Büro ein." Friedrich glaubte, nicht richtig zu hören. Was bildete sich Willi ein? Über die Gegensprechanlage in sein Büro reinzubrüllen, in dem er gerade an seinem Kündigungsschreiben saß. Er stürmte sofort in das Büro von Kaschube, in dem ein ihm unbekannter Mann einen Umschlag an Kaschube reichte. Der grinste fett, Friedrich dachte so bei sich, mein Gott, kann dieses Arsch denn nichts außer Grinsen? „Ach übrigens, Friedrich, ich hatte dich zwar erst in zehn Minuten hierherbeordert, aber wenn du schon unangemeldet in das Büro vom Chef hineinplatzt, dann möchte ich dir bei der Gelegenheit unseren neuen Werkschef, Bereich Innere Sicherheit, Herrn Schröder, vorstellen. Friedrich staunte. Von einem solchen Posten war nie die Rede gewesen, sicher, die

FOF hatten in letzter Zeit viele geheime Produktionen im Auftrag gehabt, aber bislang hatten die Sicherheitsmaßnahmen immer ausgereicht. Na, egal ihm war es wurscht, denn er hatte sich sowieso dazu durchgerungen, zu kündigen, denn das Gespräch vom Vortag hatte ihm die Augen über Kaschube geöffnet. Friedrich wollte sich nicht zum Handlanger der braunen Henker machen lassen. „Er wird übrigens auch dir vorgesetzt sein, Friedrich." Friedrich grinste und sagte zu Kaschube: „Ich glaube, bei dir tickt es nicht richtig, Willi, ich …" In diesem Augenblick schlug Willi mit der Faust auf den Schreibtisch und funkelte Friedrich böse mit den Augen an: „In Zukunft bin ich für dich „Herr Direktor", hast du das kapiert, du kleiner Pinscher?" Friedrich kapierte nicht, aber Schröder fackelte nicht lange und breitete genüßlich eine Reihe von Aufnahmen auf dem Schreibtisch von Kaschube aus. Auf diesen Bildern sah man Friedrich in hervorragender Qualität (Schröder hatte sich bei der Entwicklung des Filmes und den anschließenden Abzügen und Vergrößerungen selber übertroffen), wie er Frau von Römisch galant ans Bett geleitete. Auf weitere optische Genüsse aus dieser Reihe verzichtete Friedrich. „Jetzt weiß ich auch, woher ich diesen Scheißkerl kenne, der war Türsteher im Herzbuben." Kaschube schaute Friedrich verächtlich an. „Der Scheißkerl bist du, mir immer erzählen, was ich für ein Schwein bin, aber selber? Paula wird sich freuen, wenn ich ihr diese Bilder zeige, meinst du nicht?" Nun verstand Friedrich, sein Widerstand war gebrochen, Paula durfte niemals von dieser Episode erfahren, ein ungeplantes Besäufnis akzeptierte sie, einen Ehebruch niemals. Das wußte Friedrich. „Gut, was erwartest du von mir?" Kaschube grinste und Friedrich hätte ihm sofort auf die Schnauze hauen können. „Zunächst mal ist Herr Schröder dein direkter Vorgesetzter, der dich über meine Anordnungen unterrichten wird. Bis nächsten Ersten will ich ausgearbeitete Entwürfe eines für Langstreckenflüge geeigneten

Motors sehen." Für einen kurzen Augenblick wollte sich Friedrich auf Kaschube stürzen, beherrschte sich aber augenblicklich, als er in die Verbrechergesichter von Schröder und Kaschube blickte. Das war nicht mehr Kaschube von 1917, der sich um seine Zukunft sorgte, das war Kaschube im Jahr 1 nach der Machtergreifung. Er nickte und ging aus dem Raum. Schröder blickte dem Haufen Elend hinterher. „Meinen Sie nicht, daß Sie übertrieben haben, Chef? Der Kerl ist imstande und tut sich etwas an und dann haben wir den Salat. Der Rüstungsausschuß erwartet bis Ende 1933 den Prototyp des neuen Motors. Sie wissen doch auch, daß vom Prototyp bis zur Serienreife noch ein bis zwei Jahre vergehen können, in dieser Zeit brauchen wir diesen Hambach." „Keine Bange, Schröder, ich kenne Hambach, für seine Familie tut der alles. Der tut sich nichts an. Aber zur Vorsicht lassen Sie mal seine Frau beschatten und seine beiden Söhnchen auch, vielleicht können wir da auch in bewährter Weise tätig werden."

Das war jetzt schon über 12 Monate her. Friedrich hatte sich seitdem in die Arbeit hineingekniet und jede freie Stunde in die Entwicklung seines Jugendtraumes gesteckt: Einen Flugzeugantrieb, der lange Strecken problemlos bewältigen würde und darüberhinaus schwere Lasten tragen konnte, geeignet eben als Passagierflugzeugantrieb. Nun wurde seine Idee gestohlen und für militärische Zwecke mißbraucht. Paula merkte wohl, wie angespannt er war, führte dies aber auf die Arbeit in den FOF Werken zurück und konzentrierte sich darauf, den braunen Terror möglichst einzugrenzen. Die neuen Machthaber sahen das nicht gerne, Schröder, der inzwischen als Gauleiter für den Fall vorgesehen war, daß die Entwicklung so weiterging wie bisher, ließ Paula überwachen und war über ihre Aktivitäten informiert. Aber solange sich ihr Widerstand darauf beschränkte, unwichtigen kleinen Juden Nahrung und Unterkunft zu verschaffen, ließ man sie gewähren. Dieses Problem würde man später erledigen. Solange Paula einigermaßen zufrieden war, solange würde auch Friedrich die Entwicklung seines Motors weiter vorantreiben. Aber ganz zufrieden war das Ingenieurteam der NSDAP nicht, man hatte den Eindruck, daß Friedrich die entscheidenden Details seines Motors immer noch im Kopf zurückhielt. Eine Form zivilen Widerstands? Kaschube besänftigte seine Parteigenossen. „Der wird schon spuren. Laßt mich nur machen."

Am 2.August 1934 starb Hindenburg im Alter von 86 Jahren. Das veranlaßte Friedrich, mal wieder ins 1-2-3 zu gehen, Paula war wie üblich nicht begeistert, aber sie wußte auch, daß dort nichts geschehen konnte, wovon ihr Edi nicht berichtet hätte. So ließ sie Friedrich gehen. Friedrich brauchte einfach mal wieder jemanden, mit dem er reden konnte, ohne daß gleich jedes Wort auf die Goldwaage gelegt wurde. „Heil Hitler, Edi". Friedrich riß den rechten Arm übertrieben zackig hoch. Seitdem Innenminister Frick von allen Beamten in Deutschland per Erlaß verkünden ließ, daß auch außerdienstlich von den Beamten der „deutsche Gruß" erwartet wurde, hörte man immer seltener einen „Schönen guten Morgen". Wer „Guten Tag" an falscher Stelle sagte, machte sich schon verdächtig. „Friedrich, hör mit dem Scheiß auf, du weißt genau, daß ich das nicht verknusen kann." „Edi, alter Freund, ich brauche ein Bier." Edi nickte, Friedrich lag etwas auf der Leber, das spürte Edi, so provozierend war er noch nie ins 1-2-3 hereingekommen. „Ich habe richtig schön Erfolg, Edi. Meine Erfindungen laufen wie Hund. Meine Weiterentwicklung der Sechs-Zylinder Ottomotoren läßt sogar Schildkröten 50 km/h laufen." „Sag´mal, Friedrich, könnte es sein, daß du schon vorher einen über den Durst getrunken hast?" wollte Edi wissen. Friedrich merkte, daß er sich fast verplappert hätte. Aber rein technisch gesehen, war er auf die Fortentwicklung des neuen „Blitzkriegpanzermotors" schon recht stolz. Die Tanks, die er in Verdun gesehen hatte, fand er damals schon technisch einfach nur schlecht. Natürlich waren diese Ungetüme furchteinflößend, aber bei näherem Hinsehen waren diese Dinosaurier doch völlig ungeeignet, um schnell Geländegewinne zu erzielen. Diese Stahlkolosse dienten damals nur der Einschüchterung. Für Kurvenfahrten waren vier Männer damit beschäftigt, die eine Kette stillzulegen und die andere im gleichen Atemzug zu beschleunigen. So ein Unsinn. So hatte Friedrich zusammen mit Bernstein, seinem besten Techniker, eine neue Kette entwickelt, die der alten Gleiskette in jeder Hinsicht überlegen war und in Kombination mit Friedrichs Weiterentwicklung des sechs-Zylinder Otto-Motors mit etwa 100 PS Geschwindigkeiten erlaubte, die für die 30er Jahre Wahnsinn waren. Mit 50 km/h stürmten die Prototypen auf dem Testgelände in Kasan voran. Das war auch so ein Clou von Kaschube gewesen. Da der Versailler Friedensvertrag Deutschland die Produktion und den Besitz von Kampfpanzern verbot, hatte Willi angeblich schon 1926 ein Testgelände mitten in der UdSSR zur Erprobung der neuen schweren Geräte ausfindig gemacht. Wie er das gemacht hatte, wußte niemand so genau, alle Treffen und Reisen nach Kasan wurden ausschließlich durch Kaschube arrangiert. Im Werk wurde gemunkelt, daß Kaschube wohl alle Machthaber, egal welcher politischen Gesinnung am Kanthaken haben müsse, wenn er von allen Seiten finanzielle Unterstützung anfordern könne. Die Führung war zufrieden, denn zeitgleich wurde eine neue Bewaffnung (20mm Automatikgeschütze mit Drehkränzen aus den FOF-Werken) installiert, die technisch neue Standards setzen würden. Aus der Spionagabwehr wußte man, daß die Nachbarländer von Deutschland speziell auf dem Gebiet der Panzerentwicklung technisch auf dem Stand des Krieges von 1914-1918 standen. Doch während die Wehrtechnik der FOF (eine von Kaschube neu eingerichtete Abteilung, die er wie einen Hochsicherheitstrakt absichern ließ) immer neue Erfolge verzeichnete, wurde Friedrich immer trübsinniger, denn alle seine technischen Ideen wurden militärisch mißbraucht, nun auch noch zu Testfahrten in Rußland. Er fühlte sich beschissen. Edi merkte das und rief heimlich Paula an. „Paula, komm´ bitte und hole Friedrich ab, der wird hier immer melancholischer." Paula seufzte und warf sich den Mantel über. Sie hatte schon vermutet, daß heute mal wieder ein Anruf von Edi kommen würde, denn Friedrich war schon drei Wochen nicht mehr im 1-2-3 gewesen und in letzter Zeit immer einsilbiger geworden. Mit Kurt, der nun 15 geworden war und eigentlich etwas väterlichen Zuspruch gebraucht hätte, redete er auch immer weniger. Kurt reagierte darauf wie viele Heranwachsende, er verachtete seinen Vater, weil er ihn nicht verstand. Kurt konnte seinen Vater aber auch nicht verstehen, denn alles, was Friedrich beruflich machte, unterlag der strengsten Geheimhaltung. Deswegen konnte Friedrich Fragen von Kurt nach dessen Beruf nur ausweichend beantworten. Kurt nahm diese ausweichenden Antworten so auf, daß die Arbeit seines Vaters eben Scheiße war und es deshalb auch nicht groß was zu erzählen gab. Aus diesem Grund war für Kurt der Beruf des Ingenieurs schon erledigt, bevor man sich familienintern darüber hätte unterhalten können. Außerdem ging es Kurt schwer auf die Nerven, daß ihm permanent Karl, sein älterer Bruder, als leuchtendes Beispiel präsentiert wurde. Ausgerechnet Karl, der schon über zwei Jahre in England war und dort Physik und Mathematik studierte. Kurt hatte es jüngst Paula sogar direkt gesagt: „Wenn ich von euch alten Knackern weg wäre, könnte ich mich auch besser entwickeln." Hiervon hatte Paula Friedrich nichts erzählt, der wäre ausgerastet und hätte wahrscheinlich Kurt zum ersten Mal in dessen Leben eine Tracht Prügel verabreicht. All diese Gedanken gingen Paula auf dem Weg ins 1-2-3 durch den Kopf. Sie holte Friedrich ab, der kaum ein Wort sprach und sich, zuhause angekommen, einfach auf seinen geliebten Ohrensessel setzte und in eine imaginäre Weite starrte. „Friedrich, was ist los mit dir in letzter Zeit?" wollte Paula von ihrem Mann wissen. Er schaute sie an. Er sah Verständnis in ihren Augen. Er hatte einfach keine Kraft mehr für dieses Scheiß Versteckspiel. Er erzählte ihr alles, von der Nacht im Herzbuben, soweit er sich daran erinnern konnte, von dem anschließenden Gespräch mit seinem „Freund" Kaschube, von den Demütigungen, von seinen verzweifelten Versuchen, Bernstein, den Juden und seinen besten Konstrukteur, vor den Nazis zu beschützen, von seinen Erfolgen in der Entwicklung von Drehkränzen für Panzer, von den Motorenentwicklungen, die für Panzerantriebe mißbraucht wurden, von der Wehrtechnikabteilung der FOF, die er leiten mußte. Friedrich wußte gar nicht, wo er zuerst anfangen sollte, wo er aufhören sollte. Der Zeitpunkt für eine Aussprache war überfällig, auch Paula hatte einiges zu berichten, von ihren eigenen Nachforschungen, die ergeben hatten, daß eine Monika von Römisch zwar bei der Berliner Illustrierten arbeitete, aber über 60 Jahre alt war und demzufolge nicht mit der Person identisch sein konnte, die sie im 1-2-3 kennengelernt hatten. Friedrich nickte, so etwas hatte er sich schon gedacht. Paula berichtete aber auch von Konzentrationslagern in Oranienburg und Dachau, von denen ihr Juden erzählt hatten, die dem Grauen wie durch ein Wunder wieder entronnen waren und sich verzweifelt um Ausreise aus diesem gelobten Land Deutschland bemühten. Friedrich verstand, seine Frau hatte längst begriffen, was mit Deutschland los war. „Friedrich, warum hast du mir nicht gleich von der Episode im Herzbuben berichtet?" „Ich hatte Angst, dich zu verlieren, denn ich wußte, daß du mir einen Seitensprung nicht würdest verzeihen können. Ich bin zwar nach wie vor davon überzeugt, daß gar nichts gelaufen ist und alle Fotos gestellt waren, denn so besoffen wie ich war, konnte da der kleine Hambach gar nicht mehr auftrumpfen. Außerdem, wieso erinnere ich mich an nichts mehr? Wahrscheinlich hat mir

74

dieser verdammte Schröder irgendwas in den Champagner getan." „Friedrich, ich weiß doch ganz genau, mit welchen Mitteln Kaschube, dieses ewige Wirtschaftswundermännchen arbeitet. Du hättest mir einfach vertrauen müssen, nun hast du dich in die Materie reingeritten wie es schlimmer nicht mehr sein könnte. Ich bin überzeugt, daß die braunen Hilfsgenossen uns und unsere Familie unter genaue Beobachtung genommen haben, wahrscheinlich wird auch unser Telefon abgehört." Friedrich staunte, diese Aussagen seiner Frau zeigten eindeutig, daß er ihr überhaupt nichts vorzumachen brauchte, Paula wußte, wovon sie redete. Friedrich bestätigte ihre Aussagen. „Die Gestapo führt bereits seit geraumer Zeit Aktionen gegen sogenannte illegale Widerstandsnester durch. Listen von verdächtigen Personen sind schon angelegt. Eigentlich ist es nur noch eine Frage der Zeit, bis wir dran sind, aber ich habe es in der Hand, diesen Zeitpunkt zu bestimmen, denn der Wehrausschuß wartet dringend auf die Ergebnisse meiner Forschungen zum neuen LFM 38, dem Langstreckenflugzeugmotor, der spätestens 1938 einsatzbereit sein muß. Wenn der fertig ist, werde ich ins Internierungslager wandern, da bin ich ganz sicher. Wahrscheinlich habe ich dann noch Schonfrist, bis die Kinderkrankheiten des Motors beseitigt sind, aber dann bin ich fällig, ohne jeden Zweifel." Friedrich schaute Paula an. „Bist du bereit, alles hinter dir abzubrechen und zu flüchten? Uns wird nichts anderes übrigbleiben, fürchte ich. So wie ich die Sache sehe, hast du Karl und Kurt nicht umsonst weggeschickt." „Stimmt, aber nur in Karls Fall war es erfolgreich, der ist immer noch in England und fühlt sich dort recht wohl, denn er hat mit seinen nunmehr 21 Jahren eine nette Britin kennengelernt und will anscheinend nicht so schnell von der Insel weg. Bei Kurt sieht die Sache anders aus, der ist nur bis in die Schweiz gekommen, aber ich hoffe, er ist clever genug, ein Flugzeug zu besteigen und nach England zu fliegen, wie ich es ihm aufgetragen hatte."

Friedrich war schlagartig wieder der Alte. „Du hast schon gepackt?" wollte er von Paula wissen. „Ja, und wenn du mich nicht bald gefragt hättest, wann wir diesen Wahnsinn beenden wollen, wäre ich alleine geflohen." Friedrich zog Paula an sich. „Wir können nicht sofort aufbrechen. Der Luftverkehr wird mit Sicherheit schon überwacht, da werden wir schwer direkt mit der Lufthansa rauskommen. Wir müssen noch warten, bis es Sommer ist. Dieses Jahr werden in Deutschland die Olympischen Sommerspiele ausgetragen, da wird der Reiseverkehr enorm zunehmen. Ich nehme an, daß dann unsere Chancen zu entkommen, ungleich höher sind. Noch in der selben Nacht entwarfen Paula und Friedrich ihre Fluchtplan und arbeiteten Details aus. Zunächst war wichtig, das Zielland festzulegen. England böte sich an, denn dort konnten sie von den Beziehungen profitieren, die Karl inzwischen geknüpft hatte. Schwieriger war schon die finanzielle Frage. Da müßte das Geld wohl oder übel einen Umweg über die Schweiz nehmen müssen. Friedrich wußte von Kaschube, daß die Reichsbank schon Pläne in der Schublade hatte, jegliche Auslandstransfers strengstens zu überwachen. Da war Vorsicht angezeigt. Es war der 17.Juni 1936. Kein besonderes Datum, aber der Chronist darf verzeichnen, daß an diesem Tag ein Heinrich Himmler den Oberbefehl über die gesamte deutsche Polizei erhielt. Himmler setzte sofort einen gewissen Heydrich als Chef der Sicherheitspolizei ein, der der sogenannte SD, der Sicherheitsdienst, die Kripo und die politische Polizei unterstellt war. Für die Bevölkerung bedeutete dies eine Bespitzelung, die so intensiv wurde, daß im benachbarten Ausland schon über den deutschen Blick gewitzelt wurde, der darin bestand, daß man sich auf Fragen erst mal umschaute, um sich zu vergewissern, wer die Antworten alles hören konnte. Die Angst ging um, das Gefühl einer umfassenden Beklemmung, man konnte nicht mehr frei atmen. Die Olympiade brachte für ein paar Wochen etwas Entspannung.

Die Führung hatte angeordnet, für diese Zeit die Zügel etwas lockerer zu lassen, insbesondere keine politischen Verhaftungen in dieser Zeit vorzunehmen. Viele Deutsche ließen sich hierdurch Sand in die Augen streuen, nach dem Motto „seht ihr, Hitler ist doch gar nicht so schlimm" war das Leben wieder schön. Deutschland belegte in der Nationenwertung erstmalig den ersten Rang, was vielen Deutschen doch ein gewisses Wir-Gefühl vermittelte. „Wir sind wieder wer." Bei Familie Hambach war von Olympia nicht viel zu spüren. Unmittelbar vor der Eröffnungsfeier klingelte es an der Haustüre und drei Herren in Zivil überreichten Friedrich einen Brief, aus dem hervorging, daß er wegen seiner hervorragenden Kenntnisse auf dem Gebiete der Ingenieurswissenschaften, Spezialgebiet Motorenentwicklung zum Doktor ehrenhalber der TU Berlin ernannt worden sei. Er dürfe künftig den Titel Dr. ing. h.c. Hambach tragen. Gleichzeitig mit dieser Auszeichnung seien er und seine ganze Familie in den Status der reichswichtigen Persönlichkeiten aufgestiegen, die berechtigt seien, eine persönliche Eskorte zum Schutz von Leib und Leben Tag und Nacht neben sich zu haben. Zackig, wie sie gekommen waren, verabschiedeten sich die Herren „Zivilisten". Friedrich hätte heulen können. Wer hatte ihm das nur eingebrockt? Hatte er die Nazis einfach nur unterschätzt? Dieser Dr. ing. h.c. bedeutete nahtlose Überwachung rund um die Uhr. Fluchtpläne waren damit ausgeschlossen. So verging ein weiteres halbes Jahr ohne Aussicht auf Flucht, obwohl Paula und Friedrich jede sich bietende Gelegenheit nutzen wollten. Gelder hatten sie über Freunde von Deutschland in die Schweiz und von dort nach England transferiert. Den Eingang der Gelder hatte Karl chiffriert per Telegramm bestätigt. Friedrich ging zur Arbeit, wo ein von ihm besonders geschätzter Gast auf ihn wartete. „Na, Hambach, haben Sie sich über ihre Beförderung gefreut?" Schröder feixte. „Ihnen hatte ich das also zu verdanken. Vielen Dank, Schröderlein." Schröder zuckte zusammen. „Sie werden sich Ihr „Schröderlein" noch abgewöhnen, sobald Kaschube abberufen wird für andere Aufgaben, werde ich in den FOF das Sagen haben. Für Sie, Hambach, wird dann hier ein anderer Wind wehen. Die ganzen Juden, über die Sie im Moment noch Ihre schützende Hand halten, können Sie dann vergessen." „Wissen Sie, Schröder, was ich an Ihnen am meisten mag?" „Was denn?" Schröder war neugierig geworden. „Gar nichts." Friedrich grinste Schröder an. Schröder wurde rot vor Wut. „Ihnen werden die blöden Witze noch vergehen. Kaschube erwartet Sie in zehn Minuten." Schröder entfernte sich, nicht ohne von Friedrich noch „jawoll, mein geliebtes Sprachrohr des Führers" mit auf den Weg zu kriegen. Wie aus dem Boden gewurzelt, stand Bernstein neben Friedrich. „Herr Hambach, Sie sollten mit diesem Menschen nicht so reden, der ist imstande und tut Ihnen etwas an." „Samuel, ich habe dir doch schon hundertmal gesagt, daß ich Friedrich heiße und du mich nicht so erschrecken sollst. Was gibt es denn?" „Die Entwicklung des LFM 38 macht Probleme. Kaschube argwöhnt, daß Sie, Entschuldigung, du die Entwicklung absichtlich behinderst." „Die können mich am Arsch lecken, ohne mich wird dieser Motor nie richtig laufen." „Das mag sein, Friedrich, aber ich habe gehört, daß ein neuer Mann hierher kommen soll, ein politischer, angeblich vom SD von Heydrich. Dann dürfte es aus sein mit unserem..." „Bist du wohl stille, Samuel." Friedrich glaubte, seinen Ohren nicht recht trauen zu können. Man wußte ja nie, ob hier nicht doch Mikrophone angebracht waren. Der deutsche Blick hatte auch bei den FOF schon Anhänger gefunden. Samuel war wohl verrückt geworden, in einem Büro der FOF von dem werksinternen Widerstandsnetz der FOF Mitarbeiter zu erzählen. Friedrich war schließlich nicht der einzige, der erkannt hatte, daß die Produktionen nunmehr zu 100% militärisch waren. Friedrich beschloß, den Herren der Abhörabteilung einen mit auf den

Weg zu geben: „Weißt Du Samuel, welchen Witz ich letzthin in der Werkskantine gehört habe?" „Nein, Chef." Samuel konnte es nicht lassen. „Wenn es in der Schweiz um sechs Uhr morgens klingelt, ist es der Milchmann." Samuel schaute Friedrich wortlos in die Augen und sagte dann zu ihm: „Tut mir leid, Chef, darüber kann ich nicht lachen." In diesem Moment fiel Friedrich ein, daß die Frau von Samuel vor einem Monat von SS-Leuten im Morgengrauen abgeführt worden war und seitdem nicht mehr aufgetaucht war. „Entschuldige, Samuel, ich habe es nicht so gemeint." „Weiß ich doch, Chef. Haben Sie schon Zeitung gelesen?" „Nein, ich habe langsam die Schnauze voll von den ganzen deutschen Erfolgsmeldungen." „In diesem Fall wird Ihnen die Nachricht aber an die Nieren gehen. Die „Hindenburg" ist in Lakehurst explodiert." Friedrich erschauerte. Also doch, er hatte es immer schon geahnt, das konnte nicht gutgehen. Die Zeppelin – Werke hatten als Füllgas der Hindenburg Wasserstoffgas benutzt, weil Helium in solchen Mengen –die Hindenburg faßte etwa 100.000 m³ - am Markt nicht zu beschaffen war. „33 Tote, Chef. Der Zeppelinluftverkehr dürfte damit auf alle Zeiten erledigt sein." Friedrich nickte, damit hatte Samuel wohl recht. Er mußte an die Worte von Kaschube denken: „Dieser Zeppelin wird sich nie durchsetzen". Ähnliches hatte er ja auch gedacht. Eine Ära der Luftschiffahrt war zu Ende gegangen. Wahrscheinlich wird das nicht die Einzige bleiben, dachte Friedrich. „Umso besser für unser Werk, Samuel. Wir werden den Prototyp des LFM 38 diese Woche testen, ich habe gestern mit dem Produktionsteam gesprochen, die Kinderkrankheiten, die beim letzten Testlauf auftraten, dürften inzwischen behoben sein." Die Tür ging auf. Kaschube trat ein, gefolgt von einem Mann, bei dem nicht nur dessen Gesichtszüge hart wirkten, der ganze Mann wirkte so. „Ich darf Ihnen Herrn von Strelitz vorstellen, der in Zukunft den Sicherheitsdienst der FOF leiten wird. Herr von Strelitz kommt aus Berlin und ist direkt Gruppenführer Heydrich unterstellt." Samuel Bernstein und Friedrich wechselten bedeutungsvolle Blicke, die von Strelitz nicht entgingen, dieser Mann schien seine Augen überall zu haben. Von Strelitz ergriff das Wort: „Nächste Woche wird Benito Mussolini Deutschland besuchen, wir beabsichtigen, ihm die FOF Werke als dem modernsten Produktionswerk Europas für Panzer- und Motorenfertigung vorzustellen." Friedrich hatte davon schon im Völkischen Beobachter gelesen, der neuerdings überall in der Kantine auslag.Mussolini hatte schon 1929 in Italien alle Parteien beseitigt und im November die Achse Berlin –Rom verkündet. Auch bei seinem Anblick rissen die Leute neuerdings den rechten Arm hoch und verrenkten sich überflüssigerweise die rechte Schulter. Friedrich hielt Mussolini für eine Pfeife mit eklatanten Führungsschwächen. Seiner Frau hatte er gesagt, daß dieser nachgemachte „Duce" Deutschland irgendwann nochmal zur Last fallen wird, ohne dies recht begründen zu können.  Von Strelitz riß Friedrich aus seinen Gedanken. „Wir hoffen, daß die Achse Berlin-Rom von Erfolg gekrönt sein wird, nicht nur im politischen, sondern natürlich auch im wirtschaftlichen und hier insbesondere im technischen Bereich. Leider mußte ja die erfolgreiche Operation bei Guernica ohne die Beteiligung der FOF – Werke stattfinden. Leichter hätte sich unsere Legion Condor natürlich getan, wenn der sagenhafte LFM 38 schon früher fertig gewesen wäre." Friedrich reagierte auf diesen unüberhörbaren Vorwurf mit einem gereizten Durchschnaufen, welches Kaschube zum Anlaß nahm, sofort zu antworten: „Herr von Strelitz, unserer ruhmreichen Legion Condor wäre nicht damit gedient gewesen, einen unausgereiften Motor in ihren Maschinen eingebaut zu haben. Wenn wir von den FOF Werken etwas abliefern, muß die Qualität stimmen, darauf können Sie sich verlassen." Nanu, Willi sprach pro Friedrich? Was war denn da passiert? Friedrich wunderte sich, aber nicht nur er, auch Bernstein schaute ver-

80

dutzt drein. Von Kaschube hatte Friedrich erfahren, daß die Legion Condor ein sogenannter Freiwilligenverband war, der von General Franco als Unterstützung im Kampf gegen die Republikaner zu Hilfe gerufen worden war. Die Legion Condor hatte die baskische Stadt Guernica mit Sturzkampfbombern fast völlig zerstört, und Friedrich war eigentlich froh, daß sein Motor noch nicht fertig gewesen war, als diese Verbrechen geschahen. Guernica war eine völlig unverteidigte Stadt und von einer glorreichen Legion konnte man unmöglich sprechen. „Herr Kaschube, das interessiert mich nicht. Sie sind für die rechtzeitige Entwicklung des Motors verantwortlich, Sie haben Ihre Zeitvorgaben von mir erhalten. Ich werde darüber wachen, daß Sie diese einhalten." Aha, dachte Bernstein, daher weht der Wind. Kaschube hatte von oben Druck bekommen und mußte sich jetzt mit Hambach gut stellen, damit der Motor schneller fertig wird. Ansonsten würde auch Kaschube Ärger bekommen. „Sic transit gloria mundi", dachte Bernstein. Krachend fiel die Tür ins Schloß, als von Strelitz den Raum verließ. Die zurückgebliebenen Kaschube, Hambach und Bernstein schauten sich an. „Hast Du silbernes Besteck gestohlen, lieber Generaldirektor Kaschube?" Spöttisch schaute Friedrich Kaschube an. „Besonders gut gelitten scheinst du bei Herrn Gruppenführer von Strelitz ja nicht zu sein." „Friedrich, laß den Quatsch. Ihr wißt nicht, was los ist im Reich. Die nächste Welle ist angelaufen. Ich bin für November nach Berlin vorgeladen, doch die parteiinternen Spatzen pfeifen es schon von allen Dächern, das Reich hat eklatante finanzielle Probleme. Wir werden keine Probleme mit der Finanzierung unserer Aufträge kriegen, weil wir zum Aufrüstungsprogramm gehören, aber wenn wir unser Produktionssoll nicht erfüllen, dann rollen Köpfe." „Vermutlich zunächst mal deiner, nicht wahr Willi?" Friedrich schaute Willi direkt in die Augen. Sein Blick funkelte boshaft. „Und verdient hättest du es auch, Du Schwein." Kaschube ging überhaupt nicht auf die Verbalattacken von Friedrich ein. „Menschenskinder, weißt du überhaupt, was hier los ist? Hitler will spätestens 1940 Krieg anfangen, damit er die enormen Rüstungsausgaben durch Beutegut bezahlen kann. Wenn Deutschland noch zwei Jahre so weiter macht, ohne einen erfolgreichen Krieg zu beginnen, ist es pleite." „Willi, das waren wir schon nach 1918, wenn du dich recht erinnerst. Hast du das alles schon vergessen?" „Himmelherrgott noch mal, willst Du nicht verstehen, daß die Dimensionen ganz andere sind als noch vor 20 Jahren?" „Ja, Willi, ich verstehe sehr gut, du bist jetzt in das gleiche Räderwerk hineingeraten, in welches du hunderte unschuldige Menschen hineingestoßen hast. Du hast Angst, entsetzliche Angst, dein Plansoll nicht zu erfüllen, weil du weißt, was mit den Leuten passiert, die nicht in das System passen. Von Strelitz hat dir Daumenschrauben angelegt und du spürst den Strick des Henkers um deinen Hals. Das Dumme ist nur, du kannst gar nichts dagegen machen, denn ob der LFM 38 fertig wird oder nicht, liegt nicht in deiner Hand." „Mensch Friedrich, begreife doch, was es für deine Familie bedeutet, wenn du den Motor nicht rechtzeitig zur Serienreife entwickeln kannst." Friedrich lachte bitter. „Was sollte es denn schon für gravierende Veränderungen für unsere Familie geben? Wir werden dank der Mithilfe von deinem Schergen Schröder seit August 1936 rund um die Uhr überwacht, ich kann nicht mehr scheißen gehen, ohne daß die Gestapo davon weiß. Wenn ich zum Arzt gehen würde, weil ich Dünnpfiff habe, müßte ich mir nur das Rezept von ihm abholen, denn die Diagnose hätte dem Doktor die Gestapo schon gestellt." Samuel Bernstein gluckste vernehmlich. „Halt´s Maul, Jude", schnauzte Kaschube Bernstein an. Der zuckte zusammen. „Willi, ich verbiete dir, so mit meinem Freund zu reden. Ohne Bernstein wird unser Motor nie zur Serienreife gebracht werden können." Kaschube hob resigniert die Schultern. „ Meinst du, das weiß ich nicht? Was glaubst du eigentlich, wer Bernstein immer wieder in die Liste der Unabkömmlichen der FOF-Werke hineinschreibt? Ihr zwei Naivlinge wißt wirklich nicht, was mit der Welt in den nächsten Monaten passieren wird. Das Rheinland haben deutsche Truppen schon annektiert, obwohl diese Besetzung einen Bruch des Locarno Vertrages von 1925 bedeutete. Die anderen Großmächte hielten still. Wir schließen mit Italien die Achse Berlin-Rom und Mussolini macht einen auf dicken Otto, mit Abessinien hat es ja noch nicht so richtig geklappt, weil die Pfeifen von Italienern zu blöde sind. Aber das nächstgelegene und gleichzeitig schwächste Ziel ist Albanien, das böte sich doch geradezu an. Dann haben wir im spanischen Bürgerkrieg unsere neuen Sturzkampfbomber ausprobiert, sehr erfolgreich. Die anderen Großmächte hielten weitgehend still. Es ist nur noch eine Frage von Wochen, bis Hitler die Mark heim ins Reich holt.

Danach ist das Sudetengebiet dran und wenn wider Erwarten die Engländer und Franzosen immer noch nichts unternehmen, wird Hitler auch noch Appetit auf Böhmen und Mähren bekommen. Der Bursche ist größenwahnsinnig, habt Ihr das immer noch nicht kapiert? Der geht über Leichen, notfalls auch über unsere, um sein Ziel zu erreichen." Friedrich staunte zwar über fundierten Kenntnisse von Kaschube, aber er traute dem Sinneswandel seines Ex-Freundes nicht so recht, zu oft war er in der Vergangenheit schon von ihm belogen worden. Er bedeutete Bernstein mit einem Zeichen, den Raum zu verlassen und fing erst zu reden an, als Bernstein draußen war. „Sehr interessant, Willi, eine reife schauspielerische Leistung. Leider glaube ich dir kein Wort. Du denkst wohl, ich habe die Hose mit der Kneifzange angezogen. Ich habe die Blicke zwischen von Strelitz und dir sehr wohl vernommen, als er dich anpfiff und du einen auf treuen Untergebenen gespielt hast. Wirklich sehr überzeugend, aber ich kenne dich eben schon fast 25 Jahre, mir machst du nichts mehr vor. du gehst in einen Versammlungsraum für Kommunisten und die Menge johlt bei deinem Abgang von der Bühne vor Begeisterung und anschließend gehst du in eine Halle voller Nazis und hältst deine Rede und die Menge jubelt dir genauso zu. Du bist der größte Lügner, den ich in meinem Leben bisher kennengelernt habe, mir machst du nichts mehr vor!"

Im Abhörraum der FOF-Werke knallte ein junger Mann die Hacken zusammen. „Mensch, lassen Sie das doch, verdammt. Wir sind hier -noch- zivil tätig" schnauzte ihn von Strelitz an. „Wie geht es voran?" wollte er von dem Mann wissen, der am Abhörmikrophon saß. „Leider gar nicht gut, Herr Gruppenführer, Hambach hat Kaschube eben als größten Lügner und Schmierenkomödianten aller Zeiten bezeichnet." „Wundert mich nicht. Von der Intelligenz her steckt dieser Hambach jeden von uns einschließlich meiner selbst in den Sack. Sein Problem ist seine Weichheit. Aber genau das ist unsere Chance." „Außerdem hat Kaschube geheime Details im Beisein von Bernstein, diesem Juden ausgeplaudert." „Das ist nicht gut für Kaschube, Protokoll anfertigen und an die Gestapo-Zentrale in Berlin. Wird Zeit, daß wir den Burschen mal in seinem Wirkungskreis etwas beschneiden, angeblich hat er Aufnahmen von wichtigen Parteimitgliedern in verfänglichen Posen, scheint mehr aus der Unterwelt zu stammen, wenn man seinem Dossier folgen darf." „Jetzt hat Kaschube den Raum verlassen, Herr Gruppenführer. Hambach hat gerade gewählt, einen Augenblick noch, ja jetzt, er hat seine Frau am Apparat." „Geben Sie mal her." Von Strelitz griff nach dem Abhörapparat. „Hallo Paula", hörte er Hambach sagen, „vergiß nicht, mir noch Rasierklingen zu besorgen, ich habe fast keine mehr." Von Strelitz hörte, wie sein Unteroffizier diese Anweisung mit „jetzt läßt er seine Olle och noch für ihn einkaufen" kommentierte. Von Strelitz glaubte das nicht. Er mißtraute prinzipiell alles und jedem und war gerade deswegen sehr schnell innerhalb der Parteiführung aufgestiegen. Er verließ raschen Schrittes den Raum und ließ sich von seinem Fahrer nach Berlin fahren, um dort seinem direkten Vorgesetzten Bericht zu erstatten. Von Strelitz hatte auch recht mit seinem Mißtrauen, Paula und Friedrich hatten sich schon seit 1936 auf eine Reihe von Codes verständigt, um im Gefahrenfalle auch per Telefon unverfängliche Nachrichten abgeben zu können, aber trotzdem den Partner warnen zu können. Die Nachricht von Friedrich an Paula lautete schlicht: „Höchste Gefahr für alle, sofortige Flucht ohne Rücksicht auf andere Familienmitglieder wagen." Paula und Friedrich hatten sich darauf verständigt, ihren Sohn Kurt nicht ins Vertrauen zu ziehen, weil sie befürchten mußten, daß er unbedachte Äußerungen an unpassender Stelle loslassen würde, die andere Menschen in höchste Lebensgefahr bringen würde. Denn Kurt war trotz seiner inzwischen 19 Jahre erschreckend naiv, zum Glück für alle wurde er zum Reichsarbeitsdienst eingezogen und war damit erstmal von der Bildfläche verschwunden, was alle freute, Friedrich, weil er nicht ständig die Auseinandersetzungen mit seinem unverstandenen Sohn hatte, Kurt, weil ihm sein Alter nicht mehr auf die Nerven ging und Paula, weil sie nicht mehr dauernd zwischen beiden vermitteln mußte. Mit der Flucht war es allerdings Essig, denn von Strelitz wußte den Anruf sehr wohl zu deuten, Paula Hambach wurde in ihrem Opel an der deutsch-polnischen Grenze abgefangen und vorläufig unter Hausarrest gestellt. Friedrich wurde darüber informiert und wußte nun genau, würde er nicht den LFM 38 Zeitplan einhalten, wäre seine Paula in höchster Lebensgefahr. Dies war nicht mehr der Primitivling Schröder, der hier drohte. Hier stand ein Mann, der hochintelligent war. Von Strelitz machte keine leeren Drohungen, das unterschied ihn sehr wohl von Schröder. Der Widerstand von Friedrich war gewichen, er machte sich an den Feinschliff seines Lebenswerkes. Karl war nach wie vor in England und entwickelte inzwischen einen grandiosen Haß auf Hitlerdeutschland, weil er anhand der Briefe seiner Eltern spürte, daß in Deutschland ein Klima der Angst herrschte, welches mit diplomatischen Noten nicht mehr zu beseitigen sein würde. Die aktuellen Nachrichten von Radio London gaben ihm recht. Mussolini hatte Deutschland besucht, und im März 1938 hatten deutsche Truppen Österreich besetzt. Im September 1938 hatte sich Hitler mit dem britischen Premierminister Chamberlain getroffen und von diesem verlangt, daß die Engländer den Einmarsch der deutschen Wehrmacht in das vorwiegend deutsche Sudetengebiet billigen sollte. Karl nickte, als er erfuhr, daß diese Forderung voll erfüllt wurde und England wieder mal klein beigab. Karl, der im physikalisch-mathematischen Institut der Universität London arbeitete, wußte zu diesem Zeitpunkt schon, daß die englische Industrie zu diesem Zeitpunkt noch lange nicht kriegsfähig gewesen wäre. Karl war kein Hellseher, dieses Wissen hatte er vom Vater seiner Freundin Mary, der in der Fabrik als Vorarbeiter arbeitete, in der später die Mathilda-Panzer gebaut wurden. So sehr Mary´s Vater die Deutschen auch verachtete (auch wenn dieses Vorurteil wegen Karl allmählich schwand), sosehr schätzte er die Qualität der Werkstücke aus Deutschland, die er in den letzten Jahren in die Hände bekommen hatte. Alles einwandfreie Arbeit, da würden seine Landsmänner noch lange arbeiten müssen, um diese Qualität zu erreichen. Insofern war jeder Monat Aufschub vor einer kriegerischen Auseinandersetzung mit Deutschland gut für England. Deswegen konnte Mary´s Vater auch nicht verstehen, warum Chamberlain in vielen Kreisen der britischen Öffentlichkeit als Schwächling dargestellt wurde, denn es ließ sich ja wohl nicht abstreiten, daß er mit seiner Beschwichtigungspolitik England den Aufschub ermöglichte, der notwendig war, um den Rüstungsvorsprung, den Deutschland hatte, halbwegs aufzuholen. Die deutsche Bevölkerung

86

reagierte erleichtert darauf, daß es nun doch nicht zu einem Krieg kommen würde und Hitler erschien der breiten Masse einmal mehr als der große Weltpolitiker, der es mit allen Staaten aufnahm und sich überall durchsetzen konnte. Stück für Stück war der Versailler Friedensvertrag revidiert worden und Deutschland stand, zumindest oberflächlich betrachtet, sehr stark auf der Weltbühne. Hinter der Fassade begann es aber gewaltig zu bröckeln, denn die finanzwirtschaftlichen Folgen der Aufrüstung schlugen sich in massiven Inflationsraten nieder. Es ist eine historisch verbürgte Tatsache, daß Deutschland im Sommer 1936 nur noch Devisenreserven für eine Woche hatte! Darüberhinaus stellten immer mehr Bürger fest, daß sie zwar endlich wieder Arbeit hatten, daß diese Arbeit aber irgendwie nicht den Mann ernährte und die Familie schon gar nicht. Außerdem kam es vielen Leuten komisch vor, daß riesige Moore von jungen Leuten trockengelegt wurden, aber dies vorwiegend in Handarbeit geschah, obwohl Maschinen vorhanden waren. Der Verdacht lag nahe, daß hier bewußt langsam gearbeitet werden sollte. Das gleiche Schema galt für den Bau der Reichsautobahnen. Wo es immer ging, wurde auf Muskelschmalz gesetzt. Der erste Grund war, daß die Menschen erstmal von der Straße sein sollten. Wer arbeitet, ist nicht arbeitslos, selbst wenn er dafür einen Hungerlohn bekommt. Der zweite Grund war, daß die jungen Männer von vielen fast unbemerkt, eine paramilitärische Ausbildung erhielten. Die Weichen waren gestellt, die Lokomotive lief immer schneller in Richtung Krieg, er war eigentlich nicht mehr aufzuhalten...

# Teil 7: Selbstfindung

Bernstein war völlig außer Atem. Er klopfte an die Tür der Hansastr. 74: „Frau Hambach, Sie müssen mir helfen, heute morgen sind in unserem Haus alle Fenster eingeschlagen worden, ich war nur zufällig nicht zu Hause, bitte lassen Sie mich ein, ich weiß nicht mehr, wo ich hin soll...“ „So, so, Bernstein, Sie wissen also nicht mehr, wohin Sie sollen, ja?“ Schröder riß die Tür auf und schlug Bernstein mit der flachen Hand ins Gesicht. Der taumelte zurück. „Ja, da staunst Du, Du kleiner Saujude? Frau Hambach ist nicht mehr da.“ Wieder schlug Schröder zu. „Ich werde Dich lehren, uns für blöd verkaufen zu wollen.“ „Aber was tun Sie denn da, Herr Schröder.“ Bernstein hob zum Schutz die Hände. „Hat sich was mit Herr Schröder. Jetzt endlich ist die Zeit gekommen, jetzt kriegt ihr Juden, was euch gehört.“ Er hob wieder die Hand, um zuzuschlagen, als ihn von hinten ein krachender Schlag traf. Stöhnend ging Schröder zu Boden. Von Strelitz, der über den Hintereingang das Haus der Hambachs betreten hatte, schaute Bernstein an. „Wissen Sie, Herr Bernstein, ich schätze Gewalt als Mittel zur Durchsetzung von Forderungen überhaupt nicht. Ich bin absolut gegen schlagende Argumente, es sei denn, ich schlage selbst.“ Bernstein nickte. „Was erwarten Sie von mir, Herr Gruppenführer?“ Von Strelitz schien erfreut. „Endlich mal jemand, der erkennt, was die Stunde geschlagen hat. Wenn Ihre Vernunft genauso groß ist wie Ihre Einsicht in die unvermeidliche Lage der Dinge, dann würde ich Sie bitten, mit Herrn Hambach ein paar Worte zu wechseln. Der glaubt offensichtlich immer noch, daß er hier die Zweitauflage vom Nibelungenlied spielen könnte. In Treue fest zu seinen Idealen, das ist vorbei.“ „Herr von Strelitz, ich weiß, daß ich in meiner Lage keine Forderungen erheben darf, aber ich möchte Sie in Ihrer Eigenschaft als Offizier um etwas bitten." Von Strelitz fühlte sich geschmeichelt. „Nur zu Herr Bernstein." „Offensichtlich ist Frau Hambach verhaftet worden. Ich möchte ein gutes Wort für sie einlegen, Sie hat alles, was Sie getan hat nur aus Menschlichkeit getan. Ich weiß nicht, was mit ihr geschehen ist oder noch geschehen wird, aber ich appelliere an den preußischen Offizier: Helfen Sie ihr, denn wenn ihr irgendetwas passiert, ist Herr Hambach nicht mehr Herr seiner selbst und wird sich etwas antun." Von Strelitz war erstaunt. Dieser Bernstein war sehr intelligent und ausgesprochen mutig. In Zeiten der höchsten Gefahr für Leib und Leben erbat er Hilfe für andere Menschen, das nötigte sogar ihm Respekt ab. „Herr Bernstein, ich werde sehen, was ich tun kann für Frau Hambach, die sich durch ihren Fluchtversuch aus dem Deutschen Reich allerdings selber diskreditiert hat. Einstweilen hätte ich eine Bitte an Sie." Bernstein durchfuhr ein Schauern. Dieser von Strelitz beherrschte die Klaviatur des Terrors aber perfekt. Er, der Gruppenführer der SS richtete an ihn, den unbedeutenden Juden, eine Bitte. „Herr von Strelitz, Ihre Bitte ist mir Befehl!" Kleine Schweißperlen standen Bernstein auf der Stirn. Er war gewillt, dieses Spiel mitzuspielen.

„Wissen Sie, ich mache mir etwas Sorgen um Herrn Hambach, ich habe den Eindruck, daß er nach der versuchten Reichsflucht seiner Frau etwas den Halt verloren hat. Es wäre vielleicht ganz gut, wen Sie dem Mann, der Ihnen, Herr Bernstein, schon mindestens 4 Mal das Leben gerettet hat, indem er Sie auf die Liste der wichtigsten Leute der FOF –Werke gesetzt hat, wenigstens einmal das Leben retten. Denn wenn Herr Hambach nicht bis zum Dezember 1938 den LFM 38 fertiggestellt hat, sehe ich mich gezwungen, Sie und Herrn Hambach anderen Aufgaben zuzuführen. Sie sehen, wir sind großzügig, denn eigentlich hätte sie beide wegen ihrer offensichtlichen

Hinhaltemanöver längst liquidiert werden müssen." Die Augen des Gruppenführers flackerten. Bernstein verstand. Er würde mit Friedrich deutliche Worte austauschen müssen, die bisherige Hinhaltetaktik war nicht mehr aufrechtzuerhalten. Es waren ohnehin zwei Seelen, die Friedrich in der Brust schlugen, wie Bernstein wußte: Einerseits wollte er unbedingt die technischen Probleme beseitigen, andererseits wußte er, sobald dies passiert war, würde sein Motor sofort in die Junkers JU 88 eingebaut werden, der zum Jungfernflug nur noch das geeignete Antriebsaggregat fehlte. Von Strelitz ließ Bernstein in seinen Wagen einsteigen und geleitete ihn in die FOF - Werke, wo Friedrich wie ein Häufchen Elend in seinem Büro saß. „Herr Hambach, ich überantworte Ihnen Herrn Bernstein. Sie beide stehen vorläufig unter meinem persönlichen Schutz, dieser ist allerdings nur aufrechtzuerhalten, solange Sie das Firmengelände nicht verlassen. Sie werden deswegen vorläufig die Firmenwohnung beziehen müssen, die Versorgung mit Lebensmitteln übernehmen meine Männer." „Wo ist meine Frau?" Friedrich brachte die Frage kaum über die Lippen. „Einstweilen geht es ihr noch gut, Herr Hambach. Aber es liegt an Ihnen, ob das so bleibt. Bis Dezember 1938 schnurrt Ihr Motor wie ein Kätzchen, im anderweitigen Fall haben nicht nur Sie mit Repressalien zu rechnen, ich hoffe, wir haben uns verstanden." Von Strelitz nickte beiden Männern kurz zu und verließ das Büro von Hambach. Bernstein und Friedrich schauten sich an, Friedrich konnte nun den Schmerz verstehen, der Bernstein schon seit dem Verschwinden seiner Frau plagte. Beide umarmten sich spontan. „Mein lieber Samuel, wir haben nunmehr nur noch die vage Hoffnung, über den Erfolg unseres Projektes unsere Frauen wieder befreien zu können. Wir sind auf Gedeih und Verderb von Strelitz ausgeliefert. Nun müssen wir versuchen, das Beste aus dieser Situation zu machen. Hinhaltemanöver, um andere zu schützen, haben nun keinen Sinn mehr. Jetzt

90

müssen wir an uns selber denken und uns schützen, soweit das in unserer Kraft steht." Beide machten sich sofort an die Arbeit, bis zum Dezember waren es noch sechs Wochen. Inzwischen war über das Deutsche Reich die sogenannte Reichskristallnacht herniedergegangen, Auslöser hierfür war das Attentat von Herschel Grünspan auf den deutschen Gesandtschaftsrat in Paris, Ernst vom Rath, der dieses Attentat nicht überlebte. Die NSDAP ordnete als Vergeltung deswegen an, daß sämtliche jüdischen Geschäfte in Deutschland von Männern in SA – Uniform zu zerstören sind. Des weiteren seien jüdische Synagogen sofort in Brand zu stecken. Samuel war insgeheim froh, daß er und seine Frau unter Hausarrest des Gruppenführers standen, denn dann konnte man, vorläufig jedenfalls, noch hoffen, den nächsten Tag zu überleben. So ganz nebenbei wurde in Deutschland noch geforscht und entwickelt, was das Zeug hielt. Einerseits mit dem KdF Wagen, der noch in späteren Jahren von sich reden machen sollte und so ganz nebenbei den Erfinder, einen gewissen Ferdinand Porsche bei einem Monatsgehalt der Nazis in Höhe von 20.000 Reichsmark zum reichen Mann machte und der bis 1945 der verantwortliche Leiter des Volkswagenwerks blieb. Andererseits mit den Atomen, die sich als spaltbar erwiesen und den Entdeckern dieser Erkenntnis, Otto Hahn und Fritz Straßmann, zunächst große Gewissensbisse verursachten. Beide erkannten, zusammen mit ihrer Kollegin, der Österreicherin Lise Meitner, welche Gewalt hier freigesetzt wurde und zögerten, die Ergebnisse dieser Arbeit zu veröffentlichen. Inzwischen versuchten die Nazis, das Volk mit aufwendigen Filmproduktionen bei Laune zu halten, indem immer harmlosere Filme der deutschen Filmgesellschaften UFA, Tobis, Bavaria und Terra gezeigt wurden. „6.12.1938 , heute ist Nikolaus, Friedrich!" Samuel freute sich wie ein kleines Kind. „Wieso, glaubst du etwa, daß dir von Strelitz den Stiefel füllt?" Friedrich schüttelte mißmutig den Kopf. Wie konnte Samuel nur so fröhlich sein, wo er doch seine Frau schon seit Monaten nicht mehr gesehen hatte. Auch Friedrich hatte seine Paula seit ihrer Festnahme nicht mehr gesehen, er wußte nicht einmal, wo sie interniert war. „Friedrich, ich habe dich doch schon vor Wochen gebeten, nicht so kleinmütig zu sein. Wir werden den Motor fertigbekommen und dann werden unsere Frauen wieder freigelassen, von Strelitz wird Wort halten." Friedrich schaute skeptisch. Ob Bernstein wirklich so naiv war, wie er sich augenblicklich gebärdete? Wie konnte Bernstein allen Ernstes annehmen, daß man sie freilassen würde. Sicher, der Motor lief jetzt soweit rund, das Problem der Eigenvibrationen hatten Bernstein und er in den Griff gekriegt, allerdings zu Lasten des Gewichtes. Da der neue Motor aber erheblich leistungsstärker war als bislang erprobte Aggregate, war dieser Nachteil für den Anfang zu verkraften. Von Strelitz würde sicher zufrieden sein. Aber ob er die Ehefrauen tatsächlich aus dem Hausarrest entlassen würde? Beide lebten noch, soviel war klar, denn von Strelitz hatte ein einziges Mal seine Zustimmung zu einem kurzen Telefonat gegeben. Friedrich stellte sich die weitere Zukunft ohnehin schwierig vor. Bernstein würde man im besten Fall mitsamt seiner Frau ins Ausland reisen lassen, weil er den Motor ohne Friedrich und Zeichnungen nicht würde nachbauen können. Welche Aussichten hatte aber er, Friedrich? Ins Ausland ließ man ihn mit Sicherheit nicht gehen, dafür waren seine Kenntnisse des Motors zu groß. Ins Arbeitslager oder Gefängnis würde man ihn wahrscheinlich nicht schicken, denn als technischer Leiter der FOF war er einfach zu wertvoll für die Nazis. Also bliebe als Alternative, weiter in den FOF-Werken zu arbeiten, technisch hatte er schon noch einige Ideen. Aber die große Frage war, wie von Strelitz, den Friedrich längst als neuen Werksleiter ansah, solch einen Werdegang beurteilen würde. Als überzeugten Nationalsozialisten konnte man Friedrich schließlich nicht bezeichnen. „Guten Morgen, meine Herren!" Von

Strelitz trat in die Werkhalle ein und einige mühten sich, möglichst rasch den rechten Arm in die Höhe zu reißen. „Heil Hitler, Herr Gruppenführer!" „Ja ja, schon gut. Was macht unser Sorgenkind?" Er beugte sich über den Motor, der wie eine Stubenkatze schnurrte. „Na, das hört sich doch schon ganz gut an." „Wir werden jetzt in die Testphase gehen können, Herr von Strelitz, dazu benötigen wir die Hilfe der Junkers – Werke." „Das ist kein Problem, ich habe bereits alles arrangiert." Die nächsten Tage verliefen für Bernstein und Hambach ziemlich ereignisreich, von Strelitz erwies sich als ausgesprochenes Organisationstalent, er hatte mit dem Werksleiter der Junkers - Werke bereits eine Ju 88 ohne Motoren reservieren lassen. Der Werksleiter der Junkers-Werke trat Friedrich gegenüber sehr reserviert auf, was Friedrich sogar verstehen konnte. Konkurrenz sah eben keiner gerne und die Ju 88 hatten hervorragende Flugeigenschaften und hohe Bombenlasten, wozu also andere Motoren. Die Motorisierung mit einer Höchstgeschwindigkeit von 433 km/h fand Friedrich allerdings lausig. Sicher, die JU 88 war kein Jagdflugzeug, aber für sein Empfinden viel zu langsam. Der Testflug war für Friedrich und Bernstein ein einzigartiger Triumph. Der Testpilot war zwar etwas skeptisch, diese Skepsis wich aber einer Euphorie, die niemand erwartet hatte. Die Geschwindigkeit war mit 580 km/h erheblich höher als die der vergleichbaren Petljakov Pe-2, die die Russen entwickelt hatten. „Ein Wahnsinnsgerät, ihr Motor, Hambach." Der Pilot war begeistert. „Ich bin fast 150 km/h schneller als mit der Standardmotorisierung, sagenhaft." Er schüttelte Hambach und Bernstein die Hand und verschwand in der Luftaufsichtsbaracke. Von Strelitz schaute Hambach und Bernstein an und sagte: „So, meine Herren, sie haben ihr Versprechen gehalten, ich halte meines." Auf einen Wink vom Gruppenführer ging in einer Baracke die Tür auf und zwei Frauen traten aufs Rollfeld. Paula stürzte auf Friedrich zu, bei den Bernsteins war die

Freude über das Wiedersehen stiller, aber nicht weniger intensiv. Von Strelitz ergriff das Wort: „Herr Bernstein, Sie werden sicher verstehen, daß angesichts der innenpolitischen Lage im Deutschen Reich für Sie nunmehr keine Möglichkeit besteht, Sie weiter zu beschäftigen. Ich hätte auch größte Probleme, Ihre Sicherheit in Deutschland weiter zu garantieren. Dieser Pilot hier hat Order, Sie sofort in die Schweiz zu fliegen." Er deutete auf den Testpiloten, der immer noch ganz begeistert von dem neuen Motor war. Bernstein wußte, daß er sein Leben von Strelitz zu verdanken hatte und wollte ihm die Hand schütteln. Der schaute ihn eiskalt an und sagte zu Bernstein und seiner Frau: „Wenn ich Ihnen einen guten Rat geben darf, Herr Bernstein, betrachten Sie die Schweiz nur als Durchgangsstation! Das Deutsche Reich ist Ihnen zu Dank verpflichtet, weil Sie entscheidenden Anteil an der Weiterentwicklung des LFM 38 hatten. Dafür schenken wir Ihnen und Ihrer Frau das Leben. Mehr zu erwarten, wäre töricht. Sehen Sie zu, daß Sie eine möglichst große Distanz zwischen sich und mich bringen, ich habe Ihnen mein Ehrenwort als Offizier gegeben, daß Sie und Ihre Frau freikommen, wenn Sie Ihre Arbeit ordnungsgemäß erledigen, mehr nicht. Beim nächsten Zusammentreffen betrachte ich Sie als Juden und werde dementsprechend vorgehen, Heil Hitler!" Bernstein und seine Frau zuckten zusammen. Sie lenkten ihre Schritte zu einer normalen Ju 88 und drehten sich kurz vor dem Einsteigen nochmal zu Friedrich und Paula um. „Denken Sie immer dran, Chef, eines Tages werden Sie Ihren Traum verwirklicht finden, Sie müssen fest dran glauben. Ich danke Ihnen." Frau Bernstein wollte Paula nochmal umarmen, aber der Pilot winkte ab, er hatte es eilig. Die Bernsteins stiegen ein. Friedrich wandte sich von Strelitz zu, der diese Szene scheinbar regungslos beobachtet hatte. „Was haben Sie nun mit uns vor? Ich kann wohl nicht davon ausgehen, daß wir zur normalen Tagesordnung übergehen können." „Nein, das können Sie in

94

der Tat nicht, Herr Hambach. Aber gehen wir erst mal in die Baracke, da spricht es sich gemütlicher." Von Strelitz wandte sich der nächstgelegenen Baracke zu und bedeutete Paula und Friedrich einzutreten. Drinnen angekommen, wies er beiden Plätze mit einem kurzen Nicken zu. Von Strelitz nahm den Gesprächsfaden sofort wieder auf, als sei nichts geschehen: „Wir können nicht zur Tagesordnung übergehen. Allerdings glaube ich, Ihnen einen Vorschlag machen zu können, der Ihre Lage erheblich verbessern würde." Von Strelitz machte eine kurze Pause. „Wie Sie wissen, sind wir mit Ihrer Arbeit sehr zufrieden, die bisherigen Motorenoptimierungen, die Sie vorgenommen haben, haben sich durchaus bewährt. Das Deutsche Reich braucht Leute wie Sie. Allerdings haben Sie bislang den unseligen Hang entwickelt, alles, was aus der Nähe der NSDAP kommt, sofort á forfait zu verdammen." Donnerkeil, dachte Friedrich, so wie das aussieht, spricht der Kerl auch noch französisch, „in Bausch und Bogen" war wohl die korrekte Übersetzung, wenn sich Friedrich richtig an seine vor Verdun erworbenen Französischkenntnisse erinnerte. „Sie tun sich und Ihrer Familie damit keinen Gefallen, das können Sie mir glauben. Wir stehen im Augenblick vor großen Aufgaben, die Zukunft werden wir in unserem Sinne gestalten, ob mit oder ohne Sie, das liegt ganz bei Ihnen. Ich behaupte nicht, daß alles, was wir machen, richtig ist, aber wir werden unseren Weg weitergehen, Widerstand wird im Keim erstickt werden. Wer nicht für uns ist, kann nur gegen uns sein. Kalt oder heiß, ein „Dazwischen" gibt es nicht, ja oder nein." Friedrich schaute von Strelitz in die Augen: „Wissen Sie, daß Sie im Augenblick die Bibel zitieren? Ich glaube, das steht irgendwo im Alten Testament." „Genaugenommen im Neuen Testament, Matthäus 5, Vers 37, „Eure Rede sei JA JA, NEIN NEIN, was darüber ist, das ist vom Übel", sehr bibelfest sind Sie aber nicht, Herr Hambach!" Friedrich war außerordentlich verblüfft. Ein SD-Mann, der die

Bibel kannte und zwar außerordentlich gut. Er wollte antworten, doch von Strelitz unterbrach ihn sofort. „Bilden Sie sich bloß keine Schwachheiten ein, Herr Hambach, ich habe auch den Koran gelesen und sämtliche anderen volksverdummenden Werke. Mir können Sie mit solchem Zeug nicht beikommen, für mich zählt nur die Erfüllung meiner Aufgabe." Von Strelitz fuhr fort: „Ich erwarte nicht von Ihnen, daß Sie unsere Gesinnung zu 100% übernehmen. Was ich aber von Ihnen erwarte, ist die Einsicht, daß Sie überhaupt keine andere Wahl haben, als mit uns zusammenzuarbeiten." Friedrich war überrascht von den offenen Worten des Gruppenführers. Er konnte nicht wissen, daß von Strelitz die Fähigkeiten von Friedrich erheblich höher einstufte als der selber, die alte Hambach – Krankheit eben. „Ihr Sohn Karl macht sich in England ganz gut, nicht wahr?" Wie ein Peitschenhieb kam dieser scheinbar nebenbei geäußerte Satz über Hambach. Von Strelitz gönnte Hambach keine Atempause. „Kurt ist ja gerade beim Reichsarbeitsdienst, da kann man eine ganze Menge lernen oder ziemlich schnell kaputtgehen." „Was wollen Sie von mir, Herr von Strelitz?" Ganz bewußt wählte Friedrich die zivile Anrede, da von Strelitz momentan noch zivil trug und ihm nicht in der Uniform eines Gruppenführers gegenübertrat. „Mein Wunsch ist es, daß Sie unserer Sache beitreten und dies öffentlich zum Ausdruck bringen, indem Sie der NSDAP beitreten." „Ich soll Parteimitglied werden? Niemals." „Mein lieber Hambach", zum ersten Mal unterließ von Strelitz die Anrede „Herr", „ich glaube, Sie verkennen etwas Ihre Lage. Sie haben hier keine Forderungen zu stellen. Ihr Freund Kaschube war so dumm, das zu tun und wird es momentan wohl ziemlich bereuen." Genüßlich kostete von Strelitz das Entsetzen in Friedrichs Gesichtsausdruck aus und fügte noch eine kurze Kunstpause an. „Wissen Sie, Herr Hambach, solchen Leuten wie Kaschube begegne ich 100 Mal im Jahr. Meistens sind sie den Schuß Pulver nicht wert, den man

96

brauchen würde, um sie vom Diesseits ins Jenseits zu befördern." Friedrich nickte, mit dieser Einschätzung hatte von Strelitz zumindest den aktuellen Kaschube korrekt charakterisiert.
„Aber ich bin davon überzeugt, daß Sie, werter Herr Hambach
erheblich intelligenter sind als Kaschube." Friedrich registrierte,
daß in der Rede von Strelitz bei Kaschube der „Herr" fehlte.
„Und natürlich mit Begriffen wie „Sippenhaft" etwas anfangen
können, ohne daß ich ins Detail gehen müßte, das würde mich
wirklich langweilen." Paula, die die ganze Zeit atemlos diesem
diabolischen Zwiegespräch gelauscht hatte, erkannte, daß es
jetzt in die Zielgeraden ging und drückte Friedrich deswegen die
Hand, bevor dieser antworten konnte. Der kam gerade noch
rechtzeitig zur Besinnung, denn eigentlich wollte er von Strelitz
antworten, daß er ihn am Arsch lecken könne, er würde sich niemals zum Handlanger der braunen Henker machen, selbst wenn
er dabei draufgehen würde. Zum Glück war Paula mit dabei und
Friedrich bekam noch die Kurve: „Natürlich weiß ich, was Sippenhaft für meine Familie bedeuten würde. Wenn ich Sie recht
verstehe, soll ich der NSDAP beitreten, würde dann als Parteimitglied natürlich meinen Doktortitel behalten dürfen, hätte
somit Privilegien gegenüber der „Normalbevölkerung" und
meine Frau und meine Söhne hätten, unabhängig von ihrem
Aufenthaltsort nichts zu befürchten. Vorausgesetzt natürlich,
daß ich weiterhin meiner Passion fröne und die Motoren, die im
deutschen Reich entwickelt werden, auf den Prüfstand stelle,
auf Herz und Nieren prüfe und zu optimieren versuche. Habe
ich Sie richtig verstanden?" Von Strelitz stand auf und klatschte
in die Hände. „Mein lieber Herr Hambach, wenn alle Menschen
so einsichtig wären wie Sie, dann gäbe es erheblich weniger Miß-
verständnisse." Friedrich schaute Paula an, die nickte. Was blieb
ihnen denn schon groß übrig? Der LFM 38 war gebaut, mit
anderen Worten, die militärische Ausnutzung von Friedrichs
ziviler Idee war ohnehin nur noch eine Frage der Zeit. Der opti-

mierte Panzermotor war sowieso schon im Einsatz, also, was galt es noch zu verlieren außer der Ehre, dachte Friedrich. Paula dachte: „Scheiß auf die Ehre, wenn unsere Söhne und wir hier mit heiler Haut herauskommen. Man lebt schließlich nur einmal." „Also gut, Herr von Strelitz, ich stimme Ihnen zu. Immerhin haben Sie mir und meiner Frau das Leben gerettet, das weiß ich zu schätzen. Das ist zwar jetzt nicht mehr lebenswert, aber egal." Paula glaubte, nicht richtig zu hören. „Herr Gruppenführer, er meint das nicht so." „Doch, Frau Hambach, er meint das durchaus so, doch es hat keinerlei Bedeutung, was ein Zyniker wie Ihr Mann meint. In diesen Zeiten haben Männer wie er einfach zu gehorchen, sonst werden sie den starken Arm der Obrigkeit kennenlernen." Friedrich vernahm dieses Zwiegespräch wie in Trance, er konnte einfach nicht fassen, wie menschenverachtend dieser von Strelitz reden konnte. Aber sei's drum, er stimmte zu, in die NSDAP einzutreten, um seine Frau und seine beiden Söhne nicht zu gefährden. Denn eines war ihm klar: Sollte er dem Vorschlag von diesem Machtmenschen nicht zustimmen, dann würden sein Frau und Kurt ziemlich schnell interniert werden und ob es Karl dann noch gelingen würde, sich in Sicherheit zu bringen, zweifelte Friedrich stark an, denn er wußte, mit welchen Mitteln die NSDAP auch oder gerade im Ausland arbeitete, um mißliebige Personen zu reglementieren. Wäre ja nicht die erste Leiche gewesen, die man aus der Themse gefischt hätte. Friedrich erschauderte etwas bei diesem Gedanken. Die nächsten Schritte vollzogen sich in bewährter deutscher Gründlichkeit. Friedrich mußte den Aufnahmeantrag in die NSDAP ausfüllen und anschließend den ganzen Mist unterschreiben. Daß ihm bei der Unterschrift fast der Füllfederhalter aus der Hand gefallen wäre, ist sicher nur eine kleine historische Randbemerkung wert. In späteren Jahren hatte Friedrich wegen dieses Aufnahmeantrages in die NSDAP noch eine ganze Menge Repressalien zu erdulden. Von Strelitz jedenfalls war es zufrieden und Friedrich konnte nun mit seiner Paula wieder nach Hause zurückkehren und zum Tagesgeschäft übergehen. Selbstverständlich wurde Friedrich weiterhin überwacht, denn seine Arbeit war viel zu wichtig, als daß man ihn hätte sich selbst überlassen können. Schwieriger wurde die Lage dagegen für Karl, der nicht mehr in dieses verdammte braune Deutschland zurückkehren wollte, denn er hatte dafür gute Gründe: Seine Mary war schwanger. „Verdammte Scheiße", dachte Friedrich, als er davon von Paula erfuhr, denn natürlich hatte sich Karl nicht getraut, diese Neuigkeit seinem Vater mitzuteilen. „Wie kann der Idiot in solchen Zeiten Kinder in die Welt setzen?" wollte er von Paula wissen. „Friedrich, hast Du die Geburtsjahre Deiner Kinder vergessen?" konterte Paula. „Ach was, das waren doch ganz andere Zeiten, das kann man doch überhaupt nicht miteinander vergleichen." Friedrich war zornig. Der Junge weiß ja gar nicht, was er da anrichtet, dachte er. Daß sein „Junge" inzwischen 25 Lenze zählte, wollte Friedrich offenbar nicht realisieren. Kurt hatte sich beim Reichsarbeitsdienst recht gut eingelebt, die Kasernierung verkraftete er einfacher, als Friedrich das gedacht hatte. In einer ruhigen Minute hatten sich die beiden unterhalten und Kurt hatte den Wunsch geäußert, nach dem Arbeitsdienst in der Abteilung Motorenentwicklung der FOF- Werke zu arbeiten. Mit diesem Wunsch stieß er bei Friedrich offene Türen auf, denn dieser brauchte unbedingt Ersatz für Bernstein. Kaschube galt als verschollen, in den FOF – Werken redete niemand mehr über ihn. Friedrich wunderte sich schon ein wenig darüber, denn immerhin war er einer der beiden Geschäftsführer gewesen und auf den Briefköpfen der FOF war er immer noch präsent. Von Strelitz, darauf von Friedrich angesprochen, verzog nur angewidert das Gesicht. „Wissen Sie, Herr Hambach, die Tatsache, daß jemand, der Sie ein halbes Leben begleitet hat, plötzlich nicht mehr da ist, sollte Sie und Ihre Arbeit nicht beeinflussen. Das ist Schicksal, heute sind Sie ganz oben und morgen stutzt Ihnen die Schicksals-Norne die Flügel und Sie sind weg vom Fenster." Friedrichs Gedanken gingen ein paar Monate zurück, Kaschube hatte sich ähnlich geäußert, aber die feste Überzeugung vertreten, daß er, einmal an der Spitze angekommen, dort auch bleiben würde. Von Strelitz sah das offenbar etwas realistischer. In den FOF Werken ging langsam, aber sicher die Angst um, nachdem nacheinander mehrere Arbeiter von heute auf morgen nicht mehr an ihrem Arbeitsplatz zurückkehrten. Keiner traute sich, über die Vermißten zu reden, weil jeder instinktiv spürte, daß er dann Ärger kriegen würde. Der einzige, der sich nicht an diese stillschweigende Anordnung hielt, war Friedrich. „Wie soll ich meine Normen erfüllen, wenn mir permanent die besten Leute von der Drehbank weg ins Gefängnis eingeliefert werden? Mir ist das völlig wurscht, ob die verhafteten Arbeiter Sozis oder Kommunisten sind, denn der gedrehten Welle sieht man nicht an, welche politische Gesinnung der Arbeiter hatte. Was soll ich denn mit den braunen Gesinnungsgenossen, die mir an der Drehmaschine rumlümmeln und den anderen Arbeitern nur den dringend benötigten Sauerstoff wegschnappen?" Friedrich kochte. Von Strelitz grinste. „Wunderbar, wie Sie sich aufregen können. Leider völlig sinnlos. Sie werden mit Ihrem Imponiergehabe niemanden in der Führung beeindrucken können. Ich habe Ihnen schon mal gesagt, wer nicht für uns ist, ist gegen uns. Wer gegen uns ist, wird eliminiert." „Es sei denn, er entwickelt gute Motoren, was?" Friedrich schnaufte verbittert. „Da liegen Sie völlig falsch, Sie haben mit den Wölfen geheult und sind nun ein Wolf geworden, Sie haben es nur noch nicht gemerkt. Meinen Sie allen Ernstes, daß Ihnen ein einziges Schaf glaubt, wenn Sie beteuern, ein Schaf zu sein? Sie stehen bei Gruppenführer von Strelitz im Büro und schreien dort herum, ohne daß Sie sofort abgeführt werden. Das wird sehr wohl von außerhalb beobachtet und sehr fein registriert. Wir stehen vor großen

100

Umwälzungen, Herr Hambach. Alle, die jetzt vorne mitmar-
schieren, werden ganz hinten sein, wenn in dem Teig, der jetzt
angerührt wird, auch nur eine Zutat nicht paßt und der ganze
Teig nicht aufgeht." „Wer sich selbst erhöht, wird erniedrigt
werden, Herr von Strelitz." „Wollen Sie schon wieder Bibel-
stunde mit mir veranstalten?" Von Strelitz schien verärgert.
„Nein, das nicht, aber wie können Sie bei dieser ganzen Kriegs-
vorbereitung mitmachen, wenn Sie offensichtlich selber nicht
100%ig davon überzeugt sind, daß es gut geht?" „Die Selbst-
zweifel waren immer die schwache Seite der Familie von Strelitz. Andererseits ist das auch eine gute Lebensversicherung,
denn es hält ein gesundes Maß an Mißtrauen am Köcheln, ohne
das man nicht überleben würde. Ich wiederhole nochmals,
geschätzter Motorenentwickler Hambach: Sie haben sich mit
uns verlobt, Sie werden mit uns tanzen und die Hochzeitsnacht
wird über Sie kommen, ohne daß Sie darauf Einfluß haben werden. Eine Scheidung wird es mit uns nicht geben, denken Sie
daran." Friedrich war etwas mulmig bei diesen Worten, von
Strelitz liebte geschliffene Wortspiele, wer Sie zu deuten wußte,
war über die nächsten Aktionen der Nazis sehr genau informiert. Die letzten Worte von von Strelitz, bevor er Friedrich aus
seinem Büro wies, enthielten ganz unverhohlen eine Drohung.
Als Friedrich am nächsten Morgen in die Firma ging, standen
überall Gruppen von Arbeitern, die erhitzt diskutierten. Deutsche Truppen hatten am frühen Morgen die polnische Grenze
überschritten, der Tanz war eröffnet. Es war der 1. September
1939.

# Teil 8: Der Fall Weiß

Friedrich kam den ganzen Tag nicht zur Ruhe, die in der Firma installierten Volksempfänger plärrten zu jeder vollen Stunde neue Erfolgsmeldungen durch den Äther. Ihm gingen alle möglichen Gedanken durch den Kopf, es fiel ihm außerordentlich schwer, sich auf seine Arbeit zu konzentrieren. Jetzt hatte man also den Salat, wieder Krieg. Man gerade 20 Jahre waren seit dem letzten vergangen. Die Kriege durfte man jetzt getrost numerieren, damit man sie unterscheiden konnte. Sicher, alle Leute, die ihre Grütze noch im Kopf hatten, wußten, daß die ganze Entwicklung nur auf Krieg zulaufen konnte. Wozu sonst baute man Panzer? „Si vis pacem, para bellum." Friedrich hörte im Geiste seinen alten Latein-Lehrer. Klar, wenn man den Frieden wollte, dann müßte man für den Krieg rüsten, damit man etwaige Feinde auch von der eigenen Friedfertigkeit überzeugen konnte, notfalls eben mit Gewalt, so paradox das auch klingen mochte. Aber dieses Konzept ging nur auf, wenn Politiker den Frieden wollten. Hitler wollte aber gar nicht den Frieden, seine ganze Politik war auf Krieg ausgelegt, das unterschied ihn sehr von den Politikern der letzten Jahrzehnte. Von Strelitz trat in Hambachs Büro. Er wirkte ernst und gefaßt. „Ich habe eine Neuigkeit für Sie, Herr Hambach." „Sie wollen mir sicher berichten, daß die deutschen Truppen die polnische Grenze überschritten haben und daß jetzt zurückgeschossen wird. Das weiß ich schon." Hambachs Stimme klang müde. „Nein, das ist es nicht. Ihr Freund Kaschube hat unseren Wachmannschaften schwer zugesetzt. Er ist aus der Sicherungsverwahrung vorletzte Nacht entflohen und wird nun steckbrieflich gesucht." Von Strelitz hatte ganz offensichtlich Mühe, seine Fassung zu bewahren. „Er hat bei seiner Flucht drei Männer und eine Frau kaltblütig ermordet. Da er zweifellos bei seiner Flucht auf fremde Hilfe angewiesen sein wird, sind Sie als sein Freund Anlaufstelle Nummer Eins. Ich warne Sie, Hambach, lassen Sie sich mit Kaschube ein oder helfen Sie ihm gar auf seiner Flucht, sind Sie ein toter Mann!" Von Strelitz wartete die Antwort gar nicht erst ab, sondern verließ sofort das Büro von Friedrich. Wieso war von Strelitz nur so aufgebracht? Ab und an entwischten nun mal Häftlinge aus Gefängnissen, das war zu allen Zeiten so. Friedrich überlegte, aus welchem Gefängnis Willi wohl geflohen sein mußte. Konnte eigentlich nur Oranienburg sein, aber ganz sicher war Friedrich nicht. In den letzten Tagen hatte er immer öfter an ihn gedacht, hatte sich an die Tage im Schützengraben erinnert, die Episode vor Verdun, als Willi ihm das Leben rettete. Wie würde er, Friedrich nun reagieren, wenn Willi plötzlich vor ihm stehen würde und sein eigenes Leben in die Waagschale werfen würde? Na egal, in diese Situation würde Friedrich wohl nicht kommen, denn einen Ausbruchsversuch ahndeten die Nazis mit größter Brutalität, um Nachahmer bereits im Vorfeld davon abzuhalten, dergleichen Unsinn zu versuchen. Aber wieso brachte Willi gleich vier Menschen um? Das hätte er ihm nicht zugetraut, denn er war zwar ein Schurke, aber ein Mörder nie und nimmer. Friedrich beschloß, erstmal Mittagspause zu machen und zu Paula zu fahren, was er neuerdings immer mit dem Fahrrad erledigte. Dies hatte zwar seitens der Arbeiterschaft ein gewisses Spötteln ausgelöst, ohne daß Friedrich hiervon sonderlich beeindruckt gewesen wäre. Seit seiner Aufnahme in die NSDAP vermied er die Öffentlichkeit soweit wie nur irgendmöglich und versuchte, möglichst viel Zeit mit Paula zu verbringen. Paula litt unter dem Quasi-Hausarrest sehr, viel Freiraum war nicht, jeder ihrer Schritte wurde überwacht. An Flucht war natürlich überhaupt nicht zu denken.

# Rückblende 1: Willi Kaschube: „Flucht"

Dieser Scheiß Hambach! Kaschube war stinksauer, jetzt hatte er unter Aufbietung all seiner Kräfte Friedrich ein Schauspiel in drei Akten aufgeführt, damit Friedrich die Entwicklung des Motors beschleunigte, aber der Sauhund hatte ihn durchschaut, glaubte ihm kein Wort. Noch am selben Morgen hatte er Besuch von Gruppenführer von Strelitz erhalten, einem knallharten Hund, vor den ihn schon Schröder gewarnt hatte. „Bei dem müssen Sie aufpassen, Herr Kaschube. Der geht nicht nur über Leichen, der produziert sie auch, wenn es sein muß." Als Kaschube von Strelitz in die Augen schaute, wußte er, wie Schröder diese Aussage gemeint hatte. Hier gab es keinerlei Rückzugsgefechte mehr, hier gab es nur noch den Frontalangriff. Kaschube hatte soweiso den Eindruck, daß Friedrich die Entwicklung des LFM 38 absichtlich verzögerte. „Kaschube, entweder wird der Motor pünktlich fertig oder ich mache Sie fertig." Kaschube war unwohl in seiner Haut. Aber was sollte er gegen Hambach schon unternehmen? Er selber war doch nur der Strippenzieher im Hintergrund, derjenige, der die Fäden zog und Beziehungen anknüpfte, die für den weiteren Geschäftsverlauf notwendig waren. Er dachte an die Zeit mit Friedrich vor Verdun zurück, als er Friedrich das Leben rettete. War das wirklich schon so lange her? Kaschube sinnierte und fragte sich, warum sich Friedrich so sehr verändert hatte. Begriff er nicht, daß eine Fabrik Aufträge brauchte, um zu überleben? Hatte ihm sein Vater so wenig beigebracht? Aber wahrscheinlich lag Friedrichs Unverständnis daran, daß er noch nie in seinem Leben um sein Überleben kämpfen mußte. Er war eben als Sohn in die Welt hineingeboren worden. Ohne Sorgen, behütet von Mama und Papa. Er, Kaschube, kam auf die Welt als ein Stück Abfall, niemand wollte ihn, seine Mutter ärgerte sich, daß dieser „Verkehrsunfall" passiert war, denn damals galt es, noch ein hungriges Maul durchzufüttern. Sein Vater schlug ihn bei jeder sich bietenden Gelegenheit, besonders gerne, wenn er betrunken von der Kneipe heimkam und ihm Willi über den Weg lief. Wenn sein Vater mal nicht gerade ihn schlug, hatte er mit Sicherheit seine Frau in der Kur, die eigentlich regelmäßig pro Woche ihre Tracht Prügel bekam. Gründe fand sein Vater immer, die Frau zu verprügeln, mal war die Wohnung nicht sauber gemacht, mal das Essen nicht oder nicht rechtzeitig gekocht, mal war kein Schnaps da etc.pp.. Am schlimmsten bezog seine Mutter Prügel, wenn am Ende des Geldes noch zuviel Monat übrig war. Dann rauchte es regelmäßig und zwar richtig heftig. Willi erlebte einmal mit, wie sein Vater seine Mutter mit gedrehten Hanfseilen windelweich schlug. Tagelang konnte sie damals nicht das Haus verlassen, so sehr taten ihr die Knochen weh. Manchmal hatte Willi allerdings den Eindruck, daß sie die Schläge genoß, warum würde sie sonst das alles ertragen, sie hätte ja schließlich abhauen können. Der permanente Geldmangel, unter dem Familie Kaschube litt, prägte natürlich. Kaschube kam sehr früh in seinem Leben zu dem Schluß, daß die wichtigste Komponente in diesem Leben eine prallgefüllte Brieftasche sei und richtete sein ganzes Denken und Handeln nach dieser Maxime aus. Anfangs lief das auch alles hervorragend, Willi fand als Erster in der Familie eine feste Anstellung und erkämpfte sich damit eine verspätete Anerkennung bei seiner Mutter, um die er bis dahin zeitlebens vergeblich gerungen hatte. Seinem Vater war inzwischen alles egal geworden, Hauptsache, der Schnaps stand abends auf dem Tisch, dann ließ sich die Welt für ihn ertragen. Willi hatte seiner Mutter schon oft gesagt, daß sie fortgehen solle von diesem Saufkopf, doch sie wollte davon nichts wissen. Als dann der große Krieg kam, lernte Willi Friedrich kennen, der ihm ganz andere Werte vermitteln konnte. Von dieser Erfahrung zehrte er einige Zeit. Leider ohne Dauerhaftigkeit. Nachdem er den Krieg von 1914-1918 überlebt hatte, vergaß Kaschube alle guten Vorsätze und machte sich daran, seinen Traum vom schnellen Reichtum zu verwirklichen. Vor richtigen Werten wollte er nichts mehr wissen. Sein Credo bestand aus zwei Erkenntnissen: Erstens: Saufen wollte die männliche Bevölkerung dieser Erde immer, egal, unter welchen Vorzeichen man gerade lebte (siehe sein Vater, der nie Geld hatte und doch immer Geld hatte, um sich mit Schnaps zu versorgen). Zweitens: Das weibliche Geschlecht zog immer, egal wie schlecht die Zeiten auch sein mochten. Aus diesen zwei Grundannahmen machte Kaschube die Basis für sein Geschäftsmodell: Nachtclubs in deutschen Großstädten, die zwei Dinge immer parat hatten: Viel Alkohol und viele junge Mädchen. Da die deutsche Industrie sich nach dem verlorenen Krieg gerade in einer kritischen Phase befand und es der Bevölkerung schlecht ging, gab es genügend Mädchen und Frauen, die sich für Pfennigbeträge verkauften. Kaschube staunte manchmal selber, was diese Frauen für ein, zwei Mark mit sich machen ließen. Aber es war die Zeit der Weltwirtschaftskrise, recht hatte, wer bezahlte und nach Ehre und Gewissen oder gar Moral fragte sowieso niemand. So stellte Kaschube in seinen Nachtlokalen ständig neue und immer jüngere Frauen ein. Seiner Frau Else war das natürlich ein Dorn im Auge, sie hatte gehofft, daß sich Kaschube nach dem Krieg wieder um eine ordentliche Anstellung bemühen würde. Für Kaschube, der nichts gelernt hatte, standen die Chancen für einen normalen Arbeitsplatz aber sehr schlecht. „In Zeiten von ständig wachsenden Arbeitslosenzahlen wartet die Welt nicht auf Willi Kaschube" pflegte er seiner Frau immer zu sagen. „Aber keiner erwartet von dir, daß du permanent mit deinen weiblichen Angestellten schläfst." Else konnte sehr direkt sein. Willi auch.

„Solange mit dir im Bett nichts mehr läuft, solange wirst du dich damit abfinden müssen. Ich schufte den ganzen Tag für drei, da brauche ich ab und an etwas Entspannung, die Mädels geben mir das Gefühl, ein Mann zu sein." „Willi, sei nicht so naiv, deine Mädels geben sich dir hin, weil du der Boß bist und du sie jederzeit feuern kannst. Die schlafen nicht mit dir, weil du so ein fantastischer Liebhaber bist, sondern weil du ihr Brötchengeber bist." Diesen Satz bereute Else schnell, denn Willi verprügelte seine Frau daraufhin zum ersten Mal und stellte fest, daß ihm das unheimliche Lust bereitete. Einmal so weit gekommen, kostete er dieses Gefühl nun immer öfter aus. Bald schon reichte es ihm nicht mehr, „nur" seine eigene Frau zu verprügeln, daher zahlte er besondere Prämien in seinen Nachtlokalen an Frauen, die bereit waren, sich für gutes Geld von ihm verdreschen zu lassen. Willi merkte irgendwann, daß er eigentlich keinen Deut besser war als sein Vater, nur die Sauferei fehlte noch, aber daran arbeitete er in letzter Zeit auch kräftig. Er fragte sich oft, ob alle Männer so verrohten, die im Krieg waren und stellte fest, daß er nur eine Ausnahme kannte: Friedrich. Der schien herrlich unverbraucht und Kaschube fragte sich oft, wieso sich Hambach diese Naivität erhalten konnte, obschon er ja auch in diesem grausamen Krieg vier Jahre zugebracht hatte. Kaschube führte dies auf den positiven Einfluß von Friedrichs Frau zurück, dieser Paula, die wirklich sehr attraktiv war. Bei der würde er auch mal gerne anklopfen. Beim ersten Versuch allerdings hatte er sich böse die Finger verbrannt. Da hatte er Paula erzählt, wenn sie mit ihm ins Bett ginge, dann würde er Friedrich einen hochdotierten Posten bei der Deutschen Reichsbahn verschaffen (es wäre zwar nur der Posten eines Schrankenwärters gewesen und Friedrich war so blöde gewesen, ihm dafür auch noch zu danken). Paula hatte ihm für sein Ansinnen kurzerhand eine gepfeffert, daß es eine wahre Pracht war. Seinen übermäßigen Geschlechstrieb mußte er an jenem Abend im

Herzbuben befriedigen. Aber er hatte aus dem Überfall auf den LKW noch einige Aktivposten in Form von Zigaretten, die er gewinnträchtig anlegen wollte. Die Nachricht, daß Friedrich den Reichsbahnposten nicht annahm, überraschte Willi nicht besonders, da konnte nur seine Frau dahinterstecken. Wahrscheinlich war sie sich zu fein, Frau Schrankenwärter zu sein. So war Willi wieder einmal ganz allein im Leben, seine Mutter war inzwischen vor Gram über ihr verpfuschtes Leben gestorben, sein Vater lag im Krankenhaus, die Ärzte gaben ihm noch maximal zwei Tage und Else hatte sich kurzerhand in ihrem Schlafzimmer aufgehängt, als er eines Abends mit zwei Gespielinnen nach Hause kam und dort eine flotte Spielrunde eröffnen wollte. Seinen Sohn Herbert hatte seine Frau in ein Internat bringen lassen, um ihn dem Einfluß von ihm zu entziehen. Willi wußte nicht einmal, in welchem Land dieses Internat war. Die Internatskosten waren offenbar schon im voraus bezahlt, er hatte jedenfalls noch nie Rechnungen gesehen. Wahrscheinlich hatte Else vor ihrem Selbstmord alles so geregelt. Willi, der nun überhaupt keine „normalen" menschlichen Kontakte hatte, verrohte zusehends und ging dazu über, alles was sich auf zwei Beinen fortbewegte, zu verachten. Zunächst einmal bekamen das seine käuflichen Damen zu spüren, die immer wüster verprügelt und später sogar ausgepeitscht wurden. Später erprobte Willi sein Geschäftstalent dann an lukrativeren Anlagemöglichkeiten. Gewisse Räume seiner Lokale ließ er mit zweiseitigen Spiegeln ausstatten und konnte somit beobachten, wer es von seinen Kunden wie am liebsten hatte. Anfangs machten sich seine Mädchen noch lustig über ihren Chef, der nun regelmäßig Augenzeuge wurde, wie die Honorationen der Stadt sich abends im Herzbuben austobten. Daß die beschäftigten Frauen Statisten in einem lang geplanten Verbrechen waren, wußten sie anfangs ja auch noch nicht, denn vom simplen Voyeur bis hin zu Photo- und später sogar Filmaufnahmen und anschließender

108

Erpressung der Beteiligten war es dann nur noch ein kleiner Schritt. Hierbei achtete Willi immer ganz besonders darauf, daß keiner der Gäste, die erpreßt wurden, seine wirtschaftliche Existenz verlor. Eine tote Kuh konnte eben keine Milch mehr geben. Zeitgleich modernisierte Willi sein Ablagesystem, welches mit perfekt organisierten Karteikästen ausgestattet war. Von A-Z konnte er zu jedem reicheren Bürger seiner Stadt etwas sagen. Meistens nichts Gutes. Denn was er so über seine versteckten Mikrophone aufnehmen konnte, ließ selbst ihm manchmal den Atem stocken. An die sexuellen Abartigkeiten seiner Kunden hatte er sich schon fast gewöhnt, da war ihm wirklich nichts mehr fremd. Aber was an sonstigen Schlechtigkeiten noch über die Lautsprecher kam, war schon allerhand. Da wurden junge Töchter aus sogenanntem guten Haus regelrecht verschachert, damit Kreditlinien bei von feinen Bankdirektoren nicht gekündigt wurden, da wurden Ehefrauen „ausgeliehen", um dem Unternehmer milde zu stimmen, damit der Arbeitsplatz erhalten bleibt. Selbst über Auftragsmorde wurde in letzter Zeit immer häufiger gesprochen. Zur Polizei konnte Kaschube mit seinem Wissen nicht gehen, das wußte er auch. Er schlug anders aus diesen Kenntnissen Kapital. Seine Kartei gab letztendlich nur Auskunft über die Moral der oberen Zehntausend, die immer schäbiger wurde. Kaschube fragte sich oft, ob das ein Spiegelbild der verrohenden Gesellschaft insgesamt war oder nur ein Abziehbild einer Randgruppe. Da aber die Opfer meistens wirtschaftlich Abhängige waren, zog sich die Verrohung der Gesellschaft letztlich durch alle Schichten. Kaschube war bald über den Kreis hinaus bekannt als jemand, der alles besorgte, was für Geld zu bekommen war. Frei nach Kaschube galt hierbei die Regel: „Je beschissener die Zeiten, umso mehr ist für Geld zu bekommen." Da die Zeiten nicht besonders gut waren, konnte man tatsächlich einfach alles für Geld bekommen. Was selbst den abgebrühten Willi aber wirklich entsetzte, das war die schonungslose Skrupellosigkeit, mit der manche Zeitgenossen ihre Perversitäten im Herzbuben auslebten und danach taten, als sei nichts geschehen. Kaschube selber war ja auch ein ausgemachtes Schwein und das wußte er auch, aber er stand wenigstens zu seinen Begierden. Anders die „vornehmen" Leute. So wie bei dem Ministerialbeamten der Sitte. Morgens wetterte er noch bei einem öffentlichen Auftritt der Polizei, daß die Moral der Öffentlichkeit stark abgenommen hätte und daß es nunmehr an ihm und seiner Abteilung läge, der Sittenlosigkeit der Gesellschaft zu begegnen. Der Ministerialbeamte Müller begegnete dann der Sittenlosigkeit im Herzbuben ziemlich direkt, indem er sich eine dreizehnjährige Tochter eines Arbeitslosen so heftig vergewaltigte, daß Willi einen Arzt holen mußte, weil das Mädchen so stark blutete. „Das kostet Sie 100 RM extra, plus Arztkosten", sagte Willi zu Ministerialbeamten Müller, der klaglos zahlte, damit nichts herauskam. Was für Heuchler, dachte Willi. Aber egal, diese sogenannten Stützen der Gesellschaft zahlten gut, denn sie verdienten gut. Und sie zahlten noch besser, wurden sie mit den Photos konfrontiert, die Willi angefertigt hatte. „Die Aufnahmen gehen direkt an die Gattin, es sei denn, wir werden uns einig! Reden Sie nicht über diese Aufnahmen, tue ich es auch nicht." Diese Drohung von Willi reichte immer, keiner der mit dieser Aussage konfrontierten Personen ließ in der Öffentlichkeit verlauten, daß man besser einen weiten Bogen um den Herzbuben machen sollte. So verirrten sich immer mehr Fliegen in der fleischfressende Pflanze Kaschube. Willi lebte hervorragend von diesen Zusatzeinnahmen, irgendwann kam ihm dann der Gedanke, daß es ganz gut wäre, wenn er sich einen bürgerlichen Anstrich geben würde. Eine Fabrik nach dem Vorbild des von ihm immer noch sehr geschätzten Rumpler wäre was. Aber alleine könnte er das nicht, da würde er professionelle Hilfe brauchen, eine gute Geschäftsidee, denn er wollte natürlich Geld verdienen. Außer-

110

dem jemanden, dem er vertrauen könnte. Da fiel ihm sofort Friedrich ein. Diesem durch und durch anständigen Menschen würde er nicht nur vertrauen können, nein, der brachte auch gleich die Geschäftsidee mit. Kaschube erinnerte sich noch gut an die Erzählungen von Friedrich, von den Hirngespinsten einer Linienflugmaschine, die mindestens 20-30 Leute transportieren sollte. „Undenkbar, solche starken Motoren, die solch ein Gewicht in die Luft bringen können, gibt es gar nicht!" waren damals die Worte von Kaschube gewesen. Friedrich hatte damals milde gelächelt und ihm dann einmal in einer schwachen Stunde Pläne für einen Flugzeugmotor gezeigt, die Kaschube aufgrund seines damaligen Wissensstandes nicht so recht beurteilen konnte. Nun, nach dem Krieg und mit den nötigen Beziehungen beauftragte er einen „Bekannten", ein paar Kopien dieser Zeichnungen zu besorgen. Der Auftrag wurde wie gewünscht so ausgeführt, daß Friedrich, der inzwischen bei den Zeppelinwerken arbeitete, nichts davon merkte. Kaschube hatte im Herzbuben ein paar Männer kennengelernt, die vorgaben, für eine der kommenden Luftfahrtindustrien arbeiten zu würden. Einen von diesen, einen gewissen von Strelitz hielt er für vertrauenswürdig und übergab ihm die Zeichnungen mit der Bitte, diese doch mal unverbindlich einer Prüfung zu unterziehen. Von Strelitz, selber kein Stammgast im Herzbuben, bekam Plüschaugen, als er die Zeichnungen sah und meinte, wenn Kaschube ernsthaft vorhätte, sich mit diesem Hambach zusammenzutun, dann solle er das bald tun. Denn wenn andere Unternehmer mitbekommen, was hier für eine Perle in der Muschel liegt, würde er ansonsten keine Chance mehr haben, sich als Austernfischer betätigen zu können. Kaschube hatte zwar nicht ganz kapiert, was von Strelitz mit den Austern meinte, für ihn waren das nur übel nach Fisch schmeckende Schlabbertiere, aber er reagierte sofort. Er reiste damals unverzüglich zu Friedrich und wickelte ihn in unnachahmlicher Manier wieder ein.

Soweit sich Willi erinnern konnte, log er Friedrich nach Strich und Faden an, das Einzige, was damals von seiner Rede stimmte, war die Aussage, daß er nur ihm vertrauen könne. Das stimmte nach wie vor, obwohl ihn Friedrich mit seiner verdammten Gefühlsduselei unheimlich nervte. Klar, es ging einigen Menschen im Reich nicht so toll. Na, und? Ihm war es in seiner Jugend auch nicht so toll gegangen. Hatte ihm vielleicht jemand geholfen? Keine Spur. Doch Friedrich sah diese Dinge immer etwas anders als er. Das reine Profitdenken, was Kaschube antrieb, war Friedrich fremd, der hätte sich auch mit einem Schrankenwärterposten zufrieden gegeben, wenn der Verdienst zum Ernähren der Familie gereicht hätte. Zum Glück für Friedrich hatte der so eine patente Frau, die Kaschube immer noch ganz scharf fand. Na, mal abwarten, das letzte Wort in dieser Angelegenheit war sicher noch nicht gesprochen. Kaschube sammelte in letzter Zeit Frauen wie andere Männer Briefmarken. Das Seltsame war nur, daß er nach jeder Eroberung inhaltsleerer in seine Wohnung zurückkam. Das war früher, ganz am Anfang, als er Else kennengelernt hatte, anders gewesen. Na, egal, diese Zeiten waren wohl ein für allemal vorbei. Da Friedrich letzten Endes doch zur Vernunft gekommen war und sich mit ihm zusammengetan hatte, konnte Kaschube nun mit vollem Elan seine Beziehungen spielen lassen, um Aufträge für die noch junge Firma zu holen. Seine Nachtlokale überließ er Schröder, den er beizeiten einlernte. Im Nachhinein mußte er allerdings feststellen, daß dies ein großer Fehler war, denn Schröder erlangte hierdurch viel zu viel Einfluß auf die Honorationen der Stadt und war eigentlich auch zu primitiv, um das komplizierte Geflecht an Beziehungen, welches Kaschube aufgebaut hatte, auch nur annähernd zu begreifen. Eigentlich machte Schröder durch seine Quatscherei viel zu viel kaputt, so daß die Anhänger der NSDAP recht schnell Einblick in das Netzwerk von Kaschube erhielten und dabei feststellten, wie nützlich ihnen dieser krankhaft ehrgeizige Mensch Kaschube sein könnte. Es dauerte jedenfalls nicht lange und die von Kaschube und Hambach gegründeten FOF Werke waren von NS – Leuten infiltriert. Kaschube merkte davon lange nichts, obwohl er schon frühzeitig Aufträge der NS – Führung annahm. Mit der Zeit wurde Kaschube aber doch mißtrauisch und überprüfte einige seiner Angestellten anhand von Daten, die er in alten Akten abgelegt hatte, von denen Schröder nichts wußte. Dabei stellte er fest, daß ein paar neue Angestellte der FOF – Werke eine recht schillernde Vergangenheit im Herzbuben hatten, aber die Daten der von Schröder aktualisierten Archive im Herzbuben die neuen Angestellten als Unschuldslämmer klassifizierten. Von Stund an wußte Kaschube, daß Schröder mit den neuen Machthabern gemeinsame Sache machte. Leider war das schon viel zu spät, denn von Strelitz war längst als neuer Werksleiter der FOF – Werke gekürt, weil es Kaschube nicht schaffte, Friedrich zur Weiterentwicklung des LFM 38 zu bewegen. Die weitere Vorgehensweise der SD-Männer rings um von Strelitz hatte Kaschube in unguter Erinnerung. An dem Abend, als er Friedrich vergeblich zu überzeugen versuchte, daß jetzt die letzte Chance wäre, den LFM 38 fertig zu bauen, besuchten ihn drei Männer im Herzbuben, wo er sich vor dem Schlafengehen noch ein kurzes Vergnügen gönnen wollte. Das Vergnügen wurde auch wirklich sehr kurz. Die Tür zu seinem Appartement ging auf, er bekam einen stumpfen Gegenstand über den Kopf gezogen und wachte anschließend in einer Gefängniszelle wieder auf. So hatte er sich sein Dasein als seriöser Unternehmer nicht vorgestellt. Er rieb sich über den Hinterkopf und mußte feststellen, daß er eine Riesenbeule am Schädel hatte. Da hörte er Schritte auf dem Flur. „Häftling Kaschube, raustreten." So , dachte Kaschube bei sich, jetzt bin ich also schon Häftling, das wird ja immer besser. Er stand von seiner Pritsche auf und ging auf die Eisentür zu, die von zwei

Wärtern geöffnet wurde. „Na, ihr zwei Hampelmänner, ich glaube, ihr wißt nicht, wen ihr vor euch habt!" Kaschube, im sicheren Glauben, bei dieser Aktion könne es sich nur um ein Mißverständnis handeln, riskierte eine dicke Lippe. Leider hatte er das Pech, zwei ausgesprochen humorlosen Wärtern zu begegnen. Der erste zog ihm ohne viel Federlesens den Schlagstock über das Kreuz, so daß Willi stöhnend zu Boden ging. „Häftling Kaschube, noch eine solche Frechheit und Sie sitzen für die nächsten zwei Wochen in Dunkelhaft." Kaschube schaute hoch, dem Sprecher direkt in die Augen, vermochte ihn aber nicht zu identifizieren. Jedenfalls keiner, den ich kenne, dachte er noch bei sich, bevor er ohnmächtig wurde, als ihm der andere ebenfalls mit dem Schlagstock in die Nieren schlug. Als er aufwachte, lag er immer noch am Boden, immer noch in seiner Zelle und seine gesamte Rückenpartie tat ihm weh. Er versuchte, aufzustehen und stellte dabei fest, daß er kaum stehen konnte. Vorsichtig tastete er die Nierengegend ab. So wie es aussah, hatte er noch Glück gehabt, der Schlag hatte die Nieren nicht richtig getroffen. Immer noch war Kaschube der Meinung, daß es sich bei der Verhaftungsaktion nur um ein Mißverständnis handeln könne. Ganz klar, die hatten ihn mit einem anderen Kaschube verwechselt. Er rief nach dem Wachhabenden. Das Guckfenster an seiner Zellentür ging auf und zwei stechende Augen richteten ihren Blick auf Kaschube. „Häftling Kaschube, was wollen Sie?" „Ich möchte den Gefängnisdirektor sprechen! Hier muß es sich um ein Mißverständnis handeln!" Hinter der Tür hörte er jemanden böse lachen. „Schulz, hast du das gehört? Er möchte den Direktor sprechen." Eine andere Stimme sagte: „Natürlich, der Herr Direktor wird sich bestimmt sofort Zeit für Monsieur Kaschube nehmen, diesen elenden Vaterlandsverräter." Willi glaubte, nicht richtig zu hören. War das nicht die Stimme von Schröder? Was faselte der da von Vaterlandsverrat? „Kaschube, wir geben Ihnen einen

114

guten Rat! Halten Sie Ihr verdammtes Maul, sonst werden wir Sie ins Verhörzimmer bringen." „Was soll das, Verhörzimmer, ich habe nichts...." Kaschube hatte noch nicht zu Ende gesprochen, da wurde schon die Tür aufgerissen, zwei Männer packten ihn an den Armen und schleiften ihn den Gang entlang in einen abseits der Zellen gelegenen Raum, der sehr kärglich eingerichtet war: Ein Stuhl, sonst nichts. Zur Begrüßung schlug ihm der im Zimmer weilende Posten ins Gesicht. Kaschubes Nase blutete sofort und er wollte sich auf den Posten stürzen, bekam aber sofort einen Schlagstock über den Rücken gezogen, so daß er zu Boden ging. Er wurde auf den Stuhl gesetzt und einer der Männer brüllte ihn an: „Kaschube, wir werden hier nicht viel Federlesen mit dir machen, du bist ein Stück Scheiße und genauso wirst du behandelt." Wieder schlug ihm jemand ins Gesicht. Kaschube konnte fast nichts mehr sehen, weil seine rechte Augenbraue aufgeplatzt war und ein feines Rinnsal in sein Auge lief. „Was wollen Sie von mir?" Er bekam die Wörter kaum aus dem schon geschwollenen Mund. „Er hat noch die seltene Frechheit und fragt!" Die Stimme des Wärters klang gespielt empört. Wieder setzte es einen Schlag ins Gesicht. Kaschube begriff. Wenn er in diesem zweifelhaften Etablissement überleben wollte, mußte er den Mund halten. Die nächsten 15 Minuten verliefen einseitig, Kaschube bekam in dieser Zeit Prügel für 15 Jahre und dachte bei sich, daß dies wohl die Strafe dafür war, daß er soviele Frauen mißhandelt hatte. Nach der „Vernehmung" wurde Kaschube wieder in seine Zelle geschleppt. Die Tür fiel laut krachend ins Schloß und Kaschube wußte nun, daß hier mit Vernunftargumenten nichts zu wollen war. Die Wärter wußten genau, wer er war, hier handelte es sich nicht um eine Verwechselung. Er hatte ganz genau die Stimme von Schröder erkannt. Offensichtlich hatte sich dieser auf die Seite der Macht geschlagen, es war ein Fehler gewesen, ihm Zugriff auf sein Archiv zu geben. Kein Zweifel, Schröder hatte als Mitgift die über Jahre gesammelten Daten den NS – Leuten übermittelt und war dafür mit einem Pöstchen belohnt worden. Zum Glück habe ich ihm einen Aktenordner nicht gegeben, dachte Kaschube bei sich. In diesem separaten Ordner hatte Kaschube die „Politischen" gesammelt, Kommunalpolitiker, die ab und an im Herzbuben über die Stränge schlugen. Meistens waren das kleine Lichter, bei denen Kaschube nicht so recht wußte, ob sich eine Erpressung lohnen würde, denn deren Einkünfte reichten zwar für kleinere Eskapaden, aber sicher nicht für langangelegte Erpressungen. Meistens verschwanden die angefertigten Aufnahmen erstmal im Photoarchiv. Im Laufe der Zeit versammelten sich im „politischen Ordner" dann aber soviele kleine Lichte, so daß sich Kaschube genötigt sah, immer mal wieder zu überprüfen, ob das eine oder andere kleine Licht nicht inzwischen einen Schritt auf der Karriereleiter nach oben gemacht haben könnte. Meistens wurde er auch recht schnell fündig. In den Monaten vor 1937 fand er verblüffend viele Kommunalpolitiker, die nun Mitglieder der NSDAP geworden waren. Den meisten, die von Kaschube mit ihrem aktiven Geschlechtsleben der Vergangenheit konfrontiert wurden, waren die Aufnahmen extrem peinlich. Das verwunderte auch nicht besonders, denn wer am Anfang der Karriere steht, kann sich keine Makel in seiner Vergangenheit leisten. So kam es, daß Kaschube ab 1937 mit den „Politischen", wie er sie nannte, mehr Geld als je zuvor machte. Das ging eine ganze Zeitlang gut, bis Kaschube an einem lauen Sommerabend brutal zusammengeschlagen wurde. In seinem Jackett fand er dann eine maschinengeschriebene Nachricht, die ihm bedeutete, fürderhin die Erpressungen von Parteifreunden zu unterlassen. „Man werde ihn beobachten, wenn er kooperiere, werde er gut leben können." Kaschube hatte verstanden und erpreßte nur noch Privat- und Geschäftsleute. Das war zwar nicht mehr ganz so einträglich, aber sicherer. Was ihm dann aber im Zeitablauf des

116

Jahres 1937 immer mehr auffiel, war die Tatsache, daß sich immer mehr „braunes" Publikum im Herzbuben aufhielt. Das paßte Kaschube nicht so ganz, denn er merkte, ganz Geschäftsmann, daß nunmehr das „normale" Publikum ausblieb und das war schlecht fürs Geschäft. Sicherlich soffen die NS Leute auch nicht schlecht, aber mit dem lukrativen Zusatzgeschäft war es eben Essig, seitdem ihm dies von der braunen Obrigkeit verboten worden war. Er hatte insgeheim immer Schröder in Verdacht, daß er ihm die braune Klientel ins Lokal geholt hatte. Nun war es also Gewißheit. Seine Lage war schlecht, Hilfe von außen war nicht zu erwarten. Friedrich war der Einzige, der von dem sich Kaschube Unterstützung versprach. Aber würde der wirklich auch nur einen Finger für ihn krumm machen, nachdem Kaschube sich Friedrich gegenüber so benommen hatte? Wie sagte Friedrich doch noch so richtig? „Ist es dir völlig egal, daß tagtäglich Leute verschwinden und kein Mensch sich fragt, wo die abgeblieben sind?" Kaschube hatte Friedrich damals gesagt, daß jeder sich selbst der Nächste sei und daß doch alles prima sei. Er hatte die Berliner Illustrierte Zeitung aufgeschlagen, die ein Sonderheft zur 700 – Jahr-Feier der Reichshauptstadt herausgegeben hatte und hatte ihm gezeigt, was die neue Führung seit Amtsantritt alles geleistet hatte. Auf Seite 1 war der „geliebte Führer" zu sehen, wie er im neuen Mercedes 540 K stehend die Ovationen seines deutschen Volkes entgegennahm, als er 1936 auf dem Reichssportfeld im Berliner Olympiastadion den rechten Arm zum Gruß erhob. Auf den weiteren Seiten konnte man sehen, wie die NSDAP alles neu machte. Ein ganzes Kapitel der „Stunde der Erlösung" gewidmet, der Tag der Machtübernahme, wie es Kaschube nannte. Friedrich nannte es immer den Tag der Entmannung des deutschen Volkes und hätte kotzen können, als er diese Propagandaausgabe der NSDAP sah. „Kapierst du denn immer noch nicht, in welche Richtung der Zug läuft, Willi?" Kaschube hörte immer noch die eindringliche Frage von Friedrich, seinem einzigen Freund, den er im ganzen Leben hatte. Nun saß er im Gefängnis und mußte erkennen, daß Friedrich recht gehabt hatte. Er, Willi, hatte versucht, mit den Wölfen zu heulen und war drauf und dran, gefressen zu werden. Aber Kaschube wäre nicht Kaschube gewesen, wenn er sich jetzt aufgegeben hätte. In Zeiten, in denen er mit dem Rücken zur Wand stand, hatte er immer die besten Ideen gehabt. Nur – er spürte langsam, daß er nicht jünger wurde, die letzten Jahre, in denen er Raubbau an seiner Gesundheit betrieben hatte, hinterließen ihre Spuren. Zweifellos, er war nicht mehr so fit wir früher, kein Wunder, mittlerweile war er ja schließlich schon 50 Jahre alt geworden. Zeit für einen Neuanfang – mal wieder, dachte Kaschube. Nach dieser geistigen Bestandsaufnahme überlegte sich Kaschube seine nächsten Schritte. Zunächst mußte er feststellen, wo er eigentlich interniert war. Das war am einfachsten, indem er versuchte, Kontakt mit anderen Häftlingen aufzunehmen. Kaschube, dieses ewige Stehaufmännchen, schlief etwas beruhigter ein. Er spürte instinktiv, daß ihn auch die neuen Umstände nicht würden brechen können. Er hatte den großen Krieg überlebt, er hatte die Inflationszeit überlebt, er hatte allen bisherigen Widrigkeiten des Lebens begegnen können, diese braunen Schergen würde er auch überleben, da hatte er keine Zweifel. Mit dieser Erkenntnis schlief Kaschube ein. Am nächsten Morgen wurde er unsanft geweckt. Zum Glück für Kaschube war es keines der neuen Konzentrationslager, in dem er interniert war, sondern „nur" ein normales Gefängnis, in dem er untergebracht war, aber die Art der Behandlung deutete in vielen Belangen schon auf eine neue Dimension der Häftlingsbehandlung hin. Kaschube durfte beim Morgenappell die Segnungen der neuen Zeit erfahren, die im Wesentlichen darin bestanden, daß man sich zwei Stunden die Beine in den Bauch stehen konnte, bevor man dann unter Wachbegleitung zum

118

mehr als kärglichen Frühstück geführt wurde. Dabei lernte Kaschube einen Mithäftling kennen, der ganz offensichtlich nicht zum ersten Mal hier interniert war und der dem Neuen sehr gerne Auskunft darüber gab, was man in diesem Gefängnis machen, aber besser noch, nicht machen sollte. Nach zwanzig Minuten wußte Kaschube, daß er nur etwa 10 km von Frankfurt/Oder in einem relativ neuen lokalen Gefängnis untergebracht war, welches für die „minderschweren Fälle" eingerichtet worden war. Kaschube, der sich an die Prügel der letzten Nacht erinnerte, wollte eigentlich gar nicht genau wissen, was dann wohl schwere Fälle sein mochten. Auf jeden Fall konnte ihm dieser  Häftling Szepanowits genau sagen, wo die Haupt- und Nebenausgänge dieses Gefängnisses lagen und Kaschube begann gedanklich bereits mit seiner Fluchtplanung. Nach drei Wochen hatte er herausgefunden, daß Samstag gegen 8 Uhr die Wahrscheinlichkeit für einen erfolgreichen Ausbruchsversuch am besten war. Grund: Am Wochenende waren die Wachmannschaften auf ein Minimum reduziert und der diensthabende Teil der Mannschaft sprach sich obendrein noch untereinander ab, wer denn nun wirklich Dienst schieben sollte, denn 4 Mann waren doch wirklich nicht nötig. So waren tatsächlich nur zwei Mann auf Wache, wenn es auf das Wochenende zuging. Samstag morgen: Kaschube fing zu schreien an, doch keinerlei Reaktion. Er schrie noch lauter. Schritte näherten sich seiner Zelle. „Was gibt es hier zu schreien?" Die Stimme des Wärters klang unwirsch. „Ich bekomme keine Luft mehr." Kaschube röchelte sich einen ab und der Wärter bekam es mit der Angst zu tun. „Wenn dieser Scheißhäftling während meiner Schicht abkratzt, dann bekomme ich Ärger, weil mich der Gefängniskommandant fragen wird, warum während meiner Schicht nur zwei Männer anwesend waren, obschon doch vier vorgeschrieben sind." Deswegen öffnete der Wärter die Tür und beugte sich über Kaschube, der gerade eine überzeugende schauspielerische Leistung ablegte. Als der Wärter die Herztöne von dem vermeintlich dahingeschiedenen Häftling abhören wollte, packte Kaschube den Wärter mit einem raschen Griff am Hals und würgte ihn, bis er sich nicht mehr regte. Nun galt es nur noch, den anderen Wärter auszuschalten. Kaschubes Hirn lief auf Hochtouren. Er zog sich die Uniform des soeben erwürgten Wärters an und ging, bewaffnet mit dem Schlüsselbund des Toten, den Gang entlang und schloß eine Zelle nach der anderen auf. „Los, ihr faules Drecksgesindel, sammeln auf dem Appellplatz." Die meisten der Häftlinge glaubten, nicht richtig zu sehen. Selbstverständlich hatten sie Kaschube längst als einen Häftling identifiziert. Trotzdem machten alle mit. Sie sammelten sich auf dem Appellplatz und Kaschube ließ die grausame Trillerpfeife, mit der zum Appell gepfiffen wurde, über den Platz erschallen. „Antreten, aber ein bißchen plötzlich, wenn ich bitten darf." Aus der Wachbaracke kam ein Uniformierter gerannt, der offensichtlich Mühe hatte, seine Uniform beim Laufen in Ordnung zu bringen. „Dorfmann, du Pfeife, bist du noch zu retten, heute ist Samstag, wir hatten doch ein Abkommen mit Paschke getroffen, auf derlei Blödsinn am Wochenende zu verzichten!" Ganz außer Atem versuchte der Wachmann Nummer Zwo, dessen Namen Kaschube leider nicht kannte, sein Koppelschloß in Ordnung zu bringen. Nutzte ihm leider nichts, immerhin wußte Kaschube nun , wie er sich für die nächsten zwei Tage würde nennen müssen: „Dorfmann." Ein selten blöder Name. Erinnerte zu stark an Mann vom Dorf und das war der Wachmann ja auch. Wie konnte man sich ohne Sicherung in eine Häftlingszelle begeben? Egal. Er knüppelte den Wachmann Nummer zwo mit zwei gezielten Schlägen auf den Kopf nieder und den Rest erledigten Szepanowits und Konsorten. Wachmann Nummer Zwo war in einer Minute erledigt. Zwei Tote, dachte Kaschube bei sich. Wohin bin ich nur gekommen? Er fragte Szepanowits, der sich bereits

120

die Uniform von Nummer Zwo angezogen hatte: „Willst du mit mir kommen?" „Keine Frage, Kaschube, du und ich, wir sind aus dem selben Holz geschnitzt." Das wollte Kaschube doch gerne verneinen, aber momentan war keine Zeit für Grundsatzdiskussionen. „Los, quatsch keine Opern, rein in den Kübel." Kaschube hatte den Motor des VW 181 bereits gestartet. Sonor tönte der luftgekühlte Motor, der in späteren Jahren noch würde von sich reden machen, dann allerdings als Motor des VW Käfer. Szepanowits schmiß die Halbtür des Kübelwagens zu und reichte Kaschube die Hand: „Danke." Mehr sagte er nicht. Kaschube ließ den Wagen anrollen und fuhr zum Nebeneingang des Gefängnisses, der am Wochenende nicht von Posten bewacht war. Er reichte Szepanowits den Schlüsselbund von Dorfmann. „Dalli, aufschließen." Szepanowits staunte. „Du hast wohl an alles gedacht, was?" „Quatsch, dieser Schwachkopf hat für jedes Schloß von diesem Gefängnis Nachschlüssel anfertigen lassen. Der muß krank im Koppe gewesen sein, aber das kommt uns jetzt zugute." Kaschube grinste. Szepanowits stieg aus und öffnete das Nebentor. Kaschube legte den ersten Gang ein und fuhr durch das Tor. Szepanowits schloß das Tor wieder zu und stieg in den Kübelwagen ein. Szepanowits hatte die Hosen gestrichen voll, das merkte man. Das war eben doch nur ein kleiner Gauner. Kaschube beschloß insgeheim, diesen Möchtegernganoven im Ernstfall über die Klinge springen zu lassen. Das war nur ein nützlicher Idiot, ohne jeden sittlichen Nährwert. „Wohin sollen wir jetzt fahren?" Szepanowits schlotterte richtig, mit dem war kein Krieg zu gewinnen. Gute Frage, eigentlich wußte das Kaschube selber nicht. Aber im Grunde genommen war das keine Frage. So gefährlich es auch war, er mußte zurück nach Frankfurt/Oder. Wenn er Glück hatte, erreichte er zusammen mit seinem Ausbruchskompagnon den Herzbuben, bevor im Gefängnis Alarm ausgelöst wurde. Dann bestand noch ein kleiner Funken Hoffnung, daß er die Dollar aus dem geheimen Bretterverschlag holen konnte und sich über die grüne Grenze verdünnisieren konnte. Zum Glück hatte er immer seine polnische Verwandtschaft gepflegt, auch wenn dies in den letzten Monaten immer schwieriger geworden war. Die würde ihm weiterhelfen, da war er sicher, außerdem hatte er genügend Geld beiseitegeschafft, da fiel die Unterstützung ohnehin leichter, auch wenn Willi Kaschube nicht unbedingt zu den beliebtesten Familienmitgliedern des Kaschube Klans zählte. Den Kübelwagen würden sie natürlich irgendwo im Wald zurücklassen müssen, der war viel zu auffällig. Schade eigentlich, denn die Fahreigenschaften waren gar nicht schlecht. Kaschube lenkte den Kübel in den Hof des Herzbuben und klopfte an die Tür. „Aufmachen, aber sofort." Die Uniform tat ihren Dienst. Eine Putzfrau öffnete sofort die Tür. Komisch, dachte Kaschube, wenn ein Deutscher eine Uniform sieht, dann geht er sofort in Habachtstellung, egal welcher Haderlump in der Uniform steckt. Die Putzfrau erkannte Kaschube. „Aber Chef, wie können Sie mir denn so einen Schreck einjagen?" Diese Entwicklung gefiel Kaschube nicht besonders, einerseits konnte er sich jetzt relativ frei im Herzbuben bewegen, denn offensichtlich hatte das braune Räderwerk versäumt, auch die Putzkolonne davon zu unterrichten, daß Kaschube hier nichts mehr zu melden hatte. Andererseits aber war diese Frau eine Zeugin, die gesehen hatte, in welchem Aufzug er hier ankam, mit wem er ankam, was er anhatte, wer ihn begleitete, wielange er da war, wann er wieder weggefahren war.... Kaschube seufzte, er schätzte Frau Radenkowicz zwar sehr, das half jetzt aber alles nicht mehr, es war einfach zu gefährlich. Man würde sich trennen müssen. Er entsicherte seine Pistole. Szepanowits hörte den Schuß. „Mensch, Kaschube, bist du verrückt geworden, die Olle hat dir doch gar nichts getan..." Der Schuß traf Szepanowits völlig unvorbereitet. Kaschube sicherte die Pistole, ging zu seinem Büro und stellte fest, daß noch alles weitestgehend unberührt war. Er nahm einige Bücher vom Bücherregal weg und drückte ein bestimmtes Brett leicht nach innen. Er griff in die entstehende Öffnung und zog ein Bündel hervor, welches mit Wachstuch eingeschlagen war. Dollars, britische Pfund und Schweizer Franken. Gut, daß er beizeiten vorgesorgt hatte. Nur Bares ist Wahres! Wie wahr. Kaschube steckte das Bündel in seinen Rucksack und wollte gerade den Raum verlassen, als er von außen ein Geräusch hörte. Blitzschnell duckte er sich und legte sich hinter das Sofa in seinem Büro. Schritte näherten sich, die Tür wurde aufgerissen. „Hier ist niemand, Herr Oberleutnant!" Kaschube fing zu zittern an. Verdammte Scheiße, die waren schneller, als er gedacht hatte. Er linste durch die Scheibe und stellte fest, daß er wieder mal Glück im Unglück gehabt haben mußte, denn statt des erwarteten Mannschaftstransporters war hier nur ein Kübelwagen zu sehen. Fahrer und Oberleutnant. Komisches Gespann, was die wohl hier zu suchen hatten? Die Antwort gab der Fahrer. „Wahrscheinlich sind wir nur veräppelt worden, Herr Oberleutnant. Hier sind weit und breit keine Frauen zu sehen. Da wird nichts aus dem Schäferstündchen." Die Tür krachte wieder ins Schloß und Kaschube war froh, daß er die Putzfrau und den Blindgänger Szwepanowits in die Besenkammer geschafft hatte. Er hörte, wie draußen der Motor angelassen wurde und wunderte sich, warum die beiden nicht mißtrauisch geworden waren, denn immerhin stand ja ein weiterer Kübel im Hof. Sein Respekt vor der Reichswehr sank erneut. Was waren denn das bloß für Soldaten? Aus seinem Büro holte er den braunen Anzug, den er dort immer für alle Fälle deponiert hatte und legte die auffällige Uniform ab. Er ging in die Garage, wo noch immer sein alter Opel stand, der wohl zu schäbig für die neuen Herren im Herzbube gewesen war. Der Tank war voll, er startete und fuhr aus dem Hof. Alles gut bedacht, sagte sich Kaschube. Geld, Anzug und Auto. Vorsorge war eben immer besser als Nachsorge. Vielleicht reichte die Zeit sogar noch für einen Abstecher in die FOF Werke. Kaschube kannte die Gewohnheiten von Friedrich, üblicherweise war der am Samstag immer in seinem Büro anzutreffen. Aber Kaschube wußte, daß er das Schicksal nicht zu oft herausfordern durfte, bis jetzt hatte er mehr Glück als Verstand gehabt, aber das mußte ja nicht so bleiben. Er hatte jetzt noch 36 Stunden, bevor das Wochenende herum war. Spätestens am Montag morgen würde die Jagd auf ihn beginnen. Nein, es war klüger, sofort den Weg Richtung Osten anzutreten. Vielleicht ergab sich später mal eine Gelegenheit, Friedrich eine Nachricht zukommen zu lassen. Jetzt mußte er erstmal zuschauen, seine eigene Haut in Sicherheit zu bringen. Er stieg in seinen alten Opel ein und fuhr los. Ein bißchen Wehmut war schon dabei, immerhin hatte er im Herzbuben fast zwanzig Jahre gewohnt. So einfach konnte man die Vergangenheit nicht abstreifen. Allerdings: Die Alternative war Haft und Tod. Der Abschied fiel ihm schon leichter. Er gab Gas. Gegen 22 Uhr erreichte er die deutsch-polnische Grenze. Da er nicht genau wußte, ob seine Flucht schon bemerkt worden war, ließ er den Opel in einem kleinen Waldstückchen stehen. Den Weg zu seinem Onkel, der inzwischen schon nahezu 80 Jahre alt sein mußte, kannte er immer noch sehr gut. Am Waldrand gab es eine kleine Holzhütte, danach waren es noch ca. 8 km. Kaschube atmete tief durch. Den Rest würde er auch noch schaffen. Die Toten gingen ihm durch den Kopf. Klar, im Krieg hatte er auch getötet, damals angeblich fürs Vaterland. Nun hatte er getötet, um seine eigene Haut zu retten. War da eigentlich ein großer Unterschied? Kaschube war in solchen Situationen normalerweise ziemlich skrupellos, aber die letzten Stunden machten ihm zu schaffen. Frau Radenkowic hatte ihm überhaupt nichts getan, doch er mußte sie töten. Auch Szepanowits war im Grunde unschuldig. Um den Wärter, den er erwürgt hatte, tat es ihm nicht leid. Den anderen Wärter hatten die Häftlinge wahrscheinlich totgeschlagen. Vier Tote, keine schlechte Bilanz für zwei Tage. Hoffentlich blieb es dabei. Er schlug den Jackenkragen hoch, denn es fröstelte ihn ein bißchen. Wenn Kaschube den weiteren Verlauf des Jahres gekannt hätte, dann hätte er vermutlich noch mehr gefroren.

# Teil 9: Der große Krieg (II)

„Willi ist aus dem Gefängnis ausgebrochen? Das wundert mich nicht. So einen sperrt man nicht über einen längeren Zeitraum ein." „Er hat bei seinem Ausbruchsversuch angeblich vier Menschen getötet." Paula schien fassungslos. „Dann muß er sehr verzweifelt gewesen sein, Willi ist zwar ein riesengroßer Halunke, aber nie und nimmer ein Mörder." Statt einer Antwort nahm Friedrich seine Frau in den Arm, wie immer spürte er die innige Verbundenheit, wenn er mit seiner Frau sprach. Da mußten nicht viele Worte gemacht werden, was sie eben ausgesprochen hatte, waren genau seine Gedanken gewesen. „Schau mal hier, Friedrich, die Rede von Adolf Hitler vor dem Reichstag vom 1. September ist schon abgedruckt." Friedrich runzelte die Stirn. Wieso konnte die Rede schon heute in der Zeitung abgedruckt sein? Da hatte aber ein Redakteur gewaltig Überstunden geschoben. Normalerweise dauerte es doch mindestens drei Tage, bis eine aktuelle Rede aus dem Reichstag den Weg in die Provinzzeitungen fand. Da war doch was überfaul, von heute an drei Tage zurückgezählt befand man sich beim 31. August. Also war da schon klar, daß einen Tag später „zurückgeschossen" wird. Er erzählte Paula von seinem Verdacht. Die schien nicht sonderlich beeindruckt. „Sicher, das war sonnenklar, Friedrich, meinst du im Ernst, der Verbrecher wartet, bis er angegriffen wird?" Friedrich verfolgte die nächsten Tage den Verlauf der sogenannten Operation Weiß wie im Fieber. Er erfuhr von einem Arbeiter, der im Weichselgebiet bei Dirschau Verwandte hatte, daß dort schon um 4 Uhr 34 Bomber des Typs Ju 87 Angriffe geflogen hätten. Wie konnte dann erst um 5 Uhr 45 zurückgeschossen werden? Völliger Blödsinn. Aber wesentlich war jetzt eigentlich nicht mehr, wer zuerst zurückgeschossen hatte, sondern daß überhaupt geschossen wurde. Am 3.September übergaben die Botschafter von Frankreich und Großbritannien die Kriegserklärungen ihrer jeweiligen Regierungen an das Deutsche Reich. Leider nützte das dem polnischen Volk nicht besonders viel, bereits am 6.Oktober ergaben sich die letzten Truppen Polens, welches sich nicht nur den Angriffen der Deutschen widersetzen mußte, sondern auch den Attacken der Russen, die seit dem 17. September ebenfalls Polen angriffen. Allerdings hatten die Russen keinen nennenswerten Widerstand zu erwarten, denn die Deutschen hatten den Widerstand der aufopfernd kämpfenden Polen bereits gebrochen. Stalin war von der Schnelligkeit der deutschen Truppen, anders als sein Generalstab, nicht überrascht, sondern entsetzt. Scheinbar malte er sich bereits aus, was passiert wäre, wenn die Deutschen weiter Richtung Osten marschiert wären... „Hitler-Deutschland und Stalin-Rußland machen gemeinsame Sache." Friedrich hätte kotzen können, als er vom Kriegseintritt der Russen erfuhr. Er konnte ja nicht wissen, daß sich Hitler und Stalin bereits im August arrangiert und eine Teilung Polens beschlossen hatten. „Das mußt du dir mal vorstellen, Paula, ich habe in Berlin Straßenkämpfe zwischen Nazis und Kommunisten gesehen, die haben sich halb totgeschlagen, so verfeindet waren die beiden Gruppierungen. Und jetzt machen die gemeinsame Sache, das ist doch nicht zu verstehen, das hat doch nichts mehr mit Ideologie zu tun, das ist doch nur noch krankhaftes Machtstreben, ich verstehe das nicht." So wie Friedrich verstanden auch viele Kommunisten nicht, wozu sie in langen Monaten des Widerstandes ihre Haut im Widerstand gegen die Nazis zu Markte getragen hatten. Einige waren so verzweifelt über diesen scheinbaren Sinneswandel von den Sowjets, daß sie ihr Heil im Freitod suchten. Was Friedrich sonst noch in den Zeitungen dieser Tage fand, gefiel ihm ebenfalls nicht. Vier Junkers vom Typ Ju 88 hatten im Hafen von Scapa Flow britische Schiffe angegriffen. Dabei wurden zwei Ju 88 abgeschossen. Friedrich wußte, was auf ihn zukommen würde, denn Abschüsse durften einfach nicht vorkommen, die Produktionskosten waren einfach zu hoch. Man würde an der Panzerung arbeiten müssen. Das hatte Bernstein immer schon gesagt. Das Problem dabei war dann bloß, daß die Kisten dann wieder zu schwer würden. Das wollte Friedrich nicht, denn er hatte ja das Ziel, möglichst viel Stauraum für die zivile Luftfahrt in Reserve zu haben. Ein ziviles Flugzeug brauchte keine Panzerung. Aber wie sollte man jetzt, in Kriegszeiten, diesen Zielkonflikt bloß lösen? Friedrich war in Gedanken schon wieder bei seiner Arbeit und hatte den kriegerischen Hintergrund seiner Arbeiten längst wieder vergessen. Aber Paula riß ihn unsanft aus seinen technischen Überlegungen. „Friedrich!" Er zuckte zusammen. „Ich habe dich was gefragt, Friedrich." „Entschuldige, ich war ganz in Gedanken. Was wolltest du wissen?" Paula war verärgert. „Ich wollte von dir wissen, ob dir eigentlich klar ist, daß unser Kurt seinen Dienst beim Reichsarbeitsdienst beendet hat und unmittelbar in die Reichswehr übernommen wurde?" „Ja, natürlich ist mir das klar. Aber bislang hat er ja noch nicht viel zu befürchten, so weit ich informiert bin, ist er zunächst mal noch in der Kaserne und wird dort ausgebildet. Zum Kampfeinsatz wird es vorläufig wohl nicht kommen. Außerdem ist der Spuk in Polen ja schon wieder vorbei." „Friedrich, halte mich doch nicht für so naiv. Ich weiß auch, daß im Osten vorläufig nichts für ihn zu befürchten ist. Aber meinst du im Ernst, daß Frankreich noch lange so ruhig zusehen wird? Ganz zu schweigen von England. Wir bewegen uns auf einen großen Krieg zu." „Paula, bitte, ich weiß, daß die Situation nicht schön für Kurt ist. Aber meinst du, wir hatten es im Sommer 1914 schön? Das war genauso beschissen." Friedrich schaute auf die Uhr. „Entschuldige Spatz, ich muß in die Firma." Paula schaute Friedrich nachdenklich hinterher. In letzter Zeit war er immer so geistesabwesend. Ob er Probleme hatte, von denen er nichts sagen wollte, um sie nicht zu beängstigen? Zuzutrauen wäre ihm das. Auf dem Weg zu den FOF – Werken dachte Friedrich an Kaschube. Wo der sich wohl gerade herumtrieb? Bislang hatte er sich wider Erwarten nicht bei Friedrich gemeldet. Von Strelitz hatte im Augenblick auch andere Sorgen, als sich um Kaschubes Verbleib zu kümmern, obwohl er bei dessen Flucht ganz aufgebracht gewesen war. Von ganz oben war der Befehl gekommen, mit der Produktion der verbesserten Junkers zu beginnen und zwar in Stückzahlen, die den Rückschluß zuließen, daß die von Hitler geforderte Eroberung von Lebensraum gewaltig forciert werden sollte. Von Strelitz wußte überhaupt nicht, wie er die Menge der georderten Motoren bis zum Januar 1940 produzieren sollte, wie er Friedrich in einer schwachen Stunde offenbarte. Alles deutete darauf hin, daß Hitler im Frühjahr eine gewaltige Offensive starten wollte. „Strengste Geheimhaltung bei allen Fertigungsaufträgen“, Friedrich konnte nur lachen über diese Anweisung. Seitdem der Testflug seiner verbesserten Ju 88 so erfolgreich verlaufen war, wurden die Stückzahlen monatlich dermaßen hochgefahren, daß die Maschinen in den FOF – Werken nunmehr schon seit über 5 Monaten an der Grenze der Produktionskapazität arbeiteten. Jeder der Beschäftigten wußte, daß die Luftwaffe gewaltig verstärkt wurde, wenn soviele Flugzeugmotoren geordert werden. Sogar die Produktion des nochmals verbesserten 6-Zylinder-Otto-Panzermotors war zugunsten des neuen Ju 88 Antriebs zurückgefahren worden, was für Unruhe in der „Panzer“-Abteilung gesorgt hatte. Friedrich hatte von Strelitz gewarnt, daß die rücksichtslose Erweiterung der Produktionskapazität bei Flugzeugmotoren, speziell bei einer militärischen Nutzung der Motoren, sehr riskant sei. Er beschloß, nochmals bei dem offiziellen Leiter der FOF – Werke vorzusprechen. „Herr von Strelitz, in Friedenszeiten wird der Sicherheit mehr Bedeutung beigemessen, aber nun sollen wir nur noch auf Stückzahlen kommen, damit alle neu gebauten Ju 88 mit dem besseren Motor ausgerüstet werden können. Die Qualitätsüberprüfung bleibt auf der Strecke. Ich kann das nicht verantworten, unsere besten Arbeiter sind verschwunden, ich habe nur noch einen kleinen Stamm von ordentlichen Fachkräften und die schaffen dieses Arbeitspensum nicht. Wenn die Maschinen mit Motorschaden abstürzen, ist der Sache auch nicht gedient." „Mensch, Hambach, ich kann Ihre Maulereien nicht mehr hören, das weiß ich selber auch alles. Was soll ich denn Ihrer Meinung nach machen? Dem Führungsstab berichten, daß unsere FOF-Werke das Produktionssoll nicht erfüllen können? Wissen Sie denn eigentlich, was dann mit einem Großteil unserer Beschäftigten passiert? Von meinem weiteren Schicksal ganz zu schweigen, ich werde mich dann frühmorgens am Galgen des KZ´s von Dachau wiederfinden. Wenn ich Glück habe, werde ich „nur" erschossen." Von Strelitz schien verärgert, denn er stand auf und verließ sein Büro. Friedrich war einigermaßen verdutzt, er hatte von Strelitz in den vergangenen Wochen schätzen gelernt, denn dieser hatte mehrfach verhindert, daß Arbeiter aus den FOF-Werken in die Wehrmacht einberufen werden sollten. Dies tat von Strelitz natürlich nicht nur aus Menschenliebe, sondern auch, um das ihm auferlegte Produktionssoll zu erfüllen, das war Friedrich schon klar. Aber von Strelitz achtete genauestens darauf, wem er die Einberufung ersparte. Familienväter mit Kindern hatten gute Aussichten, nicht eingezogen zu werden. Alleinstehende Drückeberger waren sofort weg. Da staunte Friedrich manchmal über die Menschenkenntnis von diesem „Gruppenführer". Sogar gedanklich setzte Friedrich den Titel in Anführungszeichen. Wie war dieser Mensch nur an einen solchen Posten geraten? Unter normalen Umständen hätte doch aus diesem Menschen etwas Ordentliches werden können. Aber was war in diesen Zeiten schon normal? Friedrich machte noch einen letzten Inspektionsgang durch die Werkshalle und schloß anschließend das Verwaltungsgebäude ab, bevor er sich auf sein Fahrrad setzte und nach Hause fuhr. Dort erwartete ihn eine sichtlich aufgeregte Paula. Am Eingang stand ein Kübelwagen. Ein Wachtposten war an der Eingangstür des Wohnhauses stationiert. „Was ist denn jetzt schon wieder los?" fragte Friedrich. Ein Leutnant trat forsch auf ihn zu. „Friedrich Hambach?" „Dr. Hambach, wenn ich bitten darf. So viel Zeit muß sein." Der Leutnant zuckte zurück. Diese Erfahrung hatte Friedrich schon oft gemacht. Erstmal mußte man allzu forsch auftretende Leute einschüchtern, der weitere Verlauf eines Gespräches war dann meistens schon etwas leichter. „Herr Dr. Hambach, ich bitte um Entschuldigung, angesichts des Ernsts der Lage war ich wohl etwas zu aufgeregt." Friedrich runzelte die Stirn. Was faselte der Kerl da für einen Unsinn? „Wovon reden Sie?" Friedrich war ungehalten. „Mann, so reden Sie doch!" Paula erledigte das für den sichtlich überforderten Leutnant. „Karl ist verschwunden." „Was heißt hier verschwunden?" Friedrich schüttelte den Kopf. „Seit wann verschwunden? Wer hat das gemeldet?" Jetzt übernahm der Leutnant, der sich offenbar wieder gefangen hatte, das Wort. „Ihr Sohn wird von unseren Leuten schon seit Monaten überwacht, damit er ohne Gefahr im feindlichen England weiter leben kann. Wie Sie ja selber wissen, Herr Dr. Hambach, war es der Führung nicht recht, daß Ihr Sohn weiter in England lebt und an der Universität lehrt, obwohl Sie inzwischen den Status einer kriegswichtigen Persönlichkeit im Deutschen Reich innehaben. Wissen Sie eigentlich, welche Schutzmaßnahmen für Ihre Söhne eingeleitet worden sind, seitdem Sie die verantwortungsvolle Position vom Führer übertragen bekommen haben?" „Junger Mann, weder meine Söhne noch ich haben um diese Schutzmaßnahmen gebeten. Ich halte sie auch für gänzlich überflüssig."

Paula schien es ratsam, sich einzuschalten. „Hört doch mit diesem Unsinn auf. Karl ist seit dem 1. Dezember 1939 verschwunden. Seine Frau Mary hat bei der britischen Polizei eine Vermißtenanzeige aufgegeben. Sie ist in größter Sorge um ihren Mann." Friedrich schaute den Leutnant an. „Wieso ist eigentlich die deutsche Obrigkeit so besorgt um meine Söhne? Bei Kurt habe ich ja schon bemerkt, daß er sich besonderer Zuwendung erfreut, der arme Kerl darf die Kaserne ja überhaupt nicht mehr verlassen. Manchmal kommt mir das so vor, als ob er in Schutzhaft sitzt!" Diese Worte trafen den Leutnant, als ob er mit einer Peitsche geschlagen würde. Friedrich fuhr fort. „Aber egal, reden wir über Karl. Wie können Sie eigentlich jemanden überwachen, der sich gar nicht im Reich aufhält? Haben Sie eine eigene Schutztruppe im United Kingdom?" Natürlich wußte Friedrich die Antwort, aber er wollte diesen Schnösel einfach etwas ärgern. „Herr Dr. Hambach, ich habe nicht die Absicht, mich mit Ihnen herumzustreiten. Meine Aufgabe ist es, den Personenkreis zu schützen, der für die kriegswichtige Produktion verantwortlich ist. Bitte, machen Sie mir meine Aufgabe nicht noch schwerer, als sie ohnehin schon ist. Ihr Sohn Karl ist von einem auf den anderen Tag verschwunden und zwar in einer Art und Weise, die geheimdienstliche Aktivitäten vermuten läßt. Wir machen uns Sorgen um Ihren Sohn, denn wir vermuten, daß er als Druckmittel unserer Feinde eingesetzt werden soll, um Sie dazu zu bewegen, Ihre Forschungen auf dem Gebiet der Motorenoptimierung zu beenden oder Ihre Kenntnisse in den Dienst des Feindes zu stellen. Wir erwarten für die nächsten Tage oder Wochen, daß die Entführer über Ihren Sohn Karl versuchen werden, sich mit Ihnen in Verbindung zu setzen. Aus diesem Grund möchten wir Sie bitten, möglichst viele Ihrer Arbeiten in den nächsten Tagen abzuschließen oder an geeignete Leute in den FOF – Werken zu delegieren, damit Sie nicht erpreßbar werden. Je mehr Ihrer Kenntnisse in den FOF- Werken bekannt sind, um so weniger werden die Entführer ein Interesse an Ihrem Sohn haben." Friedrich war mißtrauisch. Konnte die Entführung von Karl wahr sein oder war das eine neuerliche Finte der Nazis, ihn noch intensiver arbeiten zu lassen? Wenn dieser ganze Geheimdienst-Stuß erstunken und erlogen war, und er auf diesen Münchhausenableger von Leutnant hereinfallen würde, dann hätten die Nazis ihr Ziel erreicht: Er hätte noch während des Krieges alle seine Entwicklungsvorhaben, die er für rein zivile Anwendungen vorgesehen hatte, für militärische Zwecke preisgegeben. Wenn diese Geschichte aber wahr wäre, dann würde er leichtfertig das Leben seines Sohnes riskieren. Verdammt nochmal, diese braunen Schweine wissen wirklich, wie man jemanden packt, dachte Friedrich ärgerlich. Was ich auch mache, es ist auf jeden Fall verkehrt. Glaube ich dem Leutnant und seiner Entführungsgeschichte, dann habe ich Erklärungsnotstand, wenn ich meine Entwicklungspläne nicht preisgebe. Halte ich die Entführungsgeschichte für Unsinn und sie ist doch wahr und der britische Geheimdienst setzt sich mit mir in Verbindung, gefährde ich das Leben meines Sohnes, wenn ich nicht mit den Tommies zusammenarbeite. Das weiß dieser Leutnant auch, der wird sich denken, wenn der Hambach schon was macht, dann auf jeden Fall etwas, was seiner Familie nützt. Friedrich beschloß, in die Offensive zu gehen. „Ich möchte mit meiner Frau alleine reden." Der Leutnant nickte und verließ den Raum. „Selbstverständlich, Herr Dr. Hambach." Das ging zu einfach, dachte Friedrich und schloß die Tür. Keinerlei Einwände? Ob der Leutnant doch koscher ist? Unversehens hatten sich bei Friedrich wieder Ausdrücke von Bernstein eingespielt. Friedrich mußte schmunzeln. „Ich wüßte nicht, was es da zu grinsen gibt", blaffte ihn seine Frau an. „Unser Sohn ist in Gefahr und du hast nichts Besseres zu tun, als dich mit diesem jungen Leutnant herumzustreiten." Friedrich wollte gerade antworten, als Paula den Zeigefinger auf den Mund legte und ihm mit Handzeichen bedeutete, ihr in die Küche zu folgen. Dort angekommen, drehte sie den Wasserhahn auf und sprach leise zu Friedrich: „Wir werden abgehört, nur flüstern, solange der Wasserhahn läuft, können die nichts hören." Friedrich wollte antworten, doch Paula unterbrach ihn: „Wir haben nur wenig Zeit zum Reden. Der Leutnant ist von der Gestapo, ich habe Nachricht von Bernstein, daß Karl lebt, aber zusammen mit Mary ins schottische Hochland gebracht wurde, um beide dem erwarteten Zugriff des deutschen Geheimdienstes zu entziehen. Momentan sind Mary und Karl in Sicherheit." Friedrich war fassungslos. „Woher weißt du das alles?" „Bernstein wurde vom MI 6 zusammen mit seiner Frau bereits 1934 in die FOF – Werke eingeschleust, als klar wurde, daß dort militärische Komponenten produziert werden sollten." „Aber ich dachte, Bernstein wäre Jude?" Friedrich verstand die Welt nicht mehr. „Bernstein ist Jude, aber die Frau, mit der er nach Deutschland gekommen ist, ist eine Agentin des britischen Geheimdienstes. Bernsteins wirkliche Frau wurde 1933 bei einer Straßenschlacht in Berlin von NS-Schlägertrupps zu Tode geprügelt. Kurze Zeit später ist der gelernte Maschinenbauingenieur Bernstein von den Briten angeworben worden." Friedrich verstand. Von wegen kleiner Techniker, deswegen hatte Bernstein so hervorragende Kenntnisse. Friedrich hatte sich immer über die profunden Sachkenntnisse von Bernstein gewundert. Was für ein mutiger Mann. Er dachte an die Szene auf dem Flughafen, an die Abschiedsrede des Gruppenführers von Strelitz an Bernstein. Mein Gott, wie konnte er, Friedrich, nur so blind gewesen sein! „Und du?" Friedrich schaute seine vermeintlich harmlose Paula an. „Ich habe mich schon seit der Übersiedlung von Karl nach England mit dem Gedanken getragen, nach England zu gehen. Die Luft in Deutschland wurde mir zum Atmen zu knapp. Karl ist inzwischen überzeugter Brite, er kommt definitiv nicht nach

Deutschland zurück." Paula schaute Friedrich an. „Ich weiß, das ist jetzt alles etwas viel für dich, ich hätte es dir früher sagen müssen, aber die Ereignisse haben uns immer etwas überrollt, ich denke, wir haben uns beide so blitzartig verändert, daß wir keine Zeit hatten, uns dem Partner mitzuteilen. Eines mußt du mir aber glauben, Friedrich, ich liebe nur dich, egal, was bislang geschehen ist." „Wie meinst du das?" „Du hast dich zu sehr in deine Arbeit vergraben, für dich war das deine Flucht vor Hitler-Deutschland. Das war aber keine Flucht! Wir beide dürfen die Augen nicht verschließen vor der Erkenntnis, daß in Deutschland Verbrecher an der Regierung sind. Alles, was du motorenmäßig neu erfindest, wird ausschließlich militärisch genutzt. Bernstein sagte mir zwar, daß du die Entwicklung so lange wie möglich verzögert hast, das zeigte mir, daß ich dich zu Recht liebe, aber nun sind wir an einem Punkt angelangt, der tiefgreifende Entscheidungen verlangt." Friedrich war fasziniert von der geflüsterten Rede seiner Paula. „Also, was machen wir jetzt?" Keine Frage, ein Rollentausch hatte stattgefunden, nun war es Paula, die die Richtlinien der Hambach-Politk vorgab. Friedrich fragte sich insgeheim, ob das nicht schon immer der Fall gewesen sein mochte? „Wir werden jetzt wieder hinausgehen und dem Leutnant erklären, daß du, Friedrich, selbstverständlich in den nächsten Tagen alles nur menschenmögliche tun wirst, um deine Mitarbeiter auf deine neuen Projekte einzustimmen. Das verschafft uns die notwendige Zeitspanne, Bernstein über die neue Lage zu informieren, damit der unsere Leute entsprechend instruieren kann. Also, rausgehen und einen auf technischen Leiter machen." Friedrich staunte, als Paula sich zum immer noch laufenden Wasserhahn bewegte, diesen ausdrehte und sich dann bei Friedrich unterhakte, bevor sie die Tür öffnete. Draußen sah Friedrich den jungen Gestapo Mann stehen, der wahrscheinlich nur deswegen für diese Aktion ausgewählt worden war, weil er so harmlos aussah. Der sah das Ehepaar Hambach herauskommen und war froh, als Friedrich ihm eröffnete: „Ich werde versuchen, in den nächsten Tagen möglichst viel von den Plänen, die noch in meinem Kopf stecken, an meine Assistenten weiterzugeben. Ich möchte unseren gemeinsamen Feinden den Wind aus den Segeln nehmen, wenn die merken, daß wir unsere Pläne vorantreiben, egal was passiert, dann werden sie hoffentlich von Karl ablassen. Eine andere Möglichkeit, das Leben unseres Sohnes Karl zu schützen, haben wir nicht, so paradox das auch klingen mag. Paula registrierte zufrieden, daß der Gestapo – Mann die Erklärung von Friedrich glaubte. „Dann halte ich es für das Beste, wenn meine Leute morgen in die FOF – Werke kommen, wer weiß welche Schweinereien sich die Briten noch ausgedacht haben. Sie und Ihre Frau werden noch mehr Schutz brauchen." Friedrich hatte Mühe, sich ein Grinsen zu verkneifen. Was für eine grandiose Lügerei. Dieser Schmierenkomödiant wollte doch nur überprüfen, ob Friedrich wirklich brauchbares Material an die Maulwürfe der NSDAP ablieferte. Na, denen würde er schon einige Nüsse zu knacken geben. Er hatte noch einiges in petto, da würden die vermeintlichen NS-Fachleute ganz schön dran zu knabbern haben. Zusammen mit Bernstein hatte er Pläne erarbeitet für Motoren, die niemals funktionieren konnten. Da würden die NS-Techniker lange brauchen, um das herauszufinden. Der Leutnant salutierte und verabschiedete sich. Friedrich schaute ihm nachdenklich zu, wie er in den Kübelwagen stieg. Was war das bloß für ein Land geworden? Die Erfindungen, die deutsche Ingenieure die letzten Jahre über gemacht hatten, hätten Deutschland einen Technologievorsprung ermöglicht, den die anderen Nationen in 50 Jahren nicht eingeholt hätten. Stattdessen bespitzelten diejenigen, die selber nichts zuwege brachten, die klugen Köpfe. Das Schlimme daran war, daß die vermeintlich klugen Köpfe das mit sich machen ließen und sich nicht dagegen zur Wehr setzten. Wie konnten solche Flaschen wie

Schröder Offiziere werden? Wie konnten Leute wie dieser von Strelitz, der ein selten intelligenter Mann war, sich mit diesen Verbrechern einlassen? Als Friedrich bei diesem Gedankenpunkt angelangt war, fiel ihm ein, daß ja auch er gemeinsame Sache mit diesen Verbrechern machte. Notgedrungen zwar, sonst würde seine Familie unter den Konsequenzen leiden, wenn er nicht mitmachte, aber war das wirklich eine Ausrede? Seine verbesserten Flugzeugmotoren würden Bombenlasten schneller und noch weiter weg tragen können, seine neuen Panzermotoren machten die Kolosse aus Stahl noch beweglicher, als sie ohnehin schon waren und würden Tod und Verderben in die Welt tragen. Er sagte zu Paula, die stumm neben ihm stand und ihn schon eine ganze Weile beobachtete: „Ich möchte gerne etwas spazierengehen." Sie nickte und als beide ein paar hundert Meter vom Haus entfernt waren, sagte Paula: „Ich glaube nicht, daß die Bande uns hier noch abhören kann, soweit ich das gesehen habe, werden wir auch nicht verfolgt." Friedrich dreht sich um, weit und breit war niemand zu sehen, aber das mochte ja nichts heißen. „Was weißt du, was ich noch wissen sollte?" wollte Friedrich von Paula wissen. „Ich weiß über unsere britischen Freunde, daß bereits das erste Attentat auf Hitler gescheitert ist. Georg Elser hat Anfang November 1939 versucht, Hitler durch die Explosion einer Bombe vom Diesseits ins Jenseits zu befördern, leider ist das mißlungen. Ich weiß, daß wieder ein Deutscher einen Nobelpreis zugesprochen bekommen hat, diesmal für Chemie, ein Herr Butenandt. Ich weiß, daß in den Heinkel-Flugzeugwerken ein neuer Flugzeugantrieb in ein Flugzeug eingebaut wurde." Friedrich wurde hellhörig. „Ein neuer Antrieb? Du meinst, eine Verbesserung der Propellermaschinen?" Paula schüttelte den Kopf. „Nein, Propeller sind da nicht mehr dran, Karl sprach von Düsen, aber der britische Geheimdienst war sich nicht so ganz sicher. Aber vergiß erstmal die Technik, Friedrich, denk an die Zukunft deiner

Familie!" „Ich habe immer an meine Familie gedacht, Paula. Die letzten Monate haben mir nur gezeigt, wie schwierig es in Deutschland geworden ist, aufrichtig zu bleiben. Sieh uns doch an, was ist denn aus uns geworden?" Er machte eine kurze Pause und schaute Paula an. „Wir wollten aus Deutschland fliehen und alles hinter uns lassen. Man hat uns erwischt, wir werden gefangengehalten, können nicht mehr reisen, wohin wir wollen, die Grenzen sind dicht. Unser Sohn Karl wird vom britischen Geheimdienst in Schutzhaft gebracht, was anderes ist es ja nicht, das heißt, dem geht es prinzipiell in England nicht besser als uns beiden hier in Deutschland. Unser Sohn Kurt ist in der deutschen Wehrmacht und das ist alles, was wir wissen, denn melden tut er sich nicht. Ich glaube nicht einmal, daß er es nicht darf, nein, er will es nicht. Er hält mich für eine Flasche und dich für jemand, den man bedauern muß, weil er mit einer Flasche wie mir seine Tage verbringt." „Du sprichst viel zu verbittert, Friedrich. Sieh es einmal anders. Du hast in der Vergangenheit deine Möglichkeiten genutzt, Menschen zu helfen. Du hast dich nicht freiwillig auf die Seite der neuen Machthaber gesellt, sondern du wurdest gezwungen. Du hast deinen Jugendtraum erfüllt und Motoren für Flugzeuge gebaut, die in besseren, friedlicheren Zeiten die Menschen von Berlin nach Paris bringen werden." „Ich wurde überhaupt nicht gezwungen, ich wurde von einem begnadeten Volksredner namens Kaschube überredet und war so blöd, nicht gemerkt zu haben, daß ich nur benutzt wurde. Sicher, meine neuen Motoren könnten in friedlicheren Zeiten Passagiere von Berlin nach Paris bringen, aber bis jetzt haben unsere Flugzeuge nur Bomben von Berlin nach Warschau gebracht." „Sicher, alle Erfindungen werden erstmal militärisch ausgenutzt. Das war schon immer so, bilde dir bloß nicht ein, daß da die Hambachschen Erfindungen eine Ausnahme bilden. Aber wenn dieser Krieg vorbei ist, dann werden Menschen aufgrund deiner Erfindungen bequemer reisen können." „Paula, du sagst, wenn der Krieg vorbei ist, ich bin überzeugt, daß es erst richtig losgehen wird. Von Strelitz hat mir erzählt, daß die Organisation der SS inzwischen so gestrafft wurde, daß wir es hierbei mit einem Staat im Staate zu tun haben. Das bedeutet, daß die Bespitzelung, die Überwachung erst noch richtig zunehmen wird. Wir haben in den FOF- Werken Aufträge für über tausend Flugzeugmotoren, von den Panzermotoren ganz zu schweigen. Weißt du, was das bedeutet? Hier läuft eine gigantische Rüstungsmaschinerie an, der Anteil der Rüstungskosten an den Reichsausgaben ist von 8,6% im Jahr 1933 auf mittlerweile 61,4 % gestiegen. Mein „Freund" Schröder hat damit letzthin geprotzt, als er bei den FOF Werken eine italienische Delegation durchs Werk geführt hat. Mir ist dabei klargeworden, daß hierin der Grund dafür zu suchen ist, daß es mittlerweile zwar keine Arbeitslosen mehr in Deutschland gibt, aber daß es den Arbeitern deswegen noch lange nicht besser geht als 1928 zu Zeiten der großen Weltwirtschaftskrise. Ist ja eigentlich auch logisch, wenn nur Panzer und Bomber für den Eigenverbrauch hergestellt werden, dann wird nichts mehr exportiert. Wenn nichts mehr ins Ausland verkauft wird, dann nehmen wir kein Geld mehr ein. Mit anderen Worten, wir beschäftigen uns selber. Das bedeutet, die Druckmaschinen zur Herstellung von Geld laufen auf Hochtouren, aber sonstige Waren werden nicht erzeugt. In Konsequenz kann es den Arbeitern im Reich nur dreckiger gehen als vor 10 Jahren und so ist es ja auch. Hör dich doch mal um und frage die Arbeiter, ob sie sich jetzt mehr leisten können als noch vor zehn Jahren. Du würdest dich über die Antworten wundern. Letzthin hat mir ein Dreher erzählt, daß er im Gegensatz zu 1929 nun fast 4 Stunden mehr in der Woche arbeiten muß. Dafür kriegt er aber tariflich nur noch 80 Pfennig die Stunde statt 100 Pfennig wie noch vor zehn Jahren. Er muß also mehr arbeiten als vor zehn Jahren, kriegt aber für das verdiente Geld trotzdem weniger, wenn er beim Konsum einkaufen geht. Außerdem soll er dauernd für irgendwelche Organisationen der NSDAP spenden, das fehlt ihm dann auch noch im Kochtopf. Als würde es dann noch nicht reichen, wird er dann vom Ortsgruppenleiter aufgefordert, an der Aktion „Sonntags Eintopf statt Braten" teilzunehmen. Das Gesparte soll er dann auch wieder spenden. Dieser Dreher hat mir gesagt, daß er die ganze Woche aus dem Henkelmann fressen muß und wenigstens einmal die Woche einen ordentlichen Braten auf dem Tisch haben möchte, deswegen macht er da nicht mit. Weißt du, Paula, dieser Arbeiter weiß zwar nicht, was Inflation ist, aber er spürt ganz genau, daß er für sein Geld weniger bekommt als noch vor zehn Jahren. Das versteht er nicht, weil er doch viel mehr arbeitet. Ich verstehe das sehr gut, denn..." Paula wußte, wenn „Prof. Dr." Hambach ins Dozieren kam, dann mußte man ihn reden lassen. Natürlich hatte er recht, sie hatte die Ausführungen von Professor Cox, Leiter des Lehrstuhls Außenhandel an der Universität in Birmingham auch gelesen, Karl hatte sie ja extra nach Frankfurt geschickt. Es war wirklich erschreckend. Deutschland finanzierte seine gesamte Aufrüstung komplett über die Notenpresse. Der Außenwert der Reichsmark war dermaßen stark gesunken, daß man sich schon vorstellen konnte, wohin die Reise mit der Reichsmark gehen würde. Keine Währung der Welt vertrug es, wenn nur Waffen produziert wurden und die Produktion von sonstigen Waren des täglichen Bedarfs auf Sparflamme liefen. Friedrich mußte eine kurze Atempause nehmen, die Paula geschickt nutzte, um die Gesprächsführung an sich zu reißen. „Es gibt für das Deutsche Reich aus dieser Währungskrise nur einen einzigen Ausweg: Einen langanhaltenden Krieg, in dessen Verlauf viele wohlhabende Länder erobert werden, das würde den Verfall der deutschen Währung aufhalten. Mit anderen Worten: Die produzierten Panzer und Flugzeuge müssen eingesetzt werden, sonst wird das Deutsche Reich

140

schlicht pleite machen." Friedrich war fasziniert, wie ähnlich waren sich doch Paula und seine Mutter. Er erinnerte sich an Diskussionen, die seine Mutter oft mit seinem Vater hatte. „Wozu werden solche Erfindungen gemacht, wenn sie nicht eingesetzt werden sollen? Was soll daran gut sein, wenn man mit einer Schnellfeuerlafette 17 Schuß in der Minute abgeben kann?" Seine Mutter Marie als überzeugte Pazifistin hatte erbitterte Auseinandersetzungen mit Karl Friedrich, seinem Vater, über dieses Thema. Karl–Friedrich war im Grunde genauso fortschrittsfanatisch wie Friedrich und hatte genauso wie er die Konsequenzen für die Menschheit einfach ignoriert. Paula fuhr fort: „Weißt du, was ich besonders verwerflich finde? Wenn die DAF („Deutsche Arbeitsfront") zu der Versorgungslage in der Weise Stellung nimmt: „Der Wunsch, für sich und seine Familie möglichst gute Lebensbedingungen zu erreichen, steht in Millionen Fällen im schärfsten Gegensatz zu den Erfordernissen der Staatspolitik." So eine Sauerei, soll das heißen, hungern für den Führer?" Friedrich antwortete still: „Das heißt leider noch mehr, Paula, das heißt, sterben für den Führer, das haben nur noch zu wenige erkannt. Deutschland steht am Abgrund." Paula und Friedrich waren am Stadtrand angelangt und überlegten sich, ob sie den Abend noch zu einer kurzen Stipvisite im 1-2-3 nutzen sollten, als ein ziviler Wagen neben ihnen hielt. „Entschuldigen Sie bitte, Herr Dr. Hambach, aber außerhalb der Stadt können wir Sie nicht mehr ausreichend schützen." Der junge Leutnant lächelte verbindlich. Sagenhaft, dachte Friedrich, der Junge versteht sein Handwerk, wir haben zu keinem Zeitpunkt gemerkt, daß wir beschattet werden. „Wissen Sie, Herr ... „ Friedrich suchte gespielt nach Worten, der Leutnant kam ihm zu Hilfe, „Kraft, Leutnant Jürgen Kraft", „also Herr Kraft, wenn Sie uns einen Gefallen tun wollen, dann seien Sie doch so nett und fahren uns ins 1-2-3, ja?" „Ihr Wunsch ist mir Befehl, Herr Dr. Hambach!" Scheinbar freute sich der Leutnant, daß er von Friedrich als Beschützer akzeptiert wurde und nicht als Bewacher. Paula wußte es natürlich besser und wunderte sich etwas, aber offensichtlich hatte Friedrich etwas vor, deswegen sagte sie nichts. Beide stiegen in die Limousine ein und der Chauffeur fuhr sie direkt vor die Kneipe von Edi. Dort war schwer was los. Die Musik drang bis nach außen und ganz offensichtlich war es keine deutsche Volksmusik. Paula hoffte, daß Edi keinen Scheiß machen würde, englische, amerikanische oder französische Musik war zur Zeit nicht besonders gelitten bei den braunen Machthabern. „In the mood", Paula glaubte, ihren Ohren nicht zu trauen. „Ach, da will Edi uns wohl eine Freude machen, Friedrich!" Paula beugte sich zu Leutnant Kraft vor und Friedrich registrierte, daß auch Leutnant Kraft gegen einen wohlgeformten Busen nichts einzuwenden hatte, auch wenn die Besitzerin bereits 44 Jahre alt war. „Er spielt unser Lieblingslied von Glenn Miller." Sie hakte sich bei Leutnant Kraft ein und sagte zu ihm. „Wissen Sie, früher, da haben mein Mann und ich ja sehr gerne getanzt, aber mittlerweile sind wir sehr bequem geworden und wollen am liebsten nur noch Musik hören. Kennen Sie diesen jungen Musiker, Glenn Miller, heißt der, mein Sohn Karl hat uns aus England eine Schallplatte geschickt. Die müssen Sie sich mal anhören, kein Mensch tanzt mehr, wenn der spielt, die wollen alle nur noch zuhören, wie uns Karl mitteilte." Der Leutnant schien beruhigt. Großartig, wie Paula das hin bekommen hatte, dachte Friedrich. Edi ist wohl vom wilden Affen gebissen, so laut Amimusik zu spielen. Was für ein raffiniertes Luder, dachte Leutnant Kraft, der trotz seines jugendlichen Aussehens bereits 36 Jahre alt war und sehr wohl etwas mit Glenn Miller anfangen konnte, natürlich nur privat, verstand sich. Offiziell mußte man sich Filme wie „Burgtheater" mit Hans Moser oder „Meine Tante, Deine Tante" mit Johannes Heesters anschauen. „Wenn ich wüßt, wen ich geküßt" sang Heesters dort. Daß auch die deutsche Filmindustrie von der Regierung vereinnahmt worden war, durfte nicht besonders verwundern. Adolf Hitler hatte früh erkannt, welchen enormen Einfluß seine Rundfunkansprachen auf das Volk hatten. Vom Ton zum Bild war es dann nur noch ein kurzer Weg. Die großen Filmgesellschaften waren jedenfalls schneller aufgekauft, als sie schauen konnten. UfA, Tobis, Bavaria, Terra, sie alle wurden von der Regierung aufgekauft und durften fortan alles produzieren, sofern es den Machthabern genehm war. Anfangs wurden tatsächlich ansprechende Filme gedreht, bei denen selbst der mißtrauischste Beobachter nicht merken konnte, aus welcher Richtung das Werk kam. Das sollte sich bald ändern, aber mit Heesters, Moser oder Rühmann – Streifen war die Welt vorläufig noch in Ordnung. Das war zwar auch Leutnant Kraft ganz genehm, aber auch er schätzte ab und zu was anderes, etwa einen Louis Armstrong und dessen Musik, nur - laut sagen durfte er das nicht. „Negerjazz." Das war noch die harmloseste Bezeichnung, die in Kreisen um Adolf Hitler für diese Musik gewählt wurde. „Herr Leutnant, darf ich Sie zu einem kleinen Schlummertrunk einladen?" Friedrich hatte in den vergangenen Jahren das Repertoire des weltgewandten Unternehmers mehr als gelernt, er beherrschte es. Auch Leutnant Kraft schien sich diesem Einfluß nicht entziehen zu können. „Eigentlich bin ich ja immer noch im Dienst, aber wenn man so charmant eingeladen wird..." Er küßte Paula die Hand. Friedrich war fasziniert, welche Ausstrahlung Paula auf andere Männer hatte. Friedrich öffnete Paula und Leutnant Kraft die Tür zum 1-2-3, wo es bereits hoch herging. Edi stand offenbar schon lange nicht mehr hinter dem Tresen, dafür ganz offenkundig unter starkem Alkoholeinfluß, denn er stand auf dem Minitanzboden und schob eine attraktive Mittvierzigerin über das Parkett. Paula erkannte als erste die für Edi hochbrisante Lage, denn sie wußte genau, daß Edi im trunkenen Zustand immer über die Nazis schimpfte und nahm Leutnant Kraft bei der Hand. „Tanzen Sie?" Das war eigentlich mehr Aufforderung als Frage. Leutnant Kraft lächelte und meinte: „Ist zwar schon eine Weile her, aber ich denke, daß ich das noch hinbekomme." Er führte Paula aufs Parkett, wo gerade ein wunderschöner Swing die Gäste zum Mittanzen bewegen sollte. Friedrich staunte, wie dieser Vorzeigenazi seine Paula führte. Sie schien sich offenkundig sehr wohl zu fühlen, wie Friedrich bemerkte. Alte Erfahrung, dachte er, kaum führt man die Frauen zum Tanzen, fühlen sie sich gleich zehn Jahre jünger. Den kurzen Moment der Ablenkung von Leutnant Kraft nutzte Friedrich und näherte sich unauffällig Edi, der zwar stark angetrunken, aber offenkundig noch nicht so betrunken war, daß er die geflüsterte Warnung von Friedrich nicht gehört hätte. Edi hatte sogar noch soviel Format, seine Tanzdame an den Tisch zurückzubegleiten und sich mit einer angedeuteten Verbeugung von ihrem Tisch zu verabschieden. Er wandte sich Friedrich zu, seine Augen glänzten. „Na, mein lieber Starkonstrukteur, was machen die Motoren?" Edi grinste. „Wirst du wohl die Klappe halten?" zischte ihn Friedrich an. „Sieh´ bloß zu, daß du unauffällig eine unverfängliche schwarze Scheibe auflegst, sonst kommen wir alle in Teufels Küche." Edi schien immer noch nicht kapieren zu wollen. „Mensch Edi, komm´ in die Gänge, wir haben einen Vorzeigenazi unter uns. Der tanzt gerade mit Paula, aber lange kann sie ihn nicht mehr ablenken." Endlich hatte Edi die Brisanz der Lage begirffen und bewegte sich auf den Schallplattenspieler zu. Zum Glück hatte er noch „Ein Freund, ein guter Freund" auf Lager. Das war zwar nichts zum Tanzen, aber nach drei Runden US – Swing hatten die meisten Gäste ohnehin genug vom Tanzen und wollten ein bißchen trinken. Die Ansammlung auf der Tanzfläche löste sich auf. Auch Leutnant Kraft führte seine Tanzpartnerin zu Friedrich zurück. „Herr Dr. Hambach, darf ich Ihnen Ihre Frau wieder anvertrauen?" Leutnant Kraft verbeugte sich vor Paula: „Es war

144

mir ein Vergnügen, Frau Hambach, heute habe ich zum ersten Mal seit Jahren wieder gemerkt, daß es noch andere Dinge neben dem Dienst am Vaterland gibt, für die es sich lohnt zu leben. Ich beneide Ihren Mann um eine solche Partnerin." Paula schaute den jungen Leutnant an, als wolle sie ihn auf der Stelle mit Haut und Haaren fressen. Das waren, offengestanden auch die Gefühle, die Friedrich in diesem Moment für Leutnant Kraft empfand. Zu Friedrich gewandt sagte Leutnant Kraft: leise, so daß es Paula nicht hören konnte: „Schätzen Sie sich glücklich, Herr Dr. Hambach, Sie haben eine Frau, die mit beiden Beinen im Leben steht. Wenn Sie dieser Unterstützung mal verlustig gehen, sind Sie innerhalb von drei Tagen im Konzentrationslager." Er lächelte Paula an, als habe er mit Friedrich einen Männerwitz gerissen und lachte herzlich. Friedrich lief es dabei eiskalt den Rücken herunter. „Sie sind eine außergewöhnliche Frau, ich würde mit Ihnen sofort eine Neuauflage des Raubes der Sabinerinnen veranstalten und wenn Sie die einzige Frau wären, die es zu rauben gilt, ich würde es dennoch wagen." Paula schmolz dahin und himmelte Leutnant Kraft, der das 1-2-3 verließ, hinterher, als ob sie 17 wäre. Friedrich war sauer. „Sag´mal, bist du wahnsinnig geworden, dich hier wie ein Backfisch aufzuführen" herrschte er seine Frau eifersüchtig an. Die verwandelte sich in Sekundenschnelle vom vermeintlichen Backfisch in einen Raubfisch. „Der Wahnsinnige von uns beiden bist du!" Friedrich faßte es nicht. „Wie kannst du es wagen, mich als Backfisch zu bezeichnen? Hast du eigentlich nicht gemerkt, daß Leutnant Kraft während seiner gesamten Tanzdarbietungen seine Pistole entwaffnet im Halfter hatte? Eine falsche Bewegung, egal von wem im 1-2-3 hätte genügt und wir hätten hier ein Blutbad gehabt. Friedrich, wir leben jetzt schon so lange zusammen, ich freue mich ja, wenn du trotz dieser langen Zeit eifersüchtig wirst, aber das war eben der ganz falsche Moment." „Ich fürchte, ich verstehe nicht", fing Friedrich an zu stammeln. „Was sollte denn einen jungen Leutnant der Gestapo, der eigentlich so gut wie gar nichts zu sagen hat, dazu bringen, in einem völlig harmlosen Lokal, in dem ein bißchen getanzt wird, mit entwaffneter Pistole zu tanzen? Sicher, es wurde Ami-Musik gespielt, aber ist das ein Grund, mit aufgepflanztem Bajonett durch die Gegend zu touren? Und was hat der Vogel eigentlich vom Konzentrationslager gefaselt?" Statt einer Antwort nahm Paula Friedrich einfach in die Arme und strubbelte ihm durch sein Haar. „Mein lieber naiver Friedrich, weißt du eigentlich, wer Edi ist?" Friedrich schüttelte den Kopf. „Er arbeitet seit nunmehr sechs Jahren für den Secret Service, heißt Samuel Brown und ist das, was die Briten einen Sleeper nennen, jemanden, der solange die Fassade der Bürgerlichkeit aufrechterhält und im entscheidenden Moment aktiviert wird. Dieser Moment war die Grenzüberschreitung der deutschen Truppen nach Polen. Leider ist er vor zwei Tagen durch den vermeintlich harmlosen Leutnant Kraft enttarnt worden, denn der gehört schon seit Jahren der Gestapo an, wie ich dir bereits sagte. Edi ist davon noch nicht unterrichtet worden, ich wollte das heute machen, aber mit deinem Othello-Auftritt hast du das bisher glorreich verhindert. Wahrscheinlich hat dich Leutnant Kraft im Verdacht, zu der Untergrundbewegung zu gehören, die ich bereits seit einiger Zeit leite." Paula ging schon auf Samuel alias Edi zu und informierte ihn über die neue Sachlage. Der war mit einem Schlag stocknüchtern. „Wie haben die das herausbekommen?" „Wir vermuten, daß dir Deine Vorliebe für amerikanische Musik zum Verhängnis geworden ist. Du mußt schleunigst verschwinden, der Wagen steht heute um Mitternacht am Grenzpfahl 38." Edi nickte und ging in ein Nebenzimmer, um seine Sachen zu packen. Paula nahm Friedrich bei der Hand und sagte zu ihm: „Ich glaube, unsere heutige Aussprache ist noch nicht ganz beendet." Friedrich war schockiert, seine Frau wollte ihn heute abend wohl so richtig fertigmachen.

Konnte das alles wahr sein? Nein, er war bestimmt im falschen Theater. Als ihn Paula bei der Hand nahm und sie zusammen nach Hause gingen, fühlte sich Friedrich wie abgeführt.

# Rückblende 2: Volker von Strelitz

Auszüge aus dem Tagebuch des Gruppenführers Volker von Strelitz, ergänzt um Eintragungen aus den Kontobüchern des Sebastian von Strelitz. „Mein Name ist Volker von Strelitz. Geboren am 02.08.1912 in Königsberg/Ostpreußen. Meine Eltern, Mutter: Hannelore von Strelitz, geb. von Sacharow, Vater: Ernst von Strelitz. Über meine ersten Jahre gibt es wenig zu sagen, diese Kapitel kann man relativ schnell abhandeln. Meine Kindheit war absolut normal. Ich wurde geboren, erzogen und in die Welt entlassen. Mein Vater hatte mit seinem Gestüt soviel zu tun, daß man manchmal den Eindruck hatte, die Pferde aus seinem Stall seien wichtiger als die eigene Familie. Ich wurde frühzeitig in die Besonderheiten der Pferdezucht eingewiesen. Zu meiner Schande muß ich gestehen, daß mich Pferde überhaupt nicht interessierten. Meine Mutter war eine sehr gebildete Frau, schon im Mädchenalter hatte sie mehr Bücher gelesen, als guttun konnte, wie mein Vater immer zu sagen pflegte. Trotzdem hatte er nichts dagegen, wenn sie las. „Laß Muttern man lesen, in der Zeit meckert sie wenigstens nicht soviel rum." Ich kann mich zwar nicht daran erinnern, daß meine Mutter mit meinem Vater herumgemeckert hätte, das hätte sie sich niemals getraut, aber wer weiß, was sich hinter den Kulissen abspielte, wenn die Kinder in die Betten mußten. In meinem Geburtsjahr erhielt Gerhart Hauptmann den Nobelpreis für Literatur, was meinen Vater zu Tobsuchtsanfällen brachte. Er konnte mit diesem Nestbeschmutzer, wie er Hauptmann immer nannte, nichts anfangen. Seine Werke waren ihm zu sozialkritisch, da befand er sich auf einer Wellenlinie mit dem Kaiser, der Hauptmann auch wenig schätzte. „Da werden den Leuten bloß Flausen in den Kopf gesetzt. Wenn ich das schon höre, „Gerechtigkeit", ha, als ob es die auf Erden gäbe. „Alle Menschen sind gleich", so ein Unsinn. Wenn ich hier auf dem Hof mich nicht um alles kümmern würde, dann wären von jetzt auf nachher drei Familien ohne Brot und Arbeit. Oder meinst du vielleicht, von sozialdemokratischen Redensarten würden die Leute satt werden?" Besonders erboste meinen Vater, daß die Sozialdemokraten in meinem Geburtsjahr auch noch stärkste Partei im Reich wurden. Meine Mutter erzählte mir später, daß meinem Vater nach den Reichstagswahlen 1912, aus denen die SPD als stärkste Partei hervorging, alle auf dem Hof aus dem Weg gingen. Schlimm wurde es meistens, wenn mein Vater politisierte, er schaute dann meine Mutter immer derart angriffslustig an, daß man das Allerschlimmste für sie befürchten mußte. Sie schwieg in solchen Momenten vorsichtshalber, denn die Gutsherrenlogik, die sich mein Vater angeeignet hatte, duldete Widerspruch überhaupt nicht. Ich kann mich erinnern, das muß kurz vor meinem fünften Geburtstag gewesen sein, wie mein Vater einen renitenten Knecht mit dem Rohrstock durchgeprügelt hat. Dabei schaute dessen Tochter Klara, die im selben Alter war wie ich und die ich sehr gerne leiden konnte, die ganze Zeit leise weinend zu. Ich wollte zu ihr gehen und ihr die Hand zum Trost drücken, aber sie rannte einfach weg und redete mit mir von Stund an kein Wort mehr. Ihre Reaktion konnte ich damals nicht verstehen, denn schließlich hatte ja nicht ich ihren Vater verprügelt, sondern mein Vater. So lernte ich also sehr früh schmerzhaft den Begriff der Sippenhaft am eigenen Leib kennen. Damit nicht genug, als ich danach zu meinem Vater hinging und fragte, warum er Heinrich hauen würde, er hätte ihm doch gar nichts getan, da bekam ich dann auch noch eine Wucht. So wurde auf unserem Hof Recht und Ordnung mit Gewalt durchgesetzt und meine Abneigung gegen jede Form von körperlicher Züchtigung nahm damals wahrscheinlich ihren Anfang. Die Kriegsjahre 1914-1918 waren für unsere

Familie schrecklich, mein Vater mußte einrücken, die meisten unserer Pferde wurden zu Kriegszwecken requiriert. Zum Glück passierte das, als mein Vater schon im Feld war, aber als er zurückkam und die leeren Stallungen sah, fing er an zu weinen. Das war, soweit ich mich erinnern kann, das einzige Mal in seinem ganzen Leben. Am Ende des Krieges hatten wir gerade noch zwei alte Klepper. An einen Neubeginn der Pferdezucht war nicht zu denken, mein Vater hatte alles verloren, wofür er sein ganzes Leben lang geschuftet hatte. Meine Mutter versuchte damals, ihn zu trösten, aber es war aussichtslos, der Blick meines Vaters war gebrochen, das, wofür er gelebt hatte, war auf immer verschwunden. „Laß dich nicht so hängen, Ernst, es geht immer irgend wie weiter. Muß doch gehen." Der stand mit hängenden Schultern da, wenn man das personifizierte Unglück hätte malen wollen, man hätte nur meinen Vater porträtieren müssen. „Was soll denn hier noch weitergehen, Hannelore? Mein Zuchthengst ist weg, die Stuten geklaut, die Stallungen zerstört, unsere Felder verwüstet. Ich weiß nicht mal, ob die uns noch gehören. Wir haben nischt mehr zu fressen, die Knechte sind fortgelaufen. Wie sollen wir unser Gut bewirtschaften? Schau´ dich doch mal im Reich um, es gibt kaum noch Dicke! Aber schlank soll ja sehr gesund sein. Wir werden uns zu Tode gesunden." Solche Reden führte mein Vater von Stund an nur noch und meine Mutter konnte dieses pessimistische Gesabbel, wie sie es nannte, bald nicht mehr hören. Zum Glück war sie resolut genug, unser Familienschicksal selber in die Hand zu nehmen, denn von meinem Vater brauchte man wirklich nichts mehr zu erwarten. Der stand die meiste Zeit apathisch auf dem Hof herum und befahl imaginären Knechten, sie sollten endlich Box zwei ausmisten. „Aber paßt auf, der Braune keilt gerne nach hinten aus." Mein Bruder Sebastian und ich lachten einmal, als unser Vater vor einer leeren Stallbox stand und zu uns sagte: „Schaut mal, was Natascha für ein seidiges schwarzes Fell hat." Die Glocken hörten wir noch bis zum spärlichen Abendessen, so gewaltig waren die Ohrfeigen, die wir von unserer Mutter für diese Frechheit gegenüber unserem Vater erhielten. Ich glaube, daß meine Eltern sich einmal wirklich geliebt haben mußten. Aber diese Liebe war offenbar einem stärkeren Bedürfnis gewichen: Hunger.

Meine Mutter versuchte, von dem Familienbesitz zu retten, was noch zu retten war und verschacherte, was sich nur irgendwie zu Lebensmitteln machen ließ. So entgingen wir dem Hungertod. Ich habe zeitlebens nie vergessen, daß ich eines Nachts nicht schlafen konnte, weil ich solch einen großen Hunger hatte und mein Magen entsprechend laut knurrte. Mein Vater dagegen schien mit dem Verlust seiner Pferde auch seine sonstigen Gefühlsempfindungen abgelegt zu haben, er konnte tagelang hungern, ohne daß man ihm etwas anmerkte. Sein Geisteszustand verschlechterte sich von Tag zu Tag und 1923 starb er. Die Reaktion meiner Mutter war entsetzlich, wie ich damals fand: „Ein überflüssiger Fresser weniger." Ich war damals elf Jahre alt, die Inflation grassierte und mein jüngerer Bruder Sebastian und ich klauten, was das Zeug hielt. Unsere Masche war immer die Gleiche: Der Kleene (so nannten alle Erwachsenen den hübsch anzuschauenden Sebastian) lenkte die Kolonialwarenhändler mit seinem reizenden Lächeln ab und in der Zwischenzeit stopfte ich mir die Taschen so voll, wie es nur irgendwie ging, ohne daß wir auffielen. Einmal hätten sie uns fast erwischt, aber zum Glück kam in diesem Moment meine Mutter in den Laden, um die Schulden der Familie von Strelitz zu bezahlen. Der Adelstitel rettete uns wohl, anders kann ich es mir nicht erklären, denn noch immer zuckten die Leute zusammen, wenn meine Mutter ihren Namen nannte. Der Respekt vor meinem inzwischen verstorbenen Vater war immer noch gewaltig. Vielleicht war es aber auch nur das Mitleid, welches alle Händler unserer Stadt mit uns verarmten Adligen hatten, aber dieser Gedanke kam mir erst, als ich schon älter war. Abends, wenn wir unsere „Raubzüge" beendet hatten, wollte Mutter dann immer wissen, ob wir auch alles „bekommen" hätten, was wir besorgen sollten. Ich glaube, Mutter war mit unseren Diebeszügen meistens sehr zufrieden. Als ich konfirmiert werden sollte, nahm mich meine Mutter beiseite und sagte zu mir, daß es zukünftig mit der Klauerei ein Ende haben müsse. Als ich Widerspruch einlegen wollte, bekam ich von meiner Mutter die letzte Ohrfeige in meinem Leben. Schon damals kam es mir so vor, als ob diese Ohrfeige meiner Mutter mehr wehgetan haben mußte als mir. Als ich mir die rote Backe reiben wollte, nahm sie mich einfach in die Arme und sagte zu mir, daß es ihr leid tue, aber wenn aus mir noch was Anständiges werden solle, dann sei es jetzt an der Zeit, entgegen zu steuern. Anschließend eröffnete sie mir, daß ihr seit einiger Zeit ein anständiger Mann, dessen Frau vor einem Jahr an Tuberkolose gestorben sei, den Hof mache. Ich konnte das damals nicht so richtig verstehen, denn unsere Welt war doch eigentlich in Ordnung. Was wir zum Leben benötigten, klauten Sebastian und ich. Moralische Hemmschwellen hatten wir überhaupt nicht, Überleben hieß die Devise. Insoweit hatten uns die Nachkriegsjahre moralisch total versaut. Wir verstanden den Sinneswandel unserer Mutter nicht und das sagten wir ihr auch. Einen kurzen Moment schien es mir damals, daß ich vorher doch nur die vorletzte Ohrfeige meines Lebens von meiner Mutter kassiert hatte, denn sie erhob die Hand, ließ sie aber im letzten Moment sinken und fing an zu weinen. Danach sagte sie mir, daß ihre Kraft erschöpft sei, die letzten Jahre seien einfach zu anstrengend für sie gewesen, ich sei zwar erst vierzehn Jahre alt, aber sie erwarte von mir, daß ich ihre Entscheidung respektieren würde. Unser neuer „Papa" gefiel weder Sebastian noch mir, erstens war er fett, ganz anders als Vater, der immer schlank gewesen war und zweitens butterte er Mutter oft übel herunter anders als Vater. Mein Vater mochte ja in gewissen Momenten ein Kotzbrocken gewesen sein, aber immerhin hatte er Format und wir hatten nie einen Zweifel daran gehabt, daß Vater unsere Mutter geliebt hatte. Sebastian und ich konnten nicht verstehen, warum unsere Mutter, die in den letzten Jahren so selbständig gewesen war, sich solch einem Waschlappen unterordnen wollte. Advokat war er, der Herr Dr. Tegt. So richtig verstanden wir es damals nicht, aber irgend wie schaffte er es, daß meiner Mutter, einer geborenen Fürstin von Sacharow, eine Entschädigung zugestanden wurde für beschlagnahmtes Vermögen im Zuge der Novemberrevolution 1918. Erst viel später erkannte ich, wie zielstrebig dieser Dr. Tegt vorgegangen war. Nach der Novemberrevolution waren die Fürstenhäuser nicht enteignet worden, das Vermögen der ganzen Herren „von" wurde lediglich beschlagnahmt. Das hatte die juristische Konsequenz, daß viele Fürstenhäuser, die es sich leisten konnten, einen Rechtsanwalt mit der Wahrung ihrer Interessen beauftragten. Unter diesen Advokaten waren einige besonders eifrige, die erhebliche Abfindungssummen von den jeweiligen Landesregierungen erstritten, weil das Vermögen eben nicht entschädigungslos enteignet worden war, als noch Zeit dazu war, sondern eben „nur" beschlagnahmt. Natürlich liefen die ganzen linken Parteien Sturm gegen diese Entwicklung, denn der „kleine" Mann hatte durch den Krieg sein ganzes Vermögen verloren, aber die Herren Fürsten konnten sich, kaum daß sich die Mark als neue Währung einigermaßen stabilisiert hatte, Entschädigungen beim Staat für ihr beschlagnahmtes Vermögen abholen. SPD und KPD waren sich einig, hier mußte man politisch vorgehen, aber ein eigens initiiertes Volksbegehren gegen das neue Entschädigungsgesetz verlief im Sande. Die Mehrheit der Wähler war offenbar der Ansicht, daß die Herren von und zu Vornehm weiterhin im Luxus schwelgen sollten. Das Gros der deutschen

Bevölkerung lebte unterdessen von der Hand in den Mund und hielt sich auffallend schlank. „Die Fürsten werden nicht enteignet". Ich kann mich noch gut an die Schlagzeile der Berliner Illustrierten erinnern. Wahlfälschung war damals eine Vokabel, die aus Angst vor Repressalien nicht einmal von linken Journalisten gebraucht wurde. Die Fürstinnen wurden dem Urteil entsprechend natürlich auch nicht enteignet und meine Mutter köpfte zusammen mit ihrem neuen Lebensgefährten eine Pulle Sekt, als klar wurde, daß ihre Familie nicht unbeträchtliche Geldmittel vom Staat bekommen würde. Ich kann mich noch gut erinnern, wie dieser Herr Dr. Theodor Tegt, dieses feiste vollgefressene Schwein, zu meiner Mutter sagte: „Unsere Familie wird einen nicht unerheblichen Betrag ausgezahlt bekommen." Dazu grinste er so fett, der Herr Doktor, daß ich mich genötigt sah, ihm zu antworten: „Jawohl, Herr Dr. Tegt, der Familie meiner Mutter wird bestimmt eine große Summe Geldes zugesprochen. Nur eins, was haben Sie damit zu tun?" Bevor der Dicksack antworten konnte, fiel ihm meine Mutter ins Wort. „Er meint es nicht so, Theodor." „Doch, er meint es so, Theodor" äffte ich meine Mutter nach. „Ich kann mich nicht entsinnen, daß Sie uns geholfen hätten, als es uns dreckig ging. Da hat sich meine Familie selber am Schopf aus dem Sumpf gezogen. Kaum geht es uns etwas besser, tauchen die Blutsauger auf. Sie haben sich doch nur aus einem Grund meiner Mutter genähert: Weil Ihre Kanzlei beschissen geht, Sie keine Klienten haben und aus diesem Grund eine andere Lösung finden mußten, Ihren Nichtstuerbauch zu erhalten!" Meine Rede war für einen Halbwüchsigen reichlich keck, darüber bin ich mir im Nachhinein im Klaren, aber was raus mußte, das mußte einfach raus. Sebastian lag unter dem Wohnzimmertisch und fieberte dem Finale entgegen. Das war zunächst mal schmerzlich für mich, denn ich bekam eine gepfeffert, daß es nur so krachte. Wahrscheinlich hatte dieser fette Sack seine letzte Kraft in die-

154

sen Schlag gelegt. Meine Nase fing sofort zu bluten an und ehe sich es meine Mutter versah, hatte ich diesem Sauhund eine aufs Maul gehauen. Danach winselte Dr. Theodor Tegt wie ein angeschossener Hund. Meine Mutter war hin- und hergerissen, entschloß sich aber letztendlich zugunsten Ihrer Kinder zu handeln und wies dem Herren die Tür. „Wage es noch einmal, meinen Sohn zu schlagen und du wirst mich kennenlernen!" Ihre Augen funkelten dabei. Sebastian und ich blinzelten uns zu, die blutende Nase von mir war den Einsatz wert gewesen. Mutter hatte diesen Schmarotzer rausgeschmissen, zum Glück war das Aufgebot erst für nächste Woche bestellt gewesen. Man muß sich nur einmal vorstellen, beide hätten schon geheiratet. Undenkbar! Dieser Abend hatte eine gewisse Schlüsselfunktion für unsere Familie, wir ließen uns nie wieder von selbsternannten Autoritäten in unser Leben hineinreden – jedenfalls glaubten wir das. Meine Konfirmation erlebte ich also „nur" mit Mutter und Bruder. Dafür aber frei von irgend welchen Idioten, die mir sagen wollten, was ich zu tun und zu lassen hätte. Die Betreuung unseres Vermögens sollte eine gute Bank übernehmen. Als wir die Entschädigung der Landesregierung überwiesen bekamen, sagte Sebastian, daß die deutsche Währung in sich zu schwach sei, um auf Dauer gegen die Leitwährung der Welt bestehen zu können. Allein die Wortwahl ließ Mutter und mich zusammenzucken. Auf die Frage, woher er denn diese Weisheit habe, sagte Sebastian, daß er den Wechselkurs von US-Dollar, Schweizer Franken, Britischem Pfund und Reichsmark seit einigen Monaten beobachte, aber die deutsche Währung würde schon seit etlichen Monaten absacken. Sowohl meine Mutter als auch ich waren über die Aussage von Sebastian einigermaßen verdutzt, aber andererseits konnten  wir auch nichts dagegen sagen. Meine Mutter vertraute Sebastian völlig und wollte auf dessen Empfehlung hin alle Vermögenswerte in US-Dollar umtauschen, ich neigte aber zur Vorsicht und ließ die Behauptung von unserer Bank überprüfen. Als wir, meine Mutter, Sebastian und ich von Herrn Goldstein eingeladen wurden, war uns schon etwas komisch zumute, denn normalerweise empfing Herr Goldstein niemanden. „Wer hat Ihnen empfohlen, die überwiesenen Gelder in US-Dollar anzulegen?" Das war seine Begrüßung. Bevor Mutter antworten konnte, sagte ich : „Sebastian hat eine große Vorliebe: Er studiert besonders eifrig die Wirtschaftsseiten der Tageszeitung." Sebastian bekam einen roten Kopf. „Das ist nur deswegen, weil ich nie die Sportseiten von Volker bekommen habe, die hätten mich viel mehr interessiert, aber mein großer Bruder hat sie mir nie gegeben. Also habe ich mich den verfügbaren Seiten zugewandt, dem Wirtschaftsteil." Herr Goldstein lächelte fein vor sich hin. „Das mag wohl gut so gewesen sein. Frau von Strelitz, lassen Sie mich Ihnen zunächst sagen, daß Ihr Sohn Sebastian ein ungeheures Gespür für wirtschaftliche Fragen hat. Ich habe in den letzten zehn Jahren keinen Lehrling gehabt, der sich so intensiv mit wirtschaftswissenschaftlichen Fragen auseinandergesetzt hat. Egal, wie er auf sein Ergebnis gekommen sein mag, es ist jedenfalls richtig. Wir werden also einen gewissen Teil Ihres Vermögens in US – Dollar anlegen. Junger Freund, welchen Anteil würden Sie empfehlen?" Herr Goldstein schaute Sebastian an. „Mehr als 70% sollten es nicht sein". Goldstein war verblüfft. „Warum nicht, junger Freund?" „Nun, Deutschland hat den Krieg verloren und die Wahrscheinlichkeit, daß Deutschland auch noch den Frieden verliert, tendiert zu 100%, aber es ist noch nicht ganz klar, wer von den anderen Großmöchten den Frieden gewinnen wird, also sollte man der einzig neutralen Währung dieser Welt, dem Schweizer Franken, 20% zubilligen." „Und der Rest?" „Den würde ich in Reichsmark anlegen." Goldstein schien enttäuscht. „Warum das denn?"wollte er von Sebastian wissen. „Nun, das ist ganz einfach. Man kann nicht 100% seines Vermögens in Auslandswährung anlegen, ohne

Verdacht zu erregen. Aber 10% scheinen mir genug als Notopfer Deutschland." Herr Goldstein war fasziniert. „Wie alt bist Du, Sebastian?"

„Ich bin dreizehn Jahre alt, Herr Goldstein." Herr Goldstein wandte sich damals meiner Mutter zu und sagte: „Frau von Strelitz, lassen Sie mich Ihnen folgendes sagen: Ich hatte schon viele frühreife Früchtchen, aber Ihr Sohn Sebastian schlägt alle. Ich würde diesen jungen Mann gerne ausbilden, wenn Sie mir das gestatten würden und wenn Sebastian einverstanden wäre." Goldstein plinkerte Sebastian zu. Damit war für Sebastian der weitere Weg vorgezeichnet, er ging zu Goldstein & Söhne in die Lehre und hatte wahrscheinlich einen der besten Lehrmeister, die wir in unserem Städtchen hatten. Daß nebenbei meine Mutter nicht nur ihren Sohn Sebastian, sondern auch das neu erworbene Vermögen dem Bankhaus Goldstein & Söhne anvertraute, war ein sehr geschickter Schachzug von Herrn Goldstein gewesen, der sich aber im Zeitablauf für alle Parteien gelohnt hatte. Als ich siebzehn Jahre alt war, erzählte mir Sebastian, daß der sogenannte Young – Plan gegen den Widerstand der Nationalsozialsten, Deutschnationalen und „Stahlhelmen" verabschiedet wurde. Ehrlich gesagt wußte ich bis zu diesem Zeitpunkt überhaupt nicht, was das für ein Plan sein sollte. Sebastian klärte mich auf: „Deutschland mußte tätig werden, denn der sogenannte Dawes – Plan hatte die Gesamthöhe der Reparationszahlungen überhaupt nicht festgelegt." „Aber war denn das nicht schon im Versailler Friedensvertrag alles geregelt?" Sebastian lachte. „Volker, da war nichts festgelegt außer der Schuldfrage. Jetzt wissen wir wenigstens, daß wir schon im Jahr 1988 schuldenfrei sein werden." Ich dachte damals, nicht richtig zu hören. „Du meinst sicher 1938, Sebastian." Ich lächelte ihm gewinnend zu, er grinste zurück und sagte zu mir: „Nein, Volker, ich meinte 1988, ich bin ja schließlich noch nicht so verkalkt wie unsere deutschen Verhandlungsführer, die offensichtlich nicht realisiert haben, daß 1988 ziemlich weit weg ist. Diese sauberen Herren wollen unser deutsches Vaterland bis in die dritte Generation versklaven. Die Siegermächte haben sich das auch recht gut ausgedacht, bei der Bewältigung der sogenannten Kriegsschulden ging es auch weniger um die Frage, wieviel Deutschland zurückzuzahlen imstande ist, als vielmehr um die Frage, wieviel man pro Jahr verlangen muß, damit sich Deutschland auf ewige Zeiten im Schuldturm befindet." „Ja, Menschenskinder, Sebastian, dagegen muß man doch etwas machen." „Klar, das versuchen wir ja gerade, aber es sieht ganz danach aus, als ob die Mehrheit des deutschen Volkes sich nicht mehr in die Politik einmischen will, das ist ganz schlecht, denn dann werden wir bald von Minderheiten regiert. Ich befürchte nur, daß es zunächst die falschen Minderheiten sein werden." Ich wußte damals, 1929, nicht so recht, wie ich die Worte von Sebastian einstufen sollte, aber ganz wohl war mir bei seinen Worten nicht. Instinktiv spürte ich, daß er sich Rattenfängern angeschlossen hatte, die nur ihren eigenen Vorteil suchten und denen die wirtschaftliche Lage des einfachen Mannes völlig egal war. Im Sommer des Jahres 1929 wirkte Sebastian sehr nervös und abgespannt. Er kam immer später von der Arbeit nach Hause und ich wunderte mich schon, wieso Lehrlinge bis spät in die Nacht arbeiten mußten. Ich befragte daraufhin Goldstein, der mir gegenüber sehr überrascht tat. „Nein, nachts muß in unserem Haus niemand außer dem Direktor arbeiten. Aber es ist mir aufgefallen, daß Sebastian sehr viele Stunden im Archiv verbringt. Er scheint sehr eifrig zu studieren, aber ich schrieb das bislang nur seinem Wissensdurst zu. Anzeichen für Nervosität konnte ich noch nicht feststellen." Daraufhin nahm ich mir Sebastian eines Abends vor, aber er weigerte sich, mir den Grund für seine Nervosität zu sagen. „Das würdest du doch nicht verstehen, Volker. Du hast dich doch noch nie für wirtschaftliche Fragestellungen interessiert. Ich werde morgen mit

Herrn Goldstein reden müssen, wir müssen nun reagieren." Sebastian saß damals in dem alten Polstersessel unseres Vaters, jeder Zug seines Gesichtes wirkte ernst und verantwortungsbewußt. Es schien mir so, als ob Sebastian in den letzten Wochen erwachsen geworden war. Seine Kindheit war vorbei, man sah es ihm an. Sebastian schaute mich an und sagte: „Ich hoffe, Herr Goldstein glaubt mir, sonst wird es schwierig." Ich zuckte damals mit den Schultern, denn ich kannte Sebastian, wenn der sich etwas in den Kopf gesetzt hatte, war es aussichstlos, weiter in ihn zu dringen, er würde mir nicht sagen, was er auf dem Herzen hatte. Am nächsten Morgen verlangte Sebastian, Herrn Goldstein zu sprechen und informierte ihn davon, daß er ein saublödes Gefühl im Magen hätte, was die wirtschaftliche Entwicklung anginge. Unter normalen Umständen hätte man einem Lehrling der Bankbetriebslehre, noch dazu einem im ersten Lehrjahr, eine gescheuert und ihm empfohlen, sich um seinen eigenen Dreck zu kümmern. Doch Herr Goldstein war sich darüber im Klaren, daß er es in Sebastian mit einem außergewöhnlichen Lehrling zu tun hatte (und das nicht nur, weil dessen Familie das gesamte Familienvermögen dem Bankhaus Goldstein & Söhne anvertraut hatte). Aus diesem Grunde wollte er von ihm wissen, wieso er diese Magenschmerzen hätte, denn Goldstein war klar, daß es sich hierbei nur um finanzielles Bauchweh handeln könne, welches Sebastian sich im Archiv zugezogen haben mußte. „Naja, wissen Sie, mein Vater hat sich zwar nicht soviel um uns kümmern können, weil er ja immer die Pferde versorgen mußte, aber manchmal hat er uns ein paar Dinge mit auf den Weg gegeben." Goldstein lauschte geduldig, das war seine größte Gottesgabe, schweigen und zuhören. Er wußte, daß Sebastian gleich zur Sache kommen würde. „So hat er des öfteren von gewissen Regelmäßigkeiten bei der Wetterentstehung berichtet. Große Überraschungen gibt es beim Wetter nicht, sagte er immer. Wenn es wochenlang geregnet hat, dann ist die Wahrscheinlichkeit sehr groß, daß die nächsten Tage der Regenschirm das bevorzugte Kleidungsstück der Menschen sein wird. Ich hatte mich zwar früher immer gewundert, wie ein Mensch Regenschirme als Kleidung bezeichnen konnte, aber weil mir mein Vater das sagte, akzeptierte ich es. Auch die umgekehrte Situation erklärte mir mein Vater: „Sebastian, wenn es wochenlang trocken ist, dann kannst du dir getrost die kurzen Hosen heraussuchen, wenn du die Klamotten für den nächsten Schultag auswählst. Denn wenn es wochenlang trocken war, dann wird es zumindest die nächsten Tage auch trocken bleiben, denn so schnell kann das Wetter normalerweise nicht umschlagen." „Sebastian, diese Wetterweisheit habe ich von meinem Großvater auch immer gehört, das ist für mich nicht unbedingt etwas Neues." Herr Goldstein war immer noch geduldig, aber langsam reichte es ihm, Sebastian spürte dies und kam zur Sache. „Ja, Herr Goldstein, das ist mir bewußt, daß ich Ihnen nichts Neues erzähle, aber haben Sie sich auch mal die Niederschlagsmeldungen der letzten drei Monate in Nordamerika angeschaut?" Dies mußte Herr Goldstein verneinen. „Alles deutet darauf hin, daß es in diesem Jahr zu einer gewaltigen Ernteeinbuße kommen wird." „Na und, was wäre denn daran so schlimm, Sebastian?" Herr Goldstein war kurz davor, seine sprichwörtliche Geduld zu verlieren. „Es wird im Zeitablauf der Geschichte immer wieder gute und schlechte Ernten geben. Das ist doch nichts Neues. Na und?" „So what, wie der Ami sagt, nicht wahr, Herr Goldstein? Aber dieses Mal wird die Rechnung nicht aufgehen." Sebastian kam ins Dozieren. „Als die USA in den Krieg eintraten, haben viele Unternehmer und Farmer in den Staaten darauf spekuliert, daß der Krieg noch viele Jahre anhalten würde und der Absatz der produzierten Güter relativ sicher ist. Wenn man als Unternehmer sicher ist, daß die produzierten Güter einen Abnehmer finden, kann man getrost produzieren. Wenn man das Geld zur Produktion

160

nicht hat, aber genau weiß, daß die Produkte zu guten Preisen abgenommen werden, nimmt man Kredite auf, denn das Risiko eines Mißerfolges ist dank Staatsgarantie begrenzt. Demzufolge nahmen viele kleine Krauter Kredite auf, deren Schuldendienst auf einen Zeitraum von mindestens zehn Jahren ausgelegt war. Solange die kriegsbedingte Nachfrage da war, war die Bedienung des Schuldendienstes kein Problem. Diese Nachfrage brach aber bereits 1919 stark ein, weil der Krieg beendet war. Solange noch andere Absatzmärkte hätten gefunden werden können, wäre das immer noch akzeptabel gewesen. Das Fatale an der Situation war aber, daß die Gesamtnachfrage nach landwirtschaftlichen Produkten der USA seit dem Ende des Krieges beständig sank. Die Länder, die in den Jahren 1914-1918 mit der Kriegsführung beschäftigt waren, produzierten nun selber wieder. Mit anderen Worten: Konkurrenz trat auf den Markt. Die Bauern kamen aus dem Krieg zurück, zogen die Uniform aus und beackerten wieder ihr Land. Mein Vater hat oft davon gesprochen, daß sich der Ami umschauen wird, wenn die Deutschen wieder mit dem Frieden anfangen. Ich habe das früher nicht verstanden, jetzt schon. Der Lebensstandard ist ja nicht nur in unserer Familie stark abgefallen, sondern in ganz Europa. Die Löhne sind viel niedriger als in den USA, also sind auch die Produktionskosten viel niedriger als in den USA. Daraus folgt, daß die Endpreise niedriger sind. Wir haben es seit einigen Jahren mit beständig sinkenden Weizenpreisen zu tun. 1919 hat der Scheffel Weizen noch 2 Dollar gebracht, dieses Jahr nur noch 40 Cent." Goldstein schaute den jungen von Strelitz versonnen an, der hatte die letzte Monate über seine Zeit gut genutzt. Jetzt wußte Goldstein auch, warum Sebastian so oft im Archiv der Bank gewesen war. „Zwei Faktoren sind es also im wesentlichen, die den Preis drücken, ein relatives Überangebot und billigere Herstellung in Europa bzw. Rußland. Nun hatten viele der Farmer in den Vereinigten Staaten ausschließlich auf Pump ihren landwirtschaftlichen Betrieb erweitert, im Vertrauen darauf, daß sich Uncle Sam schon um sie kümmern werde, wenn die gesamtwirtschaftliche Situation sich drehen würde. Als nun die Nachfrage stark einbrach, weil viele landwirtschaftliche Produzenten außerhalb der USA in der Lage waren, mit den USA zu konkurrieren, da begann sich die Situation zu wandeln. Weizen bleibt schließlich Weizen, und wenn man diesen in Deutschland produzieren kann, dann muß man ihn ja nicht aus den Staaten importieren, wenn man ihn auch in Deutschland bekommen kann, noch dazu, wenn die Transportkosten wegfallen." Goldstein war fasziniert, merkte aber trotzdem an: „Du weißt aber, daß Transportkosten bei einem Massengut wie Weizen kaum eine Rolle spielen?" Sebastian nickte. „Welche Konsequenz ergibt sich aus Deinen Ausführungen?" wollte er von Sebastian wissen. „Das ist relativ einfach. Durch die finanziellen Hilfen, die Amerika während des Krieges den europäischen Staaten gewährt hat, ist eine wirtschaftliche Verflechtung entstanden, die es in dieser Form wahrscheinlich weltweit noch nicht gegeben hat. Haben Sie sich einmal überlegt, was passieren würde, wenn eine mittelgroße amerikanische Bank pleite machen würde, weil die Farmer, die die Kriegsexpansion über Kredite finanziert haben, diese nicht mehr zurückzahlen können, weil der Marktpreis einbricht? Die amerikanischen Farmer haben ihre Kredite auf Basis eines Weizenpreises von zwei Dollar abgeschlossen, nun ist der Weizenpreis auf 40 Cent gefallen. Da Weizen nicht das einzige landwirtschaftliche Produkt ist, werden die Farmer diesen Ertragsrückgang zu einem gewissen Moment ausgleichen können, aber jetzt lassen Sie mal zu dieser unbefriedigenden Absatzsituation noch eine Dürreperiode hinzukommen. Statt 40 Cent null Cent, weil keine Ernte einzubringen ist. Wissen Sie, was dann passieren wird?" Bevor Goldstein Einwände vorbringen konnte, fuhr Sebastian fort. „Dann werden all die Farmer im Abseits stehen, die keine finanziellen

Reserven haben und ihr Wachstum ausschließlich über Kredite finanziert haben. Die Reaktionskette ist dann erbarmungslos einfach: Kredite bei kleinen landwirtschaftlichen Banken werden nicht abgezahlt, Farmer gehen pleite, deren Arbeiter werden arbeitslos. Viele der kleinen Banken werden keinem Einlagensicherungssystem angeschlossen sein und wohl auch keine Rückversicherung haben und müssen dann bei Großbanken um neuerliche Kreditlinien nachsuchen. Am schnellstens wird es den Immobiliensektor treffen, denn zur Sicherung der aufgenommenen Kredite sind oft Grundstücke verpfändet worden. Die gelangen dann zur Zwangsversteigerung, erbringen aber aufgrund der schlechten wirtschaftlichen Situation nicht den Beleihungswert, also werden auch Wertpapiere verkauft. Ein Überangebot drückt die Preise, haben Sie mir beigebracht. Das gilt ja auch für Aktien. Viele der kleinen US-Banken werden zur Sicherung Ihrer Liquidität eigene Aktien verkaufen müssen. Für die Kursentwicklung wird das Gift sein, da die meisten Banken eher konservative Werte in ihrem Depot haben, werden also folgerichtig genau die Werte auf den Markt geschmissen, die eigentlich noch am ehesten die Chance gehabt hätten, diese Krise durchzustehen. Das wird wiederum die Geschäftslage der US-Großbanken schwer beeinträchtigen. Die werden dann zur Sicherung Ihrer Dividenden ihrerseits Kredite kündigen müssen, weil sie Aktien von US-Unternehmen nicht auch noch auf den Markt schmeißen dürfen, denn dann geht der Fall ins Bodenlose. Sobald eine der amerikanischen Großbanken wackelt, wird es ernst. Dann darf Europa am Hexentanz teilnehmen, denn in Zeiten der Not werden die Amis zunächst mal Kredite an die einstigen Kriegsgegner kündigen und das sind im wesentlichen die Deutschen. Ich behaupte, daß wir dieses Jahr spätestens im Herbst, wenn klar ist, daß es eine schlechte Ernte in Amerika gegeben hat, mit gewaltig fallenden Kursen in den Staaten rechnen müssen. Die Spekulationsblase, die die Amis aufgepumpt haben, wird mit einem lauten Knall platzen und die ganze europäische Wirtschaft mit in den Strudel ziehen. Wir sollten unsere US-Anteile verkaufen, Herr Goldstein." Goldstein war sprachlos. „Ich soll unsere gesamten US-Anteile verkaufen, nur weil mein Lieblingslehrling eine zugegebenermaßen recht interessante Kette dessen, was passieren könnte, aufgebaut hat? Woher nimmst du denn dein Wissen um eine Mißernte?" „Aus den Niederschlagswerten der letzten 50 Jahre. In unserem Archiv sind eingebrachte Erntemengen der Weltwirtschaft der letzten 25 Jahre statistisch erfaßt. Ich habe diese in Relation gesetzt zu den Niederschlagsmengen und eine Prognose für das 2. Halbjahr 1929 aufgestellt. Da die Niederschlagsmenge der ersten sechs Monate so gering war, daß die Monate Juli und August das, im Jahresdurchschnitt betrachtet, nicht mehr aufholen können, werden wir es zwangsläufig mit Ernteeinbußen zu tun bekommen." Aber das ist doch egal, die Welterntemenge ist doch hoch genug, das hast du doch vorhin selber gesagt." „Ja, das schon, aber die Ernten werden nicht von Amerikanern eingebracht, sondern von anderen Produzenten. Die Versorgungslage als solche bleibt gesichert, aber es werden sich etliche Anbieter vom Markt verabschieden, vornehmlich amerikanische. Vorher reißen die Herren von und zu Dollar aber noch die Weltwirtschaft in eine riesige Krise." Goldsteins Mund stand immer noch offen vor Staunen. Zweifellos hatte er es hier mit einem riesigen Phantasten zu tun. Aber so ganz von der Hand zu weisen waren seine Argumente nicht. Auch Goldstein hatte die Kursentwicklungen bei einigen US-Unternehmen, von denen sie Anteile hielten, mit Skepsis beobachtet. Eine gewisse Phase der Überhitzung war nicht abzustreiten. Aber den von Sebastian prognostizierten Crash sah er noch nicht. Allerdings konnte ja etwas Vorsicht nicht schaden, Goldstein beschloß, Kontakt mit seinem Freund aus dem Wetteramt aufzunehmen. Wenn der die Ausführungen von Sebastian

164

bestätigen würde, dann sollte man tätig werden. Er entließ Sebastian aus seinem Büro und ließ sich von seiner Sekretärin eine Verbindung mit dem Wetteramt herstellen. „Crash, so ein Unsinn." Innerlich bebte er immer noch, dieser von Strelitz, der spinnt ja mit 16 Jahren schon genauso wie sein Vater kurz vor seinem Tod. Na ja, der hatte eben die Kriegstage nicht richtig verkraftet, ein Träumer war der ja immer schon gewesen. Als er mit seinem Freund von der Wetterwarte telefoniert und den Telefonhörer aufgelegt hatte, rief er seinen Prokuristen zu sich. „Lassen Sie sofort eine Abteilungsleiterversammlung einberufen." Sein Gesicht war ernst. Der Prokurist Dombrowski, der seinen Chef nun schon seit etlichen Jahren kannte, wußte, daß in den nächsten Tagen viel Arbeit auf das Bankhaus Goldstein & Söhne zukommen würde. Die tiefe Falte auf der Stirn von Goldstein bedeutete kurze Wochenenden. Dombrowski seufzte. Im Verlaufe der nächsten Tage veräußerten Goldstein & Söhne 100% ihrer US-amerikanischen Anteile und legten einen Großteil der eingehenden Gelder in Gold und Schweizer Franken an. Im Oktober 1929 kam es dann zu den von Sebastian prophezeiten Ereignissen. Die Ernte fiel schlecht aus, weil ausbleibende Niederschläge die Erntesaison verhagelt hatten und viele verschuldete US-Farmer konnten ihre Kredite nicht mehr bedienen. Kleine Banken machten bankrott und rissen größere mit sich, der Hexensabbat war eröffnet. Größere Banken kündigten Kredite und riefen sogenannte Abrufkredite bei Immobilienmaklern ab, die große Probleme hatten, weil ein Großteil ihrer Kunden nun plötzlich illiquide war, denn der Immobiliensektor lebt von Provisionen auf der einen Seite und pünktlichen Zahlungen auf der anderen.

Dieses System geriet ins Wanken, die Banken erhielten ihre Kredite nicht termingerecht zurückgezahlt und kündigten als Reaktion darauf die ausgegebenen Kreditlinien. Als Reaktion hierauf mußten alle, die in das System der gegenseitigen Verschuldung integriert waren, verbliebene Vermögenswerte, meist Aktien solider Unternehmen, zu Spottpreisen verschleudern, denn die Kurswerte sanken aufgrund des Überangebotes stündlich. Man hätte den Eindruck gewinnen können, daß niemand mehr an ein Morgen dachte. Die hochgelobten Eisenbahnaktien sanken innerhalb von Stunden auf einen Bruchteil ihres ursprünglichen Wertes, nicht anders erging es soliden Unternehmen der Stahl- und Nahrunsmittelindustrie. Selbst die Highflyer, die neu entstandenen Telefonunternehmen mußten herbe Einbußen hinnehmen. Das Volksvermögen der Amerikaner erlitt ungeheure Einbußen, die Zahl der Arbeitslosen stieg ins Gigantische, kein Mensch wußte, wo dieses grausame Schauspiel hinführen würde. In Königsberg im fernen Deutschland dagegen saß ein Führungsstab von vier Leuten, ergänzt um einen Lehrling der Bankbetriebslehre, um einen Fernschreiber und freute sich mit jeder Stunde mehr. „Mein lieber Sebastian, ich werde alles nur Erdenkliche tun, damit deine Lehrzeit verkürzt werden kann, denn dein Gesellenstück hast du eigentlich schon vor Monaten abgelegt. Ich hatte nach deinem Besuch bei mir Kontakt mit meinem Freund vom Wetteramt aufgenommen. Der hat deine Thesen nicht nur bestätigt, sondern mir auch noch weitere Ergänzungen mitgeteilt. Wir haben uns im Führungsstab daraufhin zusammengesetzt, um zu überlegen, wie wir dieser Situation begegnen wollen und haben alle amerikanischen Anteile zu einem zufriedenstellenden Kurs verkaufen können." Bei diesen Worten zuckten bei Dombrowski die Gesichtszüge, aber es gelang ihm, sich im Zaum zu halten. „Zufriedenstellender Kurs", lächerlich, fast 180% hatte der alte Gauner beim Verkauf, gemessen am Kaufkurs im Durchschnitt an allen amerikanischen Anteilen gutgemacht. Mein lieber Schwan, dachte Dombrowski, den Jungspund Sebastian müßte man unverzüglich mit Prokura ausstatten, denn der steckte jeden im Bankhaus, einschließlich des Direktors in den Sack. Aber wahrscheinlich würde Goldstein wieder mal knickerig wie immer agieren. Doch in dieser Ansicht sollte sich Dombrowski gewaltig irren. Goldstein fuhr fort. „Wir haben die liquiden Mittel dazu verwendet, den Bestand an soliden amerikanischen Werten nach den Kursstürzen gewaltig aufzustocken. Unser Institut hat es geschafft, den Bestand an solchen substanzhaltigen Werten in unserem Depot innerhalb nur eines Jahres fast zu verzehnfachen. Sicherlich werden wir noch ein paar Jahre warten müssen, bis sich die Lage normalisiert hat und wir die Früchte dieser Operation ernten können, aber ich bin überzeugt davon, daß unser Vorgehen korrekt war. Damit jeder, der in meinem Haus beschäftigt ist, auch weiß, warum er sich die letzten Wochenenden unbezahlt um die Ohren geschlagen hat, möchte ich Ihnen mein neues Entlohnungsprogramm vorstellen." Die Köpfe der leitenden Angestellten gingen in die Höhe. „Wie Sie ja wissen, hat mir insbesondere mein Prokurist Dombrowski immer vorgeworfen, daß ich die besten Leute zu schlecht bezahle." Dombrowski bekam einen roten Kopf. Wie hatte der Alte dies herausbekommen? „Ich greife diese Anregung gerne auf und übertrage folgenden Herren als Prämie Aktienanteile..." Die weitere Rede von Goldstein bekam Dombrowski nur noch verschwommen mit, auch die Tatsache, daß Goldstein ihm einen erheblichen Posten amerikanischer Aktien übertragen hatte und er nunmehr seinen Aktienbesitz im Vergleich zum Vorjahr um das dreifache gesteigert hatte. Er verstand den Sinneswandel von Goldstein überhaupt nicht, war aber andererseits richtiggehend glücklich und beschloß spontan, seiner Frau heute abend einen Strauß Blumen mitzubringen. In den Vereinigten Staaten und Deutschland war das an diesem Abend eher die Ausnahme, viele Amerikaner und Deutsche überlegten sich, wie sie sich möglichst schmerzfrei das Leben nehmen könnten, denn sie standen vor dem Nichts und hatten angesichts ihrer aussichtslosen Lage auch keine Muße, an die Lieben daheim denken zu können, deren Ernährung von Tag zu Tag schwieriger wurde. Sebastian von Strelitz kam an diesem folgenschweren Abend nach Hause, war äußerlich völlig ruhig, aber innerlich sehr beunruhigt. „Volker, dieser Goldstein ist ein Idiot." „Na, was sind denn das für Redensarten, bislang hast du doch immer so von ihm geschwärmt." „Menschenskinder, der Bursche ist völlig von den Socken, was fällt denn dem ein, Gewinne zu verschleudern, die man erst in einigen Jahren verzeichnen wird. Ich habe ihm doch alles genau erklärt, wieso kapiert er das denn nicht? Heute abend hat er mir etwa doppelt so viele Aktien übertragen, wie wir schon vorher besessen hatten." „Na, was ist denn daran schlecht?" Ich verstand meinen Bruder nicht. „Schlecht daran ist, daß er mir Aktien von Unternehmen übertragen hat, die keine Dividenden zahlen können, sich selber und seinen Angestellten hat er aber die Anteile übertragen, die regelmäßig konstante Erträge bringen."

„Sebastian, du bist Lehrling." Ich versuchte, mäßigend auf meinen Bruder einzuwirken. „Sebastian, du bist Lehrling." Er äffte mich nach. „Weißt du eigentlich, werter Herr Bruder, daß das Bankhaus Goldstein & Söhne in den letzten Woche seine Vermögenswerte um das 100-fache gesteigert hat? Das ist allein meinem finanziellem Bauchweh zu verdanken, welches ich vor ein paar Monaten hatte. Seitdem hat Mr. Goldstein alle US-Werte zu Höchstkursen verhökert, ich schätze 190% Gewinn müßten drin gewesen sein seit Kaufkurs. Mit den erzielten Gewinnen hat er dann die gleichen Werte zu einem Bruchteil des ehemaligen Kurswertes zurückgekauft, weil alle Welt scheinbar in Panik verfallen ist. An den Anteilsscheinen, die unsere Familie unterhält, ist dieser warme Regen auch nicht spurlos vorübergegangen, aber nicht mit 190%, sondern nur mit 18% und das empfinde ich als Sauerei. Das ist zwar weitaus mehr als uns Goldstein bei Eröffnung unseres Familiendepots als jährliche Verzinsung versprochen hatte, aber ich empfinde es trotzdem als unzureichend." Meine Reaktion damals war ziemlich eindeutig und ich schäme mich nicht einmal heute dafür. „So ein Saujude." Sebastian nickte: „Genau, das war auch mein Empfinden, aber als Lehrling kann ich nicht so reagieren. Ohne meine Intervention würde das Bankhaus Goldstein & Söhne heute vor dem Bankrott stehen, aber das hat der saubere Herr Goldstein offenbar immer noch nicht richtig realisiert. Unser Familienvermögen wäre jedenfalls zum zweiten Mal futsch und ich möchte dich bitten, bei Mutter eine Vollmacht zu beantragen, die es uns beiden ermöglicht, die Finanzgeschäfte unserer Familie ohne das Mitwirken von Herrn Goldstein bewerkstelligen zu können. Nach außen scheint der Mann ja sehr integer, aber nach innen hat er nur seinen eigenen Vorteil im Auge. Das gefällt mir nicht, denn wenn die Situation sich einmal anders entwickeln sollte, dann kriegen wir 190% Verlust aufgebrummt und Monsieur Goldstein wird unter Wehen und Klagen 18% tragen. Man sollte reagieren." Sebastian war völlig ruhig und ich sprach noch am selben Abend mit Mutter. Eine Woche später war das gesamte Familienvermögen der Familie von Strelitz in die Schweiz transferiert, Sebastian seine Lehrstelle los und Sebastian und ich um eine Erfahrung reicher: Mit Juden durfte man keine Geschäfte machen.

Ich selber hatte nach gelungenem Abitur nur noch eines im Kopf: Technik und Maschinenbau und war froh, als ich deutsche Literatur und ähnlichen Unsinn hinter mir lassen konnte. Nach Absolvierung meines Wehrdienstes schrieb ich mich in Berlin an der Universität ein und war stolzer Besitzer einer kleinen Studentenbude, die mir meine Mutter von den Erlösen, die Sebastian erwirtschaftete, finanzierte. Zu meiner Schande muß ich sagen, daß mich Geld noch nie so richtig interessiert hatte.

Ich glaube, Mutter und ich waren heilfroh, daß wir mit Sebastian einen Vollblutkaufmann in der Familie hatten. Der machte seine Sache auch großartig, nach der familienintern als „Goldsteinaffäre" bezeichneten Entlassung von ihm (eine relativ plumpe Aktion des Herrn Goldstein, der dem besten Lehrling, den er jemals hatte, auch noch ein schlechtes Zeugnis ausstellte) zog Sebastian nach Zürich und machte den ganzen Tag nichts anderes als Zeitungen zu lesen und mit der diskreten Schweizer Bank zu telefonieren, die er sich als neues Familieninstitut ausgesucht hatte. Die Wertpapierbestände, die er fürderhin in der Schweiz verwalten ließ, erfreuten das Herz des Bankdirektors Uri. Dieser war sehr schweigsam, aber immer sehr gut informiert. Nach einem Jahr bestellte er Sebastian in sein Büro, was Sebastian einigermaßen verwunderte, denn Diskretion war sein ein und alles und Öffentlichkeit schätzte er überhaupt nicht mehr, seitdem er von Bankdirektor Goldstein so enttäuscht wurde. Seitdem er in der Schweiz lebte, fühlte er sich wohl, weil man hier in Ruhe Zeitung lesen konnte und nicht andauernd Leute um einen herumscharwenzelten, die wissen wollten, warum man keiner sogenannten geregelten Arbeit nachgehen würde. Doch Direktor Uri war ein sehr verständiger Mann und wenn ein Wertpapierdepot in schwierigen Zeiten seinen Wert nicht nur verdoppelte, sondern fast verzehnfachte, ohne daß ein Angestellter der Bank mitgewirkt hätte, dann mußte an dem privaten Verwalter dieses Depots etwas Besonderes dran sein. Sebastian aber gab nach reiflicher Überlegung Direktor Uri einen Korb und sagte die Einladung ab. Offizielle Begründung: „Wichtige Familiengeschäfte:"

Das beeindruckte Direktor Uri überhaupt nicht, ganz im Gegenteil, die Begründung zur Absage fand er sogar besonders spaßig, oder? Aber er respektierte die Weigerung eines seiner besten Depots (Kunden hatte Direktor Uri nicht, er hatte nur

170

Depots mit Wertentwicklung und das Depot der Familie von Strelitz hatte nunmehr schon im dritten Jahr hintereinander den ersten Platz in der Performance belegt). Direktor Uri gab aber Weisung, einen nicht unerheblichen Teil der liquiden Mittel seiner Bank in die gleichen Wertpapiere zu investieren, die Sebastian von Strelitz orderte. Instinktiv schien dieser junge Mann genau zu wissen, welche Werte hoffnungsvolle Investments waren und von welchen man besser die Finger lassen wollte. Direktor Uri bekam auch zugetragen, daß Herr von Strelitz sehr viele Besucher in seiner Wohnung empfing, Besucher, die durchweg der amerikanischen Hochfinanz zuzuordnen waren. Das war erstaunlich, denn General Executive Officers von amerikanischen Unternehmen gingen selten außer Landes. Aber Sebastian von Strelitz war eben ein besonderer Mann. Wenn er in fließendem Englisch, welches er sich durch eifriges Studium angeeignet hatte, ohne viel Umstände zu machen, die GEO's anrief, dann reichte meistens der Hinweis darauf, daß er einen nicht unerheblichen Anteil an den Shares der betroffenen Unternehmen zu seinem Besitz zählte und schon spurten die GEO's. Direktor Uri merkte schon beizeiten, daß Sebastian von Strelitz sein Augenmerk auf kleine, aber feine amerikanische Rüstungsunternehmen richtete, aber er wollte nicht begreifen, warum von Strelitz so vorging, denn schließlich war der große Krieg, der viel an Volksvermögen zerstört hatte, doch gar noch nicht solange vorbei. Doch die Kursentwicklungen der Werte, die von Strelitz orderte, sprachen eine eindeutige Sprache. Das Bankhaus des Herrn Direktor Uri partizipierte hiervon, ja mehr noch, es potenzierte die Kursentwicklung der von der Familie von Strelitz georderten Papiere sogar noch, denn erhöhte Nachfrage steigert den Kurswert. Die Suggestivkraft des jungen Sebastian von Strelitz war erstaunlich, dachte sein älterer Bruder Volker oft bei sich. Der mußte im Beisein von ein paar ganz normalen Leuten nur von einem Wert schwärmen und konnte sicher sein, daß dieser Wert die nächsten Tage auf „Deibel komm ruß", wie er immer zu sagen pflegte, gekauft wurde. Eine Gottesgabe? Na ja, zumindest eine Gabe, mit der man schnell auf Kosten anderer reich werden konnte, wenn man es nur darauf anlegte. Mich selber interessierten die Geschäfte meines Bruders nicht besonders, denn ich hatte meine schöne Wohnung im Herzen von Berlin, konnte dort in aller Seelenruhe meinen Studien nachgehen und so ganz nebenbei war für das schöne Geschlecht auch noch Zeit. Mein Bruder maulte zwar mit mir immer herum, wenn ich ihm schrieb, daß er mir mal einen kleinen Extrabonus anweisen sollte, denn Sebastian wußte dann immer, daß ich mal wieder eine Berliner „Pflanze" gießen wollte, aber so richtig böse war er deswegen nie. Bei den meisten dieser Fräuleins hatte Sebastian allerdings recht, denn in Zeiten der Weltwirtschaftskrise schauten viele Mädchen schon recht genau, mit wem sie sich einließen. Ein Mann, der eine Familie nicht ernähren konnte, war vielen auch nichts wert. So lernte ich oft Mädchen kennen, für die nicht ich wichtig war, sondern nur mein Bankkonto. Meistens konnte ich diese Art von Mädchen schnell identifizieren und dann waren sie für mich nur Zeitvertreib, auch wenn mir Sebastian oft schrieb, daß er diese Geisteshaltung schlicht Scheiße finden würde, denn dann sei ich ebenfalls keinen Schuß Pulver wert. Für Sebastian schon starke Worte, die er selten benutzte. Aber Sebastian ging zu diesem Zeitpunkt in vielen seiner Briefe dazu über, mein Verhalten gegenüber dem weiblichen Geschlecht moralinsauer zu beurteilen. Ich fand sein Verhalten ganz schön spießig, er hingegen fand meins großkotzig. An einen seiner letzten Briefe kann ich mich noch besonders gut erinnern, ein exzellentes Stück geistiger Präzisionsarbeit, Sebastian hatte darin für mich die 30er Jahre aus meiner Warte analysiert, wie mir das in dieser Form noch niemand gesagt hatte.

„Mein lieber Volker, ich möchte dir auf deinen letzten Brief, wie folgt antworten: Stell´ dir einmal vor, wir beide hätten die Leidenssituation Anfang der 20er nicht erlebt. Hätte das etwas an deinem Verhalten geändert? Ich glaube, ja. Wahrscheinlich wärst du jetzt mit der reizenden Tochter unseres Knechts Heinrich verheiratet. Sie hieß Klara, mir schien damals, daß sie dir recht gut gefiel. Die angeblichen Standesunterschiede haben dir ja noch nie etwas ausgemacht, also wäre eine Vermählung zwischen zwei jungen Leuten, die sich kennen und gut verstehen, doch nicht so weit hergeholt, oder? Oder hättest du den großen Grundbesitzer gespielt, der sich die Tochter des Knechts „nimmt" ohne sie zu heiraten, weil es ja sein gutes Recht sei als Brötchengeber? Ich glaube, nicht, denn ich bin sicher, daß du Klara wirklich gern gehabt hast. Aber egal. Der Lauf der Geschichte ging statt dessen anders. Du hast durch schmerzlichen persönlichen Einsatz einen großen Schmarotzer eliminiert und ich habe im Zeitablauf versucht, mit Hilfe unserer Mutter, das einstige Familienvermögen wieder anzuhäufen. Das ist mir auch recht gut gelungen. Aber jetzt sehe ich zu meinem Schrekken, daß dich außer Motoren und Mädchen und zwar leider in dieser Reihenfolge, nichts anderes mehr interessiert. Mit ersterem hätte ich ja keine Probleme, aber mit letzterem schon, denn das kann ganz schön Geld kosten. Darum mein brüderlicher Rat und ich hoffe, daß du ihn annimmst, auch wenn er vom jüngeren Bruder kommt: Halte dich fern von diesen Großstadtschnepfen, die noch nie in ihrem Leben ein Pferd aufgezäumt haben. Wenn du unsicher bist, ob ein Mädchen die Richtige für dich ist, dann bring´ sie zu Mutter, die hat ein sehr gesundes Urteilsvermögen (mir glaubst du ja sowieso nichts). Ich habe momentan den Eindruck, daß dein Urteilsvermögen nicht mehr vom Gehirn gesteuert wird. Wie ich deinen früheren Briefen entnehmen kann, hast du ja schon unmittelbar nach Beendigung deines Studiums eine Anstellung gefunden. Da du dich schon früh den neuen Techniken zugewandt hast, von denen auch ich überzeugt bin, daß sie eines Tages die Welt erobern werden, hast du eine glänzende Zukunft vor dir. Es ist natürlich faszinierend, wie jedes Jahr neue bahnbrechende Entwicklungen die Leistungsfähigkeit der Motoren, unabhängig vom Einsatzgebiet, verbessern. Die Einsatzgebiete sind ja auch mannigfaltig. Aber ist dir eigentlich beim Studium der aktuellen Fachzeitungen aufgefallen, in welcher Art von Fahrzeugen diese Motoren neuerdings eingeplant werden? In Flugzeugen, Panzern oder leichten Spähfahrzeugen." Damals hatte ich mich schon sehr gewundert, daß sich Sebastian mit Fachzeitungen aus der Ingenieurwelt auseinandersetzte, denn normalerweise interessierten ihn doch nur Börsenberichte, Kurstabellen und dergleichen langweiliges Zeug. Aber auch ich hatte an meinem Arbeitsplatz bemerkt, daß an zivilen Entwicklungen kaum noch Interesse bestand. Mir war das aber eigentlich immer egal gewesen, bis zu diesem Brief von Sebastian. „Die Zuverlässigkeit, die deutsche Ingenieure den Motoren die letzten Jahre über eingepflanzt hatten, werden dem Deutschen Reich einen gewaltigen Wissensvorsprung gegenüber den anderen europäischen Staaten gewähren. Aber dies wird nur dann so sein, wenn die technische Entwicklung der moralischen nicht davonläuft. Danach sieht es momentan aber leider aus. Ich weiß, liebes Bruderherz, daß solche Worte aus dem Munde eines Mannes, der sein Vermögen mit Spekulationen gemacht hat, nicht besonders überzeugend sind. Denn Moral und Ethik sind nach gängiger Meinung Attribute, die an der Börse nichts verloren haben. Dem ist aber nicht so. Es macht schon einen Unterschied, ob ich Panzer und Geschütze produziere, um damit andere Staaten angreifen zu können und nach erfolgreichem Angriff das geplagte Land ausbeute. Ich mache mir große Sorgen, ich sitze hier in der neutralen Schweiz und beobachte, daß sich die ganze Welt auf einen Krieg vorbereitet. Scheinbar hat niemand etwas aus den entsetz-

lichen Jahren 1914-1918 gelernt. Du und ich, wir haben die Auswirkungen am eigenen Leib zu spüren bekommen. Ich möchte
dich daran erinnern, daß wir uns vorgenommen hatten, nie wieder durch externe Einflüsse unser Familienvermögen geraubt
zu bekommen. Zum Vermögen zählt in erster Linie der Kopf.
Laß dir nicht deinen Sachverstand vernebeln, wenn ein brauner
Bonze zu dir kommt und dir etwas verspricht, glaube ihm
nicht."

Verdammt, woher konnte Sebastian das erfahren haben oder
waren es nur Vermutungen? Nein, er konnte doch nicht wissen,
daß ich letzte Woche die technische Leitung der FOF-Werke in
Frankfurt/Oder übernommen hatte. Ich las wie gehetzt weiter.

„Ich weiß, daß du in den letzten Jahren viel Wissen angehäuft
hast, da ist es eigentlich ganz klar, daß du gute Angebote
bekommen hast. Beim ersten Arbeitsplatz habe ich noch etwas
nachgeholfen, bitte, nimm´mir das nicht übel, aber ich wollte
nicht, daß du deine Talente in einer kleinen Schlosserei ver-
schwendest. Wie du ja weißt, habe ich einen nicht unerheblichen Einfluß in Industriekreisen." Sagenhaft, also deswegen
hatte ich sofort bei Siemens einen Arbeitsplatz, ohne großartig
Bewerbungen schreiben zu müssen. Sebastian hatte in der
Schweiz die Bekanntschaft mit einem Bankier gemacht, der für
Siemens internationale Finanzierungen abwickelte. Also daher
wehte der Wind. „Als du dann bei Siemens gekündigt hattest,
um bei AEG zu arbeiten, war mir das auch recht. Aber daß du
nun schon wieder den Arbeitsplatz gewechselt hast, erfüllt mich
mit Sorge. Die FOF-Werke in Frankfurt genießen international
keinen besonders guten Ruf." Also wußte der „alte" Fuchs
doch Bescheid. „Das liegt aber weniger an den Industriepro-
dukten, die von ganz ausgezeichneter Qualität sind als vielmehr
an der mehr als fragwürdigen bisherigen Firmenleitung. Ich

habe mir die Freiheit genommen, Nachforschungen anzustellen. Firmengründer ist ein Herr Willi Kaschube, eine zwielichtige Gestalt aus dem Halblichtmilieu. Dieser Kaschube hatte sich mit seinem Kriegsfreund Friedrich Hambach zusammengetan, um Flugzeuge und Zulieferprodukte für die zivile Luftschiffahrt zu produzieren. So lautete jedenfalls der Eintrag bei einer Bank, bei der sie um Kredit zur Firmengründung, bereits vor etlichen Jahren nachgesucht hatten. Kaschube war zwar damals schon recht vermögend, aber offenbar reichten selbst die beträchtlichen Geldmittel, die Kaschube zur Verfügung standen, nicht aus. Mein Informant ist sich nicht ganz sicher, aber er glaubt mit 95%iger Wahrscheinlichkeit, daß Kaschube sein Vermögen größtenteils mit Erpressung angesammelt hat. Sein Verhältnis zu Friedrich Hambach scheint auch nicht ganz ungetrübt zu sein, es gibt Berichte von ehemals dort Beschäftigten, die von großen Schreiereien zwischen den beiden sprechen. Jedenfalls ist Kaschube unter recht mysteriösen Umständen verschwunden, die Rede ist von Gefängnis, Verwicklung in braune Machtgeplänkel, aus denen er offensichtlich als zweiter Sieger hervorgegangen ist. Hambach selbst ist von den neuen Machthabern stark unter Druck gesetzt worden, ich bin mir selber nicht einmal so sicher, ob du das auf Weisung von oben nicht auch schon tust." Ich kann mich noch erinnern, wie ich damals zusammenzuckte, als ich bei der Lektüre des Briefes an diese Stelle gelangte, denn ich hatte bei Erhalt des Briefes von Sebastian bereits den Pakt mit dem Teufel besiegelt: Man hatte mich zum technischen Direktor gemacht, Bedingung: Eintritt in die Partei. Ich war auch nicht so ahnungslos, wie es Sebastian darstellte, ich wußte zu diesem Zeitpunkt schon ganz genau, wohin die Reise ging. Die Mahnung von meinem Bruder konnte ich auch nicht so recht nachvollziehen. Schließlich versuchten doch die Deutschen nur, sich wieder freizumachen von den Fesseln, die seit dem Krieg immer noch an Deutschland hafteten. Dazu gehörte eben auch eine starke Armee. Ich war damals sogar stolz darauf, am Aufbau dieser Armee mitwirken zu können. Meinen Bruder konnte ich in einem Punkt überhaupt nicht verstehen: Die Judenfrage. Wir hatten nach dem Krieg unser ganzes Vermögen verloren, durch viel Glück gelangten wir an eine Entschädigung und wenn Sebastian sich damals nicht selber um alles gekümmert hätte, wären wir dank des sauberen Herrn Goldstein zum zweiten Mal bankrott gegangen. Ich haßte diesen Menschen immer noch, auch deswegen, weil er Sebastian zum Abschluß auch noch ein schlechtes Zeugnis gegeben hatte. „Jedenfalls erwarte ich von dir, daß du bei all deinen Entscheidungen daran denkst, daß man sich immer zweimal im Leben sieht. Ganz oben kann dann ganz schnell zu ganz unten werden. Das Gleiche gilt übrigens auch umgekehrt. Laß dich nicht verleiten, deine neue Macht zu mißbrauchen. Wie bereits geschildert, ich denke, daß wir auf einen Krieg zusteuern, dieses Mal wird die Büchse der Pandora geöffnet werden, die Technik ist inzwischen viel zu weit, als daß es ein regional begrenzter Konflikt bleiben könnte. Alle Staaten dieser Erde werden kräftig mitmischen. Am Ende wird es keine Sieger geben, nur Besiegte – und Tote. Dies ist mein letzter Brief aus der Schweiz an dich, Volker. Ich habe beschlossen, auszuwandern. Falls alles so klappt, wie ich mir das vorstelle, wird meine nächste Nachricht aus Buenos Aires kommen. Bis dahin grüßt dich dein Bruder Sebastian."

Wie üblich unleserlich unterschrieben. Ich fühlte mich damals, im Sommer 1938, beschissen. Obwohl ich meinen Bruder die Jahre davor nur sehr selten gesehen hatte, wußte der genau über mich Bescheid und ich wußte von ihm genaugenommen nichts. Ob er mit seinen Nostradamus – Äußerungen wirklich recht behalten sollte? Na, man würde sehen. Ich sah nicht so sehr schwarz wie Sebastian. Sicher, leicht würde es nicht werden, aber man hatte die Sache ja in der Hand, immerhin war ich der neue technische Leiter der FOF-Werke und ich war mir meiner Verantwortung durchaus bewußt. Ich versuchte, mit Friedrich Hambach gut zusammenzuarbeiten, hatte aber so meine Probleme mit ihm. Er sagte mir ziemlich oft recht deutlich, was er von meiner Partei hielt und der Status eines Gruppenführers, den ich inzwischen bekleidete, beeindruckte ihn überhaupt nicht. Ich hatte nach dem Brief von Sebastian selber verdeckte Ermittlungen angestellt, was die Vergangenheit von Willi Kaschube anbelangte, stieß aber immer wieder auf frisierte Akten und merkwürdige Vermerke in Personalakten der FOF-Werke aus den Zeiten vor mir. Es schien so, als sei die ganze Führungsmannschaft der FOF-Werke ein einzigartiger Parteikader der NSDAP. Das gefiel mir nicht besonders, denn ich wollte ja schließlich keine Parteitage abhalten, sondern meine Arbeit erledigen und bei den meisten der abgestellten Parteigenossen hatte ich den Eindruck, daß die weniger zum Arbeiten als vielmehr zum Kontrollieren in den FOF-Werken weilten. Erschwerend kam hinzu, daß ich ab Sommer 1938 gewaltigen Druck von der Parteizentrale bekam, weil der von Hambach versprochene LFM 38 immer noch nicht funktionierte. Man hatte offenbar herausgefunden, daß Hambach die Entwicklungsarbeit ganz bewußt verzögert hatte, schon unter Kaschubes Zeiten. Dies war ja auch der Grund gewesen, warum Kaschube „abberufen" worden war, wie der offizielle Sprachgebrauch lautete. Hambach schien von dieser Sache mehr zu wissen, weigerte sich aber, mir genauer Auskunft zu geben. Als ich Bernstein und seiner Frau zur Flucht verhalf, weil Bernstein auf Hambach eingewirkt hatte, den LFM 38 doch noch fertigzustellen, hatte ich parteiintern große Probleme. Ich wurde nach Berlin vorgeladen. Man  drohte mir ganz unverhohlen, falls die Vorgaben nicht von mir erfüllt würden, würde ich mich bei einer Bewährungseinheit wiederfinden. Was das für mich bedeutete, wußte ich sehr genau. Das waren Strafbataillone ohne Litzen und Waffen, die direkt an der Front Dienst tun durften und deren Überlebenschancen quasi null waren. Die weiteren Monate sollten zeigen, daß Sebastian mit seinen düsteren Prognosen ins Schwarze getroffen hatte, ja teilweise waren sie sogar noch zu optimistisch gewesen. Ich hätte nie gedacht, daß ich einmal dermaßen unter Druck geraten könnte und mußte oft an meine eigenen Worte denken, die ich Hambach gegenüber geäußert hatte. „Sie haben mit den Wölfen geheult und wollen trotzdem kein Wolf sein. Sehr schwer!" Ich hatte es nötig. Schon als Student hatte ich aus meiner Judenfeindlichkeit kein Hehl gemacht, was zur Folge hatte, daß ich bereits sehr früh in NS-Kreise geriet, dort aber diese Versammlungen ehe in die Kategorie von Burschenschaftssitzungen einstufte. Ein gravierender Fehler, wie sich alsbald herausstellte, denn damals wurden bereits die Parteistrukturen geboren, die sich später zur Organisation des Verbrechens als so nützlich erweisen sollten. Das System von Befehl und Gehorsam wurde schon in den 20er Jahren ausprobiert und konsequent weiterentwickelt. Die Masche war eigentlich bei allen Organisationen dieselbe: Man mußte über eine Vertrauensperson eigene Leute in ein gesundes Unternehmen einschleusen, genügend Informationen über die dort beschäftigten Arbeiter und Angestellte und deren Schwächen sammeln, dann konnte man nach Auswertung der Informationen ganz gezielt neue Parteimitglieder anwerben. Das System funktionierte tadellos, Arbeitern, die Mühe hatten, ihre Familie durchzubringen, wurde erzählt, daß die NSDAP die Partei der Arbeiter ist und sobald Hitler Kanzler wäre, dann würde es den Arbeitern natürlich besser gehen. Den Angestellten, die unzufrieden mit ihren untergeordneten Positionen waren, erzählte man, daß eine neu aufzubauende Partei natürlich Führungspositionen würde besetzen müssen und wer von Anfang an dabei wäre, der würde natürlich die besten Chancen haben. Ja, und solchen Leuten wie mir, die technikversessen waren und die sich in großen Labors von Siemens oder AEG mit immer den gleichen Alltagsproblemen herumärgerten und denen die Firmenleitung keinerlei Entfaltungsspielraum gestattete, denen wurde das große Labormärchen erzählt. „Kommen Sie zu uns, wir stellen unseren Leuten die besten Forschungslabors zur Verfügung mit qualifiziertem Personal. Sie werden Ihre Ideen umsetzen können." Das war auch alles richtig, aber es fehlte der Zusatz: „..wenn es der Kriegführung nutzt." Ich hatte natürlich schon vor dem Brief meines Bruders gemerkt, daß die gesamte Produktion, zumindest in den FOF-Werken, auf Kriegsproduktion umgestellt wurde. Warum sollte das Deutsche Reich auf einmal soviele Flugzeuge brauchen? Normale Bürger konnten sich das Fliegen überhaupt nicht leisten. Außerdem sahen wir ja an der Konstruktion der Motoren, daß der militärische Aspekt im Vordergrund stand. Bei den vielgerühmten Hambach Motoren war es ja ganz ähnlich. Immer stärker sollten sie werden. Und das in Zeiten der Weltwirtschaftskrise, wo Horch, Audi, DKW und Wanderer auf die Krise reagierten mußten und sich zu den Auto-Union Werken zusammenschlossen, damit wenigstens ein Autobauer, der große Limousinen baute, überleben konnte. Wo sollte denn da die Nachfrage nach PS-Monstern herkommen, wenn nicht vom militärischen Sektor? Keine Frage, alle wußten, wohin die Reise ging. Nur verhindern konnten wir es nicht mehr. Ich hatte meinen Vertrag mit Blut unterschrieben, aussteigen konnte ich nicht mehr. Fast ging es mir wie Goethes Zauberlehrling. Mein Bruder hatte alles vorhergesehen und so beherzigte ich wenigstens eine seiner Mahnungen: Keinerlei Machtmißbrauch. Das hatte zur Folge, daß ich bald als herzlos, aber gerecht galt. Sogar Hambach nötigte dieses Verhalten Respekt ab, immerhin. Gemocht hat er mich deswegen zwar nicht, aber das war mir egal. Als dann die Serie von Blitzkriegen begann, konnten wir uns im Werk vor

180

Aufträgen kaum noch retten, in Friedenszeiten wären Kaschube und Hambach bei solchem Auftragsvolumen Milliardäre geworden. Hambach und ich gerieten leider immer mehr unter Kontrolle der Parteiführung, wir hatten keinerlei Handlungsspielraum mehr, für Hambach war das wohl noch schlimmer als für mich, weil er obendrein noch mit den bewährten Psychotricks der NSDAP unter Druck gesetzt wurde. Sein ältester Sohn Karl hielt sich in England auf und man argwöhnte, daß er mit den Briten gemeinsame Sache machte. Hambachs Sohn Kurt dagegen war durch einen Spitzel überprüft worden, der wußte tatsächlich nichts. Seine Frau Paula hingegen hatte jahrelang für die Briten gearbeitet, war aber zu unwichtig, als daß sich die Gestapo mit ihr abgegeben hätte. Außerdem wollte man, daß Hambach, der seine Frau abgöttisch liebte, weiter ordentlich arbeitete. Trotz aller Mucken, die dieser Mensch hatte, erledigte er nämlich seine Arbeit. Wahrscheinlich auch im Wissen, daß er so vielen der hier Beschäftigten das Leben rettete, denn wer arbeiten konnte, mußte nicht ins KZ. Neuerdings hatte die Führung befohlen, daß auch Fremdarbeiter eingesetzt werden sollen, um das Produktionsvolumen noch weiter zu erhöhen. Das war recht geschickt, denn die Führung wußte um die Ambitionen des Ehepaares Hambach, möglichst vielen Menschen das Leben retten zu wollen. So schlug man zwei Fliegen mit einer Klappe, der Ingenieur Hambach arbeitete ordentlich mit und die Fremdarbeiter auch, weil sie genau wußten, daß sie für den Fall von Widerstand ins KZ geschickt würden. Zur Abschreckung hatte die Führung einen Fremdarbeiter aus Frankreich, der die Arbeit sabotieren wollte, töten lassen. Seitdem war einigermaßen Disziplin eingekehrt, wenn auch die Produktionszahlen zu wünschen übrig ließen.

# Teil 10: Unternehmen Weserübung

„Mann, nehmen Sie Ihren Arsch da weg!" Der Oberfeldwebel war ernsthaft sauer, weil Kurt Hambach im Weg stand, als der sein Schlauchboot zu Wasser lassen wollte. Seit einer Woche nun war Kurt in Norwegen, man schrieb den 16. April 1940. Das Unternehmen Weserübung, der deutsche Überfall auf die neutralen Länder Dänemark und Norwegen, hatte Kurt von Anfang an mitgemacht und zwar als Freiwilliger. Na ja, zugegeben, eigentlich war er gar kein Freiwilliger, aber immer noch besser in Dänemark zu sein als sich dummes Geschwätz in Königgrätz auf dem Truppenübungsplatz anzuhören. Kurt hatte dieses Pseudofrontgehabe der Ausbilder satt, die sich ihre Möchtegernorden täglich mit Sidolin putzten und mit ihren angeblichen Heldentaten prahlten, in Wirklichkeit aber die Front noch nie gesehen hatten. Die Kriegsziele waren Kurt so klar wie Kloßbrühe: Zunächst mal wollte man den Tommies einen auswischen, fernerhin eine Operationsbasis für den Angriff auf England schaffen. Auch wenn die Heeresführung diese Kriegsziele leicht revidiert hätte, so verkehrt lag Kurt damit nicht, in erster Linie ging es darum, die skandinavische Erzzufuhr nach Deutschland zu sichern, ferner, die Schiffstransporte nach England empfindlich zu stören und Marinestützpunkte in Norwegen zu schaffen, mit deren Hilfe man England angreifen konnte. Der norwegische König Haakon VII befürchtete, in Norwegen nicht viel für sein Volk ausrichten zu können und floh sehr bald ins sichere London. Von dort aus hoffte er, den Widerstand gegen die Besatzer, die für seinen Geschmack viel zu schnell viel zu erfolgreich Norwegen besetzten, zu organisieren. Von vielen seiner Landsleute wurde seine Flucht nach England als Feigheit ausgelegt und diejenige Bevöl-

182

kerung in Norwegen, die mangels Möglichkeiten und Masse nicht fliehen konnte, war gezwungen, sich mit den Besatzern zu arrangieren. Viele Norweger verurteilten diese Kollaboration mit den Deutschen und die Landsleute, die sich mit den Deutschen einließen, insbesondere Norwegerinnen, hatten nach Kriegsende wenig zu lachen. Kurt sah das ganze Unternehmen Weserübung unter einem sehr positiven Gesichtspunkt, denn jeder Tag brachte ihn eine weitere Wegstrecke fort von seinem Übervater. Er konnte das ganze „Friedrichgequatsche", wie er es insgeheim bezeichnete, nicht mehr hören. Wo er auch hinkam, egal ob in der Schule, ob im Reichsarbeitsdienst oder sogar jetzt in der Reichswehr, überall kannte man Dr. Friedrich Hambach, den Supererfinder, den Schöpfer aller deutschen Supermotoren. So ein Unsinn, dachte sich Kurt immer, sein Vater hatte lediglich Erfindungen anderer Leute optimiert, der hatte in seinem ganzen Leben noch nichts Eigenständiges geschaffen. Was war denn schon die Optimierung der Panzermotoren wert? An einen 4-Zylinder Boxermotor hatte er einfach zwei Zylinder drangehängt und so einen 6-Zylinder Motor geschaffen, der natürlich zwangsläufig ruhiger laufen mußte als ein Vierzylinder. Vom Benzinverbrauch sprach man natürlich nicht, sondern nur von den beachtlichen PS-Zahlen, die dieser Benzinverbraucher entwickelte und der ungeheuren Laufruhe. Dann „sein" Flugzeugmotor. So ein Witz. Die Idee hatte er einem Techniker geklaut, den er im Krieg kennengelernt hatte, Junkers oder so ähnlich hieß der, war aber wohl mehr Flugzeugkonstrukteur als Motorenerfinder. Der hatte seinem Vater wohl erzählt, welche Anforderungen die moderne Luftfahrt an Flugzeugmotoren stellen würde. Die Ausführung war dann von einem Techniker in den FOF Werken bewerkstelligt worden. Wie fast alle heranwachsenden Söhne war Kurt nicht objektiv in der fachlichen Beurteilung seines Vaters. Was Kurt sich gedanklich so unter Motorenoptimierung vorstellte, hatte nicht das Mindeste mit dem zu tun, was Friedrich Hambach tatsächlich getan hatte. Aber Schuld an dieser Wissenslücke hatte Friedrich natürlich selber, denn er hätte seinen Sohn Kurt ja beizeiten von den Einzelheiten erzählen können. Auch die Geschichte von Junkers hatte Kurt in den falschen Hals bekommen. Friedrich hatte Junkers tatsächlich während des ersten Weltkrieges kennengelernt und beide hatten gefachsimpelt, dabei war Friedrich die Idee gekommen, die er später dann mit Akribie verfolgt hatte. Tatsächlich wäre der „Hambach-Motor" ohne Junkers unmöglich gewesen, da hatte Kurt schon recht, aber eine Idee von Junkers hatte sein Vater nicht gestohlen. In einem hatte Kurt allerdings schon ins Schwarze getroffen: Die technische Glanzleistung am optimierten Flugzeugmotor hatte nicht Friedrich, sondern Bernstein vollbracht. Doch wer fragte da schon noch nach. Immerhin hatte Friedrich die Energie aufgebracht, seinen Lebenstraum zu verwirklichen. Viele schafften das nicht. Aber Kurt war 1940 erst 21 Jahre alt und in dieser Sturm-und Drang Zeit beurteilte er viele Dinge, die sein Vater machte (strenggenommen eigentlich alle) durch eine rabenschwarze Miesepeterbrille. Wie auch immer, der Überfall auf Norwegen und Dänemark war so schnell vorüber, daß sich die Zeitungen im Reich mit Superlativen schier überboten. Viel Zeit für Sondermeldungen hatten sie aber auch nicht, denn bereits im Mai begann die sogenannte Westoffensive, der „Fall Gelb", ein genauestens ausgeklügelter Plan. Die deutschen Truppen sollten quer durch das neutrale belgische und niederländische Gebiet marschieren und damit die französischen Grenzbefestigungen umgehen. Fast schien es, als hätte der deutsche Generalstab alte Pläne von 1914 in die Hände bekommen und einfach auf das Jahr 1940 übertragen. Der Treppenwitz der Geschichte bestand aber nicht darin, sondern in der Tatsache, daß bereits im Januar diese Absicht der Deutschen durch den Absturz eines deutschen Flugzeuges bei Mechelen in Belgien bekannt war. Die Operati-

184

onspläne der Deutschen waren an Bord dieses Flugzeuges und gerieten in belgische Hand, aber ganz offenkundig wollte man diesen Plänen keinen Glauben schenken. Das war ein schwerer Fehler, die Heeresgruppe B der Deutschen rückte nach einem von Generalleutnant Erich von Manstein entwickelten Plan unter Generaloberst Fedor von Bock vor und band dadurch die alliierten Streitkräfte. Deutsche Luftlandetruppen besetzten im Handstreich niederländische und belgische Verteidigungslinien, als Folge ergaben sich die Niederlande Mitte Mai. Die niederländische Königsfamilie floh nach London. Die Heeresgruppe A unter dem Kommando von Generaloberst Gerd von Rundstedt überraschte währenddessen durch ihren unerwarteten Durchmarsch in den Ardennen. Was man nicht für möglich gehalten hatte, trat ein: Deutsche Panzer, unerwartet schnell, unerwartet antriebsstark, durchquerten die Ardennen an Stellen, an denen kein Mensch es für möglich gehalten hätte. Die optimierten Motoren zeigten Wirkung. Ende Mai ereilte Belgien das gleiche Schicksal wie die Niederlande: Es mußte kapitulieren. König Leopold III floh aber nicht, sondern begab sich in deutsche Kriegsgefangenschaft. Kurt las davon in den Zeitungen, ihm war aber das Schicksal von gekrönten Häuptern egal. Seine Kameraden spotteten über die Herrschaften Könige. „In London ist jetzt bald jeder zweite ein König, wenn das so weitergeht!" Dumme Sprüche, dachte Kurt, aber von der Hand zu weisen war tatsächlich nicht, daß es inzwischen wohl nur noch einen freien Ort in Europa gab: England. Er dachte an seinen Bruder Karl. Ob der sich als Deutscher inmitten von bedrohten und geflüchteten Menschen wirklich so wohl fühlte, wie er seinen Eltern und ihm in seinen Briefen immer weismachen wollte? Kurt hatte da seine berechtigten Zweifel, denn er erlebte ja täglich, wie die Soldaten seiner Einheit mit den Einheimischen umsprangen. Erst gestern hatte er miterleben dürfen, wie ein junger Norweger versuchte, sich einer Personenkontrolle zu entziehen und dafür von drei Deutschen windelweich gehauen wurde, bevor man den jungen Mann dann mehr tot als lebendig abführte. Als Deutscher konnte man da wirklich keine Liebe der Norweger erwarten. Die Pauschalausrede für solche Machenschaften war dann immer: „Es ist halt Krieg und die anderen würden es genauso machen." Kurt hatte in seiner Einheit einen Soldaten kennengelernt, der genau wie er aus Frankfurt/Oder stammte und der diesen Spruch sehr oft anbrachte. Dieser junge Mann, wie Kurt Jahrgang 1919, hieß Peter Theun und war von Kurts Vater so fasziniert, daß er Kurt bei jeder sich bietenden Gelegenheit über Friedrich Hambach ausfragen wollte. Gerade fing er schon wieder an. „Siehst Du, Kurt, England ist in der Bredouille: In Dünkirchen wurde das gesamte britische Expeditionsheer der Briten eingekesselt." Peter schlug mit der Hand auf den Völkischen Beobachter, der minutiös den Vormarsch der deutschen Truppen beschrieb. Kurt war das Ganze schon klar. Grund für die Einkesselung der britischen Truppenverbände war das unerwartet schnelle Vordringen der deutschen Panzer. Nach Erreichen der Somme schwenkten diese sofort nach Norden und eroberten innerhalb kürzester Zeit die Küstenstädte Boulogne und Calais. Die optimierten Motoren seines Vaters hatten für eine geradezu unheimlich wirkende Geschwindigkeit der deutschen Panzerverbände gesorgt. Kein Wunder, daß die Alliierten davon überrascht worden waren. Da sich zeitgleich die Heeresgruppe B während der Kämpfe in der Flandernschlacht näherte, war das Schicksal der britischen und französischen Truppen in diesem Frontabschnitt schon abzusehen. „Wenn der Führer jetzt General Ewald von Kleist freie Hand gibt, bleibt von den Alliierten in Dünkirchen keiner am Leben." Peter Theun war ganz begeistert. Adolf Hitler offenbar weniger, denn er gab Befehl, daß die Panzergruppe unter von Kleist anhalten solle. Diese kurze Atempause nutzten die Alliierten für die Operation „Dynamo" und evakuierten innerhalb nur einer Woche einen Großteil der eingeschlossenen britischen und französischen Truppen über den Kanal. Kein Soldat von Kurts Einheit konnte sich diesen Befehl von Adolf Hitler erklären, irgendwie schien der Führer die Briten doch zu mögen. Wie sonst sollte man sich erklären, daß er nicht den Befehl für den „Fangschuß" gab, wie es viele der Soldaten, die unmittelbar vor Dünkirchen lagen, nannten? Befürchtete er zu große Verluste von Truppenteilen, die er noch in weiteren Feldzügen zu brauchen glaubte? War ihm die Vernichtung von Briten, die etymologisch sehr eng mit den Deutschen verwandt waren, einfach zuwider? Wie auch immer, Adolf Hitler hatte inzwischen schon Weisungen für den „Fall Rot" gegeben: Die Schlacht um Frankreich hatte am 31.Mai 1940 begonnen. Lang sollte sie allerdings nicht dauern, denn auch die Franzosen mußten sich dem ungeheuren Druck, den die deutschen Panzerverbände ausübten, beugen. Bereits am 15.Juni gelang deutschen Truppen der Einbruch in die als unbesiegbar geltende Maginot-Linie. Verdun wurde genommen und Kurt, der davon im Volksempfänger hörte, erinnerte sich an die Erzählungen seines Vaters über die Schrecken von Verdun. „Mannshohe Granaten, so etwas hatte ich bis dahin noch nie gesehen, Kasematten, die im Erdreich verschwanden, Felder, bei denen jeder Meter Erdreich von Granaten übersät war. Franzosen, die von deutschen Geschossen getroffen, zerfetzt im Graben lagen, Soldaten, die durch stundenlange Beschüsse der Kasematten taub geworden waren, irre schreiend vor den Kanonieren hin- und herliefen. Keiner traute sich, auf diese armen Menschen das Feuer zu eröffnen, weder Freund noch Feind, allen war klar, daß man es selber hätte sein können, der da laut schreiend durchs Niemandsland der kriegführenden Parteien lief. Alle fragten sich, was dieser ganze Wahnsinn soll." Aber alle machten damals mit, genauso wie heute. Kurt kam ins Grübeln. Ja, alle machten mit, aber sein Vater, der war doch eigentlich noch ein größeres Schwein, denn er erfand nach dem ersten schrecklichen Weltkrieg, dem vermeintlich einmaligen großen Krieg, die Motoren für die Panzerverbände, die nun im Sauseschritt alles niedermachten, was damals die schwerfälligen Tanks der Briten nicht hinbekamen. Was war denn nun daran, bitteschön, besser? Sein Vater hatte offenbar überhaupt nichts dazu gelernt, denn er hatte die Generation seiner Söhne mit Rüstzeug ausgestattet, welches noch viel besser dazu geeignet war, unschuldige Menschen zu töten, als die Maschinerie, die Friedrich selber im ersten Weltkrieg kennengelernt hatte. Die Italiener machten inzwischen von sich reden, indem sie Frankreich den Krieg erklärten, der italienische Generalstab aber zeitgleich wegen der unzureichenden Kriegsbereitschaft der italienischen Armee sich für außerstande erklärte, einen Krieg zu führen. Kommentar Peter Theun: „Mit solchen Verbündeten sollte man keinen Krieg führen, das ist ja gerade so, als wolle man mit seiner Freundin tanzen gehen, die kann aber leider nicht mitgehen, weil sie nichts anhat. Das ist zwar auch ganz nett, aber tanzen kann man dann mit ihr eben nicht." Kurt war einigermaßen verdutzt über diesen Vergleich seines Kompaniekollegen, es fiel ihm immer noch schwer, Leute, mit denen er zeitlebens noch nie etwas zu tun gehabt hatte und die ihm zwangsweise als Gefährten auf die Nase gedrückt worden waren, als Kameraden zu bezeichnen. So ganz unrecht hatte dieser komische Vogel Theun natürlich nicht. Die Blamage, die sich Italien 1935 gegen Abessinien geleistet hatte, war in vielen Köpfen noch virulent. Mussolini, der offensichtlich das italienische Trauma von 1896 noch nicht verwunden hatte, bei dem Italien eine schwere Niederlage gegen Abessinien erlitten hatte, versuchte sich als neuer Eroberer. Allen Ernstes hatte er wohl vor, es den Briten und Franzosen gleichzutun und sich als Kolonialmacht aufzuspielen. „Das alte römische Weltreich. Ha, ich könnte mich auskugeln vor Lachen." Theun kriegte sich nicht mehr. „Diese Flaschen von Italienern. Von nichts eine Ahnung, gegen berittene Kamele unterlegen, aber den dicken Otto markieren, das haben wir gerne." Kurt sah die Sache etwas anders. Mussolini hatte bereits 1935 mit Frankreich ein Abkommen geschlossen, in welchem Frankreich an Italien kleinere Zugeständnisse gemacht hatte. Die waren aber wirklich so minimal, daß damals nicht einmal die Presse großartig davon berichtet hatte. Ein kleiner Landstreifen von Französisch-Somaliland wurde an die Italiener abgetreten und Italien durfte Aktienanteile der Eisenbahnlinie von Addis-Abeba nach Djibuti am Golf von Aden erwerben. Mussolini mußte dafür seinen Anspruch auf Tunesien an Frankreich abtreten. Dieser uralte Anspruch bestand strenggenommen eigentlich nur noch auf dem Papier, denn zu melden hatte Italien in Tunesien schon lange nichts mehr. Es wurde französisch gesprochen und entscheidend für das Machtgefüge war noch immer das altdeutsche Lied: „Wes Brot ich eß, des Lied ich sing." Das galt natürlich auch für die jeweils vorherrschende Sprache. Selbstverständlich sprachen die Tunesier noch zuhause tunesisch, aber offiziell war die erste Amtssprache eben französisch. Von Italien redete in Tunesien niemand mehr, die Zeit der Scipionen war endgültig vorbei. Bei Mussolini hatte sich das offensichtlich immer noch nicht herumgesprochen, denn er wähnte sich noch immer im Wahne des Römischen Reiches. Der Grund, weswegen die Franzosen ihn gewähren ließen, war aber ein ganz anderer. Dieser Grund hieß europäische Machtkonstellation und hatte mit Italien nur bedingt zu tun. Mussolini hätte sich bestimmt in diese Machtkonstellation einreihen wollen, denn sein Cäsarenwahn hatte schon bedenkliche Auswüchse getrieben, die sogar schon in Berlin argwöhnisch beäugt wurden. Aber Tatsache war, daß Frankreich diesen Mussolini – Zirkus nur deswegen mitmachte, um zu versuchen, Italien als Gegengewicht zum Deutschen Reich in der Mitte Europas zu etablieren, ein Versuch, der bei der Führungsschwäche von Mussolini natürlich von vornherein zum Scheitern verurteilt war. Daß sich Italien aufgrund der minimalen Zugeständnisse von Frankreich auf die Seite der Engländer und Franzosen würde ziehen lassen, konnten wirklich nur Phantasten glauben. Das erkannte sogar Theun, als ihm Kurt die Hintergründe der letzten zehn Jahre erläuterte. „Wenn ich dich richtig verstehe, Kurt, dann lacht Adolf Hitler im fernen Berlin über die Großmachtträume von Mussolini und über diese Stümper von Franzosen?" „Mein lieber Peter, weder die Franzosen noch Mussolini mitsamt seinen Schwarzhemden haben verstanden, welche Ziele Adolf Hitler verfolgt. Der will nicht nur die Vorherrschaft in Deutschland, dem genügt auch nicht die Hegemonie in Europa, der will die Weltherrschaft."

„Aber, lieber Kurt, das müßte doch sogar ein Adolf Hitler erkennen, daß er dieses Ziel nicht erreichen kann. Die Engländer sind auf ihrer Insel für uns nicht erreichbar, eine Invasion zu Wasser scheidet aus, zu Luft würde es zuviele Verluste bedeuten. Der Ami ist für uns Deutsche unerreichbar und der Russe ist in seinem weiten Land für uns nicht zu schlagen, da fehlen einfach die Mittel, diese Erfahrung mußte doch schon ein Napoleon machen." Kurt war verblüfft. Von seinem Vater war er natürlich schon oft über weltpolitische Gegebenheiten aufgeklärt worden, dazu gehörte natürlich die unendliche Weite des russischen Reiches und General Winter, der schon viele Eroberungsträume zunichte gemacht hatte. Aber was dieser Theun da eben geistig von sich gab, das war mehr, als er diesem vermeintlichen Kretin jemals zugetraut hätte. „Wieso sprichst du in diesem Zusammenhang von Mitteln?" wollte Kurt von Peter wissen. „Na, das ist doch klar. Um ein solch riesiges Land wie Rußland zu erobern, braucht man viele Einheiten, die das Land nicht nur erobern, sondern auch sichern gegen Partisanenschläge aus dem Hinterhalt. Was nützen die schönsten Siege, wenn man das eroberte Gebiet nicht besetzen und halten kann?

190

Da kann man sich ja schier zu Tode siegen." Kurt hatte seinen Vater oft von Pyrrhus Siegen reden hören, aber nie verstanden, worum es da eigentlich ging. Er hatte die Worte von Friedrich Hambach noch im Ohr: „Pyrrhus, der König von Epirus hatte sich vor langer Zeit auf einen Kampf mit den Römern eingelassen und gewann eine Schlacht nach der anderen, ohne aber daraus sonderliche Vorteile zu ziehen. Seit jener Zeit spricht man von einem Pyrrhus Sieg, wenn man zwar eine Schlacht gewinnt, aber im Grunde nichts davon hat." Die Worte von seinem Vater gewannen angesichts der Aussagen von Theun eine ganz neue Bedeutung für Kurt. Auch die Person dieses Theun. So blöde, wie Kurt ihn eingeschätzt hatte, war der offensichtlich nicht. Als Frankreich am 17. Juni 1940 kapitulierte, sah sich Mussolini im Sonne seiner Heldentaten, die denkbar gering waren, denn Italien hatte ja Frankreich erst am 10. Juni den Krieg erklärt. Generaloberst von Guderian erreichte nach seinem Vorstoß über das für unüberwindbar gehaltene Verdun die Schweiz und schloß damit einen Großteil der französischen Truppen, die sich in Lothringen und an der Maginotlinie befanden, ein. Der Unterstaatssekretär im Kriegsministerium von Frankreich, Charles de Gaulle hatte sich beizeiten nach England abgesetzt und rief aus dem sicheren London die Franzosen zum Widerstand auf. „Siehst Du Kurt, so sind die Herren Oberen", entrüstete sich Peter Theun, „immer schön aus sicherer Entfernung zum Widerstand aufrufen. Noch nie im Leben einen Schuß Pulver knallen gehört haben, aber die Fresse aufreißen und zum Sterben auffordern, damit er und seinesgleichen leben können. Dieser Sack wurde doch von seinen Landsleuten ins Ministerium berufen, um seinem Land zu dienen. Kaum gibt es mal dicke Luft, geht er stiften und verabschiedet sich auf südgallisch. Das ist doch eine Sauerei, die Franzosen müßten doch eigentlich merken, welchen Sauhund sie sich da angelacht haben." Theun schien ehrlich entrüstet und war kaum zu beruhigen. Kurt zuckte mit den Schultern. „Was soll ich dazu schon sagen, Peter. Die meisten gekrönten Häupter Europas haben rechtzeitig ihren hochwohlgeborenen Arsch in Sicherheit gebracht und sind mitsamt ihrem Tafelsilber ins Ausland geflohen. Der einzige König, der wirklich Respekt verdient hätte, Leopold der III von Belgien, der die Aussichtslosigkeit des Kampfes eingesehen hatte und seinem Volk die Kapitulation befohlen hatte, weil es sonst noch mehr unnötige Opfer gegeben hätte, der ist vom Parlament Belgiens auch noch als Landesverräter beschimpft worden. Und das, obwohl er sich in deutsche Kriegsgefangenschaft begeben hat und nicht nach London geflohen ist, wozu er die Gelegenheit gehabt hätte. Diesen mutigen Mann, der das Schicksal seines Volkes teilt, beschimpft das belgische Parlament als Landesverräter. Eine verrückte Zeit. Das belgische Parlament sollte man komplett erschießen lassen, weil lauter unfähige Idioten darin sitzen." Theun sinnierte vor sich hin. „Warum stehen eigentlich so gut wie immer Flaschen an der Spitze von Firmen, Organisationen und Staaten? Menschen, die nichts anderes im Kopf haben als sich selber die Taschen zu füllen? Ist die Welt eine Spur böser geworden seit 1939?" Er schaute Kurt an, der schon nicht mehr wußte, was er antworten sollte, denn es schien so, als ob dieser Theun Gedanken lesen konnte, denn genau der gleiche Gedanke war Kurt eben durch den Sinn geschossen. Wenn er sich recht erinnerte, dann hatte das sein Vater auch immer gesagt. Die Wortwahl war zwar etwas anders, mag sein, daß er das auch nicht mehr richtig im Gedächtnis hatte, denn Karl und Kurt wurden ja immer aus der Stube geschickt, wenn Gespräche interessant wurden. Aber an einem Abend, das mußte irgendwann 1933 gewesen sein, da hatte Friedrich seiner Frau genau diese Frage gestellt, die jetzt auch Theuer von ihm beantwortet haben wollte. „Warum werden immer wieder obskure Gestalten an die Spitze von Unternehmen, von Organisationen, von Staaten gespült? Leute, die noch nie in ihrem Leben irgend-etwas mit ihren eigenen Händen oder mit ihrem Gehirn zustande-gebracht haben, außer vielleicht, daß sie andere Menschen unterdrückt und ausgenutzt haben? Warum werden solche Schweine immer wieder nach oben gespült?" Kurt konnte sich noch gut an den verzweifelten Gesichtsausdruck seines Vaters erinnern, aber unmittelbar, nachdem seine Mutter gemerkt hatte, daß er sehr aufmerksam zuhörte, war der vermeintlich „kleine" Kurt nach draußen geschickt worden. Sehr zu seinem Mißfallen, natürlich. Und nun, nach weiteren sieben Jahren stellte ihm wieder jemand die gleiche Frage. Wußte er heute die Antwort darauf? Hatte er den Mut, Theun in seine Gedanken-welt eindringen zu lassen? Theun, dem vermeintlichen Rind-vieh, der aber durch seine Fragen erkennen ließ, mit welcher Leidenschaft er die Gesellschaft hinterfragte? Kurt sprang über seinen Schatten und öffnete zum ersten Mal seit Jahren die Mauern, die er vor seinem Gefühlsleben aufgebaut hatte. „Ich glaube, daß die Welt ein großes Irrenhaus ist. Was machen wir beide denn hier, Peter?" Er schaute Theun an. „Du hast mir doch von deinem Vater erzählt, der auch in den FOF – Werken als Metaller gearbeitet hat?" Theun nickte. „Hat dir dein Vater einmal in den letzten Jahren davon berichtet, was er eigentlich an seinem Arbeitsplatz herstellt?" Peter blickte Kurt erschrok-ken in die Augen. „Ja, aber er hatte dabei Angst in seinem Gesicht und trug mir auf, niemandem davon ein Wort zu sagen, denn er sei zur Geheimhaltung verpflichtet worden." „Warum hat er dir dann davon erzählt?" wollte Kurt von Peter wissen. „Ich weiß nicht, ich denke, er hatte gerade eine Anwandlung, sein Herz auszuschütten, ich platzte zu einem ungünstigen Zeit-punkt in die Küche, als mein Vater meine Mutter umarmte und sie fragte, wie das alles weitergehen solle. Da wollte ich natürlich wissen, was sie damit meinte. Mein Vater hat mir dann erzählt, daß er in einer Abteilung arbeitet, die Spezialhalterungen für

Flak-MG´s herstellt. Diese Halterungen werden an Panzer angebracht, an denen dann die MG´s einfach einrasten können." „Ja, das weiß ich doch alles, Peter, man sieht die Dinger ja jetzt täglich." „Schon, aber als mein Vater mir das erzählte, feierten wir gerade meinen 15. Geburtstag, das war 1934 und bereits da wurde die Produktion in den FOF – Werken auf militärische Ausrüstungsgegenstände umgestellt. Von wegen Passagierflugzeuge! Panzer und Bomberzubehör hat mein Vater gebaut." „Dein Vater hat also schon 1934 gewußt, daß die ganze Chose auf Krieg zuläuft?" Peter nickte. „Er hat sich immerzu Vorwürfe gemacht deswegen, aber andererseits konnte er auch nicht einfach den Bettel hinschmeißen, du weißt ja selber, wie schwierig es vor ein paar Jahren war, eine Stelle zu bekommen. Meine Eltern hatten sich ein schmuckes Einfamilienhäuschen hingestellt und die Raten dafür mußten halt abbezahlt werden. Du weißt ja, wie das ist. Wie war das denn bei Euch?"

„Na ja, ein wenig anders schon, denn mein Vater war ja der große Dr. Hambach, der Supermotorenerfinder und Konstrukteur. Ich wurde in den Familiendiskussionen eigentlich immer außen vor gelassen, mein älterer Bruder Karl bekam schon mehr mit, aber der hat mir nie viel erzählt. Mein Vater hat irgendwann mal den Versuch unternommen, mich in sein Allerheiligstes einzuweihen, aber ich habe immer schon ein sehr schlechtes Verhältnis zu meinem Vater gehabt. Das mag sicher auch daran liegen, daß die Geheimhaltungsstufe in den FOF-Werken von Jahr zu Jahr erhöht wurde. Ich glaube aber nicht einmal daran, daß dies der Hauptgrund für seine Verschlossenheit mir gegenüber war. Ich denke eher, er hatte einfach kein Vertrauen zu mir. Meinte wohl, ich könnte nichts für mich behalten und würde alles ausquatschen." Theun sah etwas nachdenklich aus. „Vielleicht wollte er dich einfach auch nur nicht in Schwierigkeiten bringen? Wer weiß, welche Projekte ihm übertragen wurden, selbst mein Vater hatte ja Angst, als er mir erzählte, daß neuerdings auch schon die Drehkränze für die Panzer in Frankfurt produziert wurden. Ich seh´ ihn noch vor mir, wie er zu meiner Mutter sagte, daß er es bald nicht mehr aushält, überall müsse man aufpassen, was man sagt, ein falsches Wort, zack! und man sei schon verhaftet." Kurt schüttelte den Kopf. „Nein, die Sorge um mich stand nicht im Vordergrund. Sicher, ich will nicht abstreiten, daß sich mein Vater immer um uns gesorgt hat, natürlich auch um mich, keine Frage. Aber im Grunde ging es ihm immer nur um sein Lebenswerk, die Produktion von wirtschaftlichen Passagierflugzeugen. Ideen dazu hatte er genug, mein Großvater hat früher bei den Rumpler — Werken gearbeitet und hatte frühzeitig meinen Vater dort untergebracht, der sich übrigens mit seinem Vater auch nicht besonders vertrug, wie mir meine Großmutter mal erzählte." „Scheint bei euch in der Familie zu liegen" konstatierte Theun trocken. „Zugegeben, auch ich habe meine Macken, aber auf meinen Bruder Karl läßt mein Vater auch heute nichts kommen, der ist ja der Tollste überhaupt. Ich habe ihn einmal in einem Anflug von jugendlicher Tollheit Karl den Großen genannt und dafür von meinem Vater die gewaltigste Wucht meines Lebens bezogen." „Was macht der eigentlich so?" wollte Peter wissen. „So genau weiß ich das nicht, ich denke, er ist in irgendeinem Institut in England als wissenschaftlicher Assistent tätig, hat ja auch eine Engländerin geheiratet. Das war sicher nicht einfach für ihn, denn in diesen Zeiten als Deutscher eine Britin heiraten, na ja, nicht ohne." „Wohl mehr für die Britin, denke ich. Hast du noch Kontakt mit ihm?" „Nein, ich habe ihn schon ewig nicht mehr gesprochen." Theun stand auf. „Ich habe gleich Wachdienst in Stube 4, der Arsch von UffZ Hoffmann wird bestimmt schon auf mich warten." Stube 4 war die Funkbude. Kurt grinste. „Viel Spaß mit dem Arsch. Sieh mal zu, daß du ein paar Neuigkeiten aus dem Äther holst, aber laß dich nicht erwischen dabei." Peter wandte sich zum Gehen und Kurt sah ihm nachdenklich hinterher. Komischer Kauz, dieser Theun, seit ein paar Wochen kannte er ihn jetzt, nie hatte der etwas von sich erzählt und nun gleich so viel. Na ja, so Leute gab es eben, dachte Kurt und beschloß spontan, sich seiner Lieblingsbeschäftigung zu widmen: Nichts zu machen. Inzwischen war Theun in Stube 4 eingetreten, der Wachhabende sprang auf, als er den Raum betrat. „Heil Hitler, Herr Gruppenführer."

Theun schloß die Tür, drehte sich wieder um und sagte zu UffZ Hofmann: „Sollten Sie mich noch einmal in der Öffentlichkeit Gruppenführer nennen, lasse ich Sie nach Dachau bringen." Unteroffizier Hofmann wurde blaß. „Entschuldigen Sie bitte vielmals, das ist aber auch eine schwierige Situation für mich, so etwas bin ich nicht gewohnt. Seit sechs Wochen sind Sie nun in meiner Einheit, seitdem schlafe ich schlecht, aus Angst, irgendjemand könnte Sie enttarnen." „Der Einzige, der mich auffliegen lassen könnte, wären Sie. Ich bereue schon, daß die Gestapo Sie Rindvieh eingeweiht hat. Wären Sie mir unterstellt, hätte ich Sie längst erschießen lassen." Theuns Stimme klang kalt. „Machen Sie mir eine Verbindung mit Berlin."

# Teil 11: Adlertag

## 13. August 1940

Karl Hambach beugte sich über eine Karte von England und tippte mit dem Finger auf die Südküste Englands. „Von der reinen Logik her können die deutschen Bomber nur hier anfliegen." „Sind Sie sich da wirklich sicher?" Der britische Geheimdienstoffizier Stone  hatte so seine Probleme mit diesem störrischen Deutschen. Er wußte eigentlich auch nicht genau, warum die britische Führung unter Churchill so sehr auf diesen hochgewachsenen blonden Mann setzte. Karl Hambach konnte aufgrund seines Aussehens durchaus als der Prototyp des Ariers gelten, fast zwei Meter groß, blond, blaue Augen und absolut unnahbar. So wirkte es zumindest. Die Engländer, die Karl kennengelernt hatten, hätten natürlich über derlei Beschreibungen gelacht. Karl hatte mit einem typischen Deutschen, wie man sich den auf der Insel so vorstellte, soviel gemein wie ein Ingenieur mit einem Kaufmann. Seine Frau Mary, die ihn schon 1935 kennengelernt hatte, schätzte an Karl vor allen Dingen sein offenes Wesen. Karl hatte sich nach dem Abitur in Frankfurt /Oder gefragt, was er nun mit der neu gewonnenen Freiheit machen sollte und war auf Betreiben seiner Mutter direkt nach der Abiturfeier nach England gefahren, um dort sein Studium der Mathematik und Physik aufzunehmen. Anfangs hatte er natürlich schon einige Probleme, denn die Briten weigerten sich beharrlich, deutsch zu lernen und er war gezwungen, sein spärliches englisch ein kleines bißchen zu verbessern. Zugute kam ihm hierbei, daß er gut aussah, aber sich selber für ein häßliches Entlein hielt. Dies hatte zur Folge, daß ihm die englischen Mädels die Bude einrannten, denn er war einer der wenigen

Männer, die gut aussahen und sich ganz offenkundig nichts darauf einbildeten. Seine Mutter Paula hatte hier ganze Arbeit geleistet, denn sie fand es damals in ihrer Jugend schlicht zum Kotzen, wenn ein Kerl sich nur dauernd selbst im Spiegel beäugte, statt auf das zu umschwärmende Mädchen zu schauen. So hatte sie Karl von frühester Kindheit eingebläut, daß Schönheit gar nichts bedeutet. „Merke dir eins, mein Sohn, wenn ein Mädchen dich beäugen sollte, weil du zufällig über zwei Meter groß bist, dann macht es das nicht, weil du einen schönen Kerl darstellst, sondern nur, weil du etwas Außergewöhnliches darstellst. In etwa so, als ob ein Schimpanse drei Meter groß wäre statt, wie sonst üblich, einen Meter." „Mutter, du mußt nicht immer so merkwürdige Vergleiche ziehen, ich halte mich nicht für Rudolfo Valentino und ich werde schon aufpassen, wer mich verführen will." Karl erinnerte sich noch oft daran, wie seine Mutter bei diesen Worten zusammengezuckt war. Ihre Antwort war wie immer recht burschikos: „Bilde dir bloß nichts auf dein vermeintlich gutes Aussehen ein, mein Lieber, das kann innerhalb von Sekunden perdú sein. Wichtig ist für dich nur eines: Daß du möglichst viel von der Landessprache lernst und das in möglichst kurzer Zeit." „Mutter, du weißt doch, daß man zwei Zielvariablen nicht gleichzeitig maximieren kann." Karl konnte eben schon damals nicht aus seiner mathematischen Haut, nicht einmal dann, wenn er sich mit seiner Mutter über ganz banale Dinge unterhielt. In England angekommen, nahm Karl erstmal Kontakt auf mit der früheren Schulfreundin von Paula Hambach, die bereits seit 1919 in Coventry lebte, einer mittleren Großstadt in England. Diese war fasziniert von dem deutschen Riesen und hätte ihn am liebsten selber in ihrem Haus aufgenommen, zumal ihre Tochter den unnahbaren Deutschen vom ersten Tag an anhimmelte. Aber sehr zu ihrem Leidwesen schien dieser junge Mann nur das Lernen im Kopf zu haben. „In Coventry gibt es doch gar keine Hochschule, ich möchte

Physik und Mathematik studieren, eigentlich wollte ich nach Manchester." Karl war in seinen Ansichten ziemlich stur. Er besorgte sich ohne Hilfe ein Zimmer in Manchester und ging zielstrebig an seine Studien. Seine Sprachkenntnisse vervollkommnete er in kürzester Zeit und nach zwei Jahren hörte nur noch ein aufmerksamer Zuhörer, daß dieser junge Mann aus Deutschland stammte. Die Entwicklungen in Deutschland verfolgte er mit besonderem Argwohn, denn er war von seinen Eltern schon recht frühzeitig in deren politische Ansichten eingewiesen worden. Als sich Deutschland 1936 zu den Olympischen Spielen rüstete, wurden im Vorfeld auch an der Hochschule in Manchester Ausscheidungskämpfe abgehalten. Karl, der schon immer ein sehr guter Mittelstreckler war, wurde auf Anhieb Meister im Geländelauf und sollte auf Geheiß seines Sportlehrers auch mal probehalber die europäischen Strecken, 800 m und 1500 m laufen. In beiden Disziplinen gab es an der Hochschule von Manchester keinen ernsthaften Konkurrenten für ihn. Sein Sportlehrer mit dem ungewöhnlichen Namen Miller empfahl ihm, sich um eine Ausnahmegenehmigung zur Einbürgerung zu bemühen, denn die Zeiten, die Karl vorlegte, waren so kolossal schnell, daß selbst die englischen Athleten, die sich bereits für England für die olympischen Sommerspiele in Berlin qualifiziert hatten, enorme Probleme gehabt hätten, mit Karl mitzuhalten. Dummerweise durften laut Statuten nur gebürtige Briten an den Vorausscheidungen zu den olympischen Spielen teilnehmen. Miller witzelte: „Am besten wäre es, du würdest dir eine hübsche junge Frau aus Manchester suchen und sie heiraten." „Aber dann wäre ich immer noch Deutscher." Karl grinste. „Stimmt, aber wenn ich ein „Gnadengesuch" unterzeichne, dann dürftest du einen Antrag auf Einbürgerung stellen." „Müßte ich dann meine deutsche Staatsbürgerschaft abgeben?" wollte Karl wissen. „Ja, sicher, Mann, du kannst doch nicht Fisch und Fleisch gleichzeitig

sein." Miller schien ehrlich entrüstet. „Dann vergessen Sie es."
Für Karl war die Sache damit erledigt. Sein Coach war tieftraurig, denn er sah bereits, daß die Zeiten von Karl über die Mittelstrecken bei einigem Training sich durchaus mit den internationalen Cracks der 30er Jahre würden messen lassen können. „Verdammt noch mal, Karl, überlege dir das." Miller schien ehrlich sauer zu sein. „Karl, mein britischer Kollege und Schullehrer Hampson hat 1932 in Los Angeles mit 1:49,8 min und Weltrekordzeit über 800 m triumphiert, bedeutete Goldmedaille. Der Engländer Cornes hatte über 1500m die Silbermedaille geschafft, mit knapp 3:52 min., ganz knapp hinter dem Italiener Beccali. Weißt du eigentlich, welche Zeiten bei dir zu Buche stehen?" Natürlich wußte Karl das, er war ja nicht blöde. Im letzten Vorlauf hatte er beim 800 m Rennen 1:54 min geschafft und war ziemlich unzufrieden gewesen, denn bei seinem letzten Gausportfest hatte er schon 1:51 min erreicht, was er Miller aber wohlweislich nicht erzählt hatte. Die Zeit, die er 1933 in Berlin auf der neuen Aschenbahn über 1500 m gelaufen war, behielt er auch besser für sich, denn die dort gestoppten 3:53 min hätten ihn ohne Probleme in jede olympische Mannschaft auf der ganzen Welt gebracht. Natürlich war ihm klar, daß nicht sein Gehirn (immerhin lehrte er an einer der renommiertesten Schulen des Landes, wenn bislang auch nur als Assistent des Professors), sondern seine langen Beine extrem gefragt waren und das störte ihn schon sehr. Er wollte wegen seiner geistigen Fähigkeiten anerkannt werden und nicht, weil er zufällig lange Beine, eine Pferdelunge und eine extreme Fähigkeit, sich selber zu quälen, hatte. „Herr Miller, ich weiß, daß Sie es gut mit mir meinen, aber auch wenn ich mit den deutschen Aktionen nicht einverstanden bin, heißt das noch lange nicht, daß ich sofort meine Staatsbürgerschaft abgebe, wenn sich die deutsche Regierung absolut daneben benimmt und es mal unbe-

quem für mich wird." So endeten die meisten der Gespräche zwischen Miller und Hambach.

Heute allerdings, am 13 August 1940 war alles etwas anders. Miller hatte einen britischen Geheimdienstmann mitgebracht, der schon zu Beginn, kurz nach der Vorstellung durch Miller, den Gesprächsfaden aufnahm, mit dem normalerweise die Unterhaltungen zwischen Miller und Hambach endeten. „Na, Meister Hambach, meinen Sie, daß sich ihre deutsche Regierung heute auch wieder daneben benommen hat? Das scheint mir aber heute ziemlich untertrieben." „Wie meinen Sie das?" Karl hatte den Unterton der Rede sehr wohl vernommen. „Nun ja, heute haben Bomber und Jäger der deutschen Luftwaffe rund 1500 Einsätze gegen unser Land geflogen. Sie haben davon natürlich nichts gemerkt, nicht?" „Nein, habe ich nicht, wo sollten denn diese Einsätze geflogen werden sein?" „Vorwiegend im Süden Englands. Die Deutschen versuchen im Augenblick, die Luftherrschaft über England zu erreichen. Wir würden Sie bitten, uns mitzuteilen, wo, Ihrer Meinung nach, die deutschen Bomber wohl als nächstes angreifen würden." Der Geheimdienstoffizier Stone ließ allerdings durch sein Verhalten nicht verkennen, daß er die Aussage von Karl für Blödsinn hielt, egal, was dieser von sich geben würde. Wie konnte die Führung allen Ernstes glauben, daß ein Zivilist die Anflugpläne der deutschen Luftwaffe kennen oder auch nur erahnen würde? Aber in Zeiten der Gefahr verloren manche Führungskräfte, die diese Bezeichnung eigentlich nicht verdienten, oft ihr letztes bißchen Verstand. Karl sah von der Karte Englands wieder auf und blickte Stone in die Augen. „Sie glauben mir nicht, nicht wahr? Kann ich Ihnen nicht verdenken. Sie werden mich für einen eingeschleusten deutschen Topagenten halten, allein schon wegen meines Aussehens." Stone zuckte zusammen. Konnte dieser blonde Riese Gedanken lesen? „Nein, ich kann keine Gedanken lesen, Mr. Stone." Stone zuckte wieder zusammen. „Aber diese Reaktionen habe ich in der jüngsten Vergangenheit zur Genüge kennengelernt. Wissen Sie, wenn jemand wie ich mit einer Britin reinsten Wassers befreundet ist, dann hat er tagtäglich mit Ressentiments zu kämpfen. Ich nehme Ihnen Ihr Verhalten aber nicht übel." „O.k. Mr. Hambach, was werden also Ihrer Meinung nach die nächsten Angriffsziele sein?" „Wenn ich mir Ihre Schilderungen so anhöre, dann scheinen die deutschen Angriffe nicht besonders erfolgreich gewesen zu sein?" Stone nickte. „Das bestätigt die Aussagen von meinem Vater, der mir schon 1936 gesagt hatte , daß die deutsche Luftwaffe schwer vernachlässigt wird, was die Ausbildung der Jagdflieger anbelangt. Die Maschinen als solche seien zwar sehr gut, jede Spitfire würde einer direkten Auseinandersetzung aus dem Wege gehen, aber im Begleitschutz sind die Deutschen Piloten nur mangelhaft ausgebildet. Das würde in Konsequenz bedeuten, daß britische Jäger sich auf Bomberverbände der Deutschen stürzen könnten, ohne daß sie sich allzugroßer Gefahr aussetzen würden, den direkten Kampf mit Messerschmitt – Piloten sollten sie allerdings tunlichst unterlassen, denn in der freien Jagd sind deutsche Piloten seit dem Roten Baron jedem anderen europäischen Piloten überlegen." „Na, jetzt übertreiben Sie aber, Herr Hambach." Stone schien verärgert. Hambach wunderte sich. „Ich weiß nicht, was mit euch Engländern los ist, aber ihr könnt scheinbar die Wahrheit nicht vertragen. Mein Vater hat mir berichtet, wieviele Trainingsflugstunden ein deutscher Jagdflieger absolvieren muß, bevor er eine Maschine alleine fliegen darf. Die meisten der deutschen Nachwuchsflieger werden von Veteranen des ersten Weltkrieges ausgebildet und Sie Mr. Stone werden doch wohl nicht behaupten wollen, daß die schlecht waren? An den Gesetzmäßigkeiten der Jagdfliegerei hat sich nämlich seit den Zeiten von Baron von Richthofen nicht viel geändert." Jetzt wurde Stone richtig sauer. Diese omnipotenten Deutschen gingen ihm langsam auf die Nerven. Natürlich hatte Hambach recht, die ersten Auswertungen der Luftkämpfe über England zeigten eindeutig, daß in jedem direkten Kampf Spitfire oder Hurricane gegen Messerschmitt ein Flugzeug der Briten verlorenging. Wenn allerdings Spitfires deutsche Bomberverbände attackierten, dann waren die deutschen Verluste riesig. Im Begleitschutz waren die Deutschen schlecht, da sie hierfür nicht ausgebildet waren. Die englische Führung befürchtete deswegen, daß die deutschen Angriffe sich demnächst wohl auf englische Großstädte oder Industrieanlagen beschränken würden, um einen möglichst großen Terroreffekt zu bewirken und die englische Zivilbevölkerung zu demoralisieren und damit indirekt die Regierung von Churchill zu schwächen. Der sah seinerseits überhaupt keine Notwendigkeit, auf die Friedensappelle von Adolf Hitler auch nur ansatzweise einzugehen, denn er erkannte, daß Hitler nur deswegen mit England Frieden haben wollte, um Richtung Osten freie Hand gegen Rußland zu haben. Was mit England passieren würde, wenn Hitler in Rußland Erfolg haben würde, konnte sich Churchill an den Fingern einer Hand abzählen. Aus diesem Grund gab es für Churchill nur eines: Blut, Schweiß und Tränen. Er blieb sich selbst und seiner Linie, die er gegenüber dem englischen Volk bereits früh kundgetan hatte, treu. Keine Übergabe. Die englische Zivilbevölkerung dachte hier anders. Von Beginn an war sie das Opfer dieses Luftkrieges und viele dachten, daß es wohl besser sei, mit diesem Verbrecher Frieden zu schließen als selber dabei draufzugehen. Im Westend von London formierte sich, angeführt von britischen Kommunisten, Widerstand, denn nur für die Wohlhabenden gab es genügend Luftschutzräume. Die ärmeren Bevölkerungsschichten guckten in die Röhre, denn die Häuser Londons waren traditionell nicht unterkellert. Die britische Regierung sah aus diesem Dilemma nur eine Lösung und so wurden die U-Bahn-Schächte für die vor den deutschen Bombenangriffen Schutzsuchenden geöffnet. Keine sehr sichere Lösung, aber immer noch besser als sich unter mit Erde bedecktem Wellblech vor deutschen Bombern in Sicherheit zu bringen. Die deutschen Luftangriffe währten über 65 Tage und die Moral der Engländer litt darunter sehr, hätte man die Zivilbevölkerung gefragt, so wäre die überwältigende Mehrheit für Frieden mit Deutschland gewesen. Als die deutsche Luftwaffe in einem verheerenden Angriff auf die britische Stadt Coventry diese in Schutt und Asche legte, sprach die deutsche Führung zynisch von coventrieren, ein Schicksal, was alsbald alle englischen Städte ereilen würde. Der Oberbefehlshaber der deutschen Luftstreitkräfte, Hermann Göring, hatte mit dieser menschenverachtenden Einschätzung aber nicht nur seinen Zynismus kundgetan, sondern auch seine fatale Fehleinschätzung der Stärke von der deutschen Luftwaffe. Diese mochte zwar anfangs den Briten schwere Verluste zugeführt haben, aber im weiteren Kriegsverlauf wurde eine Geheimwaffe der Briten evident, die etliche Bomber und Jäger der Deutschen kompensierte:

Radar und englische Frauen. Karls Verlobte arbeitete in einer der englischen Radarstationen, die die englischen Jagdflieger durch Funkleitsysteme steuerten. Das Prinzip war relativ simpel: Sobald die Radarsysteme des Royal Observer Kontakt mit den anfliegenden deutschen Einheiten hatten, wurden Informationen über Entfernung, Anzahl und Anflugrichtung der deutschen Bomber und Jäger an die vier englischen Stützpunkte des Fighter Command weitergegeben. In jedem dieser englischen Stützpunkte saß ein Controller, der entschied, wieviele der am Boden befindlichen Spitfire starten sollten, um den deutschen Angriff abzuwehren. Diese gut organisierte Bodentruppe machte den Pilotenmangel wett, der durch den deutschen Angriff auf Frankreich entstanden war, denn dabei verlor die englische Luftwaffe ein Drittel ihrer Piloten. Adolf Hitler wurde wegen der anhaltenden Erfolglosigkeit seines Luftmarschalls Göring ungehalten und befahl diesem, die Angriffe nachts durchzuführen, um die Moral der englischen Zivilbevölkerung zu brechen. Doch die vermeintlich schwache Zivilbevölkerung erwies sich stärker als gedacht. Obwohl viele Engländer lieber heute als morgen mit Nazi-Deutschland Frieden geschlossen hätten, um endlich mal wieder eine Nacht durchzuschlafen, war das Gros der Engländer gegen einen Friedensschluß mit dem Verbrecher Adolf Hitler. Die Königin Elizabeth tat alles, um die Bevölkerung weiter auf Widerstandskurs zu halten, besuchte ausgebombte Familien im Londoner East End und posierte vor laufender Kamera in voller Kriegsbemalung, wie es Karl einmal spöttisch bezeichnete: Kronjuwelen und riesige Hüte. Diese Äußerung trug ihm einen Rüffel von seiner Mary ein, obwohl diese wie Karl wußte, daß Elizabeth die Deutschen haßte. Stets bezeichnete sie die Deutschen nur als „Hunnen", unkultiviert und barbarisch. Ihr Lieblingsbruder Fergus war 1915 an der Front in Frankreich gefallen, mag sein, daß daher ihr Haß gegen die Deutschen rührte. Die einfachen Leute hatte weniger Haß-gefühle als vielmehr blanke Angst um ihr Leben, aber noch mehr Angst um ihre Kinder, deswegen wurde das Passagier-schiff "City of Bengalen" dazu bestimmt, englische Kinder nach Kanada in Sicherheit zu bringen. Die meisten der Eltern rech-neten damit, daß sie das deutsche Bombardement auf London nicht überleben würden und verabschiedeten sich von ihren Kindern, als ob sie sie das letzte Mal sehen würden. Als ausge-rechnet dieses Schiff von deutschen U-Booten torpediert und zum Sinken gebracht wurde, drehte die Stimmung der Zivilbe-völkerung vollends. Nunmehr war der englische Widerstands-wille dermaßen haßerfüllt, daß sogar die englische Regierung über die Reaktionen erstaunt war. Die deutschen Piloten nann-ten die englischen Flugzeugführer nur noch „Indianer", sicher nicht sehr schmeichelhaft, aber im Gegensatz zu „Bandits" (so bezeichneten die britischen Piloten die Deutschen) war das immer noch eine vergleichsweise zahme Bezeichnung. Karl versuchte immer, auf seine Mary begütigend einzuwirken, aber mit zunehmender Kriegsdauer fiel dies auch ihm immer schwerer, denn Mary sah die vielen sinnlosen Zerstörungen und wollte von Karl wissen, wieso die Deutschen so brutal gegen unschuldige Menschen vorgehen konnten. Karl als überzeugter Pazifist, hatte überhaupt keine Schwierigkeiten, diesen Unsinn, den beide Staaten sich momentan antaten, seiner Frau zu erklären. „Meine liebe Mary, was hier geschieht, das hat überhaupt nichts mit der Bevölkerung beider Staaten zu tun. Hier haben wir es mit übersteigertem Bewußtsein eines Geisteskranken zu tun und der heißt Adolf Hitler, auf der anderen Seite heißt der Winston Churchill, die schenken sich beide nichts, was die Menschenverachtung angeht, auch wenn die Nachwelt ein anderes Urteil sprechen wird. Der eine ist der böswillige Aggressor, der andere der stumpfsinnige Verteidiger, der nicht aufgeben will, obwohl 90% der Bevölkerung die Schnauze voll haben und die militärische Lage momentan eigentlich eine eindeutige Sprache zugunsten von Hitler spricht. Der Luftkampf um England wird zunächst nicht mit militärischen Mitteln entschieden, sondern mit Sturheit. Hierbei hat Churchill eindeutig Bodenvorteile, denn als geborener Österreicher kann sich ein Adolf Hitler nicht mit einem Insulaner messen." „Karl, du redest einen ganz schönen Unsinn, hast du etwa in die Guiness-Kiste von meinem Vater gegriffen?" Mary schaute ihren Karl ziemlich entrüstet an. Der tat empört. „Ich weiß gar nicht, was du willst, erst verhört mich der englische Geheimdienst unter einem dubiosen Vorwand und dann werde ich auch noch vor das Familientribunal gezerrt." „Karl, ich habe keine Lust, mich mit dir zu unterhalten, wenn du angetrunken bist." Karl wurde jetzt wirklich ungehalten. Zum ersten Mal, seitdem er Mary kennengelernt hatte, wurde er etwas lauter. „Mary, jetzt hör´mir doch einmal zu. du weißt doch ganz genau, daß ich nichts trinke. Ich habe heute von dem britischen Geheimdienstmann Stone erfahren dürfen, daß meine lieben Landsleute ein Schiff torpediert haben, welches beladen war mit der Zukunft des United Kingdom, unschuldigen kleinen Kindern. Deren Eltern hatten sich von ihren Kindern getrennt, weil sie annehmen mußten, daß eine Zukunft auf unserer schönen Insel nicht mehr gewährleistet sein würde. Die Eltern hatten sich also losgesagt von dem wertvollsten, was sie auf dieser Welt kannten, ihren eigenen Kindern. Kannst du ermessen, was diese Menschen gefühlt haben müssen, als sie von der Torpedierung erfahren haben? Ich kann es mir gut vorstellen, meine Mutter hat mir bei meiner Abreise nach England gesagt, sie wisse nicht, wann oder ob sie mich jemals wiedersehen würde, aber sie erwartet auf jeden Fall von mir, daß ich ein ordentlicher Mensch werde. Ich habe mich immer bemüht, nach dieser Maxime zu leben und allen Menschen ein gutes Beispiel zu geben. Das ist mir als gebürtigem Deutschen in England lebend natürlich nicht leicht gefallen, denn als Deutscher ist man in der heutigen Zeit automatisch böse. Im Laufe der Zeit konnte ich aber doch die meisten meiner neuen Landsleute davon überzeugen, daß nicht alle Deutschen blonde, blauäugige Teufel sind. Aber ich bin eben auch nur ein Mensch, ich habe Gefühle, ich habe Schwächephasen, wo mir alles zum Hals raushängt und ich habe eben auch Momente, wo man am Ende mit seinem Latein ist. Diesen Moment habe ich heute nachmittag erlebt, als mir dieser Fatzke Stone erzählte, daß meine Landsleute ein unbewaffnetes Schiff mit Kindern an Bord torpediert haben sollen. Du magst an meiner Formulierung ersehen, daß ich immer noch an das Gute im Menschen glaube, denn ich hoffe immer noch darauf, daß alles nicht wahr ist und nur eine besonders perfide Propagandalüge der Briten. Aber es sieht nicht danach aus.“ Mary wußte nun, daß Karl keineswegs getrunken hatte, sondern einfach nur verzweifelt war über das schlechte Verhalten seiner Landsleute, insbesondere darüber, daß unschuldige Kinder angegriffen worden sein sollten. Insgeheim übernahm sie die Formulierung von Karl, obwohl sie eigentlich schon wußte, daß Stone die Wahrheit gesagt hatte. „Entschuldige bitte, Karl" begann sie, aber Karl nahm sie schon in seine Arme. Mein Gott, was macht dieser Krieg bloß aus uns, dachte sich Mary, ich fauche den Mann an, den ich auf dieser ganzen Scheiß-Welt als den Einzigen kennenlernen durfte, für den es sich zu leben lohnt. Ähnliche Gedanken hatte Karl mit umgekehrten Vorzeichen. „Zur Zeit einfach eine Scheißzeit." Karl brachte sogar gedanklich alles auf den Punkt. Währenddessen tat sich in der übrigen Welt einiges. Die gesamte militärische Führung der Briten war der Ansicht, daß Deutschland nach den Angriffen auf England zwar viel Haß gesät, aber im Grunde die Luftschlacht um England verloren hatte. Nicht mit einem Wort hatte Churchill Begriffe wie Übergabe oder Friedensvertrag erwähnt. Für den britischen Premier gab es nur eine Vokabel: Sieg. Frieden mit einem Aggressor wie Hitler war undenkbar. Als dann die Achse Berlin-Rom-Tokio geschlossen wurde, war vollends klar, daß diese drei faschistischen Staaten den Terror auf der ganzen Welt verbreiten wollte. Eigentlich wollte Hitler mit diesem Pakt erreichen, daß die USA sich aus dem Krieg heraushalten, aber die Amerikaner ließen sich davon nicht abschrecken, ganz im Gegenteil. Als Reaktion auf dieses Bündnis wurde die wirtschaftliche Isolierung Japans durch die USA noch verstärkt, indem Japan überhaupt kein hochwertiger Eisen- und Stahlschrott geliefert wurde. Japan war auf diese Warenlieferungen aus den USA angewiesen, da im Lande selber keinerlei Rohstoffe vorhanden waren. Dieses Embargo hielt Japan aber nicht davon ab, den im Jahr 1937 begonnenen Krieg gegen China fortzusetzen. Karl las dies in der Times und schüttelte den Kopf. „Mary, egal, wie dieser Krieg ausgehen mag, die ganze Welt wird nicht mehr sein wie vorher. Hier werden die Karten völlig neu gemischt, die Herren der Welt werden bald andere als jetzt sein. Nur- man weiß noch nicht genau, welche Gesinnung und Hautfarbe sie haben werden. Japan exerziert momentan in Asien das vor, was Deutschland in Europa vorhat. Zwischen beiden Staaten liegt als einzige Großmacht Rußland. Meinst du allen Ernstes, die Russen werden sich das noch lange angucken?" Hier hatte Karl ins Schwarze getroffen. Der extreme Ausdehnungsdrang, den sowohl Deutschland in Europa als auch Japan in Asien vorlebten, wurde in Rußland zum Anlaß genommen, die eigene Ausrüstung etwas genauer unter die Lupe zu nehmen. Insbesondere die blitzartigen Überfälle der deutschen Panzer auf Polen, Belgien, Frankreich und die Niederlande hatte in Rußland Stimmen laut werden lassen, die die völlig veraltete Panzerarmee als großen russischen Schrotthaufen bezeichneten. Stalin hatte sich schon bei dem deutschen Überfall auf Polen gedacht, daß es nunmehr höchste Zeit sei, die russischen Panzer zu modernisieren, weil ansonsten die nächsten Städte, die von den deutschen Tanks überrollt werden würden, russische sein mußten. Insoweit schätzte er Hitler absolut richtig ein, denn er überlegte sich einfach, wie er sich verhalten hätte, wenn er Hitler wäre. Da das Persönlichkeitsprofil von Hitler und Stalin sehr ähnlich war, konnten die Handlungen, die beide vornahmen, eigentlich keinen der beiden gegenseitig überraschen. Stalin sorgte über seinen Volkskommissar für das Verteidigungswesen, Marschall Timoschenko dafür, daß die veraltete Ausrüstung modernisiert wurde. Auslöser für diesen Modernisierungsplan waren auch die teils blamablen Vorstellungen der sowjetischen Armee im Winterkrieg gegen Finnland im November 1939. Da diese Anstrengungen durch den deutschen Geheimdienst auch Adolf Hitler bekannt wurden, forcierte dieser seinerseits die Vorbereitungen zum Angriff auf die Sowjetunion. Die Organisation

Todt, die schon die deutschen Autobahnen im Reichsgebiet als schnelle Aufmarschfläche für die deutschen Armeen vorbereitet hatte, transferierte dieses militärisch erfolgreiche Modell auf das polnische Gebiet, wo innerhalb kürzester Zeit ein dichtes Straßennetz geschaffen wurde. Stoßrichtung: Ost. Da auch der sowjetische Geheimdienst nicht untätig war und diese Vorbereitungen zwangsläufig mitbekommen mußte, trafen sich Hitler und der Vertreter Stalins, der sowjetische Außenminister Molotow, auf Einladung Hitlers im November 1940 in Berlin. Dieses Treffen ging durch die internationale Presse und wurde in England besonders argwöhnische beäugt, die meisten Beobachter sprachen aber eher von einem Schurkentreffen, bei dem Beute verteilt werden solle als von einem offiziellen Staatsempfang. „Was will Molotow in Berlin, Karl?" wollte Mary wissen. „Ich bin mir nicht sicher, aber sowohl Stalin als auch Hitler sind beide Schweinehunde ohne jedwede Skrupel. Denen ist alles mögliche zuzutrauen. Als Hitler versucht hat, England niederzuringen, war mir eigentlich klar, daß er nur im Westen Ruhe haben wollte, damit er in aller Ruhe Rußland angreifen kann. Nun hat das nicht geklappt. Weiß der Geier, welche Schweinerei er sich jetzt ausgedacht hat, vielleicht bietet er die britischen Kolonien als Lohn für das Stillhalten Rußlands an, wenn er sich auf andere Länder stürzt oder die erneute Invasion von England vorbereitet." „Das ist doch Unsinn, Karl. Stalin muß doch klar sein, daß die UdSSR als nächstes drankommen wird, wenn Hitler mit England fertig ist." Karl lächelte. „Sicher ist das diesem Verbrecher klar, aber bis dahin gewinnt er die notwendige Zeit, um seine veraltete Armee hochzurüsten auf vergleichsweise modernes Niveau. Ich glaube allerdings nicht, daß Stalin auf die Vorstellungen von Hitler eingehen wird." Karl hätte ohne weiteres als Berater der deutschen Regierung eingesetzt werden können, denn genauso, wie er das skizziert hatte, kam es auch. Stalin übermittelte Hitler per Dekret seine Bedingungen, bei deren Einhaltung er Deutschland in der geforderten Weise unterstützt hätte. Hitler sah sich diese Bedingungen an und berief den deutschen Generalstab ein. Es war der 18. Dezember 1940, keine 6 Wochen nach dem Besuch von Molotow in Berlin, der in Washington und London große Ängste hervorgerufen hatte. Die Gefahr, daß sich die UdSSR und Deutschland würden einigen können, hatten die ganzen Vertragsamateure von Politikern als relativ hoch eingeschätzt. Karl sah diese Sache ganz anders.

„Hitler wird sich niemals auf eine Zusammenarbeit mit dem russischen Bären einlassen, weil er schon längst die Pläne für den Angriff auf die Sowjetunion in der Schublade hat. Wenn Stalin mehr Zugeständnisse gemacht hätte, wäre es vielleicht noch zu einem Aufschub der Kriegshandlungen zwischen Deutschland und Rußland gekommen. Aber wir wollen uns nichts vormachen, die Panzer stehen bestimmt schon in den Aufmarschgebieten."

# Teil 12: Intermezzo

„Hitler wird sich niemals auf eine Zusammenarbeit mit dem russischen Bären einlassen, weil Stalin genau so ein Verbrecher ist wie er selber. Wenn Adolf Hitler wissen will, wie Josef Stalin auf bestimmte Entscheidungen reagiert, dann braucht er sich nur vorzustellen, wie er selber vorgehen würde. Das erleichtert die Einschätzung beider Staaten kolossal." Friedrich war sich in der Einschätzung der nächsten Monate völlig sicher genau so wie Karl, der im gleichen Moment, in dem Friedrich Paula die nächsten deutschen Schritte erläuterte, diese dem begriffsstutzigen englischen Geheimdienstmann Stone erklärte. „Wieso bist du so sicher, daß Hitler Rußland angreifen wird?" wollte Paula von Friedrich wissen. Der schien trotz des Ernstes der Lage ziemlich amüsiert. „Na, zunächst mal, weil beide Abschaum der Menschheit sind. Was gelten denen denn schon Werte wie Vertrauen, Geduld, Sanftmut, Vergebung, Demut, Liebe? Das sind Begriffe, die diese Burschen ihr ganzes Leben noch nicht kennengelernt haben. Und es steht zu bezweifeln, daß sie die jemals kennenlernen werden, jedenfalls nicht auf dieser Welt. Jeder mißtraut doch dem anderen, Stalin ist noch ein größerer Feigling als Hitler, denn er hat sich nicht mal nach Berlin getraut, sondern seinen Vertreter Molotow vorgeschickt. Aber abseits dieser Einschätzung sehe ich die Eingänge der Fertigungsaufträge in den FOF-Werken, die für das Jahr 1941 eine Steigerung der Motorenfertigung für Panzer um 360% vorsehen. Da die westlichen Länder mit Ausnahme von England und den USA alle besiegt sind und letztgenannte mit Panzern nicht erreicht werden können, ist doch die Stoßrichtung klar oder willst du mir da allen Ernstes widersprechen?" Paula schaute Friedrich an. Ihr Gesicht verriet keinerlei Gefühlsregung. „Sag´ mal,

Friedrich, ich habe irgendwie den Eindruck, als ob es dir gefallen würde, mich dummes Landei über die Weltpolitik aufzuklären. Irre ich mich?" Paula sah Ihren Mann an. Der nickte. „Nein, du irrst dich nicht. Ich nenne dir auch den Grund, du hast mich über Monate im Ungewissen gelassen über die Lage von Karl und Kurt, obwohl du ziemlich genau über beide informiert bist. Was sollte denn das Getue, vertraust du mir nicht mehr?" „Ich hatte einfach Angst, daß du meine Beweggründe nicht verstehen wirst, Friedrich. Schließlich bist du trotz aller liebenswerten Eigenschaften ein typischer Deutscher, der auf sein Land stolz ist und für den das Überleben Deutschlands wichtiger ist als das Überleben der eigenen Familie." „So ein Unsinn, natürlich bin ich stolz auf mein Land, aber deswegen würde ich niemals meine Familie im Stich lassen oder, schlimmer noch, ans Messer liefern. Wie kannst du denn so etwas von mir denken? Ich weiß ganz genau, daß die Apparatur um Hitler herum nur noch in einer großen Katastrophe enden kann. Ich habe mir heute die Produktionszahlen der FOF-Werke angeschaut. Wir haben jetzt mehr Arbeiter als noch im Jahr 1936, aber es sind schon zum großen Teil Fremdarbeiter, die keine Ahnung von der Materie haben. Ich habe letzte Woche französische Kriegsgefangene bekommen, was soll ich mit denen anfangen? Keiner von ihnen hat eine Ausbildung, die auch nur annähernd mit Maschinenbau zu tun hat. Von den Sprachproblemen einmal ganz abgesehen, obwohl die sich natürlich nicht in Ihrer Landessprache unterhalten dürfen, tun sie es trotzdem. Der einzige, der von den deutschen Arbeitern ganz leidlich französisch spricht und versteht, ist mein alter Vorarbeiter. Was der mir allerdings erzählt, ist nicht unbedingt für OKW – Ohren bestimmt. Keiner von den Burschen reißt sich ein Bein aus, jeder versucht, zu sabotieren, wo er es ohne Gefahr für das eigene Leben nur kann." „Würdest du es an deren Stelle anders tun, Friedrich? Ich habe in der Zeitung gelesen, daß der Waffenstillstand mit Frankreich im Wald von Compiègne unterzeichnet wurde, noch dazu im gleichen Salonwagen, in dem schon vor 22 Jahren der Friedensvertrag unterzeichnet worden war. Damals natürlich mit unterschiedlichen Vorzeichen." „Ich halte das auch für einen großen Blödsinn, das war Demütigung pur in wahrster Vollendung. Man sollte aber auch nicht vergessen, wie die Siegermächte die Deutschen 1918 gedemütigt haben, die hatten damals ja nicht einmal Zutritt zu den Verhandlungen, sondern wurden schriftlich nachträglich über die Entscheidungen der Herren Sieger informiert." „Friedrich! Die Deutschen machen es auch nicht besser." „Doch, die machen es diesmal besser, denn Hitler hat unmittelbar nach den Verhandlungen den Salonwagen in die Luft sprengen lassen. Eins steht jedenfalls fest: In dem Wagen werden keine Schandfrieden mehr unterzeichnet. Wie ich allerdings die Produktionsziele erreichen soll, die mir die militärische Führung vorgibt, weiß ich auch nicht. Die besten Leute sind im KZ, an der Front oder tot. Wenn ich Glück habe, erreiche ich die Produktionszahlen von 1938, aber das reicht bei weitem nicht aus, die hehren Ziel des OKW zu erreichen. Außerdem, hast du dir schon mal überlegt, was passiert, wenn Motoren aufgrund von Sabotage im entscheidenden Moment streiken? Panzerkommandant an Fahrer, Vollgas und zack! bricht die Pleuelstange. Dann liegt ein wunderschöner deutscher Panzer mitsamt Besatzung bewegungslos im Feuer des Feindes und verantwortlich dafür bin ich! Ich kann die ganzen sogenannten Fremdarbeiter gar nicht ausreichend kontrollieren. Beim Flugzeugmotor brauche ich ja wohl nicht anzudeuten, was passiert, wenn der ausfällt. Dazu kommt dann noch der Lumpenpakt." „Friedrich, sei vorsichtig." Paula war entsetzt, wie offen ihr Mann den sogenannten Dreimächtepakt zwischen Deutschland, Italien und Japan bezeichnete. „Was soll der denn schon groß bringen? Wenn ich mir den Text der Vereinbarung anschaue, könnte ich das Kotzen kriegen. „Japan anerkennt und respektiert die Führung Deutschlands und Italiens bei der Schaffung einer neuer Ordnung in Europa". Daß ich nicht lache. Die schwachbrüstigen Italiener sind ja nicht einmal imstande, ein paar Abessinier von ihren altersschwachen Kamelen herunterzuschubsen. Jetzt suchen die Italiener neue „kriegswichtige" Ziele. In Wirklichkeit wollen sie nur von ihren Schwächen ablenken, die Herren Schwarzhemden um den fetten Mussolini. Wenn es ernst wird, dann stehen die Stiefelspitzen der Italiener nach vorne und der Rest des italienischen Soldaten guckt nach hinten, das war schon immer so und daran wird sich auch nichts ändern. Die Idioten reißen uns nur neue Frontlinien auf, die wir dann mit deutschen Soldaten stopfen müssen. Wenn es dann mal hart auf hart geht, sind die Italiener die Ersten, die die weiße Fahne schwenken. Aber Führungsrollen beanspruchen, ha." „Die Japaner sind doch aber sicherlich ein verläßlicherer Partner oder?" Friedrich nickte. „Klar, die Burschen lassen sich aber auch nicht von Italienern reinreden, die Führungsrolle in Asien beanspruchen die Japaner selber, aber ein Problem bleibt die UdSSR." „Wieso das denn?"

„Eigentlich ganz logisch, Japan hat mit China schon genug zu tun, wenn die auch noch einen Krieg mit den Russen anfangen müssen, dann wird die Sache für die Japaner brenzlig, denn die Japaner siegen sich in China zu Tode." „Wie meinst du das?" Paula schien Friedrich nicht folgen zu können. „Ist eigentlich ganz einfach. Die Japaner sind den Chinesen zahlenmäßig unterlegen, machen das aber mehr als wett mit ihrer guten Ausrüstung. Die erobern eine chinesische Stadt nach der anderen, können sie aber anschließend nicht halten, weil die notwendigen Leute fehlen, eine funktionierende Besatzungsmacht aufzubauen. Was das für die Zukunft bedeutet, ist klar. Die Japaner haben zwei Möglichkeiten, mit China zu verfahren: Alles ermorden, was sie in die Hände bekommen, damit aus geschundenen Chinesen im Rücken der japanischen Front keine Partisanen werden. Die zweite Möglichkeit ist, Frieden mit den Chinesen zu schließen." Friedrich sah Paula an. „Das ist doch absurd, Friedrich, die Chinesen werden sich nicht auf einen Frieden einlassen." „Siehst du und deswegen wird dieser Krieg von Tag zu Tag bösartiger, Japan wird immer mehr Chinesen ermorden müssen und langsam den Krieg an die Grenzen von Rußland tragen. Aus diesem Grund muß Japan Frieden mit Rußland schließen, denn schwache Nachbarn laden bei Schurken wie Stalin immer zum Erorbern ein. Wenn die Russen zum Angriff übergehen, sieht die Sache für Japan anders aus als gegen China. Die Russen sind zahlenmäßig den Japanern überlegen, jeder tote Japaner ist für die Japaner unersetzlich, aus den Steppen der Tundra werden aber immer wieder Truppen ausgehoben werden können, die noch dazu immer bessere Ausrüstung haben werden, je länger der Krieg dauert. Wir hatten in den FOF – Werken seit Mitte / Ende der 20er Jahre ein Projekt mit Rußland, bei dem Deutschland und Rußland bei der Panzerentwicklung zusammengearbeitet haben." „Das kann doch nicht wahr sein." Paula war schockiert. „Und doch ist es so. Ich habe es auch nur durch Zufall erfahren, weil mir 1929 ein Buchhalter Abrechnungen von Willi gezeigt hatte, die belegten, daß er sich des öfteren in der deutschen Panzerschule in Kasan aufgehalten hatte und dort kräftig Spesen gemacht hatte. Der Buchhalter wußte damals nicht, wie er diese Kosten verbuchen sollte, aber bevor ich antworten konnte, war Willi im Büro und hat alles selber in die Hand genommen. Sollten die Russen die Kenntnisse, die sie sich damals erworben haben, genauso konsequent weiterentwickelt haben wie die Deutschen, wird Japan wird auf mittlere Sicht die eroberten Gebiete in China zwangsläufig an Rußland verlieren, es sei denn..." Friedrich machte eine Pause. „Es sei denn, was?" „Es sei denn, Deutschland wird Rußland angreifen und russische Kräfte im europäischen Teil der Sowjetunion binden. Dann hat Japan im Osten freie Hand."

216

„Glaubst du wirklich, Hitler ist so dumm und schafft sich zwei Fronten? Nachdem er England nicht niederringen konnte, würde er ja genau das gleiche Trauma des deutschen Landsers aus dem ersten Weltkrieg heraufbeschwören, den gefürchteten Zweifrontenkrieg." „Paula, der Angriff von Deutschland auf Rußland ist nur noch eine Frage der Zeit. So unrecht hatte Friedrich in seinen Einschätzungen über den von ihm so titulierten Lumpenpakt nicht, der Dreimächtepakt war geprägt von Ungereimtheiten, ein wirkliches Produkt von Amateuren oder großen Lumpen, je nachdem, welchen Blickwinkel man einnahm. Italien spielte keine Rolle, weder politisch noch militärisch. Japan wollte in Asien seinen Führungsanspruch ausleben, konnte dabei aber keinen Konflikt mit der Sowjetunion gebrauchen. Dieses Szenario hatte Friedrich exakt analysiert. Italien träumte unter Mussolini immer noch den Traum des Römischen Reiches und eröffnete einen Nebenkriegsschauplatz nach dem anderen, im Oktober 1940 ritt italienische Kavallerie gegen Griechenland. Ein wenig aussichtsreiches Unterfangen, das aufgrund der italienischen Schwäche nur die Gefährdung der in Rumänien stationierten deutschen Truppen mit sich brachte, denn britische Verbände unterstützten die Griechen bereits Ende Oktober mit der Invasion auf Kreta. Der Führungsstab in Berlin tobte, denn je länger sich der Angriff auf Rußland verzögern würde, desto mehr Zeit würde der russische Bär haben, sich vorzubereiten und seine Armee zu modernisieren. Der russische Befehl Nr. 356 war durch den deutschen Geheimdienst schon kolportiert worden und man wußte nun, daß nunmehr möglichst rasch zugeschlagen werden müsse, denn aufgrund der Weite des russischen Landes war es für Stalin eine Kleinigkeit, Nachschub in nur jeder erdenklichen Menge zu produzieren. Wenn der europäische Teil Rußlands besetzt sein würde, war Rußland deswegen noch lange nicht geschlagen, denn die militärische Produktion wurde dann eben in den Osten verlegt.

Man durfte die Weite des Landes nicht unterschätzen. Die neuesten Nachrichten der Abwehrgruppe waren sowieso wenig unterhaltsam, angeblich hatte es der sowjetische Leiter der ehemals deutschen Panzerschule in Kasan geschafft, Stalin davon zu überzeugen, daß Rußland nur einen großen Schrotthaufen und keine Panzerarmee hatte. Wenn der nun auf diesen Bericht so reagieren würde, wie es alle im Generalstab vermuteten, dann würde es sicher noch ein paar Monate dauern, bis Ergebnisse zu sehen waren, aber mit jedem Monat würde Rußland dann stärker werden.

Auf Menschenleben wurde in Rußland sowieso traditionell keine Rücksicht genommen, wenn bei der Aufrüstung ein paar Zehntausend Menschen draufgingen, wen kümmerte das schon? Es hatte sich halt seit dem Zarenreich in Rußland nicht viel geändert. Ob die kleinen Leute Muschiks, Bolschewiken oder Kommunisten hießen, gestorben wurde immer für das Vaterland, egal was für ein großer Schurke gleich welcher Gesinnung gerade an der Spitze des Vaterlandes stand. Friedrich sagte zu Paula: „Die Lage ist ernst, die Zeit drängt, Hitler ist von der stärksten Kraft längst die Initiative aus der Hand genommen worden, die Umstände diktieren ihm bereits sein Vorgehen, er hat es nur noch nicht bemerkt." „Welche Kraft meinst du, Friedrich?" „Die Zeit."

# Teil 13: Kaschubes Rückkehr

„Hitler wird sich niemals auf eine Zusammenarbeit mit dem russischen Bären einlassen, weil er viel zu genau weiß, was dann mit ihm selber passiert, sollten die Russen in der Zusammenarbeit die Oberhand gewinnen. Kumpanei ist Lumpanei. Sowohl Stalin als auch Hitler wissen ganz genau, daß sie dem anderen besser nicht den Rücken zuwenden sollten. Stalin hat die Entmachtung von SA-Chef Röhm und dessen kaltblütige Ermordung mit Sicherheit nicht vergessen. Genauso würde es Stalin auch machen, wenn einstige Weggefährten zu mächtig werden."

Kasparow, der Sonderbeauftragte von Marschall Timoschenko zur Durchführung des Befehles Nr. 356, runzelte unwillig die Stirn. „Herr Koslowski, in der Sowjetunion sind seit der Oktober-Revolution alle Menschen gleich, hier gelten, anders als in Nazi-Deutschland Gesetze, die für alle verpflichtend sind. Morde aus niederen Instinkten gibt es nicht mehr." Koslowski mußte lauthals lachen. „Mein junger Freund, ich weiß ja, daß die Russen ihren Elitenachwuchs auf Ideologieschulen eine besonders gute Ausbildung angedeihen lassen. Was mir allerdings völlig neu ist, das ist die Tatsache, daß man den jungen Absolventen ganz offensichtlich das Denken verboten hat. „Morde aus niederen Instinkten gibt es nicht mehr" Koslowski äffte Kasparow nach. „Sie klingen all zu sehr nach Liberté, Egalité, Fraternité." „Das hat doch mit der französischen Revolution gar nichts zu tun, Herr Koslowski. Unsere Revolution des Proletariats...." Koslowski hörte schon gar nicht mehr hin, denn er wußte, daß nun eine etwa zehnminütige Standardvorlesung zur glorreichen Oktoberrevolution folgte. Seitdem er hier im Hotel weilte, hatte er die schon dreimal gehört.

Seine Gedanken schweiften ab. Über drei Jahre war es nun her, seitdem er Deutschland verlassen hatte. Alles, was er sich in den Jahren nach dem ersten Weltkrieg erarbeitet hatte, war verloren. Über die polnische Grenze kam er mit einem schäbigen alten Koffer und er hatte damals großes Glück, daß die deutsche Nachrichtenübermittlung noch nicht so perfekt arbeitete wie heute, denn die Grenzposten ließen ihn unbehelligt die Grenze überschreiten. Da stand er nun, Willi Kaschube, einstmals der große Werksdirektor der FOF-Werke, ein paar Reichsmark und Dollar in der Tasche und ansonsten arm wie eine Kirchenmaus. Ausgeträumt der Traum vom großen Reichtum, vom sorglosen Leben umgeben von schönen Frauen. Das einzige, was er retten konnte aus der Zeit des Überflusses waren ein paar Negative von Parteimitgliedern, wer weiß, vielleicht hatte man später mal Verwendung dafür. Zunächst mal stand für ihn eine Bestandsaufnahme auf dem Tagesplan, die relativ kurz und bündig ausfiel. Vermögen weg, Leben gerettet. Doch wie sollte es nun weitergehen? Er machte sich keine Illusionen darüber, daß er auch in Polen nicht sicher sein würde. So, wie er den Gruppenführer von Strelitz bei einem der letzten Sitzungen verstanden hatte, war der Überfall auf Polen bereits beschlossene Sache, Hitler wartete nur noch auf eine günstige Gelegenheit. Offensichtlich kam die nicht, denn die Geschichte mit dem angeblichen Überfall polnischer Männer auf den Rundfunksender Gleiwitz war mit Sicherheit von Deutschen gestellt und entlockte Kaschube nur ein müdes Lächeln. Wenn das die deutsche Propaganda sein sollte, dann mußten die Deutschen aber noch eine ganze Menge lernen. Für ihn würde der deutsche Überfall auf Polen aber bedeuten, daß er weiterfliehen mußte, denn er war steckbrieflich gesucht wegen seines Ausbruchs aus dem Konzentrationslager. Da er nach seiner Flucht stündlich mit einem Angriff auf Polen rechnete, hatte er sich in Polen bei seinen Verwandten nur solange aufgehalten, bis er sich neue Kleidung besorgt hatte. Zum Glück war sein Dollarbündel recht groß gewesen. Wie immer in Krisenzeiten war für harte amerikanische Dollars einfach alles zu bekommen. Der neue polnische Ausweis, den er sich hatte machen lassen, war so gut gefälscht, daß kein einziger Beamter ihn bislang als falsch erkannt hatte. Kunststück, wenn der Fälscher auf der Paßbehörde arbeitete. Ein kleiner Lapsus war allerdings auch dem passiert, Kaschube wollte eigentlich eine andere Nationalität als die eines Polen, aber das mußte der Beamte falsch verstanden haben. Nun hieß er Tadeusz Koslowski, und er war Pole. Aber das war für ihn letztendlich wahrscheinlich sogar besser, denn einen Franzosen würde man ihm nicht abkaufen, so gut war sein französisch nicht, polnisch dagegen sprach er fließend. Koslowskis Sprachfähigkeiten, die schon Friedrich im Schützengraben von Verdun bewundert hatte, kamen ihm nun wieder zugute. Koslowski sprach neben deutsch, polnisch und französisch auch noch ganz passabel russisch. Unmittelbar, nachdem er seinen neuen Paß bekommen hatte, machte er sich auf die Reise, in deren Verlauf er über Kiew und Odessa nach Sewastopol gelangte. Ursprünglich hatte er schon in Odessa vorgehabt, sich auf dem Seeweg aus der Sowjetunion abzusetzen, aber die Halbinsel Krim als Mekka der Reichen und Mächtigen zog ihn einfach magisch an. Koslowski gab sich als Direktor eines kleinen  polnischen Maschinenbauunternehmens aus und hoffte, bei Gesprächen mit den Neu- und Altreichen auf der Halbinsel Kontakte knüpfen zu können, die ihm einen Neuanfang ermöglichen würden. Da er schon in den FOF - Werken mit der Rolle des Unternehmer von Welt vertraut war, fiel es ihm überhaupt nicht schwer, Kontakte, vornehmlich mit russischen Industriellen, herzustellen. Heute hatte er sich mit einem Kasparow unterhalten, den er anfangs für einen Industriellen hielt, der sich aber dann doch nur als Sonderbeauftragter für die Durchführung irgendeines obskuren Befehls herausstellte. Seine Sprachbegabung fiel schon in der ersten Woche im Hotel auf, als er von einem deutschen Gast etwas gefragt wurde und auf deutsch antwortete, an der Rezeption dann auf russisch seine Schlüssel verlangte und beim anschließenden Gang zum Fahrstuhl einer jungen Französin das heruntergefallene Taschentuch, ganz Mann von Welt, versteht sich, nicht nur aufhob, sondern ihr anschließend ein typisches französisches Bonmot präsentierte. Das gefiel der Französin offenbar genauso wie sie dem inzwischen graumelierten Koslowski, der sie spontan zum Souper einlud. Die Französin lächelte charmant und Koslowski stellte fest, daß seine Wirkung auf Frauen immer noch vorhanden war, denn trotz seiner mittlerweile 50 Jahre war er immer noch schlank und durchtrainiert, keine Spur von Bauchansatz. Kunststück, denn er hatte die letzten Monate auch wahrlich keine überflüssigen Mittel gehabt, um sich einen Wohlstandsbauch anzufressen. Hätte er seinen Blick nur ein paar Meter weiter nach links schweifen lassen, dann wäre ihm am Portal lehnend ein junger Mann aufgefallen, der die ganze Szene aufmerksam beobachtet hatte.

Unmittelbar, nachdem Koslowski im Fahrstuhl verschwunden war, ging der junge Mann in eine Telefonzelle und hob den Hörer ab. „Ja, bitte?" Die Telefonistin flötete in den Hörer. „Ich hätte gerne eine Verbindung mit Moskau, die Nummer ist ..... Die Telefonistin zuckte zusammen, sie hatte die Stelle der Telefonistin nun schon seit 15 Jahren inne und kannte den Anschluß des Kreml. Die Nummer, die der Gast verlangte, bedeutete, daß dieser Kontakt zu hohen Regierungsstellen haben mußte. Da natürlich die Ereignisse in Polen des Jahres 1939 auf der Krim nicht unbeachtet blieben, machte sich die Telefonistin Gedanken und ließ, natürlich völlig unbeabsichtigt, die Mithörmuschel auf den Ohren, als das Gespräch vermittelt war. „Hier Lukoschenko, Hotel Savoy, Sewastopol. Ich glaube, wir sollten mal eine Personenüberprüfung durchführen. Die Daten wie folgt:

Koslowski, Tadeusz, geboren 1889, angeblich in Warschau. Spricht fließend polnisch, aber stammt mit Sicherheit nicht aus Warschau, das klingt eher nach deutschem Unterton, da bin ich ganz sicher, das ist kein Pole. Typ Mann von Welt, neben polnisch spricht er fließend deutsch und ausgezeichnet französisch. Russisch scheint er sich noch nicht so lange angeeignet zu haben bzw. schon lange nicht mehr gesprochen zu haben. Gibt sich als Direktor einer kleinen polnischen Maschinenfabrik aus, der auf der Krim Urlaub machen will. Ist völlig neu eingekleidet, allerdings eher nach westlichem Geschmack." Der Gesprächspartner von Lukoschenko unterbrach: „Sie sagen, dieser Koslowski spricht fließend vier Sprachen?" „Jawohl, Genosse Oberst." „Dann könnte das ein geeigneter Kandidat für uns sein, Kontakt aufnehmen, wir brauchen mehr Informationen, um festzustellen, wer das wirklich ist. Ich teile Ihre Ansicht, ein gebürtiger Pole dürfte das nicht sein. Gute Arbeit, Genosse Lukoschenko." „Danke, Genosse Oberst." Lukoschenko legte auf. Oberst Wlassow lehnte sich in seinem Ledersessel zurück und ließ die letzten Jahre Revue passieren. Angefangen hatte alles mit den Friedensverhandlungen von Brest-Litowsk im Jahr 1917. Er konnte sich noch gut dran erinnern, wie er als junger Kadett die sowjetische Delegation begleiten durfte. Bitterkalt war es damals gewesen, als die junge Sowjetunion mit Österreich-Ungarn und Deutschland Frieden schloß. Die Friedensbedingungen waren alles andere als gut, aber die neue Regierung um Lenin akzeptierte in nüchterner Einschätzung der Lage, weil Deutschland weiter militärisch vorrückte und Lenin befürchtete, daß die Revolution zusammenbrechen würde, wenn es keinen Frieden mit Deutschland geben würde. In den Folgejahren ging es dem vermeintlichen Sieger Deutschland auch nicht besser als der Sowjetunion, beide Nationen litten unter den Friedensdiktaten der Sieger, die neben hohen Reparationszahlungen auch Gebietsabtretungen vorsahen. Für das Deutsche Reich hatten sich die Siegermächte etwas Besonderes ausgedacht: Der Versailler Friedensvertrag verbot Deutschland nicht nur den Besitz, sondern auch die Produktion von schwerer Artillerie und sonstigem militärischem Großgerät. Eine Luftwaffe war verboten. Die deutsche Regierung war aber nicht bereit, sich völlig schutzlos zu präsentieren und suchte fieberhaft nach einer Lösung. Wlassow sagte damals scherzhalber zu seinem direkten Vorgesetzten Trotzki: „Deutschland darf also keine Panzer produzieren und besitzen. Wenn die Produktion in einem anderen Land stattfindet und die hergestellten Panzer dann pro forma dem Produktionsland gehören, ist die Bedingung des Friedensvertrages eingehalten und niemand kann dagegen etwas sagen. In einem Zusatzprotokoll könnte man dann die Eigentumsfrage zwischen Deutschland und dem produzierenden Land regeln." Trotzki lächelte still vor sich hin und sagte damals zu Wlassow: „Nun, mein junger Freund, du hast doch sicher eine Idee, wer das Partnerland für Deutschland sein könnte?" „Sicher, wir natürlich, denn wir suchen doch schon lange nach fortschrittlicher Technik. An unserer Kadettenschule hieß es immer, die Panzer sind zwar von den Briten erfunden worden, um den Stellungskrieg aufzubrechen, aber wenn was technisch Einwandfreies in der Panzerentwicklung heraus kommen soll, dann braucht man dazu deutsche Unterstützung. Hier hätten wir die Möglichkeit, deutsche Ingenieure nach Rußland zu bekommen, Einblick in deutsche Produktionstechnik zu gewinnen, kurzum, für wenig Geld unsere Panzerarmee modernisieren zu können." Trotzki schien interessiert. „Und wo sollte man ein solches Werk bauen?" „Möglichst weit weg von den Grenzen Europas, damit keine der Siegermächte mißtrauisch wird. Man bräuchte gute Verkehrsanbindungen, Flüsse wären am besten, um die benötigten Güter sicher zu den Fabriken transportieren zu können. Nötig wären auch große Arreale zum Testen der Panzer, Schießplätze, fernab von der Zivilbevölkerung." Als er mit seinen hastig hervorgesprudelten Ausführungen zu Ende gelangt war, bemerkte er, daß damals der gesamte Bürostab von Trotzki wie gebannt seinen Worten lauschte. Er lief damals puterrot an und wollte sich für seine Forschheit entschuldigen, doch Trotzki fiel ihm damals ins Wort und forderte ihn auf, alle seine Gedanken schriftlich zu fixieren. Nach wenigen Wochen wurde er zum Projektleiter ernannt und nahm in der Folgezeit Kontakt auf mit der deutschen Militärführung in der sicheren Erkenntnis, daß auch diese Interesse am Aufbau einer Panzerarmee haben mußte. Die Verhandlungen kamen zu einem Abschluß. So wurde ab 1926 in Kasan, gut 750 km östlich von Moskau die deutsche Kampfwagenschule KAMA errichtet. Dort wurde mit der Erprobung von Leicht- und Großtraktoren begonnen. Diese Traktoren hatten natürlich nichts mit Landwirtschaft zu tun, auch wenn der Tarnname so gewählt worden war. Leichttraktor bedeutete leichter Kampfwagen und Großtraktor Kampfpanzer der schweren Ausführung.

Erprobt wurden insbesondere die Einsatztheorien von einem gewissen Guderian. Ein Mann namens Kaschube fiel im Team der Deutschen damals besonders auf, weil er die Techniker permanent antrieb, ihm Verbesserungsvorschläge zu den eingesetzten Motoren zu unterbreiten. „Die Kästen sind zu schwer, zu langsam, zu unbeweglich, verbrauchen auch zuviel Kraftstoff. Ein tiefes, schnelles Eindringen in Feindesland ist mit diesen Monstren nicht möglich. Die Motoren sind noch viel zu anfällig, wenn die alle 300 km ausfallen, können wir die Werkstätten gleich im Anhänger mitnehmen. Solche Dinosaurier hatten wir schon vor Verdun, die haben damals schon nichts getaugt." Wlassow fand Kaschube damals sehr anspruchsvoll, denn die Motoren, die er damals zu sehen bekam, waren Klassen besser als die russischen. Insbesondere die Verarbeitungsqualität faszinierte Wlassow. So etwas bekamen die russischen Fabriken nicht hin, trotzdem war Kaschube unzufrieden. Seine Kommentare, die er bei Erprobungsfahrten gab, zeugten zwar von hoher Sachkenntnis, aber irgendwie kamen Wlassow diese Kenntnisse nur angelesen vor, nicht selber erarbeitet. Er hatte den Eindruck, daß dieser Mann sich kräftig mit fremden Federn schmückte. Eine eigene Produktion schien er noch nicht zu unterhalten, denn viele der Komponenten, die nach Kasan geliefert wurden, trugen das Firmenzeichen von Krupp. Aber Kaschube schien sich mit Plänen zu tragen, eine eigene Fabrik in Deutschland aufzubauen, sobald sein Partner, der offensichtlich von seinem Glück noch nichts wußte, seinen derzeitigen Arbeitsplatz aufgegeben haben würde. „Meister Wlassow, der Mann ist so einsame Spitze, wenn Sie wüßten, was der alles auf dem Kasten hat. Der träumt im Augenblick noch von Flugzeugen, die Passagiere durch die Gegend fliegen sollen. Aber seine eigentliche Stärke hat er selber noch nicht erkannt. Der erfindet Motoren, die an Laufruhe und Kultiviertheit ihresgleichen suchen. Ich habe Pläne bei ihm gesehen, dagegen sind die Krupp Motoren, mit denen wir hier durch die Gegend fahren, einfach nur Scheiße." Aha, dachte Wlassow, nun wußte er auch, woher die Sachkenntnisse des Kaschube, den er schmierig fand, stammten. Wlassow war aber zu gewitzt, um Kaschube auszufragen, wie dieser Mann hieß. Das würde man schon noch herausbekommen. Sein Großvater pflegte immer zu sagen, egal, was auch passiert, die Zeit arbeitet immer für uns Russen. So verhielt sich Wlassow zunächst still und beobachtete die Art und Weise, wie die Deutschen ihre Leute ausbildeten. Die taktische Schulung, die die deutschen Teilnehmer erhielten, war jedenfalls geprägt von preußischem Drill. Kaschube schien damit nicht besonders gut zurecht zu kommen, denn er und der leitende Offizier der Deutschen hatten des öfteren Auseinandersetzungen. Insbesondere der lockere Lebenswandel von

Kaschube mißfiel dem deutschen Offizier. Wlassow, der sehr gut deutsch sprach, hatte einmal ein Wortgefecht der beiden mitbekommen, in dessen Verlauf Kaschube schweres Geschütz auffuhr. „Mann, Kaschube, hören Sie endlich auf zu meckern, alles, was wir hier machen, paßt Ihnen nicht. Mal sind die Panzer zu schwer, dann sind sie nicht gepanzert genug, dann verbrauchen sie wieder zu viel Treibstoff, dann haben Sie zuwenig Leistung usw. und so fort. Kapieren Sie eigentlich nicht, daß wir es hier mit dem klassischen Zielkonflikt der Ingenieurskunst zu tun haben? Man kann nicht einen Motor bauen, der 200 PS hat und schnell ist, dafür aber wenig verbraucht. So ein leistungsstarker Motor schluckt nunmal auch kräftig, deswegen ist auch der Wirkungskreis des Großgerätes begrenzt. Wenn wir den Tank zu groß machen, wird die Kiste wieder zu schwer, was negative Auswirkungen auf die Beweglichkeit hat. Sie kapieren das einfach nicht, weil Sie es nie richtig gelernt haben." „Wir werden ja sehen, wer hier am längeren Hebel sitzen wird, Sie Pinscher! Wissen Sie eigentlich, wer das Projekt hier finanziert?" Das war das letzte, was Wlassow von Kaschube hörte. Der leitende Offizier gab auf Befragen keine Auskunft über Kaschube, sondern empfahl Wlassow nur, äußerst unpreußisch, wie Wlassow befand, sich um seinen eigenen Dreck zu kümmern. Wlassow war hierüber ziemlich ärgerlich, am meisten ärgerte er sich allerdings über sich selber, weil er nicht sofort Nachforschungen nach diesem schrägen Vogel angestellt hatte, als noch Zeit dazu war. Nun gut, das war ein Fehler, den er nicht noch mal begehen würde. In den nächsten Jahren verschärfte sich das Klima zwischen Deutschland und Rußland, alle Beteiligten, die nur am Rande mit Politik zu tun hatten, bedauerten dies außerordentlich, denn die Zusammenarbeit war geprägt von ausgesprochenem Respekt auf beiden Seiten und von hohen Lernerfolgen. Die Deutschen verließen die Panzerschule in Kasan 1933 und Wlassow, der bis dahin immerhin schon zum Oberst aufgerückt war, übernahm die Leitung der nun nur noch sowjetischen Besatzung. Wlassow war über den Abbruch der Zusammenarbeit ziemlich verstimmt, denn er hatte den Eindruck, daß die Deutschen bei den letzten Testfahrten in Kasan bestimmte Forschungsdetails nicht mehr kundtaten. So hatte Wlassow immer die schwache Motorisierung des PzKfw (Panzerkampfwagen) I Ausführung A bemängelt und daß die Deutschen hier Abhilfe schaffen müßten. Beim letzten Mal, als er dies ansprach, hatten ihn die Deutschen nur milde angelächelt, als ob schon eine Lösung hierfür gefunden worden sei und er nur den ganzen Laden mit seiner Fragerei aufhalten würde. Unwillkürlich dachte Wlassow an Kaschube und seinen Supererfinder und er fragte sich, ob die beiden Deutschen wohl schon ihre Fabrik gegründet und den neuen Motor fertiggestellt hätten, aber nur noch nicht präsentieren wollten. Aber selbst auf hartnäckiges Nachfragen gaben die Deutschen keinerlei Auskünfte mehr, das Klima war durch die Veränderung der politischen Situation eindeutig vereist. Als nun die Deutschen von einem Tag auf den anderen verschwunden waren, hatte Wlassow mit vielerlei Schwierigkeiten zu kämpfen, am schlimmsten war die Aufrechterhaltung der Disziplin, weil die sowjetische Militärführung ausstehende Solde nur spät und nicht vollständig auszahlte, zum Teil sogar in Naturalien. Das führte dazu, daß der Wodka, der zur Volksseele dazugehörte, nicht mehr in Strömen fließen konnte. Da die sowjetische Regierung permanent mit Finanzknappheit zu kämpfen hatte und die traditionelle russische Korruption die wenigen Mittel, die vorhanden waren, auch noch vollends auffraß, kämpfte Wlassow eigentlich einen aussichtslosen Kampf an allen Fronten. Seine Kompanie verbummelte den Dienst, wo es nur ging, weil kein Sold ausgezahlt wurde. Die dringend benötigten Mittel zum Kauf von Ersatzteilen bekam er nicht bewilligt, was zur Folge hatte, daß die Panzer, mit denen Probefahrten unternommen werden sollten, genauso träge aus der Wäsche starrten wie das Bedienpersonal. Von Verbesserung der Panzertruppe konnte also seit dem Verschwinden der Deutschen nicht mehr die Rede sein, Wlassow war eigentlich froh, wenn er den Ausbildungsstand von 1932 einfrieren konnte. Die russische Führung war ganz offensichtlich mit diesem Zustand nicht zufrieden, konnte aber andererseits Wlassow nicht mit mehr finanziellen Mitteln ausstatten. So verlotterte die russische Panzertruppe innerhalb von wenigen Jahren, die wenigen Truppenteile, die noch einsatzfähig waren, wurden von ungeübten Befehlshabern angeführt. Wlassow, der sich anläßlich einer Inspektionsreise einen Überblick über den Zustand der russischen Panzertruppe verschaffen wollte, war entsetzt über diesen Zustand. Sein Bericht an Marschall Timoschenko war denn auch voller ungeschminkter Wahrheiten.

(...) „Wenn es zu einem bewaffneten Konflikt mit benachbarten Staaten kommen sollte, wird die Sowjetunion von jedem Staat überrannt werden, der eine nur halbwegs einsatzfähige Panzertruppe hat. Unsere Panzer sind völlig veraltet, schlecht gewartet, es gibt viel zu viele Typen, was die Ersatzteilhaltung und Munitionsbevorratung erschwert und unnötig teuer macht. Die Besatzungen sind anfangs gut ausgebildet worden, in der Folgezeit wurde aus Kostengründen auf die kontinuierliche Weiterbildung von bestehendem und Ausbildung von neuem Personal verzichtet. Die Fahrzeuge wurden unzureichend bewegt, sind teilweise schlecht gelagert gewesen und rosteten munter vor sich hin. Dies hat zur Folge, daß die Sowjetunion auf einem riesigen Schrottberg sitzt, der sich Panzertruppe nennt.“

Als Marschall Timoschenko dies las, bekam er einen Tobsuchtsanfall, aber überraschen konnte das Ergebnis eigentlich niemanden, denn die Zustände in der sowjetischen Armee waren bekannt. Aber Abhilfe wurde eben nicht geschaffen, weil scheinbar die äußeren Bedrohungen nicht so recht erkannt werden wollten. Wlassow bemühte sich verzweifelt, bei jeder sich bietenden Gelegenheit darauf hinzuweisen, daß die Deutschen seit 1932 in der Entwicklung der Panzertruppe sicherlich nicht stehengeblieben sein konnten. Aber immer noch geschah nichts von seiten der sowjetischen Führung. Das änderte sich jedoch ziemlich rasch, als der russische Geheimdienst Informationen über die FOF – Werke, die man schon zu Zeiten der KAMA Zusammenarbeit observierte, nach Moskau übermittelte.

Angeblich würden dort nun Motoren entwickelt, die die am Markt befindlichen in punkto Zuverlässigkeit und Leistung bei weitem übertreffen würden. Wlassow dachte sofort an Kaschube und es wurde ein Topagent nach Deutschland eingeschleust, der über die neuesten Entwicklungen in diesem Werk Details herausbekommen sollte, insbesondere, ob Kaschube an diesem Werk beteiligt war. Ganz offenbar sollten die FOF-Werke als Zulieferwerk für die gesamte Motorenproduktion der Wehrmacht ausgelegt werden. Die Informationen, die dieser Agent übermittelte, führten sehr rasch auf die Spur von Kaschube. Als man in Moskau erfuhr, daß Kaschube bis 1939 Werksdirektor war, dann aber unter sehr mysteriösen Umständen aus den FOF – Werken verschwunden war, wußte man in Moskau, nach wem man zu suchen hatte, wenn man Einblick in die deutsche Panzerproduktion von 1932 bis 1939 haben wollte: Willi Kaschube.

Gelänge es, diesen ehemaligen Werksdirektor aufzuspüren, der bereits 1926 in Kasan den Aufbau der deutschen Panzerschule mitgestaltete, dann hätte man den Mann gefunden, der zumindest ansatzweise über die Entwicklung seit 1932 Auskunft geben konnte. Angeblich hatte dieser Kaschube zusammen mit dem technischen Leiter der FOF-Werke, einem gewissen Hambach, entscheidend zur Motorenverbesserung beigetragen. Wlassow bezweifelte das etwas, denn er kannte Kaschube ja. Aber vielleicht konnte Kaschube etwas über Schwächen und Stärken der aktuellen deutschen Panzertypen sagen. Mit diesem Wissen könnte man dann russische Typen konstruieren, die den deutschen zumidest gleichwertig wären. Zwei Tage vergingen und Wlassow wurde zusehends unruhiger, konnte sich dies aber selber nicht recht erklären. Es klopfte an seiner Bürotür und ein Bote brachte ein Dossier herein, welches mit Diplomatenpost von der Krim übermittelt worden war. Wlassow nahm es in Empfang und staunte insgeheim wieder einmal, wie schnell dieser Lukoschenko war. Den würde er bald befördern müssen, sonst würden ihn andere Abteilungen abwerben. Er durchflog das Dossier, in dem eigentlich nur das drinstand, was Lukoschenko schon am Telefon gesagt hatte. Wlassow wollte es schon ärgerlich zur Seite legen, als ein Photo herausfiel. Wlassow bückte sich, um es vom Boden aufzuheben, ließ es dann aber liegen. Er glaubte, seinen Augen nicht zu trauen: Am Boden liegend grinste ihn Willi Kaschube an, etwas ergraut mittlerweile, aber dennoch, kein Zweifel, der Mann, der sich unter dem Namen Koslowski in Sewastapol aufhielt, war Willi Kaschube, ex-Direktor der FOF-Werke, gesuchter Ausbrecher und Mörder und nun Flüchtiger vor dem NS – Regime. Na, wenn das keine Überraschung war. Wlassow nahm den Telefonhörer ab. Jetzt galt es, sein Adjutant betrat das Zimmer. „Machen Sie meinen Koffer fertig, wir reisen nach Sewastapol."

# Teil 14: Marita

„So eine verdammte Scheiße!" Kurt machte seinem Unmut lautstark Luft. „Was ist denn los?" Theun kam gerade von seiner Patrouille zurück. „Warum regst du dich denn so auf, irgend was nicht in Ordnung?" Als ob er das nicht selber am besten gewußte hätte, denn er bekam ja gestern die neue Weisung zur Verlegung der Einheit noch vor dem Kommandanten mit, als er wieder per Funk die neuesten Nachrichten über Familie Hambach entgegennahm. Nachdem er herausbekommen hatte, daß Kurt definitiv nichts über die geheimen Pläne seines Vaters wußte, kam die Order von ganz oben, trotzdem in Kurts Einheit zu bleiben. Kurt sollte keinen Verdacht schöpfen, wenn auf einmal einer seiner Kameraden ohne ersichtlichen Grund abberufen würde. „Wir haben einen neuen Marschbefehl bekommen, rate mal, wohin es geht." „Keine Ahnung, mich überrascht nicht mehr viel." Das war nicht mal gelogen, denn Theun wußte ja bereits, daß es Richtung Ungarn gehen würde. Um zu verhindern, daß Nordafrika als Ausgangsbasis für britische Angriffe, etwa auf den Süden Italiens dienen konnte, wurde von Hitler Erwin Rommel in Marsch gesetzt, der in Nordafrika den Einfluß der Briten zurückdrängen sollte. Damit aus dem Unruheherd Griechenland, wo ebenfalls britische Soldaten stationiert waren, kein Pulverfaß Balkan wurde, war es allerdings nötig, weitere deutsche Truppen in den Balkan zu schicken, was durch den bulgarischen Beitritt zum Dreimächtepakt erleichtert wurde. Der bulgarische Ministerpräsident hatte zwar Bedenken, da man ein Eingreifen der UdSSR befürchtete, wenn Bulgarien dem ursprünglichen Dreimächtepakt beitreten würde. Als in Jugoslawien Ministerpräsident Cvetkovic bei einem Putsch gestürzt wurde, war die Gefahr groß, daß mitten im Einflußgebiet der Achsenmächte ein Unruheherd entstehen würde, der den Bestand des Achsenbündnisses würde gefährden können. Der Einsatzbefehl war deswegen logisch, alle verfügbaren Einheiten wurden Richtung Balkan abkommandiert, auch die, in der Kurt seinen Dienst tat. Der tobte immer noch. „Angeblich sollen wir nach Ungarn gebracht werden. Weißt du, was das bedeutet?" Theun schüttelte den Kopf. „Na, dann wirf´ mal einen Blick auf die Landkarte. Bulgarien, Ungarn und Rumänien gehören schon zum Reich. In Griechenland sitzen die Tommies, weil die Italiener ihren Arsch nicht in Italien lassen konnten. Was mußten die Griechenland angreifen? War doch klar, daß die Briten den Griechen zu Hilfe eilen werden. Jetzt schau mal, welches Land auf dem Weg nach Griechenland noch im Weg ist." Kurt deutete auf die Landkarte, die auf dem Boden ausgebreitet war. Theun sah es nun auch und zeigte auf Jugoslawien. „Eben." Kurt nickte. „Da die Italiener so überaus tapfer in Griechenland gekämpft haben, dürfen wir jetzt auch noch die Akropolis besuchen, um die Tommies da rauszuschmeißen, denn sonst haben wir eine permanente Front mitten in Europa. Als ob Rußland nicht schon reichen würde." Theun staunte insgeheim über den analytischen Verstand dieses Kurt Hambach. Ein fauler Hund, kein Zweifel, aber der Bursche wurde vom Führungsstab gründlich unterschätzt, der ihn zunächst als Kradmelder eingesetzt hatte. Kurt Hambach hatte ihm die letzten Minuten genau die Angriffspläne der Achsenmächte erläutert. Wenn der das mal an anderer Stelle zu einem unpassenden Moment tun würde, dann würde er sofort als Spion verhaftet werden. Dabei hatte er wirklich nur alle Vorgänge miteinander verknüpft und mögliche Abfolgen auf die logischsten reduziert. Kein Wunder, daß Theun im Schach regelmäßig gegen Hambach verlor. Theun dachte an die neuesten Funknachrichten: Bulgarien war dem Dreimächtepakt beigetreten, einen Tag später sollten gemäß Führerweisung schon die deutschen Lastwagen auf dem Weg nach Griechenland durch Bulgarien rollen. Nachdem sich vorher mit Rumänien, Ungarn und der Slowakei drei weitere Staaten dem Pakt angeschlossen hatten, war der Einfluß Deutschlands auf dem Balkan immer größer geworden, was in England mit Sorge betrachtet wurde. Mussolini träumte derweil immer noch vom römischen Weltreich, er riß eine Front nach der anderen auf, blieb allerdings stets erfolglos. Er bekam einen Dämpfer, gefolgt vom nächsten. Zuletzt in Nordafrika, wo britische Truppen in einer beispiellosen Erfolgsserie innerhalb von zwei Monaten 800 km zurücklegten und 140000 Italiener gefangennahmen. Nun entspannte sich die Situation für die Briten etwas, denn es war eine neue Frontlinie für Deutschland aufgerissen. Gemäß Bündnisvertrag mußte Deutschland Italien nun beistehen. Von der Operationsbasis Nordafrika aus konnten die Briten jederzeit heftige Nadelstiche Richtung Balkan starten, wo sich Italien gegen Griechenland sehr schwer tat, weil die Briten Griechenland massiv unterstützten. Die letzten Wochen war Kurt Hambach als Panzerfahrer auf einem PzKfW II der Ausführung C geschult worden, was ihm überhaupt nicht behagt hatte. „Mein lieber Theun, ich sage dir, das gefällt mir nicht. Wozu sollte ich hier in Norwegen als Panzerfahrer geschult werden? Sollen wir einen neuen Zug der Lemminge starten, diesmal mit Panzern und direkt ins Meer fahren? Ist doch Kokolores. Wir werden versetzt, das garantiere ich dir. Wenn mich nicht alles täuscht, heißt das Ziel Nordafrika, wo sich die Briten breitmachen oder Jugoslawien, um dann besser gegen die Tommies in Griechenland vorgehen zu können." Viel Zeit zum Herummaulen blieb Kurt nicht. Innerhalb kürzester Zeit war die Einheit verladen und bereits am 5. April 1941 lagen alle abmarschbereit an der jugoslawischen Grenze. Hambach hatte Theun, den man zum Unteroffizier befördert hatte, als Panzerkommandant bekommen. Der dritte Mann im Panzer war ein gewisser Keithel. Diese drei wurden von den Ereignissen genauso überrascht und mitgerissen wie die Jugoslawen, die scheinbar völlig unvorbereitet in diesen Krieg gingen. Am 6. April ging es am frühen Morgen los, innerhalb kürzester Zeit war der Kampfpanzer von Theun schon weit nach Jugoslawien vorgedrungen. Keithel ging das zu einfach, der war mißtrauisch und fragte sich, ob sie nicht in einen Riesenhinterhalt hineinfahren würden. Als vier Tage später Zagreb eingenommen war, war Keithel beruhigt, so schlecht wie die jugoslawischen Truppen vorbereitet waren, konnte man sich jeden Gedanken an einen raffinierten Hinterhalt aus dem Kopf schlagen..

Am 12. April fiel Belgrad in deutsche Hand. Erleichtert wurde das Voranrücken durch die Unterstützung der Kroaten, die die Deutschen durchgängig als Befreier betrachteten. Beim Einmarsch von den Deutschen kam es zu Szenen, die Kurt in solcher Heftigkeit noch nicht gesehen hatte. Kroaten lebten ihren Haß auf die bisherigen Machthaber recht deutlich auf offener Straße aus. Keithel und Hambach fanden dies abscheulich, beide waren zwar schon in Norwegen dabeigewesen, aber was sich hier abspielte, war mit Worten nicht zu beschreiben. Sie wollten schon eingreifen, wurden von Theun aber davon abgehalten. „Haltet euch da heraus, der Führerbefehl lautet, so schnell wie möglich ohne nennenswerte Verluste bis Belgrad vorzurücken. Spannungen zwischen ethnischen Teilbevölkerungsgruppen haben uns nicht zu interessieren." „Das hält uns aber nicht davon ab, die Spannungen zwischen den Völkergruppen auszunutzen, was, Herr Unteroffizier?" Keithel war schon ein frecher Hund und Hambach war etwas im Zweifel, ob Theun sich die letzte Bemerkung in der Form so gefallen lassen würde. „Wissen Sie, Gefreiter Keithel, meine Aufgabe ist es, möglichst ohne Verluste in Belgrad anzukommen. Das haben wir alle geschafft. Warum sollten wir jetzt unser Leben riskieren für ein paar Serben, die noch vor drei Stunden auf uns geschossen haben?" Weil es Unrecht ist, unbewaffnete Zivilisten auf offener Straße zu lynchen, dachte Keithel, sagte aber nichts. Das ist eben eine der Grundfragen der Zivilisation, dachte Kurt, sagte aber auch nichts. Warum sollte man sich für einen anderen Menschen, der in Not ist, einsetzen, ohne daß man etwas davon hat? Woher wollte Theun eigentlich wissen, daß die zwei Männer, die vor ihren Augen von Kroaten zu Tode geprügelt wurden, wirklich Serben waren und noch vor drei Stunden auf sie geschossen hatten? Zeitgleich mit dem deutschen Angriff auf Jugoslawien marschierten deutsche Truppen in Griechenland ein. Sie nutzten dabei bulgarisches Staatsgebiet, sowie erobertes jugoslawisches Gelände als Aufmarschfläche. Hier erwartete die Deutschen allerdings erheblich mehr Widerstand als in Jugoslawien, denn die Griechen kämpften aufopferungsvoll. Massive deutsche Luftangriffe auf Piräus, Wolos und Salamis zerstörten die Häfen und schwächten den Widerstandswillen der Griechen. Kurt stand mit seinem Panzer C, genannt „Ella" am 27. April gegen halb neun Uhr morgens vor Athen. Ohne Befehl von Theun erhalten zu haben, hielt er einfach an. „Kurt, bist du verrückt geworden?" Keithel knallte mit dem Kopf gegen den Munitionsvorrat, der in den letzten drei Tagen bedenklich abgenommen hatte und fluchte. „Verdammt, Kurt, was soll das?" Theun schien sauer und wollte seinen Fahrer gerade militärisch zur Sau machen, als er das Stadtbild von Athen sah. So etwas malerisches hatte auch Theun schon lange nicht mehr gesehen. Fasziniert stieg auch er aus und betrachtete das sonnendurchflutete Idyll. Ein ganz besonderes Licht war das, man konnte es schwer in Worte fassen. Keithel gesellte sich dazu. Seit einer Woche hatte man das förmliche Sie durch das Du ersetzt, Kurt hatte das angeregt und Theun hatte nichts dagegen gehabt. „Mein Gott, ist das schön." Keithel sprach allen aus dem Herzen. So standen sie eine Weile, fast schien es, als sei die Zeit stehengeblieben. Unwirsch wurden sie in die Wirklichkeit zurückgeholt.

„Wenn die Reisegruppe Süd ihre Fassung wiedergewonnen hat, können wir ja weiterfahren, ja?" Ein junger Oberleutnant reckte seinen Kopf über die Windschutzscheibe seines Kübelwagens und schien eher belustigt als verärgert. „Jawoll, Herr Oberleutnant." Theun salutierte. Als alle drei wieder im Panzer saßen, meinte Keithel: „Das Ganze kommt mir so unwirklich vor. Als ich eingezogen wurde, hatte ich eine Scheißangst in den Krieg zu ziehen. Nachdem ich Belgien und Frankreich überlebt hatte, wich diese Angst dem Gefühl, daß unsere Truppen scheinbar unschlagbar sind. Als der Angriff auf England abgebrochen wurde, verkrampfte sich in mir alles und ich dachte manchmal bei mir, was werden die mit uns machen, wenn wir mal rückwärts fahren müssen?" Theun sah ihn an. „Hör bloß auf, so einen Stuß zu reden, wenn das ein linientreuer Leutnant hört, bist du dran wegen Wehrkraftzersetzung." „Hast du denn keine Angst gehabt die letzten Tage?" Keithel sah Kurt an, der nachdenklich wirkte. „Angst ist überhaupt kein Ausdruck. Bislang hatte ich den gleichen Eindruck wie du, mir schien es, als ob die Wehrmacht für alles vorgesorgt hätte. Von zuhause aus weiß ich ja, daß diese Vorbereitungsarbeiten nicht erst 1939 begonnen haben, sondern schon viel früher. Der Motor, der in unserem Panzer drin ist, ist ja schon ein von meinem Vater optimierter, das Vorgängermodell hatte ja nur 60 PS, viel zu wenig. Aber der Nimbus der Unbesiegbarkeit hat in den Tagen der Luftschlacht um England doch gelitten. England hat sich jedenfalls nicht ergeben. Sicher, trotzdem läuft alles noch halbwegs für uns Deutsche. Aber wir sollten vielleicht eines nicht vergessen: Die Engländer sind nicht besiegt, die Russen haben bislang stillgehalten, wer weiß, wie lange noch, schließlich rücken die Achsenmächte von allen Seiten an ihre Einflußsphäre heran.

Die wichtigste Frage scheint mir aber zu sein: Wie werden sich die Amerikaner verhalten? Mein Vater hat mir zwar nicht viele Dinge aus dem ersten Weltkrieg erzählt, aber eines doch und das dürfte im jetzigen Krieg nicht anders sein: Wenn die Amis in diesen Krieg eintreten, dann mit exzellenter Ausrüstung, von der wir wahrscheinlich nur träumen können und mit einer Unmenge an Soldaten und Material, die uns erdrücken wird. Ich glaube nicht, daß Deutschland Amerika den Krieg erklären wird, eher habe ich Bedenken wegen der Japaner, weil die soviel Unruhe vor der amerikanischen Haustür veranstalten. Das werden sich die Amis nicht lange anschauen, denn letztendlich sinkt der Einfluß von Amerika in Asien immer mehr, je mehr sich die Japaner dort breitmachen. Wenn es aber Japan nicht gelingt, die Amerikaner außen vor zu halten, dann kriegen wir Probleme, siehe erster Weltkrieg. Vor den Engländern habe ich nicht soviel Angst, mit denen würde man sich notfalls schon einigen können. Undurchsichtig bleiben allerdings die Russen. Wenn die sich mit Japan in die Wolle kriegen, dann müssen die Russen mehr Truppen Richtung Mandschurei schicken. Wir sind dann aber die Gelackmeierten, denn kraft Bündnisvertrag müßten wir den Japanern helfen und Rußland den Krieg erklären. Wie sich Amerika dann verhält, bleibt ungewiß." „Moment mal, Kurt." Keithel meldete sich zu Wort. „Alles, was du da erläuterst, läuft letztlich darauf hinaus, daß immer die Deutschen die Gelackmeierten sind, egal, wer sich mit wem in die Wolle kriegt. Überall müssen wir den Bündnispakt einhalten." Theun meinte: „Das nennt man deutsche Nibelungentreue, Keithel." Keithel spuckte wütend auf den Panzerboden. „Ich nenne das Scheiße, denn die weitere Entwicklung ist ja gar nicht mehr durch unser Vorrücken bestimmt, sondern durch die Umstände." Kurt sah Theun an, der nickte: „Noch einer, der es gemerkt hat." Keithel war entsetzt. „Da sitzt ihr beide herum und wißt schon seit Tagen, daß wir nicht treiben, sondern Getriebene sind und ihr

238

sagt mir Dummen vom Dorf nichts?" „Mal ehrlich, Keithel, hätte das was geändert? Was willst du denn groß machen? Aus dem Panzer steigen, Schild umhängen, „ich mache nicht mehr mit"? Weißt du, wie schnell du dann mit den Oliven am Baum hier um die Wette trocknen kannst?" Theun hatte die letzten Tage durch die Gespräche eine erstaunliche Sinneswandlung vollzogen, denn er funkte an seine Kontaktstelle stets die gleiche Botschaft „keine neuen Erkenntnisse", obwohl das nicht stimmte. Kurt hatte ihm mittlerweile eine ganze Menge über die Motorenprojekte seines Vaters erzählt, es waren mehr die beiläufigen Dinge, die Kurt mitbekommen hatte, die er aber aufgrund seines analytischen Verstandes sehr wohl einzuordnen und zu bewerten wußte. Theun gab diese Neuigkeiten aber nicht mehr weiter, denn er war inzwischen am Zweifeln, ob er sich mit seinem bisherigen Lebensweg nicht auf dem Holzweg befunden hatte. Speziell die letzten Tage hatten ihm gezeigt, daß die sogenannten glorreichen Eroberungen zur Sicherung des Lebensraumes Ost in Wirklichkeit nichts anderes als Verbrechen waren. Er hatte dies noch nie so deutlich empfunden wie vor ein paar Tagen, als Keithel aus dem Panzer steigen wollte und den angegriffenen Serben zu Hilfe kommen wollte. Das war Mut, ohne Ansehen der Person, ohne die Lebensgeschichte des Bedrängten zu kennen, zu Hilfe zu kommen. Theun hatte diesen Mut nicht, bislang war sein Leben von Anpassung geprägt, bloß nicht zu laut reden, wenn etwas Unrecht war, man könnte ja auffallen und seine Karriere gefährden. Er hatte es im Rahmen seiner Spitzelkarriere schon weit gebracht, aber richtig zufrieden war er mit dem, was er machte, nicht. Instinktiv spürte er die Abneigung von Keithel, der ihn wohl schon durchschaut haben mochte. Hambach dagegen war zu naiv, wenn der erfahren würde, daß Theun ein Spitzel der Nazis ist und auf ihn angesetzt, dann würde er es im ersten Augenblick wahrscheinlich nicht mal glauben. Manchmal glaubte es Theun selber nicht, warum er so geworden war, es gab Momente, da hätte er vor sich selber ausspucken können. Nun war es wieder mal so weit, er litt wieder unter großen Selbstzweifeln und hatte das große Bedürfnis, sich auszusprechen. Aber mit wem sollte man das schon tun? Freunde hatte er sein ganzes Leben hindurch nicht gehabt, deswegen fehlten ihm auch Erfahrungen, wie man mit solchen Zweifeln umgehen kann. „Wozu hätte man Freunde nötig, wenn man sie nicht nötig hätte?" Im Unterbewußtsein hörte Theun die von Kurt an Keithel gerichtete Frage und wurde sofort hellhörig. Wer redete da von Freunden? Keithel sah Kurt sehr nachdenklich an. „Weißt du, Kurt, ich bin mit dem Begriff Freund zeitlebens immer sehr vorsichtig umgegangen. Man lernt im Laufe seines Lebens soviele Leute kennen, viele erweisen sich als Menschen, die man am liebsten vom Weggucken kennt. Manche als gute Bekannte, wenige als befreundete Bekannte, aber nur ganz vereinzelt findet man jemanden, den man mit Fug und Recht als seinen Freund bezeichnen kann. Ich behaupte, wenn du im ganzen Leben zwei sehr gute Freunde gefunden hast, dann kannst du dich schon sehr glücklich schätzen." „Konntest du diese Erfahrung machen?" wollte Kurt wissen. Keithel nickte. „Ja, ich hatte das Glück, einen sehr guten Freund zu haben." „Wieso redest du in der Vergangenheit?" Kurt schaute Keithel an, der ziemlich einsilbig geworden war, seitdem er bemerkt hatte, daß Theun aufmerksam zuhörte. „Ja, tun wir das nicht alle, in der Vergangenheit reden? Wer schaut denn schon so gerne in die Zukunft, bei diesen beschissenen Zeiten?" Kurt merkte, daß die Unterhaltung von Keithel geblockt wurde und lenkte ab: „Sag´mal, warum nennt dich eigentlich niemand bei deinem Vornamen oder hast du keinen?" „Doch, schon, aber der ist so saublöd, daß ich eigentlich immer schon mit Keithel angeredet worden bin." „Na, jetzt komm´schon, raus damit, wie heißt das Kind?" Kurt ließ nicht locker. „Es heißt Ernst-August." Theun und

Kurt prusteten zeitgleich los. Keithel schien beleidigt. „Bitte, sag´ ich doch. Also lassen wir es bitte bei Keithel, das bin ich schon von klein auf gewöhnt." An der Zugspitze wurde Befehl zum Halt gegeben und der ganze Troß machte sich zum Lagern bereit, Wachen wurden eingeteilt und man hatte Gelegenheit zu einer kurzen Erholungspause. Keithel nutzte diese, um sich von Theun unbemerkt Kurt zu nähern. „Ich wollte dir nur noch was sagen, Kurt. Halte dich von Theun fern, der ist vorne nicht wie hinten, der Kamerad gefällt mir nicht." „Wie kommst du denn darauf? Mit dem bin ich schon seit Norwegen zusammen, der ist zwar ein bißchen komisch, aber sonst ganz harmlos." Kurt schien entrüstet, aber Keithel blieb unbeeindruckt. „Ist der schon von Anfang an bei der Weserübung dabei gewesen?" „Nein, genau genommen kam er erst, als alles schon vorbei war." Keithel nickte. „Das paßt ins Bild. Du hast mir gesagt, daß Theun im Anschluß an das Intermezzo in Norwegen zum Unteroffizier befördert worden ist. Sind noch andere befördert worden?" „Nein, eigentlich nicht, das hat uns alle gewundert, aber scheinbar wollte man mit Beförderungen sparsam sein." „Das dachte ich mir. Findest du es nicht merkwürdig, daß ausgerechnet derjenige, der überhaupt nichts mit den Kampfhandlungen zu tun hatte, befördert wird? Noch dazu als Einziger aus der Einheit?" Keithel sah in Kurts Augen Zweifel aufsteigen und meinte lapidar: „Vorsichtig sein, mehr sage ich dazu nicht." Kurt war noch nicht zufrieden. „Du hast vorhin das Gespräch abgebrochen, als die Sprache auf Freunde kam und Theun ganz offensichtlich mithörte. Warum? Hast du was gegen Theun?" „Ich habe etwas gegen Menschen, die andere aushorchen und sich Dossiers über ihre Mitmenschen anlegen. Theun macht so etwas jedenfalls und da er ein ausgezeichnetes Gedächtnis hat, glaube ich nicht, daß der Grund Vergeßlichkeit ist." Kurt war verblüfft. „Der macht -was? Stehe ich da auch drin?" „Keine Ahnung, ist aber anzunehmen. Ich habe es auch nur durch

Zufall mitbekommen, als ihm ein kleines braunes Buch aus der Tasche fiel, was ich zunächst für ein Tagebuch hielt, machen jetzt ja viele, mitschreiben, was so passiert. Theun schreibt aber nicht mit, was passiert, sondern er schreibt auf, wer, wann, wie oft scheißen gegangen ist. Außerdem bemüht er sich, möglichst viele personenbezogene Daten aus einem herauszubekommen. Ist dir das noch nie aufgefallen?" Kurt rollte mit den Augen. „Meine Güte, was ist denn schon groß dabei, wenn mich jemand fragt, wo ich geboren bin und wer meine Eltern sind?" „Da ist natürlich nichts dabei, wenn man normale Eltern hat. Bei dir sieht das wohl etwas anders aus, denn dein Vater ist ja immerhin ...." „Ja , ich weiß, Motorenhambach, hör´ auf, damit hat mich Theun auch schon gelöchert, der wollte sogar wissen, ob mich mein Vater an den Motorenoptimierungen teilnehmen ließ..." Keithel bemerkte, wie Kurt mitten im Satz zu sprechen aufhörte. „Moment mal, wenn ich es mir so genau überlege, Theun hat am Anfang ganz schön ausführlich Dinge aus den FOF-Werken wissen wollen." Kurt sah Keithel mißtrauisch an. Immerhin war Theun der erste Freund, den er seit langem gewonnen hatte. Was fiel Keithel eigentlich ein, diese Freundschaft durch haltlose Anschuldigungen anzuzweifeln? „Woher willst du wissen, daß das alles nicht völlig harmlos ist? Vielleicht hat Theun einfach eine Macke und er sammelt eben Daten." Kurt lehnte sich in seinem Fahrersitz zurück. „Diese Macke wird dann gefährlich, wenn er diese Daten weitergibt zum eigenen Vorteil. Ich hatte ihm erzählt, daß ich aus Fürstenwerder bin, sonst nichts. Ein paar Tage später hat er sich mit mir unterhalten und dabei Dinge von meiner Familie erzählt, die ich ihm nicht berichtet hatte. Woher konnte er das wissen?" Kurt schien nicht überzeugt. „Was waren denn das für Dinge, die er angeblich nicht wissen konnte?" Keithel verzog das Gesicht, als ob er Zahnschmerzen hätte. „Ich bin nicht unbedingt jemand, der von seinen privaten Angelegenheiten viel erzählt, das hast du ja

242

schon mitbekommen. Aber ich sehe ein, daß du mir mißtraust, weil ich deinen vermeintlichen Freund einer schlimmen Sache bezichtige. Theun kennst du schon länger als mich, also hast du eigentlich recht, wenn du ihm erstmal mehr traust als mir, da könnte ja schließlich jeder kommen, nicht wahr?" Keithel sah Kurt direkt in die Augen, dann setzte er seine Erzählung fort. „Mein bester Freund hieß Josef, war ein ganz patenter Kerl, wir sind zusammen auf die Schule gegangen und haben jede Menge Blödsinn gemacht und viel Spaß gehabt." „Warum erzählst du mir das?" Kurt unterbrach und schien ungehalten. Keithel ließ sich nicht beirren. „Weil es dazugehört. Josef und ich absolvierten die Volksschule und unser Klassenlehrer meinte, daß wir beide die schlauesten Köpfe seien, die er jemals unterrichtet hätte. Unsere Eltern waren ziemlich stolz auf uns, mein Vater hat mir sogar einmal zur Belohnung für eine gute Klassenarbeit einen Bleyle – Pullover gekauft, so stolz war er. Hat ihn eine Stange Geld gekostet, aber ich habe diesen Mistpullover nie gerne angezogen, weil er immer so gekratzt hatte." Kurt wurde jetzt wirklich ärgerlich. „Was soll denn diese ganze Bleyle-Scheiße? Solche Sachen hatte ich massenhaft im Schrank."

„Mag sein, Kurt, aber du hast ja auch nie mitbekommen, was Geldsorgen sind, weil dein Vater ein reicher Mann ist. Meine Eltern waren aber nicht reich, sie hatten nie Geld und haben sich zeitlebens nach der Decke strecken müssen, es hat halt immer gerade so gereicht. So kam es mir jedenfalls früher immer vor. Da war ein kostspieliger Pullover schon eine tolle Sache. Aber das Beste kommt noch. Meine Eltern konnten nach der Volksschule das Schulgeld für das Realgymnasium bezahlen. Die Eltern von Josef konnten das nicht, aber meine Eltern haben es irgendwie geschafft, auch für Josef genügend Geld aufzutreiben." Kurt wurde neugierig. „Warum haben deine Eltern das gemacht, wenn doch bei Euch oft genug Schmalhans

Küchenmeister war? Niemand gibt Geld aus, wenn er davon nichts hat." „Siehst du, jetzt kommen wir allmählich an den Kern der Sache. Mein Vater hat immer gesagt, daß er nichts mitnehmen kann, aber er würde sich doch schon wünschen, daß die Leute vom alten Keithel wenigstens immer in Achtung reden, falls er mal tot sein sollte. Deswegen hat er viele Leute unterstützt, auch solche, von denen ich bestimmt nichts weiß, denn mein Vater war ähnlich gesprächig wie ich normalerweise." „Woher weißt du denn dann diese ganzen wohltätigen Geschichten?" fragte Kurt spöttisch, doch das Spotten blieb ihm gleich im Hals stecken. „Von meiner Mutter, von der ich, als ich acht Jahre alt war, wissen wollte, warum bei uns immer das Geld nicht reicht, obwohl unser Vater doch eigentlich genug verdiente, immerhin war er leitender Angestellter in einer nicht ganz kleinen Firma namens Siemens. Meine Mutter sagte mir damals, es war 1923, daß die Inflationszeit viele Menschen um ihr Vermögen gebracht hätte und Vater, weil es ihm gutging trotz Inflation, dafür sorgte, daß auch andere teilhaben konnten an diesem kleinen Wohlstand. Ich wußte zwar damals nicht, was Inflation ist, aber als ich dann zehn Jahre alt wurde, wußte ich es, denn die Eltern meines Freundes konnten das Schulgeld für ihren Sohn nicht aufbringen und er hätte deswegen also nicht in das Realgymnasium gehen können. Mein Vater muß mit einigen Leuten gesprochen haben, vielleicht hat er auch schlicht gebettelt, aber jedenfalls hat er es geschafft, daß Josef mit mir zusammen in die Schule gehen konnte und wir zusammen das Abitur gemacht haben. Die Eltern von Josef waren jedenfalls zeitlebens meinen Eltern sehr dankbar." „Wieso waren?" wollte Kurt wissen. „Ganz einfach, weil sie tot sind. Als Josef und ich unser Abitur gebaut hatten, Josef übrigens erheblich besser als ich, ging ja der braune Terror gerade los." Keithel machte eine Kunstpause und beobachtete, wie Kurt auf diese Worte reagierte. Der ließ sich aber scheinbar überhaupt nichts anmerken.

„Erzähle weiter." bat er Keithel. „Josef und ich spielten in der Feldhandballmannschaft von Fürstenwerder und er war wahrscheinlich der beste Tormann, den diese Mannschaft jemals hatte. Jedenfalls wurden wir dreimal hintereinander Meister mit relativ wenig Gegentoren. Das hatte schnell ein Ende. Bereits Anfang 1933 wurde Josef aufgefordert, den Verein zu verlassen." „Wieso das denn, wenn er doch so gut war?" Kurt zweifelte immer mehr an Keithels Worten, aber irgendwie fesselte ihn diese Geschichte. „Weil Josef Jude war." Kurt zuckte zusammen. „Dein bester Freund ist Jude?" wollte er von Keithel wissen. „Nein." Keithel schüttelte den Kopf. „Mein bester Freund ist nicht Jude." „Also, was soll denn diese Scheiße, erst erzählst du mir, daß du mit einem Scheißjuden Abitur gemacht hast, daß es dein bester Freund ist und nun verleugnest du ihn?" Kurt war kurz davor, Keithel eine Ohrfeige zu geben. Keithel blieb völlig unbeeindruckt, obwohl er bei dem Ausdruck „Scheißjude" zusammengefahren war.

„Ich verleugne überhaupt niemanden. Du hast mich gefragt, ob mein bester Freund Jude ist. Das habe ich wahrheitsgemäß verneint, weil er tot ist. Hättest du mich gefragt, ob mein bester Freund Jude war, hätte ich das bejaht." „Meine Güte, legst du eigentlich jedes Wort auf die Goldwaage?" fragte Kurt. „In diesen Zeiten schon. Mein Freund Josef ist von den sogenannten Nationalsozialisten im Lager Oranienburg 1934 zu Tode geprügelt worden." „Woher willst du denn das wissen?" Kurt schien immer noch unbeeindruckt zu sein. „Weil ich ihm bei seiner Verhaftung zu Hilfe kommen wollte, deswegen als Judenfreund bezeichnet wurde und zeitgleich mit ihm nach Oranienburg gekommen bin. Dabei durfte ich dann erleben, was mit Gegnern von Adolf Hitler passiert." Kurt war immer noch nicht überzeugt. „Und wieso bist du dann hier und nicht ebenfalls totgeprügelt worden?" „Weil ich der Gnade zuteil geworden bin, kraft Geburt ein Deutscher zu sein, der nicht länger als 48 Stunden im Gefängnis bleiben darf, ohne daß Anklage erhoben wird. Mich mußte man nach zwei Tagen entlassen, Josef hatte Pech, der war nach zwei Tagen bereits tot, so daß ihm diese Zwei-Tages-Frist bedauerlicherweise nichts nützte, obwohl er eigentlich auch Deutscher war. Mir drohte man damit, würde ich jemals irgendetwas davon erzählen, wie mein Freund zu Tode kam, dann würde ich Josefs Schicksal teilen. Ich habe diese Geschichte aber inzwischen vielen Leuten erzählt, damit alle endlich kapieren, wohin uns unser toller Führer bringt. Seitdem ich mitansehen mußte, wie mein bester Freund zu Tode geprügelt wurde, ohne daß ich ihm helfen konnte, seitdem, ja seitdem habe ich keine Angst mehr vor dem Tod." Kurt sah Keithel an. „Jetzt weiß ich auch, warum du immer noch Gefreiter bist. Bei der Vorgeschichte kannst du natürlich nicht befördert werden. Ein Wunder, daß man dich überhaupt in die Armee reingelassen hat. Eigentlich müßtest du doch als wehrunwürdig eingestuft worden sein, oder? Du hast aber trotzdem schon am Polen-Feldzug teilgenommen oder nicht?" „Ja, immer an der vordersten Front, wahrscheinlich hatte man sich erhofft, daß ich möglichst bald draufgehe, das wäre bestimmt einfacher gewesen als ein reguläres Verfahren. Aber Unkraut vergeht eben nicht. " Keithel schien die Ruhe selbst zu sein. „Ich bin ziemlich sicher, daß ich vielen NS-Schergen schlaflose Nächte verursache, einfach aufgrund der Tatsache, daß ich immer noch lebe. In Polen hatte man mich einem Himmelfahrtskommando zugeteilt, vor Warschau leisteten die Polen erbitterten Widerstand und es wurden arme Tröpfe gesucht, bei deren Dahinscheiden keiner eine Träne vergießen würde. Da fiel die Wahl natürlich relativ schnell auf mich. Dummerweise war ich einer von den vier Musketieren, die überlebten. Meine drei Mitstreiter, ebenfalls Schütze Arsch wie ich auch, wurden befördert und ich blieb Schütze Arsch. Das änderte sich erst, als ich in Frankreich einen Leutnant vor einem Hinterhalt bewahren konnte. Da wurde dann sogar Schütze Keithel zum Gefreiten befördert. Allerdings auch erst, als sich der Leutnant persönlich für mich einsetzte." „Was ist seitdem mit den Eltern von Josef passiert?" Kurt wurde langsam unruhig.

„Seine Eltern? Die sind tot. In Dachau ermordet." Keithel war kalt wie eine Hundeschnauze. „Kurt, ich erzähle dir das nicht, um mich vor dir wichtig zu machen. Ich möchte nur verhindern, daß du den falschen Propheten in das Netz gehst. Ich bin etwas älter als du, zwar nicht viel, aber mir scheint, daß ich eine Kleinigkeit mehr an reellem Leben mitbekommen habe als du. Es sieht ganz danach aus, als haben dich deine Eltern vor der Zeitgeschichte ausgeklammert, um dich vor allem Üblen zu bewahren. Das ist natürlich auch eine Methode, deine Eltern haben das bestimmt gut gemeint, aber es ist der falsche Weg. Niemand kann sich auf Dauer selber etwas vormachen. Wir Deutschen überziehen die Welt mit Unglück und Verderben und werden früher oder später dafür zu bezahlen haben, glaube mir das. Mein Vater hat mir kurz vor seinem Tode gesagt, daß man sich niemals dem Zeitgeist beugen darf, auch wenn es bequem erscheint und danach habe ich mich gerichtet." „Dein Vater ist tot? Wie kam das?" Kurt kam aus dem Staunen nicht mehr heraus. „Wie das kam? Nun, das war ganz einfach. Als ich aus Oranienburg entlassen wurde, hat mein Vater Anzeige erstattet gegen die Befehlshaber des dortigen Lagers, obwohl ich ihn gebeten hatte, das zu unterlassen, denn ich fürchtete Repressalien für die Familie. Aber mein Vater war nicht zu bremsen, er meinte, daß er als Deutscher das Recht hat, gegen Unrecht vorzugehen. Ich erinnerte mich an die Worte des Lagerkommandanten Klose und ich wußte eigentlich schon zum Zeitpunkt der Klageerhebung, daß mein Vater damit sein Leben verwirkt haben würde, aber er wollte mir das nicht glauben. Drei Tage nach Klageerhebung wurde er zur Vernehmung in das Polizeirevier Oranienburg bestellt und eine Woche später durfte ich meinen Vater beerdigen. Offizielle Todesursache: Herzversagen."

Keithel schluckte und Kurt merkte, daß diese Geschichte immer noch an ihm zehrte, obwohl sie schon Jahre zurückliegen mußte. „Er war einer der feinsten Menschen, die ich kannte und mußte für seine Überzeugung sterben. Er durfte in Oranienburg das Schicksal von Josef teilen. Der Scherge, der ihn zu Tode prügelte, teilte ihm freundlicherweise vorher noch mit, daß man ja alles getan hätte, um solch ein Voranschreiten der Geschichte zu verhindern, aber der Herr Sohn habe ja nicht hören können." „Woher willst du das denn wissen? Ich meine, du erzählst das ja fast so, als seist du auch da dabei gewesen." „Mein lieber Kurt, ich war zwar nur 48 Stunden interniert und wahrscheinlich auch nur wegen eines Versehens, normalerweise wäre ich in ein „normales" Gefängnis gekommen. Aber es gab dort auch Leute, die über zwei Jahre dort verbrachten und die mir in den 48 Stunden, die ich dort war, eine Menge erzählt hatten. Einer dieser Leute hat mir nach seiner Entlassung berichtet, daß mein Vater in aufrechter Haltung gestorben ist. Seine letzten Worte waren: „Schlagen Sie ruhig zu, denn das ist ja offensichtlich das Einzige, was Sie gelernt haben. Mit dem Einstecken sieht es ja offenbar anders aus." Nach diesen Worten hatte mein Vater sein Leben verwirkt. Aber nun kommt es. Der Mann, der ihn zu Tode prügelte, der hatte auch einen Namen." Kurt beugte sich zu Keithel. „Na, das ist ja mal was ganz Außergewöhnliches. Tut mir leid, Keithel, aber was soll das ganze Gerede?" „Der Mann, der meinen Vater ermordet hat, hieß Hans-Peter Theun." Kurt war fassungslos. „Wie kannst du mit diesem Menschen in einem Panzer sitzen? Kennt der dich denn nicht?" „Nein, woher denn? Theun ist kurz nach meiner Inhaftierung nach Oranienburg versetzt worden. Wahrscheinlich zur

248

geplanten Verrohung. Wer kann schon in die schwarzen Seelen der NS-Schergen hineinschauen? Er weiß aber nicht, daß ich ihn kenne und weiß, daß er der Mörder meines Vaters ist. Theun hört aber immer ganz genau zu, wenn wir beide uns unterhalten. Glaubst du allen Ernstes an einen Zufall, wenn ausgerechnet dieser Mensch der Kommandant unserer „Ella" ist? Ausgerechnet Hans-Peter Theun, der meinen Vater ermordet hat und der nun versucht, alle möglichen Einzelheiten des Motorenprojektes deines Vaters aus dir herauszubekommen? Weißt du eigentlich, was ich mit diesem Schwein machen werde, wenn sich die Gelegenheit dazu ergibt?" Keithels Augen funkelten haßerfüllt. Der Haß wirkte echt. Das war auch kein Wunder, denn er war aus vollem Herzen gelebt. Keithel hieß in Wirklichkeit Bernstein, seine Geschichte war von vorne bis hinten erfunden, er fragte sich insgeheim, ob er bei manchen Passagen nicht zu dick aufgetragen hatte. Er war nach seiner Flucht aus Deutschland unmittelbar bei Beginn der Weserübung vom britischen Geheimdienst als Gefreiter in die deutsche Armee eingeschleust worden.

Der Zufall spielte hier Taufpate: Einen Deutschen namens Keithel gab es wirklich, er war in den ersten Tagen des Angriffs auf Norwegen ums Leben gekommen und die Briten hatten sich seiner Identität benutzt, weil er in etwa die Statur und das Alter von Bernstein hatte. Die Briten hatten Grund zu der Annahme, daß Kurt von der deutschen Spionageabwehr beschattet wurde und befürchteten, daß Kurt unbewußt Kenntnisse über die Motorenfertigung seines Vaters an die Deutschen weitertrug. Das mußte unbedingt verhindert werden. Aus diesem Grund brauchte Kurt Hambach einen erfahrenen Aufpasser, der zur Not auch mehr tat als nur Kurt zu beschatten und nach London zu berichten. Bernstein, der die Nazis seit der Ermordung seiner Frau aus tiefstem Herzen haßte, schien der richtige Mann für diesen Auftrag. Kurt reichte Keithel die Hand. „Entschuldige bitte, Ernst-August, ich glaube, ich habe mich wie ein Idiot benommen. Ich glaube dir." Keithel alias Bernstein fühlte sich unwohl. Kurt fuhr fort. "...aber nicht deswegen, weil deine Geschichte gut klingt. Ich glaube dir als Mensch, du verkörperst Glaubwürdigkeit, bei Theun hatte ich immer das Gefühl, er wolle mir etwas vorspielen, was er nicht ist. Bei dir hatte ich dieses Gefühl auch anfangs, jetzt nicht mehr. Du spielst mir zwar auch etwas vor, das merke ich genau, denn solche Räuberpistolen, wie du sie mir hier erzählst, können nur erfunden sein. Ist mir aber egal, anders als bei Theun willst du mir nicht schaden, das merke ich." Mein lieber Schwan, dachte Bernstein, der Bursche hat ein gesundes Menschenempfinden, schade, daß der in der Jugend so versaut worden ist. „Ich glaube dir auch, weil meine Mutter ab 1933 Juden geholfen hat, das gelobte Land Deutschland zu verlassen. Bei dieser Gelegenheit hatte sie des öfteren mit Oranienburg zu tun und der Name Theun fiel in diesem Zusammenhang relativ häufig, ich konnte mir aber nicht vorstellen, daß der Theun, der bei uns Kommandant ist und der Theun aus Oranienburg identisch sind, den der Name ja in unserer Gegend so ungewöhnlich nicht." Verdammt, dachte Bernstein, ob mir da der britische Geheimdienst Details vorenthalten hatte? Oder hatten die Burschen aus der Recherche – Abteilung einfach geschlampt? „Meine Mutter hat mir gegenüber zwar nie etwas von diesen Sachen erzählt, aber sie schrieb seit 1919 ein Tagebuch und neugierig, wie ich war, habe ich da natürlich ab und an mal hineingeschaut. Deine Geschichte wird durch Ihre Niederschriebe teilweise bestätigt. Ein Theun, der in einem KZ Dienst tat, wird dort zwar nicht erwähnt, aber ein Theun, der in Frankfurt / Oder als Parteibonze enorm gegen Juden wetterte. Alter und Ort würden passen." Keithel hatte sich längst wieder gefaßt, obwohl er sich beschissen fühlte. „Kurt, ich habe nicht die Absicht, dich in Schwierigkeiten zu bringen, aber eines muß dir klar sein: Für Theun ist die Reise in Griechenland zu Ende, der Kerl ist nicht nur ein Mörder, sondern auch ein Spitzel. Bei der ersten besten Gelegenheit ist dieses Subjekt tot. Wenn du dich da heraushalten willst, würde ich dir das nicht übelnehmen. Aber dann solltest du dich nach Möglichkeit ganz wenig mit ihm einlassen, sonst wirst du in Verdacht geraten, wenn dieses Schwein irgendwann kieloben schwimmt. Erzähl diesem Denunzianten möglichst nichts von deinem Vater und seinen Motoren. Wenn er dich bedrängen sollte, dann erzähle technische Dinge, die allgemeingültig sind und auch den Oberen bekannt sein dürften. Damit gewinnst du Zeit, denn erstmal werden deine Angaben überprüft. Alsdann wird sich herausstellen, daß deine Informationen korrekt sind. Es dauert aber noch mal eine gewisse Zeit, bis ein ganz Schlauer feststellt, daß deine Informationen kalter Kaffee sind. Das ist die Vorgehensweise aller erfolgreichen Doppelagenten." Kurt konnte nicht anders, er mußte grinsen. „Weißt du, wenn man dich so reden hört, dann könnte man denken, du wärst selber ein Doppelagent." Da liegst du gar nicht so schlecht, dachte Keithel alias Bernstein. Insgeheim überlegte er aber bei sich, daß er in Zukunft wohl die Taktiken der Agenten nicht so offen kundtun durfte, denn sonst würde er Gefahr laufen, daß ihn ein besonders mißtrauischer Mensch entlarven würde. Ja, es ist eben nichts so fein gesponnen und kommt doch ans Licht der Sonnen, dachte er. Die Mutter von Kurt hatte von jeher Tagebuch geschrieben, das wußte er von Friedrich, was hätte sie wohl gesagt, wenn sie erfahren hätte, daß ihr kleiner unschuldiger Kurt ihr Allerheiligstes heimlich gelesen hatte? Zugetraut hätte sie ihm das wohl niemals. Na, egal, Schnee von gestern. Er fragte sich, ob wohl der scheinbar so naive Kurt ihm seine Räuberpistole wirklich nicht abgekauft haben mochte? Er hatte ja ganz schön dick aufgetragen mit Vater und bestem Freund, die beide ermordet wurden. Gern hatte Bernstein diesen Job ja nicht übernommen, denn erstens war die Sache nicht ganz ungefährlich und zweitens wog die menschliche Komponente hier sehr schwer. Mit Friedrich Hambach verband ihn eine richtige Männerfreundschaft und mit Paula Hambach ein sehr inniges Verhältnis, welches von tiefem Respekt geprägt war. Von Friedrich Hambach wußte Bernstein, daß Kurt sehr schwer Freunde gewann, weil er von Natur aus sehr mißtrauisch war. Und jetzt diese erneute Enttäuschung mit Theun. Wem sollte denn Kurt Hambach in Zukunft vertrauen? Alle Menschen, die sich mit ihm näher befaßten, taten dies ausschließlich wegen der Wichtigkeit seines Vaters. Eine groteske Situation. Theun mußte Kurt nach den Geschichten von Bernstein zwangsläufig auch fallen lassen, wenn er sie glaubte. Wem sollte denn dieser junge Mann in Zukunft vertrauen? Erneut stellte sich Bernstein diese Frage. Eine Scheiß-Welt ist das, dachte er bei sich. Zu Kurt gewandt sprach er: „Weißt du Kurt, ich denke, es ist Zeit, sich mal ein bißchen aufs Ohr zu hauen, wer weiß, wann wir dazu wieder Gelegenheit haben werden." Das sollten prophetische Worte werden, denn die Einheit von Kurt, Keithel und Theun kam die nächsten Wochen überhaupt nicht mehr zur Ruhe und für Bernstein ergab sich keine Möglichkeit, Theun auszuschalten, der nach Einschätzung von Bernstein schon viel von Kurt erfahren, aber aus irgendeinem Grund wohl noch nicht an die Zentrale weitergegeben hatte. Der beste Schutz vor Ermordung waren für Theun kurioserweise die Briten selber. Sie evakuierten in der Aktion „Demon" über 50000 Soldaten aus Griechenland, die sich nach der Besetzung Griechenlands durch die Deutschen in akuter Gefahr befanden. Im Zuge dieser Evakuierung war der Tagesablauf von Kurts Einheit geprägt von permanenten Alarmeinsätzen. Die Briten verstanden es, sehr geschickt im Schutze der Dunkelheit die noch passierbaren Buchten der Peloponnes zur Einschiffung ihrer Soldaten zu nutzen. Die Deutschen griffen die Truppentransporte der Bri-

252

ten unmittelbar nach Sonnenaufgang permanent an und versenkten dabei sechs britische Schiffe. „Es will nicht in meinen Kopf, wieso unsere Luftwaffe die Tommies nicht vollständig versenken kann!" Theun fluchte, als sie mit „Ella" wieder einmal im Küstenbereich der Peloponnes in Stellung gingen. „Diese Truppentransporte sind doch so gut wie unbewaffnet, das kann doch keine Schwierigkeit sein, diese Pötte zu versenken." Bernstein mußte bei diesem Ausbruch von Theun an sich halten. Am liebsten hätte er ihn an Ort und Stelle erschossen. Welches Interesse konnte dieses braune Subjekt haben, unschuldige Menschen jämmerlich absaufen zu sehen? Sicher, es war Krieg, aber bedeutete das mit 100%iger Notwendigkeit die totale Umkehr vom menschlichen Wesen zur Bestie? Sehr schlimm war in diesen Sommertagen des Jahres 1942 eine Hungersnot, die alle Teile von Griechenland erfaßte, was zur Folge hatte, daß der Widerstand gegen die Besatzer immer größer wurde. Viele Griechen kämpften nun gegen die Deutschen immer erbitterter und schlossen sich Partisanengruppen an. Als Reaktion hierauf erhielten die deutschen Besatzungstruppen den Befehl, rigoros gegen jede Form von Widerstand erbarmungslos vorzugehen.

Am 2. August 1942 hatte „Ella" wieder einmal Wache an einer eigentlich völlig unbedeutenden Telegrafenstation unmittelbar vor Athen. Die Abendsonne ließ die Stadt in ein warmes Licht eintauchen und „die Sinne wollten eigentlich die Seele baumeln lassen", wie es Bernstein ausdrückte. „Du hättest Dichter werden sollen" rief Kurt ihm ausgelassen zu, denn er hatte eine Flasche Retsina organisiert und Kurt, Bernstein und Theun gedachten, diese Flasche heimlich zu köpfen. Ein schlechtes Gewissen hatte hierbei niemand, obwohl es natürlich verboten war, während des Wachdienstes Alkohol zu trinken. Aber erstens waren sie jetzt schon so lange zusammen unterwegs und es war noch nicht einmal Zeit gewesen, eine Flasche Bier zusammen zu trinken, wie Theun lachend gesagt hatte und zweitens hatte Keithel alias Bernstein laut Hundemarke heute Geburtstag. Wenn das kein Grund war, mal einen Schluck aus der Pulle zu nehmen. Kurt ließ nochmal einen Blick über die ruhige Abendstimmung schweifen und zog dann mit einem leisen Plopp den Korken aus der Flasche. Dabei sah er, wie eine Griechin unbekümmert zur Telegrafenstation ging. „Halt, stehenbleiben!" Theun, der im Panzerturm saß, hatte die junge Frau ebenfalls bemerkt und entsicherte seine Pistole. Die junge Griechin drehte sich zu Theun hin und im Abendsonnenschein sah man, was der Dichter unter griechischem Profil verstand. Bernstein, der nun ebenfalls aus dem Turm herausguckte, blieb der Mund vor Staunen offenstehen. Was für ein ebenmäßiges Gesicht. Dunkle Augen, hohe Wangen, lange schwarze Haare und was für eine Nase. Theun, der gedanklich auch gerade bis zur Nase gekommen war, dachte aber noch weiter: Der Rest ist auch nicht zu verachten. Was für eine schöne Frau und erst der Gang! Auch Bernstein war fasziniert, er hatte bislang nur eine Frau mit einem dermaßen weiblichen Gang gesehen, seine eigene. Fasziniert schaute er zu, wie sich die schwarzhaarige Schönheit auf die Telegrafenstation zubewegte und dort ihren Korb abstellte. Als sie sich bückte, ging ihr geschlitzter Rock auseinander und gab den Blick frei auf ihre makellosen Schenkel. In diesem Augenblick eröffnete Theun das Feuer und erschoß die junge Griechin mit einem gezielten Schuß in den Kopf. Nur ein kleiner Fleck an der Schläfe war zu sehen und sie sank neben ihren Korb, der im nächsten Moment explodierte und den Hauptmast der Telegrafenstation durch die Wucht der Detonation umriß. Ganz offensichtlich eine Widerstandskämpferin. Die Telegrafenstation fing sofort Feuer und brannte nach wenigen Augenblicken lichterloh. „Verdammte Scheiße!" Bernstein wollte aus dem Panzer springen, wurde aber von Theun zurückgehalten. „Zu spät, Keithel!" Unklar blieb in diesem Moment, wofür es wohl zu spät sein mochte, um die Besatzung der Telegrafenstation zu retten oder dieser hinreißend schönen Frau zu Hilfe zu kommen. Mit einem lauten Krach fiel der Mast auf das Dach der Station und begrub zwei deutsche Gefreite, die hier Dienst getan hatten, unter sich. Bernstein sprang aus dem Panzer und wollte sie aus den Trümmern befreien, konnte allerdings nichts mehr machen, denn durch die brennenden Trümmer durchzukommen, war ein Ding der Unmöglichkeit. Entsetzt hörte er die Schreie der Männer, die bei lebendigem Leib verbrannten. Er beugte sich über die junge Griechin, die trotz ihrer Kopfverletzung noch lebte. „Why, little girl?" Bernstein sprach diese Worte mehr zu sich selber als zu der vermeintlich Sterbenden, weil er annahm, daß die junge Frau ihn ohnehin nicht verstehen würde, wenn er in seiner Muttersprache zu ihr sprechen würde. „I cannot imagine why you are speaking english, stupid German, but I will tell you: This is my country, German boy" wisperte die Griechin. Bernstein glaubte, nicht richtig zu hören. „Do you speak english?" „Of course." Die junge Griechin erzählte ihm, daß ihr Vater Professor für Germanistik an der Universität in Athen war und wechselte dann unvermutet die Sprache: „Mein Vater hat mir englisch beigebracht. Meine Mutter war übrigens Deutsche." Bernstein konnte die geflüsterten Worte, die immer leiser wurden, kaum noch verstehen. Er beugte sich zu der jungen Frau und strich ihr über das lange schwarze Haar. „What´s your name?" „Patricia". „I am so sorry, little Patricia, please excuse me." Er sah, daß die junge Frau noch etwas sagen wollte und beugte sich ganz nah an ihren Mund. „You are very stupid, Brit, be carefull!" Patricia fiel zur Seite und Bernstein sah, daß jede Hilfe zu spät kam. Sie war soeben gestorben. Er hätte schreien können vor Wut. In diesem Moment sah er Theun, der auch aus dem Panzer gestiegen war und sich ihm und der toten Griechin Patricia näherte. „Na, das

255

ist ja gerade noch mal gutgegangen, nur gut, daß ich so schnell reagiert habe. Aber du brauchst dich nicht zu bedanken, Keithel, das ist mein Geburtstagsgeschenk für dich! Wenn ich nicht so schnell reagiert hätte, hätte die uns wahrscheinlich auch noch in die Luft gejagt." Theun nahm einen tiefen Schluck aus der Flasche Retsina, die er Kurt abgenommen hatte, reichte sie Bernstein und sagte: „Alles Gute zum Geburtstag, Keithel!" Der fackelte nicht lange und schlug Theun mit einem trockenen Hieb direkt in den Kehlkopf, genauso, wie er es beim britischen Geheimdienst gelernt hatte. Theun röchelte kurz und fiel dann zur Seite, wo er mucksmäuschenstill mit eingedrücktem Kehlkopf liegenblieb. „Zweifellos die harmonischste Geburtstagsfeier, die ich jemals erleben durfte!" Kurt trat an die Laokoon´sche Gruppe heran und fragte Bernstein: „Und nun, „stupid brit" oder Herr Weltverbesserer, wohin soll die Reise gehen? Du hast soeben einen Unteroffizier der deutschen Wehrmacht im Beisein eines Zeugen ermordet. Ich glaube auch zu wissen, warum, aber das würde dir vor einem deutschen Militärgericht nicht viel nützen." Bernstein schaute zu Kurt auf. „Du hast nur gesehen, wie ein Kommandant eines deutschen Kampfpanzers heimtückisch von einem Partisanen angegriffen und getötet wurde, bevor ihm die restliche Besatzung zu Hilfe kommen konnte, oder?" Kurt nickte: „Sicher, so wird man es in den Geschichtsbüchern lesen können. Aber die Wahrheit, die wird anders aussehen. Die Wahrheit, die wird so aussehen, daß ein angeblicher Deutscher in höchster Erregung und im Angesicht des Todes auf einmal englisch gesprochen hat. Weißt du, Keithel oder wie du auch immer heißen magst, ich habe auch meinen Karl May gelesen und weiß, daß ein Mensch in Zeiten höchster Anspannung bzw. höchster Lebensgefahr in seiner Muttersprache redet. Da mein Herrgott mir ein recht gutes Gehör verschafft hat, weiß ich, daß du englisch gesprochen hast, als unmittelbare Gefahr für Leib und Leben drohte. Also, was mochte dich dazu veranlaßt haben, obwohl du ja laut eigener Aussage ein Deutscher reinsten Wassers sein müßtest?" Bernstein verzog den Mund, er wußte nicht recht, ob er jetzt besser ein betretenes Gesicht machen sollte oder doch besser frech grinsen. Er entschloß sich zu letzterem. „Mir scheint, ich habe dich unterschätzt. Ich hatte angenommen, daß du überhaupt kein Wort englisch verstehst." „Woher hast du denn dieses Wissen genommen?" wollte Kurt wissen. „Nun, dein Vater hat mir immer bekümmert berichtet, daß du dich einen sogenannten Scheißdreck um die Erlernung der englischen Sprache kümmerst und auch ansonsten in der Schule bessere Leistungen bringen könntest, wenn du nur wolltest." „So so, das hat mein Vater also angegeben, Herr Keithel? Oder sollte ich besser Mr. Bernstein sagen?" Bernstein zuckte zusammen. „Seit wann weißt du es?" „Eigentlich habe ich weder Theun noch Ihnen getraut." Bernstein wunderte sich, daß Kurt ihn jetzt auf einmal wieder siezte. Er bemerkte, daß Kurt seine Waffe noch nicht wieder gesichert hatte. Er wollte sich aufsetzen, aber Kurt bedeutete ihm, ruhig sitzen zu bleiben. „Wissen Sie, Mr. Bernstein, ich habe es Ihnen ja schon einmal gesagt, daß ich die Schnauze voll habe von Leuten, die an mich herantreten und in Wirklichkeit gar nichts von mir wollen, sondern einzig und allein auf Wissen von meinem Vater aus sind bzw. darauf, daß ich dieses Wissen nicht an scheinbar unberechtigte weiterplaudere. Ich bin nicht als Person wichtig, sondern nur als Wissensüberträger, quasi als Wissensvirus. Da schenkt ihr geheimen Geheimagenten euch alle nichts, alle wollt ihr mich nur ausnutzen. Die Geschichten, die mir von Leuten Ihres Kalibers erzählt werden, die werden allerdings immer abenteuerlicher. Die Krönung haben Sie sich heute abend geleistet, das war ja wohl ein dreistes Bubenstück. Haben Sie allen Ernstes geglaubt, daß ich Ihnen diesen Mist abkaufe? Ihr Briten müßt uns Deutschen ja für total bescheuert halten. Fürstenwerder und Feldhandball-

257

meister, noch dazu dreimal hintereinander, da könnte man sich ja kaputtlachen. Der britische Geheimdienst ist schlechter als ich angenommen hatte. Hat man Ihnen nicht berichtet, daß ich Kreisläufer bei Fürstenwerder war? Schlecht vorbereitet, Mr. Bernstein, Sie wissen doch, proper preparation prevents poor performance!" Bernstein zuckte zusammen, er kam sich vor wie bei einem Verhör. Hatte die Gestapo diesen Kerl umgedreht? Möglich war ja heutzutage alles. Wieso sprach Kurt Hambach auf einmal so gut englisch? Bernstein war unbehaglich zumute und dieses Gefühl sollte sich in den nächsten Minuten noch verstärken.

„Als Sie unserer Einheit zugeteilt wurden, habe ich Nachforschungen bei meinem Freund, dem Funker angestellt. Theun hat ihn immer wie ein Stück Dreck behandelt, Sie wissen schon, so von oben herab und so. Alter preußischer Landadel und Bauernknecht, das geht auf Dauer nicht gut, wenn der Knecht auch mal nach oben möchte und ihn der Fürst nicht läßt." Du Teufel, dachte Bernstein bei sich, du hast den Funker bestochen. Kein Wunder, daß Kurt Hambach über alle Dinge, die in der Einheit passierten, bestens informiert war. Seine Gedanken wurden durch Hambachs nächsten Sätze bestätigt. „Es ist ziemlich leicht, unterdrücktes Volk auf seine Seite zu bringen, Mr. Bernstein, das können Sie mir glauben. Am leichtesten ist es, wenn man diesen Leuten das Paradies verspricht, aber natürlich erst, wenn die Bedingungen auf Erden geschaffen sind, um das vermeintliche Paradies verwirklichen zu können. Daran wird übrigens auch unser hochverehrter Führer scheitern, denn die Arbeiter erkennen langsam, daß es ihnen zu allen Zeiten schlecht gegangen ist, ob das in der Kaiserzeit, zu Zeiten des Weltkrieges oder in der Systemzeit war. Adolf Hitler hat ihnen versprochen, daß es ihnen unter seiner Ägide besser gehen würde. Die Konsequenz ist nun, daß die Arbeiter, die ihm geglaubt haben und ihn deswegen gewählt haben, Scheiße in Polen, Norwegen, Frankreich, Belgien, Griechenland und weiß der Himmel, wo sonst noch schlucken dürfen. Ist das echter Fortschritt?" Bernstein war völlig sprachlos, er wurde mit der neuen Situation nicht fertig, was hatte ihm der britische Geheimdienst nur für einen Unsinn über Kurt Hambach berichtet. Naiv sollte der sein, zurückgeblieben? Würde seinem Bruder Karl nicht im mindesten das Wasser reichen können? Der steckte die gesamte Führung des MI 6 in den Sack! „Sie haben das übrigens völlig richtig ausgedrückt, ich habe in meiner Schulzeit immer Probleme gehabt. Das lag aber weniger daran, daß ich faul war oder daß ich zu dämlich für bestimmte Wissensgebiete war. Mein Problem war immer, daß meine Lehrer mit meiner überdurchschnittlichen Intelligenz nicht zurecht kamen. Was sollte ich denn machen, wenn wir in der zweiten Klasse Volksschule mit Texten wie „Susi rechnet gut." beim Diktat gequält wurden und ich schon heimlich Lesebücher von meinem Bruder Karl verschlungen habe? Daß mich dann natürlich der Mist aus der zweiten Klasse gelangweilt hat, ist doch klar. Mein Lehrer hat das leider immer mißverstanden, denn er glaubte, daß ich zu blöde für die staatlichen Erziehungsanstalten wäre und hat dies meinen Eltern auch so übermittelt. Meine sogenannten Erziehungsberechtigten waren dann aber auch noch so dämlich und haben diesem Steißtrommler alles abgekauft. Schade eigentlich, denn ich hätte ihnen bereits in der dritten Klasse etwas von Julius Caesar und seinem „De bello Gallico" erzählen können. Sicherlich Tertianer-Latein, eben die Klassenstufe, in der sich mein Bruderherz gerade befand, aber immer noch erheblich ansprechender als die Scheiße, die ich mir anhören mußte." Bernstein war atemlos, denn er wußte, daß sich momentan ein Zeitgenosse gewaltig in eine Situation hineinsteigerte, die er zu weiten Teilen tatsächlich nicht selber verschuldet hatte. Das Ergebnis würde in einer großen Katastrophe für Bernstein enden, wenn es ihm nicht gelingen würde, den Redefluß dieses bemitleidenswerten Menschen zu unterbrechen. Momentan sah es allerdings nicht gerade danach aus. Kurt fuhr fort. „Besonders schlimm wurde es dann nach Beendigung der vierten Klasse. Sie kennen das ja wahrscheinlich, weil Sie Ihr Geheimdienst informiert hat. Ist das eigentlich der MI 5 oder ist es der MI 6 ? Einer der Dienste ist für die innere Sicherheit zuständig und der andere für die äußere. Aber was was ist, das bringe ich immer durcheinander, müssen Sie wissen." Bernstein glaubte Kurt Hambach kein Wort. Als ob solch ein scharfer analytischer Verstand etwas durcheinander bringen würde. Trotzdem nickte Bernstein eifrig, denn er wußte, daß bei solchen Psychopathen jedes Kopfschütteln gleichbedeutend war mit akuter Lebensgefahr. Da sich Kurt Hambach im Besitz einer geladenen Pistole befand, wollte Bernstein das Schicksal nicht unnötig herausfordern und nickte jedesmal eilfertig, wenn Kurt Fragen an ihn richtete. „Da haben mir meine Eltern eröffnet, daß laut Einschätzung meines Lehrers ein Besuch des Realgymnasiums nicht in Frage käme. Wissen Sie, was das für mich bedeutet hätte?" „Ja, Sie wären mit lauter Halbidioten in eine Klasse gesteckt worden", sagte Bernstein, bereute diese Aussage aber im gleichen Atemzug.

„Ganz richtig, ich würde mit lauter Deppen in eine Klasse gesteckt werden. Und so geschah es auch, weil meine Eltern sich einen Scheißdreck um mich gekümmert haben. Warum wurde ich nie gefragt, was ich gerne machen wollte?" Wie ein Verzweiflungsschrei einer geknechteten Seele klang diese Frage von Hambach, aber Bernstein wußte auch nicht recht, was er darauf antworten sollte. „Mein Vater hat mir gezeigt, was seine Schlosser in den FOF-Werken tagsüber alles so anstellten. Werkstücke abfeilen, Eisen absägen, Eisenstücke zusammenschweißen, unheimlich aufregend. Aber die elementaren

Sachen, die hat mir mein Vater verwehrt. Warum sind Boxer-
motoren zwar zuverlässig, können aber nicht auf Drehzahl
gebracht werden, warum verbrauchen die soviel Treibstoff, der
in Kriegszeiten so knapp ist? Warum sind die Motoren so
schwer? Gibt es andere Werkstoffe, die man als Ersatz einsetzen könnte, ohne daß die Leistung leidet? Wie könnte man sich
diese Werkstoffe, auch in Zeiten einer Kriegswirtschaft besorgen, könnte man sie vielleicht selber herstellen, könnte man autark werden? Von der Analyse dieser Fragestellungen hat mich
mein Vater bewußt ausgeschlossen, denn er hielt mich für zu
dämlich, um an der Beantwortung teilhaben zu können." Bernsteins Mund stand schon geraume Zeit offen und er räusperte
sich laut vernehmlich, Hambach glaubte, daß Bernstein etwas
sagen wollte und schnitt ihm sofort das Wort ab. „Halten Sie die
Klappe, Bernstein, jetzt rede ich und Sie haben Sendepause, Sie
sind doch auch einer derjenigen, die versucht haben, meinen
Vater auszunutzen." „Das ist nicht wahr." Trotz aller Gefahr
für sein Leben, jetzt reichte es Bernstein. „Völliger Blödsinn,
was Sie da erzählen, ganz im Gegenteil, Ihr Vater und ich haben
uns immer überlegt, wie wir die Technik der von uns entwickelten Motoren noch verbessern können. Ich habe Ihren Vater
niemals ausgenutzt, wir haben immer gut zusammengearbeitet."
„Warum sind Sie dann hier?" „Weil ich Auftrag bekommen
habe, Sie vor der Gestapo zu beschützen." Eine bessere Ausrede fiel Bernstein in der Hitze des Gefechts nicht ein. „Völliger
Unsinn, was Sie da erzählen. Sie sind hier, um zu verhindern,
daß die Gestapo von mir Informationen erhält, die die deutsche
Rüstung noch schneller vorantreiben könnte. Glauben Sie bloß
nicht, daß Sie es in mir mit einem Vollidioten zu tun haben.
Scheinbar ist die ganze Welt hinter den Forschungen meines
Vaters her. Wenn wir keinen Krieg hätten, könnte sich mein
Vater mit einem einzigen Patent zur Ruhe setzen, denn er hätte
damit für sein ganzes Leben ausgedient." „Welches Patent ist

das denn?" Bernstein konnte sich die Frage nicht verkneifen. „Sehen Sie, Mr. Bernstein, Sie sind auch nicht besser, auch wenn Sie tatsächlich zu Ihren aktiven FOF-Zeiten versucht haben, eine Produktion von zu leistungsstarken Motoren der deutschen Armee zu verhindern. Das taten Sie aber nicht aus Menschenfreundlichkeit, Ihr einziger Beweggrund war es, die Schlagkräftigkeit der britischen Armee im Vergleich zur deutschen zu erhalten. Sie wußten doch ganz genau, daß Ihre britischen Tanks großer Mist sind." Kurt schwenkte unvermittelt wieder auf seine Schulzeit über. Bernstein hatte Schwierigkeiten, dem Gedankenfluß von Kurt Hambach zu folgen. „Sie können mir glauben, daß ich diese Zeit besonders genießen durfte! Lauter Trottel von umliegenden Dörfern in meiner Klasse, die Bismarck für einen Hering hielten. " Kurt Hambach wurde laut und Bernstein wußte spätestens ab diesem Moment, daß sein Leben keinen Pfifferling mehr wert war. Kurt Hambach sah Bernstein direkt in die Augen. „Wissen Sie eigentlich, welche Gefühle man entwickelt, wenn man permanent unterfordert wird? Schlimm ist es, wenn man nichts weiß, man dauernd nach Dingen gefragt wird, von denen man noch nie etwas gehört hat. Aber viel schlimmer ist es, wenn man Dinge gefragt wird, die einen anöden, weil man sie schon mindestens tausendmal gehört hat und jede Antwort nur noch langweilen kann. So antwortet man auf Fragen des Lehrers einsilbig, gar nicht oder mit hanebüchenen Antworten." Bernstein nickte eifrig, denn er erkannte, daß dieser Hambach schon lange geistig abgedreht haben mußte. Erstaunlich genug, daß man seine Geisteskrankheit nicht schon früher bemerkt hatte, denn zweifellos hatte sich Kurt Hambach schon lange zu einem Psychopathen entwickelt. „Sie halten mich wohl für verrückt, Bernstein, was?" Bernstein zuckte zusammen und schüttelte heftig den Kopf. „Natürlich halten Sie mich für verrückt. Ich kann in ihren Gedanken lesen, als ob sie gedruckt vor mir liegen würden. Ver-

262

suchen Sie bloß nicht, mir etwas vorzumachen, ich würde Sie ohnehin durchschauen." Bernstein war völlig konsterniert und wußte trotz britischer Geheimdienstschulung nicht mehr, wie er diesem Menschen begegnen sollte, denn der war ihm in allen Belangen über. Seltsam, wie man sich in Menschen täuschen konnte. Nicht nur, daß er ganz offensichtlich fließend englisch sprach und wer weiß, welche Sprachen noch. Nein, es war ganz einfach die Art und Weise, wie dieser vermeintliche Naivling die Maske fallen ließ. Das war von einer skrupellosen Kaltschnäuzigkeit, die ihresgleichen suchte. Bernstein beschloß, sein Heil im Angriff zu suchen, denn mit verbindlichen Worten war Kurt Hambach nicht mehr beizukommen. „Haben Sie sich schon die Todesart für mich ausgedacht?" Kurt Hambach schien ehrlich amüsiert. „Meine Güte, welche Ausbildung habt ihr Briten eigentlich durchlaufen? Nennen Sie mir bitte einen Grund, warum ich Sie umbringen müßte!" Bernstein wunderte sich erneut, wollte Hambach ihn am Ende doch nicht ermorden? Er beschloss aber, die Chance, die sich ihm bot zu nutzen. Ganz offensichtlich gefiel sich Hambach im Dozieren. Zumindest darin war er seinem Vater sehr ähnlich. „Nun, immerhin könnten Sie denken, der britische Geheimdienst will Sie eliminieren, damit Sie nicht zuviel an die Deutschen ausplaudern." Kurt nickte zustimmend. „Stimmt, das könnte ich denken. Nun hat aber Theun bereits an die Deutschen berichtet, daß ich nichts weiß, obwohl dies nicht stimmte und Theun dies auch bewußt war. Aber Theun selber war die letzten Wochen ein wenig ins Zweifeln gekommen, ob er mit seiner Art zu leben auf Dauer auf dem richtigen Dampfer ist. Nun haben Sie ihn bedauerlicherweise kurz vor der Umkehr daran gehindert, den rechten Pfad einzuschlagen. Schade, schade." Kurt Hambach schien betrübt. „Aber Sie haben natürlich recht, als Sie in meiner Einheit auftauchten, wurde ich richtig mißtrauisch. Ich habe mich zum ersten Mal gefragt, warum nach meiner Einberufung ständig Leute aus Frankfurt / Oder direkt neben mir eingesetzt werden. Man könnte ja meinen, daß es keine anderen Städte im Deutschen Reich gibt. Dann meldete ich mich freiwillig nach Norwegen und was passierte? Schon wieder Leute aus Frankfurt / Oder neben mir. Sonderbare Zufälle. Verraten hat Sie aber etwas anderes. Sie sind immer dann zusammengezuckt, wenn Theun von Scheißjuden sprach. Das war aber nicht das peinlich berührte Zucken, welches man an den Tag legt, wenn sich ein Zeitgenosse schlecht benimmt, nein, das war das Zusammenzucken des Betroffenen." Bernstein nickte innerlich, stimmt, das hatte sein Ausbilder auch immer zu ihm gesagt, seine schwache Seite. „Ich habe sofort vermutet, daß Sie Jude sind. Zur Gewißheit wurde diese Vermutung, als Sie versuchten, mich vor Theun zu warnen. Das war zwar gut gemeint, aber der Schuß ging nach hinten los. Ich hatte Ihnen ja gesagt, daß ich die Schnauze voll habe von Leuten, die mich immer vor allen möglichen Dingen warnen wollen. Das hat einmal ein Ende, wissen Sie?" „Was haben Sie jetzt vor, Hambach?" Bernstein wurde unruhig. „Ich habe Ihnen nichts getan, das wissen Sie und außerdem habe ich immer versucht, ihren Vater vor unbedachten Handlungen zu bewahren." „Edel sei der Mensch, hilfreich und gut" spottete Hambach. „Sie haben mir nichts getan, das ist völlig richtig, noch nicht. Aber nach dem heutigen Tag hat sich die Sachlage völlig verändert. Ich bin Zeuge gewesen, wie Sie Theun ermordet haben und zwar aus einem niedrigen Beweggrund, reiner Rachsucht, weil er die hübsche Griechin tötete. Ist Ihnen eigentlich bewußt, daß Theun uns das Leben gerettet hat, gerade weil er die Griechin tötete, bevor die uns auch noch in die Luft gejagt hätte? Na, egal, das nützt Theun jetzt auch nichts mehr." Hambach bedeutete Bernstein, neben die tote Griechin zu treten und ging langsam zurück. „Was haben Sie vor, Hambach?" Bernsteins Hände wurden feucht. „Ich? Gar nichts. Ich bin der klassische Nichtswisser,

264

diese Rolle habe ich die letzten Jahre gut gelernt. Sehen Sie dahinten den Kübelwagen? Der kommt jetzt zu uns und wird uns befragen, warum die Telefonleitung unterbrochen ist. Ich könnte mir vorstellen, daß diese Unterredung für Sie unangenehm wird, vor allen Dingen, wenn Ihre Personalien überprüft werden. Waren Sie wirklich schon einmal in einem deutschen KZ, Mr. Bernstein? Sie werden es bald von innen kennenlernen." Kurt Hambach blickte Bernstein aus seinen wasserblauen Augen eiskalt an. „Sie hatten Auftrag, mich umzubringen, aber ich gebe Ihnen eine Chance, weil meine Mutter Sie immer für einen fairen Mann gehalten hat. Ich habe auch fast diesen Eindruck. Danken Sie meiner Mutter und laufen Sie, ich gebe Ihnen mein Ehrenwort, daß ich nicht schießen werde." Bernstein sah den sich nähernden Kübelwagen der Feldjäger und überlegte nicht lange. Er rannte in die entgegengesetzte Richtung los, so schnell ihn seine Beine trugen und versuchte, Deckung in dem eher spärlichen Bewuchs der Küstenregion zu suchen. Hambach hielt Wort, er eröffnete nicht das Feuer. Als der Kübelwagen mit den Feldjägern am Tatort eintraf, erläuterte Kurt Hambach ausführlich, wie es zur Explosion dazu gekommen war. „Partisanin, hat der Besatzung der Station schöne Augen gemacht. Unseren Panzerkommandanten hat sie mit einem gezielten Hieb in den Kehlkopf getötet, als er gerade einen Funkspruch abgeben wollte. Als die Besatzung der Station unserem Kommandanten zu Hilfe kommen wollte, zog die Partisanin eine Pistole aus der Bluse und entsicherte eine Handgranate, die sie in die Station warf. Die Handgranate explodierte und die Trümmer begruben alles unter sich, aufgrund der Trokkenheit fingen die Trümmer Feuer und alles brannte sofort lichterloh." Einer der beiden Feldjäger schien nicht überzeugt von Hambachs Geschichte. „Der Kommandant ermordet, der Fahrer lebt noch, wo ist der dritte Mann der Besatzung?" Scheiße, dachte Hambach, jetzt schnell eine gute Ausrede. „Hat gestern

Granatsplitter ins Auge bekommen, konnten ihn noch rechtzeitig in Sicherheit bringen, wahrscheinlich gerade im Feldlazarett. Wenn er Glück hat, können ihm die Ärzte das Augenlicht retten." Die Feldjäger zuckten zusammen, diese Ausrede paßte. Kurt fragte sich insgeheim, warum er diese Lügerei mitmachte, Keithel alias Bernstein zu erschießen wäre einfacher gewesen. Na, egal, scheiß´ drauf, dachte Kurt. Wer weiß, wozu es gut war, Bernstein laufen zu lassen. Immerhin hat seine Mutter große Stücke auf ihn gehalten. Die Feldjäger hatten sowieso keine Zeit, diese Räuberpistole zu überprüfen, denn der Vormarsch ging unaufhaltsam weiter, Kurt ahnte auch, wohin es gehen mußte: Rußland war das nächste Ziel.

# Teil 15: Richard Sorge

„Hitler wird sich niemals auf eine Zusammenarbeit mit Rußland einlassen. Verdammt nochmal, warum will die sowjetische Führung mir bloß keinen Glauben schenken?" Richard Sorge war außer sich vor Wut.

Er war nun schon seit 1933 in Tokio tätig und in seiner Position als Journalist der „Frankfurter Zeitung" hatte er sich in den letzten Jahren ein Geflecht von Beziehungen aufgebaut, welches es ihm ermöglichte, Nachrichten aus aller Herren Länder innerhalb kürzester Zeit auf Authentizität überprüfen zu können. Das war gerade in den letzten Monaten nicht immer einfach gewesen, denn seit Entstehung der Achse Berlin-Rom-Tokio hatten einige seiner Informanten ganz schön feuchte Hosen bekommen. Verdenken konnte Sorge ihnen das nicht. In Japan galt ein ähnlicher Ehrenkodex wie in Preußen, teilweise hatte Sorge den Eindruck gewonnen, daß die Japaner sich preußischer gebärdeten als die Preußen selber. Seine japanische Freundin hatte höchsten Respekt vor ihm, denn er arbeitete bis zur Selbstzerfleischung weit bis in die Nacht hinein. Was er da so genau machte, wußte seine Freundin auch nicht, aber sie fragte auch nicht, er war der Mann, er mußte schließlich wissen, was er machte. Es fiel ihr aber auf, daß er so gut wie nie von Freunden sprach, daß er ziemlich viel rauchte und in letzter Zeit auch allerhand Alkohol konsumierte. Seine Nervosität wurde jedenfalls von Woche zu Woche schlimmer, aber er weigerte sich, sein Gefühlsleben preiszugeben. „Davon verstehst du sowieso nichts." Das waren jedes Mal seien Worte, wenn sie versuchte, das Innerste seiner Seele zu öffnen. Von den deutschen Machthabern schien er jedenfalls nicht besonders viel zu halten und nach Deutschland wollte er auf keinen Fall zurückkehren, er sprach von Deutschland immer schlecht. „In dieses große KZ möchte ich niemals zurückkehren!" Seine Freundin wußte zwar nicht, was ein KZ war, traute sich aber auch nicht zu fragen, denn sie spürte instinktiv, daß er ihr keine Antwort geben würde. Wenn dagegen die Sprache auf Rußland kam, dann ging sein Herz auf, Sorge sprach ja perfekt russisch und konnte etliche Lieder auf russisch singen. Wenn er guter Stimmung war, dann sang er ihr schwermütige Lieder vor, die von der einsamen Taiga erzählten, sang von Wintern voller Schnee und Kälte, von der Unendlichkeit des russischen Winters. Manchmal schien es ihr dann so, als ob von Richard alle Sorgen abfielen, auch seine Falten über der Stirn schienen dann nicht mehr ganz so tief zu sein. In letzter Zeit hatte sie den Eindruck gewonnen, daß er zusehends altern würde. Die früher so spöttisch hochgezogene rechte Augenbraue war seit ein paar Wochen flankiert von tiefen Furchen, die von sorgenvoll durchwachten Nächten Zeugnis ablegten. Richard darauf angesprochen machte noch seine Witze damit. „Weißt du, meine kleine Lotusblume, ich heiße doch Sorge, da werde ich mir doch ein paar Sorgen machen dürfen, nicht wahr?" Er lachte sie an und im selben Augenblick waren die trüben Gedanken von ihr gewichen, obwohl sie seinen deutschen Wortspielen nicht so richtig folgen konnte. Aber diese fröhlichen Momente wurden immer seltener und sie hatte Angst. Letzte Woche war sie von der japanischen Polizei verhaftet worden. Ihr Nachbar hatte sie angezeigt, weil sie es angeblich mit einem Ausländer, einem „Langbehaarten" trieb, ohne mit diesem verheiratet zu sein. Der Kommissar, der sie verhörte, war zwar anfangs sehr höflich, aber im Laufe des Abends wurde seine Ausdrucksweise immer unflätiger und er wollte wissen, was diese Langbehaarten außer ihrer langen Nase noch Langes zu bieten hätten, was japanische Männer nicht hätten. Sie fing daraufhin an zu weinen und der Kommissar hörte auf, sie zu quälen und schickte sie nach

Hause. „Wir werden sie weiter unter Beobachtung halten, es wird nichts geben, was wir nicht wissen werden" ließ er sie noch vor dem Abschied wissen. Als sie dies Richard erzählte, schäumte er vor Wut. „Das werde ich nicht auf sich beruhen lassen, das werden sie mir büßen."

Am 12. März 1941 hatte Sorge ein Treffen mit dem sowjetischen Militärattaché, welches völlig harmonisch verlief, wie immer, wie der Bericht des japanischen Geheimdienstes, der Sorge seit einiger Zeit überwachen ließ, auswies. Daß etwas mehr Wodka getrunken wurde als sonst üblich, fiel dem japanischen Agenten nicht auf. Daß Sorge etwas heftiger wurde, als sonst üblich, ebensowenig. Daß Sorge laut wurde, schon eher. Den Grund hierfür konnte sich der japanische Grünschnabel, der an diesem Abend zur Überwachung abkommandiert war, aber beim besten Willen nicht zusammenreimen. Sorge erregte sich: „Wieso will mir Stalin nicht glauben? Die Indizien sind eindeutig, die Zeugen zuverlässig und meine Informanten haben noch nie enttäuscht. Ich verstehe Stalin nicht. Will er mir nicht glauben?" Der sowjetische Militärattaché versuchte, verbindlich zu wirken. „Herr Dr. Sorge, Sie wissen doch, daß die Situation sowieso schon angespannt genug ist. Warum müssen Sie noch Öl in das Feuer gießen?" „Verdammt noch mal, kapieren Sie denn nicht? Die Deutschen haben ihre Kampfpanzer der zweiten Generation formiert. Vergessen Sie die Kampfwagenschule KAMA, die russischen Truppen werden es mit Weiterentwicklungen des Panzerkampfwagens I zu tun haben, meine Informanten sprechen von doppelt so hoher Motorleistung bei höherer Geschwindigkeit, doppeltem Gewicht, vermutlich besserer Panzerung, stärkerer Bewaffnung. Können Sie eigentlich ermessen, was diese Panzer mit der Roten Armee machen werden, Menschenskind?" Sorge war außer sich vor Wut. Wieso hatte man ihm ausgerechnet heute abend so einen unbedarften

Anfänger geschickt? „Wissen Sie, wie die Amerikaner so einen Menschen wie Sie es sind, nennen?" Der sowjetische Militärattaché schien nicht willens, sich aus der Fassung bringen zu lassen, denn er war eine ganze Menge gewohnt und Menschen vom Schlage eines Sorge, die ganz augenscheinlich das Trinken nicht vertrugen, ließen ihn völlig kalt. „Nein, Herr Dr. Sorge, aber Sie werden es mir bestimmt gleich sagen." „Ganz recht, das werde ich Ihnen sagen. Sie nennen ihn einen Rookie, einen Anfänger, der nicht erkennt, daß andere im Augenblick dabei sind, die full nine yards zu rennen." Sorge wurde immer erregter und der japanische Agent notierte im Hintergrund, daß sich der Russe und der Deutsche, sehr merkwürdig, wie er fand, über American Football unterhielten, denn er hatte den Ausdruck „Full Nine Yards" verstanden und der richtigen Sportart zuordnen können. So ist das nun einmal im Leben. Manche Leute hören etwas und bilden sich etwas darauf ein und haben letztendlich doch Hauptbahnhof verstanden. Sorge gebrauchte diesen Slangausdruck natürlich im übertragenen Sinne, denn „the full nine yards" heißt nichts anderes als „ganz oder gar nicht". Für Sorge war es klar, daß die Deutschen ihre Panzer the full nine yards würden laufen lassen, denn einen Weg zurück gab es nach seinen Informationen nicht mehr. Er versuchte es nochmals. „Bitte, glauben Sie mir doch. Ich habe absolut vertrauenswürdige Informationen, daß die deutsche Führung sich nicht nur auf einen Angriff auf die Sowjetunion mit den uns bereits bekannten Panzertypen der Deutschen vorbereitet. Nein, meine Informanten haben mir von neuen Ausführungen berichtet, die sich im Augenblick noch auf den Reißbrettern der deutschen Konstrukteure befinden, aber in kürzester Zeit den Weg in die deutschen Fabrikationsstätten finden werden. Die Rede ist von Panzern mit 300 PS, Tendenz steigend: Bitte, begreifen Sie das doch, die Deutschen werden die Sowjetunion überrollen, wenn nicht sofort Gegenmaßnahmen ergriffen werden." Der Sowjet, der Sorge gegenüber saß, wurde nun unruhig. Sorge mochte ja viel getrunken haben, aber die Ausführungen, die er seit nunmehr einer Stunde machte, waren in sich schlüssig und deckten sich in weiten Teilen mit den Erkenntnissen von Marschall Timoschenko, der mit der Modernisierung der sowjetischen Panzertruppen beauftragt worden war und zu diesem Zweck Kontakt aufgenommen hatte mit der Heeresgruppe Sewastapol. Diese hatte angeblich einen ehemaligen Geschäftsführer einer deutschen Maschinenfabrik am Wickel, die sich in der jüngsten Vergangenheit intensiv mit Motorenoptimierung in der deutschen Panzertruppe beschäftigt hatte. „Wissen Sie, Herr Dr. Sorge, ich weiß auch nicht genau, warum, aber ich glaube Ihnen. Ich werde meine Dienststelle darüber informieren, daß die deutsche Grenze intensiv unter Beobachtung genommen wird. Sie können mir glauben, jede verdächtige Truppenbewegung wird dann sofort an den obersten Sowjet weiter gemeldet." Sorge platzte fast. „Mann, Sie Schafskopf, das reicht doch nicht aus, Stalin sollte Sie erschießen lassen, Sie haben überhaupt nichts verstanden, Sie Idiot!"

Der sowjetische Militärattaché erhob sich, nickte Sorge kühl zu und meinte: „Schlafen Sie Ihren Rausch aus, Herr Dr. Sorge und wenn Sie wieder nüchtern sind, dann können Sie sich in meiner Dienststelle melden, falls Sie noch weitere tiefschürfende Erkenntnisse zur Rüstung der Deutschen zu vermelden haben." Sorge sank in sich zusammen. „Sie glauben mir nicht, weil ich heute abend scheinbar zuviel getrunken habe, ja? Sie sind kein richtiger Russe, Sie verstehen nichts von der Seele eines Russen. Lassen Sie sich von einem Deutschen, der Rußland liebt, folgendes sagen, Sie Prototyp eines sowjetischen Apparatschik: Wenn die Deutschen erst kurz vor Moskau zum Stehen kommen werden, dann ist das nicht Ihr Verdienst, weil Sie so ausgezeichnete Geheimdienstarbeit geleistet haben, sondern der Weite des russischen Reiches zuzuschreiben. Ich habe alle meine Informationen kundgetan und Sie Vollidiot sind zu 100% dafür verantwortlich, wenn Sie diese Erkenntnisse nicht sofort an Ihre übergeordneten Dienststellen weitergeben. Falls ich in fünf Jahren noch leben werde, dann werde ich mich auf die Suche nach Ihnen begeben und wenn Sie dann noch das zweifelhafte Vergnügen haben werden, unter den Lebenden zu weilen, dann machen Sie sich auf das Schlimmste gefaßt." Sorge stand auf und wankte trotz seines Alkoholkonsums überhaupt nicht. Man hätte den Eindruck gewinnen können, daß er immer nüchterner wurde, je mehr er trank. Seine Stimme klang jetzt eiskalt, sein Gegenüber spürte, daß Sorge ihn mit jeder Faser seines Körpers haßte und hatte auf einmal Angst vor diesem Mann, der offensichtlich für seine Überzeugung nicht nur lebte, sonder auch bereit war, dafür zu sterben, denn wie sonst sollte man die letzte Aussage deuten. Rechnete Sorge mit seinem Tod? Wieso eigentlich? Er war doch akkreditierter deutscher Journalist, was sollte ihm denn schon groß passieren? Ihm ging es doch in Japan besser als im kriegsbewirtschafteten Deutschland. Die Mengen an Alkohol, die er ganz offenkundig zur Bewältigung seiner täglichen Arbeit brauchte, würde er in Deutschland auf jeden Fall nicht so einfach wie in Japan erhalten. „Ich bedaure, daß die sowjetische Führung nicht mehr Wert auf die Auswahl Ihrer Leute legt, guten Abend." Sorge verbeugte sich andeutungsweise, der Japaner, der den Grad der Verbeugung sah, identifizierte sofort, daß Sorge sein Gegenüber verachtete. Der sowjetische Attaché registrierte das offenbar nicht. Ein richtiger Gelbschnabel eben. Der vermeintliche Gelbschnabel führte noch in der gleichen Nacht ein Telefonat mit Moskau und handelte sich dafür einen Riesenrüffel ein. Seine Vorgesetzten glaubten ihm kein Wort. „Deutschland will Rußland angreifen? Das ist einfach absurd!" Damit war die Unterredung beendet. In Rußland wurde nicht diskutiert.

In Japan auch nicht. Drei Wochen nach dem Treffen Sorges mit besagtem Militärattaché wurde Sorge von der japanischen Polizei verhaftet und verhört. Seine Befürchtungen traten ein, aber der Triumph des Besserwissenden wurde ihm genommen. Er sollte das Ende des Krieges nicht mehr erleben.

# Teil 16: Sewastapol

Wlassow betrat das Hotel und schaute sich um. Meine Güte, welcher Luxus, dachte er bei sich. Riesige Kristallüster hingen von den Decken herab und funkelten im Sommersonnenschein. Die Polstergruppen, die im Empfangsbereich standen, waren so gewaltig, daß Wlassow insgeheim die armen Menschen bedauerte, die diese Ungetüme hineingetragen haben mußten. In einem dieser Monstren moderner Wohnkultur saß ein sehr zerbrechliches junges Fräulein, welches augenscheinlich den Geschmack von seinem Adjutanten gefunden hatte.

„Darf ich Sie daran erinnern, daß wir nicht zum Vergnügen hier sind, Leutnant Gromyko?" Süffisant kam diese bewährte Floskel über Wlassows Lippen. Gromyko zuckte zusammen und nahm sofort Haltung an. „Jawohl, Genosse Oberst." Einen wehmütigen Blick gestattete sich Gromyko noch, bevor er an die Rezeption schritt und die Schlüssel für zwei Einzelzimmer verlangte. Für den Abend hatte Lukoschenko ein Treffen mit dem vermeintlichen Koslowski arrangiert. Wlassow war gespannt, ob Koslowski alias Kaschube ihn wiedererkennen würde, schließlich waren ja schon einige Jährchen ins Land gegangen seit ihrer letzten Begegnung. Man hatte sich auf zivile Kleidung für das erste Treffen geeinigt, obwohl Lukoschenko gegenüber Kaschube von ranghohen Offizieren der Roten Armee gesprochen hatte, die ihn zu sprechen wünschten. Der hatte sich zwar gefragt, was Offiziere der russischen Armee von ihm wollen könnte, aber andererseits war er jetzt schon so lange auf Sewastapol, daß mal langsam ein paar Geschäftsabschlüsse folgen mußten, denn seine Dollarbündel hielten auch nicht ewig. Am Abend trat er in den Speisesaal und bemerkte Lukoschenko, der sich sofort erhob, als Kaschube den Saal betrat.

„Guten Abend, Herr Koslowski." Die Höflichkeit in Vollendung, dachte Willi Kaschube. „Mein Geschäftspartner wird jeden Augenblick hier sein. Möchten Sie einstweilen etwas trinken?" Kaschube bestellte sich einen großen Wodka. Ihm war irgendwie unbehaglich zumute, dieser Lukoschenko war nicht unbedingt der Typ eines Vermittlers von größeren Geschäften. Sein Verhalten war absolut untadelig, es gab da nichts auszusetzen, aber Kaschube konnte sich nicht helfen, wenn er Lukoschenko verstohlen von der Seite betrachtete, dann drängte sich ihm immer der Eindruck auf, es hier mit einem Dr. Blockwart zu tun zu haben. Kein einfacher Blockwart, nein, beileibe nicht. Eben der Typ des Blockwartes in akademischer Form. Mehsprachig, höflich, aber trotzdem zum Kotzen. Er bestellte noch einen Wodka, um den teerigen Geschmack aus dem Mund zu vertreiben. In diesem Moment traten Oberst Wlassow und sein Adjutant Leutnant Gromyko in den Speisesaal. Kaschube hatte Probleme, seinen Mund wieder zu schließen, überbrückte diesen kurzen Moment der Unpäßlichkeit aber geistesgegenwärtig, indem er den doppelten Wodka, der gerade serviert wurde, auf ex hinunterschüttete. Wlassow, der jede Bewegung von Kaschube registriert hatte, lächelte fein. Die weitere Vorgehensweise war nunmehr einfach, denn Kaschube hatte ihn sofort erkannt, ein Versteckspiel war unnötig. Das erleichterte vieles. „Guten Abend, Herr Kaschube, viel passiert seit KAMA, nicht wahr?" Wlassow sprach deutsch und Lukoschenko und Gromyko schauten etwas konsterniert aus der Wäsche. „Ich nehme an, Sie bedienen sich der deutschen Sprache, damit ihre Begleiter zumindest die ersten Sätze nicht mitbekommen, Herr Wlassow?" Kaschube schien trotz des Ernstes der Lage, in der er sich befand (da gab er sich keinerlei Illusionen hin), amüsiert. „Mein lieber Herr Kaschube, Sie kennen doch die Vorlieben aller Geheimdienste dieser Welt. Was nicht geheim ist, das wird geheim gemacht. Wenn die Sachlage schon keine Geheimniskrämerei hergibt, dann bedient man sich eben einer fremden Sprache, das macht die Sache so unheimlich interessant. Ich erspare Ihnen und mir überflüssige Preliminiarien. Ich könnte Sie natürlich jetzt fragen, wie es Ihnen seit KAMA ergangen ist. Aber ich bin ehrlich, denn mein Nachrichtendienst hat mich über alle wesentlichen Details in Kenntnis gesetzt. Ihr Lebenswerk ist durch die Machtergreifung der Nationalsozialisten zerstört worden, daran gibt es keinen Zweifel. Sie sind völlig mittellos und Ihre sogenannten Freunde haben sich in alle Winde zerstreut." Wlassow hielt inne und beobachtete die Reaktion von Kaschube auf seine Rede. Schweigen gehörte zum Repertoire von Wlassow bei Verhören von politischen Häftlinge. Er hatte mitunter den Eindruck, daß er mit Schweigen mehr aus den Häftlingen herausbekam als durch Reden. Ein bewährtes Vorgehen, Rede eröffnen, Gegenüber verunsichern und dann schweigen. Die meisten wurden kribbelig und konnten danach nicht mehr schweigen. Ein ungeheurer Redefluß ergoß sich dann meist über Wlassow. Das erhoffte er sich auch bei Kaschube. Dessen Reaktion war aber ganz anders als von Wlassow erwartet. Kaschube schnippte mit den Fingern nach dem Oberkellner, der sichtlich verärgert über dieses schlechte Verhalten, eine Spur langsamer als sonst üblich zum Tisch der vier scheinbar gutsituierten Herren schlenderte. „Eine Pulle Schampus, das muß gefeiert werden. Ich darf doch annehmen, daß ich heute Ihr Gast bin, Leutnant Wlassow?" „Oberst Wlassow" verbesserte Gromyko. „So, so, die Treppe hinaufgefallen, Genosse Wlassow, ja?" Kaschube grinste. „Freut mich, dann können wir ja mehr als eine Pulle köpfen, denn das Budget dürfte ja für einen Oberst der Roten Armee höher sein als für einen Leutnant."

„Herr Kaschube, es ist Ihnen doch recht, wenn ich bei dem wahren Namen bleibe?" Kaschube nickte. „Wenn Sie nicht zu laut reden, sonst fliegt ja meine Tarnung auf." „Also dann, Herr

Kaschube, ich hoffe, Sie nehmen mir meine offenen Worte nicht übel: Sie haben immer noch das große Schandmaul, welches Sie schon 1931 ausgezeichnet hat. Das Bedauerliche ist nur, daß Sie keinerlei Veranlassung mehr haben, hier auf der Krim die Schnauze so weit aufzureißen, Sie Bankrotteur. Ich empfehle Ihnen Zurückhaltung, haben wir uns verstanden?" Wlassows Stimme war gefährlich leise geworden und Gromyko und Lukoschenko wußten, daß das scheinbar friedliche Zwiegespräch von einem auf den nächsten Moment in offene Feindseligkeiten umschlagen konnte. Kaschube war unsicher, wie er auf die Worte von Wlassow reagieren sollte. Seit den KAMA – Zeiten war in der Tat eine ganze Menge Wasser den Rhein hinuntergeflossen. Er hatte Wlassow immer für eine Riesenpfeife gehalten, sowohl technisch als auch menschlich. Offenbar hegte Wlassow ähnliche Gefühle für ihn. Aber andererseits, wieso rückten hier drei Mann an, um einen halbbankrotten Ex-Geschäftsführer der FOF – Werke in Frankfurt / Oder zu beköstigen? Es war evident, die wollten was von ihm, Geld konnte es nicht sein, denn die letzten Dollars hatte er gestern umgetauscht und das wußten die Burschen mit Sicherheit. Nein, es mußte mit seiner Zeit bei den FOF-Werken und mit seinem Intermezzo in Kasan zusammenhängen. Er überlegte fieberhaft, was mochte das sein, wonach Wlassow suchte? Er, Kaschube, hatte doch schon seit ein paar Jahren keinen Kontakt mehr mit Wlassow gehabt. Was wollte er ausgerechnet jetzt von ihm? Kaschubes Blick fiel auf eine Tageszeitung, die ein Mann am Nebentisch gerade aufgeschlagen hatte. Auf der Titelseite war ein Kampfpanzer neueren Datums abgebildet. Kaschubes und Wlassows Blicke trafen sich. In diesem Moment wußte Kaschube, was die Russen von ihm wollten. Seit dem Ende der KAMA Zusammenarbeit mußten die Russen auf dem Gebiet der Panzerentwicklung gewaltig an Boden verloren haben, denn sonst würden sie nicht alle Hoffnung auf einen abgehalfterten

Ex-Geschäftsführer setzen. Wlassow sah Kaschube in die Augen und wußte, daß er die erste Runde gegen ihn verloren hatte. Dieser Mann hatte eine unheimliche Macht über Menschen, dachte Wlassow bei sich. Was hätte aus dem alles werden können, wenn er von klein auf gefördert worden wäre? Aber auch so war das Resultat der Menschwerdung erstaunlich. Kaschube glich einem Stehauf-Männchen. Egal, was auch passierte, Kaschube war nicht totzukriegen. Im ersten Weltkrieg noch eine ganz kleine Nummer, war er unmittelbar nach dem ersten Weltkrieg Eigentümer von mehreren Tanzlokalen gewesen. Die Machtergreifung der Nationalsozialisten spülte Kaschube ganz nach oben, sein vorläufiger Höhepunkt war zweifelsohne die Gründung der FOF-Werke gewesen, aber da hatte er potente Geldgeber gehabt, alleine hätte er das niemals finanzieren können. Wer diese Geldgeber waren, das wußte Wlassow nicht, aber man mußte kein Hellseher sein, um mit einer Vermutung richtig zu liegen. Die Umstände, die zu Kaschubes Entmachtung führten, glaubte Wlassow dagegen sehr genau zu kennen.

Entweder hatte Kaschube den Hals nicht voll genug bekommen oder er hatte die Geister, die er gerufen hatte, übervorteilt und deren Sanktionsfähigkeit einfach unterschätzt. In beiden Fällen wäre Kaschube abserviert worden, was ja ganz offensichtlich der Fall gewesen war. Nun saß dieser Frechling vor ihm und riß noch die Klappe auf. Das Schlimmste war aber, daß Wlassow keinerlei Druckmittel parat hatte, mit denen er Kaschube zur Zusammenarbeit hätte zwingen können. Wie sollte man jemanden disziplinieren, der aus allen Unwettern des Lebens scheinbar unbeschadet hervorging? Der Mann hatte überhaupt keine Schwachstellen. Eine Familie hatte er nicht, Vermögen hatte er auch nicht, die gewohnte Masche mit Natascha und heimlichen Aufnahmen würde also nicht verfangen.

Das Allerschlimmste waren aber die phantastischen Menschenkenntnisse von Kaschube. Der hatte ihm nur in die Augen geschaut und rechnete wahrscheinlich gerade schon, welche Rendite er aus Wlassow herausholen konnte. Kaschube lehnte sich in seinen Polstersessel zurück, schaute Wlassow noch einmal tief in die Augen und ergriff das Wort: „Ich werde jetzt zum letzten Mal heute abend mit Ihnen auf deutsch reden, Herr Wlassow. Ich weiß, daß Ihre Deutschkenntnisse sehr gut sind, Sie kennen die gebräuchliche Redewendung, daß jemand „deutsch" mit jemand anderem reden will." Wlassow wurde langsam ärgerlich. Natürlich kannte er diese Redewendung, was wollte dieser Kerl eigentlich? Die Anwort, die nun folgen sollte, war allerdings so frech, daß es sogar Wlassow, der viel gewohnt war, die Sprache verschlug. „Ihr Russen habt die letzten Jahre nur Scheiße gebaut, die Parteibonzen haben es sich recht bequem gemacht, wie man hier auf Sewastapol sieht, wo sich die hübschen Frauen ein Stelldichein geben, das muß ja schließlich einen Grund haben. Aber das ist nicht nur hier so, wie ich den Gesprächen mit meinen Partnern der letzten Monate entnehmen durfte. Überall in der sogenannten sozialistischen Sowjetunion nehmen sich die Privilegierten von den weniger Privilegierten das, was das Leben besonders angenehm macht. Das ist zwar nicht besonders sozialistisch, aber dafür besonders angenehm. Wissen Sie was, Genosse Wlassow, ich könnte kotzen bei dem Gedanken, daß Ihre bolschewistische Brut ausgezogen ist, die Welt zu verbessern. In Wirklichkeit seid ihr aber nicht besser als all die anderen Machthaber dieser Welt. Sobald die ersten Treppenstufen der Macht erklommen sind, sind die einstigen Ideale vergessen und die Devise lautet nur noch, welche Frau man heute flachlegt und wieviele Flaschen Wodka man heute köpft. Wenn dann die Manneskraft nachläßt, macht man sich Sorgen um die Versorgung im Alter und ringt hartnäckig um jeden Parteiposten, den man nur bekommen kann. Wissen Sie was, Genosse Wlassow?"

Wlassow, der während dieses Monologes von Kaschube geschwiegen hatte, hatte nicht übel Lust, diesem unverschämten Frechling ohne Rücksicht auf sein Ansehen als Oberst der Roten Armee eine auf sein impertinentes Maul zu hauen. Er unterließ es aber, weil er spürte, daß da noch größere Unverschämtheiten folgen würden und er sollte recht behalten. Folgerichtig schüttelte er den Kopf, um Kaschube die Gelegenheit zu geben, seinen Anklagemonolog fortzusetzen. Kaschube nahm den Gesprächsfaden wieder auf. „Das ist der Grund, warum ich euch Russen so verachte. Im deutschen Reich ist es bestimmt auch nicht besser als in Rußland, aber Euer toller Lenin ist aufgestanden, um die Welt zu verbessern, insbesondere die Lage der „einfachen" Bevölkerung, also denjenigen, die von Sewastapol nur träumen können. Diese einfache Bevölkerung träumt zwar heute immer noch, genauso wie zu Zeiten des so verhaßten Zaren. Aber wissen Sie, wovon diese einfache Bevölkerung träumt?" Wlassow schüttelte erneut den Kopf. „Sie träumt von einem vollgeschlagenen Magen, der nachts nicht so laut brüllt, daß man davon aufwacht." Jetzt reichte es Wlassow. „Herr Kaschube, ich habe Ihnen jetzt lange genug geduldig zugehört. Aber woher nehmen Sie eigentlich Ihr Wissen um das russische Volk?" Das Grinsen, welches sich Kaschube nun leistete, war schlicht unverschämt. „Nun, ich habe während meiner Zeit hier auf der Krim genügend Gelegenheit gehabt, unterbezahlte russische Dienstmädchen zu befragen. Amerikanische Dollars öffnen eben nicht nur Beine, sondern auch Lippen." Wlassow stand auf, dachte an seine Mission und setzte sich sofort wieder. Dieses Dreckstück, dachte er bei sich. Am liebsten hätte er Kaschube sofort erschossen. Er sah ihn haßerfüllt an und wollte auf die Impertinenz von Kaschube antworten, doch der fiel ihm

280

auch noch ins Wort. „Wissen Sie, Wlassow", Oberst Wlassow registrierte, daß nunmehr auch Anrede und Dienstgrad von ihm weggelassen wurden und überlegte sich instinktiv Verhörmethoden für dieses große Stück menschlichen Unrats, als Wlassow seinen Ausführungen noch die Krone aufsetzte. „Tatsache ist aber, daß die Machtergreifung des Volkes in der Sowjetunion zu einer massiven Verschlechterung der Lebensverhältnisse der einfachen Bevölkerung gesorgt hat. Manche Muschiks, die alt genug sind, um es noch aus Zarenzeiten zu wissen, sagen, daß es ihnen unter Zar Nikolaus zwar schlecht, aber nicht so beschissen wie nun, gegangen ist. Für den einfachen Arbeiter ist es also egal, wer gerade regiert, ob das ein Monarch, ein Bolschewik, ein Kommunist, ein Nationalist, ein Nationalsozialist oder ein Sozialist reinsten Wassers ist. Das Ergebnis ist immer das Gleiche: Der kleine Mann wird beschissen von vorne bis hinten, eigentlich könnten Deutschland und Rußland sofort die Staatsgebiete zusammenlegen, denn die Regierungssysteme sind identisch: Der Mächtige bescheißt aus Eigennutz den Schwachen und beutet ihn aus. Zum Kotzen." Kaschube nahm einen großen Schluck Champagner und grinste Wlassow an. Dieses fette Grinsen mußte Kaschube in die Wiege gelegt bekommen haben, dachte Wlassow bei sich. Zu allem Überfluß mußte er sich eingestehen, daß dieser freche Hund mit seinen Ausführungen nicht einmal so verkehrt lag. Das ärgerte ihn besonders, denn wenn er eines nicht schätzte, dann waren es Leute wie Kaschube, die zeitlebens nur ihren eigenen Vorteil im Auge gehabt hatten, aber dann über andere, die das Gleiche praktizierten, herzogen. Er beschloß, einen eleganten Weg aus der augenblicklichen Gesprächssituation zu wählen und fing seine Rede auf deutsch an. „Herr Kaschube, ich bin in wesentlichen Punkten Ihrer Ausführungen nicht Ihrer Ansicht, aber Ihre Meinung zu weltanschaulichen Gesichtspunkten ist heute abend auch nicht der Grund für unser Zusammentreffen. Wie

Sie ja wissen, haben wir uns kennengelernt, als das Verhältnis zwischen dem Deutschen Reich und der UdSSR ein gänzlich anderes war als nun. Ich persönlich bedaure es, daß die Beziehungen zwischen unseren beiden Staaten inzwischen ein Verhältnis erreicht haben, welches man nicht unbedingt als friedfertig bezeichnen kann. Aber andererseits", Wlassow wechselte mitten im Satz zur russischen Sprache, „andererseits kann man immer noch vom Nachbarn lernen." Gromyko und Lukoschenko spitzten die Ohren, denn sie verstanden nunmehr, was die beiden miteinander redeten. Kaschube hatte die Botschaft verstanden und antwortete auf russisch. „Selbstverständlich, Genosse Oberst, ich bin Ihrer Meinung, immer dann, wenn Völker im tiefen Sehnen nach Frieden und Völkerverständigung die Annäherung suchen, bedarf es großer Männer, die diese Sehnsucht erfüllen können. Zum Glück haben wir heute gleich vier von der Sorte an Bord." Kaschube hatte wieder sein typisches Grinsen auf dem Gesicht und Wlassow überlegte sich, ob er wohl vor dem Obersten Sowjet mildernde Umstände zugestanden bekommen hätte, wenn er dieses stinkende Stück Scheiße auf der Stelle liquidiert hätte. Aber so würde man nicht weiterkommen bei diesem Proleten, das spürte Wlassow instinktiv. Sein Adjutant Gromyko hatte bereits einen hochroten Kopf, Wlassow wußte, wenn er jetzt nicht eingreifen würde, dann würde Gromyko das für ihn vollenden, was sich Wlassow nicht getraut hatte. „Nun, dann lassen Sie uns auf diese hohe Mission anstoßen!" Wlassow erhob sein Glas, obwohl er den Eindruck hatte, daß Kaschube bereits genug haben mußte. Doch der erwies sich weit trinkkräftiger als dies Wlassow erwartet hatte. „Meine lieben Freunde, ich möchte die Gelegenheit nutzen und einen Toast auf die friedliebende Sowjetunion aussprechen." Kaschube stand auf und knallte mit den Hacken zusammen, gelernt war eben gelernt. Einige Gäste des Hotels zuckten pikiert zusammen. Derlei großdeutsches Gehabe war ihnen – noch – fremd. „Möge der friedliebende Josef Stalin die Welt von der Friedfertigkeit seiner Absichten überzeugen können. Ich wünsche uns allen, daß er mit seiner Arbeit alle Zweifler am Kommunismus vom Gegenteil wird überzeugen können." Gromyko kochte bereits, sein Gesicht war dermaßen gerötet, wie es Wlassow noch nie an ihm gesehen hatte. Nein, das konnte niemals vom Alkohol kommen, dachte Wlassow bei sich. Er mußte unbedingt einschreiten, denn Gromyko war kurz davor, etwas Dummes zu tun. Bevor er etwas sagen konnte, ergriff Lukoschenko das Wort. „Ich denke, es ist zwar nicht mein Recht, heute abend eine Rede zu halten, aber die bisherigen Aussagen haben mich dermaßen aufgewühlt, daß ich mich genötigt sehe, meine diesbezügliche Zurückhaltung kurzzeitig aufzuheben. Ich freue mich, daß wir alle geistig auf einer Wellenlinie schwimmen. Besonders erfreut bin ich über die Tatsache, daß Herr Kaschube alias Koslowski alias XYZ willens ist, mit uns zusammenzuarbeiten. Alles andere würde ihm auch nichts nützen, denn ich habe Auftrag, seine sofortige Liquidierung anzuordnen, wenn er in irgend einer Weise anfangen sollte, mit uns seine bewährten Kaschube-Spielchen zu treiben." Wlassow glaubte, seinen Ohren nicht zu trauen. Was erzählte dieser Lukoschenko da? Doch Wlassow hatte keine Zeit, sich zu wundern, Lukoschenko setzte noch einen drauf. „Ich habe auch keine Lust, meinen Abend mit Spielchen deutsch-russischer Wesensart zu verbringen. Herr Kaschube, ich sage Ihnen hiermit zum letzten Mal, daß Sie heute abend eine einmalige Chance geboten bekommen. Der von Ihnen verspottete Josef Stalin hat mich als Sonderbeauftragten eingesetzt und mich damit beauftragt, aus Ihnen alles herauszuholen, was der ruhmreichen Sowjetunion dienlich sein könnte, eine moderne Panzerarmee aufzubauen. Nicht einmal Oberst Wlassow wußte hiervon, ganz zu schweigen von Gromyko. Wenn ich versage, werde ich sterben, das weiß ich. Aber vorher werden Sie sterben, Kaschube, das verspreche ich Ihnen und es wird für Sie kein Vergnügen!" Lukoschenkos Stimme war ganz leise geworden, er wollte offenbar nicht, daß andere Gäste auch nur ansatzweise mitbekamen, worüber an diesem Tisch gesprochen wurde. Kaschube war während der Rede von Lukoschenko blaß geworden. Der Eindruck, den er ganz am Anfang dieses Abends gehabt hatte, war also richtig gewesen. Er hatte nur eine Chance hier lebend herauszukommen: Mit den Russen zusammenzuarbeiten. Kurzzeitig hatte er den Eindruck gehabt, daß er die ganze Russenbande im Griff hatte, obwohl er nur mit Wlassow gesprochen hatte. Aber offenbar war der eigentlich Gefährliche nicht Wlassow, von dem er seit den Kama – Zeiten ohnehin nicht viel hielt, sondern dieser unscheinbare Lukoschenko. Der sah eher aus wie jemand, der versuchte, Versicherungen zu verkaufen. Doch weit gefehlt! Ein aalglatter Hund, dachte Kaschube bei sich. Ähnliche Gedanken hatte auch Wlassow. Was fiel diesem unverschämten Buben Lukoschenko eigentlich ein? Wie konnte er sich erfrechen, sich als Sonderbeauftragten von Josef Stalin auszugeben? Ein solch dreistes Bubenstück würde ihm der mit allen Wassern gewaschene Kaschube niemals abkaufen. Wlassow kochte innerlich immer noch. Doch er bekam heute keine Gelegenheit, sich zu beruhigen. „Bis morgen wünsche ich einen Bericht über die letzten technischen Entwicklungen der deutschen Panzer, an denen Sie, werter Herr Kaschube, noch teilhaben durften, bevor man Sie zu eliminieren versuchte." Lukoschenko hatte einen Gesichtsaudruck, der sogar Wlassow Angst machte, aber anscheinend nicht nur dem, denn auch Kaschube nickte eifrig und versprach, bis morgen alles, was er aus dem Kopf zusammenstellen könnte, aufzulisten. Lukoschenko forderte daraufhin alle Beteiligten auf, sich nunmehr ins Bett zu begeben, weil morgen noch allerhand Arbeit warten würde. Alle erhoben sich, da sagte Lukoschenko zu Wlassow: „Mit Ihnen, Herr Oberst, würde ich gerne noch ein paar Takte unter vier

Augen reden." Kaschube und Gromyko verließen den Saal, bei beiden hatte man den Eindruck, daß Sie nicht böse darüber waren, aus dem Raum verschwinden zu können. Bei Kaschube war es scheinbar inzwischen die blanke Angst, bei Gromyko hingegen die reine Lust, denn die Kellnerin, die sie am Tisch bedient hatte, war ganz offensichtlich auf ein Abenteuer mit dem jungen Leutnant aus. Oberst Wlassow Gemütszustand dagegen war eindeutig. Eine solche Impertinenz eines Untergebenen hatte er die letzten zehn Jahre nicht mehr erfahren. Aber er hatte die Erfahrung gemacht, daß ungewöhnliche Situationen bisweilen ungewöhnliche Maßnahmen erforderlich machten. Wer weiß, vielleicht war dieser Lukoschenko, von dem er ja bereits vor dieser Geschichte eine recht hohe Meinung hatte, weiter, als er sich das eingestehen wollte.

Wirklich große Männer erkennen Führungspersönlichkeiten und fördern diese. Kleine Gestalten hindern aus Angst um ihre eigene erbärmliche Karriere solche Zukunftsgaranten am Fortkommen. Letztlich aus Angst um die mühsam erworbenen, eigenen Fleischtöpfe. Wlassow beschloß, ruhig zu bleiben. Vielleicht hatte Lukoschenko eine einleuchtende Erklärung. Als Kaschube und Gromyko den Saal verlassen hatten, erhob sich Lukoschenko, nahm sein Glas in die Hand und sprach: „Zunächst, Genosse Oberst, möchte ich mich bei Ihnen entschuldigen! Ich weiß nicht, welches Teufelchen mich geritten hatte, aber ich hatte den Eindruck, daß Kaschube Sie mit seiner Frechheit gegen die Wand fahren wollte. Und, Sie mögen mir vergeben, es kam zumindest mir so vor, als ob er damit zumindest ansatzweise Erfolg gehabt hätte." Donnerkeil, dachte Wlassow, dieser Bursche ist ein einfühlsamer Mensch, aus dem wird noch was werden. Wie recht er doch hatte, Kaschube war ihm immer schon über gewesen, gegen dessen Frechheit war er noch nie angekommen, schon zu Kama – Zeiten nicht. Aber in

Lukoschenko hatte selbst Kaschube offensichtlich seinen Meister gefunden. Lukoschenko hatte das Mienenspiel von Wlassow beobachtet und erleichtert zur Kenntnis genommen, daß Wlassow keinerlei Sanktionen plante. „Mein lieber Lukoschenko, Sie sind zweifelsohne das stärkste Stück Hundedreck, welches ich die letzten Jahre kennenlernen durfte. Aber eines muß Ihnen der Neider lassen: Sie erkennen, wenn jemand aus Ihrer Mannschaft in die Enge getrieben wird und springen selbstlos ein, ausgezeichnet. Ich darf betonen, daß ich zu keinem Zeitpunkt Ihr Märchen vom Sonderbeauftragten von Josef Stalin geglaubt habe." Lukoschenko nickte. „Das war mir bewußt, Genosse Oberst", (Lukoschenko glaubte Wlassow kein Wort), „aber ich hatte keine andere Wahl, denn Kaschube zeigte unter psychologischer Einschätzung alle Anzeichen des Verhandlungsführers und das mußte ich verhindern, denn er soll doch Informationen preisgeben und nicht meistbietend verschachern, nicht wahr?" Wlassow mußte lächeln, die sowjetischen Kaderschulen mußten wirklich ausgezeichnet sein, jede Faser menschlicher Empfindung wurde offenbar untersucht. Dieser Lukoschenko war gefährlich, das spürte Wlassow, Schwächen, egal welchen Ursprungs sie waren, nutzte Lukoschenko gnadenlos aus. Nebenbei sprach dieser unscheinbar wirkende junge Mann neben seiner Muttersprache offenbar auch recht passabel deutsch. Er beschloß, Lukoschenko gegenüber die Rolle des wohlwollenden, allwissenden sowjetischen Führers zu spielen, denn Wlassow hatte keine Lust, sich in diesem speziellen Fall die Führungsrolle von einem solch jungen Dachs abluchsen zu lassen. „Nun, mein lieber Lukoschenko, ich habe bereits aufgrund des Telefonats, welches Sie mit mir auf Sewastapol geführt hatten, bemerkt, daß Sie ein außergewöhnlicher junger Mann sind." Wlassow beobachtete aus den Augenwinkeln heraus die Reaktion von seinem Gegenüber und stellte fest, daß der sich geschmeichelt fühlte. Er war also für

Lob empfänglich, ganz schlecht, dachte Wlassow, jemand, der sich von Schmeicheleinheiten einwickeln läßt, ist für Führungsrollen nicht zu gebrauchen. Aber gut, umso leichter konnte er, Wlassow, diese Situation wieder in den Griff bekommen. „Ich werde meinem Führungsoffizier nichts von Ihrer heutigen Eskapade berichten, dann wird das eine Episode bleiben, die für Sie ohne Nachspiel bleiben wird. Da Sie nunmehr aber gegenüber Kaschube die Rolle des Sonderbeauftragten übernommen haben, müssen wir dieses Schauspiel weiter spielen. Ich erwarte, daß Sie mir vollständige Berichte von dem zukommen lassen, was Ihnen Kaschube an Material überlassen wird, verstanden?" Lukoschenko nickte dienstbeflissen, konnte sich innerlich aber ein Grinsen nicht verkneifen. Was waren das heutzutage bloß für Flaschen von Offizieren? Er hatte den Aktenvermerk über Wlassow und dessen erfolgloses Wirken während der deutschrussischen Zeit in Kasan gelesen. „Nur bedingt einsatzfähig, bemüht sich, ist aber nicht bissig genug, um sich gegen selbstbewußt auftretende Persönlichkeiten durchzusetzen." Auch dieses Gesabbel von Sewastopol, so ein Unfug. Wlassow hatte während der Kasan-Zeit Kaschube nicht untersuchen lassen, als es noch relativ einfach war. Danach hätte man diese Schlüsselfigur einfach in den Weiten der Sowjetunion verschwinden lassen können, kein Hahn hätte mehr nach einem gewissen Kaschube gekräht. Lukoschenko dagegen hatte alle Hebel in Bewegung gesetzt, um diesem angeblichen Vertreter auf den Zahn zu fühlen – und war fündig geworden. Wer war also der bessere Mann? Lukoschenko fühlte sich sehr wohl in seiner Haut. Wlassow würde es in Zukunft schwer haben. Er betrat sein Zimmer und ging bester Laune schlafen. Kaschube, der sich kurz vorher mit dem jungen Leutnant verabschiedet hatte, schmunzelte vor sich hin. Eine grandiose Nummer, die er diesen Stinkstiefeln vorgespielt hatte. Was waren das nur für selten dämliche Hunde. Der junge Leutnant, ein Stiefelablecker erster

Kajüte, der hatte doch von Anfang an nur Augen für die junge Kellnerin, also schwanzgesteuert. Lukoschenko, dieses winselnde Stück Scheiße, der glaubte doch allen Ernstes, daß er Wlassow mit seinem Gefasel von Stalin, als dessen Sonderbeauftragter er angeblich fungiere, beeindrucken könne. Wie konnte man eigentlich so von sich selber eingenommen sein? Der Mann mußte eine schwere Macke haben. Kaschube stufte Wlassow als den gefährlichsten Mann der drei Russen ein. Der scheinbar trottelige Oberst, der es zuließ, daß ihm ein Emporkömmling namens Lukoschenko im Beisein aller anderen versuchte, den Schneid abzukaufen. Das Meisterstück lieferte Wlassow nach Ansicht von Kaschube aber dadurch, daß er diesen Widerling Lukoschenko in seinem Schmierenstück gewähren ließ. Was für ein begnadeter Menschenführer! Kaschube hatte natürlich nicht im mindesten vor, dem Ochsen Lukoschenko auch nur ein Iota seines Wissens um die Motorenschule Kama preiszugeben. Noch in der gleichen Nacht beglich er seine Rechnung, als Wlassow von dem Wichtigtuer Lukoschenko aufgehalten wurde. Von dem jungen Leutnant hatte Kaschube in dieser Nacht nichts zu befürchten, das war klar, nachdem Kaschube die Blicke der jungen Kellnerin gesehen hatte, die sie dem feschen Jungen zugeworfen hatte. Der hatte diese Nacht zumindest andere Sorgen. Kaschube packte seinen Koffer, anschließend ließ er sich sofort zum nächsten Bahnhof fahren. Ehe noch der Morgen graute, war der langgesuchte Kaschube dem Zugriff der Russen wieder entschwunden. Da alle annehmen mußten, er würde sofort Richtung Europa flüchten, löste Kaschube ein Billet Richtung Rostow mit Anschluß Richtung Wolgograd in der sicheren Erkenntnis, daß ihn hier mit Sicherheit niemand vermuten würde. Kaschube hielt sein Billet in der Hand und schaute das Datum an: Es war der 20. Juni 1941.

Als Lukoschenko am nächsten Morgen den Bericht von Kaschube lesen wollte, mußte er sich eingestehen, daß er Kaschube wohl falsch eingeschätzt haben mußte. „Na, mein bester Lukoschenko, schade, daß Sie kein Skat spielen", sagte Wlassow zu ihm. „Dann würden Sie erkennen, daß Sie ohne vier auf Grand gereizt haben, aber den Bauern im Skat gefunden haben." Lukoschenko blickte Wlassow, der in der Panzerschule Kama selbstverständlich Skat gelernt hatte, konsterniert an und konnte sich keinen Reim auf die merkwürdigen Worte seines Obersten machen. Was faselte der da für einen Unsinn? Als ob Wlassow Gedanken lesen könnte, beantwortete er die Gedankengänge seines jungen Widersachers. „Sie haben in die Hände gespuckt und leider kräftig daneben gespuckt. Ihr Vögelchen hat sich von ihren Bedrohungen nicht beeindrucken lassen und sofort die Kurve gekratzt, als noch Zeit dazu war." „Wir werden sofort alle Züge Richtung Europa überwachen lassen. Weit wird er nicht kommen, das schwöre ich Ihnen." Lukoschenko spuckte Gift und Galle. Wlassow schmunzelte und dachte bei sich: „Mach´ mal, mein Jüngelchen. So würde ich auch denken, wenn ich in Deinem Alter wäre. Aber ich bin ein paar Jährchen älter und Kaschube auch, der wird einen Teufel tun und Richtung Westen fliehen." Wlassow begab sich zur Rezeption, um sich ein Ferngespräch vermitteln zu lassen. Lukoschenko, der immer noch tobte, achtete nicht mehr auf diesen vermeintlichen alten „Deppen".

# Teil 17: Unternehmen Barbarossa

Friedrich hatte die Nacht schlecht geschlafen, Paula hatte bemerkt, wie er sich immer wieder hin- und hergeworfen hatte. Um 4 Uhr morgens hielt er es schließlich nicht mehr aus und stand auf. Er war von einer Unruhe erfaßt, die er sich nicht erklären konnte. Gestern hatte er mit von Strelitz eine Riesenauseinandersetzung gehabt. Die Planungsgruppe aus Berlin hatte neue Vorgaben zur Motorenfertigung nach Frankfurt geschickt, die bei Friedrich nur Kopfschütteln ausgelöst hatten. Von Strelitz war auch nicht besonders begeistert gewesen, hatte aber eingesehen, daß die Forderungen aus Berlin nicht von der Hand zu weisen waren. „Herr Hambach, ich weiß, daß Sie ein erbitterter Gegner von Schnellschüssen sind, aber schauen Sie sich den Bericht über die Auswertungen des Polenfeldzuges einmal an. Unser Panzerkampfwagen III ist mit seiner 3,7 cm Kanone einfach zu schwach, im Westfeldzug wurde das offenkundig. Da ist es doch nur folgerichtig, wenn wir jetzt mit der neuen KwK 39 L/60 planen, die eine bessere Feuer- und Durchschlagskraft aufweist." Friedrich hob die Arme. „Das ist mir schon klar, aber was bedeutet das denn für die Motoren? Die erste Ausführung des Panzers Typ III hatte in seiner Vorversion nur annähernd 18 to, danach kamen schlaue Wehrspezialisten und wollten Panzerung, Bewaffnung und Teile des Laufwerkes verstärken. Das Ergebnis war ein fast 23 to schweres Ungetüm mit einem unveränderten Motor, damit ergaben sich nur noch rund 13 PS Leistung / to. Schon das war ein unmöglicher Zustand, weil die Beweglichkeit im Gelände dadurch immer weiter herabgesetzt wird. Ich sehe ein, daß die Besatzung größtmöglichen Schutz haben muß, denn die Ballistiker der anderen Feldpostnummer sind bestimmt auch nicht untätig, was die Durchschlagsleistung ihrer Kanonen anbelangt. Aber wenn ich die Auswertung unserer zerstörten Panzer richtig einschätze, müßte man die Turmpanzerung erneut verstärken, ferner Schürzen zum besseren Schutz anbringen. Angeblich sollen die Russen einen neuen, verbesserten Panzer entwickelt haben, was eine erneute Verbesserung unserer KwK´s zwingend nach sich zieht. Für mich als Motorenentwickler ergeben sich damit zwei Möglichkeiten: Den bewährten 300 PS Maybach Motor lassen, wie er ist und ihn in einen neu entwickelten Panzer einzubauen, der die Anforderungen der verstärkten Panzerung so löst, wie wir das in unserem Planungsstab vorgestellt hatten. Das ist die am schnellsten zu lösende Aufgabe, wir müßten bei uns hier dann nur noch die Motorenfertigung beschleunigen." Von Strelitz schien nicht überzeugt. „Wir haben seit Jahren keinerlei Verbesserungen hinsichtlich der Reichweite unserer Panzer erreicht. Mit durchschnittlich 100 bis 130 km im Gelände kann man vielleicht die Niederlande schnell durchfahren, aber nicht Rußland." Friedrich stutzte. „Wieso Rußland? Wissen Sie etwas Neues?" Von Strelitz hätte sich am liebsten auf die Zunge gebissen. Nun war es heraus, erst gestern hatte er erfahren, daß die Planungen für den Angriff auf die UdSSR abgeschlossen seien. Nachdem Kreta unter großen Verlusten der deutschen Fallschirmjäger nun in deutscher Hand war, hatte man aus Berlin die Zeichen auf Sturm gesetzt, was die Russen anbelangte. Der deutsche Geheimdienst hatte gemeldet, daß sich Stalin immer noch in völliger Sicherheit wähnte und einen deutschen Angriff für völlig ausgeschlossen hielt. Doch die Zeit drängte, denn aus England und Japan wurden täglich neue Meldungen bekannt, daß Agenten den Russen Details des deutschen Angriffsplanes mitgeteilt hätten. Man hatte ganz offensichtlich einen Maulwurf in Berlin sitzen, aber bislang war es der Gestapo noch nicht gelungen, diesen ausfindig zu machen. Solange Stalin einfach nicht an einen Angriff glauben wollte, hatte man noch etwas

Zeit, aber die Eieruhr war fast abgelaufen. „Ich darf nichts sagen, das wissen Sie doch. Kommen wir zurück auf die mangelnde Reichweite unserer Panzer. Wieso gibt es hier keine Verbesserung?" „Weil die Panzerung immer stärker gestaltet werden muß. Dadurch steigt das Gewicht, die Leistung pro Tonne sinkt. Anders ausgedrückt: Die gleiche Anzahl von Pferden muß immer mehr Last ziehen und die Pferdchen ermüden dadurch schneller. Das muß ich Ihnen doch nicht erklären, oder?" Von Strelitz wirkte verärgert. „Herr Hambach, dieser Zusammenhang ist mir durchaus bekannt, wie Sie ja wissen, bin ich kein Frischling mehr, was die Motorenfertigung anbelangt. Nein, meine Frage zielt in eine andere Richtung: Gibt es denn wirklich keine Möglichkeit, schweren Stahl durch andere Werkstoffe an Stellen im Panzer zu ersetzen, die sicherheitstechnisch nicht als neuralgisch gelten?" Hambach erklärte: „Meines Wissens nicht, ich habe noch keine neuen Forschungsergebnisse gesehen, wir müssen weiter den bewährten, aber schweren Stahl einsetzen. Dadurch wird mehr Sprit verbraucht, als es eigentlich sein müßte, weil der Motor in einem ungünstigen Lastbereich fährt. Würde man die PS-Zahl verdoppeln, dann könnte man in einem günstigeren Lastbereich fahren und der Verbrauch wäre nicht so hoch, was die Reichweite des Kampfwagens erhöhen würde." „Aber stärkere Motoren sind doch auch schwerer." „Zweifellos, der Einwand ist richtig, aber der Nutzen aus dem optimierten Lastbereich ist höher als der Schaden aus dem höheren Gewicht. Wir haben es hier mit einer klassischen Zielkonfliktlösung zu tun."

„Wie lange würden Sie brauchen, um ein solches Monstrum von Motor zu entwickeln?" Von Strelitz sah Hambach lauernd an, die Position von seinem Cheftechniker war nicht besser geworden, seitdem NS-Techniker LFM-Entwürfe von Hambach und seinem Kollegen Bernstein überprüft und dabei absichtliche Konstruktionsfehler gefunden hatten. Das waren zwar sehr geschickt konstruierte Sollbruchstellen gewesen, aber die NS-Techniker hatten es doch bemerkt. Hambach entging einer Anzeige wegen Sabotage nur deswegen, weil von Strelitz sich für ihn eingesetzt hatte und man alle Schuld auf Bernstein schieben konnte. Doch seitdem war das Verhältnis zwischen Hambach und von Strelitz etwas gespannt, man traute sich nicht über den Weg. „Entwickeln kann ich das nicht alleine, dazu ist die Zeit viel zu knapp. Im Bericht steht, daß bis zum Frühjahr 1942 das neue Motorenkonzept fertig sein muß. Um das zu erreichen, kann ich nur auf bestehende Motoren aufsetzen, ich denke da an simple Hubraumvergrößerungen, eventuell kämen noch Veränderungen am Vergaser in Betracht, aber das sind schon Detailfragen, die langweilen Sie ja bloß." „Im Gegenteil, die interessieren mich ungeheuer. Erzählen Sie!"

Friedrich hatte dann angefangen und nach einer Stunde war von Strelitz hochgradig verärgert, weil Hambach zunächst mal drei Leute mehr für seinen Planungsstab forderte, denn in der Kürze der zur Verfügung stehenden Zeit war ein solches Vorhaben alleine nicht zu bewerkstelligen. Da von Strelitz sich diese Techniker nicht aus den Rippen schneiden konnte, war das Stimmungsbarometer bei beiden auf ein neues Tief gefallen und Hambach hatte an jenem Abend eine Stinklaune mit nach Hause gebracht. Die wurde auch nicht besser, als ihm Paula erzählte, daß der Bewachertrupp, der „zum Schutz" der Familie Hambach eingesetzt war, nunmehr auch im Haus untergebracht war. Bislang hatte man sich auf eine Koexistenz in der Weise verständigen können, daß nur von außen beschattet wurde, aber die Intimsphäre des Ehepaares Hambach wenigstens im Haus gewahrt bliebe. Paula und Friedrich hatten mittlerweile jeden Gedanken an Flucht aufgeben müssen. Von Kurt hörten sie überhaupt nichts mehr und Karls Briefe wurden immer spärlicher und nichtssagender. Man hätte den Eindruck gewinnen können, er schreibt deswegen so farblos, damit niemand Dinge aus den Briefen herausliest, die nicht drinstanden. Für Paula war es eine schwierige Situation, seitdem Edi fliehen mußte, der bislang auch noch keinen Kontakt mit ihr aufgenommen hatte. Seitdem sich weder Kurt noch Karl meldeten, war bei ihr jeder sozialer Kontakt weggebrochen. Ihren kleinen zivilen Widerstandszirkel, den sie organisiert hatte, mußte sie nach massiver Drohung von ganz oben beenden. An eine Unterstützung von Juden war angesichts der jetzigen Rund-um-Bewachung auch nicht mehr zu denken. Friedrich ging es ähnlich, er vermißte Bernstein, der ihm immer so geduldig zugehört hatte. Manchmal dachte er auch an Willi. Was mochte wohl aus dem geworden sein? Friedrich lief nun schon seit einiger Zeit unruhig in seinem Arbeitszimmer hin und her. „Bist du aus dem Bett gefallen?" Paula kam aus dem Schlafzimmer und gähnte. „Woran denkst du, Friedrich?" „Ich weiß nicht, ich kann es nicht erklären, aber ich denke, daß es diese Nacht losgegangen ist. Ich habe die ganze Nacht beschissen geschlafen, dauernd habe ich von Panzern geträumt, der schlimmste Moment war, als Kurt aus einem ausgestiegen ist." „Also, hör´ mal, Friedrich. Immerhin dein Sohn." „Nein, du verstehst mich falsch, das Schlimme an der Situation war, daß er die schwarze Panzeruniform trug und keinen Ton sagte, selbst im Traum war Funkstille zwischen uns beiden. Nur dieser ständige vorwurfsvolle Blick. Fast wie im richtigen Leben. Zum Glück ist Kurt in Norwegen stationiert, da wird jetzt wohl nicht viel los sein. Eine saublöde Zeit. Aber irgendwie wird es schon weitergehen, muß ja."

# Teil 18: Kaiser Rotbart

Kurt Hambach war nach dem Tode seines Kommandanten einer neuen Einheit zugeteilt worden. Seine „Ella" hatte man ersetzt durch einen neuen Typ, den Panzer IV. Für Kurt war das sofort „Ella II", aber wesentlich wohler fühlte er sich durch die Taufe dieses Ungetüms nicht. Mit 87 Schuß aus der KWK fühlte man sich zwar sicherer als vorher, aber andererseits gingen Gerüchte durch die Truppe, daß die Russen einen neuen Panzer in Dienst gestellt hatten, der den deutschen Kettenungeheuern das Leben schwer machen würde. Kurt gab auf solches Gerede normalerweise nicht besonders viel, er war es seit seinen Kindertagen gewohnt, angelogen zu werden. Aber irgendwie hatte er Angst, eine ganz neue Angst, wie er sich selbst eingestehen mußte. Es war eine Angst, die nicht mehr wich, sie war ständig da. Wenn man einschlief, dann mußte man entweder wirklich sehr müde oder sehr betrunken sein, damit man überhaupt schlafen konnte. Wenn man aufwachte, fühlte man sich nicht erholt wie früher, sondern die Angst des Vorabends begrüßte einen sofort und wünschte einen schlechten Morgen. Es war ein sonderbares Gefühl. Kurt fühlte sich unbehaglich. Sein neuer Kommandant gefiel ihm auch nicht, insgeheim mißtraute er ihm sofort, denn er dachte natürlich an neue Spitzel, die ihn ausfragen sollten. Doch damit tat er seinem neuen Panzerkommandanten unrecht, der hatte auch keine Lust, sich für nichts und wieder nichts totschießen zu lassen. Der neue Panzer war nicht die einzige Veränderung, die Kurt erfahren durfte. Nach Marita folgte Barbarossa, er wurde wie gesagt einer neuen Einheit zugeteilt und hatte fürderhin die Ehre, nach erfolgreicher Versendung per Truppentransport, auf russischem Gebiet dem deutschen Vaterland dienen zu dürfen. Kurt war mittlerweile ein recht erfahrener Panzerfahrer, es hatte sich in der Einheit bereits herumgesprochen, daß er auf mehreren Kampfpanzertypen Einsätze gefahren war und immer lebend aus allen Feindberührungen herausgekommen war. Die Landser rissen sich förmlich darum, in seinen Panzer zu kommen, „Ella II" war allen Soldaten der Inbegriff für Leben. Viele wußten es einfach nicht oder verkannten es wider besseres Wissen, daß Kurt schon einen Kommandanten überlebt hatte, aber egal, die Landserseele war manchmal etwas schwierig zu begreifen. Kurt blieb verschlossen, er hatte nun vier weitere Männer in seiner Ella, es war ihm unbegreiflich, warum man für einen Panzer wie den IV Ausführung G fünf Mann Besatzung brauchte, seines Erachtens hätten vier Mann - maximal – auch gereicht. Kurt war seit der Entsendung an die Ostfront sowieso nur noch schlechter Laune. Erstens schlief er neuerdings nicht mehr besonders gut, zweitens paßten ihm die ganzen „Frischlinge", wie er die Neulinge nannte, nicht in den Kram. Was wollte man denn mit Leuten anfangen, die kaum achtzehn Jahre alt waren und Pulverdampf bislang nur auf dem Truppenübungsplatz Königgrätz kennengelernt hatten? Die schissen sich doch in die Hose, sobald der erste scharfe Schuß fiel. Kurt verstand die Führung nicht. Oder sollte es doch so sein, daß mittlerweile die Personaldecke so dünn geworden war, daß man seitens der Führung gezwungen war, solche Frischlinge in den Kampf zu schicken? Das wäre fatal. Bei einer solchen Ausgangslage sollte man doch besser den Rußlandfeldzug absagen. Na, egal, dachte Kurt bei sich, ist nicht mein Problem, in Rußland stirbt es sich genauso einsam wie in Griechenland, in Norwegen oder in Deutschland. Er sprang aus seiner Fahrerluke und schnauzte den Ladeschützen an. „Verdammt nochmal, wie oft noch, Gefreiter Müller, wenn Sie zu blöd sind, um den Fahrer einzuweisen, dann sollten Sie in den Busch gehen zum Trommeln, dazu werden Ihre Fähigkeiten ja noch ausreichen." Kurt war sauer, sogar beim Einparken am Abend war man auf sich selber angewiesen, weil die Neuen zu dämlich waren, den Fahrer korrekt einzuweisen. Was sollte bloß aus Deutschland werden? Der neue Ladeschütze war ein neunzehnjähriger Jüngling aus Plauen, der eigentlich Glockengießer werden wollte und mit der Panzerwaffe überhaupt nichts zu tun hatte. Sein Vater hatte bereits in Weltkrieg I gedient und war stolz auf seinen Sohn, der sich in einem Anfall geistiger Umnachtung freiwillig zu den Panzertruppen gemeldet hatte. Dies war das Ergebnis der permanenten Propaganda gewesen, die die Bevölkerung einnebelte. Die Wochenschauen waren ja auch so schön anzuschauen, ein paar verwegene junge Männer bestiegen einen Panzer und nach drei Minuten steigen sie wieder aus und ein ganzes Land war erobert, ohne daß auch nur ein Tropfen Blut geflossen wäre. So werden Helden geboren. Flankiert wurden solche Lügen durch Propagandazeitschriften wie die „Signal". Kurt fragte sich oft, wieviele junge Männer die Redakteure dieser Zeitung wohl schon auf dem Gewissen haben mußten, aber das waren wohl eher müßige, wenn auch nicht ganz unberechtigte Fragen. Die Wirklichkeit sah natürlich ganz anders aus, aber wer wollte denn schon in seiner Freizeit das ganze Elend der kämpfenden Truppe sehen? Die übermüdeten Kradmelder, die unzureichend mit Sprechfunk ausgerüstet waren, sich mit schlechtem Kartenmaterial durch unwegsames Gelände wagten und nur allzuoft von feindlichen Truppen schlicht und ergreifend erschossen wurden, weil die Bewaffnung mit simplen Karabinern einfach zu schlecht war. Kurt dachte an viele der tapferen Männer, die oft schon mehr schlafend als wach zu seinem Panzer gefahren kamen und dem Kommandanten neue Weisungen brachten und sich anschließend auf den anstrengenden wie lebensgefährlichen Rückweg zur Basis machten. Der junge Mann aus Plauen war jedenfalls recht schnell kuriert vom neuen deutschen Heldentum, aber das nützte ihm nicht mehr allzuviel, denn in Rußland gingen die Uhren nicht nur anders, sondern in erster Linie kälter. Im Juni 1941 merkte man am Tage davon wenig, aber die Nächte wurden schon merklich kühler als in Deutschland und gaben einen schonungslosen Ausblick dessen, was die verwegenen Streiter erwarten würde, wenn sie sich länger in diesem endlosen Land aufhalten würden. Kurt, der schon die Nächte in Norwegen mitgemacht hatte, konnte sich ausmalen, daß die Temperaturen in Rußland des Nachts verglichen mit Rußland bestimmt nicht angenehmer sein würden. Seine einzige Hoffnung war, daß die deutschen Truppen imstande sein würden, auch diesen Feldzug als Blitzkrieg zu gestalten und die russischen Truppen genauso wie alle anderen vorher auch würden überrennen können. Kurt wollte sich eigentlich nicht so richtig ausmalen, was passieren würde, wenn die deutschen Truppen bis Ende Oktober nicht imstande sein würden, den russischen Bären zu bezwingen. Einen Winter in Rußland wollte er genaugenommen nicht so gerne verbringen, denn der in Norwegen hatte ihm schon gereicht. Sein Kommandant teilte seine Ansicht, obwohl er bislang „nur" in Frankreich Dienst getan hatte und dieser dank der französischen Mademoiselles so schlecht nicht gewesen war. Leutnant Petersen erzählte sehr gerne von seinen Eroberungen in den Vorstädten von Paris und wenn er in Fahrt kam, dann konnte man fast den Eindruck gewinnen, daß der Krieg bisher nur ein Zuckerschlecken war. „Können Sie sich das vorstellen, Hambach, da kommt man in einen französischen Nachtclub hinein und man sieht auf einen Blick acht Mädchen, eine schöner als die andere?" Kurt dachte so bei sich: Klar, kein Unterschied zu den norwegischen Bars, war bei uns auch so. Jede besiegte Nation versuchte, sich mit den Siegern zu arrangieren und meistens gelang das am besten über die Macht der Frauen des Landes. So war das auch in Oslo gewesen, aber wozu sollte man das einem Fischkopf wie diesem Petersen aus Hamburg erzählen?

Der hörte doch sowieso am liebsten sich selber reden, obwohl er eine scheißende Angst vor jedem neuen Vormarsch hatte, das spürte man schließlich als erfahrener Fahrer. „Ich hab´da mal eine kennengelernt, Hambach, ich sage Ihnen, sowas haben Sie noch nicht erlebt!" Petersen machte eine kurze Pause, um seinen Erinnerungen zu frönen und Kurt tat desselben. Was wußte denn dieser Möchtegernoffizier? Als er in Oslo war, hatte er eine blonde junge Frau kennengelernt, für die er jedes deutsche Mädel stehen gelassen hätte. Leider stellte sich heraus, daß Annafried in der norwegischen Untergrundorganisation tätig war und das war nicht gut für eine deutsch-norwegische Beziehung. Mal ganz abgesehen davon, daß diese Beziehungen weder von deutscher noch von norwegischer Seite besonders gern gesehen wurden. Von deutscher Seite nicht, weil die sogenannte Fraternisierung, also das bewußte Eingehen von Beziehungen mit Menschen der besiegten Nation, nur Schwäche im Umgang mit den Besiegten zeitigen würde. Von norwegischer Seite nicht, weil die Identität und das Nationalbewußtsein ohnehin schon stark genug gelitten hatte. „Wo sollte das hinführen, wenn jetzt auch noch norwegische Frauen mit deutschen Soldaten ins Bett stiegen?" So war es oft in norwegischen Untergrundkreisen zu hören. Natürlich Blödsinn, denn zu allen Zeiten waren die Frauen eines anderen Kulturkreises per se erstmal scheinbar interessanter. Bis man dann älter wurde und merkte, daß jede Frau schön war, aber eben jede Frau auf eine andere Weise. Das machte ja die Welt der Frauen so faszinierend und geheimnisvoll. Aber für diese Erkenntnis waren sowohl Petersen als auch Hambach noch zu jung.

Leutnant Petersen störte durch seine lauten Protzereien die leisen Erinnerungen von Kurt an „seine" Annafried. Instinktiv war er damals auf dem richtigen Weg gewesen, das hatte er gespürt, leider fehlte von seiner Seite die Ehrlichkeit, im richtigen Moment „aufzumachen", die eigenen Gefühle preiszugeben und sich verwundbar zu machen, Schwächen zu zeigen eben. Leutnant Petersen war heute nicht zu bremsen. „Und dann waren da gleich sieben Frauen, die standen um uns herum und ..." Kurt hörte schon gar nicht mehr hin. Dieser Petersen war ein großer Schweinehund, ohne Zweifel. Wahrscheinlich war die Hälfte dessen, was er erzählte, ohnehin gelogen. Die anderen Männer der Besatzung von Ella II verdrehten die Augen. Keiner traute sich aber, diesem Großmaul einmal zu sagen, was man von seinem Geschwätz hielt. Kurt war gerade kurz davor, Petersen aufzufordern, seine Klappe zu halten, weil er diese Angeberei nicht mehr ertragen konnte, als ein unscheinbarer junger Mann, Hauser, das Wort an sich riß. „Herr Leutnant, Ihr Sexualtrieb scheint ja nur durch mindestens sieben Frauen gleichzeitig befriedigt werden zu können. Wie Sie ja wissen, hat unser Panzer einschließlich Ihrer werten Person nur fünf Mann Besatzung, also selbst wenn wir uns alle Röcke umbinden würden, könnten wir Sie nicht befriedigen. Tun Sie uns doch einfach einen Gefallen: Halten Sie Ihr verdammtes Maul! Sonst werden wir es Ihnen zusammen stopfen." Hauser blickte in die Runde und bekam Zustimmung signalisiert. Kurt schaute erstaunt auf diesen kleinen Mann. Unscheinbar wirkte er, der Unteroffizier Hauser, der aber von Anfang an von allen respektiert wurde, weil er nie laut wurde und unter gar keinen Umständen einen Kameraden in einen Schlamassel hineingezogen hätte. Man spürte, daß für diesen Mann Ehrlichkeit, Treue und Aufrichtigkeit nicht nur Worthülsen waren. Er lebte diese Begriffe. Bevor Petersen antworten konnte, schüttelte Abramczik, der aus Gelsenkirchen stammte, Hauser die Hand. „Möchte sagen, ist sich gewesen bester Spruch seit Kriegsbeginn." An die schlesische Aussprache von diesem Abramczik hatten sie sich inzwischen alle gewöhnt, an solche Gefühlsausbrüche noch nicht. Petersen schien sichtlich irritiert, daß sein Großmannsgehabe in diesem Panzer überhaupt nicht ankam und trat sofort den verbalen Rückzug an (an Disziplinarmaßnahmen dachte er überhaupt nicht, denn er wußte, daß in diesem Kampfpanzer jemand saß, der schon einen Kommandanten unter dubiosen Umständen überlebt hatte). „Gut Jungs, wenn ihr das nicht jetzt hören wollt, dann eben ein andermal, ich habe dafür vollstes Verständnis." Petersen dachte bei sich, daß nun zum ersten Mal seine Frankreich-Nummer nicht gezogen hatte, wahrscheinlich lag das daran, daß ihm als Offizier eben doch mehr Privilegien zustanden als den Mannschaftsdienstgraden. Er beschloß, in Zukunft etwas vorsichtiger mit der Prahlerei von Frauenge-schichten zu sein, schließlich wollte er, daß die Besatzung für ihn durch das Feuer ging, wenn es ernst wurde. Oberstleutnant wurde man sehr selten durch eigene Tapferkeit, das war Peter-sen schon klar und er gedachte, die Sprossen der militärischen Laufbahn möglichst weit zu erklimmen, damit er es im späteren Leben einmal einfacher haben würed. Sehr elegant, dachte andererseits Kurt, der macht das gut, denn eigentlich war die Äußerung von Hauser Räsonieren im höchsten Grad. Wer weiß, wo wir bald stehen werden, dachte sich dagegen Abramc-zik, vielleicht können wir dieses Schwein irgendwann elegant um die Ecke bringen. Einsam genug ist dieses Land ja, da wird ein toter Leutnant mehr oder weniger nicht auffallen. Die Gedanken von Hauser waren gänzlich anderer Natur. „Lieber Gott, warum läßt Du so etwas nur zu?" Er faltete die Hände und dachte an seine Lieben zu Hause. Kurt beobachtete ihn und stellte fest, daß hier jemand seinen Glauben lebte und zwar gerade in Zeiten der Gefahr und das nötigte ihm gewaltigen Respekt ab. Seine Mutter hatte dies auch immer getan, bei sei-nem Vater war er nie ganz gewiß, ob der überhaupt wußte, wer Gott war. Aber eigentlich mußte der sich doch auch mit solchen Gedanken auseinander gesetzt haben, denn immerhin war er doch im ersten Weltkrieg an der Front. Da mußten doch

Gedanken über Sinn und Unsinn solcher Aktionen wie jetzt kommen. Sicher, damals war die Technik noch nicht so weit wie jetzt, aber zum Sterben hat es damals auch schon gereicht und wo es zum Sterben reicht, da ist die Angst nicht weit. Meistens kommen die Menschen ja erst im Angesicht der Angst zum Nachdenken, bei Kurt war es ja auch nicht anders gewesen. Also, hatte sein Vater den Gedanken an Gott bewußt verdrängt? Ihm gegenüber hatte er jedenfalls niemals von einer höheren außerirdischen Macht gesprochen. Kurt erinnerte sich, daß seine Mutter Paula immer verzweifelt versuchte, das Familienoberhaupt am Sonntag in die Kirche zu zerren. Das mißlang meistens. Karl und er mußten dafür immer regelmäßig mitgehen und stellten nach zwei Jahren fest, daß die Geschichten, die der Pfarrer erzählte, sich immer wiederholten, was auch nicht verwunderlich war, denn der Pfarrer ihrer Kirche hatte vor, sich seinen Lebensabend locker zu gestalten. Deswegen hatte er sich schon recht frühzeitig Texte zurechtgelegt, die nur noch etwas vor der Predigt revidiert werden mußten und danach auch den bibelfesten Ansprüchen der Gemeinde genügen konnten. Für Analysten wie Karl oder Kurt war das natürlich gefährlich, denn sie erkannten beide, daß hier jemand auf Kosten der Gemeinde und des Gottesglaubens versuchte, ohne groß zu arbeiten, seinen Lebensunterhalt zu verdienen. Das kam weder bei Karl noch bei Kurt besonders gut an. Sie schwiegen aber beide, beide aus unterschiedlichen Gründen. Karl wollte damals keinen Ärger mit dem Pfarrer, weil er kurz vor der Konfirnation stand und die zu erwartenden Geldgeschenke für seinen geplanten Englandaufenthalt benötigte. Also mußte man sein Maul halten, sonst würde der Schwarzkittel die Konfirmation verweigern. Kurt hingegen wußte, daß er Probleme mit seiner Mutter bekommen würde, wenn er es wagen sollte, über den langweiligen Pfarrer zu wettern. Daß auch Friedrich gegen den Pfarrer gewisse Ressentiments hegte, wußten weder Karl noch Kurt.

Aber es war so. Friedrich war es einfach zuwider, daß sich so ein Versager vor die versammelte Gemeinde stellen durfte und einen Mist erzählte, den man kaum ertragen konnte. Aber auch Friedrich traute sich nicht, seiner Paula davon zu erzählen, denn er nahm automatisch an, daß der Pfarrer tabu sein würde. Das war sehr schlecht, denn auch Paula hatte so ihre Zweifel, was den Pfarrer anbelangte, meinte aber, daß man über das religiöse Oberhaupt der Gemeinde wohl nicht wettern dürfte. Schade eigentlich, denn hätte sie das getan, wäre, zumindest in Familie Hambach, darüber gesprochen geworden, daß Oberhäupter, die von Amts wegen eingesetzt werden, meistens erheblich weniger Profil besitzen als die Leute, die sich im prallen Leben bereits bewährt haben.

So blieb es bei allen Mitgliedern der Familie Hambach bei bloßen Gedanken. Das war besonders fatal, denn solch einen Versager, wie ihn die Gemeinde Frankfurt / Oder als Seelsorger gerade in Zeiten der Not hatte, hätte man (Entschuldigung) möglichst rechtzeitig zum Teufel jagen müssen. Der wiederum meldete sich ziemlich rasch zu Wort. Ella II war einer der Panzer, die ganz vorne an der Front eingesetzt wurden und hatte daher als einer der ersten deutschen Kampfpanzer Kontakt mit einem sowjetischen Tank. Der war für Abramczik allerdings kein Thema, so schnell konnte die sowjetische Besatzung gar nicht schauen wie der „Fangschuß" wie es Abramczik nannte, gesetzt war. Petersen war zufrieden. So ging es tagelang, Ella II rückte Kilometer um Kilometer vor, Kampfhandlungen waren, so sie denn mal vorkamen, erschreckend einseitig, alles, was den sowjetischen Stern trug, wurde relativ leicht vernichtet. Am 21. Juli 1941 flogen deutsche Bomber zum ersten Mal in diesem Krieg Angriffe gegen Rußland. Am 5. August nehmen deutsche Verbände Smolensk nach heftiger Gegenwehr der Roten Armee ein. Kurts Ella II war einer der ersten deutschen Panzer, die in die brennende Stadt rollten. Kurt war in diesem Moment nicht besonders wohl in seiner Haut, denn er hatte das Gefühl, das die ganze Stadt wie ein Mann gegen die Deutschen stand. Da auch die deutsche Führung dieses Gefühl hatte, wurde gegen die sowjetische Bevölkerung mit äußerster Brutalität vorgegangen. Partisanenaktivitäten wurden ohne viel Federlesens mit Erschießen beantwortet, wer sich von russischer Seite ergab, wurde in die Zwangsarbeit nach Deutschland abgeführt, die deutsche Rüstungswirtschaft forderte ihren Tribut. Wer sich weigerte, für das deutsche Reich zu arbeiten, wurde erschossen. Wer schwanger war, dem wurde die Last der Entbindung genommen. Der Tagesbefehl hierzu lautete „Zwangsaborte von schwangeren Frauen". Selbst Petersen fand diese Weisung zum Erbrechen und weigerte sich, diesen Befehl durchführen zu lassen, was ihm in Ella II nur Sympathien einbrachte. Dagegen war Petersen bei den Variationen des Tagesbefehls wie „Inbrandsetzung des Hauses" bzw. „Fesselung und Mißhandlung" weniger zimperlich. Das brachte ihm, zumindest bei der Besatzung von Ella II, nur Verachtung, wenngleich auch keinen Widerstand ein. Eine Russin, die sich weigerte, einen deutschen LKW zu besteigen, um fürderhin im deutschen Reich Zwangsarbeit für den deutschen Endsieg zu leisten, schlug Petersen mit der Hand ins Gesicht. Als die junge Russin ihn danach auch noch auslachte, riß er ihr die Bluse vom Leib und drehte sich anschließend zur Besatzung von Ella II um: „Na, Kameraden, schon mal solche Möpse gesehen?" Die Russin versuchte, ihre Brüste mit den Händen zu bedecken und wurde von Petersen erneut ins Gesicht geschlagen. „Dir werde ich es zeigen, du Russenweib. Wer will als Erster?" Petersen richtete die Frage an die Runde, doch bevor einer der restlichen vier Mann der Besatzung etwas sagen konnte, meinte Hauser kalt: „Sie können es doch offenbar sehr gut mit russischen Frauen, diese jedenfalls ist ja schon sehr heiß auf Sie. Außerdem sind ja Sie der Kommandant, also haben Sie das ius primae noctu." Petersen zuckte sichtlich irritiert zusammen. Wenn er sich richtig an seine Latein – Zeit im Gymnasium erinnerte, zitierte Hauser gerade das Recht der ersten Nacht, welches im Mittelalter jedem Gutsherren zustand, dessen Knecht eine Frau ehelichen wollte. Nun gut dachte Petersen, wenn die Leute sehen wollten, was er mit einer jungen Russin machte, warum nicht. Er hatte schon ewig keine Frau mehr gehabt und die Geschichten aus der Frankreich – Zeit waren ohnehin nur gelogen. Er öffnete seine Hose, aber bevor er seinen Mannesbeweis herausholen konnte, hatte er von Abramczik einen Schlag ins Genick bekommen. Sicherlich hatten alle Männer der Besatzung von Ella II angesichts der weiblichen Rundungen der jungen Russin gewisse Gefühle bekommen, aber die Schweinereien, die Petersen vorhatte, wollte niemand mitmachen. Petersen sank mit einem leisen Stöhnen zu Boden. Ein Schuß aus einer Pistole folgte. Petersen war tot. Wenn hinterher irgend jemand gefragt hätte, wer geschossen hatte, es wäre sicherlich schwierig gewesen, diese Frage zu beantworten.

Kurt seufzte, schon wieder ein Kommandant, der unter seiner Ägide vorzeitig das Zeitliche segnen mußte. Wielange mocht ihm das OKW diese Geschichten wohl noch abnehmen, bevor er selber unter Verdacht geriet? Zum Glück hatte er dieses Mal drei Zeugen, die vor jedem Gericht bezeugt hätten, daß Leutnant Petersen von einer Partisanin erschossen worden war, als er versucht hatte, sich dieser unziemlich und der Stellung eines deutschen Wehrmachtsoffiziers absolut ungebührlich zu nähern. Der dritte Kommandant kündigte sich also schon an. Kurt schüttelte den Kopf und beobachtete, wie Abramczik den Leichnam von Petersen in den Panzer schaffte und an Stelle von Petersen aus der Kommandantenluke schaute. Er nickte Kurt zu und er wollte gerade losfahren, als dicht neben ihnen der Tod einschlug. Kurt haute den Rückwärtsgang hinein und drehte Ella II dabei, das dürfte wohl ihre Rettung gewesen sein, denn genau an der Stelle, der Ella II vor einem Augenblick gestanden war, schlug die sowjetische Granate ein. Abramczik schimpfte wie ein Rohrspatz. „Was ist denn das für eine Scheiße, den Dreckspanzer sieht man ja kaum, los verdammt, klarmachen zum Schuß!" Kurt bekam nur noch ansatzweise mit, wie Abramczik und Hauser den Kampf aufnahmen, denn dieser Russenpanzer nahm alle in Beschlag. Nach einem weiteren Fehlschuß des Russen, es war mittlerweile die dritte Granate, die danebenging, setzte Abramczik seinen ersten Schuß, der auch sofort traf. Doch zu aller Überraschung fuhr der Russentank weiter. Verdammt. Abramczik war mittlerweile auch ohne Bordfunk zu hören, so laut fluchte er und setzte noch einen Schuß hinterher. „Jetzt aber, Fangschuß!" brüllte er der abgeschossenen Grante hinterher. Er sollte recht behalten. Man hörte einen dumpfen Knall und anschließend eine leise Detonation. Danach einen kurzen Moment nichts mehr, bis der russische Tank scheinbar implodierte, so kam es jedenfalls den verbliebenen vier Mann Besatzung von Ella II vor. „Was war das eigentlich", wollte Hauser wissen, der vom ganzen Kampf als Ladeschütze relativ wenig mitbekommen hatte. „Ein Dreckspanzer, wie wir ihn noch nicht kennengelernt haben. Wenn wir nicht das unendliche Glück gehabt hätten, auf einen Grünschnabel von Richtschützen zu treffen, wären wir jetzt schon weg vom Fenster, denn mein erster Schuß hat nicht richtig gesessen." Abramczik war augenscheinlich immer noch sauer, daß er den russischen Panzer nicht sofort erwischt hatte. Was er nicht wissen konnte, war die Tatsache, daß er es nicht mehr mit untermotorisierten russischen Panzern zu tun hatte, sondern mit dem modernsten Kriegsgerät, welches die Russen gerade herstellten, dem T 34. Keiner der verbliebenen vier Mann Besatzung von Ella II wußte, daß sie soeben einen der gefähr-

lichsten Panzer der Roten Armee unschädlich gemacht hatten.
Für Abramczik war das Ganze unverständlich. Wie konnte dieses Stahlungetüm weiterfahren, obwohl es von ihm schon
getroffen war? Der T 34 hatte ein paar Schwächen, eine davon
war, daß Funkausstattung nur in Führungspanzern vorgesehen
war und der, den Abramczik unschädlich gemacht hatte,
gehörte nicht zu dieser Kategorie. Außerdem war das Zielfernrohr des T 34 äußerst primitiv, die Feuerleiteinrichtung war
ebenfalls nicht mit deutschen Standards zu vergleichen. Für die
Besatzung der Ella II jedenfalls war ein Nimbus zu Ende, nämlich der der unbesiegbaren deutschen Armee, die, gestützt auf
ihre Panzer, bislang jeden Vormarsch als Blitzkrieg gestalten
konnte. Für Hambach stellte sich eine andere Frage: Wie konnte
es geschehen, daß die Russen so schnell gleichwertige, ja über-
legene Panzer in den Kampf schicken konnten? Daß das früher
oder später passieren würde, war klar. Aber so schnell? Da ging
etwas nicht mit rechten Dingen zu. Wer hatte hier Informationen preisgegeben? Er mußte an seinen Vater denken, der immer
über die technisch rückständigen Russen gelästert hatte. „Bis
die mal kapieren, wie man eine gute Organisation aufbaut, vergehen Jahrzehnte. An den Leuten liegt es nicht, die Russen
haben hervorragende Ingenieure. Es liegt an der Führung, die
alles reglementieren will, das tötet jede Eigeninitiative." Kurt
betrachtete sich den Russentank. Kein Wunder, daß sie den so
spät gesehen hatten. Schräge Panzerung, flacher Aufbau, der im
Gelände nur schwer zu erkennen war. Elegante Anordnung
von Turm und Fahrwerk. Runder Turm, also geschoßabwei-
send, breite Ketten, geeignet für schwieriges Gelände, Lang-
rohrkanone. Kurt, der sich das ausgebrannte Wrack genauestens angeschaut hatte, kam aus dem Staunen nicht mehr
heraus. Das technische versierteste Detail ging ihm aber gar
nicht auf, sondern wurde ihm von Abramczik mitgeteilt. „Dieser Schweinehund, schau´mal da hin, Zusatztanks, direkt mit

dem Haupttank verbunden. Die Brüder konnten elend weit fahren, ohne Feldbetankung durchführen zu müssen. Menschenskinder, so simpel, die Zusatztanks sind abwerfbar, billigste Bauart. Warum kommen unsere Techniker nicht auf solche Ideen? Man könnte glauben, daß bei den Russen die Ingenieure erstmal zur Armee müssen, bevor sie anfangen dürfen, die Welt zu verbessern." Kurt grinste vor sich hin. Gar nicht so dumm, was Abramczik da vor sich hin brabbelte. Im deutschen Reich existierte bereits ein solches Programm. Bevor man ein Arbeiter des Hirns werden durfte, sprich studieren durfte, mußte man zunächst mal ein Arbeiter der Faust sein. Gutgemeint war das, aber viel heraus kam bei diesem Blödsinn nicht. Sein Vater hatte ihm oft von diesem „Stuß der Nazis" (Originalton Hambach sen.) berichtet, meistens hatte man als Werkstattmeister Studenten der Ingenieurskunst am Hals, die in ihrem ganzen Leben noch keinen Schraubstock gesehen hatten, geschweige denn eine Feile jemals in Händen gehalten hatten. Was sollte man denn mit solchen Leuten anfangen? Bei den Russen wurde dieses Programm offenbar gelebt, denn die Eigenschaften, in denen der T 34 den deutschen Panzern überlegen war, waren von einem Kenner der Materie entworfen, das war kein Anfänger gewesen. „No Rookie." Kurt grinste vor sich hin. „Wat haste jesagt?" Abramczik hatte scheinbar gute Ohren. „Ich habe gesagt, daß dieser sowjetische Panzer eine neue Generation von Kettenfahrzeugen darstellt, den kein Anfänger entworfen hat, kein „Rookie" wie ihn Karl, mein Bruder nennen würde." Daß der Begriff „Rookie" nicht aus England, sondern aus Amerika stammte, wußte Kurt zu diesem Zeitpunkt noch nicht. Aber seine kurze Rede reichte, um bei Abramczik Erstaunen hervorzurufen. „Kannst du englisch?" wollte er von Kurt wissen. „Ein bißchen." „Na, det is ja joldig, merschenteils. Kumm man rüber, denn zeig ich dir mal einen Brief von der Weserübung." Kurt schmunzelte, Abramczik hatte zwar schon des öfteren von seiner Diana gesprochen, aber die meisten hatten sein Gesülze nur für Aufschneiderei gehalten, denn wie sollte jemand, der die Landessprache nicht kennt, mit einer Einheimischen intim werden können? Kurt wußte es besser, denn „seine" Annafried sprach ja schließlich auch keinen Brocken deutsch und seine Norwegisch–Kenntnisse waren gleich null, als er sich in Oslo aufhielt. Sprachen waren eine Sache, Sympathie eine andere, Kurt wußte das und deswegen war er der Einzige, der Abramczik dessen Geschichte mit Diana, der Britin, die in Norwegen gelandet war, glaubte. Er nahm den Brief, den Abramczik wie einen Schatz bei sich gehütet hatte und nun aus seiner Feldjacke herauskramte und überflog die ersten Zeilen. Insgeheim beobachtete er den gespannten Abramczik und überlegte sich, wie er diesem unglücklich Verliebten wohl klarmachen sollte, daß seine Diana versuchte, sich mit diesem Brief von ihrem deutschen Galan so zu verabschieden, daß es niemanden weh tat? Er beschloß instinktiv, eine Notlüge zu gebrachen. „Heute fehlst du mir besonders, ich habe Angst, daß ich den heutigen Tag nicht aushalte ohne dich, aber ich hoffe und aus meiner Hoffnung gewinne ich die Kraft, die brauche, um an deine Rückkehr zu glauben. Bitte, komme bald zu mir zurück, deine Diana, die dich sehr liebt." Kurt schloß seine unverschämte Münchhausen-Posse ab und hoffte, daß Abramczik wirklich kein Wort englisch verstand. „Da steht dann noch jede Menge Nettes, aber alles recht ähnlich." Abramczik nickte wie zur Bestätigung. „Siehst du, Kurt, wußte ich doch, sie liebt mich von ganzem Herzen. Nach dem Krieg gehe ich zu Ihr zurück, dann werden wir heiraten und eine Familie gründen." Kurt schaute betreten zur Seite, er konnte Abramczik in diesem Moment nicht in die Augen sehen. In Wahrheit lautete der Brief von Diana wie folgt: „Mein lieber Dieter! Ich habe die Zeit mit dir genossen, aber ich fühle, daß es an der Zeit ist, daß sich unsere Wege wieder trennen. Wie du ja weißt, bin ich gebürtige Britin und die Zeit in

Norwegen mußte ich verbringen, weil meine Eltern Angst um mein Leben hatten, solange ich auf der Insel bin. Deswegen hatten sie mich zu Verwandten nach Oslo bringen lassen, damit ich von dem Krieg, der sich auch für England ankündigte und in Europa bereits tobte, möglichst wenig mitbekomme. Leider oder soll ich sagen zum Glück, habe ich ziemlich viel mitbekommen von dem, was in Europa gerade passiert. Eigentlich bin ich sehr froh darum, denn ohne dich hätte ich niemals Einblick in das Wesenleben der angeblich bösen Deutschen erfahren. Ich bin dir wirklich sehr dankbar für all deine Zuneigung, die du mir hast zukommen lassen, möchte dich aber heute bitten, mich ab dem heutigen Tage wieder meine eigenen Wege gehen zu lassen. Bitte, glaube mir, daß ich mir die Entscheidung nicht leicht gemacht habe, aber ich fühle, daß wir nach Kriegsende keine gemeinsame Zukunft haben werden. Bitte respektiere meine Entscheidung einfach, es hat nichts mit dir zu tun, du bist ein unheimlich lieber Kerl, aber wir beide passen auf Dauer einfach nicht zusammen. Lebe wohl."

Als Kurt diese Zeilen zum ersten Mal gelesen hatte, wußte er nicht so recht, wie er sie übersetzen sollte. Beim Blick in Abramcziks Gesicht war ihm das dann allerdings schon recht schnell klar. Mein Gott, so ein Scheiß Krieg, jetzt mußte man schon lügen, damit sich kein deutscher Soldat aus Liebeskummer aufhängen würde. Kurt dachte an seine Annafried, auch mit ihr hätte er sich eine Zukunft vorstellen können. „Eine saublöde Zeit. Aber irgendwie wird es schon weitergehen, muß ja."

# Teil 19: Blick von der Insel aufs Festland

Karl legte die Times zur Seite und schaute Mary an. „Ich bin entsetzt über die Erfolglosigkeit der russischen Verbände. Bei Smolensk sind über 300.000 russische Soldaten in deutsche Kriegsgefangenschaft geraten, nach nur drei Wochen Kampf, das mußt du dir mal vorstellen." Er schüttelte den Kopf. „Wenn die so weitermachen, dann fällt Moskau und die politische Kommandozentrale fällt ebenfalls. Das wäre nicht so tragisch, weil man derartige Kommandostellen an anderen Orten relativ schnell wieder aufbauen könnte, aber die russische Seele würde leiden, wenn Moskau in deutsche Hand fallen würde. Na, das ist ja ein Hammer!" Karl beugte sich über einen Artikel, als ob er der Zeitung mehr Details entnehmen könne, wenn er sich die Buchstaben direkt unter die Augen hielt. „Briten und Sowjets besetzen Iran." „Was haben wir mit dem Iran zu tun, Karl?" Mary war etwas konsterniert. „Wozu werden britische Soldaten in den Iran geschickt?" Karl blickte finster drein. „Genaugenommen sterben sie für Öl oder besser gesagt, um den Briten den Zugang zu den iranischen Ölfeldern zu sichern, bevor das meine Landsleute tun könnten. Die haben ja immerhin schon im Mai 1941 neun deutsche Kampfflugzeuge nach Bagdad entsandt, was die Iraker dazu veranlaßte, in Bagdad eine Militärparade abzuhalten." Karl spielte damit auf eine Episode des britischen Militärs an. Die Briten waren Ende Mai 1941 in Bagdad eingezogen und hatten die Kontrolle über die irakischen Ölfelder übernommen. Schon vor diesem Zeitpunkt hatten deutsche Truppen gemäß Weisung „Mittlerer Orient" die arabische Freiheitsbewegung als „natürlichen" Feind der Briten unterstützt. Allerdings mit sehr mäßigem Erfolg, weil die logistische Hilfe angesichts des bevorstehenden Angriffs auf Rußland sehr bescheiden ausfiel. So hatten die Briten relativ leichtes Spiel, Bagdad ohne größere Verluste einzunehmen. „Außerdem berichtet die Times hier von weiteren Kesselschlachten um Bialystok und Minsk." „Was sind denn Kesselschlachten, Karl?" Mary konnte mit diesen militärischen Begriffen nicht besonders viel anfangen. „Na, das ist so, ein militärischer Verband dringt besonders schnell in das gegnerische Gebiet vor und schert sich nicht um die feindlichen Verbände, die links und rechts auch noch da sind, sondern bekämpft nur die Truppen, mit denen er direkt beim Vormarsch konfrontiert wird. Nach einer gewissen Zeitspanne des Vorrückens teilen sich die vorrückenden Verbände und nehmen die feindlichen Truppen in einer rückwärts gerichteten Zangenbewegung unter Hilfe der vorrückenden eigenen Truppe in die Zange." Mary blickte verständnislos. „Na, stell es dir mal so vor. Ein Kreis, in den ein Verband vorrückt, der sich teilt und entlang des Kreisumfanges zurück geht. Die Stoßrichtung des schnell vorgerückten Verbandes wird ersetzt durch langsamere Verbände, die sich ebenfalls teilen. Wie sieht das aus?" Mary hatte begriffen. „Es sieht aus wie ein Kochtopf, der oben und unten eine Delle hat." „Genau und jetzt ersetze Kochtopf durch Kessel und Du weißt, warum man das eine Kesselschlacht nennt, denn der Feind ist eingekesselt und hat keine Chance mehr, weil er eingekesselt ist, also vom Nachschub abgeschnitten." „Aber das ist ja entsetzlich, dann bekommen die Soldaten ja nichts mehr zu essen und trinken." Karl staunte mal wieder über die Naivität seiner Frau. „Weißt du, Mary, das Essen und Trinken ist nicht das Problem. Die kämpfende Truppe im Kessel bekommt keinen Nachschub an Munition und Treibstoff mehr und das ist weitaus fataler." „Warum machen das dann nicht alle kriegführenden Parteien, wenn es doch so einfach ist?" Karl hätte fast gegrinst angesichts des militärischen Nachholbedarfes seiner Frau. „Weil die meisten Nationen, die momentan an diesem unsäglichen Krieg teilnehmen, es nicht im mindesten mit der Panzerwaffe der deutschen Truppe aufnehmen können. Dazu mußt du wissen, daß die schnell vorrückenden gepanzerten Verbände der Deutschen das Kernstück des deutschen Blitzkrieges sind. Viele der eroberten Nationen haben einfach nicht damit gerechnet, daß schießende Gewalt dermaßen schnell im eigenen Land stehen könnte. Das ist auch der Grund für den überraschend schnellen Erfolg der Panzertruppen." Mary schien nicht überzeugt. „Mein Großvater hat mir erzählt, daß es schon Panzer im ersten Weltkrieg gegeben hat. Warum sind die denn jetzt soviel schneller als früher?" Karl senkte die Augen. „Das haben wir meinem Vater zu verdanken, denn der hat die Motorenentwicklung für Panzermotoren revolutioniert. Du kannst auch nicht Kampfwagen der ersten Generation mit dem Gerät vergleichen, welches momentan verwandt wird." „Weißt du, Karl, ich kann diesen ganzen Kriegscheiß nicht mehr ertragen, wann können wir endlich mal wieder tanzen gehen, wann können wir endlich mal wieder im Straßencafe sitzen, ohne daß man auf Schritt und Tritt von Kriegsnachrichten eingeholt wird? Ich will endlich wieder normal leben." Mary schluchzte und Karl nahm sie in seine Arme. „Ich weiß es auch nicht Mary, aber ich denke, es kann nicht mehr so lange dauern, an England ist Hitler schon gescheitert und an Rußlands Weiten wird er sich die Zähne ausbeißen. Der Krieg wird sicher im Laufe des nächsten Jahres zu Ende sein." Mit dieser Ansicht irrte sich Karl zum ersten Mal im Verlaufe des Krieges. Der Vormarsch der Deutschen war scheinbar nicht zu stoppen. Nach den Schlachten um Bialystok und Minsk gerieten 328.000 sowjetische Soldaten in deutsche Kriegsgefangenschaft. Stalin rief daraufhin zum Partisanenkrieg auf. Rückzug sollte nur nach erbittertem Widerstand erfolgen, alles, was von Wert war und nicht mitgenommen werden konnte, mußte verbrannt werden. Zurückgebliebene Sowjets sollten eine rückwärtige Front eröffnen und den Feind bekämpfen, wo immer möglich. Schützenhilfe erhielt Stalin von den Amerikanern, die im Juli 1941 Hilfsgüter im Wert von 6,5 Millionen Dollar an die Sowjetunion lieferten. Als Ende Juli deutsche Luftangriffe auf Moskau geflogen wurden, flüchteten die Moskauer in die unterirdischen Stationen ihres U-Bahn-Netzes und richteten sich dort auf längere Aufenthalte ein. Der Wille zum Widerstand war da, die Russen waren Kummer und Entsagungen gewohnt, das gehörte zum Leben, schon seit den Zeiten des Zaren. Fast konnte man Parallelen herstellen zu den deutschen Arbeitern, denen es immer schlecht ging, egal, ob unter der Knute des Kaisers, wie es Kommunisten oft bezeichneten oder in der Weimarer Republik oder jetzt unter dem Volksbeglücker, dem größten Führer aller Zeiten. Ähnlich ging es den Russen. Was scherte es den einfachen Muschik, der froh war, wenn er genügend Essen für einen Tag heranschaffen konnte, welches System gerade im Kreml regierte? Im August 1941 kam es zu weiteren Hilfslieferungen der USA an Rußland. Marys Vater erfuhr davon von seinem Bruder, der als Sergeant im Irak staioniert war und einen langen Brief an ihn geschrieben hatte. „Die Lastwagenreihen sind schier unendlich, die Rede ist von über 10.000 LKW´s, ca. 400 to Metallen, anderes Hilfsmaterial, Flugzeugen, Munition und sonstige Rüstungsgüter. Mir ist das etwas unheimlich, ich traue den Russen nicht besonders. Von einem Freund aus dem MI 6 weiß ich, daß die Russen mit den Deutschen Ende der 20er Jahre zusammengearbeitet haben, um Panzer zu entwickeln, jetzt sind sie wieder Feinde, vielleicht übermorgen wieder Freunde? Den Russen ist nicht zu trauen und den Deutschen erst recht nicht. Die Amerikaner unterstützen die Russen jetzt auch nur deswegen, damit Deutschland nicht zu stark wird. Aber was wird sein, wenn Rußland zu stark wird und Europa bedroht? Ich glaube, diese Frage hat sich noch keiner der amerikanischen Militärberater gestellt. Falls der Einfluß der Russen in Europa zu groß wird, kann kein Amerikaner, kein Brite Mr. Stalin aufhalten. Schließlich ist der keinen Deut besser als Hitler, was die Skrupellosigkeit anbelangt, mit der er ehemalige Mitstreiter aus dem Weg räumt. Um an die Macht zu kommen, hat er ja schließlich etliche Mitglieder der sojwetischen Intelligenz umbringen lassen, weil diese seine Ansichten durchschaut hatten und ihm hätten gefährlich werden können. Das ist ja auch der eigentliche Grund, weswegen die Deutschen nun in Rußland einen Erfolg nach dem anderen erringen, denn Stalin hat auch etliche Männer seiner militärischen Intelligenz umbringen lassen. Wer soll denn dann die Rote Armee führen? Kurzsichtig, absolut kurzsichtig. Aber genauso kurzsichtig agieren die Amerikaner, wenn sie die Russen permanent mit modernsten Materialien ausstatten und auch noch beim Aufbau von Munitionsfabriken im Ural helfen. Stalin ist in der UdSSR nicht unumstritten, seine Terrorpolitik ist schließlich nicht besser als die von Hitler, nun hat er auch noch mit der Umsiedlung der Wolgadeutschen begonnen. Seine Angst ist ja auch nicht unbegründet, wenn die Stimmung innerhalb des Wolgagebietes zu Gunsten Deutschlands umschlägt, hat Stalin ein echtes Problem." Karls Schwiegervater ließ den Brief seines Bruders sinken und dachte bei sich, daß der Krieg scheinbar von allen Seiten auf neue Höhepunkte getrieben wurde. Er zuckte mit den Schultern und wollte gerade weiterlesen, als er Karl auf sich zukommen sah. „Was machst denn du für ein Gesicht?" begrüßte er seinen Schwiegersohn. Der schien geladen zu sein. „Ich habe gerade meine Stellung verloren, weil ich Deutscher bin und in einem kriegswichtigen Institut arbeite." Karl schäumte. „In diesem Institut arbeite ich doch nicht erst seit Kriegsausbruch, sondern schon viel länger. Was soll denn das, da müssen doch Neider am Werk sein. Angeblich hätte ich meinen Posten behalten, wenn ich beizeiten einen Antrag auf Einbürgerung gestellt hätte. So eine Anmaßung." „Eine üble Nachricht, Karl, aber nicht die einzige, ich lese gerade einen Brief meines Bruders, der mir darüber berichtet, wie sich momentan die USA, Rußland und das UK zusammen ins Bett legen. Das sind bloße Zweckgemeinschaften, weder die USA noch das UK wollen auf Dauer mit diesem Verbrecher Stalin zusammenarbeiten, das wissen doch alle. Wenn der Krieg einmal herum sein sollte, dann werden alle westlichen Länder die Zusammenarbeit mit Rußland bereuen." Karl machte ein zweifelndes Gesicht. „Ich weiß nicht, warum sollten jetzt nicht alle gegen Hitler zusammenhalten, ist doch richtig, nur so kann man Verbrecher kleinhalten." „Schon, aber wenn es um den Preis geschieht, daß andere Verbrecher dafür groß gemacht werden, dann stimmt etwas nicht. Ich lese zum Beispiel, daß die polnische Exilregierung, die ja in London ihren einstweiligen Amtssitz hat, nunmehr ein Militärabkommen mit der UdSSR unterzeichnet hat. War es denn nicht so, daß Stalin sich mit Hitler über eine Teilung von Polen verständigt hatte und diese Vereinbarung auch vollzogen wurde? Wie kann man denn mit jemandem zusammenarbeiten, der ein paar Jahre zuvor das eigene Volk ausgebeutet hat, wie es schlimmer nicht sein kann? Außerdem konnte die sowjetische Führung bis auf den heutigen Tag nicht belegen, wo die von sowjetischen Truppen 1939 gefangengenommenen 15.000 Mann der polnischen Armee, vornehmlich Offiziere, geblieben sind. Was ist denn das für eine Basis für eine Zusammenarbeit? Sieht denn niemand, welcher Verbrecher Stalin ist? Oder glaubst du im Ernst, daß diese 15.000 Polen jemals wieder lebendig auftauchen? Nein, mein Lieber, Stalin hat sein sowjetisches Modell der Vernichtung von mißliebiger Intelligenz auf Polen übertragen und die polnische Elite der Armee umbringen lassen. Man wird die armen Kerle nur noch tot finden." (Anmerkung: 1943 finden deutsche Truppen bei Katyn Massengräber von polnischen Soldaten).

Karl hatte an diesem Tag wenig Verständnis für die Gedankengänge seines Schwiegervaters, es erboste ihn unheimlich, daß er entlassen worden war. Den Grund hierfür vermutete er in seinem deutschen Paß, was sicherlich nicht ganz abwegig war, aber im Grunde genommen war es eigentlich egal, weshalb er arbeitslos geworden war, er war es nun eben. Zum Glück hatte Mary noch ihren Job, damit konnte man sich zur Not ein paar Monate über Wasser halten. Bei diesem Gedankengang angekommen, bemerkte Karl, wie sich Mary in die Wohnung schlich, die sie zusammen mit Marys Eltern bewohnten. „Was ist los mit dir, Mary? Du schleichst dich ja hier herein, als ob etwas Furchtbares geschehen wäre." Karl witzelte. „Das kann man auch so sagen", sagte Mary. „Man hat mich heute entlassen." „Das kann kein Zufall sein", meinte Karl und lief rot vor Wut an. „Was ist heute eigentlich passiert? Haben wir unser Morgengebet nicht korrekt ausgesprochen, haben wir jemanden etwas Böses getan? Das geht doch alles nicht mit rechten Dingen zu." Karl schien außer sich zu sein, als der Vater von Mary hinzukam. „Ich habe euch beiden eine Mitteilung zu machen. Am Nachmittag kam hier eine eher zwielichtige Gestalt an und wollte Mary oder Karl sprechen. Er erwartet morgen einen Besuch von euch beiden in seinem Büro in London. Wenn ihr euch verspäten solltet, würde er böse werden, das soll ich euch ausrichten." Karl war von einem Moment auf den anderen ruhig. Der Krieg hatte ihn selbst in England eingeholt. Der heutige Tag hatte es gezeigt, selbst auf der Insel war man vor den Nachstellungen der Schlechten dieser Welt nicht gefeit. Die Vorladung konnte nur zwei Seiten kommen: Den Deutschen, die versuchten, sich des Wissens der Familie Hambach auf alle nur erdenkliche Weise zu sichern oder von den Russen. Aus dem gleichen Grund, versteht sich. Was war so besonders an dem Wissen, wie man Motoren baut, daß man dafür Familien in den Abgrund stürzt, dachte Karl verbittert. Er hätte hier in England mit Mary ordentlich leben können, in den letzten Monaten hatten sie beschlossen, eine kleine Wohnung in der Nähe von Cambridge zu mieten, wo Karl eine Anstellung zu finden hoffte. War dieser kleine Traum schon vorüber, bevor er überhaupt angefangen hatte? Er ging mit Mary in das kleine Zimmer, welches sie ihr eigen nennen durften. Beide redeten an diesem Abend nicht mehr viel, sie wußten beide, daß man sich niemals der Verantwortung des Postens entziehen konnte, auf den einen das Leben gestellt hatte. Karl hatte nach Höherem gestrebt, genauso wie sein Vater und bekam jetzt die Quittung dafür präsentiert. Sein Vater war eine Größe, was Motorenentwicklung anbelangte und Karl hatte sich in England schon einen Namen auf dem Gebiet der Flüssigtreibstoffe gemacht. Beide Entwicklungsgebiete wurden nun in Kriegszeiten primär militärisch genutzt. Das war bitter, zumal für einen Pazifisten wie Karl, aber letztendlich nicht zu ändern. „Der Krieg als Vater aller Dinge." Karl hätte kotzen können, als er an diesen Spruch aus seinem Lateinunterricht dachte. Lange noch ging ihm dieser Spruch im Kopf herum, er fand diese Nacht keinen Schlaf und wälzte sich unruhig im Bett herum. „Eine saublöde Zeit. Aber irgendwie wird es schon weitergehen, muß ja."

# Teil 20: Die „guten" Freunde in der Nacht

Wlassow hatte mit seiner Einschätzung recht behalten, kurz nachdem er mit Moskau telefoniert hatte und Anweisung erteilt hatte, sämtliche Bahnhöfe Richtung Rostow zu überwachen, wurde Kaschube bei einem Zwischenaufenthalt gefaßt. Die Sicherheitskräfte berichteten, daß Kaschube die Verhaftung relativ gefaßt aufnahm. „War irgendwie klar, dem jungen Schnösel wäre ich entkommen, bei Oberst Wlassow ist das natürlich etwas anderes." Wlassow hatte Anweisung gegeben, Kaschube an Ort und Stelle seiner Verhaftung zu belassen und machte sich alleine unter Zurücklassung seines Adjutanten auf den Weg nach Rostow. Sein Ziel war klar: Er wollte unter allen Umständen vermeiden, daß Kaschube in die Fänge von Lukoschenko geriet, dem er alle Schlechtigkeiten dieser Welt zutraute. Nach einer für russische Verhältnisse relativ zügigen Reise trafen sich Kaschube und Wlassow in der Stadtkommandantur von Rostow zum zweiten Mal innerhalb einer Woche, diesmal allerdings unter weit weniger feudalen Verhältnissen. „Nun, mein lieber Kaschube, jetzt können wir ja eigentlich Fakten sprechen lassen und müssen keine Rücksicht darauf nehmen, daß uns Grünschnäbel zuhören, die auch nicht einen Hauch Ahnung von richtiger Politik haben, oder sind Sie anderer Ansicht als ich?" Wlassow schaute Kaschube an, der sich ganz offensichtlich schon wieder auf diese neue Situation eingestellt zu haben schien. Ein echtes Stehaufmännchen eben, dachte er. „Wissen Sie, werter Herr Wlassow, ich habe diesem Knilch Lukoschenko sowieso kein Wort von seiner großen Sonderbeauftragten – Geschichte geglaubt. Ein Mann Ihres Formats läßt sich doch nicht von so einem Parvenu die Butter vom Brot nehmen." Wlassow schmunzelte in sich hinein, hoffentlich merkte es Kaschube nicht, der Bursche war wirklich mit allen Wassern gewaschen, selbst in der Arrestzelle der Stadtkommandantur von Rostow versuchte Kaschube, für sich das Beste herauszuholen. Wenn es nur über Schmeichelei ging, bitte sehr, auch das konnte er meisterhaft. Diesmal hatte Wlassow aber fast den Eindruck, daß es Kaschube ehrlich meinte. „Na ja, ich muß zugeben, daß mich das Auftreten von Lukoschenko schon etwas geärgert hat, aber das ist nicht der Grund, weswegen ich Sie hier in Rostow sprechen wollte, Herr Kaschube." „Sie meinen sicherlich, warum Sie mich hier widerrechtlich festhalten lassen, ich habe kein gültiges Gesetz verletzt und ich fordere...." Wlassow schnitt Kaschube mit einer einzigen wütenden Geste das Wort ab. „Seien Sie einfach ruhig und hören Sie mir zu. Deutschland hat die Sowjetunion am 22. Juni 1941 angegriffen, wir reden hier nicht mehr von Zusammenarbeit, wir reden von Feindschaft." Kaschube hörte diese Worte von Wlassow mit Entsetzen. Er als Deutscher mit gefälschtem polnischen Paß hatte jetzt also mit dem Schlimmsten zu rechnen, wenn Wlassows Worte den Tatsachen entsprachen. Als ob Wlassow Gedanken lesen konnte, reichte er Kaschube die aktuelle Tageszeitung. Kaschubes russisch war ausreichend genug, um zu verstehen, daß Wlassow die Wahrheit gesagt hatte. „Mein Gott, ich hätte nie gedacht, daß Hitler so blöd sein kann, Rußland tatsächlich auch anzugreifen, solange England nicht besiegt ist. Hat der Idiot denn aus dem ersten Weltkrieg nichts gelernt?" Kaschube war einen Moment lang fassungslos, hatte sich aber sofort wieder gefangen. „In Ordnung Herr Wlassow, ich als Deutscher bin jetzt also quasi Ihr Kriegsgefangener, sehe ich das richtig?" Wlassow schaute Kaschube nachdenklich an. „Das hängt ganz von Ihnen ab, Herr Kaschube. Ich bin mit absoluten Vollmachten ausgestattet worden. Wir sind schon lange auf der Suche nach Ihnen. Ihre Spur hat sich ein bißchen verloren, nachdem Sie aus dem provisorischen KZ ausgebrochen waren. Ich hatte dies auf der Krim absichtlich nicht erwähnt, denn Lukoschenko weiß es bis auf den heutigen Tag nicht, aber ich habe auch meine Informanten, müssen Sie wissen." Er unterbrach seine Rede, um die Reaktion seiner Worte bei Kaschube zu erforschen, doch der blieb absolut regungslos und Wlassow verstand, warum dieser Mann immer wieder oben schwimmen mußte, auch wenn es momentan nicht danach aussah. Wlassow fuhr fort. „Wir haben seit den gemeinsam verbrachten Tagen viel Entwicklungsarbeit in unsere gepanzerten Fahrzeuge gesteckt, aber die Führung ist mit den Ergebnissen noch nicht 100%ig zufrieden. Die deutschen Truppen werden es in den nächsten Monaten mit einem neuen russischen Typen, dem T 34 zu tun bekommen und ich kann Ihnen versichern, daß ich meine Hausaufgaben gemacht habe. Das, was momentan an deutschem Großgerät Richtung Moskau rollt, kann es nicht mit meinem T 34 aufnehmen." Kaschube unterbrach. „Wenn Sie sich Ihrer Sache so sicher sind, wozu brauchen Sie mich dann noch?" Wlassow war ärgerlich. Konnte man diesen Menschen denn nicht drei Minuten dazu bringen, sein Schandmaul zu halten? „Ich bin sicher, daß unsere Entwicklung von der Konzeption her der deutschen überlegen ist. Wir haben aber Probleme mit der Organisation unserer Motorenfabriken. Es wird zuviel Ausschuß produziert. Dazu kommt, daß wir wegen des raschen deutschen Vormarsches viele Produktionsstätten verlagern mußten, was wieder einen Zeitverlust mit sich gebracht hat. Wir sind auf Ihre Hilfe angewiesen, zum einen auf Ihr umfangreiches Wissen, was nach Kama passiert ist, zum anderen auf Ihre guten Kenntnisse der deutschen Produktionsorganisation." „Warum sollte ich als Deutscher die Sowjetunion unterstützen, Herr Wlassow?" Kaschube blickte Wlassow frech in dessen Gesicht. „Weil wir Sie sonst bedauerlicherweise liquidieren müßten." Kaschube blieb völlig unbeeindruckt. „Wissen

Sie, Herr Wlassow, man hat mich im Laufe meines Lebens oft bedroht, das ging schon im zarten Jugendalter los, setzte sich im ersten Weltkrieg fort, in der Systemzeit habe ich mit dem Hunger gekämpft, später mit Kommunisten, mit Sozialisten, mit gemäßigten Kräften, mit weniger gemäßigten, mit radikalen. Glauben Sie allen Ernstes, daß mich der Tod noch schrecken könnte? Ich habe in meinem Leben schon oft von null anfangen müssen, das schreckt mich überhaupt nicht, ich gehöre zu jener Sorte von Leuten, die sich immer durchbeißen. Aber das werden Sie nicht verstehen." Wlassow nickte ergeben. „Ich habe nicht die Absicht, Sie im Unklaren über Ihre weitere Zukunft zu lassen, Herr Kaschube. Die Zeit drängt und ich habe keinerlei Zeit für irgendwelche Mätzchen." Kaschube staunte, wie gut dieser Wlassow mittlerweile deutsch sprach. „Wenn Sie nicht mit uns kooperieren wollen, dann werde ich Sie direkt nach Sibirien schicken lassen, Sie können mir glauben, Herr Kaschube, daß dies kein Vergnügen für Sie werden wird, wir werden dafür sorgen, daß Sie sich jeden Tag den Tod herbeiwünschen, denn Sie werden sich totarbeiten müssen." Wlassow blickte Kaschube eiskalt an. Der schien zum ersten Mal beeindruckt, wahrscheinlich auch deswegen, weil Wlassow die Wahrheit gesprochen hatte und Kaschube spürte dies genau. Dies war kein Mann, dem man etwas vormachen konnte. Wenn der schwarz sagte, dann galt schwarz und nicht weiß. Sein Entschluß war deswegen schnell gefaßt. „Gut, ich werde mit Ihnen zusammenarbeiten, was habe ich zu tun?" Wlassow nickte, er hatte von Kaschube keine andere Reaktion erwartet, denn er hielt ihn für einen hochintelligenten Mann. „Wir werden keine Zeit verlieren und uns sofort auf den Weg nach Kasan machen." Kaschube schien mehr als erstaunt. „Sie wollen mir doch nicht etwa erzählen, daß dort immer noch Panzer getestet werden?" „Dort werden keine Panzer getestet, dort werden sie gebaut. In Kasan werden mittlerweile die modernsten Kampfpanzer der westlichen und ich behaupte, auch der östlichen Hemisphäre gebaut. Aber darüber können Sie sich gerne selber ein Urteil bilden, wenn wir dort sind." Kaschube wunderte sich etwas. Nach allem, was er bislang von sowjetischen Produktionsanlagen mitbekommen hatte, war die russische Ingenieurskunst die letzte, der er sich anvertraut hätte. Er war neugierig, das mußte er sich eingestehen. Man machte sich gemeinsam auf den Weg zum Bahnhof, ohne zusätzliches Aufsichtspersonal für Kaschube. Da Wlassow wußte, daß Kaschubes Intelligenz genauso hoch wie seine Skrupellosigkeit war, sah er sich genötigt, Kaschube noch ein paar Geleitworte mit auf den Weg zu geben. „Sie werden zweifellos bemerkt haben, daß ich ohne Leibwächter reise. Seien Sie versichert, werter Herr Kaschube, daß ich genausowenig Angst vor dem Tod habe wie Sie selber." Diese Botschaft hatte Kaschube sofort verstanden, er war sich darüber im Klaren, daß es absolut keinen Sinn gemacht hätte, Wlassow zu töten und einen Fluchtversuch zu unternehmen. Man war sich einig, Kaschube sollte mit den Wölfen heulen. „Nun denn", dachte er, „wird schon irgendwie weitergehen, muß ja." Doch Wlassow setzte noch einen drauf. „Ihrem Sohn Herbert geht es übrigens relativ gut." Das versetzte Kaschube das endgültige Aus. Er hatte seit der Trennung von seiner Frau nie wieder etwas von seinem einzigen Sohn Herbert gehört, denn Else hatte ihn beim Auszug mitgenommen. „Wo ist Herbert?" fragte er atemlos. Wlassow nickte, er hatte Kaschube richtig eingeschätzt. All die Jahre auf der Flucht hatten ihn zu einem gehetzten Tier werden lassen, doch war er nur scheinbar der einsame Wolf. Er war verwundbar und Wlassow hatte die wunde Stelle gefunden. „Wo ist Herbert?" fragte er nochmal. „Momentan geht es ihm noch sehr gut. Wir haben uns seiner angenommen." Das war fein ausgedrückt, Herbert Kaschube war vom russischen Geheimdienst angeworben worden, nachdem dieser erkannt hatte, daß Else Kaschube nach der Flucht vor ihrem gewalttätigen Ehemann keinerlei finanzielle Unterstützung mehr haben würde. Da war es ein Leichtes, Kaschube jun. mit einem Bündel Bares für die russische Sache anzuwerben. Wlassow hatte allerdings immer davor gewarnt, Herbert Kaschube zu sehr zu vertrauen. „Der wechselt sofort die Seiten, wenn von geeigneter Stelle ein besseres Angebot kommt." Wlassow hatte die Familiengeschichte der Kaschubes genauestens studiert, eigentlich waren das allesamt arme Wichte, immer auf der Suche nach dem großen Geld, das war offenbar alles, wonach diese Familie strebte. Da war nichts zu spüren von Ehre, von der großen Idee, dem Sehnen nach einer besseren Welt, in der alle genug zu essen hatten, in der es keinen Krieg mehr gab. Das war schon verwunderlich, denn Kaschube sen. hatte doch schließlich den ersten Weltkrieg mitgemacht und wußte, wie dreckig es den einfachen Leuten vor, während und nach dem Krieg gegangen war. Aber er wollte wohl nur seine eigene Situation verbessern, nicht die der anderen. „Typisch Kapitalismus", dachte Wlassow, „kein Gedanke von Sozialismus, immer nur an sich selber denken." Das Komische daran war regelmäßig, wenn die Herren Kapitalisten in das Sterbealter gelangten, entdeckten sie oft ihre soziale Ader, unterstützten Waisenhäuser, Altenheime und sonstige karitativen Einrichtungen. Man gelangte oft zu dem Eindruck, daß kurz vor dem Tod die Unterlassungssünden der Vergangenheit gutgemacht werden sollten. Das böse Wort des Freikaufens von Sünden, kurz Ablaß, wie es die katholische Kirche gerne nannte, ging Wlassow hierbei regelmäßig durch den Sinn. Schön im Sinne der Kirche spenden und eure Sünden sind euch vergeben. Wlassow fand diese Haltung zum Kotzen. Er hatte schon seit seiner ersten Lohntüte damit begonnen, mit zehn Prozent seiner Einkünfte Bedürftige seines Heimatdorfes zu unterstützen. Daß er sich bei der Auszahlung der Beträge des Dorfpriesters der orthodoxen Gemeinde bediente, war Wlassow wichtig, denn nur bei dem Kirchenmann wußte er, daß die Gelder auch den Familien zugutekamen, die Hilfe dringend nötig hatten. Der Partei traute er in dieser Hinsicht nicht besonders, denn auch die litt unter chronischer Geldnot. Wlassow hatte immer das Ziel vor Augen, daß es irgendwann unnötig sein würde, solche Wege zu beschreiten. Wenn es allen gut gehen würde, dann wäre so etwas nicht notwendig. Aber solange die Dinge eben waren, wie sie waren, mußte man die Armen unterstützen, auch wenn man dabei Gefahr lief, geschickt agierende Faulpelze zu unterstützen. Auch Kaschube war nunmehr schon in einem Alter, in welchem er den Hauch der Einsamkeit zu spüren glaubte. Erstaunlich für einen Mann mit 52 Jahren. Aber wahrscheinlich hatte ihn das unstete Leben der letzten Jahre schneller reifen lassen, sofern man in diesem Lebensalter überhaupt noch von Reifeprozeß sprechen konnte. „Nun, Herr Kaschube, ich bin nicht befugt, Ihnen Auskunft darüber zu geben, wo sich Ihr einziger Sohn befindet. Aber Sie dürfen mir glauben, es geht ihm gut." Diese verdammten Russen, dachte Kaschube verbittert. Es ist doch eigentlich völlig egal, mit wem man sich ins Bett legt, ob das Russen, Amerikaner, Engländer oder Nazis sind. Wenn es um die Erhaltung der Macht geht, sind doch alle in der Anwendung der Methoden gleich. Mein einziger Sohn ist in der Gewalt der Russen, Hambach hat zwei Söhne, einer davon wird von den Nazis bedrängt, der andere ist in England in scheinbarer Sicherheit, hat sich aber wahrscheinlich mit den Tommies rumzuärgern, die ihm bestimmt das Leben schwer machen. Eine Scheiß-Welt, aber egal, wir leben in ihr, wird schon weitergehen, muß ja." Unbewußt hatte Kaschube den Wahlspruch von Familie Hambach innerhalb von zehn Minuten zweimal angewandt. Wenn er das Leben seines Sohnes nicht gefährden wollte, dann mußte er mit Wlassow zusammenarbeiten. Von wegen eigenständig, dachte er verbittert. Ich bin eine lange Wegstrecke allein gegangen und überall, wo ich Rast mache, erwarten mich die „guten Freunde", meistens in der Nacht, wenn man es nicht erwartet. Er folgte Wlassow, der am Fahrkartenschalter die Billets für eine Reise in die Vergangenheit löste.

# Teil 21: London Town

Karl hatte die ganze Nacht beschissen geschlafen, das ging ihm schon seit seiner Schulzeit so, von Sonntag auf Montag schlief er einfach schlecht. Eine Erklärung hierfür hatte er eigentlich nicht, Mary meinte immer, das würde damit zusammenhängen, daß er am Wochenende komplett abschalten würde und am Sonntag abend zwar völlig gelöst sei, aber dann kurz vor dem Schlafengehen verkrampfe, weil der Alltagstrott ihn wieder erwarten würde. Entspannen würde er sich regelmäßig erst ab Donnerstag, dann nämlich, wenn das Wochenende wieder rufen würde. Eine merkwürdige Erklärung, aber irgendwie auch plausibel. Am Montag gegen sechs Uhr morgens rappelte der Wecker, Karl war es gewohnt, früh aufzustehen, ganz im Gegensatz zu seinem Bruder Kurt, der am liebsten erst um elf aufgestanden wäre, Eigenschaften, die Karl und Kurt regelmäßig zusammenrumpeln ließen. Karl wollte früh anfangen, „der frühe Vogel fängt den Wurm" (Standardspruch von Karl, der Kurt regelmäßig zur Weißglut brachte, bis er intelektuell reagierte und darauf immer antwortete, daß die Eule nachts die beste Beute macht, was Karl in Rage brachte, der gerne früh schlafen ging). Daß Kurt hingegen durchaus bereit war, bis spät in die Nacht zu arbeiten, registrierte Karl dagegen nie. Verglich man die Arbeitszeiten beider, dann kam man zu dem Schluß, daß beide dieselbe Anzahl an Stunden am Schreibtisch verbrachten. Wer von beiden die höhere Effizienz brachte, ließ sich hingegen nur schwer beurteilen, zu unterschiedlich waren ihre Interessen. Karl schwang sich aus dem Bett, Mary drehte sich nochmal herum, sie hatte normalerweise etwas später das Haus zu verlassen, um ihren Dienst anzutreten. Daß sie entlassen war, fiel ihr erst ein, als sie um sieben aufgestanden war. Zu einem Zeitpunkt, als Karl wie üblich bereits das Haus verlassen hatte. Der Posten vor der Tür notierte: „Sechs Uhr fünfundvierzig, wie ein Uhrwerk." Karl war heute morgen seltsam gelöst, eigentlich hatte er montags nie besonders gute Laune, das war heute komischerweise anders. Er hatte seinen Job verloren, schlecht. Seine Frau hatte ihren Job verloren, noch schlechter. Aber zum Glück konnten sie kostenlos bei den Eltern von Mary wohnen. Und zum Glück war seine Mary nicht schwanger, das hätte die Lage unnötig erschwert. Ein wenig merkwürdig war ihm das schon vorgekommen, daß Mary partout nicht schwanger wurde, obwohl sie sehr oft miteinander schliefen. Aber in der jetzigen Situation gereichte ihnen das zum Vorteil. Während Karl zur U-Bahn Station ging, erbrach sich Mary gerade zum dritten Mal an diesem Morgen. Ihre Regel war schon zweimal ausgeblieben und nun wurde es zur Gewißheit: Endlich schwanger, der langersehnte Nachwuchs sollte sich endlich einstellen. Karl stieg derweilen an der gewohnten Haltestelle um und der Posten notierte: „Wie immer, Karl Hambach, 7 Uhr 15, pünktlich wie ein Uhrwerk." Der britische Geheimdienst überwachte Karl Hambach schon sehr lange, seit seiner Hochzeit mit Mary stand er als gebürtiger Deutscher selbstverständlich sofort auf der Überwachungsliste, spätestens seit dem Zeitpunkt der Operation Seelöwe. Dummerweise gebärdete er sich überhaupt nicht wie ein Deutscher der dreißiger Jahre, er führte keine fremdenfeindlichen Reden (warum auch, er war ja selber Fremder), er hatte keine Haßgefühle gegen Andersgläubige und, was das Schlimmste war, jedenfalls für alle Geheimdienste dieser Welt, er wollte nicht aktiv am Kampf gegen das Böse dieser Welt teilnehmen. Jedenfalls nicht in Uniform. Seine deutsche Staatsbürgerschaft hingegen wollte er nicht ablegen, er war stolz darauf, Deutscher zu sein. Aber sein Stolz speiste sich aus den kulturellen und wissenschaftlichen Errungenschaften der Deutschen aus den letzten drei Jahrhunderten und nicht aus blödsinnigen Motoren, die 30% schneller liefen als die der Konkurrenz. Für Karl waren das Klinkerlitzchen, denn er dachte in anderen Dimensionen. Benzinbetriebene Motoren waren für ihn Relikte aus einer vergangenen Zeit. Ihm schwebten Antriebe vor, die Menschen zu fernen Planeten bringen sollten, Antriebe, die die Menschheit voranbringen sollten auf dem Weg zu Frieden und Freiheit für alle. Ein Pazifist eben. Kurt nannte ihn immer den Phantasten der Familie Hambach, der keine Ahnung vom wirklichen Leben habe. So hart hatte Friedrich Hambach nie geurteilt, aber Ähnliches war ihm schon durch den Sinn gekommen, wenn er die Reden von Karl so hörte. Zum Glück hatte Paula früh die Eigenarten von Karl erkannt und dafür gesorgt, daß der hochintelligente und friedliebende Karl Hambach das militärorientierte Deutschland der 30er Jahre früh verließ. Das war ihr als Mutter natürlich besonders schwergefallen, aber immer noch besser, als daß ihr ältester Sohn NS-Schergen in die Hände fiel, die zu dämlich waren, die Parteitagsreden selber zu schreiben. Karl fiel an diesem Augusttag des Jahres 1941 eine Ausgabe der Times in die Hände, in welcher der Feind der Briten, also der Deutsche, wenig schmeichelhaft abgebildet war. Darin war ein Propagandaplakat der Amerikaner abgedruckt, das den Deutschen pauschal mit NS-Schirmmütze und spitzzulaufender Nase abbildete. In den Augen des imaginären Deutschen sah man einen Galgen, an welchem gerade ein Mensch gehenkt wurde. Die verkniffenen Mundwinkel des angeblichen Deutschen trugen natürlich wenig dazu bei, die Deutschen als sympathisch darzustellen, es war eben Propaganda. Die Amerikaner wurden zeitgleich als die Sonnyboys dargestellt, die lächelnd, ein, natürlich blondes Mädchen im Arm, die Welt erobern. Karl ärgerte sich immer wieder über diese dümmliche Propaganda. Da schenkten sich beide Seiten nichts, blödsinniger konnte man eigentlich die Menschheit nicht verdummen bzw. darstellen. Wo nur Lüge und Betrug eingesetzt wurden, da konnte doch einfach kein Vertrauen entstehen. Die deutschen Karikaturisten waren leider nicht besser, es wurden nur Zerrbilder der jeweils anderen Nationen eingesetzt, um die eigenen Ziele zu erreichen. Leider waren diese Ziele auf beiden Seiten schlecht und Karl erkannte das als friedliebender Mensch sofort. Das war einfach Volksverdummung in höchster Perfektion, das mußte man doch erkennen-oder etwa nicht? Karl blickte sich um und bemerkt, wie er angestarrt wurde. Immer wieder die gleiche Reaktion, er war es bald wirklich leid, er konnte ja schließlich auch nichts dafür, daß er wie ein reinrassiger Arier aussah. Als er einen älteren Herrn in bestem Englisch akzentfrei fragte, warum er ihn so anstarren würde, sah dieser verlegen zur Seite und entschuldigte sich. Nach kurzer Fahrt war Karl an der Haltestelle angelangt, wo ihn ein Bote erwarten sollte, um ihm weitere Instruktionen zu geben. Statt eines Boten stand ein schwarzes Taxi samt Chaffeur an der beschriebenen Stelle. Der Chauffeur lud ihn höflich ein, einzusteigen, Karl gehorchte lächelnd. Dieser britische Geheimdienst, so ein Affentheater. Man kam sich wie in einem schlechten Agentenfilm vor. Nach etwa zehn Minuten Fahrtzeit, der Fahrer hatte während dieser Zeit keinen Ton von sich gegeben, hielt das Taxi an und Karl wurde bedeutet, daß er aussteigen solle. Karl nickte ergeben, so langsam ärgerte er sich, daß er diesen Blödsinn mitmachte. Das letzte Mal, als er vom britischen Geheimdienst vernommen worden war, hatte man auf solche Klinkerlitzchen doch auch verzichtet. Bei diesem Gedanken angekommen, verharrte Karl einen Moment. Wer sagte ihm denn eigentlich so genau, daß es der britische Geheimdienst war, der etwas von ihm wollte? Am Ende war es genau die andere Seite, die ihn vernehmen wollte. Möglich wäre das, er hatte zwar bislang, seitdem er in England weilte, noch nie den Eindruck gehabt, daß die Deutschen ihm auf der Insel nachzustellen versuchten, aber er hatte das bislang immer auf den nicht unwesentlichen Einfluß seines Vaters zurückgeführt. Karl spürte, daß er unsicher wurde, er beobachtete jeden Menschen um sich herum und sah auf einmal hinter jeder Ecke Agenten, die auf ihn lauerten. Verstohlen sah er sich um, hinter ihm drückten sich drei Männer in seinem Alter an eine Hauswand und sahen ihm ganz unverhohlen zu. Jemand tippte ihm auf die Schulter und Karl fuhr herum, bereit, sofort zuzuschlagen. „Entschuldigung Sir, hätten Sie Feuer für mich?" Er blickte ihn ein junges Gesicht, ein Mann um die zwanzig lächelte ihn an. „Nein, tut mit leid, ich rauche nicht." Karl schien erleichtert. Mann, wie konnte er sich nur so gehen lassen. Der Mann neben ihm machte keine Anstalten, sich zu entfernen. „Das ist wahrscheinlich auch besser, Herr Hambach. Belassen Sie es dabei." Karl zuckte zusammen. „Woher kennen Sie meinen Namen?" „Nun, wenn ich jemanden bitte, mich zu treffen, dann sollte ich doch wohl seinen Namen kennen, meinen Sie nicht?" Karl musterte seinen Gegenüber genauer. Nein, wie die Geheimdienstleute, die er bislang kennengelernt hatte, sah dieser Mann partout nicht aus. Etwa 1,80 m groß, schlank, schwarze Haare, bartloses glattes Gesicht. Eigentlich völlig unscheinbar, der Typ Mann, den man sofort wieder vergessen hätte, wenn man ihm mal zufällig begegnet wäre. Mißtrauisch dachte Karl bei sich: „Wenn ich Agenten aussuchen würde, dann stünde der bei mir an erster Stelle der Besetzungsliste. Unheimlich schwierig, den zu beschreiben, der hat ja überhaupt nichts Markantes an sich." Sein Gegenüber wechselte die Sprache und redete Karl auf deutsch an. „Gestatten Sie mir, Herr Hambach, daß ich mich der deutschen Sprache bediene, offengestanden fällt sie mir etwas leichter als die englische. Mein Name ist Herbert Kaschube, ich hoffe, Sie können mit diesem Namen etwas anfangen." Eine kurze Pause folgte, Karls Reaktion wurde offenbar getestet und für gut befunden, denn der Mann fuhr fort. „Ich habe mich an ihren Schwiegervater gewandt und um ein Treffen mit ihnen gebeten. Da ich befürch-

ten mußte, daß Sie beschattet werden, habe ich mir diese Räuberpistole ausgedacht, der Fahrer, der Sie hierher gebracht hat,
ist ein Freund von mir und im wirklichen Berufsleben tatsächlich Taxifahrer." „Was wollen Sie von mir?" Karl war immer
noch nicht überzeugt, er hatte in den letzten Wochen soviel
erlebt und war sooft enttäuscht worden, daß er das Vertrauen in
die Menschheit schon fast verloren hatte. „Ich könnte Ihnen
viel erzählen, aber der Platz hier ist etwas ungemütlich, ich
schlage vor, wir setzen uns auf die Parkbank dort und plaudern
etwas." Ohne Karls Einwilligung abzuwarten setzte sich der
Mann in Bewegung. Karl folgte ihm, er war neugierig geworden.
Beide setzten sich und schauten eine Weile dem Londoner
Großstadttreiben zu, bevor Karl das Wort ergriff. „Sie sagen,
Sie heißen Herbert Kaschube, ich kenne nur einen Willi
Kaschube und der hat, soweit ich weiß, schon lange kein
Lebenszeichen mehr von sich gegeben. Woher weiß ich, daß Sie
auch der sind, für den Sie sich ausgeben?" Als Antwort wurde
Karl ein Paß gereicht, den er, ohne ihn auch nur anzusehen,
lächelnd zurückgab. „Wissen Sie, ich habe schon viel erlebt, ich
weiß, daß Paßfälscher in diesen Zeiten Hochkonjunktur haben.
Nein, da müssen Sie mir schon mit handfesteren Beweisen
kommen, damit ich Ihnen glauben kann."

„Herr Hambach, ich verstehe natürlich ihr Mißtrauen, aber
glauben Sie mir, mein Paß ist echt. Ich bin Herbert Kaschube,
der Sohn von Willi Kaschube, der mit Ihrem Vater zusammen
die Kriegstage von 1914 bis 1918 verbringen durfte. Ich kann
Sie nur mit Worten und Fakten überzeugen, denn mit handfe-
sten Beweise kann ich nicht dienen, weil ich auf meiner Flucht
fast alle persönliche Habe zurücklassen mußte. Ich brauche Ihre
Hilfe und ich weiß sonst niemanden mehr, der mir dabei helfen
kann, meinen Vater aus der Gewalt der Russen zu befreien."
Diese Worte machten Eindruck auf Karl, leider anders, als sich

dies Herbert Kaschube wohl vorgestellt haben mochte. „Na, das ist ja mal ein tolles Bubenstück. Erst werde ich vom britischen Geheimdienst bedrängt, der dafür sorgt, daß ich meinen Job verliere, weil ich nicht mit ihm zusammenarbeiten will, dann verliert meine Frau aus dem gleichen Grund ihren Job und zwei Tage später erzählt mir ein Jungspund, den ich nicht kenne, etwas vom russischen Geheimdienst. Ich glaube Ihnen kein Wort." Er wollte sich erheben, doch der junge Mann legte seine Hand auf Karls Schulter und sagte: „Gut, ich gebe gerne zu, daß meine Geschichte unglaublich klingt, aber ich bitte Sie nur um eines, hören Sie mir zehn Minuten zu, danach überlasse ich es Ihnen, ob Sie mir glauben können und mir helfen wollen. Falls nicht, stehe ich auf und gehe meiner Wege und Sie werden mich nie wieder sehen, einverstanden?" Karl überlegte. Der Vormittag war sowieso schon im Eimer, einen Job hatte er auch nicht, warum also nicht? „Gut, reden Sie." Der junge Mann schien erleichtert. „Ich heiße Herbert Kaschube und bin der Sohn von Else und Willi Kaschube. Meinen Paß haben Sie ja leider nicht angeschaut, denn dann hätten Sie gemerkt, daß ich polnischer Staatsangehöriger bin. Zur Zeit sind viele Polen in London, viele freiheitsliebende Polen, die für ihr Vaterland kämpfen wollen, aber Probleme damit haben, weil durch den Krieg viele Ungereimtheiten entstanden sind. Wir verstehen z.B. nicht, wieso England und die USA die Sowjetunion unterstützen, die sich zusammen mit dem Deutschen Reich Polen im Prinzip geteilt hat." Karl nickte, das hatte sein Schwiegervater genauso gesehen. „Mein Problem besteht darin, daß ich einen deutschen Vater habe, der in Deutschland wegen mehrfachen Mordes steckbrieflich gesucht wird und nun in Rußland sitzt und dort ohne meine Hilfe nicht mehr lebend herauskommen wird. Meine Mutter hatte mir zwar kurz vor ihrem Selbstmord gesagt, daß mein Vater keinen Schuß Pulver taugt, aber als junger Mensch möchte man doch schon mehr von seinen Eltern wissen, solange es noch geht. Ich habe von meinem Vater nie besonders viel mitbekommen, der war immer viel unterwegs und hatte, wenn er denn mal zuhause weilte, oft Gäste, meisten solche, bei denen man froh war, wenn sie das Haus wieder verlassen hatten. So sagte es jedenfalls oft meine Mutter. Ich glaube auch, daß er Mutter immer sehr schlecht behandelt hat, einmal bekam ich mit, wie Mutter ihm vorwarf, warum er sie nicht so behandeln könne wie das Friedrich mit seiner Paula mache, da sei das Verhältnis von Liebe und Respekt getragen, ganz anders als bei ihr und meinem Vater. Daraufhin hat er ihr eine Ohrfeige gegeben und sie angeherrscht, sie solle ihr Landei-Maul halten. Meine Mutter hat an diesem Abend viel geweint und am nächsten Tag sind wir zusammen zu einer Kanzlei gegangen, ich nehme an, es war ein Notar oder so etwas und als Folge daraus wurde ich eine Woche später in ein Internat in die Schweiz geschickt. Das war für mich alles andere als leicht, denn ich mußte mich im Prinzip innerhalb von einem Monat total umgewöhnen. Mein Sprachumfeld war nun dreisprachig, statt nur deutsch zwang man mich, deutsch, französisch und italienisch zu sprechen. Wir hatten Lehrer, die einen Tag auf französisch unterrichteten, den nächsten auf deutsch. Nebenbei durften wir dann auch noch englisch lernen. Können Sie ermessen, was ich durchmachen durfte, ich, der ich nur deutsch und ein kleines bißchen polnisch sprach, weil meine Mutter gebürtige Polin war?"

Karl nickte, das war ja alles herzzereißend, aber glauben konnte man dieser Geschichte noch nicht. „Welches Gedicht von Jean-Paul Sartre gefällt Ihnen denn am besten?" fragte er auf französisch. Er grinste den vermeintlichen Kaschube jun. an, doch der antwortete in bestem französisch und lächelte zurück. „Sie glauben mir immer noch nicht? Gut, das heißt nur, daß Sie nicht leichtgläubig sind und das ist auch gut so. Für mich war die Internatszeit furchtbar, denn ich sah nie Verwandte oder Bekannte. Meine Mutter hat mich einmal besucht und dann erfuhr ich später, als ihre Besuche ausblieben, daß sie sich nach einem Streit mit meinem Vater umgebracht hatte. Unser Internatsdirektor war damals sehr fürsorglich, er hat dafür gesorgt, daß ich im Internat bleiben konnte, obwohl die Gelder, die meine Mutter eingezahlt hatte, wahrscheinlich nicht für die volle Schulzeit gereicht hätten. Das war ein feiner Mann, der hat mich immer vor den sexuellen Belästigungen, die in einem Internat an der Tagesordnung sind, bewahrt. Als ich mit meinem Abschlußzeugnis das Institut verlassen durfte, war ich ein sogenannter Intellektueller, ich spreche heute deutsch, polnisch, englisch, französisch, italienisch. Leider nützt mir das überhaupt nichts, denn ich weiß nichts von dem, was mein Vater nach dem ersten Weltkrieg gemacht hat, insbesondere die Zeit von 1933 bis 1939 ist ein schwarzes Loch." „Und Sie meinen ernsthaft, ich kann Ihnen dabei helfen, dieses Loch mit Leben zu erfüllen?" Karl schaute sein Gegenüber an. „Ihre Geschichte ist ja sehr phantasievoll, aber die könnte ja auch erfunden sein, oder? Warum wollen Sie denn unbedingt wissen, was Ihr Vater in der Zeit von 33 bis 39 getan hat? So, wie Sie es schildern, müßten Sie doch eigentlich froh sein, daß Sie nichts mehr mit ihm zu tun haben. Er hat Sie und Ihre Mutter so schlecht behandelt, daß Ihre Mutter Sie in ein Internat geschickt hat, um Sie vor seinem Zugriff zu bewahren und danach hat sie sich, wahrscheinlich aus Kummer aufgehängt. Eine schlimme Geschichte, aber eher unwahrscheinlich, denn welche Mutter hängt sich auf und läßt ihren einzigen Sohn alleine zurück? Das ist doch nur wahrscheinlich, wenn der Ehemann ein seltener Unsympath ist. Und dieses Stück Mensch, dem Sie soviel Unheil verdanken, ist jetzt in Schwierigkeiten und Sie wollen noch hilfreich zur Seite eilen? Kommt mir sehr konstruiert vor." Herbert Kaschube nickte. „Ich bin ja mit meiner Geschichte auch noch nicht fertig. Sie haben mit allem, was Sie sagen recht. Normalerweise müßte man annehmen, daß ich keinen Finger krumm machen würde, um meinem Vater zu helfen. Er befindet sich momentan in russischer Hand und soll seine Kenntnisse aus der FOF-Motorenfabrikation den Russen verraten. Anschließend wird er wahrscheinlich liquidiert, weil sich die Russen keine Mitwisser leisten können. Das Problem hierbei ist nur, daß mein Vater schon recht früh die Motorenproduktion in die Hände Ihres Vaters gelegt hat, er weiß einfach zu wenig, um die Russen zufriedenstellen zu können." „Ist doch egal, dann wird er eben nur früher umgebracht. Wo ist das Problem?" fragte Karl kaltschnäuzig. Herbert Kaschubes Blick verweilte lange auf Karls Gesicht, ehe er antwortete: „Ich kann nicht glauben, daß Sie wirklich so grausam sind, wie Sie sich gerade gebärden. Können Sie denn nicht verstehen, daß ich meinem Vater helfen muß, er ist der einzige Verwandte, den ich auf der ganzen Welt noch habe. Gut, er hat sich beschissen benommen, aber ich habe ja auch nur die Schilderung meiner Mutter gehört. Vielleicht klingt die Sache, aus seinem Mund geschildert, ganz anders. Man sollte immer beide Seiten hören, bevor man sich eine Meinung bildet." Der redet wie ein Philosophieprofessor, dachte Karl. Kaschube fuhr fort: „Die Russen haben meine Adresse in Zürich herausgefunden, das war offenbar nicht so schwer für sie, weil ich entgegen der Bitte meiner Mutter deren Mädchennamen nicht annehmen wollte und immer noch  als Herbert Kaschube in Zürich wohne. Letzte Woche hatte ich also Besuch von zwei Herren in betonter Zivilkleidung, denen man den Geheimdienst schon aus hundert Meter Entfernung ansah. Die informierten mich darüber, daß es meinem Vater noch gutgehen würde und daß es an mir liegen würde, ob er die nächsten Jahre noch erleben würde. Ich wurde zur Untermalung dieser Aufforderung verprügelt, aber die Wundmale würden Sie wahrscheinlich auch nicht überzeugen,

336

denn ich könnte mich ja selber geschlagen haben, nicht wahr?" Verächtlich blickte Kaschube Hambach ins Gesicht. „Die Russen haben mir zu verstehen gegeben, daß eine Kontaktaufnahme mit Ihnen der einfachste Weg wäre, das Wissen der Familie Hambach anzuzapfen, denn sowohl Kurt als auch Ihr Vater stünden ja bereits in deutschen Diensten. Falls mir das nicht gelänge, dann sollte ich mich schon mal auf kältere Gefilde einstellen, die ich zusammen mit meinem Vater bereisen würde." Die Sibiriendrohung wirkte immer, dachte Karl. Er wußte immer noch nicht, ob er der Geschichte Glauben schenken konnte, es konnte sich ja bei Herbert Kaschube auch um einen russischen Agenten handeln, der besonders geschickt vorging und sich nur als Herbert Kaschube ausgab. Was also tun? Er überlegte fieberhaft, denn eigentlich konnte er den vermeintlichen Agenten nur dann entlarven, wenn er ihm Fragen stellte, die so in das Familienleben der Hambachs hineingingen, daß sie ein russischer Agent unmöglich wissen konnte. Auf welchen Gebieten mochte das wohl sein? Sein Verstand schien den Dienst zu versagen, als ihm auf einmal eine Geschichte seines Vaters einfiel. Die konnte ein Fremder nicht kennen. Er beschloß, den vermeintlichen Kaschube auf die Probe zu stellen. „Mein Vater war 1914 in der Nähe von Verdun einer Vorhut zugeteilt worden, wissen Sie, wo er da eingesetzt worden war?" „Natürlich, am Trichter 304. Ich war zwar noch recht klein, aber mein Vater hat die Geschichte oft erzählt, wie er und Friedrich Hambach dort einen Franzosen laufengelassen haben." „Na ja, Sie werden zugeben, daß es nicht besonders unwahrscheinlich ist, wenn man im Krieg gegen Frankreich hin und wieder auf Franzosen trifft, oder?" Karl grinste Herbert Kaschube an. „Das mag sein, aber wenn sich Kriegskameraden im Angesicht des Todes auch noch veräppeln, indem bewußt falsch übersetzt wird, dann hat diese Situation doch etwas Besonderes, nicht wahr?" Karl stutzte, das konnte er eigentlich nur wissen, wenn er wirklich Kaschubes Sohn war. Friedrich Hambach hatte seinen Söhnen oft die 304er Story erzählt, wo ihn Kaschube mit seinen Französisch-Kenntnissen kräftig veräppelt hatte. „Gut, Sie kennen die Geschichte offenbar. Wissen Sie auch den Namen des Franzosen?" „Sicher, es war Joseph Soler, mein Vater hat meiner Mutter immer gesagt, wenn er diesen Burschen einmal wieder treffen würde, dann würde er nachts die Sonne aufgehen lassen und ein rauschendes Fest mit ihm feiern." Karl war nun beruhigt, sein Vater hatte zwar oft diese Geschichte erzählt, aber meistens nur im Familienkreise, es war eher unwahrscheinlich, daß andere davon wußten. „Gut, Sie haben mich überzeugt, Sie sind Willi Kaschubes Sohn. Bitte, verstehen Sie mich nicht falsch, aber in diesen beschissenen Zeiten muß man wirklich vorsichtig sein, wenn man nicht unter die Räder kommen will." Herbert Kaschube wußte nun, daß er Karl vertrauen konnte, denn er war offensichtlich sehr vorsichtig. „Ich nehme Ihnen Ihr Mißtrauen nicht übel, ich wäre genauso vorgegangen. Die Geschichte vom 304er Trichter gehörte aber zum Standard-Repertoire meines Vaters, um mich davon zu überzeugen, daß Fremdsprachenkenntnisse unerläßlich sind, um sich in schwierigen Zeiten zu behaupten." Karl grinste. „Genauso hat es uns auch unser Vater erzählt. Meistens konnten wir diesen Käse aus dem Krieg aber nicht mehr hören, ehrlich gesagt. Dauernd diese Geschichten vom Krieg, mein Bruder und ich haben uns immer die Ohren zugehalten, wenn unser Vater wieder mit seinen Uniformgeschichten angefangen hatte." „Mir ging es ähnlich, aber auf eine andere Art. Meine Mutter hat mich immer aus dem Zimmer geschickt, wenn Kaschube senior wieder damit anfing, denn meistens hat er sich beim Erzählen und Ausschmücken der Geschichte dermaßen betrunken, daß es schon nicht mehr feierlich war."

Herbert Kaschube erhob sich und sagte: „Ich schlage einen Ortswechsel vor. Ich habe zwar alle nur erdenkliche Vorsicht walten lassen, aber ich bin mir nicht so sicher, ob wir nicht doch beschattet werden. Am besten machen wir einen simplen Spaziergang." Beide erhoben sich und Kaschube fuhr fort: „Ich denke, Sie glauben mir jetzt, daß sich nicht nur mein Vater in Todesgefahr befindet, sondern auch ich. Natürlich haben Sie mit Ihrer Einschätzung recht, wenn mein Vater von den Russen erschlagen wird, dann wird sich der Tränenfluß in Grenzen halten. Ich habe einfach nur Angst um meine eigene jämmerliche Haut. Wissen Sie, wenn die eigene Mutter sich aus Kummer mit eigener Hand umgebracht hat, dann kann der Vater nicht viel taugen, oder?" Karl dachte an das liebevolle Verhältnis, welches stets die Ehe seiner Eltern umgab und fand, daß er wohl vom Schicksal besser behandelt worden war als Kaschube junior. Noch vor wenigen Stunden hatte er ganz anders gedacht, man mußte eben erst einmal die Lebensgeschichte anderer Zeitgenossen hören. Selbstmitleid war eine gefährliche Sache. „Was hört man aus der Schweiz von der aktuellen Lage?"

„Leider nichts, was darauf hoffen läßt, daß der Krieg schnell vorbei ist. Die deutschen Truppen haben Kiew erobert, die Russen haben Hunderte von Panzern verloren und Geschütze in einer Anzahl, die an die Tausende gehen muß. Selbst wenn man die üblichen Über- und Untertreibungen der jeweils anderen Presse wegläßt, muß es ein gewaltiger Vorstoß der Deutschen gewesen sein. Jetzt fängt Hitler natürlich das Spinnen an und will Moskau erobern." „Daran haben sich schon andere die Zähne ausgebissen. Ich habe gelesen, daß die Russen inzwischen ihre Kriegsproduktion modernisiert haben sollen, angeblich würde ein russischer Panzer existieren, an dem die Granaten der Pak´s glatt abprallen." „Ja, das hat mir mein Vater am Telefon auch berichtet, ich konnte das erst nicht glauben, denn bislang waren wir Deutschen ja immer davon ausgegangen, die weltbesten Panzer zu besitzen." Kaschube blickte finster drein.

„Diese unglückselige Zusammenarbeit mit den Russen in Kasan bringt allen Nationen nur Unheil. Den Deutschen, weil die Russen zu viel gelernt haben, den Russen, weil erst die Panzerschule Kama es den Deutschen ermöglicht hat, derartig gute Panzer zu entwickeln und der übrigen Welt, weil sie in einen Krieg hineingezogen wird. Letztlich auch meinem Vater, weil er angeblich Dinge weiß, die den Russen so wichtig erscheinen, daß sie deswegen nicht nur ihn bedrohen, sondern auch noch seinen verschollenen Sohn aufspüren und als Druckmittel einsetzen, damit er Dinge preisgibt, die er gar nicht weiß." „Also hat Ihr Vater in Kasan nichts mit der Technik zu tun gehabt?" „Doch, er war schon von Anfang an dabei, das hat er den Russen ja auch gesagt. Der Mann, der ihn jetzt festgesetzt hat, ist ihm ja auch nicht unbekannt, denn er war von seiten der Russen ebenfalls von Anfang an dabei. Aber die weitere Entwicklung ist meinem Vater nach eigenen Angaben völlig entglitten." „Inwiefern?" wollte Karl wissen. „Na, offenbar hat mein Vater die Geister, die er gerufen hatte, nicht mehr im Zaume halten können. Ich kann darüber ja auch nichts sagen, denn ich war ja damals noch viel zu klein, um begreifen zu können, womit sich mein Vater beschäftigte. Später hat es mich ehrlich gesagt nicht mehr interessiert und dann war ich ja auch schon in Zürich und hatte überhaupt keinen Kontakt mehr mit meinem Vater. Ich weiß gar nicht, wie die Russen auf die Idee kommen können, daß mir mein Vater etwas über Panzerentwicklung erzählt haben könnte."

Karl war nachdenklich geworden. „Ich glaube nicht, daß die Russen diesen Gedanken hegen. Sie werden offenbar wirklich nur als Druckmittel eingesetzt, damit Ihr Vater wirklich alles erzählt, was er weiß. Ansonsten würde sein einziger Sohn zu Schaden kommen. Das zieht selbst beim bösesten, entschuldigen Sie bitte, Rabenvater. Bei mir war es ähnlich, die Briten haben versucht, mich auf ihre Seite zu ziehen, allerdings sind sie da etwas geschickter vorgegangen als die Russen. Erst wollte man mich eingemeinden, damit ich für England auf der Mittelstrecke bei Olympischen Spielen laufen kann, dann habe ich einen tollen Posten angeboten bekommen, meine Frau desgleichen und als ich mich weigerte, meine deutsche Staatsbürgerschaft abzulegen, verloren wir Stück für Stück alle Annehmlichkeiten, die das einfache Leben lebenswert machen. Mittlerweile sind meine Frau und ich arbeitslos und nur der Tatsache, daß mein Schwiegervater zu uns hält, verdanken wir es, daß wir ein Dach über dem Kopf haben, denn sonst wären wir wahrscheinlich schon obdachlos." „Was hindert Sie daran, diesem gastlichen Land den Rücken zu kehren? Immerhin hat man Sie nicht ins Gefängnis gesperrt, Sie dürfen sich frei bewegen und niemand tut Ihnen oder Ihrer Frau etwas Böses. Vergleichen Sie Ihre Situation mal mit der von den Juden in Deutschland. Wissen Sie, was da gerade vor sich geht?" Karl schaute finster drein. „Nein, eigentlich weiß ich das nicht so genau, aber ich habe schon üble Schauermärchen gehört, von denen ich gar nicht glauben kann, daß sie wahr sind." „Offenbar wollen nur die Deutschen nicht wahrhaben, was in ihrem eigenen Land passiert. Aber wegsehen ist ja auch einfacher, als Widerstand zu leisten." Karl wollte widersprechen, doch Herbert Kaschube ließ sich nicht unterbrechen. „Wissen Sie eigentlich, wieviel Tausende Juden seit 1933 versucht haben, das Deutsche Reich zu verlassen? Ich will es Ihnen sagen, im Jahr 1933 waren es rund 37000, bis 1936 ging dann dank der deutschen Propaganda wegen der Olympischen Spiele die Zahl der Ausreisewilligen wieder zurück, aber seit 1939 ist klar, auf wen es Hitler abgesehen hat. Allein 78000 Juden sind im Jahr 1939 ausgewandert, wenn man den Verlautbarungen der amerikanischen Presse glauben darf. Danach wurde es immer schwieriger für deutsche Juden, das gelobte Deutsche Reich zu verlassen." Kaschubes

Stimme klang bitter. „Wissen Sie eigentlich, Herr Hambach, was mit den Juden in Deutschland, Frankreich, Belgien, den Niederlanden, in Polen passiert?" Karl war sichtlich irritiert. „Nein, das weiß ich nicht. Woher auch?" „In Deutschland gibt es schon ein aktuelles Sprichwort, welches deutsche Mütter ihren Kindern erzählen, wenn sie nicht parieren. „Wenn du nicht brav bist, kommst du durch den Schornstein". Wissen Sie, was das heißt? Ganze Züge werden mit Juden vollgepfercht, sie werden wie Vieh abtransportiert. Die Leute um Dachau, Buchenwald oder Auschwitz erzählen von üblen Gerüchen, die aus den Schornsteinen der dort errichteten Anlagen entweichen. Nur – produziert wird dort nichts, außer Angst, Willkür und Tod. Denn was dort verbrannt wird, sind Menschen. Ich schäme mich, ein gebürtiger Deutscher zu sein."

„Ich schäme mich nicht, ein Deutscher zu sein, denn mit diesen Morden, wenn sie den tatsächlich geschehen sein sollten, habe doch ich nichts zu tun, Herr Kaschube, begreifen Sie das denn nicht?" Kaschube war sehr erregt. „Nein, das begreife ich nicht, das will ich auch nicht begreifen. Sie sitzen auf Ihrer sicheren britischen Insel und bekommen nichts von dem Elend mit, was sich auf dem Festland abspielt." Karl wurde wütend. „Sie haben es gerade nötig, in der Schweiz, die bekanntlich neutraler als neutral ist, sind ja wohl auch keine Internierungslager der Deutschen errichtet worden, oder? Mal ganz abgesehen davon, daß sich hinsichtlich der Behandlung von ungeliebten Völkerstämmen weder die Deutschen noch die Briten etwas schenken dürften. Ich darf daran erinnern, daß die Briten zur „Spezialbehandlung" der Buren eigens dafür errichtete Lager erfunden haben, die denen, die die Deutschen erschaffen haben, im Endzweck wahrscheinlich in nichts nachstehen." Karl schnaufte wütend durch. „Und glauben Sie bloß nicht, daß die Schweizer einen Deut besser wären. Was meinen Sie denn, was mit Schweizer Nummernkonten passiert, deren Eigentümer Juden sind, die von den Deutschen ermordet werden? Die angelegten Gelder werden ganz bestimmt sofort nach dem bedauerlichen Tod in einem deutschen KZ an die nächsten Angehörigen ausgezahlt, was? Einen Scheißdreck werden die Schweizer tun. Die Bankiers werden vornehm flüstern und überlebende Angehörige, die in der Schweiz nach dem Vermögen der Verwandten nachfragen, nach den Kennwörtern der Ermordeten fragen, die diese natürlich nicht wissen können und dann aus Gründen des Bankgeheimnisses die Tresore erst gar nicht öffnen. Wissen Sie, was dann passieren wird? In fünfzig Jahren noch wird es in der Schweiz Konten geben, die eigentlich Juden gehören, deren Angehörige gar nicht mehr wissen, daß ihre Vorfahren Reichtümer in der Schweiz angelegt haben. Und das ganze saubere Schweizer Volk wird davon profitieren." Herbert Kaschube wollte widersprechen, doch Karl hatte sich dermaßen in Rage geredet, daß er nicht mehr zu stoppen war. „Das Perverse daran ist, daß neben den Tresoren der Juden die Schließfächer der deutschen Mörder sein werden, denn alle sind sich darüber einig, wenn es darum geht, Gelder sicher anzulegen, ist die Schweiz eine der feinsten Adressen. So werden noch in hundert Jahren die Schweizer von den Verbrechen der Nazis in doppelter Weise profitieren können, einmal auf Seiten der Täter und einmal auf Seiten der Opfer. Pfui Deibel." Karl spuckte aus und Herbert Kaschube erkannte, daß diese Art der Diskussion wahrscheinlich kein Vertrauen entstehen lassen konnte. Er versuchte, einzulenken. „Mein lieber Herr Hambach, so kommen wir doch nicht weiter. Sie haben mich offenbar kräftig mißverstanden, ich wollte Ihnen in keinster Weise zu nahe treten. Ich wollte nur Ihr Bewußtsein dafür schärfen, daß im Augenblick in Deutschland Dinge geschehen, die wir so nicht hinnehmen dürfen." „Sie sind mir vielleicht ein kleiner Klugschwätzer. Sie haben in Ihrem ganzen Leben noch gar nichts selber zustande gebracht und spielen sich hier als Gralswächter der freien Welt auf. Wo wären Sie denn, wenn Ihre mutige Mutter Sie nicht dem Einfluß der braunen Suppe entzogen hätte? Sie wären in Deutschland und müßten mit den Wölfen heulen, weil Sie überhaupt nicht den Mumm haben, nein zu sagen, wenn ja gefordert wird." „Wie kommen Sie mir denn vor, Herr Hambach? Bei Ihnen war es ja schließlich auch Ihre Mutter, die dafür gesorgt hat, daß Sie dem Einfluß der „braunen Suppe", wie Sie es so schön beschrieben haben, entzogen wurden. Sie leben doch schließlich auch fernab von dem, was mit freiheitlichem Denken nichts zu tun hat. Sie haben es gerade nötig, mir Vorwürfe zu machen." Karl schien ernüchtert. Warum blafften sie sich eigentlich an? Im Grunde waren sie beide Opfer des Krieges und hatten keine Wunden zu beklagen. Eine einmalige Situaton eigentlich, um Frieden zu schließen. Nur- der Schulterschluß funktionierte irgendwie nicht so recht. Karl als der Ältere versuchte, einzulenken. „Haben Sie schon irgendwelche Neuigkeiten, wie sich der Angriff auf Moskau fortentwickelt?"

Kaschube schien erleichtert, daß die persönliche Spitze der Auseinandersetzung genommen war. „Ja, zum Teil, die Schlammperiode hat dieses Jahr schneller als erwartet begonnen. Am 7.Oktober ist bereits der erste Schnee gefallen. An einen schnellen Vormarsch ist jetzt überhaupt nicht mehr zu denken. Mein Vater hat mir berichtet, daß die Deutschen anscheinend überhaupt nichts aus der Zeit von Kasan gelernt haben, denn die Ketten der deutschen Panzer sind noch genauso schmal wie früher, an eine Geländegängigkeit in schlammigen Gebiet ist überhaupt nicht zu denken. Wenn ich die kurzen Andeutungen meines Vaters richtig verstanden habe, dann werden die Deutschen schon in Kürze auf wintererfahrene Truppen aus Sibirien treffen, die Stalin zur Abwehr der deutschen Invasion extra aus Sibirien hat heranführen lassen. Über den weiteren Ausgang des Krieges, zumindest im Osten, sollte man sich dann entsprechend der Ansichten meines Vaters keine Illusionen mehr machen." Karl bestätigte das. „Mein Vater hat auch immer gesagt, daß die Technik der Deutschen zwar gut ist, aber auf den Menschen überhaupt keine Rücksicht genommen wird, aber letztendlich ist er es, der die Technik einsetzt. Wenn sich die Panzerbesatzung den Arsch abfriert, weil keine Heizung im Kampfwagen eingebaut ist, dann nützt die beste Technik nichts. Ich habe von einer Freundin, die bei der Times arbeitet, gehört, daß ein Deutscher in Tokio verhaftet worden ist. Angeblich soll er Aufmarschpläne verraten haben, die es den Russen ermöglicht haben, Truppen aus Fernost abzuziehen und diese jetzt gegen die Deutschen an die Front zu werfen. Kernpunkt war offenbar die Aussage, daß sich Japan trotz seines Paktes mit Deutschland nicht am Krieg gegen Rußland beteiligen wird. Mein Vater hat den Dreierpakt zwischen Deutschland, Italien und Japan sowieso immer einen Lumpenpakt genannt." Herbert Kaschube grinste. „Sowohl ihr Vater als auch meiner waren sich in der Beurteilung gewisser Fragen sehr ähnlich. Auch mein Vater hat diesen Pakt immer als Kumpanei-Lumpanei bezeichnet. Kein großer Unterschied zu der Wertschätzung Ihres Vaters, scheint mir." „Wie auch immer, der deutsche Vormarsch wird in Moskau sein Ende haben, Stalin wird wissen, welche psychologische Wirkung der Fall Moskaus auf das russische Volk haben würde. Allein schon deshalb ist er gezwungen, alles nur Erdenkliche zu unternehmen, um das zu verhindern. Auch wenn die Deutschen Hunderttausende von russischen Soldaten gefangennehmen, das wird die Russen nur kurz aufhalten. Der russische Winter hat noch jeden potentiellen Eroberer des russischen Reiches erledigt. Die Deutschen haben absolut keine Erfahrung mit der Kälte, die einen in Rußland erwartet und sind nach  Auskunft meines Vaters auch beschissen ausgerüstet. Die russischen Truppen dagegen, die nun aus den Weiten Sibiriens kommen, sind mit der Kälte großgeworden und wissen, wie man damit umgeht. Der Krieg wird keine zwölf Monate mehr gehen." „Mein lieber Herr Hambach, ich glaube, Sie unterschätzen die Wirkung der Propaganda auf die einfachen Menschen. Die marschieren im Sommermantel bei Minusgraden durch Rußland und frieren nur ansatzweise, weil sie ja für die gerechte Sache kämpfen. So suggeriert es ihnen jedenfalls die Informationsmaschinerie der Partei. Das funktioniert, das können Sie mir glauben." „Aber nicht besonders lange, das können Sie mir glauben. Marsch- oder Kampfpausen können doch von den deutschen Soldaten gar nicht zur Erholung von den Strapazen genutzt werden. Was glauben Sie denn, was passiert, wenn man einen Kampfwagen, der für mitteleuropäische Einsätze konzipiert wurde, in Rußland bei Schlamm, Kälte, Hitze und Sturm einsetzt? Den muß man alle Naselang warten oder reparieren. Mit anderen Worten, die Kampfpausen, die der einfache Landser bräuchte, werden aufgezehrt getreu dem Wahlspruch aller Kompaniechefs „erst kommt das Gerät und dann der Mann". Blödes Gefasel, aber denken Sie mal an Temperaturen um minus 20 Grad Celsius. Da können Sie jeden Abend das Motorenöl ablassen und mit in die Quartiere nehmen und es am nächsten Morgen wieder einfüllen, damit es beim Starten des Motors keine Probleme gibt. Wissen Sie, wieviel Erholungszeit dann dem Soldaten, der für den Motor verantwortlich ist, noch verbleibt? Keine Minute. Das geht auf die Kampfmoral, denn spätestens nach vier Monaten kriegt jeder einen Koller und fragt sich, wofür er diesen ganzen Scheiß eigentlich macht." Herbert Kaschube machte ein nachdenkliches Gesicht. „Ich glaube, Sie haben Recht. Irgendwie haben Sie und mein Vater das Gleiche gesagt, nur mit anderen Worten. Die Kampfmoral der Deutschen wird sich ganz langsam aufzehren." „Das wird nicht langsam gehen, das wird rasend schnell gehen. Am Anfang haben die einfachen Soldaten gesehen und erlebt, daß sie eine Ortschaft nach der anderen erobern, der Erfolg war also sichtbar. Aber mittlerweile kursieren nur noch Gerüchte, erkennbare Geländegewinne sind zwar vorhanden, aber die sind angesichts der Weite des russischen Hinterlandes nicht so wichtig, denn man wird sie nicht halten können. Aber viel schwerer wiegt, daß der einfache Soldat jetzt vornehmlich an sich denkt, Hunger, Durst und Kälte sind bessere Vorgesetzte als der Unteroffizier, denn sie befehlen das Überleben, der Vorgesetzte den sicheren Tod. Das erkennen mittlerweile viele. Ich würde mich nicht wundern, wenn die Zahl der Befehlsverweigerungen in letzter Zeit zugenommen hat." „Mein Vater durfte ja am Telefon nicht besonders viel sagen, aber er durfte mir schreiben, damit ich weiß, an wen ich mich wenden soll, wenn ich Hilfe brauche. Unter anderem schreibt er aber in seinem Brief auch, daß die Gerüchte über den angeblichen russischen Wunderpanzer keine Gerüchte sind. Er war in den Produktionsstätten und hat ihn gesehen. Die Befehlsverweigerungen der deutschen Pak-Stellungen sind verständlich. Wenn man weiß, daß die eigene Waffe dem Feind nicht schaden wird, wozu sollte man also auf sich aufmerksam machen? Die Deutschen sind technisch offenbar ins Hintertreffen geraten. Er berichtet außerdem über eine geplante sowjetische Offensive. Ich weiß nicht, ob es sich hierbei um geschickt gestreute Propaganda der Russen handelt und ich gewissermaßen nur Als-Ob-Agent bin oder ob diese Nachricht wahr ist. Aber eines weiß ich: Der Zeitpunkt der Offensive wäre mit Dezember gut geplant, die deutschen Truppen würden Weihnachten im fremden Land verbringen und nicht nur den Tod durch die Russen, sondern auch den Tod durch Erfrieren zu befürchten haben. Dazu kommt, daß nach Schätzungen der Russen die Deutschen bereits mehr als 500000 Vermißte zu beklagen haben und etwa nochmal soviel Tote und Verwundete. Die Versorgungslage ist katastrophal. Mein Vater berichtet, daß die deutschen Nachschubverbände permanent attackiert werden. Er glaubt, daß Hitler den Krieg verloren hat und empfiehlt dringend die Zusammenarbeit mit Ihnen, da Sie anerkannter Pazifist sind, müßten Sie erkennen, daß jede Maßnahme, die diesen Krieg verkürzen hilft, Menschenleben auf beiden Seiten rettet." Karl konnte nicht anders, er spottete: „Ende der Propagandavorlesung, Teil 1, Kaderschule Moskau."

Bevor Kaschube etwas erwidern konnte, lenkte Karl ein. „Tut mir leid, es war nicht so gemeint, Sie bzw. Ihr Vater haben natürlich recht. Also, wie kann ich Ihnen helfen?" „Mein Vater hat mir eine Liste zukommen lassen, die ich mit Ihnen durchgehen soll. Hier sind die Fragen aufgeführt, die momentan bei der Produktion der Motoren am drängendsten sind. Er bezweifelt, daß Sie alles wissen, was gefordert wird, aber andererseits wäre es ja auch möglich, daß er Sie unterschätzt. So hat er es mir geschrieben." Karls Neugier war geweckt und er beugte sich mit Herbert Kaschube über die Liste. Mittlerweile waren im Osten erste Auflösungserscheinungen des deutschen Heeres zu beobachten. Viele Kommandeure weigerten sich, unsinnige Befehle der Heeresleitung zu befolgen, es kam zu ersten Erschießungen wegen Befehlsverweigerung, aber als die mahnenden Stimmen sich mehrten, mußte Hitler einlenken, durfte aber dabei sein Gesicht nicht verlieren (er konnte schließlich nicht seine ganze Armeeführung erschießen lassen). So wurden nach und nach mißliebige und widerspenstige Kommandeure durch linientreue ersetzt. Hitler übernahm selbst das Oberkommando, was dazu führte, daß zumindest zeitweise die Kampfmoral der Soldaten wieder anstieg. Die Suggestivkraft von Adolf Hitler war immens. Doch auf Dauer nützte das nichts, denn die Menschenmassen, die Stalin gegen die Deutschen heranführte, waren immens. Eine Stadt nach der anderen wurde von den sowjetischen Streitkräften zurückerobert. Die Brutalität, mit der die voranrückenden Russen gegen Deutsche, die sich ergeben hatten, vorgingen, stand der der Deutschen beim Angriff in nichts nach. Ein Tummelplatz für primitive Geister, die gemäßigten Kräfte konnten sich nicht behaupten. Was sich in zurückeroberten russischen Ortschaften abspielte, läßt sich schwer in Worte fassen. Das Schlimme daran war, daß die Greueltaten der Russen von der deutschen Propaganda begierig aufgegriffen wurden, sobald es den deutschen Truppen gelang, ein soeben verlorenes Dorf von den Russen im Gegenzug zurückzuerobern. Die deutschen Fotografen wurden losgeschickt, um die Hinrichtungen von deutschen Soldaten lückenlos zu dokumentieren. Derartige Bilder wurden dann in deutsche Wochenschauen eingearbeitet und sollten die Russen als Schlächter darstellen. Die perverse Konsequenz war, daß der Haß der deutschen Landser auf die Russen noch größer wurde. Das Ziel Hitlers war erreicht: Kampf bis zur Selbstzerfleischung.

# Teil 22: General Winter

Abramczik fluchte. „Keinen Augenblick hat man hier Ruhe, verdammt nochmal." Gerade war wieder ein neuer Marschbefehl bekanntgeworden. Wieder die Stellung verlassen, wieder die kaum gewonnene „Normalität" gegen neues Gelände eintauschen. „Immer das Gleiche, kaum hat man es sich mal in einer Stellung halbwegs bequem gemacht, kaum zieht der selbstgebaute Ofen, schon dürfen wir wieder weiter. Ich mag bald nicht mehr." Der neue Kommandant Leutnant Westerkamp versuchte, Abramczik aufzumuntern: „Abramczik, zerbrechen Sie sich doch nicht den Kopf der Führung, die Leute wissen schon, was Sie machen."

Kurt rollte mit den Augen. Mit vereinten Kräften und Zeugenaussagen war man den vorherigen Kommandanten ohne größeren Ärger losgeworden (die Geschichte der Partisanin, deren erotischen Reizen Leutnant Petersen letztlich erlegen war, war von Hauser mit großer Glaubwürdigkeit vorgetragen und akzeptiert worden). Petersen erhielt posthum das Eiserne Kreuz (Kommentar Abramczik: „Schwanzgesteuert geehrt.") und wurde begraben. Das war´s. Ein neuer Kommandant trat an die Stelle von Petersen, noch linientreuer als der Vorgänger und besonders bedächtig in allem, was er tat. Ella II hatte in den letzten Wochen gewaltige Wegstrecken zurückgelegt, man war per Eisenbahn verlegt worden und hatte das „Vergnügen", der Eroberung von Charkow beizuwohnen. Danach begann der Vorstoß gegen Moskau, der durch erste Schneefälle und schlammigen Boden bald gestoppt wurde. Es schien so, als ob die Russen ihre Verteidigungslinien mittlerweile besser organisierten. Abramczik brachte es auf einen Nenner: „Die Brüder sehen alle so ausgeruht aus, die kommen mit Sicherheit aus Stellungen, die bislang noch nicht in Kampfhandlungen verwickelt waren." Die deutschen Landser hingegen hatten nicht nur mit Frost und unzureichender Ernährung zu kämpfen, sondern auch mit einem Leben am Limit. Alle waren gereizt, es kam zu ersten, kleineren Nicklichkeiten unter den Soldaten, manchmal auch zu Befehlsverweigerungen. Bei menschlich integren Kommandanten endete das mit Vier-Augen-Gesprächen und wurde in Ordnung gebracht, bei linientreuen mit Erschießungskommandos. Die Moral der Truppe war auf einem Tiefststand. Das Oberkommando versuchte, mit Truppenbetreuungen die Soldaten bei Laune zu halten. Allerdings mit eher verhaltenem Erfolg. Den Kriegsalltag zu vergessen, schafften nur die wenigsten. Auch hier brachte Abramczik mit einem Satz alles auf einen Nenner: „Was nützt es mir denn, wenn eine Bulgarin eingeflogen wird und in Trachtenkleidung Volkstänze vorführt? Die schöne Frau wird nach der Vorführung aus dieser Scheiße hier wieder ausgeflogen und ich liege weiter drin, mit Eiern, die genauso dick sind wie die Möpse der Bulgarin. Ich habe keine Lust mehr, ich will endlich nach Hause, man hat uns belogen, Rußland ist nicht mit einem schnellen Vorstoß zu packen." Nach dieser Aussage nahm Kurt Abramczik sofort zur Seite, denn Leutnant Westerkamp war in letzter Zeit recht seltsam geworden. Kurt wollte verhindern, daß Abramczik für die Nennung der Wahrheit auch noch erschossen wurde. Aber die Aussage von Abramczik war symptomatisch für die Truppe. Die Ausrüstung war völlig unzureichend, auf Winter überhaupt nicht angepaßt und die Folgen waren verheerend. Erfrierungen waren an der Tagesordnung, weitaus schlimmer war aber, daß die gesamte Truppe kurz vor der Meuterei stand. Die Befehlsverweigerungen häuften sich, Erschießungskommandos auch, aber damit wurde nur Angst und Haß gesät. Im Dezember 1941 rückten die Russen dann in einer großangelegten Winteroffensive vor und eroberten viele Städte zurück. Der gesamte Frontbogen der Deutschen mußte weit zurück genommen werden, denn die zahlenmäßig weit überlegenen russischen Truppen ließen Angriffswelle auf Angriffswelle folgen. Die ausgelaugten deutschen Soldaten konnten diesem Druck nicht standhalten und wichen zurück. Viele der diensthabenden Kommandeure warnten das OKH davor, die Tatsache zu ignorieren, daß die Deutschen zu erschöpft seien, um diesem Druck auf Dauer standhalten zu können. Derartige Kommandeure wurden sofort abgelöst. Die Propaganda schwieg zu den deutschen Verlusten beharrlich. Was fehlte, war eine Erfolgsmeldung. Im Februar 1942 wurde ein russischer Angriff auf die Stadt Wjasma, etwa im Mittelabschnitt der Ostfront, von den deutschen zurückgeschlagen. Die Sowjets hatten Fallschirmjäger im Rücken der Deutschen abgesetzt, aber heftige Schneestürme verhinderten eine Unterstützung der vorrückenden Russen.

Die Besatzung von Ella II feierte gerade den Geburtstag von Hauser, der am 01.02.1942 seinen 40. Geburtstag hatte. Westerkamp hatte zur Feier des Tages eine Flasche Kognac organisiert (kein Mensch wußte, wo er die geklaut haben mochte, aber es war allen egal) und Abramczik hatte auf seinem selbstgebauten Ofen ein paar dürftige Fladen gebacken. Als dann Kurt mit vier Flaschen Bier anrückte, die er sich aufgespart hatte, versprach der Abend lustig zu werden. Westerkamp hatte gerade die Flasche Kognac entkorkt, als Abramczik sagte: „Moment, Leute, ich muß mal kurz austreten, wartet mit dem Anstoßen auf mich." Das „Anstoßen" war natürlich nur bildlich gemeint, Gläser gab es keine, man trank und reichte die Flasche solange weiter, bis sie leer war. Der Alkohol ließ einen kurze Zeit die Kälte vergessen. Abramczik trat in die Kälte hinaus und traute seinen Augen nicht. Im dichten Schneegestöber versuchten Russen, die deutschen Stellungen zu erreichen. Die nächsten Minuten waren geprägt von reiner Hektik. Abramczik versuchte, die aufkommende Panik zu verdrängen und ging rasch in die Unterkunft zurück. Mit wenigen Gesten brachte er seine trinkseligen Kumpanen zum Schweigen, erstattete Bericht bei Westerkamp, der per Feldtelefon sofort die benachbarten Stellungen alarmierte. Alle waren schlagartig nüchtern. Innerhalb der nächsten fünf Minuten brach die Hölle los. Zeitgleich eröffneten die Deutschen das Feuer auf die völlig überraschten Russen. Der Angriff war zurückgeschlagen, bevor er überhaupt begonnen hatte. Parallel dazu rückten deutsche Schützenpanzer in den rückwärtigen Raum vor und töteten alle abgesetzten russischen Fallschirmjäger. Innerhalb der nächsten vier Tage wurden russische Einheiten bei Wjasma eingekesselt, die sich am 15. April 1942 den deutschen Truppen ergeben mußten. Die deutsche Führung hatte ihren Erfolg und das fünf Tage vor Führers Geburtstag! „Wenn das kein Grund zum Feiern ist!" Abramczik, der sich kurz vor Wjasma Erfrierungen zugezogen hatte, die zur Amputation seines kleinen Zehs am rechten Fuß geführt hatten, spottete. „Diese Dreckbazille aus Berlin. Der Teufel soll ihn holen und zwar möglichst bald." Abramczik spuckte aus. Westerkamp glaubte, nicht richtig zu hören. „Sind Sie noch zu retten, Abramczik? Ich könnte Sie direkt vor ein Kriegsgericht stellen lassen." „Na, das ist mal aber eine Neuigkeit. Und dann? Dann werde ich erschossen, nicht wahr? Aber wenn ich tapfer weiterkämpfe, dann wird mir wahrscheinlich irgendwann der Schwanz abfrieren, wenn ihn mir die Russen nicht vorher abschneiden. Aber egal, wohin es geht, am Tag unserer Kapitulation werden die uns zu Tode quälen, vielleicht schnell, dann haben wir Glück, wahrscheinlich eher langsam, um die Qualen zu erhöhen. Aber sterben werden wir auf jeden Fall, also genau das Schicksal erleiden, welches das deutsche Oberkommando schon jetzt für uns vorgesehen hat. Wissen Sie was? Ich ziehe den Tod durch Erschießen durch deutsche Hand dem qualvollen Untergang in einem russischen Gefangenenlager vor. Los, schießen Sie schon, Sie NS-Linientreuer!"

Westerkamp war unschlüssig. Man hatte ihn vor dieser Besatzung gewarnt. Bereits zwei Kommandanten waren unter mysteriösen Umständen ums Leben gekommen. Er wollte eigentlich nicht der Dritte werden. Andererseits hatte er die letzten Wochen mitbekommen, daß sich die Besatzung von Ella II durchaus ordentlich benommen hatte. Da war nichts zu spüren von übermäßig aufsässigem Verhalten, das waren ganz normale Leute. Was war daran auch schon außergewöhnlich, wenn man sich Gedanken über seine Zukunft machte und dabei erkannte, daß diese nur in düsteren Farben zu malen war? Westerkamp beschloß, den Gang nach vorne anzutreten. „Wissen Sie was, Abramczik? Sie haben völlig Recht. Ob Sie jetzt durch meinen Pistolenschuß sterben oder später durch russische Soldaten, die Sie entweder zu Tode quälen oder in ein sibirisches Arbeitslager schicken, wo Sie sich dann buchstäblich zu Tode arbeiten dürfen, das Endergebnis ist das Gleiche: Sie werden tot sein. Mit einem kleinen Unterschied: Im Augenblick haben Sie Ihr Schicksal noch in der Hand. Sobald Sie sich den bolschewistischen Horden ergeben haben, machen die mit Ihnen, was sie wollen. Wenn die Ihnen befehlen, die Stiefel des Kommandanten blankzulecken, dann werden Sie das machen. Glauben Sie nicht? Haben Sie sich schon mal die Palette menschlicher Grausamkeiten geistig vor Auge geführt? Ich versichere Ihnen, daß Sie sich keine Vorstellung von dem machen können, was sich Menschen, im Haß verblendet, ausdenken können. Ich weiß, wovon ich rede, denn ich war Lagerkommandant in Furtwangen, einem kleinen, aber feinen Konzentrationslager. Da waren zunächst nur deutsche, meist politisch nicht erwünschte Personen interniert. Schon damals konnte man in Abgründe der menschlichen Seele blicken. Revanche, Haß, Rachedurst, Ver-

354

geltung, Qual, Folter, kurz, das gesamte Repertoire der menschlichen Abartigkeit war da versammelt. Und jetzt stellen Sie sich mal vor, Sie geraten in sowjetische Kriegsgefangenenschaft, berücksichtigen Sie bitte die Vielzahl der gestorbenen Russen und die traditionelle Grausamkeit der Völker aus der Steppe. Wissen Sie, was die mit Ihnen machen werden? Wissen Sie, daß dann Prügel das kleinste Übel sein werden?" Abramczik hörte die Rede von Westerkamp mit wachsendem Entsetzen. Wovon redete dieser Wahnsinnige? „Sie waren Kommandant eines KZ in Deutschland? Warum haben Sie sich dann an die Front gemeldet?" „Weil ich die Grausamkeiten der Bewacher gegenüber den Gefangenen nicht mehr ertragen konnte. Das können Sie sich wahrscheinlich nicht vorstellen, aber ich bin froh, daß ich hier sein kann, wo mich jeden Moment der Tod durch eine Granate ereilen kann. Aber das ist mir immer noch lieber, als daß ich sogenanntes Recht in einem Unrechtsraum wie einem KZ sprechen müßte. Und was Ihre Todessehnsucht anbelangt, der Sie ja so unbeschreiblich Ausdruck gegeben haben: Ich habe eine noch größere, weil ich mittlerweile so viel Schuld auf mich geladen habe, daß mir nur noch Gott helfen kann, davon loszukommen. Irdische Mächte sind dazu nicht mehr in der Lage. Ich schlafe keine Stunde mehr am Stück, aber das liegt nicht am Frontlärm, sondern an den Schreien der Geschundenen, die ich immer im Ohr habe, solange ich leben werde."

Abramczik war platt. Westerkamp hatte er gründlich unterschätzt. Das war kein Linientreuer, jedenfalls nicht im NS-Sinne. Von dem KZ, welches Westerkamp genannt hatte, hatte Abramczik allerdings noch nie etwas gehört. „Was haben Sie jetzt mit mir vor, Herr Leutnant?" Abramczik wußte, daß ein Wort von Westerkamp reichen würde und er würde sich vor dem Kriegsgericht befinden. Leutnant Westerkamps Antwort war leicht orakelhaft: „Ich erwarte von Ihnen, daß Sie diese Episode niemals vergessen und halbwegs gesund nach Deutschland zurückkehren. Oder wartet in der Heimat niemand auf Sie, der Sie braucht?" Westerkamp erhob sich und verließ den Unterschlupf, offenbar wollte er allein sein und ließ Abramczik mit staunendem Gesicht zurück. Inzwischen wurde die Lage für Deutschland immer bedrohlicher, angesichts der japanischen Erfolge erkannten die Alliierten, daß nur ein Pakt den Terror, der mittlerweile fast die gesamte zivilisierte Welt heimsuchte, stoppen konnte. Das bedeutete intensive Militärhilfe für die Sowjetunion und damit schwere Zeiten für die Deutschen an der Ostfront. Auch in Deutschland selber wurde das Leben unerträglich, seitdem Arthur Travers Harris den Oberbefehl über das britische Bomberkommando erhalten hatte. Seinem Spitznamen „Bomber-Harris" machte er alle Ehre, Flächenbombardements von deutschen Großstädten folgten unverzüglich nach seiner Ernennung zum Oberbefehlshaber der Luftstreitkräfte. Harris ließ sich vor jedem Angriff detaillierte Pläne vorlegen, welche Brennbarkeitsklasse (!) jede der deutschen Städte hatte. Entscheidend für Angriffswellen war die Einschätzung, ob sich nach einem Angriff umgehend ein Großbrand ausdehnen konnte, der nicht zu löschen war. Harris´ Ziel war es, die Moral der deutschen Zivilbevölkerung zu brechen. Mit dieser Methode legte er die Lübecker Innenstadt in einer einzigen Nacht in Schutt und Asche, die erhoffte Wirkung bei der Zivilbevölkerung blieb aber aus. Ähnlich wie die Briten bei den deutschen Luftangriffen auf London fühlten sich die Deutschen einer Schicksalsgemeinschaft angehörig und reagierten erstaunlich gefaßt. Man hatte zwar Angst, aber der Wille zum Widerstand war  - zunächst noch – nicht gebrochen. Die Besatzung von Ella II bekam derartige Nachrichten nur sehr spärlich mit, hatte allerdings auch ganz andere Sorgen. Nachdem der russische Winter sein Schneekleid abgelegt hatte, folgte nun die Schlammpackung. Der deutsche Nachschub, ohnehin dürftig genug, blieb in weiten Teilen im Schlamm stecken. Ständige Partisanenangriffe erschwerten die Versorgung der Truppe, von zehn Lieferungen erreichten höchsten drei unversehrt ihr Ziel. Es fehlte an allem: Treibstoff, Munition, Kleidung, Nahrungsmittel. Für Abramczik, Hambach, Westerkamp und Hauser wurde der tägliche Überlebenskampf immer schwieriger. Bei einem Vorstoß gegen ein scheinbar unwichtiges Dorf erwartete sie erbitterter Widerstand. Ihren Panzer mußten sie ca. 400 m vor dem russischen Dorf wegen Treibstoffmangels verlassen. Sie kämpften sich Stück für Stück vor, bis sie an eine Häuserwand gelangten, die notdürftig Feuerschutz bot. Hambach fluchte: „Verdammt, ich habe den Eindruck, daß die Russen noch verbissener als sonst kämpfen. Was ist da bloß los, das ist doch nur ein Kaff mit einer großen Scheune und ein paar Lehmhütten. Das lohnt doch solchen Widerstand nicht.“ Hauser robbte durch eine stark versumpfte Wiese, bis er an eine dieser „Lehmhütten“ bis auf zehn Meter heran war. Hambach zählte leise mit, nachdem Hauser die Handgranate durch die Tür geworfen hatte. Eine Explosion, dann – Stille, die fast nicht zu ertragen war. Man hörte von einem Moment auf den anderen nichts mehr. Sich gegenseitig Feuerschutz gebend, tastete sich die Ella II Besatzung Meter für Meter vor. Westerkamp wollte gerade etwas sagen, als Abramczik losbrüllte: „Volle Deckung!“ Aus einer anderen Hütte traten nacheinander mit erhobenen Händen sechs Russen, die offenbar das Feuer bis auf die letzte Patrone erwidert hatten und nun ohne Munition waren. Hambach blieb der Mund vor Staunen offen stehen. „Das sind ja Frauen.“ Westerkamp schaute genauer hin. Tatsächlich, total dreckverschmiert, wahrscheinlich nicht mehr als sie selber auch, standen dort sechs Frauen, eine von ihnen war offensichtlich die Anführerin, die scheinbar mit den Rangabzeichen der deutschen Wehrmacht vertraut war, denn sie sprach Westerkamp als ranghöchsten in tadellosem Deutsch an. „Herr Leutnant, wir ergeben uns, bitte nicht schießen. Wir haben verwundete Frauen in der Scheune, die dringend Hilfe brauchen." Unschlüssig blickte Westerkamp zu seinen Leuten. Verdammt, dachte er, das hat mir gerade noch gefehlt. Weiber, anscheinend ein Zug von diesen frisch ausgehobenen Frauenkompanien. Er hatte schon von anderen Kameraden davon gehört, war aber bislang noch nie mit weiblichen Soldaten in Berührung gekommen. Die hatten zwar Uniformen an, aber Westerkamp schien es so, als ob es sich hier eher um ein lokales Widerstandsnest handeln müsse, also Partisanen. Das war gefährlich, er sah die Frauen an, die weiten Uniformen ließen genügend Platz für Handgranaten. Bevor er etwas sagen konnte, ergriff Hauser das Wort: „Herr Leutnant, wir müssen die erschießen, das Risiko ist zu groß, daß die noch Waffen bei sich tragen." „Sie wollen doch nicht etwa unbewaffnete Frauen, die sich ergeben haben, erschießen, Herr Leutnant?" Die kommandierende Russin hatte sehr genau verstanden, was Hauser gesagt hatte. Westerkamp wußte nicht so recht, was er machen sollte.

„Sagen Sie Ihren Soldatinnen, daß sie sich ausziehen sollen. Ich will wissen, ob die noch Waffen bei sich tragen." Gepreßt kamen die Worte aus Westerkamps Mund hervor. Abramczik glaubte, nicht richtig zu hören, was hatte der Leutnant vor? Wollte er für seine Männer ein männliches Nachmittagsprogramm gestalten? Diese Frauen waren gefährlich, das spürte Abramczik. Hatte Westerkamp vergessen, daß diese Frauen noch vor wenigen Minuten wie wild auf sie geschossen hatten? Er schaute zur Anführerin der Russin, die langsam nickte, sich umdrehte und auf russisch einen leisen Befehl gab. Ungerührt legten daraufhin die Frauen ihre Uniformen ab. Hambach hatte seine Pistole im Anschlag. Als die Russinen in Unterwäsche vor Ihnen standen, bemerkte Westerkamp, daß Abramczik lüsterne Blick auf die Anführerin warf, die mit erhobenen Händen dastand. Deren Oberweite war beeindruckend, das mußte Westerkamp zugeben, auch bei ihm regte sich etwas, scheinbar nicht unbemerkt von den Frauen, die sich auf russisch ein paar Worte zuwarfen. Eine lächelte sogar spöttisch, grotesk, angesichts dieser Situation, dachte Hambach. Hauser wurde wütend. „Herr Leutnant, Sie riskieren unser aller Leben. Ich sage, erschießen und weiter. Wer weiß, ob hier noch reguläre Truppen in der näheren Umgebung sind. Der kleinste Moment der Unachtsamkeit reicht und wir sind alle tot, machen Sie diesem unwürdigen Treiben ein Ende." „Aber warum denn erschießen, die sollen sich weiter ausziehen." Abramczik war nicht mehr zu halten, er trat auf die Anführerin zu und zielte mit seiner Pistole auf ihren Kopf. „Die sollen sich ganz ausziehen, sag´ ihnen das." Die Russin nickte und zischte wieder ein paar Worte in Richtung ihres Trupps. Atemlos verfolgte Hambach die Situation, Westerkamp war wie betäubt, hatte offenbar einen Filmriß, er starrte auf eine junge Russin, die dem Befehl ihrer Anführerin sofort nachgekommen war und sich gerade ihres Büstenhalters entledigte. Als sie aus ihrem Slip gestiegen war, stand sie nunmehr nackt vor den Deutschen. Alle Männer starrten auf ihren Busen, als sie dies bemerkte, strich sie sich mit beiden Händen die Innenseiten ihrer langen Oberschenkel hoch. Die Kälte schien vergessen. Hambach lief der Speichel die Mundwinkel herab, er hatte, wie die anderen auch, schon seit über einem Jahr keine Frau mehr gehabt. Seine Erektion war nicht mehr zu übersehen.

„Los, Leute, mir ist heute nach Bumsen, Hambach, gib´ mir Feuerschutz." Abramczik zerrte die junge Russin zu sich und stieß sie auf die Knie. Er öffnete seine Hose und zog den Kopf der Russin an sein bestes Teil. Die verstand und die anderen starrten fasziniert auf die Szene, zu fasziniert, die Russin biß zu und griff blitzschnell in Abramcziks Pistolenhalfter. Das ging rasend schnell vor sich, Westerkamp & Co. reagierten nicht. Die Kommadantin sprang nach vorne und wollte Westerkamp attackieren, der keinerlei Abwehr zeigte. Zwei Schüsse fielen und die Kommandantin fiel vor Westerkamp zu Boden, ein Loch im Kopf, gefolgt von der anderen Russin. Hauser war die Ruhe selber. „Verdammt nochmal, wie kann man nur so blöd sein." Die restlichen vier Russinen waren schockiert und machten keine Anstalten zu fliehen. Abramczik war zu Boden gegangen und jammerte: „Das Russenweib hat mir in den Schwanz gebissen." Er riß seine Pistole hoch und wollte die restlichen Frauen erschießen, doch Westerkamp, der sich wieder unter Kontrolle hatte, schlug ihm die Pistole aus der Hand. Hambach war entsetzt. Er starrte auf die toten Frauen, die im Dreck vor ihm lagen und wußte jetzt, was Westerkamp mit Abgründen der menschlichen Seele gemeint hatte. Was geschah hier nur? Er dachte an seinen Vater, der ihm immer gepredigt hatte, daß gegenseitiger Respekt die Basis für alles Gute ist und hätte kotzen können. Abramczik lag wimmernd am Boden und bekam von Hauser einen Tritt. „Steh´ auf, du Bastard, um ein Haar wären wir alle draufgegangen, weil du Arschloch dich nicht unter Kontrolle hast." Diese Worte gingen Westerkamp durch Mark und Bein, Hauser hatte recht. Es war Krieg, was hätte man, abseits der Front, mit diesen Frauen auch sonst machen sollen als erschießen? Schließlich waren sie keine regulären Truppen, das war Partisanenkampf pur, die Weisung der Obersten Heeresleitung war klar, Partisanen sind unverzüglich zu erschießen. Er hatte mit seiner Unentschlossenheit das Leben von sich und drei Männern riskiert. So eine Dummheit, die Frauen erst auf Waffen untersuchen zu wollen. War doch klar, daß alle beim Anblick der Frauen in Unterwäsche auf andere Gedanken als Krieg kamen. Er trat auf die Frauen zu und sah den traurigen Gesichtsausdruck aller, offenbar wußten diese, daß es nunmehr kein Entrinnen mehr gab. Eine fing zu weinen an. Westerkamp lud durch und vier Schüsse zerrissen die Stille. Hauser nickte grimmig. „Na endlich, ich dachte schon, Sie kommen überhaupt nicht mehr zur Vernunft, Herr Leutnant." Hambach wußte nicht, was er sagen sollte. In den letzten Minuten war er von Gier über Todesangst bis hin zu Abscheu vor der Menschheit ein erschreckend weites Spektrum des Menschen ansichtig geworden. Das sollte ein zivilisiertes Volk sein? Pfui Deibel, wobei er sich gedanklich ausdrücklich nicht ausnahm. Wohin wird uns dieser Krieg noch führen? Hambach, mittlerweile 23 Jahre alt, hatte inzwischen mehr mitgemacht als so mancher Zeitgenosse anderer Regionen der Erde in seinem ganzen Leben würde erleben können. Westerkamp hatte sich inzwischen wieder unter Kontrolle. „Hambach, Feuerschutz geben, wir werden untersuchen, ob in der Scheune tatsächlich Verwundete liegen. Beim geringsten Anzeichen von Widerstand sofort das Feuer eröffnen, ohne Rücksicht auf Geschlechter." Die Botschaft war klar, Westerkamp hatte seine Lektion gelernt, der Partisanenkampf unterlag eigenen Gesetzen. Sie schlichen geduckt zur Scheune vor und fanden diese völlig menschenleer. Die Aussage der Russin, hier lägen Verwundete, war offenbar nur eine Finte gewesen. Als sie den Inhalt der Scheune inspizierten, war trotz der vorherigen Ereignisse die Freude groß. Erhebliche Mengen an Munition, Nahrungsmitteln und Treibstoff waren hier gelagert. Ella II konnte betankt werden, die Munition war nicht zu verwenden, aber die erbeuteten Nahrungsmitteln kamen gerade recht. Alles, was nicht verwertet werden konnte, würden sie verbrennen, damit etwaige weitere Partisanenverbände nicht noch Profit daraus schlagen könnten. Abramczik hatte sich inzwischen wieder halbwegs erholt und schämte sich. „Herr Leutnant, ich weiß nicht, was in mich gefahren ist, ich..."

„Abramczik, ich habe Ihnen schon mal gesagt, daß ich großes Verständnis habe für das, was hier im Krieg passiert. Sie brauchen sich bei mir nicht zu entschuldigen. Ich selber bin es, der sich Vorwürfe zu machen hat. Ich hätte mir denken müssen, daß die Anführerin der Russen nur einen Befehl geben konnte: Die Schönste der Truppe hat sich zu opfern, damit der Rest lebend davonkommt, ich selber hätte an ihrer Stelle nicht anders gehandelt. Dummerweise sprechen wir alle nicht russisch, sonst hätten wir das sofort gemerkt." Da irrst du dich aber gewaltig, dachte Hauser. Ich habe alles verstanden, was die Russin ihren Soldatinnen befahl. „Los, Ninitschka, Kleider runter, vielleicht gelingt es uns, die Geilheit der Männer auszunutzen und einen Moment der Unachtsamkeit zur Überwältigung zu nutzen. Es geht hier nicht darum, daß dich diese Schweine unbekleidet sehen, es geht um unser aller Leben." Hauser hatte registriert, was die Befehlshabende ihren Frauen befohlen hatte und war er die Wachsamkeit in Person gewesen. Er hätte natürlich auch schon vorher eingreifen können, aber er wollte, daß sowohl Abramczik als auch Westerkamp ihre Lektion bekommen. Er hatte keine Lust, Rußland im Zinksarg zu verlassen, zuhause wartete eine liebe Frau auf ihn und es war offenbar höchste Zeit, daß auch andere Zeitgenossen ein kleines bißchen Ehrgefühl eingebläut bekamen. Die sollten sich mal überlegen, was passieren würde, wenn die deutsche Armee sich auf dem Rückzug befinden würde. Es würde ihm nicht gefallen, wenn russische Soldaten das nachmachen würden, wovon er gerade Zeitzeuge geworden war. Diese Männer waren allesamt unreif, das lag wahrscheinlich daran, daß alle noch keine intakte Familie kennengelernt hatten. Das fand Hauser ganz schlecht, die Zukunft Deutschlands war demzufolge nicht so rosig, was sollte aus solch verrohten Männern werden? Er fühlte sich trotz seiner erst 40 Jahre auf einmal uralt. Seine Frau Ulrike fehlte ihm, er bräuchte mal wieder ihre ruhigen Ratschläge, die Harmonie des einfachen Lebens. Wie war das früher schön, wenn er mit dem Fahrrad von der Arbeit kam und sich einfach nur an den Küchentisch setzte und mit seiner Frau über die Erlebnisse des Tages sprach. Anschließend erkundigte er sich über die Kinder, was in der Schule gewesen sei und sprach mit seinen zwei Kindern über die Probleme, die diese beschäftigten. Zum Glück waren das sehr selten schulische Probleme, meist eher Dinge, die Heranwachsende eben so quälen. Was soll ich mal werden, Papa? Wie finde ich einen schönen Mann, Papa, einen so wie Du, der die Mama lieb hat? Er dachte an seine kleine Tochter, sieben Jahre mußte sie jetzt sein, erst letzte Woche hatte er einen Brief an sie geschrieben, seit ihrem fünften Geburtstag hatte er sie nicht mehr gesehen. Heimaturlaub gab es nur sehr selten. Er hatte Sehnsucht nach seiner Familie, er konnte sie nicht sehen, statt dessen mußte er sich hier in Rußland aufhalten. Wenn er allerdings gewußt hätte, was sich momentan in der Heimat abspielte, hätte er sich wahrscheinlich an der Front erheblich wohler als jetzt gefühlt. In Auschwitz, ein Ort, der nach Beendigung des zweiten Weltkrieges traurige Berühmtheit erlangen sollte, wurde gerade ein Führerbefehl umgesetzt, der noch Jahrzehnte nach Ende des tausendjährigen Reiches seine Spuren bei allen Völkern dieser Erde hinterlassen sollte. Zum ersten Mal in der Geschichte der Menschheit wurde ein Volk planmäßig der Vernichtung anheimgegeben. Ohne Rücksicht auf Familienbande, ohne Menschlichkeit, kalt, jede Gefühlsregung war gleichbedeutend mit Tod durch Erschießen. Auschwitz lag auf dem Gelände einer ehemaligen KuK – Kavalleriekaserne am Zusammenfluß von Sola und Weichsel. Die dort eingesetzten Wachmannschaften galten bereits während des Krieges als besonders brutal und grausam. Wenn in früheren Zeiten von der Grausamkeit der afrikanischen oder asiatischen Stämme und Völker berichtet wurde, war das gar nichts im Vergleich zu den organisierten Massenmorden, die sich hinter den stacheldrahtverhauenen Zäunen abspielten. Kein Mensch, der jemals in Auschwitz war und diese Hölle auf Erden überlebte, würde vergessen, was sich dort ereignet hatte. Die Perversion der Menschheit erreichte in Auschwitz eine nie gekannte Größe. Vieles von dem, was in diesem Vernichtungslager passierte, hat nie das Licht der Öffentlichkeit erreicht, weil alle Zeitzeugen systematisch ermordet wurden. Die SS-Wachmannschaften ließen die jüdischen Häftlinge Handlangerdienste des Todes tun. Immer dann, wenn jüdische Einsatzkräfte zuviel gesehen hatten, wurden sie selber in die Gaskammern gebracht und gingen den Weg ihrer Leidensgenossen.

So wurde verhindert, daß zuviele Zeitzeugen überleben konnten. Fast hätte man aus dieser Handlungsweise entnehmen können, daß sich auch die deutschen Wachmannschaften über ihr Schicksal im Klaren waren, sollte Deutschland den Krieg nicht gewinnen können. Die Technik des Ermordens wurde dank der deutschen Präzision so perfektioniert, daß allein in Auschwitz zwischen 2,5 bis 4 Millionen Menschen brutal ermordet wurden. Übrigens hatte niemand etwas davon bemerkt. Sehr verwunderlich, wenn man bedenkt, daß sich Anwohner schon lange vor der Perfektionierung der Massenmorde über merkwürdige Gerüche in der Umgebung um Auschwitz beschwerten. Der Mantel der Geschichte würde sich auch um diese Verbrechen legen, so wie er sich um die ersten Vernichtungslager der Briten in Südafrika gelegt hatte. Die Spekulationen der NS-Schergen schienen anfangs aufzugehen, denn niemand wollte etwas von diesen entsetzlichen Verbrechen wissen, keiner wollte etwas bemerkt haben. Ein Volk von Schweigern, ein Volk von Nichtwissern, ein Volk von Entmannten. Noch Jahre nach diesen unglückseligen Ereignissen spielten viele die Verbrechen der NS-Diktatur als üble Propaganda der Alliierten herunter. Doch es gab auch Lichtblicke, Menschen, die sich nicht versklaven ließen, Menschen, denen ihr eigenes Leben unwichtig war, wenn es galt, die Wahrheit zu sagen. Dazu gehörten anfangs Schauspieler, Kabarettisten, Schriftsteller, Pfarrer, die nicht selten das Schicksal der Inhaftierten ereilte, um sie nicht nur mundtot, sondern letzten Endes ganz tot zu machen. Ein wahrhaft trauriges Kapitel deutscher Geschichte. Doch die aufrechten Menschen sorgten mit ihrem inneren Widerstand dafür, daß Deutschland in der bisherigen Form überleben konnte, denn auch die Alliierten erkannten, daß es nicht nur das linientreue, braune Deutschland gab, sondern viele Menschen, die innerlich bereits in den Widerstand gegangen waren und diese Form der Menschenverachtung nicht mehr mitmachen wollten, sich selber aber als zu schwach erachteten, um diesen gewaltigen Unterdrückungsapparat allein beseitigen zu können. Das geschah alles frei nach dem altdeutschen Motto: „Sicher, das ist nicht rechtens, aber was soll ich als Einzelner schon dagegen tun?" Der Grundstein zum Beseitigen dieser braunen Verbrecher war damit schon gelegt. Im Grunde hatte Adolf Hitler den Krieg schon verloren, als er die Massenvernichtung der Juden beschlossen hatte. Er wußte es nur noch nicht. Aber das Schlimmste daran war: Die Deutschen, die da nicht mitmachen wollten, wußten es auch noch nicht. Welche Möglichkeiten hatte ein einfacher Arbeiter auch schon, sich gegen die Obrigkeit zur Wehr zu setzen? Viele der US-Amerikaner, die später als Befreier in das ehemalige deutsche Reich kamen, konnten nicht verstehen, warum fast das gesamte deutsche Volk „gleichgeschaltet" war und alle den Befehlen eines Wahnsinnigen folgen mußten, wollten sie nicht Gefahr laufen, selber getötet zu werden. Aber aus der Ferne betrachtet erscheint vieles leichter. Verurteilen ist leicht, gerecht urteilen ungleich schwerer.

Die Besatzung von Ella II wußte von diesen Ereignissen im Reich nichts, die Propaganda arbeitete nahezu perfekt. Nur das, was an der Front ankommen sollte, kam dort auch an. Sämtliche

Korrespondenz der Soldaten wurde zensiert, Feldpostbriefe der Soldaten in die Heimat, die die drohende Niederlage zu deutlich schilderten, wurden gnadenlos beseitigt (wenn der Verfasser des Briefes zu genau geworden war, bestand die Gefahr, daß er das Schicksal seines Briefes, der beseitigt wurde, teilte). Auch der britische „Bomber Harris" war nicht untätig. In einem ersten „Testlauf" seiner neuen Strategie, massiv im großen Verband Luftangriffe zu fliegen, wurde Lübeck Ende März dem Erdboden gleichgemacht. Nach diesem grandiosen „Erfolg" flogen 1000 seiner Bomber in der Nacht zum 30. Mai 1942 nach Köln und das Ergebnis war Schutt und Asche. Einzig der Kölner Dom blieb wie ein Mahnmal stehen. Wenige Tage später war Essen an der Reihe. Der Krieg wurde mit jedem Tag ein kleines bißchen grausamer als er ohnehin schon war. Der Außenminister der UdSSR unterzeichnete mit seinem Kollegen aus Großbritannien, Mr. Eden, einen auf 20 Jahre befristeten Bündnisvertrag. Hintergrund dieses Paktes, den der Schwiegervater von Karl als Pack-Vertrag bezeichnete, war die Sorge von Josef Stalin, daß die Westmächte einen Separatfrieden mit Adolf Hitler schließen könnten und er dann den Schlamassel mit den Nazis allein am Hals haben könnte. Für Verwirrung sorgte eine Meldung der freien skandinavischen Presse, derzufolge sich Stalin von Großbritannien das Recht ausbedungen hatte, auch nach Kriegsende die Kontrolle über Deutschland, Ungarn, Rumänien, Bulgarien, Jugoslawien und Finnland zu erhalten. „Damit sind die Kriegsziele von Stalin klar." Karls Schwiegervater war sich sicher. „Der Halunke will die Kontrolle über ganz Europa. Wenn die Alliierten das mitmachen, dann taugt die ganze Bande nicht das Schwarze unter dem Nagel." Die Sorge von Karls Schwiegervater war nicht ganz unberechtigt, denn die massive Unterstützung der Sowjetunion durch die Alliierten erlaubte es Stalin, Programme durchzuführen, die er ohne westliche Hilfe niemals hätte realisieren können. Selbstverständlich wurde die

Existenz dieses geheimen Zusatzprotokolls, welches Molotow mit Eden angeblich unterzeichnet hatte, umgehend sowohl von sowjetischer als auch von englischer Seite dementiert. Das hatte man auf russischer Seite so schon bei der de facto Teilung von Polen zwischen Deutschland und der Sowjetunion höchst erfolgreich praktiziert. Doch davon wußte zu diesem Zeitpunkt weder die englische, noch die deutsche, geschweige denn die russische Öffentlichkeit. Stalin verstand es sehr geschickt, sich die Angst der Alliierten vor Deutschland zu Nutzen zu machen. Als Roosevelt im Januar 1942 den amerikanischen Abgeordneten erläuterte, welche Militärausgaben auf die Vereinigten Staaten in den nächsten drei Jahren zukommen würde, verschlug es so manchem Volksdeputierten den Atem. Daß ein Großteil dieser Ausgaben direkt oder indirekt der Sowjetunion zukommen würde, die für diese Unterstützung im Rahmen des Pacht- und Leihgesetzes keinen Rubel bezahlen würde, verschwieg Roosevelt den Abgeordneten wohlweislich. Einige mögen es dennoch geahnt haben, denn es regte sich bereits Widerstand bei so manchem Abgeordneten, der nicht verstehen wollte, warum das amerikanische Volk zum Wohle des russischen arbeiten sollte, denn letztendlich wurden die ganzen Zahlungen durch amerikanische Steuergelder finanziert.

Im deutschen Reich war die Situation so: Gut 70% des Volkseinkommens wurden durch den Rüstungsetat verschlungen. Die Situation für den einfachen Bürger war elementar einfach: Es blieb einfach nichts mehr übrig und wenn, dann reichte das Geld nicht, um sich die lebensnotwendigen Güter zu kaufen, denn in Kriegszeiten wurden eben Kanonen produziert und keine „überflüssigen" Dinge, die aber das Leben erst lebenswert machten. So staute sich bereits ab 1942 ein ungeheurer Hunger auf Leben auf, der sich nach Kriegsende seinen ungestümen Weg bahnte und der Grund für manche Verfehlung war. Doch so weit war man 1942 noch lange nicht. Durchhalteparolen waren allenthalben zu hören. Die Deutschen hatten im Juni des Jahres 1942 einen Aktivposten namens Rommel, der dafür sorgte, daß den Briten Angst und Bange wurde, denn er konnte eine Schlacht nach der anderen siegreich beenden. Am 21. Juni 1942 kapitulierten britische Truppen in Tobruk. Der britische Generalmajor Kopper mußte tatenlos mitansehen, daß den deutschen Truppen Vorräte für über drei Monate in die Hände fielen. Treibstofflager und gepanzerte Fahrzeuge gingen den Briten verloren, der Armeestab der Briten schlug Alarm. Das geflügelte Wort von „Rommel, dem Wüstenfuchs" machte die Runde. Rommel selber hatte inzwischen erkannt, daß Hitler mit seiner stümperhaften strategischen Planung diesen Krieg niemals würde gewinnen können, doch zu diesem Zeitpunkt hatte selbst er noch nicht den Mut, dies auch laut zu sagen. Schade eigentlich, denn auf einen Mann wie Rommel hätten viele Deutsche erheblich heftiger reagiert als auf andere, denn Rommel galt in der deutschen Öffentlichkeit als Ehrenmann. In Rußland wußte man von diesen Ereignissen höchstens, wenn man einen Funker als Freund hatte. Die Ostfront hatte sich mit ganz anderen Begebenheiten herumzuschlagen. Adolf Hitler hatte, in totaler Verkennung der aktuellen Lage, befohlen, daß zwei getrennte Offensiven gegen die Rote Armee vorgenommen werden sollten: Heeresgruppe A sollte die Erdölfelder um Baku und Grosny und Heeresgruppe B Stalingrad erobern, welches allein aufgrund des Namens für die sowjetische Bevölkerung einen besonderen Stellenwert hatte. Doch anstatt die Heeresgruppen nacheinander einzusetzen, wie es ursprünglich von der Heeresleitung geplant war, um Widrigkeiten entgegenwirken zu können, wollte Hitler, daß beide Aktionen gleichzeitig durchgeführt wurden. Generalstabschef Halder erhob Einspruch, konnte sich jedoch nicht durchsetzen. Dies führte zu einer erheblichen Schwächung der deutschen Wehrmacht im Osten, denn in kurzen Schlägen attackierte die sowjetische Armee die deutsche dermaßen, daß eigentlich bereits im Juni 1942 das Ende der deutschen Offensive besiegelt war.

Westerkamp hatte inzwischen große Probleme mit der Besatzung von Ella II. Alle hatten Gewissensbisse wegen der Ermordung der russischen Soldatinnen. Niemand von ihnen kam auf den Gedanken, daß es sich hier um Partisanen gehandelt hatte, die außerhalb der regulären Truppen die kriegführende deutsche Armee angegriffen hatten und somit nach geltendem Kriegsrecht jeden Anspruch auf eine Behandlung als Kriegsgefangene nach Genfer Konvention verwirkt hatten. Die Skrupel der Männer wuchsen von Tag zu Tag. Insbesondere Kurt Hambach wurde von Tag zu Tag trübsinniger. Ein klein wenig Trost bekam er zugesprochen, wenn er mit Hauser sprach. „Warum haben wir das gemacht?" Kurt sprach ausdrücklich in der „wir" –Form, er machte niemanden persönlich für den Tod der Frauen verantwortlich, weil er instinktiv spürte, daß sie alle dafür verantwortlich waren. „Kurt, hör´auf, dich mit diesem Thema zu beschäftigen, du wirst noch ganz depressiv deswegen." Kurt begehrte auf. „Warum sollte ich auch nicht depressiv werden? Diese Frauen waren das hübscheste, was ich seit Norwegen in diesem Krieg gesehen habe und wir haben sie ermordet, da gibt es überhaupt kein Vertun." „Wir haben sie getötet, weil wir keine andere Alternative hatten. Was hätten wir denn mit ihnen anstellen sollen? Ins nächste Sammellager mitnehmen? Wenn ja, womit? Wir haben keine Transportmöglichkeit in unserem Panzer. Momentan sind wir von den regulären Linien abgeschnitten, selbst wenn wir sie irgendwie mitnehmen hätten können, weißt du, was mit den Frauen passiert wäre, sobald sie im Lager angekommen wären? Ich kann mir sehr gut vorstellen, was das Schicksal dieser Frauen unter SS-Aufsicht gewesen wäre. Glaube mir, es war das Beste so, kein langes Leiden, der schnelle Tod ist allemal einem unwürdigen Leben vorzuziehen." Hauser fühlte sich selber zum Kotzen, als er Hambach diese Gute-Nacht-Geschichte erzählte. Er blickte über die endlosen Buchenwälder und wunderte sich, daß es selbst am späten Abend nicht richtig dunkel werden wollte. Die Russen in dieser Gegend nannten diese Nächte im Juni die weißen Nächte, denn der Polartag auf der nördlichen Halbkugel sorgte dafür, daß es selbst um drei Uhr morgens immer noch einigermaßen hell war. Von stockfinsterer Nacht konnte man wirklich nicht sprechen. Auch Westerkamp war in Gedanken versunken. Sein Hauptproblem war, die Moral der Männer wieder herzustellen, was ihm außerordentlich schwerfiel, denn auch er betrachtete die Erschießung der Frauen als Mord. Sicher, es war Krieg, aber es waren letztendlich Frauen. Seine preußische Standesehre stand ihm bei all seinen geistigen Beschwichtigungsversuchen, alles richtig gemacht zu haben, ständig im Wege. Aber was hätte man schon mit den Frauen machen sollen? Er hatte Berichte über die sowjetischen Kriegsgefangenen gehört, die zu Zehntausenden in zentrale Sammellager gebracht wurden und auf dem Weg dorthin an Hunger, Durst, Mißhandlung durch deutsche Truppen und letztlich an Verzweiflung starben. Wer überlebte und in deutsches Reichsgebiet abtransportiert wurde, hatte auch nicht besonders viel zu lachen, denn die deutsche Kriegsmaschinerie schien besonders in Zeiten der Anspannung besonders perfekt zu laufen. Jeder, der noch aufrecht stehen konnte, wurde Arbeitslagern zugeteilt. Die Sterblichkeitsrate in diesen Lagern war hoch, Seuchen und Hunger grassierten, die deutsche Führung war der Ansicht, daß jedes Stück Brot, welches sowjetischen Kriegsgefangenen gereicht wurde, in der Heimat fehlte. Dementsprechend war die Versorgungslage der Kriegsgefangenen. Die einheimische Bevölkerung versuchte, ihren Landsleuten zu helfen. Immer, wenn Gefangenenzüge durch besetztes Gebiet geführt wurden, warfen die Dorfbewohner ihren Landsleuten Rüben und Kartoffeln zu. Das wurde von den Zugführern meistens geduldet. Helfen tat es den wenigsten unter den Kriegsgefangenen, denn die meisten Todesfälle traten durch den Mangel an Trinkwasser auf. Viele Russen behalfen sich, indem sie an Bombentrichtern haltmachten und das dort gesammelte Regenwasser tranken. Danach waren oft Typhus und Ruhr die ständigen Begleiter dieser Züge und Gevatter Tod hielt reiche Ernte. Internationale Hilfsorganistaionen, allen voran die Institutionen aus der Schweiz schlugen Alarm, aber ohne große Resonanz, jedenfalls zum derzeitigen Zeitpunkt noch nicht. Westerkamp wachte am nächsten Morgen auf und folgte einer alten Gewohnheit: Eintrag ins Tagebuch: „23.Juli 1942, die Nacht schlecht geschlafen, das Dämmerlicht macht einen krank. Es wird nicht richtig dunkel. Die Besatzung von Ella II hält sich tapfer, wir hoffen, im Laufe des Tages deutsche Verbände zu erreichen. Die Versorgungslage bei uns ist gut, genügend Treibstoff, Munition und Vorräte."

Als er die letzten Worte nochmals überflog, fiel ihm auf, daß er zunächst an die Versorgung des Panzers gedacht hatte und erst dann an seinen Männer, für die er Verantwortung trug. War das der Beginn einer geistigen Verrohung, fragte er sich instinktiv, doch ebenso schnell wie dieser Gedanke kam, hatte er ihn mit der Standardausrede der 40er Jahre auch schon wieder verdrängt. „Es war halt Krieg." In Berlin spekulierte man schon mit einem alsbaldigen Zusammenbruch der Roten Armee, wahrscheinlich wurde aus diesem Grund die Versorgung der deutschen Truppen sehr vernachlässigt. Der Krieg sollte sich gefälligst selber ernähren. Mit seiner Weisung Nr. 45 dokumentierte Adolf Hitler zweierlei: Seine unglaubliche Menschenverachtung und seine völlige Fehleinschätzung der militärischen Lage. Stalingrad und Leningrad sollten gleichzeitig genommen werden, ein Unterfangen, welches selbst bei 100%iger Versorgungslage der deutschen Truppen schon schwierig genug gewesen wäre. Die sich aus diesen Plänen ergebende Front hatte 4000 km, ein extrem schwieriges logistisches Problem angesichts der katastrophalen Ausrüstungen der deutschen Armee. Kurt Hambach wachte an diesem 23. Juli 1942 mit ganz anderen Gefühlen auf. Er hatte wunderbar geschlafen, weil es nicht richtig dunkel geworden war. Schon seit frühester Kindheit hatte er Angst vor stockfinsterer Nacht und empfand die Halbdämmerung in Rußland deswegen als angenehm. In der Nacht hatte er zum ersten Mal seit ewig langer Zeit wieder geträumt, er wußte zwar nicht mehr genau, wovon, das war ihm aber auch egal, weil es zumindest keine Albträume gewesen waren, die ihn die letzten Monate begleitet hatten. Er schälte sich aus seinen Decken und kletterte aus dem Panzer. Die Sonne blinzelte ihm entgegen und er dachte bei sich: „Was könnte man aus diesem Land alles machen. Birkenwälder, soweit das Auge reicht, Seen, voll von Fischen, gutes Ackerland. Was hier gebraucht wird, ist simpel. Ein paar Traktoren, Saatgut und Dünger, der Rest kommt ganz von allein. Warum machen sich die Menschen das Leben nur so schwer? Hier müßte keiner Hunger leiden, bei diesem Boden könnte man Steine säen und die würden Früchte tragen."

Die Gedanken von Hauser gingen in eine ganz andere Richtung. Er hatte die Nachtwache übernommen und sich stundenlang den Kopf darüber zerbrochen, wie Adolf Hitler allen Ernstes annehmen konnte, daß er diese unendlichen Weiten Rußlands beherrschen könne. Er sah sich im Morgengrauen, welches eigentlich keines war, die Wälder an und stellte sich die Frage, wie man derartige Flächen beherrschen sollte. Um sicher zu sein, daß sich in keinem dieser Wälder russische Truppen aufhielten, wäre man gezwungen, alle Abschnitte zu durchkämmen. Danach müßte man Besatzungstruppen aufstellen, die das

Land beherrschen müßten. Das war illusorisch, soviele Truppen hatte kein Land dieser Erde, Amerika oder China vielleicht ausgenommen. Hauser kam zu dem einzig richtigen Schluß: Rußland war nicht zu bezwingen, man konnte zwar einzelne Städte erobern, aber niemals das gesamte Land. Da waren, historisch betrachtet, schon einige Feldherren gescheitert. Der letzte vor Adolf Hitler war ein gewisser Napoleon Bonaparte. Die Weite des Landes und der Winter waren die Verbündeten von Mütterchen Rußland. Als Hauser bei diesem Schluß angelangt war, zuckte ihm ein weiterer Gedanke durch den Kopf: Im Prinzip galten diese Überlegungen auch für den Verbündeten Deutschlands, die Japaner. Wie wollte dieses Land ausreichend Besatzungstruppen aufstellen, um das in kurzen Schlägen eroberte Gebiet dauerhaft zu beherrschen? Das war doch völlig ausgeschlossen, jahrzehntelange Partisanenkämpfe mußten die zwangsläufige Folge sein. Hauser schüttelte den Kopf, Hitler hatte Deutschland in eine fatale Lage gebracht. Ob man am Ende selber dran schuld war, weil man nicht beizeiten gegengesteuert hatte? Wo waren die ganzen studierten Köpfe, die derartige Entwicklungen verhindern mußten? Oder sollte man mit dem Finger lieber auf sich selber zeigen? Verantwortung übernehmen, Widerstand gegen diesen Unsinn zeigen? Wieso brachten sie hier, fernab der Heimat, in einem Land, welches ihnen nicht gehörte, Frauen um, die ihr Land gegen unerwünschte Personen verteidigten? Alles, was hier passiert war, würde irgendwann Deutschland ebenso ereilen, Hauser spürte das und dieses Bewußtsein machte ihm Angst, denn jeder Gewalttat folgte im Krieg die nächste, meistens mit noch größerer Brutalität als vorher. Was würde die nächste Zeit bringen? Wieder schüttelte er den Kopf. Hambach, der das beobachtet hatte, sagte: „Warum wackelst Du dauernd mit dem Kopf?" Hauser zuckte zusammen, sichtlich erschrocken, als ob Hambach Gedanken lesen könne. „Entschuldige, ich habe vorhin „Guten

Morgen" zu dir gesagt, aber du hast überhaupt nicht reagiert, warst offenbar auf Wolke sieben." „Leider nicht, Kurt. Ich habe mir den Kopf darüber zerbrochen, was nach dem Krieg sein wird, vorausgesetzt, wir überleben.",,Mann, fang doch nicht schon wieder damit an. Warte es doch einfach ab, wenn du morgens nicht mehr aufwachst, dann hast du es geschafft." Kurt lachte, aber es klang nicht überzeugend, dieses Lachen. „Kurt, mir ist nicht nach blöden Witzen zumute, ich mache mir Sorgen um meine Familie. Wenn die Russen diesen Winter nutzen können, um in der Ferne des Landes neue Truppen auszuheben und Panzer zu bauen, dann wird es für die deutsche Armee nur noch einen Gang geben: Den Rückwärtsgang. Was dann mit meiner Familie passiert, ist klar. Arbeitslager in Sibirien wären dann noch die harmloseste Variante." Kurt Hambach sah, daß Hauser sichtlich mit der Fassung rang und entschuldigte sich sofort. „Ich wußte nicht, daß du die Lage so schlecht einschätzt. Ist sie wirklich so ernst?"

# Teil 23: Wiedersehen in Kasan

Als Willi Kaschube von Wlassow in das Gebäude der ehemaligen Panzerschule in Kasan geführt wurde, traute er seinen Augen nicht. Die angeblich organisationsschwachen Russen hatten rings um die alten Schulungsgebäude Fabriken errichtet, die alles boten, was zur Herstellung von schwerem Gerät benötigt wurde. Stolz führte Wlassow Kaschube durch die Produktionsanlagen. Ein neu errichtetes Hüttenwerk, eine Silikatfabrik, sogar eine Geschützfabrik waren in unmittelbarer Nähe des Testgeländes errichtet worden. Besonders stolz war Wlassow auf die Gleisanlagen, die in jede Fabrik hineinführten. Überdimensionierte Kranbahnen sorgten dafür, daß fertig montierte Geschütze und gepanzerte Fahrzeuge direkt auf Waggons aufgeladen werden konnten und unmittelbar nach der Produktion zur Front transportiert wurden. Kaschube staunte nicht schlecht, als er in die Logistikzentrale geführt wurde, wo zwei Techniker den ganzen Tag nichts anderes taten, als Fahrpläne zu erstellen. Sogar nachts rollten die Nachschubzüge. In einer Koordinationsstelle liefen Meldungen über Fertigungsprobleme zentral zusammen. Damit war gewährleistet, daß Mängel nicht erst am fertigen Produkt erkennbar wurden, sondern schon bei der Produktion der Halbfertigerzeugnisse. „Sagen Sie mal, Oberst Wlassow, wobei soll ich Ihnen denn helfen? Ich habe noch nie eine derartig durchorganisierte Fabrikanlage gesehen." Kaschube schüttelte den Kopf. Wlassow fühlte sich erkennbar geschmeichelt. „Nun, wir waren die letzten Monate nicht untätig. Wir können uns aber auch nicht darauf verlassen, daß der Nachschub an die Front nur von den Amerikanern kommt. Erst Anfang September haben deutsche Luft- und Seestreitkräfte damit begonnen, einen großen Konvoi im Nordmeer, der für die Sowjetunion bestimmt war, zu attackieren. Wir verlieren auf dem Seeweg zuviel Material, deswegen haben wir beschlossen, rings um das Testgelände eine Fabrikstadt zu bauen und den Nachschub per Landweg zu intensivieren. Wir haben hier rund 40000 Arbeiter beschäftigt, die im Drei-Schichtbetrieb arbeiten. Unsere Gegenoffensive bei Stalingrad wird den Deutschen das Fürchten lehren, denn die Züge, die bereits im Umland abgeladen werden, haben vorwiegend Mörser und T 34 geladen." Kaschube sah nun zum ersten Mal einen T 34 aus nächster Nähe und wußte sofort, daß dieser neuartige Panzer den Deutschen große Probleme bereiten würde. Auf den ersten Blick fiel der flache Aufbau auf, im Gelände würde man diesen Panzer erst sehr spät sehen, ganz im Gegensatz zu den wuchtigen Aufbauten, die den deutschen Panzeraufbau kennzeichneten. Die Frontpanzerung war optimiert, eine PAK alter Bauart der deutschen Armee würde hier ergebnislos abprallen. Am besten eröffnete man erst gar nicht das Feuer, denn das war der sichere Tod. Relativ simpel der Heckaufbau, aber so dimensioniert, daß auch Infanterie aufgenommen werden konnte, was bei den Konstruktionen der Deutschen recht schwierig war. Angesichts der endlosen Strecken in Rußland sicher kein Fehler. Der Antrieb verblüffte Kaschube, ein Dieselmotor simpelster Konstruktion, sah aus wie ein aufgepumpter Traktormotor. Die Reichweite konnte durch Zusatztanks, die auf dem Heck des T 34 aufgebracht waren, erheblich gestreckt werden. Auch kein Fehler, eine aufwendige Betankung im Feld war damit unnötig. Wenn die Zusatztanks leer waren, wurden sie entweder dem Nachschub, sofern vorhanden, zwecks zentraler Betankung übergeben, falls gerade keine Nachschubeinheiten vor Ort waren, wurden die Tanks einfach abgeworfen. Kein großer Verlust, die Produktion dieser überdimensionierten Ölfässer konnte kein Vermögen kosten. Kaschube wußte nach diesem groben Überblick, daß die Deut-

schen den Krieg verloren hatten, denn die T 34 rollten permanent auf die Laderampen. Jeder, der einen Traktor bedienen
konnte, eignete sich als Fahrer für den T 34. Kaschube dachte
an die Fahrschulausbildung in Kasan Anfang der 30er Jahre und
kam ins Grübeln. Die Russen hatten ihre Hausaufgaben
gemacht. Probleme sah er nur in der mangelnden Kommunika-
tion der Panzer untereinander, denn Richtfunk war in keinem T
34, der nicht Führungspanzer war, vorgesehen. Das bedeutete,
jeder russische Tank operierte zunächst mal für sich alleine.
Eine koordinierte Schlagwirkung eines gepanzerten Verbandes
war damit erschwert, ein deutscher Kommandeur mußte
zunächst mal nur den russischen Führungspanzer ausschalten,
der Rest wäre Routine. Kaschube beschloß, diese offenkundige
Schwäche erstmal für sich zu behalten. Angesichts der Anzahl
von T 34, die hier aus dem Bahnhof rollten, konnte er erahnen,
was von Seiten der Russen für den Winter, aber auf jeden Fall
für das Frühjahr geplant war. Er schätzte, daß die Züge etwa
drei Wochen brauchen mußten, bis sie am geplanten Verwen-
dungsort waren. Danach würde eine kurze Einweisung erfolgen, wahrscheinlich an wintererfahrene Truppen, die aus dem
fernen Sibirien Richtung Westen verlegt worden waren. Spätestens im November 1942 würde es losgehen. Keine guten Aussichten für deutsche Truppen. Wlassow sah Kaschube bei dessen Inspektion genau an. „Nun gut, sie erkennen also, daß wir
spätestens im Winter 1942 loslegen werden." Kaschube wurde
rot. „Mein lieber Kaschube, glauben Sie bitte nicht, daß ich
begriffsstutzig bin. Ich sehe natürlich, daß Sie eins und eins
zusammenzählen. Bei der Menge an Panzern, die hier abtransportiert werden, können Sie sich an den Fingern einer Hand
abzählen, daß eine großangelegte Offensive bevorsteht."

„Ja, aber entschuldigen Sie bitte, wenn Sie schon soweit sind,
verstehe ich wirklich nicht, wie ich Ihnen noch weiterhelfen

kann. Das ist doch hier alles bestens aufgebaut, das hätte ich nicht besser organisieren können. Welche Probleme haben Sie denn?" Wlassow runzelte die Stirn. „Die Qualität der Arbeiten ist es, die uns Sorge macht. Hier rollen zwar jeden Tag fertige Panzer aus der Halle, aber die Klagen über liegengebliebene T 34 häufen sich. Munition, Verarbeitung, alles in Ordnung, aber die Motoren machen Probleme. Außerdem haben wir herausgefunden, daß bereits zu Ihren Zeiten in Kasan die Panzerung der deutschen Kampfpanzer entscheidend verbessert wurde. Nur sind damals die geplanten Tanks in Kasan noch nicht produziert worden und wir haben Frontberichten entnommen, daß unser T 34 einigen neu entwickelten deutschen Panzern so gut wie nichts anhaben kann. Das kann nur in der Panzerung begründet liegen. Wenn wir diese Schwachstelle des T 34 ausmerzen können, ist der Krieg schnell beendet und Sie können zu Ihrem Sohn." Zum ersten Mal, seitdem sie in Kasan angekommen waren, hatte Wlassow Kaschubes Sohn erwähnt. Kaschubes Gehirn arbeitete auf Hochtouren. Also die Panzerung der deutschen Panzer war es, die Wlassow ausspionieren wollte. Er hatte 1930 von Hambach so nebenbei davon erfahren, daß die deutsche Wehrmachtsführung die Panzerung der ursprünglichen Typen für zu schwach eingestuft hatte. Er hatte sich aber darum nicht besonders gekümmert, weil dies der Part von Hambach gewesen war. Kaschube wußte, daß Hambach einige Vorschläge unterbreitet hatte, die aber zu Problemen hinsichtlich der Motorisierung geführt hatten, die daraufhin nochmals verbessert wurde. Wenn dies konsequent umgesetzt worden war, mußte am Ende dieser Konstruktionskette ein Kampfpanzer stehen, der schwer, gut gepanzert, aber aufgrund der Hambach´schen Motoroptimierung trotzdem relativ schnell war. Einen russischen T 34 würde ein solches Großgerät, falls dieses Projekt denn jemals zur Realisierung gekommen wäre, wegblasen wie nichts, denn Kaschube kannte die Vorliebe seines

Freundes für großdimensionierte Antriebe und Geschütze. Die Frage war nur, ob sich Hambach mit seinen Vorschlägen bei der Führung durchgesetzt haben konnte. Erfahrungsgemäß saßen dort, zumindest in der Vergangenheit, nur Betonköpfe, die niemals praktische Erfahrung hatten und technische einwandfreie Projekte niederbügelten wie nichts. Was sollte er Wlassow also sagen? Die Wahrheit? Daß er eigentlich gar nichts wußte und genauso im luftleeren Raum herumstocherte wie Wlassow selber? Das schien nicht besonders opportun, denn dann würde er sich seine Überlebenschancen selber auf null setzen. Besser würde es wohl sein, wenn er so tun würde, als ob er selbstverständlich von Hambach in dessen Projekte immer eingewiesen worden war. Kaschube war sich nicht ganz sicher, ob Wlassow ihm dieses Märchen abnehmen würde, aber er wollte es zumindest versuchen, denn er hatte sonst keine Chance, in Kasan jemals wieder lebend herauszukommen. Die Lust am Leben hatte ihn jedenfalls noch nicht verlassen, denn bei der Ankunft in Kasan hatte er eine junge Russin in der Landessprache begrüßt und den Eindruck gehabt, daß diese sehr angetan von seiner Erscheinung gewesen war. Dummerweise hatte Wlassow derartige Verhaltensweisen von Kaschube in seine Pläne bereits eingearbeitet und angeordnet, daß in der Rezeption von Kaschubes Unterkunft und in den Büros der Fabriken rings um Kasan ausschließlich junge Damen eingesetzt werden. Jedenfalls solange, wie Kaschube noch nicht geplaudert hatte. Wlassow wußte um die Vorliebe von Kaschube für junge hübsche Frauen. Besonders angetan hatten es ihm offensichtlich die Frauen aus Usbekistan, wo früher mal eine deutsche Kolonie war. Nachdem Kaschube dies erfahren hatte, schienen ihm die Frauen, die von dort stammten, noch einen Hauch attraktiver. Wlassow, dessen Ehe schon seit Jahren eigentlich nur noch auf dem Papier stand, fand diesen unbändigen Geschlechtstrieb von Kaschube eigentlich nur widerlich, aber wenn er sich zum

Wohle der Sowjetunion einsetzen ließe, dann mußten eben ein paar russische Mädchen für flüchtige Momente ihre Tugend vergessen. Da diese Jobs gut bezahlt wurden, fanden sich regelmäßig mehr Freiwillige als benötigt wurden. Auch das fand Wlassow widerlich. Keine Ehre mehr im Land, dachte er oft, wenn er die auffällig geschminkten, sogenannten Sekretärinnen sah. Dabei verkannte er, daß es gerade die glorreiche Sowjetunion gewesen war, die junge Frauen in diese Lage getrieben hatte, denn Hunger stand seit einiger Zeit ganz oben auf der Speisekarte des einfachen Volkes. Wer Mittel hatte, sich dagegen zu wehren, tat es. Wer noch nie einen vor Hunger brüllenden Magen erlebt hat, wird die Reaktionen dieser jungen Frauen auch niemals verstehen. Wlassow hingegen, der sich aus einfachen Verhältnissen emporgearbeitet hatte und Hunger aus eigener Anschauung kennengelernt hatte, setzte die gleichen Moralmaßstäbe an wie bei sich selber. Dementsprechend schlecht wurden die jungen Frauen von ihm in punkto Moral bewertet. Kaschube hingegen hatte angesichts der reizenden Umgebung längst seine Todesangst, die ihn bei der Ankunft begleitet hatte, vergessen. Er war immer noch ein Meister der Verdrängung, anders hätte er wohl die letzten Jahre auch nicht überstanden, denn Stoff für Albträume hatte sein bisheriges Leben genug zu bieten.

Während sich Wlassow und Kaschube noch um die beste Panzerung stritten, schlugen deutsche Wissenschaftler bereits das nächste Kapitel der Kriegführung auf. In Peenemünde startete am 3.Oktober 1942 die unter dem Propagandanamen bekanntgewordene V2, „V" für Vergeltungswaffe. Das Raketenzeitalter war eröffnet, nur – außer den deutschen Wissenschaftlern wußten das damals noch wenige. Um den Krieg für die Deutschen zu gewinnen, kam diese Wunderwaffe jedenfalls zu spät. An allen Ecken und Enden im Tausendjährigen Reich brannte es. Man spürte, daß die einfachen Leute genug vom Krieg hatten. Plakataktionen der KPD, die ein Ende von Hitlers Raubkrieg forderten, wurden durch brutales Vorgehen der Gestapo unterbunden. Die Gestapo mutierte allmählich zum eigentlichen Herrscher in Deutschland, jeder hatte Angst vor den unauffällig gekleideten Herren, die gerade deswegen sofort erkannt wurden. Selbst bei kleinsten Vergehen wurde neuerdings rigoros durchgegriffen, wenn ein Metzger ein Schwein ohne Genehmigung schlachtete, teilte er das Schicksal des Schweines unmittelbar danach. Die Angst ging um im Reich, der deutsche Blick wurde geboren, jeder schaute sich erstmal um, bevor er redete. Wenn die Luft scheinbar rein war, dann wurde gesprochen. Waren unbekannte Personen in der Nähe, dann wurde geschwiegen. Feldpostbriefe von Frontsoldaten an ihre Familien wurden zwar zensiert, aber wer es verstand, zwischen den Zeilen zu schreiben und zu lesen, der wußte, daß viele Soldaten in Rußland inzwischen eine Todessehnsucht beschlichen hatte. Angesichts der bitteren Kälte und der unzureichenden Ausrüstung der deutschen Soldaten war dies auch zu verstehen. Die Gestapo setzte Sonderkommandos ein, um diese „Wehrkraftzersetzer" ausfindig zu machen. Die Moral der Truppe durfte nicht beeinträchtigt werden. Derweil kam in Kasan der erste Brief von Kaschubes Sohn an. Es war ihm tatsächlich gelungen, das Vertrauen von Karl Hambach zu gewinnen. Gemeinsam hatten sie alte Briefe von Karls Mutter, die diese regelmäßig nach England geschickt hatte, wieder und wieder durchgelesen und im Hinblick auf militärische Anmerkungen analysiert. Erstaunlicherweise hatte Karls Mutter sehr viel von der Arbeit ihres Mannes berichtet, wahrscheinlich, weil sie annahm, daß es Karl interessierte, was sein Vater im fernen Deutschland so machte. Auf den Gedanken, alte Korrespondenz zu durchstöbern, war Herbert Kaschube gekommen. Karl hatte sich erst darüber lustig gemacht, denn was sollten denn schon für militärische Geheimnisse in einem Brief stehen, den eine Mutter an ihren Sohn nach England schickte? Beide mußten sich eines Besseren belehren lassen. Geradezu minutiös beschrieb Paula Hambach den Tagesablauf ihres Mannes. „Heute ist er wieder übelst gelaunt zur Arbeit gegangen, er erwartet heute eine Delegation von Krupp, wahrscheinlich wird es wieder spät und er kommt mit Kopfschmerzen nach Hause. Ich wollte von ihm wissen, was an der Delegation denn so wichtig ist, daß sie unbedingt an einem Sonntag in die FOF Werke kommen muß, doch er antwortete nur einsilbig und murmelte etwas von „Panzerung und Geimhaltungsstufe1". Das war ein Brief aus dem Jahr 1932, also aus der Zeit, als die Deutschen bereits begannen, die Panzerung der ersten in Kasan entwickelten gepanzerten Fahrzeuge zu verbessern. Als Wlassow hiervon von Willi Kaschube erfuhr, war ihm klar, daß die Deutschen erheblich weiter sein mußten, als er dies angenommen hatte. Wenn schon 1932 mit Vorarbeiten zur Verbesserung der Panzerung begonnen worden war, konnte er sich lebhaft vorstellen, mit welcher Intensität die Arbeiten auf dem Gebiet der Motorenforschung vorangetrieben worden waren.

Die Russen schickten inzwischen in Ermangelung von Klasse Masse an die Front, was dennoch zur Folge hatte, daß die deutschen Truppen an vielen Frontabschnitten resignierten. Die Essensrationen waren gekürzt worden, man fror erbärmlich und die großangekündigte Versorgung durch die Luft (Hermann Göring: „Die Versorgungslage wird immer besser.") blieb schlicht aus. Munition und Treibstoff waren schon lange Mangelware. Viele Soldaten übten sich in Zweckoptimismus, der allerdings nie lange vorhielt, Verzweiflung machte sich breit. Das Weihnachtsfest 1942 erlebten viele deutsche Soldaten nicht mehr. Die, die es noch in Stalingrad erlebten, schrieben ihre letzten Briefe. Die meisten wußten, daß sie von der deutschen

Führung schmählich im Stich gelassen worden waren. Im Kessel sprach sich herum, daß Hitler einen Ausbruch verboten hatte. Der Untergang der 6. Armee sollte zu Propagandazwecken als Fanal genutzt werden, Motto: „Ein deutscher Soldat ergibt sich nicht, er zieht den Heldentod einer Kapitulation vor." Wlassow unterhielt sich in diesen Tagen oft mit Kaschube über Stalingrad. „Wieso ergeben sich die deutschen Soldaten denn nicht? Ihre Lage ist doch aussichtslos." Kaschube zuckte mit den Schultern. „Sie vergessen, welcher Haß in den letzten Jahren aufgebaut worden ist, auf beiden Seiten. Kein Russe wird je vergessen, daß er wegen der Deutschen jahrelang gehungert hat, niemand wird die Toten seiner Familie verzeihen." Kaschube fügte in Gedanken hinzu: „Wahrscheinlich wäre es unter Stalin ohne Hitlers Krieg auch nicht besser gewesen, aber das brauchte man Wlassow ja nicht unbedingt auf die Nase zu binden." „Aber den Deutschen würde es in Kriegsgefangenschaft besser gehen als im Kessel, sie hätten nicht mehr den Tod zu erwarten." Kaschube schaute Wlassow bei dessen Worten lange an. Glaubte dieser Mensch tatsächlich, was er da soeben sagte? Kein Soldat konnte so naiv sein zu glauben, daß ihn nach den Greueltaten des Krieges ein fairer Prozeß erwartete. „Oberst Wlassow, ich respektiere Sie als fairen Gegner durchaus, aber im Moment sind Ihre Ansichten ideologisch zu sehr verbrämt. Wissen Sie, was die Rote Armee mit allen Deutschen machen wird? Die meisten werden kurz nach ihrer Gefangennahme in Ermangelung von Bäumen am nächsten Balken hängen. Versuchen Sie doch  nicht, mir weiszumachen, daß die Deutschen ein fairer Prozeß erwarten wird." Wlassow wurde ärgerlich. „Ihr Deutschen seid es doch gewesen, die den Tod nach Rußland getragen haben. Wir sind nicht in Deutschland einmarschiert." Kaschube nickte. „Das mag sein. Aber es waren nicht die einfachen Leute, die das befohlen haben. Die Soldaten, die jetzt in Rußland sind, wollten dieses Leid nicht. Die meisten wären lieber Dachdecker oder Lokomotivführer geworden. Aber sie hatten keine andere Wahl. Wer im Deutschen Reich nicht für den Führer war, der war gegen ihn. Mit allen Konsequenzen. Glauben Sie mir, ich weiß, wovon ich rede, schließlich saß ich selber schon mal im Gefängnis, weil ich nicht mehr mitmachen wollte." Wlassow lächelte milde. „Sie sind ins KZ gekommen, weil die Ergebnisse ihrer Arbeit unzureichend waren, machen Sie mir nichts vor, Herr Kaschube."

Kaschube zuckte innerlich zusammen. Das war danebengegangen, Wlassow wußte also Bescheid. „Nun gut, so mag es aussehen, aber die Wahrheit ist, daß ich immer versucht habe, mäßigend auf die Führung einzuwirken." Diese Äußerung machte bei Wlassow überhaupt keinen Eindruck. „Sie hatten zum Schluß Ihrer Karriere bei den FOF-Werken überhaupt keinen Einfluß mehr. Machen Sie auch sich nichts vor. Unser Geheimdienst hat Ihr Dossier sehr sorgfältig bearbeitet. Bei Ihnen ging es nach Ihrer Flucht gen Osten nur noch ums reine Überleben. Übrigens, Herr Kaschube", Wlassow schaute Kaschube direkt in die Augen, „auch daran hat sich nicht das Geringste geändert, seitdem Sie hier sind." Eiskalt ruhten die Augen auf Kaschube, der sich unbehaglich fühlte. „Wenn es Ihnen nicht gelingt, aus den Briefen Ihres Sohnes die Erkenntnisse herauszufiltern, die wir brauchen, dann werden Sie russische Lager von innen kennenlernen, glauben Sie mir, wir haben auch darin viel von den Deutschen gelernt. Übrigens hat unsere ruhmreiche Armee inzwischen Leningrad zurückerobert. Ich sage Ihnen das nur, damit Sie nicht denken, die Deutschen hätten auch nur den Hauch einer Möglichkeit, uns Russen noch einmal gefährlich zu werden. Erwarten Sie keine Rettung durch die Deutschen, erwarten Sie keine Gnade von den Russen. Wenn Sie viel Glück haben, kommen Sie mit Ihrem armseligen Leben und ein paar Jahren Arbeitslager davon." Als ob ich das nicht selber wüßte, dachte Kaschube. Von den Deutschen brauche ich nichts außer Terror zu erwarten, was die Russen mit mir machen, wenn ich Ihnen nicht dienlich sein kann, ist mir auch klar. Selbst dann aber würde die Dankbarkeit der Roten Armee keine zwei Meter weit reichen, wahrscheinlich gerade bis zum nächsten Galgen. Die Aussage von Wlassow, daß die Russen eine Offensive rings um Leningrad gestartet hätten, entsprach den Tatsachen. Die russische Armee gewann tagtäglich Boden zurück, das war auch kein Wunder, aus Sibirien herangeführte Truppen trafen auf ausgemergelte deutsche Soldaten, die schon seit Wochen keine Versorgungszüge mehr gesehen hatten. Die meisten Deutschen hatten innerlich schon resigniert und machten weiter, weil sie genau wußten, daß es für sie als Alternative zum Tod nur den qualvollen Tod in einem russischen Lager gab. Genau das machte sie in den Augen der Russen so gefährlich. Jemand, der nichts mehr zu verlieren hatte, kämpfte verzweifelt und ebenso erbarmungslos. Die Russen bekamen das zu spüren, trotz erbärmlicher Versorgung hielten die Deutschen den Belagerungsring um Leningrad bis zum 20. Januar 1944, also weit über ein Jahr, nachdem die Rote Armee den deutschen Ring teilweise durchbrochen hatte. Aber das Ende war abzusehen...

# Teil 24: Februar 1943 in der Heimat

Friedrich schlug die Zeitung auf, neuerdings wurde sie immer dünner, Rohstoffmangel. „Überall nur diese Durchhalteparolen, es ist zum Kotzen. Man sieht nur noch junge Männer mit stahlharten Gesichtern, die anscheinend nichts aus der Fassung bringt. Möchte mal gerne wissen, wo die Braunen diese Leute auftreiben." Paula blickte sich erschrocken um. „Bist du ruhig, Friedrich, du bringst uns noch ins Arbeitslager." Friedrich lachte höhnisch. „Möchte mal wissen, wo da der Unterschied zu jetzt sein soll. Wir werden im eigenen Haus rund um die Uhr beschattet, wir sind völlig von der Umwelt abgeschnitten um bekommen nur die Nachrichten zu lesen, die wir lesen sollen. Noch dazu haben die braunen Affen jetzt auch noch Hitlers Sprachrohr in meiner Wohnung aufgebaut, jeden Tag muß ich mir dieses weichgespülte Gesabbel anhören, zu jeder vollen Stunde die Erfolgsmeldungen unserer glorreichen Armee." Paula schaute zu dem sogenannten Volksempfänger hin, der seit neuestem in ihrer guten Stube stand. Daneben saß ein Unteroffizier, der so tat, als hörte er Radio, in Wirklichkeit aber die Aufgabe hatte, das Ehepaar Hambach zu belauschen. In letzter Zeit machte er aber kaum noch Meldungen, denn im Grunde genommen dachte er genauso wie Friedrich. Warum sollte man jemanden melden, der eigentlich nur die Wahrheit sagte? Friedrich tobte in der Küche weiter. „Wenn wirklich soviele sowjetische Panzer abgeschossen wurden in den letzten zwei Monaten, wieso stehen wir dann nicht schon in Moskau? Wo kommen denn diese ganzen Feindfahrzeuge her? Die Russen waren doch früher viel zu blöd, um eine ordentliche Produktion in Gang zu bringen. Da stimmt etwas nicht. Überhaupt..." Friedrich unterbrach, weil aus dem Volksempfänger gerade eine Rede von Goebbels übertragen wurde, direkt aus dem Berliner Sportpalast. „Wollt Ihr den totalen Krieg? Wollt ihr ihn, wenn nötig, totaler und radikaler, als wir ihn uns heute überhaupt noch vorstellen können?" Friedrich schien im Hechtsprung zum Radio zu springen. Er nahm den ganzen Apparat und schmiß ihn mitsamt dem Kabel an die Wand. Berstend fiel er zu Boden, wimmernd kam die Stimme Goebbels ausdem Lautsprecher. „Ist Euer Vertrauen zum Führer heute größer, gläubiger und unerschütterlicher denn je?" Bevor Goebbels weiterreden konnte, hatte Friedrich den kompletten Radioapparat zertreten. Erschrocken blickte der Unteroffizier in die wild flackernden Augen des ehemaligen Direktors der FOF-Werke. Der ist völlig verrückt geworden, dachte er bei sich, beschloß aber, trotz dieses Ausbruchs ruhig zu bleiben. Auch ihm war diese Rede von Goebbels gegen den Strich gegangen. „Herr Hambach, beruhigen Sie sich doch." Friedrich hatte sich von einem Moment auf den anderen wieder unter Kontrolle. „Entschuldigen Sie bitte, aber diese Lügen kann ja kein Mensch ertragen." „Das habe ich nicht gehört, Herr Hambach, scheinbar ist da gerade ein Auto vorbeigefahren, was haben Sie gesagt?" Hambach verstand, der Unteroffizier wollte ihm keinen Ärger machen. „Ich habe gar nichts gesagt." „Das ist gut so, dann muß ich mich verhört haben und der Radio ist auch nur unglücklich zu Boden gefallen." Paula schien sehr erleichtert, diese Woche hatten sie offenbar einen besonders eifrigen Anhänger der NS zu „Gast" im Hause. Seitdem sie und Friedrich unter Hausarrest gestellt waren, verging eigentlich keine Minute, ohne daß sie unter Beobachtung waren. Friedrich „durfte" wie gewohnt zur Arbeit gehen, aber mit jedem Tag in den FOF-Werken wurde er immer gereizter. Wie ein Tiger, der zu lange im Käfig ist, dachte Paula oft. Am meisten machte ihm zu schaffen, daß er keinerlei Nachrichten von seinen beiden Söhnen erhielt. Weder von Karl noch von Kurt wußten sie

Neuigkeiten. Daß Kurt sich nicht besonders oft meldete, war bekannt, aber Karl hatte eigentlich recht regelmäßig geschrieben. Friedrich vermutete, daß alle Briefe an sie abgefangen wurden. Schreiben durften sie selber nicht, das war schon fast wie Isolationshaft. Paula kam damit besser zurecht als Friedrich, obwohl der ja immerhin für zehn Stunden das Haus verlassen und in die Fabrik gehen durfte. Was er aber von da erzählte, gefiel Paula nicht. Die Produktion wurde täglich gesteigert, immer neue Fremdarbeiter wurden in die Fabrik geschleppt, immer mehr Sicherheitskräfte bevölkerten das Bild in der Fabrik. „Wenn man die braunen Faulpelze auch zum Arbeiten gebrauchen könnte, dann müßte man gar keine Fremdarbeiter mehr zum Arbeiten zwingen", schimpfte Friedrich oft. Die Qualität der Motoren fiel bedrohlich ab. Mittlerweile mußte jeder dritte Motor nachbearbeitet werden, damit er nicht schon innerhalb der ersten hundert Betriebsstunden ausfiel. Sabotage war in den wenigsten Fällen im Spiel, denn darauf stand gnadenlos die Todesstrafe und das wußten die Leute auch. Nein, es waren einfach Verständigungsschwierigkeiten, denn das Sprachengewirr war schon fast babylonisch. Tschechisch, polnisch, französisch, russisch, dazwischen ein paar Brocken deutsch, welcher Vorarbeiter sprach schon fünf Sprachen? Noch dazu, wo die besten Leute an der Front waren und dort wahrscheinlich weniger mit dem Feind als vielmehr mit dem Murks kämpfen mußten, den sie aus der Heimat geliefert bekamen. Ein weiterer Hemmschuh in der Produktion war die chronische Rohstoffknappheit. Dringend benötigte Gußteile kamen einfach nicht bei, die Motorenproduktion konnte diesen Monat nicht mehr an das von der Führung geforderte Soll heranreichen. Wo sollte das hinführen? Friedrich wurde mit jedem Tag verzweifelter, Paula spürte das, aber ihr Patentrezept, mit Friedrich ein paar Runden um den Block zu gehen, war ihr wegen des Hausarrestes verwehrt. Wenn das noch ein paar Tage so weiter-

388

ginge, dann würde ihr Friedrich keinen Volksempfänger, sondern den dazugehörigen Bewacher an die Wand schmeißen, denn trotz seiner mittlerweile 54 Jahre war er immer noch ungeheuer kräftig.

Die offiziellen Nachrichten veröffentlichten nur Erfolgsmeldungen. Im Donezbecken hatte die Wehrmacht wieder einmal eine sogenannte Entscheidungsschlacht gewonnen. Paula wußte nicht einmal, wo das Donezbecken war und schaute auf der Karte nach. Weit weg von zu Hause auf jeden Fall, stellte sie zitternd fest. Hoffentlich ist Kurt nicht dabei. An der Münchener Universität wurden die Geschwister Scholl verhaftet und nach einem öffentlichen Schauprozeß hingerichtet. Friedrich kam am 18. Februar 1943 nach Hause und hörte von Paula davon. „Jetzt ist es nicht mehr weit bis zum Untergang. Wenn ein Volk die nachwachsende intelektuelle Jugend hinrichtet, dann haben wir nicht mehr viel von der Zukunft zu erwarten." Er sah die neuen Bewacher, einen kleinen Dicken und einen langen Dürren. „Fast wie Pat und Patachon", dachte er. Die allgemeine Lage war aber noch viel schlimmer, denn seit neuestem wurden auch Schüler ab 15 zum Dienst als Luftwaffenhelfer einberufen. Kommentar Friedrich: „Jetzt müssen sie eigentlich nur noch uns alte Säcke einberufen, wenn wir dann auch noch tot sind, dann kann Deutschland vielleicht mit dreitausend Familien und ohne Hitler noch mal von vorn anfangen." Paula war entsetzt. „Wie kannst du denn nur so reden, Friedrich? Es wird weitergehen, es ist immer weitergegangen." Friedrich schüttelte den Kopf. Längst störte es ihn nicht mehr, daß die Bewacher die Ohren spitzten, er hatte sich daran gewöhnt. „Klar wird es weitergehen, nur sind die Zeiten andere geworden. Während früher bei den Germanen bei Konflikten der Kampf der Häuptlinge klare Fronten schaffte, ohne daß das einfache Volk kämpfen mußte, waren es im Kaiserreich Truppen, die auf festgelegten Schlachtfeldern für neue Ordnungen sorgten. Mein Großvater hat mir noch erzählt, daß früher im deutsch-französischen Krieg 1870/1871 die Obrigkeit mit Nobelkarossen vorgefahren wurde und dem blödsinnigen Abschlachten auch noch als Zuschauer beiwohnen durfte. Aus sicherer Entfernung, versteht sich. Als dann die Technik und das 20. Jahrhundert Einzug hielten, wurde das Ganze etwas böser, denn zum ersten Mal wurden alle Bürger mit der Gewalt konfrontiert, allgemeine Mobilmachung nannte sich das. Jetzt hingegen haben wir diese Stufe bereits hinter uns, jetzt heißt es allgemeine Zerstörung aller Güter und die Schweine, denen wir das zu verdanken haben, werden wahrscheinlich ihre Kohlen bereits in der sicheren Schweiz im Panzerschrank haben und nach Kriegsende wieder abholen." Paula konnte nicht glauben, was sie da hörte. Was war in den letzten Wochen nur mit ihrem Mann passiert? Er tendierte immer schon etwas zum Zyniker, aber was sie die letzten Minuten gehört hatte, hatte etwas mit Selbstaufgabe zu tun. Wie konnte er nur im Beisein von NS-Bewachern so reden? Scheinbar war ihm sein Leben keinen Pfifferling mehr wert. Jede Meldung seiner Worte würde ihn direkt ins Gefängnis bringen. Sie schaute aus den Augenwinkeln die Wachposten an, die den letzten Worten Friedrichs mit offenem Mund zugehört hatten. Einer der beiden Männer stand auf und ging auf Friedrich zu. Paula machte sich auf das Schlimmste gefaßt, Friedrich hatte einfach den Bogen überspannt, das waren wohl seine letzten Worte in Freiheit gewesen. Der Unteroffizier ging direkt auf Friedrich zu, der ihm kalt in die Augen blickte. „Herr Hambach", begann er, doch Paula fiel ihm ins Wort. „Er hat das nicht so gemeint, Herr Unteroffizier!" Verzweifelt klangen ihre Verteidigungsversuche. „Doch, er hat es so gemeint. Was soll das, Paula? Willst du mir mein letztes bißchen Ehre auch noch nehmen?" Friedrich ließ sich nicht aus der Ruhe bringen. Gefaßt erwartete er das vermeintlich Unvermeidliche, sah sich jedoch getäuscht. Der Unteroffizier, ein kleiner, vierschrötig wirkender Mann trat auf Friedrich zu, sah ihm in die Augen und sagte: „Es hätte mir leid getan, wenn Sie nicht das gemeint hätten, was Sie eben gesagt haben, denn dann hätte ich Sie verhaften lassen. Irgendeinen Grund hätte ich schon gefunden, das können Sie mir glauben. Aber die Tatsache, daß Sie zu Ihren Worten stehen, ehrt Sie. Ich bewundere Ihre aufrechte Haltung, weil ich Ihren Mut nicht habe. Mein Sohn ist vor drei Wochen 23 Jahre alt geworden." Friedrich spürte, daß der Unteroffizier noch nicht fertig war. „Meine Frau und ich haben immer alle Ersparnisse dazu benutzt, seine Schulausbildung zu bezahlen. Als er achtzehn war, wollte er anfangen zu studieren, das war vor fünf Jahren. Arzt wollte er werden, dann wurde er eingezogen, zunächst nur zum Reichsarbeitsdienst, später dann zur Wehrmacht. Er war überall dabei, Polen, Tschechoslowakei, Rußland. Er hat den Krieg gehaßt, war alt geworden in den letzten zwölf Monaten, verbraucht, trotz seiner jungen Jahre, wie seine Briefe beweisen. In seinem letzten Brief aus Stalingrad hat er mir geschrieben, daß er den Glauben an Gott verloren hat. Können Sie sich vorstellen, was das bedeutet? Er hat kurz vor seinem Tod nicht mehr an Gott geglaubt. Das ist neben seinem Tod das Schlimmste, was ihm passieren konnte. Meine Frau und ich hatten schon die Hoffnung verloren, daß in Deutschland noch jemand den Mut hat, die Wahrheit zu sagen, doch Sie haben mir heute wieder Lebensmut gegeben, ich werde immer an das denken, was Sie heute zu Ihrer Frau gesagt haben. Auch ich habe Angst, daß wir alle sterben werden, aber vielleicht werden ein paar von Ihrer Sorte überleben, die Deutschland wieder zu dem machen, was es einmal war: Ein von fast allen Nationen geachtetes Volk. Bitte, lassen Sie sich niemals Ihren Mund verbieten." Der Obergefreite, der den Unteroffizier begleitet hatte, stand mit offenem Mund neben Paula. „Schulz, mach´s Maul zu und vergiß, was du eben gehört hast, sonst haue ich dir eine auf die Schnauze!" herrschte ihn der Unteroffizier an. „Nein, Herr Schulz, vergessen Sie nie, was Ihnen Ihr Vorgesetzter heute als Lektion geboten hat, denn das ist der Stoff, aus dem die Zukunft bestehen wird: Aufrichtigkeit!" verbesserte Paula, die sich viel besser in das Seelenleben des jungen Obergefreiten einfühlen konnte, denn dieser fühlte sich offensichtlich unbehaglich, weil er nicht wußte, wie er mit diesen offenen Worten umgehen sollte. Wer jahrelang die Wahrheit nur andeuten darf, der verliert irgendwann die Fähigkeit, aufrichtig zu sein.

Deswegen nickte der Obergefreite Schulz Paula dankbar zu, die Schärfe der Situation war weg. Er wußte, es würde nichts passieren, weder ihm, noch Familie Hambach. Der Unteroffizier ging zu Friedrich, drückte ihm die Hand und sagte leise: „Ich werde jetzt mit meinem Kompagnon eine Zigarettenpause machen. Erst wird er rauchen, dann ich. Wir sind beide langsame Raucher, also sehen Sie zu, daß Sie mit Ihrer Frau einen Spaziergang rund um den Block machen. Stören wird Sie jetzt keiner, sehen Sie zu, daß Sie in 15 Minuten wieder da sind." Er zwinkerte Paula zu. „Machen meine Frau und ich auch am liebsten: Einen ungestörten Spaziergang des Nachts. Viel Spaß." Friedrich sah Paula in die Augen und beide dachten dasselbe: „Ein weicher Kern in einer rauhen Schale." Als sie beide, zum ersten Mal seit Monaten, wieder einigermaßen ungestört waren, brach es richtig aus Friedrich heraus. „ Hast du dir eigentlich mal die Nachrichten der letzten Wochen verinnerlicht? Weißt du, was momentan vorbereitet wird?" Paula schaute relativ verständnislos drein. „Nein, ich dachte, es ist halt alles so wie immer in den letzten drei Jahren. Krieg, kein Ausgang, nicht mehr sagen dürfen, was man denkt, Lebensmittelknappheit, keine kleinen Freuden des Alltages mehr. Eben alles wie immer." Friedrich blieb unvermittelt stehen. „Siehst du, genau das meine ich. Viele Leute denken so wie du. Erkennst du denn nicht das Entsetzliche an dieser Einschätzung?" Paula schüttelte den Kopf, sie wußte nicht, worauf Friedrich hinauswollte. „Menschenskinder, Paula, die Leute gewöhnen sich langsam an diese scheinbare Normalität. Luftalarm, Verdunkelung, Anpfiff vom Blockwart, wenn man vergessen hat, das Wohnzimmerfenster abzudecken, Stromsperre zu den unmöglichsten Zeiten, Lebensmittelknappheit, Schließung von Luxusgeschäften, weil die Verkäufer an der Front gebraucht werden. Schulen werden geschlossen, weil schon 15jährige als Luftwaffenhelfer eingezogen werden und nicht mehr genügend Schüler da sind, mal ganz abgesehen davon, daß inzwischen auch die notwendigen Lehrer fehlen. Notabitur mit 17, Gefreiter mit 18, Eisernes Kreuz mit 19, Heimreise im Zinksarg mit 20. Überall leidende Eltern, die sich nicht darüber im Klaren sind, daß Ihnen Ihre Kinder nur voraus gehen." Paula hatte Tränen in den Augen. „Wie meinst du das, Friedrich?" Er legte seinen Arm um sie. „Ich will dir keine Angst machen, denn wir werden versuchen, immer zusammen zu bleiben, was auch immer passiert. Aber was ich momentan beobachte, das ist die Mobilmachung eines ganzes Volkes unter Hinzuziehung aller Reserven. Was passiert denn normalerweise, wenn ein Familienvater alle Reserven aufbraucht, wenn die allgemeine Lage schlecht ist? Dann muß bald mal wieder ein Silberstreifen am Horizont auftauchen, damit wieder Reserven aufgebaut werden können. Doch die einzigen Silberstreifen, die bei uns in Deutschland am Horizont auftauchen, sind die Bomberverbände von Luftmarschall Harris. Die britische Luftoffensive gegen das Ruhrgebiet spricht doch Bände, nach Angaben der deutschen Zeitungen sind fast 100 Bomber in das Ruhrgebiet geflogen, davon wurden angeblich 80 abgeschossen. Wenn dem so ist, möchte ich gerne mal wissen, warum ganz Essen ein Flammenmeer war und nahezu 5000 Häuser im Arsch sind, von den Toten ganz zu schweigen? Sollen dieses Inferno wirklich nur 20 Bomber angerichtet haben? Wo war denn die deutsche Luftabwehr? Nein, meine Liebe, die deutsche Flugabwehr hat aufgehört zu existieren, meine Tante hat mir einen eindeutigen Brief geschrieben und Tante Martha hat ihre sieben Sinne noch beisammen, allein über ihrem Viertel hat sie über vierzig Flugzeuge gezählt, die Bomben abgeworfen haben. Ich schätze, daß insgesamt weit über 400 Bomber im Einsatz waren, vielleicht sind davon 20 abgeschossen worden, aber am Ergebnis ändert das nichts. Welle um Welle hat die Häuser erschüttert, neuerdings werfen die Tommies nicht nur Bomben, sondern auch Flugblätter und gefälschte Lebensmittelkarten ab. Paula, ich sage dir, das ist das Ende. Wir werden uns noch maximal ein Jahr über Wasser halten können, aber unsere Zukunft erscheint mir in ganz düsteren Farben. Ich sehe keine Möglichkeit mehr, den Untergang Deutschlands aufzuhalten."

„Friedrich, ich erkenne dich ja nicht wieder, du hast doch immer davon geredet, daß Deutschland technisch führend ist, sogar weltweit, wie, kannst du denn jetzt so reden?" Paula blieb stehen, Friedrich wandte sich von ihr ab, bevor er zu sprechen begann. „Wir sind immer noch technisch führend, das ist ja das Perverse, aber wir haben nicht mehr die Mittel, um das der Welt zu zeigen. Das ist wahrscheinlich sogar gut so. Würden die Ideen, die deutsche Ingenieure momentan auf dem Reißbrett haben, verwirklicht, würde das den Krieg nur unnötig hinauszögern und viele weitere Menschenleben kosten. Ich habe zur Zeit einen Techniker in meinem Planungsstab, der geradezu revolutionäre Ideen in der Motorenplanung hat. Er will die senkrechte Bewegung der Kolben in einen kreisförmige abändern, Probleme bereitet ihm momentan nur noch die Dichtigkeit der Motoren..." „Friedrich!" Paula schaute böse. „Du weißt genau, daß ich von diesem Mist nichts verstehe." Friedrich hörte sofort

394

auf. „Entschuldige, Spatz, aber du hast doch gefragt, ob wir technisch führend sind. Wir sind es, aber wir haben nicht mehr die Rohstoffe, um es zu beweisen, nicht mehr die Männer, um unsere Ideen umzusetzen. Wir bewegen uns wie eine Horde Lemminge auf den Abgrund zu und keiner sagt was. Keiner, außer der Gruppe von mutigen Studenten in München, die hingerichtet wurden. Sogar die Briten haben Flugblätter von der „Weißen Rose" über Deutschland abgeworfen. Sophie Scholl soll den Vorsitzenden des sogenannten Volksgerichtshofes nach ihrer Verhaftung gefragt haben, ob er denn nicht zugeben wolle, daß der Krieg verloren sei. Weißt du, welcher Mut dazugehört, mit kaum 20 Jahren solche Fragen an einen Schlächter zu stellen, der im Volksmund als Blutrichter bekannt ist? Diese mutige junge Frau wußte genau, was sie tat. Schade, daß es in unserem Land nicht mehr solche Leute gab und gibt." Paula schüttelte heftig den Kopf. „Friedrich, du redest dich um Kopf und Kragen. Du hast schließlich Familie, also schweige stille." Friedrich stampfte wütend mit dem Fuß auf. „Nein, ich schweige jetzt nicht mehr stille, das habe ich schon viel zu lange getan. Meine Familie besteht nur noch aus dir und mir. Meine Söhne sind in England in Sicherheit bzw. irgendwo mit der Wehrmacht unterwegs und lassen nichts von sich hören. Ich will mir aber nicht später die Anklage anhören, daß ich von allem gewußt hätte und nichts dagegen unternommen hätte." „Friedrich, bleibe doch bitte realistisch, was hättest du denn schon als Einzelner unternehmen können?" „Das wird genau die Frage der Ankläger sein. Die Antwort ist simpel. „Nein" sagen zu all dem Unrecht, welches im Namen aller Deutschen verübt wird." „Die Konsequenz zu diesem Nein ist das KZ." Seltsam ruhig klangen die Worte aus Paulas Mund. Friedrich nickte. „Das mag sein, aber ich habe keine Lust mehr, Unschuldige mit meinen Motorenentwicklungen zu ermorden. Alles, was mein Planungsstab zur Zeit entwirft, ist technisch Weltklasse, aber bedeutet im gleichen Atemzug, daß sich der Krieg verzögern wird, gewinnen wird ihn Deutschland auf keinen Fall. Etliche Menschen werden mit Lügen geködert, die Heeresleitung erzählt von Wunderwaffen, die bald kommen werden und dem Krieg die von den Deutschen erhoffte Wendung bringen werden." „Na und, kommen diese Waffen denn nicht, ihr seid doch pausenlos am Entwickeln." Friedrich wurde immer aufgeregter. „Menschenskinder, Paula, verstehe doch endlich, wir haben nur die Ideen gehabt, realisieren werden sie andere Leute, wir haben weder die Zeit noch die Materialien, um unsere „tollen" Ideen zu verwirklichen. Wenn der Krieg mal herum sein sollte und wir das zweifelhafte Glück haben werden, noch unter den Lebenden zu weilen, dann werden wir deutschen Erfinder sehen, wie sich die Siegermächte mit unseren Geistesgaben brüsten werden. Der Lateiner hat hierfür eine furchtbare Redewendung „diem perdidi" , was bedeutet, ich habe den Tag verloren. Bei Deutschland geht es noch eine Spur weiter – wir haben auch noch die Nacht verloren." Paula hatte ihren Mann noch nie so verzweifelt erlebt. Doch die Ereignisse im Reichsgebiet sprachen Bände. Die schweren Bombenangriffen der Alliierten im Ruhrgebiet waren nur ein erster Vorgeschmack dessen, was die deutsche Bevölkerung würde erleben müssen. Auf der Konferenz in Casablanca hatten die Alliierten eine „Combined Bomber Offensive" beschlossen. Das klang relativ harmlos, war aber Terror pur. Die US-Luftwaffe flog sogenannte Präzisionsangriffe am Tag, die britische Royal Air Force belegte Deutschland des Nachts mit flächendeckenden Bombenteppichen. Hier ging es längst nicht mehr um militärische Ziele. Die Moral der Zivilbevölkerung zu brechen war das erklärte Ziel. Permanente Alarmbereitschaft sollte den Widerstandswillen der Bevölkerung brechen. Nachts nicht schlafen können, weil die Sirenen heulten und die Briten Tod und Verderben über Deutschland flächendeckend abwarfen, tagsüber Angst um sein Leben zu haben, weil „Präzisionsangriffe" der US-Piloten geflogen werden sollten. Der Krieg war allgegenwärtig, keiner konnte sich diesem Szenario entziehen. Restaurants und Cafes wurden geschlossen, wer wollte sich auch schon einem Präzisionsangriff unterwerfen? Sogenannte Luxusgüter gab es ohnehin nur noch auf dem Schwarzmarkt, deswegen bestand auch keine Notwendigkeit mehr, entsprechende Geschäfte offen zu halten. Zeitungen oder Illustrierte konnten aufgrund von Papiermangel nicht mehr regelmäßig erscheinen, mal ganz abgesehen davon, daß die meisten Deutschen ohnehin die Schnauze voll hatten von der vorgegaukelten Normalität. Da die Führung erkannte, daß sich viele Menschen von der NS-Ideologie abwandten, versuchte die Propagandaführung mit mannigfaltigen Tricks, die Deutschen bei der Stange zu halten. Weil z.B. bei Kinovorführungen, die viele Deutsche regelmäßig besuchten, um dem Alltag zu entfliehen (mit zunehmender Kriegsdauer wurden die gezeigten Filme auch tatsächlich immer harmloser) anfangs immer die Wochenschauen der grandiosen deutschen Erfolge gezeigt wurden, kamen viele Besucher immer erst zwanzig Minuten später, boykottierten also quasi die eingefärbten Berichte. Da dies schnell erkannt wurde, wurde die Wochenschau an den Schluß der Vorstellung verlegt, was zur Folge hatte, daß die Besucher schlagartig den Saal verließen, wenn der Hauptfilm zu Ende war. Als Konsequenz wurde bei späteren Vorstellungen der Hauptfilm nach der Hälfte unterbrochen, um die Kriegsberichterstattung unterzubringen. Folge: Buhrufe und ausbleibende Besucher der Lichtspielstudios. Es wurde immer deutlicher: Die deutsche Bevölkerung hatte keine Lust mehr auf Krieg.

Lange Listen von gefallenen Söhnen, Ehemännern, Neffen, Enkeln taten ihr Übriges, um alle von der Sinnlosigkeit des Krieges zu überzeugen. Die NS-Führung reagierte mit immer schärfer werdender Überwachung, erreichte damit aber vielmals nur das Gegenteil dessen, was erwartet worden war. Widerstand formierte sich gegen die ideologische Überwachung. Von all dem wußte unser „kleiner" Göteborg nichts, damals elf Jahre alt und zur Ausbildung im Johanneum zu Liegnitz. Klaus Göteborg, geb. 16.09.1931 in Hirschberg. Damals war es Sitte, daß der erste Sohn den Hof der Eltern bekam, der zweite Sohn zur Militärakademie in das Johanneum nach Liegnitz geschickt wurde und der dritte Sohn Pfarrer werden durfte. Klaus hätte auch lieber den Hof seiner Eltern übernommen, hatte aber das Pech, der Zweitgeborene zu sein und mußte sich der Tradition beugen. Das Johanneum in Liegnitz war ein quadratischer Bau, auf der einen Seite waren die Direktoren, Lehrer und Schüler untergebracht, auf der nächsten Seite befanden sich Waschraum und Aula, alles im ersten Stock. Die nächste Sektion war der Reithalle vorbehalten, obwohl seit seiner Ankunft noch nie geritten worden war, denn seit 1941 gab es keine Pferde mehr. Dieses Relikt aus friderizianischen Zeiten war als erstes aufgegeben worden, als es schlecht um das deutsche Reich stand. Die letzte Seite war vorgesehen für die Fechtausbildung, die es allerdings nie gab, denn die Fechtlehrer waren alle schon an der Front. Klaus hatte nie gefochten, obwohl die Fechtausrüstung noch vorhanden war. Stattdessen wurde er zum Scharfschützen ausgebildet. Zunächst mit Luftgewehren, später mit tschechischen Gewehren, die genauso lang waren wie er selber. Anfangs lachte er noch darüber, später nicht mehr. Später wurde auch mit aufgesetztem Zielfernrohr geübt. Da wußte schon jeder der auszubildenden Schützen, daß man nicht auf Finken würde schießen müssen. Klaus haßte dieses Johanneum. In diesem Internat,etwas anderes war es nicht, herrschte eine ungeheure Disziplin, vor jedem Essen mußte jeder Schüler seine Finger zeigen. Wehe, wenn sich diese als nicht sauber herausstellten. Die Strafen für dreckige Fingernägel waren drakonisch. Vor jedem Antreten durfte Klaus seine Schuhe zeigen. Wenn diese dreckig schienen, durfte er sie am Wochenende, wenn die anderen Schüler Ausgang hatten, nochmal putzen. Damit er sich diese Lektion aber auch richtig merken würde, hatte sich der Aufseher noch einen besonders raffinierten Clou ausgedacht: Klaus durfte dann auch noch die Schuhe der ganzen Schule putzen, denn er hatte ja genügend Zeit. Da nur alle zwei Wochen Ausgang war, empfand Klaus diese Strafe als doppelt. Jeder hatte einen Schreibtisch und einen Spind, mehr nicht. Darin waren die Kleider aufbewahrt, die man haben durfte. Viele waren es ohnehin nicht. Vor jeder Unterrichtseinheit wurde die Kleidung gewechselt. Man hatte drei Minuten für das Umziehen, welches in einem separaten Umkleidezimmer zu erfolgen hatte. Wehe dem, der das Umziehen beschleunigen wollte, indem er die Klamotten im Umkleidezimmer aufbewahrte. Wer hierbei erwischt wurde, hatte Ausgangssperre. Die Ausbildung im Johanneum war zwar streng, aber sehr gut, Klaus wurde u.a. in Englisch und Latein unterrichtet. Die Lehrmethoden waren geprägt von alter preußischer Tradition, denn das Johhaneum war früher eine preußische Militärakademie. Den neuen Machthabern war diese Schule ein Dorn im Auge, denn hierhin schickte der gesamte preußische Landadel seine Kinder und mit Nationalsozialismus hatten die wenigsten „Prussen" etwas am Hut. Klaus Göteborgs Vater war Reichsbaumeister, eine einmalige Berufsbezeichnung, die es in späteren Jahren nicht mehr gab. Vergleichbar in etwa mit einem Dipl.-Ing. späterer Jahre. Sein Vater war verantwortlich für die Umwandlung der Reichsbahndampfloks in elektrisch angetriebene. Die in diesem Bereich beschäftigten Leute nannten sich selber „Dampfler". Jeder „Dampfler" war wie selbstverständlich Mitglied im Segelfliegerverein, eine alte Tradition, von der eigentlich keiner mehr so genau wußte, woher die rührte. Da der Segelfliegerverein in die NS Gruppierungen eingebunden war, war daher Göteborg sen. Mitglied des NS FK, des nationalsozialistischen Fliegerkorps. In dieser Eigenschaft wurde er nach einiger Zeit zum Obersturmbannführer befördert, was nicht nur für ihn, sondern auch für Göteborg jun. gewaltige Auswirkungen nach dem Krieg hatte. Der Vater von Klaus redete nie besonders viel, sein Leben war geprägt von ehrlicher Pflichterfüllung für Deutschland und technischem Interesse. Göteborg sen. war ein begnadeter Ingenieur, sein Rat war gefragt. In den Vordergrund drängte er sich deswegen aber trotzdem nie. Es genügte ihm vollauf, mit Rat und Tat zur Seite zu stehen und ebenso schnell wieder zur Seite zu treten, wenn sich profilierungssüchtige Parteibonzen in den Vordergrund drängen wollten. Mit Parteiarbeit wollte er nichts zu tun haben. Seinem Sohn schärfte er schon früh ein, daß man für seine Familie zu sorgen hätte, alles andere hätte dahinter zurück zu treten. Schon allein aus diesem Grund war ihm die Partei zuwider, die permanent in das Privatleben der Deutschen eingriff.

Als die ersten russischen Flieger Liegnitz angriffen, siedelte Familie Göteborg nach Breslau um, als die Luftangriffe auf Breslau übergriffen, zogen sie nach Glatz, wo Klaus unmenschliches erleben durfte. Direkt neben seiner Schule war ein Umerziehungslager für deutsche Kriegsverbrecher, die dort zur „Bewährung" einsaßen. Die Bewährung bestand aus Drill pur und Klaus, der öfter manchmal das Geschrei hinter den Mauern mitbekam, durfte schon in jungen Jahren erfahren, was Drill bedeutet. Nach verbüßter Strafe wurden die ehemaligen deutschen Kriegsverbrecher geläutert an Geist und Seele, aber ohne Schulterstücke, dafür mit Spaten und Handgranaten in den Osten entlassen. Minensuche war angesagt. Wenige kehrten zurück, ein trauriges, fast vergessenes Kapitel deutscher Wehrmachtsgeschichte. Die meisten, die in Glatz interniert wurden, hatten ein einziges Verbrechen begangen: Sie wollten nicht mehr weiterkämpfen, weil sie die Sinnlosigkeit des Krieges erkannt hatten. Für diese Erkenntnis wurden sie vor ihrem unvermeidlichen Tod sinnlos gequält und anschließend sehenden Auges bewußt in den Tod geschickt. Der Tod hielt in diesem Frühjahr 1943 reiche Ernte, überall auf der Welt, nicht nur in Europa. In Warschau wurde der Aufstand der Ghettobewohner brutal von den Deutschen niedergeschlagen, in Tunesien beendeten die Alliierten eine Großoffensive mit der totalen Luftherrschaft und besiegelten damit im Prinzip den Verlust des sogenannten afrikanischen Brückenkopfes, die deutschen Geheimdienstberichte sprachen von einem zweiten Stalingrad und wollten die Veröffentlichung dieser Nachrichten verhindern, was aber nicht gelingen konnte, denn die BBC strahlte auch deutschsprachige Sendungen im Kurzwellenbereich aus. Die deutsche Regierung hatte zwar mit der flächendeckenden Versorgung des sogenannten Volksempfängers versucht, den Empfang von BBC zu verhindern, da der Kurzwellenbereich mit dem Volksempfänger prinzipiell nicht abzuhören war, aber jeder halbwegs gewiefte Mechaniker wußte Abhilfe. Als ruchbar wurde, wieviele Volksgenossen Auslandssender abhörten, wurde kurzerhand die Rechtsprechung geändert und fortan stand auf das Abhören von Feindsendern der Tod nach §2 der Rundfunkordnung. Allein 1943 wurden 878 Verfahren in Zusammenhang mit diesem Artikel eröffnet, die meistens mit dem Tod der Angeklagten endeten. Auch Paula wußte dies, denn neuerdings standen sogar „deutschfeindliche" Meinungsäußerungen als bewußter und zweckgewollter Volksverrat auf dem Todesprogramm der NS-Schergen. Übersetzt in die verständliche Umgangssprache bedeutete dieses furchtbare Amtsdeutsch, daß jeder, der den Mut besaß, die Wahrheit zu sagen, mit dem Tod rechnen mußte.

Aus diesem Grund hatte sie Friedrich darum gebeten, ruhig zu bleiben, doch sie verstand ihn nach seinen Ausführungen, denn offensichtlich stand Deutschland kurz vor dem Abgrund. In dieser Deutlichkeit war ihr das noch nie so aufgegangen. Was sollte bloß aus Karl und Kurt werden? Sie gingen beide schweigend zu ihrer Wohnung zurück, wo sie von dem Unteroffizier und seinem Obergefreiten empfangen wurden. „Na, schönen Spaziergang gehabt, Frau Hambach?" Der Obergefreite war die gute Laune selber und auch der Unteroffizier freute sich ganz offensichtlich, daß man heute abend ein gutes Werk getan hatte. „Ja, danke, sie sind beide gute Menschen." Verlegen wandten sich beide ab. Friedrich schüttelte ihnen noch die Hände und bedankte sich für das Stück Menschlichkeit, bevor man wieder den Hausarrest als Standardbegleiter Einzug halten ließ. Die Realität hatte sie wieder. Auch die NS-Führung hatte notgedrungen erkannt, daß das „nachwachsende" Deutschland Gefahr lief, auszusterben, denn Bomben machten vor Kindern nicht Halt. Die Kinderlandverschickung begann. Ursprünglich dazu gedacht, schwächelnden Kindern der Großstädte im Sommer ein bißchen Sonne, Natur und gute Ernährung zu bieten, wurde die Organisation nunmehr dazu benutzt, Kinder aus Gebieten zu evakuieren, die als besonders luftkriegsgefährdet galten. Friedrich hatte hierzu den üblichen zynischen Kommentar: „Am besten evakuiert man sie nach Australien, denn da sind sie wirklich sicher."

# Teil 25: Unternehmen Zitadelle

01.Juli 1943. Kurt Hambach hatte schlecht geschlafen. Ella II war seit einiger Zeit der 4. Panzerarmee zugeteilt worden und hatte seitdem, wie es Abramczik immer ausdrückte, nur noch Scheiße schaufeln dürfen. Westerkamp drückte das höflicher mit „die Kartoffeln aus dem Feuer holen" aus. „Ein Wunder, daß wir bislang noch nicht draufgegangen sind, Kurt." Abramczik trat zu Hambach und spuckte wütend aus, bevor er sich seine übliche Morgenzigarette anzündete. „Wie meinst du das?" wollte Hambach wissen. „Na, du machst mir vielleicht Spaß. Hast du Pflaume eigentlich mal die letzten Monate aus dem Panzer rausgeguckt und geschaut, was da neben uns her fährt?" Hambach überhörte bewußt die „Pflaume", denn er wußte, das Abramcziks Ausdrucksweise üblicherweise recht derb war. Abramczik schüttelte den Kopf. „Du mußt wirklich mit einer gesegneten Unschuld geschlagen sein. Ist dir eigentlich noch nicht aufgefallen, daß die Russen in den letzten Gefechten an unserer Ella II keinen Schuß Pulver mehr verschwendet haben, sondern permanent unsere Rudelnachbarn beschossen haben?" Verwundert schüttelte Kurt den Kopf. „Ne, so deutlich nicht, aber jetzt, wo du es sagst, schon. Ich fand es herrlich, daß wir überall ohne Treffer durchkamen." Abramczik nahm einen tiefen Zug aus seiner Selbstgedrehten. „Na, du Ahnungsloser, dann will ich dir mal was erklären. Seit fast zwei Jahren fahren wir mit einer wesentlich verbesserten Ausführung des II a durch die Gegend. Als wir zum ersten Mal auf einen T-34 stießen, wären wir fast draufgegangen. Obwohl wir Treffer setzen konnten, fuhr dieser Mistkübel weiter. Inzwischen sehen wir russische Tanks, von denen wir nicht mal die Typenbezeichnung kennen, die uns aber in punkto Bewaffnung, Panzerung und

Reichweite bei weitem überlegen sind. Der einzige Grund, warum die uns im Gefecht in Ruhe lassen, ist, daß die uns bequem mit einem gezielten Helmwurf erledigen können, wenn sie erst unsere Begleiter, die Panther und Tiger erledigt haben, denn das sind ihre eigentlichen Gegner." Kurt runzelte die Stirn. Nun, da Abramczik die letzte Panzerschlacht Revue passieren ließ, ging es auch ihm auf. Auf Ella II war überhaupt kein Schuß abgegeben worden. Aber links und rechts neben ihnen, wo zwei Panther fuhren, da hatte es in einer Tour gekracht. Das mußte schließlich einen Grund haben. „Erst, als wir das Feuer auf einen T-34 eröffneten, hat der Kommandant Notiz von uns genommen und das war sein Fehler, denn in diesem Moment feuerte die Besatzung des Tiger einen Schuß ab, der mit dem totalen Ausbrennen des T-34 endete. „Glaube mir, Kurt, ich habe schon viele schlechte Besatzungen des Tiger gesehen, das war, als der Tiger eingeführt wurde, da hat es etliche Idioten gegeben, die nicht erkannt haben, was sie da für einen Lebensretter unter dem Arsch haben. Aber wenn sich eine Besatzung von fünf Mann auf diesen Tank eingespielt hat, dann machen die durch ihr Zusammenspiel die Schwächen der mangelnden Beweglichkeit und der relativ geringen Geschwindigkeit spielend wett. Dieser Pott ist nahezu unbesiegbar."

Kurt mußte unwillkürlich an seinen Vater denken. Der hatte immer davon gesprochen, daß man ein Optimum aus Panzerung, Antrieb und Bewaffnung finden mußte. Der Tiger war in seinen Augen viel zu schwer, denn mit der Geschwindigkeit von Ella II konnte er nicht mithalten, dafür war aber die Panzerung so stark, daß kein T-34 diesem Koloß ernsthaft gefährlich werden konnte. Und erst die Bewaffnung. Ein richtig gesetzter Schuß, zack, Ende Gelände. Ob da sein Vater bei der Entwicklung dieses Ungetüms die Hand im Spiel gehabt haben mochte? Abramczik schwafelte munter weiter, der hatte offenbar heute

404

morgen die Quasselitis. „Hast du gesehen, wie dieser eine Schuß, obwohl weit hinter uns abgegeben, den T-34 glatt durchschlagen hat?" Leutnant Westerkamp trat zu den beiden. „Ich denke, daß in diesem Tiger mein Freund Radeberg saß, der hat seine Besatzung schon seit drei Monaten unter der Fittiche und drillt die ganz schön. Ich war mit Radeberg auf der Offiziersschule, das ist ein knallharter Hund, wer nicht spurt, der kann sich auf was gefaßt machen." „Na, für uns war dieser Drill jedenfalls Gold wert." Hauser trat zu den dreien. „Ich würde fast vorschlagen, daß wir nur noch in Notfällen Schüsse abgeben, denn gegen die neuesten russischen Panzer haben wir nur in Überraschungssituationen Aussicht auf Erfolg. Ich habe mich auch schon gewundert, daß wir noch keinen Treffer abbekommen haben." Westerkamp war irritiert. Natürlich hatte er sich auch schon gefragt, woran es liegen mochte, daß die russischen Besatzungen Ella II unbehelligt ließen. Erst die Ausführungen von Hauser öffneten ihm die Augen. Die Russen wußten, welche Panzer ihnen wirklich gefährlich werden konnten und welche nur noch im Verband mitfuhren. Das konnte nur eines bedeuten: Die Russen wußten genauestens über die deutschen Panzer Bescheid. Damit war für Westerkamp klar, daß es undichte Stellen im OKW geben mußte. Woher sonst sollten die Russen wissen, auf welchen Gegner sie feuern mußten und welche den Schuß Pulver nicht wert waren? Diese Gedanken teilte er seiner Besatzung natürlich nicht mit, jedenfalls noch nicht. Er hatte heute morgen erfahren, daß eine deutsche Offensive unter dem Kennwort „Unternehmen Zitadelle" für den 05.07.1943 geplant war. Um seiner Besatzung das Warten auf diese Offensive zu erleichtern, gab Westerkamp die letzten Reserven frei. Er hatte noch eine Flasche Cognac in seiner Offiziersreserve und die wollte er heute mit seiner Mannschaft „köpfen". „Wer weiß, ob wir noch in die Verlegenheit kommen werden, das Gesöff zu trinken", dachte er bei sich. Er selber hielt von diesem Unterfangen, den russischen Frontbogen bei Kursk anzugreifen, überhaupt nichts. Von Überraschungsmoment konnte doch überhaupt nicht die Rede sein. Wenn man Tiger und Panther in Stellung vorfuhr, dann machte das einen so heillosen Lärm, daß selbst eine taube Nuß das hören mußte. Die Russen waren doch schließlich nicht blöd. Was dachte sich die Führung bloß? Seit März hatte man alles, was Ketten hatte und noch halbwegs den Tank voll, in die Region um Orel-Belgorod geführt. Das war den Russen natürlich nicht verborgen geblieben, die nun ihrerseits alles, was sie aufzubieten hatten, in dieser Gegend postierten. Der Tanz konnte also beginnen. Westerkamp und Konsorten soffen sich jedenfalls noch mal richtig die Hucke voll, denn auch Hauser zauberte noch eine Falsche Schnaps hervor, aber eine ordentliche Stimmung wollte trotzdem nicht aufkommen, im Laufe der letzten Monate hatten alle so viel Mist mitbekommen, daß selbst Alkohol in ausreichender Menge Schwierigkeiten hatte, die Mannschaft zu betäuben. Wohin sollte das nur führen. Westerkamp war sehr nachdenklich geworden.

Am 5. Juli war es dann soweit. Spätere Schätzungen ergaben, daß den etwa 900.000 deutschen Soldaten 1,4 Millionen Rotarmisten gegenüberstanden. Vom Zahlenverhältnis allein schon gewaltig, wenn man aber bedenkt, daß in diese Offensive auf beiden Seiten 6.000 Panzer und 4.500 Flugzeuge geschickt wurden, dann kann man ansatzweise ermessen, was die Männer, die an dieser Operation Zitadelle teilnahmen, erwartete. Von überraschendem Angriff war jedenfalls keine Rede. Ella II rollte früh am Morgen des 5. Juli an und die Besatzung konnte froh sein, an der Seite einen Tiger zu haben, der sämtliche Angriffswellen auf sich zog und den Russen einen Panzer nach dem anderen abschoß. Es war der Tank von Oberleutnant Kremsmünster, der sich hier hervortat. In einer Gefechtspause nahm Westerkamp Kontakt auf und wollte sich bedanken, doch Kremsmünster ärgerte sich über dieses Ansinnen. „Mann Westerkamp, halt´die Schnauze und sieh zu, daß du wenigstens ab und an einen Russen abschießt, wir stecken mit dem Arsch in der Scheiße, falls du das noch nicht gemerkt haben solltest." Soviel zum Thema Offizierskameradschaft, dachte Abramczik, der alles mitanhören „durfte", bei sich. Beide Panzer rollten wieder an, die Talsenke von Belgorod war übervölkert von Stahlungetümen, man konnte schier nicht danebenschießen, Hauser hatte allein in der letzten Stunde 3 T-34 abgeschossen. Eben hatte Westerkamp den Befehl gegeben, sich vom Flankenschutz des Tiger abzuwenden und eine leichte Erhebung im Alleingang zu umfahren. Hambach hielt das für falsch, auch Abramczik hatte so seine Bedenken, denn er vermutete, daß hier gekränkter Offiziersstolz die Ursache war. Doch beide gehorchten, Befehl war schließlich Befehl. Als Ella II den Hügel an der niedrigsten Stelle umfahren hatte, erkannten Hambach und Abramczik, welchen erfahrenen Kommandanten sie hatten. Vier T-34 standen im Tal, gänzlich ungetarnt, und um diesem sträflichen Leichtsinn auch noch die Krone zu geben, die gesamten Besatzungen bei einer Lagebesprechung außerhalb der Panzer. Abramczik hatte sie kaum ins Visier genommen, als auch schon der Feuerbefehl kam. Innerhalb von acht Minuten war von den T-34 nichts mehr übrig bis auf einen Haufen brennenden Stahls.

Die herbeieilende Panzerabwehr der Russen konnte nicht mehr viel ausrichten, denn inzwischen waren die schwerfälligen Tiger entgegen aller Lehrbuchkapiteln über den Hang gerollt und hatten den Rest der sowjetischen Kompanie erledigt. An diesem Frontabschnitt herrschte zunächst mal Friedhofsruhe. Westerkamp und Kollegen konnten sich nicht so recht über diesen Sieg freuen, man spürte, daß für jeden abgeschossenen sowjetischen Tank zwei neue nachrollten. Außerdem wurde die

Munition allmählich knapp. Abramczik tobte wie ein Rohrspatz.

„So eine verdammte Scheiße, leck´mich doch am Arsch, verdammt noch mal." Hambach wunderte sich. „Was ist denn los mit dir, du Eisernes-Kreuz-Träger? Du hast doch die Ehrung bekommen, nach der schon so viele lechzen!" und spielte damit auf das Eiserne Kreuz an, auf das so viele Landser in diesem Krieg so scharf waren. „Acht T-34 an einem Tag und das mit einem lausigen Panzer, das soll dir mal einer nachmachen."

Abramczik schnaufte wütend durch die Nase. „Scheiß´ auf das EK, ich habe morgen keine Munition mehr, wenn das hier so weitergeht. Seit vier Tagen habe ich keinen Nachschub mehr gesehen. Weißt du eigentlich, wohin das führt? In zwei Tagen können wir mit unseren Helmen werfen, weil wir keine Munition mehr haben werden. Wir kämpfen hier die letzte große Panzerschlacht des Krieges, das kannst du mir glauben, nur hat das von den Herren der Führung noch niemand gemerkt. Ist dir eigentlich bewußt, daß wir uns hier zu Tode siegen? Ich habe noch nie soviele EK-1 Träger wie in Belgorod gesehen. Weißt du eigentlich, daß es für einen Richtschützen in den ersten Kriegsjahren eher die Ausnahme war, ein EK-1 zu bekommen? Und hier hat fast jeder eins. Weißt du, was das bedeutet?" Hambach schüttelte den Kopf, obwohl er sich insgeheim auch schon darüber gewundert hatte. „Das bedeutet, daß hier die besten Leute zusammengezogen worden sind, um eine Entscheidung herbeizuführen." Abramczik machte einen bedeutungsvolle Pause, Hambach faßte nach: „Ja, und?" „Mann, du bist vielleicht ein ahnungsloser Engel, Hambach, ich übersetze dir das Ganze mal. Hier in Belgorod hat sich die Waagschale gesenkt, aber nicht zu Gunsten von unserem glorreichen Führer. Wir haben hier gekämpft wie die Teufel und sogar solche Flaschen wie ich haben das EK 1 bekommen. Hast du aber bemerkt, daß sich bei den Russen irgendwelche Anzeichen von Auflösungserscheinungen bemerkbar gemacht haben?" Hambach schüttelte den Kopf. „Na, wahrscheinlich haben sie noch nicht gemerkt, wieviele Panzer sie verloren haben, du hast doch schließlich alleine 28 in den vergangenen Tagen abgeschossen." Abramczik verzog die Augenbrauen. „Mann, Hambach, deine Naivität kann man ja nicht mal besoffen ertragen. Die Russen haben selbstverständlich bemerkt, wieviele Panzer sie verloren haben, die sind doch nicht blöd, die haben ja schließlich auch gemerkt, wieviele Tanks von deutscher Seite ins Gefecht gezogen sind. Nein, der wahre Grund, weshalb sie ihre Verluste völlig kalt lassen, ist die Tatsache, daß genügend neue Tanks nachrücken. Hast du Esel eigentlich mal die Besatzungen der russische Tanks angeschaut, die wir abgeschossen haben?" Hambach mußte verneinen, die Toten wollte er sich noch nie anschauen. Abramczik nickte grimmig. „Das habe ich mir gedacht, ich habe es aber gemacht. Wenn man die Gesichtsältesten auf diesem Schlachtfeld wählen würde, dann wären das zu 90% Deutsche."

„Was willst du damit sagen?" Hambach schien verwirrt. „Damit will ich zum Ausdruck bringen, daß wir immer älter werden und die russischen Besatzungen eines Tanks immer jünger. „Ja, dann gehen denen also die erfahrenen Männer aus." Hambach hatte scheinbar nichts begriffen. „Klar, Mann, natürlich gehen denen die erfahrenen Besatzungen aus, wenn wir alles abschießen, was sich uns in den Weg stellt. Aber wir haben es mit immer jüngeren Leuten zu tun, die mit immer besserem Material auf uns zurollen. Der Unterschied zu den Russen ist nur, daß wir bald keine Munition mehr haben, bald keinen Sprit mehr haben, da können wir noch so erfahren sein, da werden wir von Jungspunden in Klump und Asche geschossen, die setzen zwar drei Schuß daneben, aber der vierte sitzt, weil wir nicht mal mehr Panzerfäuste und Haftminen an Bord hätten, mit denen wir uns zur Wehr setzen könnten. Mensch Hambach, die Russen produzieren mehr als sie verlieren und wir verlieren mehr als wir produzieren. Außerdem rücken bei uns keine neuen Besatzungen nach, weißt du, wohin das in Konsequenz führt?" Hambach schluckte. Er erinnerte sich an Aussagen von Kaschube, der seinem Vater immer gesagt hatte, daß der russische Bär niemals durch Technik, sondern nur durch Masse würde bezwungen werden können. „Ja, da bist du sprachlos, nicht wahr? Wir sind inzwischen so erfahren, daß wir bald unsere Reden mit „früher" beginnen können. Mein Großvater hat auch immer so begonnen. Aber das Frappierende an seinen Reden waren nicht die Erfahrungen, die er weiterzugeben versuchte, sondern die Tatsache, daß ihm niemand mehr zuhörte, weil alle wußten, daß er ohnehin bald sterben würde." Hambach lief es eiskalt den Rücken hinunter. So hatte er Abramczik noch nie reden hören. Sollte bei der Operation Zitadelle der Schwanengesang eingesetzt haben, ohne daß es die beteiligten Deutschen bemerkt hatten?

# Teil 26: Operation Gomorrha

„In Hamburg sind die Nächte lang und nicht allein zum Schlafen gemacht." Hans Albers sang so in späteren Jahren, fast schien es, als hätte er den Tagesablauf im Juli 1943 (oder sollte man besser sagen, den Nachtablauf?) erst nach Ende des Krieges verarbeitet. Die Alliierten jedenfalls starteten in der Nacht zum 25. Juli 1943 eine Serie von Luftangriffen auf Hamburg, die der Zivilbevölkerung nicht nur den Glauben an einen Sieg, sondern sämtlichen Glauben raubten. „Die Tommies schmeißen Dübbeln." Was so banal klang, bedeutete die Ausschaltung der deutschen Flugabwehr. Millionen von Stanniolstreifen wurden durch britische Flugzeuge abgeworfen und schalteten die deutsche Flugabwehr nahezu vollständig aus. Die Ortungsgeräte der Deutschen versagten, was zur Folge hatte, daß die britischen Bomber unbehelligt Hamburger Luftraum anfliegen konnten. Erst wurden Sprengbomben abgeworfen, gefolgt von Brandbomben, die das Hamburger Nachtleben in ein dichtes Flammenmeer tauchten. Alle Menschen, die den Fehler begangen, aus ihren Bunkern herauszukommen, weil der Luftangriff sein vermeintliches Ende genommen hatte, sahen sich konfrontiert mit einer Feuersbrunst, die ihresgleichen suchte. Feuerstürme suchten sich ihren Weg durch die zerstörten Straßen von Hamburg, nur der, der schnell genug Wasser oder freie Flächen fand, vermochte sich vor den sich wie rasend ausbreitenden Feuern in Sicherheit zu bringen. Für Familien ein Ding der Unmöglichkeit. Bis zum 3.August kamen rund 31.000 Menschen ums Leben, Hamburgs Häuser waren soweit zerstört, daß von einem geordneten Leben nicht mehr die Rede sein konnte. Die verschiedenen Hilfsdienste leisteten zum Teil Tag und Nacht Erste Hilfe, konnten aber nicht verhindern, daß die Verzweiflung der

Ausgebombten von Tag zu Tag wuchs. Dies war das erklärte Ziel von dem britischen Befehlshaber Harris, der den Deutschen die Leiden der Londoner heimzahlen wollte. „Ist erst die Moral der Zivilbevölkerung gebrochen, haben wir leichtes Spiel." Die deutschen Feuerwehren waren natürlich völlig überlastet und konnten nur Schadensbegrenzung betreiben. Der Haß auf die Briten wuchs, zumal die Briten nur die relativ gefahrlosen Nachtangriffe flogen und die schwierigeren Tagesoperationen den Amerikanern überließen. Viele Deutsche betrachteten die Briten als Feiglinge, die die wehrlose Zivilbevölkerung angriffen. Natürlich wurde dabei verkannt, daß die deutsche Führung nach genau diesem Strickmuster zuvor London angegriffen hatte und im Prinzip Harris nur nachahmte, was ihm bereits in Coventry vorexerziert worden war. Karl, der in London aufmerksam verfolgte, was sich auf dem Kontinent tat, war entsetzt, mit welcher Rigorosität die Briten Rache am deutschen Volk nahmen. Er hatte die Times in der Hand, die von bedeutenden Erfolgen gegen den Feind sprach und sagte zu Mary: „Wenn das Erfolge sein sollen, daß man wehrlose Menschen bei lebendigem Leib verbrennt, dann bin ich froh, daß ich dem britschen Einbürgerungsversuch erfolgreichen Widerstand entgegengesetzt habe."

Mary schüttelte den Kopf. „Vielleicht vergißt du dabei, daß es die Deutschen Jahre zuvor genau so gemacht haben, Terror gegen die Zivilbevölkerung, um die militärische Führung zum Einlenken zu bewegen." „Quatsch, das war doch etwas völlig anderes. Damals hatten die Deutschen die Möglichkeit, England aufgrund ihrer Überlegenheit in Europa zu unterjochen und setzten dafür alle erdenklichen Mittel ein. Jetzt jedoch wird gegen einen bereits geschlagenen Gegner Terror entwickelt, den es in dieser Form noch nie in der Geschichte der Kriegführung gegeben hat. Ich verabscheue die Engländer, was sie hier betreiben, ist schlicht zum Kotzen." Mary war schockiert. Zum ersten Mal, seitdem ihr Mann auf der Insel lebte, hatte er etwas gesagt, was sie nicht nachvollziehen konnte. Sie schwieg, denn wahrscheinlich war auch die persönliche Lage, in der sie sich befanden, Schuld an der Äußerung von Karl. Beide waren sie ohne Arbeit, ohne Aussicht auf Besserung der persönlichen Lebensverhältnisse. Es schien den Anschein zu haben, daß sie nur deswegen keine neue Arbeitsstelle fanden, weil Karl Deutscher war und sich beharrlich weigerte, die britische Staatsbürgerschaft anzunehmen. Der Königsweg, der ihm eröffnet wurde, indem er Mitglied der Olympiamannschaft hätte werden können, war mittlerweile nicht mehr vorhanden. Karl hatte zu wenig trainiert und die Zeiten, die er jetzt lief, reichten nicht einmal, um in eine Unimannschaft aufgenommen zu werden. Außerdem griff Karl in letzter Zeit gerne zum Glas, auch das gefiel Mary nicht besonders. Zum Glück hatten sie die Unterstützung von ihren Schwiegereltern, ohne die sähe es trübe aus. Ihre Schwangerschaft erwies sich als Scheinschwangerschaft, sie deutete es als gutes Omen, ein Säugling in dieser Lage hätte ihr gerade noch gefehlt. Ihr Vater war in diesen Tagen ein sicherer Halt für sie. „Mary, was wir hier momentan erleben, ist sicher nicht besonders schön, aber glaube mir, dieser Spuk hat die längste Zeit gedauert. Wenn sich die ganze verrückte Welt wieder beruhigt hat, dann wird es auch wieder normale Zeiten für dich und Karl geben. Der Bursche ist im Augenblick nur etwas frustriert, weil er ohne Arbeit ist. Das kann an die Nerven gehen, ich kenne das." Mary nickte, sie hatte die Zeit noch nicht vergessen, als ihr Vater arbeitslos war. Damals gab es dauernd Streit in der Familie, solange, bis Großvater ein Machtwort sprach. Dann war aus ihr damals unerfindlichen Gründen Ruhe. Was ihr Vater erst viel später, schon lange nach Großvaters Tod, erzählt hatte, war die Tatsache, daß er damals zu saufen begonnen hatte. „Aus gekränktem Mannesstolz, nicht fähig, die Familie zu ernähren, wertlos. Das zehrt an der Substanz, das kannst du mir glauben. Natürlich ist Alkohol in solchen Situationen der denkbar schlechteste Wegbegleiter, aber erzähle das mal einem, der nicht weiter weiß." „Wie hatte es denn Großvater geschafft?" wollte Mary damals wissen. „Ganz einfach, er hat mir einen Job beschafft, einen mies bezahlten zwar, aber immerhin. Ich mußte jeden Morgen aufstehen, konnte damit nicht schon am frühen Morgen trinken, was zur Folge hatte, daß ich auch am Abend noch einen klaren Kopf hatte und mit dir spielen konnte. Das gefiel deiner Mutter, die sich daraufhin die Trennungsgedanken aus dem Kopf schlug. Unsere Ehe normalisierte sich wieder und als mir dann die Stelle in der Maschinenfabrik angeboten wurde, habe ich nicht lange überlegt. Das Resultat steht heute in der Form eines Reihenhauses vor dir. Sicher, es ist kein Palast, aber wir haben es aus eigener Kraft geschafft." Heute schien ihr Mann Karl vor dem gleichen Scheidewege wie damals ihr Vater zu stehen. Gerade ging die Tür auf und Karl kam leicht angesäuselt ins Haus hinein. Normalerweise hätte Mary ein paar Worte verloren, aber sie zwinkerte ihrem Vater, der die Szene verständig beobachtete, mit einem Auge zu und flüsterte leise zu ihm: „Vielleicht braucht ihr noch einen Maschinenschlosser, schweißen kann Karl nämlich hervorragend." Karl hörte diesen Worten verständnislos zu, sagte aber nichts dazu, weil er instinktiv spürte, daß seine Frau gerade das Heft der Zukunft für sie beide in die Hand genommen hatte. Mary´s Vater nickte stumm, ein seltsamer Glanz befiel seine Augen und er wandte sich ab. Seine Frau, die gerade aus der Küche kam, nahm die Hand von ihrem Mann und sagte nichts. Aber dieses Schweigen war von jener Sorte, die sehr beredt ist. Die Nacht senkte sich über das kleine britische Vorstädtchen, es war der 27. August 1943. In Nürnberg fanden in dieser Nacht über 3000 Menschen bei den bislang schlimmsten britischen Angriffen auf zivile Objekte der Deutschen den Tod. 70000 Einwohner von Nürnberg wurden obdachlos. Gleichzeitig belegte ein Sonderkommando der Briten Peenemünde mit einem Bombenteppich. Hier wurde die Fernrakete A4 (Aggregat 4), besser bekannt unter dem Namen V2, gefertigt. Jedenfalls glaubten die Briten das. Was sie nicht wußten, war, daß die Produktion längst in bombensichere Schächte in den Harz verlegt worden war. Auf die Entwicklung dieser Waffe hatte Adolf Hitler größten Wert gelegt, stellte sie doch in jenen Jahren die ultimative Spitze der Feindfernbekämpfung dar. Aus diesem Grund war Wernher von Braun, der als „Vater" dieser Rakete galt, schon früh von der deutschen Führung mit der Weiterentwicklung seiner Dissertationsarbeit, die bereits 1934 zur geheimen Kommandosache erklärt wurde, beauftragt worden. Von Braun galt als einer der Schlüsselfiguren der deutschen Raketenforschung und war deswegen das meistgesuchteste Ziel der alliierten Angriffe, wobei sich alle Seiten hochbeglückt gezeigt hätten, wären sie der Person von Brauns habhaft geworden. Die Briten und Amerikaner verfolgten in ihrer Tagespresse die täglichen Angriffe ihrer Luftstreitkräfte mit einer geteilten Aufmerksamkeit. Während in Amerika bereits Wetten darauf abgeschlossen wurden, wielange dieser Krieg noch dauern würde, hatten die Briten immer noch eine gehörige Portion Respekt vor den Wunderwaffen, mit denen die deutsche Führung Propaganda gegen den Feind machte. In Deutschland hingegen war das tägliche Leben geprägt von Raumnot in Luftschutzräumen und Angst um das Überleben außerhalb der Luftschutzräume. Da der Platz in den angeblich sicheren Bunkern ohnehin nicht für alle reichte, blieben manche Bewohner von Großstädten, insbesondere ältere, beim Heulen der Sirenen, die einen neuen Angriff ankündigten, in ihren Wohnungen. Die Blockwarte ahndeten bei Entdeckung solche Vergehen gnadenlos, aber mit zunehmender Kriegsdauer erlahmte auch deren Enthusiasmus der gerechten Sache. Was sollte man einem 80-jährigen auch sagen, wenn dieser verlangte, wenigstens in Würde in seinem Haus sterben zu wollen, solange es noch stehen würde? Resignation machte sich breit. Die deutsche Führung versuchte, diesem erlahmenden Widerstandswillen einerseits mit Propaganda und andererseits mit blankem Terror beizukommen. Die Angst ging um in Deutschland. Während auf der einen Seite der Himmel Tod und Verderben spieh, wartete auf Menschen, die die Sinnlosigkeit jedweden Widerstandes längst erkannt hatten und dies auch aussprachen, der Tod durch die Hand der eigenen Landsleute. Karl erwachte am nächsten Morgen mit einem ziemlich dicken Kopf und saß am Frühstückstisch einer großen Koalition gegenüber, bestehend aus seiner Frau und deren Eltern. Doch was er im ersten Moment als Tribunal empfand, gestaltete sich im weiteren Gespräch als zukunftsweisend. Marys Vater ergriff als erster das Wort: „Mein lieber Karl, wir haben dich kennengelernt als schwer arbeitenden, treusorgenden Mann und dir deswegen unsere Mary sehr gerne anvertraut. Der Krieg hat nicht nur uns sehr verändert, sondern leider auch unsere Landsleute und wir denken, daß ihr beide in England keine Zukunft haben werdet. Du hast deinen Arbeitsplatz verloren, weil du Deutscher bist und kein Brite werden willst. Ersteres hätten dir meine Landsleute vielleicht noch verziehen, letzteres niemals. Auch wenn der Krieg zwanzig Jahre vorbei wäre, man würde dir das bis in alle Zeiten vorhalten. Wir halten es deswegen für das Beste, wenn du mit Mary die Zeichen der Zeit erkennend, auf Reisen gehst." Karl wollte aufbegehren, wurde jedoch von Mary daran gehindert. „Verstehe uns bitte nicht falsch, es ist keine Feigheit von uns, die uns so handeln läßt, sondern die Erkenntnis des Alters, daß die meisten Menschen niemals vergessen und noch weniger vergeben. Wir wissen alle nicht, was sich nach dem Krieg abspielen wird, in England würdet ihr wahrscheinlich noch am besten aufgehoben sein, aber so ganz sicher bin ich mir da auch nicht. Aus diesem Grund haben wir uns überlegt, was

416

wir zum Wohle aller tun können. Ich möchte nicht verhehlen, daß auch meiner Frau und mir inzwischen das Leben schwer gemacht wird, weil wir einen Deutschen unter unserem Dach beherbergen und du kannst dir ja denken, was mit unserer Familie los ist, wenn auch ich meinen Job verliere." Karl starrte auf seinen Schwiegervater. So hatte er ihn noch nie reden hören. „Du willst mich rausschmeißen." Gepreßt wirkten seine Worte.

„Nein, du verstehst mich völlig falsch. Ich versuche dir nahezubringen, daß es im Leben immer bestimmte Abschnitte gibt, die man zusammen verbringt, aber eben auch immer wieder Phasen, in denen man auf sich allein gestellt sein wird. Du bist doch Deutscher, logischere Menschen habe ich noch nie kennengelernt. Du mußt doch einfach einsehen, daß wir von etwas leben müssen. Mary wird bei dir bleiben, weil sie dich liebt. Wenn ihr beide jetzt die Gunst der Stunde nutzt und in die Vereinigten Staaten auswandert, dann werdet ihr als Flüchtlinge vor den Nazis willkommen geheißen. Geht ihr erst, wenn es hier in England für euch beide keine Zukunft mehr geben wird, dann werdet ihr in Amerika sicher auch willkommen geheißen, aber immer mit einem kleinen Merker im Gedächtnis: „Sind das jetzt „echte" Flüchtlinge oder flüchten die nur vor der Not in Deutschland und waren am Ende vielleicht sogar selber Nazis?" Karl schaute seinen Schwiegervater verblüfft an. Mein lieber Schwan, den habe ich gründlich unterschätzt, dachte er bei sich. Maschinenschlosser wollte der sein? Der wäre in Berlin nahtlos als Professor für Philosophie durchgegangen. Insgeheim wußte Karl, daß sein „Father in law", wie die Briten sagten, recht hatte. Auch die skizzierte Lösung gefiel ihm gut. Amerika war so schlecht nicht, immerhin würde es kaum Sprachprobleme geben, die kleineren Unterschiede zwischen britisch und amerikanisch würden sie schnell lernen. Doch womit sollten sie sich die erste Zeit, bis er einen Job haben würde, über Wasser halten? Doch auch diese Frage war von seinem Vordenker bereits analysiert. „Damit ihr die ersten Wochen keine finanziellen Probleme haben werdet, haben meine Frau und ich unsere Ersparnisse in Dollar umgetauscht, die werden wir euch geben, wir denken, das war eine gute Entscheidung, denn das Pfund steht momentan sehr gut." Karls Gedanken gingen in eine ganz andere Richtung. Was waren das nur für herzensgute Leute. Lösen ihre Ersparnisse auf, damit die Kinder ihre Zukunft gestalten können. Was für ein Vertrauen. „Glaubt bloß nicht, daß dies ein Geschenk ist. Die Pound Sterling wollen wir bis auf den letzten Penny wieder zurück haben, sobald ihr Boden unter den Füßen gefunden habt." Beschämt schaute Karl zu Boden. Die frommen Lügen nahmen kein Ende. Sowohl er als auch sein Schwiegervater wußten genau, daß Mary und er dazu mindestens zehn Jahre brauchten und während dieser Zeit würden Marys Eltern in die Spanne geraten, die die Briten als „retired" bezeichneten, also Rentner. Wenn er also jemals in die Verlegenheit kommen sollte, Geld zurück zahlen zu können, wären seine Gönner aller Wahrscheinlichkeit nach längst tot. Eine Frage blieb allerdings noch offen. „Wohin sollen wir uns denn wenden, wenn wir die Reise ins Ungewisse antreten?" wollte Karl von seinem Schwiegervater wissen. Der schien nicht überrascht. „Ich habe diese Frage erwartet. Ein Bekannter von mir hat Freunde in Alabama, die solltet ihr als erste Anlaufadresse wählen." Karl war insgeheim froh, daß dieser Abend eine solche Wendung genommen hatte, den er hatte sich schon gefragt, wie es weitergehen sollte. Daß es für ihn und Mary in England keine Zukunft geben konnte, war ihm auch klar geworden. Aber wie sollte er seinen Schwiegereltern beibringen, daß nicht nur er sie verlassen würde müssen, sondern daß er auch noch die geliebte Tochter mitnehmen würde? Nun hatte ihm dieser angeblich „einfache" Mann die gesamten schwierigen Reden abgenommen. Was sollte er nur von diesem Menschen halten? Marys

Vater schien weniger als er tatsächlich war, das hatte er schon lange vermutet. Karl drückte seinem Schwiegervater stumm die Hand, beide verstanden diese Geste und Karl nahm Mary bei der Hand und ging mit ihr in das Schlafzimmer, um das Nötigste zu packen.

Die Schwiegereltern von Karl blickten sich lange an. „Meinst du, daß jetzt alles in Ordnung kommt?" Karls Schwiegervater nickte seiner Frau zu. „Na ja, ich denke, Karl hat jetzt verstanden, daß er im glorreichen UK keine Zukunft haben wird. Für diese Erkenntnis sind zwar unsere gesamten Ersparnisse draufgegangen, aber wenn das alles gewesen sein sollte, dann sind die Gelder gut angelegt." Zwei Tage später hatten Karl und seine Frau das Nötigste zusammengepackt. In einem Taxi fuhren alle zum Flughafen. Beide spürten, daß dieser Abschied für immer sein würde. Eine Rückkehr nach England kam für Karl nicht mehr in Frage, er hatte sich von seiner zweiten Heimat bereits gelöst. Marys Vater versuchte, ein paar Witzchen zu machen, was ihm aber schlecht gelang. „Ich habe übrigens nur ein zeitlich befristetes Visum für Karl erhalten, eure vordringlichste Aufgabe wird sein, die Einwanderungsbehörden in den USA davon zu überzeugen, daß ihr Verfolgte des NS-Regimes seid, andernfalls wird Karl nach drei Monaten ausgewiesen. Bitte habt das immer im Hinterkopf. Und jetzt verschwindet endlich, bevor ich sentimental werde." Karl drückte ihm fest die Hand. „Danke." Mehr brachte er nicht heraus, ein dicker Kloß saß ihm im Hals. Marys Mutter weinte hemmungslos, als sich Mary auf der Gangway herumdrehte und noch einmal winkte. Die Tränen standen ihr im Gesicht. „Wir werden sie nicht wiedersehen." Der Flieger rollte langsam auf die Startbahn. Marys Eltern wußten, daß Mary und Karl nun allein auf sich gestellt waren, die erste schwere Bewährungsprobe in ihrer jungen Ehe, die sie gänzlich auf sich allein gestellt würden lösen müssen. „Na, altes

Haus, sei nicht so traurig, du hast ja noch mich." Marys Vater nahm seine Frau in den Arm. Beide gingen Richtung Ausgang, ein neues Kapitel begann nun auch in ihrem Leben.

# Teil 27: Charkow

„Haben Sie gehört, Kaschube? Unsere ruhmreiche Rote Armee hat Orel und Belgorod genommen und am 23. August endlich wieder Charkow befreit." Wlassow schien überglücklich. Kaschube eher weniger. Insgeheim hatte er gehofft, daß die deutschen Truppen den Russen ordentliche Verluste beibringen würden, denn an den Ausgang der Operation Zitadelle war auch sein eigenes Schicksal geknüpft. Würde sich die deutsche Panzerarmee immer noch als überlegen erweisen, dann hätte er noch eine gewisse Daseinsberechtigung gehabt, aber die Kenntnisse, die er den Russen in punkto Fertigungstechnik übermittelt hatte, schienen ausreichend zu sein. Die Fertigungszahlen der T-34 stiegen von Woche zu Woche und die Qualität war in den Augen der Russen auch in Ordnung. Friedrich Hambach wäre wahrscheinlich anderer Meinung gewesen, aber in Rußland wurde mit einem anderen Maß als in Deutschland gemessen. 20% Ausschuß waren hier akzeptabel, Hambach hätte eine solche Serie nicht aus der Fabrik gelassen. Nun wendete sich also das Kriegsglück, die Dienste von Kaschube würden bald nicht mehr benötigt. Kaschube machte sich keine Illusionen, es war Zeit, die Flucht vorzubereiten, er hatte die Nachricht der Einnahme von Charkow auch vernommen. Aber anders als Wlassow hatte er auch versucht, herauszubekommen, was mit den deutschen Kriegsgefangenen nach der Einnahme der Stadt passiert war. Die Nachrichten hierüber waren bedrückend, die Rote Armee wütete in der eroberten Stadt, etliche deutsche Soldaten wurden von der aufgebrachten Bevölkerung gelyncht. Kaschube konnte sich lebhaft ausmalen, was ihn erwarten würde, wenn er vor ein Volkstribunal gestellt würde. Vorausgesetzt, ihn würde dieses Privileg ereilen, eine Gerichtsverhandlung zu bekommen. Was er bislang so mitbekommen hatte, ließ ihn eher zu dem Schluß kommen, daß er ohne viel Federlesens aufgeknüpft werden würde. Nun gut, es war Zeit zum Handeln. Kaschube trat in die Werkshalle ein, in der die T-34 gerade in die Endkontrolle liefen. Schon seit geraumer Zeit hatte er sich ein kleines Lager angelegt, welches er Stück für Stück mit auf der Flucht notwendigen Dingen bestückt hatte. Da er auch hier auf dem Fabrikgelände offenen Auges durch die Gegend lief, war ihm schon früh aufgefallen, daß der Sicherheitsaspekt nicht besonders groß geschrieben wurde. Auch die hier beschäftigten Arbeiter klauten, was das Zeug hergab. Als Kaschube einmal einen Arbeiter dabei erwischte, wie er Werkzeug in die Tasche steckte, meldete er diesen Mann nicht. Ohne Gegenleistung konnte das nicht geschehen, denn auch in Rußland wäscht eine Hand die andere. Das Spiel der Beziehungen beherrschte Kaschube perfekt, so hatte er in kürzester Zeit neue Kleidung, dauerhafte Nahrungsmittel und einen Paß gestohlen. Letzteres wäre beinahe schiefgegangen, aber zum Glück wurde der Ingenieur, der seinen Paß verloren glaubte, nur der Unachtsamkeit bezichtigt. Die Ähnlichkeit des Mannes mit Kaschube fiel zum Glück niemanden auf. Darauf hatte Kaschube geachtet, denn große Manipulationen am Paß selber konnte er nicht vornehmen, denn sein „Handwerkszeug", welches er hierfür benötigte, war noch in Frankfurt/Oder. Zur Flucht fehlte ihm jetzt nur noch etwas Kleingeld, das hoffte er sich über einen Handel mit der Angestellten aus der Buchhaltung zu holen. Da Wlassow Kaschube gewisse Freiheiten zugestand, zu denen auch ein freier Abend unter der Woche gehörte, hatte Kaschube seine Angel schon beizeiten ausgeworfen. Mit Geld konnte er nicht becircen, aber sein Charme war immer noch betörend und kaum eine der hier beschäftigten Frauen konnte dem weltgewandten Mann widerstehen, der sich so markant von den anderen Männern, die auf dem Fabrikgelände arbeiteten, abhob.

Heute abend würde er mit Olga essen gehen, sie hatte ihn ganz zwanglos zu sich nach Hause eingeladen. Olga arbeitete in der Buchhaltung und war außerordentlich loyal. Sie würde Kaschube niemals Geld aus der Kasse geben, aber sie hatte Schlüssel zu allen Räumen, einschließlich des Tresorschlüssels. Einen Nachschlüssel für die benötigten Räume anzufertigen sollte demnnach kein Problem darstellen, man arbeitete ja schließlich in einem Maschinenbauunternehmen. Kaschube grinste still vor sich hin. Glaubte Wlassow allen Ernstes, daß er, Kaschube, warten würde, bis die Russen in Berlin stünden? Es war jetzt für Kaschube notwendig, die Flucht vorzubereiten und er würde diese Vorbereitungsarbeiten spätestens am Ende des Monats abgeschlossen haben. Die Zeit lief gegen ihn. Man hörte überall, wie sich der Ring um Deutschland schloß. Die Radiosender der Alliierten tönten über ihre Rundfunksender in alle Welt hinaus, daß eine Invasion auf dem Festland nunmehr unmittelbar bevorstehen würde und daß sich alle zivilisierten Völker darauf vorbereiten sollten. Nun, Kaschube hatte seinen Teil dazu beigetragen. Er kannte die Gegend um Kasan sehr gut, das Einfachste würde sein, sich über das Schwarze Meer abzusetzen, eventuell würde man einen Fischer bestechen müssen, irgendeine Räuberpistole würde ihm schon einfallen. Würde er erst einmal Bulgarien oder die Türkei erreicht haben, wäre die Flucht schon gelungen. War ja schließlich nicht das erste Mal, daß er stiften gehen mußte. Er band sich die Krawatte um und schaute in den Spiegel. Dort blickte ihm ein Mann von mittlerweile 54 Jahren entgegen, dem das Leben tiefe Spuren ins Gesicht gegraben hatte. Doch fand sich dort keine Falte, die auf Verbitterung hingewiesen hätte. Man mußte das Leben eben so nehmen wie es kam. Kaschube lächelte und griff sich eine Flasche Wodka. „Prost Kaschube, du Sack!" Er hob das Glas und prostete seinem Spiegelbild zu, bevor er einen großen Schluck Wässerchen nahm, wie die Russen ihren Wodka nannten. Einen

Monat später gab es Alarm im Werk in Kasan. Eine Buchhaltungsangestellte hatte bemerkt, daß im Tresor sämtliche Fremdwährungen gestohlen worden waren, ohne daß Spuren von Gewaltanwendung innerhalb der Buchhaltung oder am Tresor feststellbar waren. Die herbeigerufene Polizei verdächtigte natürlich sofort alle Personen mit Generalschlüsseln. Das waren Wlassow selber, die Abteilungsleiterin der Buchhaltung, Olga Petrowa und ein Mitarbeiter, der sich zum Zeitpunkt des Diebstahls auf Reisen befunden hatte. Es dauerte auch nicht lange und Olga Petrowa gestand, sich mit Kaschube mehrmals getroffen zu haben. Da auch Kaschube seit drei Tagen vermißt wurde, lagen die Dinge auf der Hand. Wlassow wußte, daß Kaschube diese Treffen genutzt haben mußte, sich Zugang zu verschaffen oder Nachschlüssel anzufertigen. Instinktiv neigte er zur letzten Alternative, denn Wlassow hielt Olga für 100%ig loyal. Niemals würde sie die russische Sache verraten, aber sie war eben auch nur eine Frau, die den Schmeicheleinheiten des Charmeurs Kaschube erlegen war. Wlassow löste eine Großfahndung aus, diesmal würde Kaschube direkt nach Sibirien kommen, wenn man ihn erwischen würde, es würde kein Pardon mehr geben, denn die Rote Armee brauchte ihn nicht mehr. Die dürftigen Kenntnisse, die er von seinem Sohn und Karl Hambach aus London übermittelt bekommen hatte, hatte er sehr geschickt verkauft. Trotzdem wußte Kaschube zuviel von internen Angelegenheiten der Roten Armee, dieser Mann war gefährlich, denn bei Bedarf würde er dieses Wissen nutzen. Wlassow schaute nachdenklich aus dem Fenster. Er spürte, daß man diesen Burschen nicht kriegen würde, ein ewiges Stehaufmännchen. Im Hintergrund weinte Olga Petrowa, die direkt nach Sibirien in ein Umerziehungslager kommen würde und sich dessen bewußt war.

Eine Scheißwelt, dachte Wlassow bei sich. Da hatte er eigens Frauen nach Kasan beordert, die Kaschube becircen sollten, damit dieser mehr ausplaudert und nun hatte sich ausgerechnet seine rechte Hand Petrowa mit diesem Schurken eingelassen. Die Aufrechten, die einmal einen Fehler machen, gehen ohne Pardon unter und die Schweinehunde dieser Welt kommen immer wieder davon. Warum bloß? Die Tür klappte und zwei Uniformierte führten Olga Petrowa ab. Sie schaute hilfesuchend zu Wlassow, der den Blick von ihr abwandte. Beide wußten, was sie erwartete. Der einst flammende Blick ihrer Augen erlosch. Wlassow ging ans Fenster und schaute ostentativ hinaus. Ohne ein letztes Wort verließ Olga Petrowa das Dienstzimmer von Wlassow, der sich hundeelend fühlte. Die Revolution fordert Opfer, dachte er bei sich. Manchmal eben die falschen, aber er hatte keinerlei Handhabe seiner Mitarbeiterin zu helfen, ohne selber in die Mühlen der russischen Justiz zu geraten. Er nahm die neueste Ausgabe der Prawda in die Hand, die davon berichtete, daß Stalin anläßlich der Befreiung von Orel und Belgorod in Moskau Salut schießen ließ. Wlassow vertiefte sich in die Jubelberichte und versuchte, diese Episode schnell zu vergessen.

# Teil 28: Schwanengesang

Friedrich starrte fassungslos in den Lautsprecher des Volksempfängers. Soeben hatte eine blecherne Stimme verkündet, daß Albert Speer das Ministerium für Rüstung und Kriegsproduktion übernommen hatte. „Was ist denn los, Friedrich?" Paula hatte den entsetzten Blick ihres Mannes bemerkt. „Ist das eine schlimme Nachricht?" Friedrich fuhr hoch. „Nein, die Nachricht selber nicht, aber die Konsequenzen, die sich daraus ableiten werden. Speer gilt als der Organisator schlechthin. Der geht über Leichen, um ein Projekt durchzuziehen. In seiner Antrittsrede hat er angekündigt, daß nunmehr die schärfste Anstrengung notwendig ist, um die notwendigen Produktionszahlen zu erreichen. Das bedeutet für unser Werk, daß noch mehr Zwangsarbeiter zu uns kommen werden, flankiert von noch mehr Wachpersonal. Wir werden bald eine Kaserne auf dem Firmengelände haben und kein Industrieunternehmen mehr. Ich warte bloß auf den Tag, an dem ich aufgefordert werde, innerhalb des Firmengeländes Uniform zu tragen. Die Zeichen der Zeit hat Speer jedenfalls erkannt: Wir verlieren mehr Gerät als wir nachproduzieren können." „Du redest immer nur von dem Gerät. Hast du dir mal überlegt, daß in jedem Gerät unser Sohn sitzen könnte?" Paula war empört. „Entschuldige, natürlich habe ich das überlegt. Wenn ich Militarist wäre, würde ich das als noch viel schlimmer erachten, denn die erfahrenen Besatzungen, egal ob Panzer oder Flugzeug, gehen dem glorreichen Führer langsam aus, denn sie sterben einfach weg. Vielleicht lebt Kurt schon gar nicht mehr." „Friedrich!" Er zuckte zusammen. „Entschuldigung, ich wollte dir nicht wehtun, aber man hört ja überhaupt nichts mehr von der Front. Nicht einmal im Werk, wo früher immer mal wieder ein verwundeter Frontsoldat eingesetzt wurde, hört man gesicherte Neuigkeiten. Neuerdings werden nur noch SS-Männer zur Bewachung der Zwangsarbeiter eingesetzt, die scheinbar versiegelte Lippen haben."

Am 3. September 1943 verschlug es aber selbst Friedrich die Sprache. Die Alliierten waren in Kalabrien gelandet und besetzten eine italienische Stadt nach der anderen. Der einstige Bündnisgenosse von Deutschland zeigte gewaltige Auflösungserscheinungen, kaum ein italienischer Soldat schien willens, sich in den vermeintlich letzten Kriegstagen angesichts der drückenden Übermacht noch erschießen zu lassen. Bereits am 8. September erfolgte die bedingungslose Kapitulation Italiens. Allen Italienern, die dazu beitrugen, den deutschen Imperialisten von der Halbinsel zu vertreiben, wurde großzügige Unterstützung durch die UN versprochen. Worin diese Unterstützung bestehen sollte, darüber schwieg sich General Dwight D. Eisenhower in seiner Rede wohlweislich aus. Papst Pius XII. drängte ebenfalls auf eine rasche Beendigung der Grausamkeiten des Krieges, was Friedrich zu einer bösen Bemerkung hinriß: „Jetzt, wo sein Arsch in Sicherheit ist, da reißt er die Klappe auf. Hast du die letzten fünf Jahre was vom sogenannten Oberhaupt der katholischen Kirche gehört? Da hat er schön geschwiegen, dieser Haderlump, dieser falsche!" Adolf Hitler unterschied nach der Kapitulation der Italiener zwischen bündnistreuen Soldaten, Soldaten, die nicht weitermachen wollen und Soldaten, die mit dem Feind paktieren. Für letztere galt der sofortige Erschießungsbefehl für Offiziere, Mannschaftsdienstgrade mußten mit sofortiger „Verbringung" in den Osten rechnen. Die Wirklichkeit sah indes anders aus. Viele deutsche Landser betrachteten die Aufgabe der Italiener als Feigheit vor dem Feind und kreierten, oft mit Billigung ihrer Vorgesetzten, ein eigenes Standgericht. Hunderte von italienischen Soldaten wurden exekutiert, ohne daß auch nur ein Hahn nach ihnen gekräht hätte. Friedrich hatte seine eigene Meinung von der Kampfmoral der Italiener. „Das kennen wir noch aus dem ersten Weltkrieg. Die Stiefelspitzen nach hinten, das waren Italiener, da hat man gar nicht erst auf die Uniform gucken müssen, solche Feiglinge habe ich noch nie erlebt." Diese Meinung teilten auch viele deutsche Landser, die sich darüber im Klaren waren, daß nunmehr eine weitere Front in Europa entstanden war. Die Befreiung von Mussolini, der auf Anweisung von König Viktor Emmanuel III. gefangengenommen worden war, war nur ein kleiner Mosaikstein in diesem Krieg. Kein Italiener rührte auch nur einen Handstreich für den sogenannten Duce. Jeder wußte, daß der Duce nichts in den Augen der Bevölkerung galt, die insgeheim immer noch dem Königtum nachhing. Für Friedrich indes war der weitere Verlauf des Krieges klar. „Das ist das Ende, wir haben schon mal einen Zweifrontenkrieg gehabt, der ist nicht zu gewinnen. Jetzt werden wir erleben, wie wir von zwei Seiten aufgerollt werden. Vom Westen werden uns die Amis und Tommies aufrollen und was uns im Osten erwartet, brauche ich nicht zu erwähnen. Da kann ich nur sagen, genießt den Krieg, der Frieden wird furchtbar. Durch die Feigheit der Italiener haben wir den Krieg verloren." Paula schüttelte den Kopf. „Das ist doch Unsinn und das weißt du auch. Wir werden diesen Krieg verlieren, das ist uns allen längst klar. Aber es hätte überhaupt keine Bedeutung gehabt, ob die Alliierten in Griechenland, in der Türkei, in Frankreich oder sonstwo gelandet wären, um eine zweite Front zu eröffnen. Das Ergebnis wäre das Gleiche gewesen. Den Alliierten kann man doch nicht verübeln, daß sie dort angreifen, wo der Widerstand vermutlich am geringsten ist." Friedrich zuckte die Schultern. „Unser Tiger II wird zu spät kommen." „Was meinst du damit, Friedrich? Von einem Tiger II hast du noch nie gesprochen." Friedrich fuhr hoch, jetzt hatte er doch tatsächlich seiner Frau die neueste Entwicklung der deutschen Armee ausgeplaudert. Na egal, dachte er, das ist jetzt auch nicht mehr wichtig. „Der Tiger II ist die Weiterentwicklung des Tiger, besser gepanzert und sehr gut bewaffnet. Fünf Mann Besatzung und eine Feuerkraft, wie wir sie in der deutschen Armee bislang nicht hatten, an diesem Ungetüm würden sich die Alliierten die Zähne ausbeißen, aber wir werden es erst im Januar 1944 schaffen, den in Serie gehen zu lassen. Das wird zu spät sein. Wir haben außerdem zu wenig Rohstoffe, um eine Serienproduktion sicher über die Bühne gehen lassen zu können. Wir kriegen ja nicht mal mehr genügend Lebensmittel für die SS-Bewacher im Werk, da kannst du dir ja lebhaft vorstellen, wie es bei der Versorgung der Zwangsarbeiter aussieht." Paula war schockiert, davon hatte ihr Friedrich noch nie erzählt. „Ist es denn wirklich so schlimm, Friedrich?" Der schaute Paula gar nicht an. „Nein, es ist noch viel schlimmer. An allen Ecken und Enden merkt man die Auflösungserscheinungen, oft auch im Kleinen. Hast du mal in unser deutsches Brot gebissen? Schon seit 1942 wird das Mehl mit Gerstenmehl gestreckt, die Qualität ist so beschissen, daß man das Prädikat „Brot" eigentlich nicht mehr verleihen kann. Das ist eine Mischung aus Pappe und Mist."

„Ja, das ist mir natürlich aufgefallen, aber wenn eben nicht genug Mehl da ist, was soll man denn machen?" „Du fügst dich eben in das Unvermeidliche, aber viele denken anders. Wenn es nicht mehr genug zu fressen gibt, dann endet die Moral beim Frühstück. Aber wir werden bald nicht mal mehr das Gerstenmehlbrot haben, die Zwangsarbeiter erhalten schon seit drei Wochen minderwertiges Brot, welches kaum noch Nährstoffe enthält. Uns sterben die Arbeiter unter der Hand weg. Ich habe mich beim derzeitigen SS-Führer darüber beschwert, weißt du, was der mir zur Antwort gegeben hat?" Paula schüttelte den Kopf. „Wenn mir die Versorgungslage der Zwangsarbeiter nicht passen würde, dann könnte ich mich ja dem deutschen Heer im Osten anschließen, die wären wahrscheinlich froh, wenn sie noch so gut versorgt würden, denn die Versorgungszüge im Osten kommen dort nicht mehr an." Friedrich beäugte intensiv den Holzfußboden. „Ich habe sofort an Kurt gedacht, der wahrscheinlich auch gerade vergeblich auf einen Nachschubzug wartet. Ich habe alle Hoffnung verloren, daß wir diesen Krieg überleben werden, Paula, noch nie war meine Hoffnungslosigkeit so groß wie jetzt, aber ich befürchte, es wird noch viel schlimmer kommen. In diesem Krieg sind wir jetzt nur noch Statisten, das Schlimme daran ist, daß man diese Wahrheit nicht laut äußern darf, denn sonst wird man dafür auch noch erschossen. Wir haben nur noch eine Pflicht: Zu überleben und den nach uns kommenden zu erzählen, daß sie nicht jedem Rattenfänger glauben dürfen. Aber wir müssen dabei vorsichtig sein, sonst werden wir sterben, bevor wir dieses Ziel erreicht haben. Kurt werden wir nicht lebend wiedersehen, denn aus dem Osten kommt fast keiner mehr zurück. Der SS-Offizier war sehr direkt, als ich ihn nach einer Überlebenschance gefragt habe. Vielleicht hat es Karl besser, das bleibt uns als Trost." Paula nahm Friedrichs Hände und sagte: „Wir leben jetzt schon so lange zusammen, wir werden auch dieses überstehen, du mußt nur daran glauben." „Ich möchte dein Gottvertrauen haben, Paula, dann würde ich wahrscheinlich besser schlafen..." Die Sirenen kündigten einen neuerlichen Nachtangriff der Briten an und Friedrich holte den Koffer, in dem Paula und er die wichtigsten Utensilien aufbewahrten. Paß, Geld, ein paar Nahrungsmittel und Andenken an die Kinder. Friedrich hatte den ersten Teddybär von Kurt im Koffer, Paula das Gedicht, welches ihr Karl Weihnachten einmal geschrieben hatte. Beide gingen zum nächsten Luftschutzraum, Friedrich sagte zu seiner Frau: „Weißt du, was ich mir zu Weihnachten wünsche? Einmal wieder acht Stunden durchschlafen, das wäre

430

was." „Det wünschen wir uns alle, aber am besten schon vor Wehnachten", antwortete eine alte Frau, der man die Berliner Schnauze schon von weitem ansah. Unwillkürlich mußten Paula und Friedrich lächeln. Vielleicht gab es ja doch noch Hoffnung, manche Leute verloren ihren Humor offenbar nie, diese alte Berlinerin gehörte dazu.

# Teil 29: Tscherkassy

Kurt Hambach drehte sich eine Zigarette und Abramczik sah ihm gierig zu. „Hast du deinen Tabak schon wieder verbraucht?" Kurt sah Abramczik an und wußte die Antwort schon vorher. „Komm´, nimm meine, ich glaube, du hast sie nötiger als ich." Gierig ergriff Abramczik die Zigarette und zündete sie an. „Mann, danke, Kurt. Das war jetzt nötig." Kurt schüttelte den Kopf. Er hatte zwar im Verlaufe des Krieges auch mit dem Rauchen angefangen, aber so süchtig wie Abramczik war er danach nicht. Seit der Operation Zitadelle hatte Ella II eine ziemliche Wegstrecke hinter sich gebracht. Die Wiedereroberung von Charkow hatten sie ansatzweise mitmachen dürfen, es war aber der Verdienst ihres Kommandanten Westerkamp, daß sie nicht in Kriegsgefangenschaft gerieten, denn dieser hatte frühzeitig die Taktik des Kommandierenden als Fehler erkannt und in Widerspruch zu dessen Befehl eine Südrichtung befohlen, die sie von Walki über Poltawa nach Mirgorod führte. Das war ein kleines Dorf, etwa 150 km westlich von Charkow, aber weit abseits der regulären russischen Verbände. Auf der Fahrt dorthin hatten sie etliche Treibstoffdepots der Russen requirieren können, was mehr der Fähigkeit von Hauser als der des Kommandanten zu verdanken war, denn Hauser sprach inzwischen recht passabel russisch. Abramczik hingegen war nicht zufrieden mit der Situation, denn der Munitionsvorrat war dürftig, die Verbindung zur Hauptlinie abgebrochen und wenn nicht ein Wunder geschah, dann würde man schlicht und ergreifend wegen Treibstoffmangels liegenbleiben. Die Gefahr, auf russische Truppen zu treffen, bagatellisierte Abramczik inzwischen, denn er hatte mittlerweile soviele T-34 abgeschossen, daß ihm ein sowjetischer Tank überhaupt keine Angst mehr bereitete, trotzdem dieser hinsichtlich Bewaffnung und Geländegängigkeit überlegen war. Das Einzige, was ihm Sorgen bereitete, war die ständige Unterversorgung mit Zigaretten, Benzin und Munition. Zur Not würde man mit den Helmen werfen, wie er immer wieder scherzhaft versicherte. Kurz vor Mirgorod befahl Westerkamp einen kurzen Stop, um Benzin- und Munitionsbestände aufzunehmen. „Ich will innerhalb der nächsten 15 Minuten wissen, wie weit wir mit unserem Treib- stoff noch kommen und wieviele Panzer wir noch abschießen können." Abramczik lachte laut. „Also, ich habe noch 5 Grana- ten, da ich immer treffe, sind das fünf russische Panzer, ein ein- ziges Problem habe ich dabei." Westerkamp runzelte die Stirn. „Welches?" Abramczik holte tief Luft. „Die Russen müßten sich zwecks Abschuß zu mir begeben, denn Hambach hat mir erzählt, daß er höchstens noch 20 km fahren kann, dann ist der Sprit mal wieder alle." Alle lachten, bis auf Westerkamp. Der war seit der Operation Zitadelle zehn Jahre gealtert. Alle im Panzer wußten aber, daß dieser Mann total verkannt worden war, denn er hatte durch seine unkonventionellen Entscheidun- gen dafür gesorgt, daß alle im Panzer noch lebten. Wenn es auch keiner aussprach, aber es war ungeschriebenes Gesetz, wenn Westerkamp befahl, dann wurde der Befehl ausgeführt, so unsinnig er momentan auch erschien. „Hambach, ist das kor- rekt?" Kurt Hambach nickte, war sich aber sofort bewußt, daß Westerkamp dies nicht sehen konnte und brüllte sein obligato- risches „Jawoll" in den Turm. Die Reaktion von Westerkamp war verblüffend. „Absitzen." Abramczik schaute Hauser ins Gesicht, der wiederum auch relativ verblüfft wirkte, aber gehorchte. Vor dem Panzer hörte die Besatzung die Rede des Kommandanten. „Wir befinden uns weit hinter der deutschen Linie. Wahrscheinlich werde ich gewaltigen Ärger bekommen, wenn das jemals herauskommt, was ich vorhabe. Das ist aber nicht unser primäres Problem. Wir brauchen Treibstoff und

Munition. Letzteres wird schwierig sein, aber vielleicht können wir irgendwo etwas Benzin auftreiben, jeder Tropfen zählt. Also, ausschwärmen." Hauser konnte nur noch den Kopf schütteln. Dieser Mann mußte einen Knall haben. Natürlich war es korrekt, nach Treibstoff zu suchen, aber mußte man deswegen einen funktionstüchtigen Panzer zurücklassen? Abramczik sah dies hingegen ganz anders. „Der Mann hat recht. Wozu Benzin verplempern, weit hinter den russischen Linien? Mit uns rechnet hier sowieso niemand. Und die fünf Granaten, die wir noch haben, die sollten wir uns für härtere Gefechte aufheben." Hambach drückte sich unwillig aus seinem Fahrersitz. Westerkamp machte sich wieder einmal über ihn lustig. „Na los, Meister Hambach, zeigen Sie uns, daß Sie auch als Fahrer das Laufen nicht verlernt haben."

Diese dummen Sprüche konnte Kurt langsam schon nicht mehr hören. Klar, er war Panzerfahrer, aber warum mußte er immer wieder damit verarscht werden? Schließlich machte er genauso seinen Job wie der Richt- und Ladeschütze. Daß er nicht zu den sportlichsten Typen gehörte, mußte man ihm doch nicht dauernd auf die Stulle ballern. Mißmutig stieß er einen Stein zur Seite und schaute nach, wie dieser in den Straßengraben rollte. So eine Schnapsidee, dachte er. Wenn uns die Russen hier hoppnehmen, dann sind wir geliefert. Im Panzer hätte man wenigstens noch die Möglichkeit zur Verteidigung gehabt, wenn es auch nur noch ein paar Schuß waren, aber immerhin. Ein MG hatte man ja schließlich auch noch. Er kam sich nur mit seiner Pistole bewaffnet richtig nackt vor. Der Trupp marschierte pausenlos sichernd die Straße entlang, bis man sich einer Ortschaft näherte. Abramczik tippte auf die Karte und sagte zu Hauser: „Wahrscheinlich Romodan, ich bin aber nicht ganz sicher, die Karte ist so beschissen und außerdem..." „Schnauze, Abramczik." Westerkamp herrschte ihn an und alle andern blieben stehen. Sie sahen sofort, was Westerkamp zu dem Gefühlsausbruch hingerissen hatte. In einer Talsenke standen sechs russische T-34, ein paar Mannschaftstransportwagen und ein Tankwagen. Es war kurz vor 19 Uhr, die einsetzende Dämmerung erschwerte die Sicht, möglicherweise waren hier noch mehr Truppen. Westerkamp flüsterte: „Hauser, was halten Sie davon?" Der schluckte schwer. „Ich glaube, daß unsere Heeresleitung die Frontlinie nicht richtig einschätzt, die Russen sind ja schon viel weiter westlich, als wir bislang angenommen haben. Es sind ganz nach einem Sammellager aus, vielleicht ein Reservoir, welches eingerichtet wurde, um angeschlagene Truppen wieder aufzufrischen." Hambach meldete sich zu Wort. „Glaube ich auch, schauen Sie mal, in welchem Zustand der eine T-34 ist, die eine Kette ist kaputt, dahinter ein Bergepanzer und viel schweres Gerät. Hier werden Tanks repariert, das erklärt auch die vielen Bergepanzer." Er deutete auf einen weiteren russischen Koloß, den selbst Westerkamp noch nicht bemerkt hatte. Abramczik schätzte die Lage sachlich ein. „Wenn die uns bemerken, sind wir am Arsch. Wenn die uns nicht bemerken, dann spätestens morgen früh, sobald die Sonne aufgeht. Wir haben nur eine Möglichkeit, auch wenn sie total verrückt klingt." Westerkamp nickte. „Hambach, trauen Sie sich zu, aus diesen Tanks den fahrbereitesten auszumachen?" Kurt Hambach schaute grimmig drein. „Habe ich schon. Am Rande der einen Scheune steht einer, der von den noch zu reparierenden sehr weit weg steht und taktisch gut aufgestellt ist. Der dient wahrscheinlich zur Sicherung des Geländes, denn er ist bewacht." Hambach deutete auf die zwei Wachposten, die um die Scheune patrouillierten. Hauser meldete sich zu Wort. „Sie wollen sich doch nicht allen Ernstes einen russischen T-34 aneignen, um mit diesem Anschluß an die deutschen Linien zu gewinnen? Selbst wenn dieses Selbstmörderkommando hier von Erfolg gekrönt wäre, wissen Sie, was die Armeeführung mit uns macht, wenn wir heil durchkommen?" Westerkamp hatte offensichtlich keine Lust zum Diskutieren. „Haben Sie einen besseren Vorschlag? Ich bin selber überrascht, daß hier soviele Einheiten der Russen stehen, die Berichte, die ich zuletzt gehört hatte, deklarierten dieses Gebiet als relativ „sauber". Man munkelte, daß bei Tscherkassy westlich des Dnjeprs etwa 50.000 deutsche Soldaten eingeschlossen sind und das schon seit Januar 1944. Bestätigt wurden diese Berichte bislang aber nicht. Tscherkassy ist von hier ca. 150 km entfernt, es würde also durchaus Sinn geben, daß eine Auffangregion geschaffen wurde, um Reparaturarbeiten durchzuführen. Wir haben keine andere Alternative, wir müssen es versuchen." Abramczik hatte sich schon vorgepirscht und den ersten russichen Wachposten erdrosselt. Hambach konnte das nicht mit ansehen, diese Brutalität, die Abramczik an den Tag legte, war ihm widerwärtig. Aus diesem Grund befahl Westerkamp Hambach nur die Sicherung des rückwärtigen Raumes, dabei wohlwissend, daß ein Schuß, den Hambach würde abgeben müssen, alle in sofortige Lebensgefahr bringen würde. Westerkamp schlich mit Hauser an den Rand der Scheune und sah dabei, wie Abramczik sein Seitengewehr dem zweiten russischen Posten von hinten in das Herz stach. Lautlos sackte der Mann zusammen. Abramczik war schon am Panzer, als sich von hinten ein dritter Russe näherte, der offenbar zum Rauchen aus der kleinen Kate getreten war. Wenn der noch drei Schritte weitergehen würde, dann mußte er Abramczik zwangsläufig sehen. Dieser hatte inzwischen mit seinen Bewegungen innegehalten, weil er den Zigarettenqualm gerochen hatte. Westerkamp bedeutete Hauser, auf Hambach aufzupassen, damit der keinen Unfug anstellte und rannte ohne Sicherung auf den Russen zu. „Sdajus, Towarisch, ne strelajte." („Ergebe mich, Kamerad, nicht schießen!"). Hauser war verblüfft. Der Sauhund konnte doch russisch, hatte es nur nie zugegeben. Der vermeintliche Sauhund hatte mit diesem Ausspruch den jungen Russen so überrascht, daß dieser nicht einmal Zeit zur Gegenwehr hatte, so schnell hatte ihn Abramczik mit der linken Hand an der Kehle umfaßt und mit dem Seitengewehr erstochen. Westerkamp winkte Hambach zu, der diese Szenen fassungslos beobachtete und bedeutete ihm, sich an den Panzer zu begeben. Inzwischen hatte Hauser Sprengladungen an den Treibstoff- und Munitionsdepots der Russen angebracht.

Hambach stieg in den T-34 ein, nichts Neues für ihn, er hatte sich schon öfter die ausgebrannten Russenpanzer angeschaut. Er nickte Westerkamp zu und startete den Motor, als alle drin saßen. Etwa 300 m weit kamen sie, bevor die ersten Russen aus einer kleinen Hütte stürmten. Abramczik drehte den Turm und feuerte in das Treibstoffdepot, welches mit einer Stichflamme laut berstend in sich zusammenbrach, bevor es laut krachend detonierte. Westerkamp feuerte aus dem russischen MG wie verückt. Inzwischen hatte Abramczik den Turm des Panzers wieder gedreht und das Munitionsdepot ins Visier genommen. „Doswidanje, Towarisch." Abramczik zischte haßerfüllt die zwei Worte, bevor er feuerte. Ein riesiger Feuerball tauchte das gesamte Dorf gespenstisch ins Helle. Hambach hatte unterdessen alle Mühe, den T-34 auf Kurs zu halten. Die ständigen Helligkeitsunterschiede machten ihm schwer zu schaffen. Der russische Panzer war auch nicht so leicht zu lenken wie Ella II, aber immerhin war Sprechfunk an Bord. Offenbar hatte man einen Panzer erwischt, der von einem Offizier befehligt wurde.

Die „normalen" Panzer wurden bei den Russen üblicherweise nicht mit Sprechfunk ausgerüstet. Westerkamp war zufrieden, die Operation war geglückt, man hatte einen vollaufgetankten Panzer, die Munitionsvorräte waren ausreichend und seine Besatzung verstand damit umzugehen. Besser hätte diese Episode nicht ausgehen können. Aus der Ferne drang der Lärm der

Explosionen, die Russen waren völlig überrascht von diesem Handstreich. Westerkamp dachte bei sich, daß jeder seiner Männer ein Eisernes Kreuz für diese Aktion verdient hätte, aber wenn es gut ausginge, würden sie wahrscheinlich gerade mal der Anklage vor einem Kriegsgericht entkommen. Die nächste Sorge, die er hatte, war, auf welchem Weg er unbeschadet Kontakt zu den deutschen Linien aufnehmen konnte. Wie sollte er seinen Kameraden begreiflich machen, daß zwar ein T-34 auf sie zurollte, dieser aber ganz bestimmt nicht das Feuer eröffnen würde? Bevor er sich zu intensiv in diese Fragestellung hineinvertiefte, brüllte Abramczik laut vernehmlich „Scheiße!" Westerkamp sah sofort, was dieser meinte. Am Rande eines kleinen Wäldchens standen drei Panzer, offenbar keine T-34, diesen Typ hatte Westerkamp noch nie gesehen, die Turmaufbauten waren gewaltig, die Panzerung sah so aus, als könne man dreimal schießen, bevor ein Schuß saß. Westerkamp befahl Hambach, sofort zu stoppen. „Wofür halten Sie das, Hambach?" Der stierte angestrengt in die Dunkelheit hinaus. „Ich weiß nicht, aber irgendwie sieht mir das nicht wie ein russischer Panzer aus. Die Dinger haben Ähnlichkeit mit dem Tiger." „Absitzen." Ungläubig hörten alle die Worte von Westerkamp. Was führte er denn jetzt schon wieder im Schilde? „Ich glaube, daß wir es hier mit versprengten deutschen Truppen zu tun haben. Wenn wir mit einem russischen Tank anrücken, werden diese drei uns in Klump und Asche schießen, bevor wir auch nur piep gesagt haben. Ich schließe mich Hambachs Meinung an, das werden wahrscheinlich Weiterentwicklungen des Tiger sein. Wir sollten sehr vorsichtig sein." Westerkamp wählte seine Worte sehr bedächtig. Abramczik wollte in bewährter Manier vorgehen, wurde jedoch von Westerkamp sofort gestoppt. „Nein, Abramczik, wir werden uns zu erkennen geben, das sind keine Russen, erklären kann ich es auch nicht, aber ich meine, Hambach hat recht, das müssen deutsche Soldaten sein." Ohne es zu merken, hatte Westerkamp Hambach bereits zum zweiten Mal innerhalb von 24 Stunden eine gute Urteilsfähigkeit bescheinigt, was seinem Selbstvertrauen gewaltig Auftrieb gab. Hauser runzelte als ewiger Zweifler wie üblich die Stirn und hielt sich im Hintergrund, um im Bedarfsfall eingreifen zu können. Westerkamp registrierte auch dies, hielt dies aber angesichts der besonderen Situation für keinen Fehler. Sie näherten sich zu Fuß den drei Panzern und waren verwundert, daß überhaupt keine Wachen aufgestellt waren. Das sah eigentlich nicht nach deutschen Truppen aus. Aber es kam noch besser. Sie hörten aus dem Innern eines Tanks deutsche Laute, gemurmelt zwar, aber so deutlich, daß man die Worte genau verstehen konnte. „Was sollen wir schon noch ausrichten, wir haben nur noch unsere Seitengewehre, keinen Treibstoff und keine Munition mehr. Wenn kein Wunder geschieht, sind wir erledigt. Wir sind bereits seit Januar von unseren Linien abgeschnitten, was haben wir schon noch zu erwarten? Das Beste wäre, wenn wir uns nach Westen durchschlagen!" Eine andere Stimme war zu hören. „Dann könnten wir uns eigentlich auch sofort ergeben, denn ein solches Unterfangen ist der sichere Tod." Die erste Stimme sprach wieder. „Blödsinn. Wenn wir uns ergeben, sind wir sofort tot, denn Offiziere werden von den Russen ohne viel Federlesens erschossen. Macht euch da bloß keine Illusionen." Westerkamp registrierte zweierlei. Es waren also tatsächlich deutsche Panzer, die da in der Gegend herumstanden. Zweitens: Es mußten alles Offiziere sein, was etwas verwunderte. Wieso waren keine Mannschaftsdienstgrade zu hören? Die Sache gefiel ihm nicht. Nun sprach ein dritter Mann: „Dann habe ich ja gute Karten, denn ich bin ja nur ein kleiner Obergefreiter, als Fahrer wird man mir bestimmt abkaufen, daß mich die bösen Offiziere zu dieser Aktion gezwungen haben." Der Mann lachte böse, wurde aber brüsk von den anderen beiden in seinem Rededrang gestoppt. „Schulz, halten Sie Ihr verdammtes Maul, Sie sitzen genauso mit drin wie wir." Abramczik grinste, Westerkamp konnte es im Mondschein genau beobachten. „Was denken Sie, Abramczik?" Westerkamp hauchte die Worte kaum. „Ich denke, daß hier zwei Möchtegernoffizieren der Arsch gewaltig auf Grundeis geht. Wir sollten den Idioten schleunigst mitteilen, daß Hilfe angekommen ist." Westerkamp schmunzelte, denn er war der gleichen Meinung wie Abramczik, wenn ihm auch dessen Ausdrucksweise nicht besonders behagte. „Gut, ich werde das übernehmen." Ein weiteres Mal registrierten Hambach und Konsorten, daß Westerkamp bei schwierigen Missionen nicht andere vorschickte, sondern selber die heikle Aufgabe übernahm. Das war ein Kommandant, für den man durchs Feuer gehen würde, dachte Abramczik. Aber der hatte sich seinerseits auch nichts vorzuwerfen, denn den Beweis für seinen Mut hatte er letzte Nacht mehr als einmal angetreten.

Westerkamp schlich sich betulich an die drei Panzer heran, er konnte nicht sicher sein, ob sich irgendwo nicht doch ein Posten herumtrieb, den man nicht bemerkt hatte. Als er kurz vor den Stahlkolossen stand, war ihm auch klar, warum die Soldaten im Innern des Panzers geblieben waren. Mit simplen Mitteln war die Panzerung nicht zu durchbrechen. Das mußte die Weiterentwicklung der Tiger-Version sein. Für meinen Geschmack etwas zu stark gepanzert, dachte Westerkamp bei sich. Der mußte ja eine irrsinnige Menge an Sprit fressen. Langsam näherte er sich den Ketten des Tanks. Von drinnen war nichts zu hören. Scheinbar hatten die Männer ihre Diskussionen abgeschlossen. Er bückte sich, um einen Stein aufzuheben, mit dem er an die Panzerung klopfen wollte und spürte im selben Moment einen scharfen Luftzug, gefolgt von einem dumpfen Aufprall. Als die Granate gegen den Tiger II prallte, detonierte sie. Abramczik und Hambach sahen entsetzt, wie die drei

Panzer in ein gleißendes Licht gesetzt waren und hörten die Schreie der Männer aus dem Innern des Panzers. Westerkamp war sofort tot. Hauser brüllte „Deckung, T-34 von hinten" und alle drei schmissen sich in den Dreck. Das Inferno, welches jetzt einsetzte, war kaum mit der Operation Zitadelle zu vergleichen, denn jetzt war die Besatzung von Ella II nicht im Panzer, sondern zu Fuß im feindlichen Umland unterwegs. Hambach hatte mit ansehen müssen, wie sein Kommandant von Granaten zerrissen wurde, bevor er sich die Tatsache klargemacht hatte, daß auch die Besatzungen der Tiger II nicht mehr am Leben sein konnten. Lichterloh brannten die angeblich besten Kampfpanzer des zweiten Weltkrieges. Hambach stand fassungslos am Waldrand und sah die russischen Tanks anrollen. Wäre nicht Abramczik gewesen, dann wäre auch Hambach unmittelbar nach der ersten Angriffswelle der zweiten zum Opfer gefallen. „Mensch, Hambach, bist du noch zu retten? Sieh´ zu, daß du in Deckung gehst, sonst machen die Russen Schweizer Käse aus dir."

Abramczik riß Kurt Hambach mit in den Dreck. „Ich verstehe das nicht, wo kommen die ganzen russischen Panzer her?" sagte Hambach verstört. „Westerkamp hat doch gesagt, daß wir im Hinterland sind, weit abseits von russischen Linien!" „Mann Hambach, kapier´ doch endlich, Westerkamp hat sich eben zum ersten Mal in seinem Leben geirrt und hat seinen Irrtum mit seinem Leben bezahlen müssen. Das heißt aber nicht, daß wir auch sterben müssen. Vorausgesetzt, du kapierst endlich, daß es immer weitergeht, egal, was da auch passieren mag." Abramczik hatte sich offenbar weit schneller gefaßt als Hambach. Der nickte nur müde und war offenbar immer noch nicht Herr der Lage. Ganz anders Hauser. Der hatte beim ersten Granatbeschuß sofort Deckung genommen und die angreifende Formation unter die Lupe genommen. Vier T-34, flankiert von einem Ungetüm, welches er noch nie gesehen hatte, welches aber eine erstaunliche Feuerkraft aufwies. „Abramczik, hast du noch deine Haftminen?" zischte er zu Rüdiger. „Ja, sicher, du willst dir doch nicht etwa das dritte Eiserne Kreuz verdienen?" witzelte Abramczik trotz des Ernstes der Lage zurück. „Quatsch, ich will nur wissen, ob dieses Ungetüm auf Ketten tatsächlich so stark gepanzert ist, wie es den Anschein hat, denn dann sollten wir den Rückzug antreten, solange noch Zeit ist. Vielleicht schaffen wir es ja zurück zu unserem T-34, dann können wir eventuell noch einen Überraschungsangriff starten. Andernfalls bleibt uns immer noch Sibirien." Hambach zuckte zusammen, er konnte diese verhohlenen Drohungen schon nicht mehr hören. Er sah, wie Hauser sich in die Nähe der anrückenden russischen Panzer begab und bewunderte insgeheim den Mut dieses Mannes. Er selber hätte sich eine solche Aktion nicht zugetraut. Als Hauser die Haftmine an der Außenseite des russischen Panzers angebracht hatte, geschah eine Zeitlang nichts. Scheinbar überlegten die russischen Besatzungen, ob sie sich das Ausmaß ihres Erfolges anschauen sollten. Dazu kam es aber nicht mehr, denn der russische Panzer, an welchem Hauser die Haftmine angebracht hatte, detonierte mit einem lauten Knall und blieb einfach stehen. Die anderen russischen Panzer stoppten daraufhin ebenfalls, um festzustellen, von wo der neue Feind kam. Diesen kurzen Augenblick nutzte Hauser, indem er auf einen T-34 aufsprang, die Turmluke aufriß und eine Handgranate in das Innere des Panzers warf. Entsetzte Schreie drangen von innen, bevor die Handgranate explodierte. Jetzt waren noch drei Panzer übrig. Einer legte den Rückwärtsgang ein und wollte sich offenbar auf südgallisch empfehlen. Abramczik tat es Hauser nach und sprang auf diesen T-34. Unmittelbar nach seinem Aufsprung ging die Luke auf und ein junger Russe schaute ungläubig Abramczik ins Gesicht. Abramczik hatte keine Gelegenheit mehr, zur Waffe zu greifen, der

Russe zog von unten seine Maschinenpistole hoch. In diesem Moment fiel ein Schuß und der Russe fiel in den Kopf getroffen zurück in das Innere des Panzers. Kurt Hambach hatte zum ersten Mal in seinem Leben wissentlich jemanden erschossen. Ein Gemisch aus Haß und Angst flackerte aus seinen Augen. Abramczik warf die Handgranate und schmiß die Luke zu. Inzwischen hatte einer der beiden restlichen Panzer die beiden geortet und den Turm auf sie gerichtet. Aber es fiel kein Schuß mehr. Hauser hatte dem Richtschützen das Periskop mit Schlamm beschmiert und eine Haftmine unter den stehengebliebenen Panzer angebracht. Eine Explosion beendete die Mission. Nun war es nur noch ein T-34, der ihnen gefährlich werden konnte. Der stand am Rande des Waldes und machte keinerlei Anstalten, in den Kampf einzugreifen. Hambach sah Abramczik an und war unschlüssig. Hauser bedeutete ihnen, sich zu ihrem Panzer zurückzuziehen. „Wenn wir unsere Kiste wieder erreichen, haben wir noch eine Chance, los, dalli" zischte er. Aber es war zu spät. Sie liefen den Russen, die bereits aus ihrem Panzer abgesessen waren, direkt in die Arme. Ein Russe machte nicht viel Federlesens und eröffnete sofort das Feuer. Scheinbar wollte er sie aber nicht erschießen, denn so wie er stand, hätte er das sicher gekonnt. Dreck wirbelte vor Hambach und Konsorten auf. Langsam hoben sie ihre Arme, aus dem Hintergrund traten noch drei Russen, die sie routiniert entwaffneten. Das ging nicht ohne Schläge und Tritte ab und Hambach begann zu ahnen, was ihm die nächsten Monate, vorausgesetzt, er würde sie überleben, bevorstand. Ein Russe, etwa 40 Jahre alt, sprach zu ihnen und Hauser antwortete auf russisch. „Wir sollen keinen Widerstand leisten, das sei zwecklos, denn das gesamte Gebiet um Tscherkassy ist von der Roten Armee umstellt. Wir sind scheinbar in ein Rückzugsgebiet der Russen geraten. Dieser Russe ist der Panzerkommandant und wird unsere Einweisung in ein Lager befehlen."

Sie bemerkten, wie auf einer unscheinbaren Straße mehrere russische Transporter mit Tarnlicht durch die Nacht rollten. Wieder wandte sich der Russe an Hauser. „Er will wissen, wie und wo wir an den T-34 gekommen sind. Also haben sie den schon gefunden. Leute, die Goethe-Feier ist beendet." Die „Goethe-Feier" war tatsächlich für Abramczik, Hauser und Hambach beendet, wobei alle drei noch Glück im Unglück hatten, daß sie keine Offiziere waren, denn einer Anweisung von Stalin folgend, hätten alle Offiziere sofort erschossen werden müssen. Das blieb ihnen als Mannschaftsdienstgraden zwar erspart, nicht aber das Arbeitslager, in welches sie nach einem mühsamen Marsch in ein Zwischenlager anschließend verschleppt wurden. Von dem Panzerkommandanten hatte man immerhin noch erfahren, daß bei Tscherkassy ein deutscher Ausbruch des 11. und 42. Armeekorps gescheitert war. Von 50000 deutschen Soldaten konnten sich 30000 nach Westen durchschlagen, es ist bis heute unbekannt, wieviele der verbliebenen 20000 deutschen Soldaten fielen und wieviele in russische Kriegsgefangenschaft gerieten. Da der Abtransport der Gefangenen in ein Zwischenlager zu Fuß erfolgte, blieben bereits viele Soldaten entkräftet am Wegesrand zurück. Wer nicht mehr laufen konnte, wurde erschossen. Hilfe war verboten, jeder, der einem Kameraden zu Hilfe kommen wollte, wurde mit Waffengewalt in die Reihe der Marschierenden zurückbeordert. Wer diesem Befehl nicht Folge leistete, wurde ebenfalls sofort erschossen. Zusammengebrochene Soldaten wurden mit einem Knüppel geschlagen, um Simulanten herauszufinden. Wenn sich der Hilflose vor Entkräftung nicht mehr bewegen konnte, war sein Schicksal besiegelt. „Immer noch besser als im Lager zu sterben", zischte Abramczik. „Halt die Klappe, lauf weiter, wir werden überleben." Hart blickte Hauser Hambach und Abramczik in die Augen. „Macht mir bloß nicht schlapp, ihr habt gefälligst zu überleben, das wird unsere einzige

Aufgabe die nächsten Monate sein. Es wird weitergehen, durchhalten heißt die Parole." Das war leichter gesagt als getan, denn nachts wurde es bitter kalt, die Versorgung war nicht nur mangelhaft, sondern gar nicht vorhanden. Verzweiflung machte sich breit, der Tod hielt reiche Ernte. Man hatte nicht den Eindruck, als ob den Russen daran gelegen war, möglichst viele Deutsche in das Arbeitslager zu bringen, die Männer murmelten oft das Wort „Todesmarsch". Inzwischen starteten die alliierten Bomberverbände neue Angriffe gegen das deutsche Reich und bedienten sich dabei einer neuen Taktik. Ein- und dasselbe Industrieziel wurde in kurzen Zeitabständen doppelt angegriffen. Man spekulierte darauf, daß die Deutschen nach dem ersten Angriff versuchen würden, nicht getroffene Produktionsmaschinen zu bergen und startete deswegen nach einem kurzen Zeitabschnitt einen zweiten Angriff. Dabei wechselten sich britische und amerikanische Verbände ab. Die deutsche Flugabwehr war quasi nicht mehr vorhanden und die Verluste der Deutschen waren immens. Schweinfurt, Braunschweig und Leipzig waren in diesem Februar 1944 schweren Luftangriffen ausgesetzt. Die Auswirkungen auf die Moral der Zivilbevölkerung, die immer am meisten unter diesen Angriffen litt, war verheerend. Kriegsmüdigkeit aller Orten machte sich breit. Die Industrieproduktion indes wurde mit größtmöglicher Brutalität aufrechterhalten. Inzwischen waren sieben Millionen Zwangsarbeiter nach Deutschland verschleppt worden. Um diese sogenannten Fremdarbeiter sofort erkennen zu können, mußten sie an ihrer Kleidung deutlich sichtbar P4 bzw. „OST" Aufnäher tragen. Zuwiderhandlungen wurden mit dem Tode durch Erschießen bestraft. Der Verantwortliche für diese Verschleppungen, Fritz Sauckel, sah in diesen Menschen „nutzbringendes Material", welches für die Zwecke der Rüstungsindustrie zu 100% genutzt werden durfte. Das „nutzbringende Material" bekam in der Regel schlechtes Essen und war permanent dem

Hungertod nahe. Zum Glück für diese Menschen entwickelte sich im täglichen Miteinander mit der „normalen" Bevölkerung, deren Versorgungslage teilweise auch nicht wesentlich besser aussah, ein Verhältnis des Miteinanderauskommens. Meist waren es die einfachen Leute, die erkannten, daß diese menschenunwürdige Behandlung nichts Gutes für die Zukunft bringen würde. Der deutschen Führung waren derartige Annäherungen ein Dorn im Auge. Besonders scharf wurden sogenannte Rassenverfehlungen bestraft, die darin bestanden, daß deutsche Frauen sich mit Fremdarbeitern einließen. Das war oft nicht besonders verwunderlich, denn die deutschen Männer waren nunmehr schon seit fünf Jahren im Krieg und an der „Heimatfront" waren nicht nur Lebensmittel Mangelware, sondern auch Männer. An der Ostfront vollzog sich der Vormarsch der Roten Armee wie im Lehrbuch. Die Sowjettruppen rückten schneller vor als die deutschen Truppen sich zurückziehen konnten. Wieder einmal in diesem Krieg machten den deutschen Truppen die Besonderheiten Rußlands zu schaffen. Die Schlammperiode hatte bereits wieder eingesetzt und die schlecht ausgerüsteten deutschen Soldaten waren total erschöpft. Die Russen eroberten Anfang April die Krim zurück und die Ukraine war Ende des Monats ebenfalls wieder in russischer Hand. Der Zusammenbruch schien nur noch eine Frage von Wochen zu sein. Die Reichshauptstadt sah sich in der ersten drei Monaten des Jahres 1944 besonders schweren Bombardements der Alliierten ausgesetzt. Allein 6000 Bomber griffen von Januar bis März Berlin an. Die Versorgungslage wurde immer schlechter, die Alltäglichkeiten des Lebens, die das Leben lebenswerter machten, gab es nicht mehr. Lebensangst machte sich breit, die Selbstmordzahlen stiegen aber trotzdem nicht an, ein erstaunliches Phänomen, aber es hatte den Anschein, als ob sich die Bevölkerung mit dem Tod als ständigen Begleiter arrangierte. Bei Ungarn, dem bisherigen Bündnispartner, war zu befürchten, daß die Bündnistreue stark nachlassen würde, denn die Russen standen bereits an der Landesgrenze und es war nur noch eine Frage der Zeit, bis die Rote Armee einmarschieren würde. Aus diesem Grund ließ Hitler Ungarn von deutschen Truppen besetzen. Die Folgen für die ungarischen Juden waren fatal. Auschwitz war für viele die letzte Station in diesem schrecklichen Krieg, manche Juden, die bereits seit mehreren Jahren vor den Nazis geflohen waren, sahen keinen Ausweg mehr und setztem ihrem Leben selbst ein Ende, als bekannt wurde, daß nunmehr die Deutschen das Oberkommando in Ungarn übernehmen würden. In Rumänien überschritt die Rote Armee im April die Landesgrenze. Alliierte Truppen befreiten im Juni Rom. Nun war das Mittelmeer nach Ansicht der Alliierten „gesäubert". Man konnte mit der Errichtung einer zweiten Front beginnen. Die Landung in der Normandie am 6. Juni überraschte eigentlich nur vom Ort der Landung her, nicht aber von der Tatsache an sich. Man hatte die Landung von deutscher Seite eher bei Calais erwartet, aber letztlich war der Ort der Landung egal. Die deutschen Kräfte waren einem derartigen Ansturm nicht mehr gewachsen. Über 6000 Schiffe brachten schweres Material nach Frankreich. Die von der deutschen Führung propagierte Festung Europa brach zusammen. Auch die von Goebbels angekündigten Wunderwaffen ließen sich zunächst noch nicht blicken. Die zurückrükkenden deutschen Truppen verhielten sich unterschiedlich. Manche leisteten erbitterten Widerstand, andere hatten einfach keine Lust mehr, sich in den scheinbar letzten Kriegstagen noch totschießen zu lassen. Im Osten sah es dagegen ganz anders aus. Trotzdem der permanente Nachschubmangel deutsche Soldaten schier verzweifeln ließ, leisteten diese buchstäblich bis zur letzten Patrone erbitterten Widerstand, denn den meisten deutschen Soldaten war klar, was sie im Falle einer sowjetischen Gefangennahme erwartete. Es war aber offensichtlich, daß der

447

Vormarsch der Roten Armee nicht mehr aufzuhalten war. Bereits Ende Juli 1944 standen sowjetische Truppen vor den Grenzen Ostpreußens. Von alliierter Seite wurde bereits von über 300000 deutschen Kriegsgefangenen berichtet. Als sowjetische Truppen Ende Juli das Konzentrationslager Majdanek bei Lublin in Polen erreichten, war die Weltöffentlichkeit entsetzt von den Grausamkeiten, die dort stattgefunden hatten. Als auf alliierter Seite diese Taten bekanntwurden, trug dies zu einer Brutalisierung des Kriegsverlaufes bei. Selbst Soldaten, die bislang ihre Einberufung nur als Vaterlandspflicht betrachteten, entwickelten einen Haß auf die Deutschen, der die Spiral der Gewalt in immer neue Höhen trieb. Man hatte ein neues Niveau der menschlichen Verachtung erreicht. Die Zukunft ließ nichts Gutes erwarten.

Im Juli 1944 wurden 58000 deutsche Kriegsgefangene auf Befehl von Stalin durch Moskau geführt. Die meisten von ihnen waren erst vor kurzem gefangengenommen worden, was auch nicht besonders verwunderte, denn die meisten, die im Frühjahr gefangengenommen worden waren, hatten die Strapazen der russischen Zwangsmärsche nach Moskau nicht überlebt. Stalin hatte diese Vorführung angeordnet, um den sowjetischen Mitbürgern zu zeigen, daß die deutsche Herrenrasse schwach und verwundbar ist. Auf dem Marsch erlebten die deutschen Soldaten, was es hieß, in russische Gefangenschaft geraten zu sein. Allen war klar, daß sie nach diesem erniedrigenden Marsch eine noch schlimmere Gefangenschaft in einem russischen Arbeitslager erwartete. Abramczik, der sich ohnehin schwer mit seinem Schicksal abfinden konnte, schimpfte wie ein Rohrspatz. „Wie ein Zirkusaffe wird man hier vorgeführt. Was erwarten die Scheißrussen denn von uns? Daß wir uns hier wie Tanzbären im Kreis bewegen und Polka tanzen? Das werden die von mir nicht erleben." Er spuckte wütend aus. Hauser, der neben ihm lief, fauchte ihn an. „Mann, halte bloß dein Maul, bislang sind wir lebend davongekommen. Ich wiederhole noch einmal, was ich vor Tscherkassy gesagt habe: Wir haben nur eine Pflicht: Lebend hier herauszukommen, die Russen kosten jetzt ihren Triumph aus, der wird nicht lange währen, glaubt mir das." Hambach blickte Hauser ungläubig ins Gesicht. So erniedrigt war er sich noch nie vorgekommen. Zwanzig Mann nebeneinander wurden deutsche Soldaten, die sich zum Teil kaum noch aufrechthalten konnten, quer durch das johlende Moskauer Volk getrieben und Vertreter der alliierten Presse machten von diesem Erniedrigungsmarsch, wie es Abramczik nannte, auch noch Photos, die wahrscheinlich um alle Welt gingen. Abramczik schämte sich, das war ja auch der Sinn der von Stalin befohlenen Übung gewesen. Er verachtete die Russen und ein Haß machte sich in seinem Herzen breit, den er bislang den ganzen Krieg über nicht gekannt hatte. Wehe, wenn er wieder freikommen würde. Er würde sein ganzes Leben dem Kampf gegen diese Schweine widmen, diese Schmach würde er niemals vergessen. Was mußten denn die Kinder von Hauser denken, wenn sie von diesem Schandmarsch irgendwann einmal in der Zeitung erfahren würden, am Ende vielleicht sogar ein Photo ihres Vaters entdeckten? Diese verdammten Russen, der Teufel sollte sie holen. „Sobald sich die Gelegenheit bietet, drehe ich diesen Scheiß-Bolschewisten den Hals herum." Sein Haß war so groß, daß er nicht einmal mehr den Hunger spürte, der schon seit Tagen in seinen Eingeweiden tobte. Die Russen hatten den deutschen Kriegsgefangenen natürlich nichts zu essen gegeben, bevor dieser Triumphmarsch im Stile der römischen Imperatoren begann, damit möglichst viele Herrenkrieger während des Marsches zusammenbrachen. Auch wieder so eine feine Idee des Diktators Stalin, der sich zunehmend in der Rolle des Nazi-Bezwingers gefiel und darin auch von der russischen Bevölkerung anerkannt wurde.

Inzwischen stand die Résistance in Frankreich gegen die Unterdrücker auf (vorsichtshalber erst, nachdem die Landung in der Normandie erfolgt war und die Drecksarbeit durch die Amerikaner erledigt worden war, wie es Karl gegenüber Mary ausdrückte) und versuchte sich im Kampf gegen die deutschen Unterdrücker. Charles de Gaulle hatte ihnen ja ein leuchtendes Beispiel gegeben, indem er erst einmal aus der Schußlinie der Deutschen nach London flüchtete und aus sicherem Abstand den Widerstand organisierte. „Dieser Saufranzose ist doch ein feiges Schwein, die eigenen Landsleute im Stich lassen, nach London abhauen und dann aus der Ferne die Fresse aufreißen." Karl in Alabama tobte wie ein Rohrspatz, als er erfuhr, daß Charles de Gaulle in Washington Forderungen stellte. Zunächst einmal müsse Frankreich als Siegermacht und selbstverständlich de Gaulle als Staatschef dieser Siegermacht anerkannt werden, bevor weitere Treffen stattfinden könnten. Die bisherigen Kommandanten seien natürlich nur Statisten und Frankreich sei ohne Frage gleichberechtigter Partner neben den USA und Großbritannien als Siegermacht im Kampf gegen Nazi-Deutschland. Mangels anderer Alternativen stimmten die Alliierten dieser Frechheit als Übergangslösung zu, obwohl sie genau wußten, daß Frankreich eigentlich nicht die Rolle im Siegertaumel hätte spielen dürfen, die es nun für sich beanspruchte. Talleyrand ließ grüßen. Mittlerweile wurden in Deutschland viele mutige Menschen für ihr Eintreten im Sinne einer gerechten Sache ermordet. Am 20. Juli 1944 versuchte Claus Graf Schenk von Stauffenberg, Adolf Hitler mit einer Bombe zu töten. Dieser Versuch mißlang und etwa 7000 Menschen mußten für den mißlungenen Attentatsversuch büßen. Die Gestapo verhörte etliche der am Attentat beteiligten Personen und erfuhr durch Anwendung brutalster Folter weitere Namen der im Widerstand tätigen Personen. Diejenigen, die die Segnungen der neuen Zeit erkannt hatten, entzogen sich durch

Selbstmord den Qualen der NS-Schergen. Die Alliierten erkannten nicht, daß Deutschland versuchte, sich selber von dem Diktator zu befreien, der sie in den Abgrund geführt hatte. Insbesondere die Amerikaner zweifelten an hehren Absichten der Deutschen Widerstandsbewegung. „Das machen die doch nur, weil jetzt der Mißerfolg droht, besser, auf der Seite des Siegers zu sein als auf der Seite des Verlierers." Kommentar der einschlägigen, wie üblich linksgerichteten, Presse. Damit verurteilte die alliierte Presse weitere deutsche Widerstandskämpfer zum Tode, denn diese verzweifelten, weil sie erkannten, daß ihren ehrlichen Absichten von alliierter Seite aus nicht geglaubt wurde. Etliche deutsche Widerstandskämpfer begingen mit ihren Familien Selbstmord aus Verzweiflung, nicht zuletzt auch deswegen, weil gemäß einem Erlaß von Adolf Hitler auch die Angehörigen der Attentäter des 20. Juli 1944 den Tod zu erwarten hätten. Die grausame Perfidie des sogenannten deutschen Führers endete nicht vor Ehefrauen und unschuldigen Kindern. Die Familien der Attentäter sollten bis in das letzte Glied ausgelöscht werden. In bester Nero´scher Tradition wurden Familien auseinandergerissen, in Gefängnisse und Konzentrationslager verschleppt und brutal hingerichtet. Nicht nur Erwachsene, sondern auch Kinder wurden gezwungen, ihren Familiennamen, der die Ehre des dritten Reiches in den Schmutz gezogen hatte, abzulegen. „Sippenhaft" nannte man das. Bisweilen wurde Anhängern des 20. Juli die Gelegenheit gegeben, sich selber zu töten, damit entging die Familie der Sippenhaft. Als besondere Belohnung wurde dann der Familie des Selbstmörders die Segnung eines Staatsbegräbnisses zuteil, wobei der Tote dann bei seiner Beerdigung als besonders treuer Anhänger der gerechten Sache geehrt wurde. Für viele Familien hatte das nach Beendigung des Krieges zur Folge, daß die Alliierten die Staatsbegräbnisse als Beweis dafür sahen, daß es sich bei dem Toten unter keinen Umständen um einen Widerstandskämpfer habe handeln können, denn dann hätte er ja kein Staatsbegräbnis erhalten. Dies hatte die Konsequenz, daß aufrechte Menschen nicht nur während des Krieges für ihre Gesinnung starben, sondern darüber hinaus die Familien nach Beendigung desselben nochmals als Kriegsverbrecher bestraft wurden. Man wird noch sehen, wohin das führte. Die Alliierten erkannten nicht, daß durch ihr Verhalten genau jene Menschen von der Bildfläche verschwanden, die man für den Aufbau eines demokratisch organisierten Deutschlands gebraucht hätte. Im August 1944 wurde Paris befreit und Tausende von Franzosen jubelten den Alliierten zu, das Schreckgespenst der Fremdherrschaft schien erledigt. Hitler hatte den Befehl gegeben, die Seine-Metropole in Schutt und Asche zu legen, niemals dürfe Paris unversehrt in die Hände der Feinde fallen. Diesen Befehl führten die deutschen Generäle aber nicht aus. Mag sein, daß sie am südländischen Lebensgefühl trotz Krieg Gefallen gefunden hatten, mag sein, daß sie sich Vorteile für die Zeit danach durch die Nicht-Sprengung erhofften. Jedenfalls befolgten sie den Befehl des Führers nicht. Gedankt wurde es ihnen weder von den Franzosen noch von den Deutschen. Im Anschluß an die Befreiung erfolgte die Abrechnung des einfachen Volkes mit den sogenannten Kollaborateuren, also Franzosen und Französinnen, die mit den verhaßten „Boches" zusammengearbeitet hatten. Verdenken konnte man es den Franzosen nicht, daß nun die Gelegenheit ergriffen wurde, sich für alle Demütigungen des Krieges zu rächen. Rein menschlich betrachtet waren sie damit aber nicht besser als die Deutschen. Deutschfreundliche Franzosen wurden zu Tode geprügelt, für französische Frauen, die sich mit deutschen Männern eingelassen hatten, wurde die Lage fatal. Kahlgeschoren wurden sie ohne Kleider durch die Straßen von Paris getrieben und mußten dabei Schilder tragen, die Auskunft über ihr Verbrechen gaben. „Ich habe mit Boches gehurt!" Es gab Fälle, wo Frauen, die ein Verhältnis mit deut-

452

schen Soldaten hatten, in Käfige gezwungen wurden, in denen sie öffentlich wie Tiere im Zoo ausgestellt wurden. Das waren niederste Instinkte, die hier ausgelebt wurden und viele Verbrechen, die noch Jahre später begangen wurden, nahmen hier ihren Anfang. Manchen Franzosen waren diese Erniedrigungen zuviel, das hatte es seit der französischen Revolution 1789 nicht mehr gegeben. Die betroffenen Frauen begingen oft nach den schlimmen Szenen Selbstmord, weil sie die Schande nicht mehr ertragen konnten und den Freitod einem Weiterleben vorzogen. Die alliierte Presse klammerte diese Entgleisungen der Siegermacht Frankreich aus ihrer Berichterstattung wohlweislich aus. Charles de Gaulle kommentierte auf Befragen derartige Dinge nicht, das hätte seinem Nimbus als Befreier Abbruch getan. Währenddessen trafen sich der amerikanische Präsident Roosevelt und der britische Premier Churchill in Quebec, man wollte sich darüber austauschen, was mit Deutschland nach Beendigung des Krieges passieren sollte. Der amerikanische Finanzminister Morgenthau jr. hatte dem Präsidenten einen von ihm ausgearbeiteten Plan mitgegeben, der, vereinfacht dargestellt, Deutschland zu einem Ackerbaubetrieb in großem Maßstab zurückgestutzt hätte. Dieser „Straffriede" fand das besondere Gefallen von Roosevelt, Churchill hatte dagegen große Bedenken, denn er erkannte die Unsinnigkeit dieses Planes sehr rasch. Wie wollte man denn ein komplettes Volk von gut ausgebildeten Menschen zu Landarbeitern umfunktionieren? So ein Blödsinn, völlig undurchführbar. Morgenthau jr. hatte seinen Plan sogar noch ausgestaltet. Deutschland sollte 20 Jahre unter wirtschaftliche Kontrolle der USA gestellt werden. Außerdem sollte das ehemalige deutsche Reich in zwei Staaten geteilt werden. Churchill war total gegen diesen Plan, da aber England bei Uncle Sam infolge der Kriegsereignisse völlig verschuldet war, stimmte er schweren Herzens diesem Blödsinn zu, denn für diesen Fall hatte Roosevelt ihm Kredite der USA zugesagt. Ein echter Staatsmann, der zum Wohle seiner Bevölkerung Dußligkeiten begehen wollte. Man mag das verurteilen, aber zum Glück gab es sowohl auf amerikanischer wie auch auf britischer Seite zwei Männer, die vehement Einspruch gegen diesen Plan einlegten: Die Außenminister beider Länder, Mr. Eden und Mr. Hull. Zu ihnen gesellte sich der US-Kriegsminister Mr. Stimson. Letzterer ging sogar noch einen Schritt weiter und nannte diesen Unfug von erwachsenen Männern „ein Verbrechen gegen die Zivilisation". Zum Glück gab es zu diesem Zeitpunkt schon eine freie Presse, die alle Eckpunkte des Abkommens der breiten Öffentlichkeit publik machte. Da zufällig gerade Präsidentschaftswahlen in den USA  anstanden, war der Plan rasend schnell in der Schublade für unsinnige Ideen wieder verschwunden, denn Roosevelt wollte noch einmal wiedergewählt werden. Das Fatale an der Veröffentlichung dieses Planes war, daß Goebbels als Perfektionist des Grauens dieses Szenario noch ein kleines bißchen mehr auskostete und der deutschen Bevölkerung suggerierte, alle männlichen deutschen Staatsangehörigen sollten nach dem Willen der Alliierten sterilisiert werden, damit von deutschen Boden nie wieder Krieg ausgehen könne. Damit hatten die Amerikaner durch die Veröffentlichung des Morgenthau-Planes ungewollt den Widerstandswillen der Deutschen wieder gestärkt. „Die internationale Judenclique unter Morgenthau will Deutschland entmannen." Überflüssig zu sagen, welche Reaktionen diese Worte Goebbels auf die deutsche Bevölkerung ausübten.

Da dem deutschen Reich inzwischen die wehrfähigen Männer ausgingen, wurden kurzerhand durch einen Erlaß von Adolf Hitler Kinder und Greise zu den Waffen gerufen. Die Notwendigkeit, diese Bevölkerungsgruppen  einzuziehen, wurde mit dem Versagen der deutschen Bündnisgenossen erklärt. Friedrich, der schon seit Tagen nicht mehr in die FOF-Werke gehen konnte, weil alliierte Bomberverbände das Werk zum größten Teil zerbombt hatten, erhielt auch seine Einberufung, hatte hierfür aber nur Spott übrig. „Jetzt werden es die Alten richten. Mit meinen 56 Jahren nochmal an die Waffen, wer hätte das gedacht." Paula war verzweifelt, damit hatte sie nicht gerechnet, denn was sollten Kinder und alte Männer, die teilweise kaum noch aufrecht gehen konnten, gegen reguläre Truppen ausrichten? Friedrich erhielt eine Panzerfaust und einen uralten italienischen Karabiner. „Habt ihr den noch aus dem ersten Weltkrieg übrig?" Beißender Spott erwartete die Ausbilder, die selber große Zweifel an diesem letzten Aufgebot hatten. Andererseits waren sie per Befehl zu größtmöglicher Härte gegenüber aufsässigen Reden aufgefordert. „Seien Sie ruhig, Schütze Hambach." „Wenn ich bitten darf, dann Gefreiter, ja? Ich habe schließlich schon 1914-1918 gedient und einen Dienstgrad erworben." Der Unteroffizier zuckte zusammen, um seine vermeintliche Autorität nicht schon bei der ersten Übung untergraben zu lassen, teilte er Friedrich sofort zur ersten Wache ein. Der wußte zwar nicht, was er bewachen sollte, aber stellte sich mit einer Eselsgeduld neben eine Kiste mit drei Panzerfäusten. Ein Mann von ca. 75 Jahren schulterte seinen Karabiner und fragte den Unteroffizier, ob man dieses Spargewehr auch mal benutzen dürfte, nur so zum Test. „Das ist kein Spargewehr, sondern eigens für den Volkssturm konstruiert worden." Zweifelnd blickte der alte Mann auf das einfache Volksgewehr. Munitionskisten sah er keine. „Na, immerhin haben wir eine Armbinde, damit der Feind auch erkennt, daß wir Soldaten sind und damit Feinde, sonst denken die Russen noch, das Altersheim Waldesruh macht zusammen mit den Enkeln einen Spaziergang." Friedrich zupfte sich seine Armbinde, die ihn mit „Deutscher Volkssturm – Wehrmacht" kennzeichnete, zurecht.

Dem Unteroffizier langte es jetzt. „Gefreiter Hambach, wenn Sie nochmal räsonieren, lasse ich Sie standrechtlich erschießen." Wild flackerten die Augen des kaum zwanzigjährigen Mannes. Nur der Greis in Friedrichs Gruppe erkannte, daß dieser Mann total mit seiner Aufgabe überfordert war und deswegen gefährlich. Er zog Friedrich zur Seite und wisperte ihm zu: „Halt jetzt die Klappe, den hast du schon zuviel gereizt. Der läßt dich erschießen, damit ist niemanden gedient." Friedrich nickte und schwieg. Die Volkssturmgruppe bezog ihren Posten und wartete auf den Feind. Währenddessen überquerten US-Truppen die Landesgrenzen nach Deutschland. Bulgarien wechselte stante pede die Fronten, woraufhin Hitler Bulgarien sofort den Krieg erklärte. Finnland arrangierte sich mit der Sowjetunion und schloß in Moskau Frieden. Das kostete Finnland den eisfreien Hafen Petschenga, der in Zukunft von russischen Schiffen angefahren wurde. Adolf Hitlers Entscheidungen wurden immer konfuser und die Leute, die täglich mit ihm zu tun hatten, erkannten den körperlichen und geistigen Verfall sehr deutlich. Jähzorn und Unberechenbarkeit prägten das tägliche Bild des einstigen Führers. Die Bevölkerung merkte, daß die öffentlichen Auftritte immer seltener wurden, er verschanzte sich in seinem Führerbunker. Mitleid hatte keiner, die eigene Existenzangst plagte die Menschen, seitdem sich der Kreis der Feinde um das deutsche Reich immer enger zog. Von den versprochenen Wunderwaffen wurden noch die V2 Raketen gegen London abgefeuert, etwa 600 Briten starben. Für die britischen Opfer war es natürlich kein Trost, daß die Bombenangriffe auf Deutschland weit mehr Wirkung zeigten, als die V2 Angriffe der Deutschen. Wäre die V2 früher entwickelt worden, hätten die Alliierten tatsächlich Probleme bekommen können, denn eine Bekämpfung war mit damaligen Mitteln nur über eine Zerstörung der Abschußrampen möglich. Die Ostfront bestand eigentlich nur noch auf dem Papier der Zentrale in Berlin. Dort schob man Fähnchen von Kompanien auf der Landkarte hin und her, die längst nicht mehr existierten. Der große Flüchtlingstreck gen Westen hatte begonnen, der Winter stand vor der Tür, unsägliches Elend erwartete die Flüchtlinge.

Am schlimmsten traf es Ostpreußen. Sebastian von Strelitz hatte sich aus Buenos Aires immer über die aktuellen Entwicklungen auf dem laufenden halten lassen, indem er seit 1938 in ständigem Briefverkehr mit seiner Mutter stand. Der Kontakt zu seinem Bruder Volker war hingegen abgebrochen. Den letzten Brief seiner Mutter hatte er im Februar 1945 erhalten, unmittelbar nachdem sich die Alliierten auf Jalta getroffen hatten, um die Zeit nach dem Krieg zu regeln. Das konnte seine Mutter zum Zeitpunkt, als sie den Brief geschrieben hatte, natürlich noch nicht wissen. Erschüttert hielt Sebastian den Brief, datiert vom 24.12.1944 in Händen, immer und immer wieder las er ihn bis zu einer bestimmten Stelle, ganz harmlos begann er:

„Mein lieber Sebastian!

Ich habe Deinen letzten Brief mit einiger Verspätung bekommen, auch ich habe keinen Kontakt mehr zu Volker. Die letzten Nachrichten über ihn habe ich vor sechs Monaten bekommen, offenbar wurde er zu diesem Zeitpunkt aus den FOF-Werken abberufen. Die Werke selber sind zerbombt, dort arbeitet niemand mehr, alles Schutt und Asche. Ich weiß nicht mal, ob Volker noch lebt. Wir selber sind gerade mit unserem Flüchtlingstreck in ein kleines Dorf gekommen, wo ein paar deutsche Soldaten für relative Sicherheit sorgen. Ich habe auch etwas Papier auftreiben können, um Dir nochmals zu schreiben, aber so, wie es im Augenblick aussieht, wird das mein letzter Brief sein. Ich fühle mich sehr schwach, die letzten Wochen waren anstrengend, unseren Hof mußten wir aufgeben, nachdem russische Einheiten immer näher rückten. Entsetzliche Greuelmärchen wurden von Flüchtlingen über Ortschaften berichtet, die von den Russen eingenommen wurden. Ich habe das alles für Propaganda gehalten, nun aber kann ich sagen, daß die Wahrheit noch weit schlimmer war und die Phantasie weit in den Schatten stellte. Heinrich, unser alter Knecht und seine Tochter Klara mit ihrem Mann haben mir bis zuletzt die Treue gehalten, ohne deren Hilfe wäre ich verhungert. Jetzt bin ich allein, denn alle drei sind jetzt tot, aber ich wollte Dir unbedingt noch mitteilen, wie sie gestorben sind, denn das glaubt sonst niemand, der es nicht miterlebt hat."

Sebastian spürte förmlich, welche Kraft es seine Mutter gekostet haben mußte, diesen Brief zu schreiben.

„Als wir aus Königsberg flüchteten, gelangten wir in ein kleines Dorf in der Nähe von Nemmersdorf, wo die Rote Armee schon tags zuvor gewütet hatte. Eigentlich wollten wir westwärts flüchten, aber dort waren schon versprengte Einheiten der Russen gesehen worden und angeblich befanden sich im Kreis Gumbinnen noch deutsche Einheiten, von denen wir uns Schutz versprachen. Wir kamen gegen nachmittag dort an und fanden eine Scheune, die noch unbeschädigt war und Quartier für die Nacht bot. Wir versorgten unser Pferd, eigentlich ein alter Klepper, aber wir waren froh, daß wir überhaupt noch ein Zugtier für unsere wenigen Habseligkeiten hatten. Klara versorgte mich und ihren Vater, so gut es eben ging. Ihr Mann stöberte in der Gegend herum und hatte Glück, denn er fand in einem abgeernteten Kartoffelacker noch ein paar Kartoffeln. Wir wollten gerade ein kleines Feuer machen, als ein russischer Lastwagen sich der Scheune näherte, Flucht war sinnlos, wir hatten keine Waffen, verstecken war ebenso unsinnig, weil uns die Russen schon gesehen hatten. Es waren insgesamt sieben Mann, alle miteinander sturzbetrunken. Drei stürzten sich sofort auf Klara, die sich heftig wehrte, als ihr die Russen die Kleider vom Leib rissen. Ihr Vater eilte hinzu und schlug einen Russen nieder. Daraufhin riß ein Russe eine Pistole aus dem Halfter und erschoß Heinrich. Anschließend vergewaltigte er Klara, die von zwei anderen Russen festgehalten wurde. Ihre Schreie werde ich nie vergessen. Ihr Mann hatte mitangesehen, wie Heinrich erschossen worden war und stand hilflos daneben, denn er war ja unbewaffnet. Was hätte er tun sollen? Als aber nun ein Russe nach dem anderen sich über Klara hermachte, wollte auch er ihr helfen, wurde aber brutal niedergeschlagen. Die Schreie von Klara wurden immer leiser und die Russen verloren offenbar die Lust, ihr Opfer, das sich schon längst nicht mehr wehrte, weiter zu quälen. Ich war den Russen ganz offenbar zu alt, aber sie hatten sich noch etwas für Klaras Mann ausgedacht, der inzwischen das Bewußtsein wieder erlangt hatte. Vor seinen entsetzten Augen nagelten die Russen Klara, nackt wie sie war, bei lebendigem Leib mit Zimmermannsnägeln an das Scheunentor. Ich habe noch nie einen Menschen so schreien hören, die Schmerzen mußten unermeßlich für Klara gewesen sein. Doch was mußte ihr Mann aushalten? Er wurde wahnsinnig, als er dies mitansehen mußte. Die Russen hatten ganz offenbar ihren Spaß, denn ihr rohes Gelächter, ihr alkoholgeschwängertes Grölen wurde nur durch Klaras Schreie übertönt. Einem der Russen langte es dann, er erschoß kurzerhand Klaras Mann und wandte sich dann mir zu. Ich deutete auf Klara und bat ihn, auch ihren Qualen ein Ende zu machen. Er lachte böse und sagte in perfektem Deutsch: „Deutsche Frau, erst sollt ihr noch sehen, was wir mit den Leichen eurer Männer machen. Er holte eine Axt aus dem Lastwagen und ging zu Heinrichs Leiche. Vorher schüttete er noch einen Eimer eiskaltes Wasser über Klara, die sofort wieder das Bewußtsein erlangte." Sebastian schüttelte den Kopf. Was waren das nur für Zeiten. Was waren das nur für Bestien in Menschengestalt. Er erinnerte sich an früher, wie er und sein Bruder Klara nachgestiegen waren. Klara, dieses sanfte Wesen und nun so ein Ende. Was hatte denn ausgerechnet sie verbrochen, die zeitlebens für andere gesorgt hatte? Eine Scheiß-Zeit war das. Er las weiter. „Bevor er aber ausholen konnte, fiel ein Schuß und der Russe fiel kopfüber in die Leiche von Heinrich hinein. Klara hob den Kopf und lächelte, ja, sie lächelte, denn sie hatte die deutschen Soldaten gesehen, die wie aus dem Nichts erschienen und nun einen Russen nach dem anderen erschossen. Die meisten waren zu betrunken, um ernsthaften Widerstand leisten zu können, so kam es, wie es kommen mußte: Alle wurden erschossen. Ein Deutscher trat zu Klara und sah sie an. Sie lebte noch, aber man sah, daß ihre Schmerzen ungeheuerlich sein mußten. Der Soldat brachte es nicht über das Herz, was getan werden mußte, so griff ich mir die Pistole und erschoß Klara." Sebastian ließ erneut den Brief sinken, nie hätte er gedacht, daß seine Mutter solche Brutalität an den Tag hätte legen können. Was der Krieg aus den Menschen machte, erkannte er jetzt mit schonungsloser Deutlichkeit. Er brauchte den letzten Brief seiner Mutter nicht zu Ende zu lesen, denn er ahnte schon, was kommen würde. Es war nicht ungewöhnlich, daß Truppen eroberte Gebiete kurzfristig wieder aus taktischen Gründen räumen mußten. Die nachrückenden gegnerischen Einheiten sahen dann, was mit der eigenen Bevölkerung passierte, wenn der Schutz der Landsleute fehlte und daraus ergab sich zwangsläufig eine Eskalation der Gewalt. Wie sollte man diese Gewaltspirale nur stoppen?

US-Truppen erreichten inzwischen Aachen, die erste deutsche Großstadt fiel in die Hand der Alliierten. Allerdings bestand Aachen zu diesem Zeitpunkt nur noch aus Trümmern, aus der einstigen Königsstadt war eine Trümmerstätte geworden. Die Bewohner von Aachen, die nicht mehr fliehen konnten, wurden in ein Internierungslager nach Belgien gebracht und konnten dort nur noch staunen. Die Behandlung durch die Befreier war gut und die Ernährungslage besser als im sogenannten Dritten Reich. Viele Menschen fingen endlich wieder an, selber nachzudenken, eine Tätigkeit, die Adolf Hitler nicht gerne gesehen hatte, denn Vergleiche sind gefährlich, weil man allzuschnell Unterschiede bemerkt. Dem Ruhrgebiet erging es allerdings schlechter, denn die Bomben fielen nach wie vor alle zwei bis drei Tage. Viele Menschen verließen die einstige Rüstungsschmiede des Deutschen Reiches. Auch Adolf Hitler fühlte sich in seiner „Wolfsschanze" bei Rastenburg in Ostpreußen nicht mehr sicher, seitdem die Rote Armee immer näher rückte. Berlin schien ihm das geeignete Rückzugsdomizil zu sein. Sein eigener Rückzug hielt ihn jedoch nicht davon ab, den deutschen Soldaten zu empfehlen, aussichtslosen Situationen standzuhalten (welch eine Doppelmoral!). Im Dezember 1944 feierte Deutschland Weihnachten, das Fest des Friedens. Die meisten Väter und Ehemänner waren an der Front, die Ausrichtung des Festes oblag den Frauen. Gedrückte Stimmung war aller Orten anzutreffen. Die Kirchen, soweit noch nicht zerbombt, waren voll. Konfessionen spielten keine Rolle. Die Menschen klammerten sich an das, was Bestand hatte, auch in schlechten Zeiten: Den Glauben an Gott. Auch wenn viele nicht verstanden, warum Gott es hatte soweit kommen lassen, für die meisten war das Weihnachtsfest eine Gelegenheit, sich auf wahre Werte zurückzubesinnen. Der großangelegte Angriff der Deutschen in den Ardennen scheiterte und viele wußten, daß das Ende nah war. Viele sehnten es geradezu herbei. Die Bevölkerung war kriegsmüde. Die Rote Armee setzte zur nächsten Winteroffensive an und diesmal war bei den deutschen Soldaten kein nennenswerter Widerstand mehr zu spüren. Die Taktik der Russen war simpel: Groß angelegtes Artilleriefeuer, anschließend Aufklärungsbataillone, gefolgt von starken Panzerverbänden. Die deutschen Verbände waren dem Vormarsch der Roten Armee nicht gewachsen, zu geschwächt und überaltert waren die Soldaten, die ihren Dienst an der Front taten. Die Kräfteverhältnisse taten ein Übriges, um diesen sinnlosen Kampf abzukürzen: Auf einen deutschen Panzer, meist unzureichend betankt und bewaffnet, kamen elf sowjetische. Der Ausgang dieser Kämpfe war klar. Innerhalb kürzester Zeit war das oberschlesische Industrierevier erobert. Russische Truppen hatten das Reichsgebiet erreicht und marschierten unaufhaltsam voran. Für die Familie Göteborg entwickelte sich der Vormarsch der Roten Armee zur Katastrophe. Als sich die Kämpfe Gladz näherten, zog Familie Göteborg abermals um: Wieder zurück nach Breslau, diese Stadt wurde von Gauleiter Hanke zur Festung proklamiert und entsprechend ausgebaut. Kein Meter deutscher Boden sollte den Russen preisgegeben werden, Gauleiter Hanke drohte mit schwerster Bestrafung, sollte sich nicht jeder der Entscheidungsschlacht stellen. Klaus Göteborg, inzwischen ganze 13 ½ Jahre alt, war inzwischen als Scharfschütze ausgebildet worden und hatte seinen Posten in der Festung Breslau bezogen. Die Ausbildung hatte er über sich ergehen lassen müssen wie einen schlechten Traum. „Sobald ihr einen Helm seht, auf dem ein Stern drauf ist, Abzug durchdrücken und warten, bis der Helm zur Seite sinkt." Bis zum 30. Januar 1945 hatte Klaus 35 Helme erschossen. Stolz auf seine Leistung kam bei ihm nicht auf, anders als bei anderen Scharfschützen, die sich allabendlich mit immer neuen gemeldeten „Abschüssen" zu übertreffen suchten. Doch die Angriffe der Russen wurden immer erbitterter, als die ersten jugendlichen Scharfschützen entwaffnet wurden, kam es oft zu dramatischen Szenen, russische Soldaten erschossen ohne viel Federlesens Kinder. Man konnte es ihnen nicht einmal verdenken, die Verrohung nahm immer größere Ausmaße an. Klaus hatte Glück

462

im Unglück, er bekam einen Steckschuß im linken Bein, wurde ohne Betäubung „operiert" und bekam anschließend hohes Fieber. Bei einem der nächsten Krankentransporte wurde er aus Breslau in den sicheren Westen gebracht. Aufgrund seiner Jugend vermutete auch nach der Genesung niemand einen Scharfschützen in ihm und er blieb zunächst vor Ermittlungen der Sieger verschont. Die Trennung von seiner Familie verdrängte er, es ging nur um das simple Überleben. Gauleiter Hanke wohnte in Breslau noch persönlich drei Erschießungen wegen Feigheit vor dem Feind bei, bevor er in einem Hubschrauber Prototyp seinerseits die Flucht ins Reichsgebiet antrat. Die zurückbleibenden Breslauer wußten, was sie erwartete, wenn die russische Armee einrückte. Selbstmorde waren an der Tagesordnung. Währenddessen hielt Hitler seine letzte Durchhalterede, die kein Mensch mehr hören wollte. Die Augen der Welt waren auf Jalta gerichtet, wo sich Churchill, Stalin und Roosevelt trafen, um die Neuordnung Europas zu beraten. Hier trafen sich drei Männer, die unterschiedlicher nicht hätten sein können. Churchill war sich darüber im Klaren, daß Stalin alles versuchen würde, seinen neu gewonnen Einfluß in der Weltpolitik zu festigen und auszubauen. Stalin wußte, daß ihn Churchill durchschaut hatte und verlegte sich darauf, den schwerkranken Roosevelt, dem es mehr um Frieden als um Ansprüche ging, einzulullen. Die USA hatten immer noch mit Japan zu kämpfen, dessen Todeszuckungen gewaltige Ausmaße annahmen. Deswegen wollte Roosevelt die UdSSR überreden, in den Krieg gegen Japan einzutreten. Als Taktiker machte sich Stalin diesen Wunsch des amerikanischen Präsidenten zu Nutze und erreichte bei seinen Verhandlungen, daß der sowjetische Einfluß in Polen unbestritten blieb. Dies war Churchill ein Dorn im Auge, der sehr wohl die Konsequenzen für die weitere Zukunft sah: Die Einfluß der UdSSR in Europa würde immer größer werden. Das konnte nicht das Interesse der westlichen

Welt sein, zu unterschiedlich waren die Auffassungen über die neue Ordnung, schließlich war man von westlicher Seite aus in den Krieg gezogen, um die Demokratien zu verteidigen und davon konnte in den von russischer Seite beherrschten Ländern ja wahrlich nicht die Rede sein. Dazu kam, daß Stalin Deutschland gewaltige Reparationszahlungen auferlegen wollte, die von diesem zerbombten Land unmöglich erbracht werden konnten. So kam es zu einem Ausgang der Konferenz, den man durchaus als strittig bezeichnen konnte. Man hatte sich getroffen und wesentliche Punkte ausgeklammert. Im Februar wurde Dresden von der Landkarte ausradiert. „Bomber" Harris, unterstützt von Amerikanern, leistete ganze Arbeit. Das zerstörte Dresden gehörte fortan zu den Sinnbildern eines sinnlosen Krieges. Das half den Betroffenen herzlich wenig. Die 500.000 Flüchtlinge aus Schlesien, die sich zum Zeitpunkt der Vernichtungsaktion in Dresden aufhielten, erlebten zusammen mit den Dresdnern ein wahres Inferno. Wer hier lebend herauskam, hatte zeitlebens mit seinen Erinnerungen zu kämpfen. In Ungarn kapitulierte die deutsche Wehrmacht vor den Russen und die Straflager der Russen füllten sich mit Gefangenen. Die Amerikaner eroberten den ersten Rheinübergang bei Remagen, Danzig ergab sich den Russen , die Einwohner von Kolberg kämpften buchstäblich bis zur letzten Patrone und sicherten so die Flucht von fast 70.000 Menschen über die Ostsee in den Westen, bevor auch sie den Gang in die sowjetischen Straflager antraten. Die deutschen Verteidigungsstellungen fielen nun Stück für Stück. Menschen flohen im Osten wie im Westen und fanden sich auf dem geschrumpften Reichsgebiet allerorten als Flüchtlinge wieder. Friedrich und Paula hatten sich entschieden, in Frankfurt/ Oder zu bleiben, denn eine Flucht in den Westen erwies sich alsbald als sinnlos, zu allgegenwärtig war schon die Präsenz der Russen. Flucht war unmöglich. Man versuchte, zu überleben, nicht mehr und nicht weniger. Von Karl und Kurt hatte man schon lange nichts mehr gehört. Friedrich hatte auch keine Hoffnung mehr, daß Kurt noch lebte. Im April 1945 starb der US-Präsident Roosevelt und sein Nachfolger Truman legte unmittelbar danach den Amtseid ab. „Nun wird unser Freund Stalin Probleme kriegen." Willi Kaschube, der auf seiner Flucht inzwischen die sichere Schweiz erreicht hatte, schätzte den Nachfolger von Roosevelt, Harry Spencer Truman, richtig ein. Er legte die Zeitung vor sich und dachte an die Vergangenheit. Was waren das nur für Zeiten. Die Amerikaner werden einen Mann wie Truman brauchen, der Tod von Roosevelt kommt hoffentlich nicht zu spät, dachte er bei sich. Wenn Stalin so weiter macht, dann wird nicht nur bald ganz Deutschland nach der Pfeife der Russen tanzen, sondern auch Europa. Kaschube hatte auf seiner Flucht immer wieder von Greueltaten der Russen in Schlesien und Ostpreußen gehört, vieles wurde offiziell nie bestätigt, aber es entsprach der Wahrheit, daß der Haß der Rotarmisten nach der Einnahme von Königsberg zu entsetzlichen Ausschreitungen geführt hatte. Das ging sogar so weit, daß sich die Führung der Roten Armee Sorgen um die Disziplin innerhalb der Truppe machte. Kaschube konnte sich unschwer vorstellen, was die überlebenden Einwohner von Königsberg erwartete und war froh, mit seinen gefälschten Papieren die sichere Schweiz erreicht zu haben. Ein letztes Ziel hatte er noch: Er wollte sich aus seinem Versteck in Berlin die sicher gelagerten Negative aus seiner Herzbube-Zeit holen. Wenn sein Kalkül aufging, würden sich die ganzen NS-Größen beizeiten ins sichere Ausland absetzen und irgendwann wieder als gefeierte Kapitalgeber nach Deutschland zurückkehren. Wer weiß, ob sich dann nicht mit pikanten Bildern aus der Vergangenheit ordentlich Geld machen ließe. Hoffentlich stand das Haus noch, welches das Versteck beherbergte!

Währenddessen eroberte die Rote Armee Berlin. Am 30.April wehten Hammer und Sichel vom zerstörten Reichstagsgebäude. Mussolini, der Duce, wurde von Partisanen erschossen und anschließend an den Füßen an einer Tankstelle aufgehängt. Die Befreiung des Konzentrationslagers Dachau durch die Amerikaner führte weltweit zu großer Erschütterung. Die ersten Soldaten, die auf das Gelände des Konzentrationslagers traten, waren entsetzt. Meist waren es Soldaten, die schon einiges an Grausamkeiten während des Krieges mitgemacht hatten, aber was sich hier ihren Augen bot, war mit Worten nicht zu beschreiben. Deutsche Wachmannschaften, die sich nicht rechtzeitig abgesetzt hatten, wurden von den Amerikanern sofort und ohne Gnade erschossen. Adolf Hitler hatte die Zeichen der Zeit auch erkannt und entzog sich seiner Verantwortung durch Selbstmord. Besonders traurig war darüber niemand im Deutschen Reich, man hatte ganz andere Sorgen. Eine dieser Sorgen war, wie man den Russen entkommt und sich bei Kriegsschluß möglichst in den Händen der Amerikaner oder Briten befindet. Es hatte sich schon herumgesprochen, daß es für deutsche Kriegsgefangene nach Sibirien ins Arbeitslager gehen würde. Für die Bewohner von Breslau war dies am 6. Mai soweit. Man mußte kapitulieren und anschließend gerieten 40.000 deutsche Soldaten in Kriegsgefangenschaft. Am 9.Mai 1945 wurde die bedingungslose Kapitulation Deutschlands von den kommandierenden Generälen in Karlshorst unterzeichnet. Der Spuk war zu Ende. Friedrich nahm seine Paula in die Arme und sagte zu ihr: „Gott sei Dank, wir leben noch und unser Haus steht noch. Wenigstens haben wir noch ein Dach über dem Kopf und einen kleinen Garten, verhungern werden wir nicht." Letzteres sollte sich als richtig erweisen, doch mit dem Haus an der Oder war es Essig, denn es wurde sofort von Russen requiriert und Friedrich und Paula wurde gestattet, in der Waschküche zu schlafen. Paula nahm es entspannt. „Seien wir froh, daß wir überlebt haben." Friedrich schwieg, er hatte andere Pläne, denn die Ungewißheit, was die Zukunft bringen würde, war für ihn unerträglich. Er hatte bereits konkrete Fluchtpläne, doch er offenbarte sich Paula vorerst noch nicht, denn das, was er beabsichtigte, war nicht ganz ungefährlich. Den meisten Deutschen ging es wie Friedrich. Wenn man das Glück gehabt hatte, rechtzeitig den Amerikanern oder Briten in die Hände zu fallen, ging es noch halbwegs. Auch bei denen galt natürlich, daß Deutschland nicht befreit, sondern besetzt worden ist, aber die Soldaten gebärdeten sich ganz anders als die Russen, wo Plünderungen und Vergewaltigungen besonders nach der Kapitulation an der Tagesordnung waren. Kommentar Friedrich: „Vae victis! Hat sich nichts geändert seit den Römertagen! Wir sollten keine Gerechtigkeit erwarten."

In Potsdam trafen sich im Juli 1945 Churchill, Truman und Stalin. Nach und nach sickern die Vereinbarungen zur deutschen Bevölkerung durch. Friedrichs Kommentare fielen recht drastisch aus: „Die Schweine haben vor, Deutschland zu teilen. Offensichtlich konnten die sich nicht einigen, man hat offenbar immer noch Angst vor einem Deutschland. Jetzt haben sie zwei Deutsche Reiche geschaffen. Weißt du, was das bedeutet? Wir sind in Zukunft in der Gewalt der Russen. Da werden wir nichts zu lachen haben." In der Tat waren sich die Alliierten nicht einig, wie die Zukunft des früheren Deutschen Reiches gestaltet werden sollte. Stalin bewegte sich bei den Verhandlung wie ein Betonpfeiler und pochte auf gnadenlose Wiedergutmachung der Schäden, die die Sowjetunion erlitten hatte. So erhielt er den Löwenanteil an den Reparationen, die die Deutschen zu leisten hatten. Auch die Grenzverschiebung Polens Richtung Westen geriet zur Streitfrage und wurde zunächst einmal nur provisorisch bis zu einem Friedensvertrag anerkannt. Der wurde aber nie geschlossen. Da die Sowjetunion ihren Einfluß in Osteuropa durch den raschen Vorstoß der Roten Armee gewaltig ausgedehnt hatte, bekam auch die Frage der Rückführung deutscher Bevölkerung aus diesen Gebieten eine besondere Brisanz. Vereinbart wurde schließlich, daß Aussiedelungen in humaner Weise zu erfolgen haben. Zu diesem Zweck rasierte man deutschen Frauen die Haare ab und prügelte sie zum Teil ihrer Kleider beraubt über die Landesgrenzen. Wer das Glück hatte, einige wenige Habseligkeiten durch die Kriegswirren gerettet zu haben, bekam einen ersten Vorgeschmack von der Humanität der russischen Siegermacht. Spätestens an den Bahnhöfen wurden ihnen diese Dinge abgenommen, garniert mit heftigen Prügeln. Viele erreichten die Transporte mehr tot als lebendig. Als Transportmittel wurden Viehwaggons zur Verfügung gestellt. Der ordnungsgemäße und humane Transport war gesichert. Kurz vor Scheitern der Potsdamer Konferenz willigte Stalin in eine Vereinbarung ein, derzufolge die UdSSR auf die Zahlung einer fixierten Reparationssumme verzichtet, wenn die westlichen Mächte die Westverschiebung Polens akzeptieren. Churchill warnte heftig davor, denn er befürchtete, daß es hierbei nicht bleiben würde, konnte sich aber nicht durchsetzen. Diese Regelung hielt die UdSSR aber nicht davon ab, Industrieanlagen in der sowjetisch besetzten Zone abzubauen und abzutransportieren. Damit diese Maschinen auch von den Russen bedient werden konnten, wurden deutsche Werksarbeiter, die sich mit diesen Maschinen auskannten, kurzerhand mitverschleppt. Die Spannungen der USA und Großbritanniens mit der UdSSR wurden im Zeitablauf immer größer, denn Stalin versuchte, durch eine Politik der vollendeten Tatsachen Verhandlungsergebnisse vorwegzunehmen. Der Kalte Krieg hatte begonnen. Der einstige Verbündete Deutschlands, Japan, hatte sich noch nicht ergeben, die Kamikazeflieger der Japaner machten den Amerikanern schwer zu schaffen. Um weitere US-Verluste zu verhindern, wurde Japan durch Atombombenabwürfe auf

Hiroshima und Nagasaki zur Kapitulation gezwungen. Deutschland hatte auch hier Glück im Unglück gehabt, denn solche Abwürfe waren auch über Deutschland geplant gewesen, wenn eine rasche Kapitulation nicht zu erreichen gewesen wäre. Stalin hatte sich auch in der japanischen Frage als gewiefter Taktiker erwiesen und erklärte trotz des Nichtangrifsspaktes mit Japan von 1941 am 8.August 1945 Japan den Krieg. Bereits am 12. August landen Russen in Korea und eröffneten die Kämpfe gegen die Japaner, von denen nach Kapitulation 600.000 in sowjetische Kriegsgefangenschaft geraten. Als die japanische Regierung die Kapitulationsurkunde unterschrieben hatten, begingen 200.000 japanische Soldaten Selbstmord. Ihr Ehrgefühl ließ eine Kapitulation nicht zu.

Der Krieg war zu Ende. Millionen Tote auf allen Seiten waren zu beklagen. Friedrich trat aus seiner Waschküche und blickte auf zerstörte Häuser. „Was hatte das jetzt alles gebracht, Paula? Mein Vater war Kutscher und nicht zufrieden mit seinem Leben, er strebte nach Höherem. Ich durfte studieren und habe mit einem Gauner eine Fabrik gegründet, war angesehener Werksdirektor mit einem passablen Gehalt, habe mich aber auf einen Pakt mit dem Teufel eingelassen. Nun sitze ich hier in der Waschküche meines Hauses, in dem sich Polen breitgemacht haben. Ich bin 56 Jahre alt und stehe vor dem Nichts. Was habe ich gehabt vom Leben?“ Er blickte Paula an. Die sagte nichts, sondern umarmte ihn. „Friedrich, du lebst noch. Wir werden nochmal anfangen müssen, etwas anderes bleibt uns nicht übrig. Wir dürfen nicht aufgeben, dann geht es weiter. Muß ja.“